山家集

西行
宇津木言行＝校注

角川文庫
21185

目次

凡例 5

山家集上

春 9
夏 34
秋 46
冬 81

山家集中

恋 96
雑 114

山家集下

雑 170

本文校訂一覧 255
補注 264
解説 386
人名索引 409
地名索引 415
初句索引 428

凡例

一　本書は、陽明文庫蔵『山家集』（函架番号〔近―ロ―二〕）を底本として、作製した本文に注解を施したものである。本文は久保田淳編『西行全集』（日本古典文学会貴重本刊行会、一九八二）、寺澤行忠編著『山家集の校本と研究』（笠間書院、一九九三）を参照した。

二　本文は文庫本として読みやすい形にするために、次のような方針で作製した。

1　仮名遣いを歴史的仮名遣いに統一し、句読点、濁点、送り仮名を補った。仮名の踊り字は用いなかった。適宜底本の仮名表記を漢字に改め、あるいは漢字表記を仮名に改め、必要に応じて読み仮名を付した。漢字は原則として通行の字体を用いた。

2　原則として底本の本文を尊重したが、とくに底本の独自異文は同系統の他本（上中巻15本・下巻14本）により底本の本文を改めた。底本の陽明文庫本系統の祖本を復元する校訂方針を取るものである。同系統の多数・他系統・他集の本文の方が原形に遡る可能性があると考えられる箇所については原則として脚注・補注に校異を記した。底本系統の本文が明らかに誤写で意味が取れない箇所は、例外的に他系統・他集により底本の本文を改めた場合もあるが、それについては脚注・補注にその事情を説明した。底本の改訂箇所には＊を付し、本文校訂一覧に一括して記した。

3　歌頭に『新編国歌大観』第三巻（角川書店）所収『山家集』の歌番号を付した。

三　注解は次のような方針で施した。

1 脚注は作品理解の助けとなるように配慮し、語釈を主とした。

2 脚注におさまらないものは補注にまわした。参考歌のほか典拠や、作品理解に有用な知見を必要な限り記した。

3 底本系統と他系統・他集の本文が異なる場合は、歌意の理解の上で参照する必要に応じて脚注・補注に記した。参照本文は理解しやすい形にするため適宜濁点を付し、仮名表記を漢字に改めた場合もある。『山家集』流布本系統は茨城大学本、同松屋本系統は松屋本に代表させた。古写本のある『山家心中集』『西行上人集（西行法師家集）』、松屋本系統の本文を伝える『別本山家集』、および自歌合『御裳濯河歌合』『宮河歌合』等を用い、これら西行の家集・自歌合については以下の略号を用いた。

茨　茨城大学蔵本『山家集』
松　松屋本『山家集』
心　宮本家蔵本『山家心中集』
心妙　妙法院蔵本『山家心中集』
西　石川県立図書館李花亭文庫蔵本『西行上人集』
西追加　（李花亭文庫本の「追而加書西行上人和歌次第不同」所収歌）
別　志香須賀文庫蔵本『別本山家集』
裳合　島根県立図書館蔵本『御裳濯河歌合』
宮合　寺澤行忠蔵本『続三十六番歌合（宮河歌合）』

本文は久保田淳編『西行全集』（前掲）、寺澤行忠編著『山家集の校本と研究』（前掲）のほか、心・心妙・西・裳合・宮合については寺澤行忠編著『西行集の校本と研究』（笠間書院、二〇〇五）、別については日本古典文学会編『平安私家集（日本古典文学影印叢刊8）』（貴重本刊行会、一九七九）を参照した。西行の家集・自歌合以外については略号を用いず（ただし万葉集・勅撰集・和漢朗詠集については原則として「集」を省略）、本文は原則として『新編国歌大観』を用いた。

4　「↓」によって、参照すべき歌番号（漢数字）などを掲げた。

5　文庫本としての性格上、一つ一つの説の出所を掲げることはできなかった。補注でとくに学恩を蒙ること多大であったものについては説の出所を明示した。

四　本文・脚注頁の後に本文校訂一覧・補注を付した。

五　解説では、西行の家集、『山家集』の系統と本文校訂、同集の構成と成立、西行とその和歌について略説し、主要参考文献を掲げた。

六　巻末に人名索引・地名索引・初句索引を付した。

山家集上

春

[一]立つ春の朝《あした》よみける

1 年くれぬ春来《＊く》べしとは思ひ寝《ね》[二]にまさしく[三]見えてかなふ初夢[四]

2 山の端《は》の霞《かす》むけしきにしるき[五]かな今朝《けさ》よりやさは[六]春の[七]曙《あけぼの》

3 春立つと思ひもあへぬ[八]朝出《い》で[九]にいつしか霞《かす》む音羽《おとは》[一〇]山かな

4 [一一]たちかはる春を知れとも見せ顔《がほ》[一二]に年を隔《へだ》つる霞なり[一三]けり

一　立春。一年を二十四節気に分けた最初の節気。以下四首は立春の一日の時間の推移による配列。
二　ものを思いながら寝ること。恋人を思いながら寝るとその人が夢に現れるという恋歌の語を転用し、春を恋人に見立てて擬人化。
三　予期が適中する意。
四　節分の夜から立春の朝にかけて見る夢。民間の習俗に取材。↓補注
五　明らかである。
六　それでは。山の稜線が霞む景により立春と判断した。
七　枕草子初段を踏まえる当時の流行表現。
八　思いもよらない。
九　早朝の外出。茨・別「朝戸出」。
一〇　山城国の歌枕。近江国境の山。京都から東方の春の到来する方角。
一一　交替する。「たち」は「春」「霞」の縁語。
一二　見せたそうに。「…顔」は西行の愛用語。↓補注
一三　気づきの意を表す。

5 [一]門《かど》ごとに立つる小松《こまつ》に飾《かざ》られて宿[二]てふ宿に春は来《き》にけり

家々《いへいへ》翫《もてあそブ》レ春《ヲ》と云ふ事を*

[三]元日子日《ぐわんじつねのび》にて侍《はべ》りけるに

6 子日《ねのび》して立てたる松に[四]植ゑそへん千代《ちよ》重ぬべき年のしるしに

山里に春立つと云ふ事を*

7 山里は霞みわたれるけしきにて[五]空にや春の立つを知る[六]らん

[七]難波《なには》わたりに[八]年越しに侍りけるに、春立つ心をよみける

8 [九]いつしかと春来《き》にけりと津の国の難波の浦を霞こめたり

[一〇]春になりける方違《かたたが》へに、[一一]志賀《しが》の里へまかりける人に具《ぐ》して

[一二]まかりけるに、[一三]逢坂《あふさか》山の霞みけるを見て

9 [一四]わきて今日《けふ》逢坂山の霞めるは[一五]たち遅れたる春や越ゆらん

[一六]題しらず

一　門松は平安末期の民間に始まる風習。非勅撰集的題材。
二　「といふ」の縮約形。
三　元日と正月最初の子日が重なったこと。子日には野辺の小松を引いて長寿を願う風習があった。↓補注
四　一緒に植えよう。引いた小松を立ててある門松に、の含意。松・別「うちそへん」。
五　暗に、の意の形容動詞「そらに」を掛ける。暦が無くてもの含意。
六　現在推量。他所から山里を思いやる。
七　摂津国難波の辺り。
八　節分の夜に方角のよい社寺に参詣して越年すること。
九　いつのまにか早くも。↓補注
一〇　前歌と同じく節分の方違え。
一一　近江国の里。今の大津市。
一二　下向したとき。↓補注
一三　近江国の歌枕。「逢ふ」を掛ける。
一四　とりわけ格別に。
一五　「たち」は「霞」「春」の縁語。旅人に見立てた春が「発ち」を掛ける。
一六　↓補注

10 春[一]知れと谷の細水《ほそみづ》漏《も》りぞ来る岩間の氷ひま[二]絶えにけり

11 霞まずは何をか[三]春と思はまし*まだ雪消えぬみよしの[四]の山

海辺ノ霞と云ふ事を

12 藻塩《もしほ》[五]焼く浦のあたりは立ち[六]退《の》かで煙《けぶり》[七]立ち添ふ春霞かな

同[八]じ心を、伊勢に二見《ふたみ》[九]と云ふ所にて

13 浪[一〇]越すと二見の松の見えつるは梢にかかる霞なりけり

子日《ねのび》[一一]

14 春ごとに野辺の小松を引く人は幾《いく》らの千代を経《ふ》べきなるらん

15 子日する人に霞は先[一二]立ちて小松が原をたなびき[一三]てけり

16 子[一四]日しに霞たなびく野辺に出《い》でて初鶯の声を聞きつる

一　春を知れと。漏れて来る谷川の細流が春を告知すると擬人化。東風解氷。
二　すき間。
三　何を春の証拠かと思うだろうに。「まし」は反実仮想の助動詞。現実には霞が懸るのにより春の到来が了解される。
四　吉野山。「み」は美称の接頭語。
五　海藻に海水をかけて焼き、塩を取る。
六　「立ち」は「煙」「霞」の縁語。
七　茨・松・別「あらそふ」。
八　前歌と同じく「海辺霞」の題意を。→補注
九　二見浦。西行は晩年に二見浦に草庵を結ぶが、これは山家集の成立時期から見て伊勢移住以前の詠と推定される。
一〇　霞を浪に見まがえる。→補注
一一　→六・注三
一二　「先立ち」に霞が「立ち」を掛ける。
一三　松の縁語「引き」を掛ける。
一四　初子の松に初鶯の趣向を隠す。→補注

17 [一]若菜に初子《はつね》のあひたりければ、人の許《もと》へ申しつかはしける

若菜摘む今日に初子のあひぬれば松[二]にや人の心惹《ひ》[三]くらん

雪中ノ若菜

18 今日《けふ》はただ思[四]ひもよらで帰りなむ雪積む[五]野辺の若菜*なりけり

若菜

19 春日野《かすがの》[六]は年の内には雪積[七]みて春は若菜の生《お》ふるなりけり

雨中ノ若菜

20 春雨の布留野《ふるの》[八]の若菜生《お》ひぬらし濡れ濡れ摘まん筐《かたみ》[九]たぬきれ[一〇]

若菜に寄せて旧《ふる》きを懐《おも》ふと云ふ事を

21 若菜摘む野辺の霞*ぞあはれなる昔[一一]を遠く隔つと思へば

老人の若菜と云ふ事を*

22 *卯杖《うづゑ》[一二]つき七草《ななくさ》[一三]にこそ老いにけれ年を重ね[一四]て摘める若菜に[一五]

一 正月七日の若菜の日に初子の日が重なったので。↓補注
二 「待つ」を掛ける。
三 松の縁語「引く」を掛ける。
四 若菜を摘むことは断念して。野辺に雪が降り積むゆえ。
五 若菜の縁語「摘む」を掛ける。
六 大和国の歌枕。若菜の名所。↓補注
七 若菜の縁語「摘み」を掛ける。
八 大和国・石上の歌枕。春雨の「降る」を掛ける。「古」を響かせ、若菜の「若」と対照。布留野に若菜を詠むのは珍しい。
九 目の細かい竹籠。
一〇 未詳語。「手（た）貫き入れ」の縮約形か。心妙「たぬきいれ」。
一一 若菜の「若」に「昔」を対照。空間を隔てる「霞」が時間を隔てると詠む。↓補注
一二 正月初卯の日に悪鬼を払うため天皇等に献上した杖。↓補注
一三 若菜の日に供した七種粥。邪気を払い、万病を除く。
一四 年を「積め」を掛ける。
一五 「は」とある本も多い。

寄《よスル》二＊若菜《わかな》ニ一述懐《しゅつかい》と云ふ事を

23
若菜生《お》ふる春の野守[二]《のもり》に我なりて憂《う》き世を人に摘[三]《つ》み知らせばや

寄《よスル》レ鶯《うぐひすニ》述懐

24
憂[四]《う》き身にて聞くも惜しきは鶯の霞[五]にむせぶあけぼのの声＊

閑中ノ鶯

25
鶯の声ぞ霞[六]に漏《も》れてくる人目[七]ともしき春の山里

雨中ノ鶯

26
鶯＊の春[八]さめざめと鳴[九]きゐたる竹[一〇]の雫《しづく》や涙なるらん

住[一一]みける谷に、鶯の声せずなりければ

27
古巣[一二]うとく谷の鶯＊なりはてば我やかはりてな[一三]かんとすらん

28
鶯は谷の古巣を出[一四]《い》でぬともわがゆくへ[一五]をば忘れざらな[一六]ん

一　身の嘆きの懐いを述べること。
二　野を守る番人。
三　「罪」または「抓み」を掛ける。宮合。→二一補注
四　つらい身。出家者の境涯をさす。
五　鳴き初めの声を霞に咽び泣くと表現。→補注
六　霞の間に。
七　人の往来・訪問が稀な。→補注
八　「春雨」と、声を忍ばせて泣く様子を表す「さめざめ」を言い掛ける。
九　「泣き」を掛ける。
一〇　鶯が止まって鳴いていた竹から滴る雫は鶯の涙なのだろう、という見立て。古今集的風体。
一一　修行のため草庵を結んで住んだ谷。
一二　疎遠に。鶯は春が深まると谷から里へ出ると思われていた。
一三　「鳴か」に「泣か」を掛ける。草庵生活の親しい友である鶯に去られた悲しみのため。
一四　出て行ったとしても。
一五　→補注
一六　願望の終助詞。

29 鶯は我を[一]巣守《すもり》にたのみてや谷の[二]岡辺《をかべ》は出《い》でて[三]なくらむ

30 [四]春のほどはわが住む庵《いほ》の友に成りて古巣な[五]出《い》でそ谷の鶯

雉子《きぎす》を

31 萌《も》え出《い》づる若菜[六]あさると聞《きこ》ゆ[七]なり雉子《きぎす》鳴《な》く野の春の曙《あけぼの》

32 生《お》ひかはる春の若草待ちわびて[八]原の枯野《かれの》に雉子《きぎす》鳴くなり

33 *[九]春霞 [一〇]家《いへ》たち出《い》でて行《ゆ》きにけん雉子[一一]たつ野を[一二]焼きてけるかな

34 [一三]片岡に[一四]しば移《うつ》りして鳴く雉子[一五]たつ羽音《はおと》とて高からぬかは*

山家ノ梅

35 香《か》を[一六]とめん人*をこそ待て山里の垣根の梅の散らぬかぎりは

36 心せん[一七]賤《しづ》が垣根の梅は[一八]あやな[一九]よしなく過《す》ぐる人とどめけり

一 巣を守る人。
二 岡辺をば。茨「外へは」、松・別「外には」。
三 茨「ゆく」、松・別「行」。
四 春の間は。
五 出て行かないでくれ。「な…そ」は禁止。
六 餌を探し求める。
七 伝聞の助動詞。
八 通常の「枯野の原」を転倒し、「若草」に対し枯草の野原を強調。
九 「たち」を導く有意（情景を伴う）の枕詞的修辞。
一〇 主語は雉子。茨「いづち立出て」、松・別「いづち立てか」。
一一 「たつ」の重複。茨・松「すむ」。
一二 若草がよく育つように野の草を焼く。野焼により雉子は巣を失う。
一三 片側が緩斜面の岡。
一四 しばしば移ること。「屡」に小さな雑木の意の「柴」を掛ける。
一五 →補注
一六 求めて来るだろう人。
一七 卑賤の人の家の垣根。→補注
一八 わけが分からない。
一九 何のゆかりもなく。

37 この春は賤《しづ》が垣根に触《ふ》[一]ればひて梅が香《か》[二]とめん人親《した》しまん

嵯峨《さが》[三]に住みけるに、道を隔てて房《ばう》[四]の侍りけるより、梅の風に散りけるを

38 主《ぬし》[五]いかに風わたるとていとふらん よそ[六]にうれしき梅の匂《にほ》ひを

庵《いほり》の前なりける梅を見てよみける

39 梅が香を谷ふところ[七]に吹きため[八]て入《い》り来《こ》ん人に染《し》[九]めよ春風

伊勢にもりやま[一〇]と申す所に侍りけるに、庵《いほり》に梅の香《かうば》しく匂《にほ》ひけるを

40 柴《しば》の庵《いほ》にとくとく[一一]梅の匂ひ来てやさしき[一二]かたもあるすみかかな

梅に鶯鳴きけるを

41 梅が香《か》にたぐへて聞けば[一三]鶯の声なつかしき春の山里[一四]

42 作りおきし苔《こけ》[一五]のふすまに鶯は身にしむ梅の香や匂《にほ》[一六]ふらん

一 触れ親しもうとして。
二 ↓三五・注一六
三 京都の西郊。西行は出家後まもなく嵯峨、小倉山の麓に結庵。
四 僧房。
五 僧房の房主。
六 隣家の主から見て無関係な他所である西行の庵をいう。↓補注
七 谷間の、懐状に山に囲まれた所。源俊頼・源仲正に先例。懐は「入る」「染む」の縁語。茨・松「山ふところ」。
八 散らさずに吹き溜めて。↓補注
九 染み込ませよ。命令形で句割れ。
一〇 茨「にしふく山」。いずれも所在未詳。移住以前の伊勢行での所詠か。
一一 「疾く疾く」で早速に、の意。茨・松・別「よるよる」は夜々。
一二 優美なところ。
一三 添わせて聞くと。声を「聞く」に、香をかぐ意の「聞く」を掛ける。嗅覚と聴覚の複合。
一四 心「あけぼの」、西「明ぼの」。
一五 苔を夜具にした巣。「苔の」は隠者の形容に通用。それを鶯に転じた。
一六 松ほか「うつす」。

43 旅の泊《とまり》の梅

ひとり寝《ぬ》る[一]草の枕の移り香《うつりが》[二]は垣根の梅の匂ひなりけり

44 古《ふるキ》砌《みぎりノ》[三]梅

[四]なにとなく軒《のき》なつかしき梅ゆゑに住み[五]けん人の心をぞ知る

45 山家《ノ》春雨と云ふ事を、大原[六]にてよみけるに

春雨の軒たれ[七]こむるつれづれ[八]に人に知られぬ人のすみかか

46 霞《ノ》中《ノ》[九]帰雁

なにとなくおぼつかなき[*一〇]は天《あま》[一一]の原《はら》霞に消えて帰る雁がね

47 雁がねは帰る道にやまよふらん越《こし》[一二]の中山《なかやま》霞隔てて

48 帰雁[一三]

[一四]玉章《たまづさ》の端書《はしが》きかとも見ゆるかな飛び遅れつつ帰る雁がね

一 旅寝。
二 移り香は恋人との共寝によるはずなのに、の含意。垣根の梅の匂いの移り香だったか、の気づきへ展開。
三 古い家の軒端。
四 理由もなく。西行の愛用語。
五 住んでいただろう人。題の「古砌」に通わせる。
六 山城国の歌枕。隠者の里。
七 簾や帳を掛けて中に籠る。春雨の「垂れ」を掛け、春雨を簾に見立てる。
八 所在なさに。松・別は三・四句「山里はつれづれしらぬ」。
九 春に北国へ帰る雁。
一〇 かすんではっきり見えないの意に、気がかりで不安の意を含ませる。以下三首は雁に法師の境涯を重ねる。
一一 広くて大きな空。
一二 越後国の妙高山とする説が有力。
一三 →補注
一四 手紙の追って書き。蘇武《そぶ》の雁信の故事（史記）に由来する、飛ぶ雁の列を「玉章」に見立てる伝統的発想に、列から遅れてゆく雁を「端書き」に見立てる趣向を加える。

山家ノ喚子鳥《よぶこどり》

49 [一]山里へ誰《たれ》をまたこは[二]喚子鳥ひとりのみこそ住まんと思ふに

苗代

50 苗代《なはしろ》の水を霞[三]はた[四]なびきて[五]打樋《うちひ》の上に[六]かくるなりけり

霞に月の曇れるを見て

51 [七]*雲なくて朧《おぼろ》なりとも見ゆるかな霞かかれる春の夜の月

山家ノ柳

52 [八]山賤《やまがつ》の[九]片岡かけて占《し》むる[一〇]庵《いほ》のさかひに見ゆる[一一]玉《たま》の小柳《をやなぎ》

雨中ノ柳

53 [一二]なかなかに風の[一三]ほすにぞ[一四]乱れける雨に濡れたる[一五]青柳の糸

[一六]柳《やなぎ》乱《みだル》レ風《かぜニ》

54 [一七]見わたせば[一八]佐保《さほ》の河原に繰りかけて風に縒《よ》らるる青柳《あをやぎ》の糸

一　茨「やま里に」。
二　通説はかっこうだが、春の鳥という以外は未詳。古今伝授「三鳥」の一つ。誰を「呼ぶ」を掛ける。
三　打樋の上にたなびく霞が苗代の水を引き、樋の上に掛けて流すと見立てた。
四　水の縁語「引き」を掛ける。
五　長く架け渡した樋。
六　霞の縁語。
七　通常の朧月は雲による。
八　卑賤の山人。樵など。
九　片側が緩斜面の岡に掛けて占有する。
一〇　松・心・西ほか「野の」。
一一　↓補注
一二　かえって。
一三　乾かす。下の「濡れ」に対照。
一四　糸の縁語。
一五　柳の細枝を糸に見立てた歌語。
一六　心・西ほか「柳風にしたがふ」。
一七　糸の縁語「繰り」「掛け」「縒る」を用い、また佐保に「棹」、風に「綛（かせ）」（糸を巻く道具）を掛けて共に糸の縁語を寄せたか。↓補注
一八　大和国。

水辺ノ柳

55 水底《みなそこ》[一]深き緑の色見えて風に[二]なみ寄る川柳《かはやなぎ》かな

待チテレ花ヲ*忘ルレ他ヲ

56 待つにより[三]散らぬ心を山桜咲きなば花の[四]思ひ知らなん

独《ひとり》尋《たづ》ヌ二山ノ花ヲ一

57 [五]誰《たれ》かまた花を尋ねて吉野山苔《こけ》踏み分くる岩つたふらん

[六]待ツレ花ヲ

58 今さらに春を忘るる花もあらじ[*七]やすう待ちつつ今日も暮らさん

59 [八]おぼつかないづれの山の峯《みね》よりか待たるる花の咲きはじむらん

60 [九]空に出《い》でていづくともなく[一〇]尋ぬれば雲とは花の見ゆるなりけり

61 雪閉《と》ぢし谷の古巣《ふるす》を思ひ出でて花に[一一]むつるる鶯の声

一 「深き」は水底の縁語。
二 「なみ」は「靡み」に水・川の縁語「波」を、「寄る」に明示しない柳の「糸」の縁語「縒る」を掛ける。
三 花に集中し、他に気が散らない心。仏教語「散心」を逆に転用。
四 「散る」は花の縁語。私の思いを知り、散らないでほしい。
五 自分以外の誰がまた。数奇者の自負。
六 底本と同系統本は以下四首に懸る詞書だが、後半二首は「待花」の題意に合わない内容。流布本系統は六二の詞書「花の歌あまたよみけるに」が六〇の前にある。
七 安心して。形容詞「安し」の連用形のウ音便形。↓補注
八 気がかりだ。形容詞「おぼつかなし」の語幹。西行の愛用語。
九 あてもなく出て。↓補注
一〇 「雲」は空の縁語。「空」に出て花を尋ねたので、花が「雲」と見えたのだった、という因果に気づいた。
一一 馴れ親しんでいる。雪に見まがう花ゆえに。

花の歌あまたよみけるに

62 吉野山雲を[一]はかりに尋ね入りて心にかけし花を見るかな

63 思ひやる[二]心や花に行《ゆ》かざらん霞こめたるみ吉野の山

64 [三]おしなべて花の盛りに成りにけり山の端《は》ごとにかかる白雲[四]

65 [五]まがふ色に花咲きぬれば吉野山[六]春は晴れせぬ峯《みね》の白雲

66 吉野山　[七]梢《こずゑ》の花を見し日より[八]心は身にもそはず成りにき

67 [九]あくがるる心は[一〇]さても[一一]山桜[一二]散りなんのちや身に帰《かへ》るべき

68 花見れば[一三]そのいはれとはなけれども心の内《うち》ぞ苦《くる》しかりける

69 [一四]白川《しらかは》の梢《こずゑ》を見てぞなぐさむる吉野の山にかよふ心を

一　目当てに。「かけ」の縁語「秤」を掛ける。「花」にまがう「雲」を目当てにしたので、期待した花を尋ねて見ることができた、の含意。

二　心が花に行かないことはない。「や」は反語。霞の奥に花を想像して気を晴らす（心行く）。↓補注

三　どこもすべて。↓補注

四　「白雲」は花の見立て。

五　白雲に見まがう色に。↓補注

六　↓補注

七　この場合、遠望する樹々の花。遠山桜。

八　心は花にあこがれ出て、身に添わなくなってしまった。次歌と共に遊離魂現象は恋の物思いに通有。↓補注

九　山桜にあこがれて身をさまよい出る心。

一〇　それにしても。

一一　「止まず」を掛ける。

一二　散ってしまった後に身に帰るだろうか、帰りそうにない。

一三　それという理由。

一四　洛東の歌枕。鴨川の東一帯の地をいう。古来花の名所。

70 白川の[一]春の梢の鶯は[二]花のことばを聞く心地《ここち》する

71 [三]引《ひ》きかへて花見る春は夜はなく[四]月見る秋は昼なからなん

72 [五]花散らで月は曇らぬ世《よ》なりせば物を思はぬわが身ならまし

73 たぐひなき花を[六]し枝に咲かすれば桜に並《なら》ぶ木ぞなかりける

74 [七]身をわけて見ぬ梢なく尽《つ》くさばやよろづの山の花の盛りを

75 桜咲く四方《よも》の山辺を[八]兼《か》ぬるまにのどかに花を見ぬ心地《ここち》する

76 [九]花に染《そ》む心のいかで残りけん[一〇]捨て果ててきと思ふ我が身に

77 [一一]願はくは花の[一二]したにて春死なんその[一三]きさらぎの望月《もちづき》のころ

78 [一四]仏には桜の花を*たてまつれ[一五]わが後《のち》の世《よ》を人とぶらはば

一 源氏物語・初音、藤原公実、源俊頼などに先例がある歌語。
二 花の物いう言葉。→補注
三 そっくり取り替えて。
四 心ほか「月見ん」。
五 西・別は述懐歌群にあり、心は雑に部類。反実仮想で、現実には物思いが絶えない、の意を裏に含む。
六 「し」は強意。
七 仏の分身する如くと取る解と、恋歌的表現と取る解と両説ある。
八 兼ね合わせて同時に歩き回るうちに。歩く行動でなく、兼ね思う故と解する説もある。
九 花に思いを深く染め、執着する心。→補注
一〇 出家して執着心をすっかり捨ててしまったと。
一一 願うことは。→補注
一二 底本と心ほか「した」が本来の本文。後代に「もと」の本文が派生し、両本文が混交して継承された。
一三 釈迦が入滅した二月一五日の頃。
一四 追善供養の際の仏。→補注
一五 私の来世の冥福、成仏を祈ってくれる人がいたならば。

79 [一]何《なに》とかや世《よ》にありがたき名を得たる花も桜にまさりしもせじ

80 山桜霞の衣《ころも》厚《あつ》く着て[二]この春だにも[三]風つつまなん

81 思ひやる高嶺《たかね》の雲の花ならば散らぬ[四]七日《なぬか》は晴れじとぞ思ふ

82 [五]長閑《のどか》なれ心をさらに尽くしつつ花ゆゑにこそ春は待ちしか

83 [六]風越《かざこし》の峯《みね》の続きに咲く花はいつ盛りともなくや[七]散りなん

84 [八]ならひありて風さそふとも山桜尋ぬるわれを[九]待ちつけて散れ

85 [一〇]裾野《すその》焼く煙ぞ春は[一一]よしの山花をへだつる[一二]霞なりける

86 [一三]今よりは花見ん人に伝へおかん世を[一四]遁《のが》れつつ山に住まへと

[一五]しづかならんと思ひける頃、花見に人々まうで来たりけれ

一　世にもまれな名声を得た花。仏教関係の花を想定するか。
二　せめてこの春だけでも。
三　散らぬよう風に気を付けてほしい。「風」に「風邪」を掛け、「慎む」に衣の縁語「包む」を掛ける。
四　桜の盛りは七日間という俗説があった（八雲御抄ほか）。→補注
五　のどかに散らないであれよ。桜に下知。
六　信濃国の歌枕。現実に風が越えてゆく意を掛ける。
七　きっと散るだろう。茨・心・西・別ほか「ちるらん」。
八　花を散らす習性があって。花に散る定めがあって、とも取れる。
九　待ち受けて。
一〇　山裾の野焼きをする煙。
一一　吉野山に「良し」を掛ける。
一二　煙が霞だったという気づき。霞に見立てた煙が落花を隔てて見せないのを良しとした。
一三　出家遁世し山住みして花を見た今よりは、の含意。
一四　松・別「いとひつつ」。
一五　閑静でありたいと。

ば

87 花見[一]にと群《む》れつつ人の来るのみぞあたら[二]桜の咎《とが》[三]にはありける

88 花も[四]散り人も来《こ》ざらんをりはまた山の狭《かひ》[五]にて長閑《のどか》なるべし

[六]かき絶え、言問《ことと》はずなりにける人の、花見に山里へまうで来たりと聞きて、よみける

89 年を経《へ》て同じこずゑに匂《にほ》へども花こそ[七]人に飽《あ》かれざりけれ

花の下《した》にて、月を見てよみける

90 雲にまがふ花の下にてながむれば朧《おぼろ》[八]に月は見ゆるなりけり

春の曙《あけぼの》花見けるに、鶯のなきければ

91 花の色[九]や声に染《そ》[*]むらん鶯の鳴く音《ね》[一〇]ことなる春のあけぼの

春は花を友と云ふ事を、[*][一一]清和院《せがゐん》の斎院にて人々よみけるに

92 おのづから[一二]花なき年の春もあらば何につけてか日を暮らすべき

一 謡曲「西行桜」に取られた歌。
二 惜しいことに。
三 罪。欠点。
四 松・別「花ちりて」。
五 山間の狭い所。「甲斐（効）」を掛ける。平地より桜の時期が遅れることを前提。松・別「かひまで」。
六 すっかり音信や訪問のなくなってしまった人。
七 花が人に飽きられることはなかったよ。私は人に飽きられたという皮肉を込める。
八 ぼんやりかすむさま。雲に見紛う花の下で望見したから朧に見えたのだったかという理知を主とする。
九 花の色が声に染まったのだろうか。花に馴染んだゆえ鶯の声の中に花の色が染着した。視覚と聴覚の複合。花の色の中に鶯の声が染まったと解する説もある。
一〇 通常と異なり格別である。
一一 平安左京の邸宅。染殿の一角。清和院を居所とした斎院は白河院皇女官子内親王。源頼政、源俊高（↓九九）が親しく出入した。↓補注
一二 万が一。ひょっとして。

93　老《おイテ》見《ル》レ花《はなヲ》と云ふ事を

思ひ出《い》でに何をかせましこの春の花待ちつけぬわが身なりせば

94　ふる木の桜の、ところどころ咲きたるを見て

わきて見ん老木《おいき》は花もあはれなり今いくたびか春にあふべき

95　屏風の絵を人々よみけるに、春の宮人群《む》れて花見ける所に、よそなる人の見やりて立てりけるを

木《こ》のもとは見る人しげし桜花よそにながめて香《か》をば惜しまん

96　山寺の花盛《さか》りなりけるに、昔を思ひ出《い》でて

吉野山ほきぢ伝《づた》ひに尋《たづ》ね入りて花見し春はひと昔かも

97　修行し侍りけるに、花のおもしろかりける所にて

ながむるに花の名立《なたて》の身ならずはこの里にてや春を暮らさん

熊野へまゐりけるに、八上《やがみ》*の王子の花面白かりければ、社《やしろ》

一　今生の思い出に。茨・松・別ほか「老づとに」(冥土への土産に)。
二　反実仮想の助動詞。
三　死んでこの春の花を待ち受けられない我が身であったならば。現実には存命して今春の花にめぐり会えた、その喜びを込める。
四　続古今詞「修行し侍りける時、花のかげに休みてよみ侍りける」。
五　とりわけ心して見よう。
六　多くの年を経た老木。→補注
七　下句の主語は老木。老齢の自分を重ねる。
八　東宮に仕えて時めく人。→補注
九　松「見る」。
一〇　東宮と無関係な人。
一一　色でなく香を、の含意。茨・松・別「我は」。
一二　山腹の険しい崖道。
一三　年数に諸説ある。ここは遠い昔。
一四　評判、とくに悪評。→補注
一五　茨・松・別ほか「木の本」。
一六　紀伊国の熊野権現。
一七　熊野道中に権現を勧請した九十九王子の一つ。田辺より熊野本宮に至る中辺路に所在。→補注

に書きつけける

98 [一]待ち来つる八上の桜咲きにけりあらくおろすな[二]三栖《みす》の山風

[三]清和《せが》院の花盛りなりける頃、[四]俊高《としたか》のもとよりいひ*送れりける

99 [五]おのづから[六]来る人あらば[七]もろともにながめまほしき[八]山桜*かな

返し

100 ながむて[九]ふ[一〇]数に入るべき身なりせば君が宿にて春は[一一]経《へ》ぬべし

[一二]上西門院の女房、[一三]法勝寺《ほっしょうじ》の花見[一四]侍りけるに、雨の降りて暮れにければ帰られにけり。またの日、[一五]兵衛《ひやうゑ》の局《つぼね》の許《もと》へ、[一六]花の御幸《みゆき》思ひ出でさせ給ふらんと*おぼえて、[一七]かくなん申さまほしかりしとて、遣《つか》はしける

101 [一八]見る人に花も昔を思ひ出《い》でて恋しかるべし[一九]雨にしほるる

返し

一 咲くのを期待して来た。
二 田辺の北東にある山。「おろす」の縁語「御簾」を掛ける。
三 →九二・注一一
四 右兵衛佐・源能賢男。→補注
五 ひょっとして。花見や歌会への招待がなくとも、の含意。
六 松・別「見る」。
七 一緒に。
八 松・別「花桜」。
九 「といふ」の約。松・別「とて」。
一〇 人数に入るべき身であったならば。現実には数に入るべき名士の身でないという謙辞。
一一 茨「へなまし」、松・別「へてまし」。
一二 鳥羽天皇皇女・統子内親王。母は待賢門院璋子。
一三 白河六勝寺の一つ。桜の名所。
一四 茨・松・別ほか「られ」。
一五 神祇伯・源顕仲女。初め待賢門院に仕え、後に上西門院に出仕。
一六 →補注
一七 このように申し上げたかった。
一八 見る人ゆえに。人は兵衛をさす。
一九 懐旧の涙の雨も含意。

102
[一]いにしへを忍ぶる雨と誰《たれ》か見ん花もその世の友[二]しなければ
[三]若き人々ばかりなん。老いにける身は[四]風のわづらはしさに厭《いと》はるる事にて、とありける、[五]やさしく聞えけり

103
[六]雨の降りけるに、花の下《した》にて[七]車立ててながめける人に
[八]濡《ぬ》るるとも蔭をたのみて[＊九]思ひけん人の[一〇]跡踏む今日にもあるかな

104
世を遁《のが》れて[一一]東山に侍りけるころ、白川の花ざかりに人さそひければ、まかりて、帰りて[一二]昔思ひ出でて
散るを[一三]見て[一四]帰る心や桜花昔にかはるしるしなるらん

105
山路ノ落花
散り初《そ》むる[一五]花の初雪降りぬれば[一六]踏み分けまま憂き[一七]志賀《しが》の山越

106
落花の歌あまたよみけるに
[一八]勅《ちよく》とかや下《くだ》す帝《みかど》のいませかしさらばおそれて花や散らぬと

一　花の御幸の往時を。
二　その当時の友である私（兵衛）。
三　若い女房ばかりが花見に出かけた。「事にて」まで兵衛の消息を引用。
四　花を散らす風に風邪を掛ける。
五　優美に。厭われる老いの身の風邪を理由に不参の心遣いを賞美した。
六　底本ほか当歌詞書を前歌左注に続けて記す。
七　車を止めて。
八　↓補注
九　陽明文庫本系諸本は「をそひ」か「おそひ」だが、歌意が通じない。茨・松・別「おもひ」により改訂。
一〇　古人を見習う。
一一　京都東方の山の総称。↓補注
一二　出家遁世以前の在俗時をさす。
一三　「見で」と解する説もある。
一四　散るのを見届けて後に帰る心。↓六七
一五　落花を雪に見立てる。
一六　踏み分けることがつらい。足跡が付くのを憂慮。
一七　白川から志賀（大津）へ越える山路。↓補注
一八　↓補注

107 浪[一]もなく風ををさめし白川[二]の君の折《を》りもや花は散りけん

108 いかで我この世[三]のほかの思ひ出《い》でに風をいとはで花をながめん

109 年を経て待つも惜しむも山桜[四]心[五]を春は尽くすなりけり

110 吉野山谷へたなびく白雲[六]は峯の桜の散るにやあるらん*

111 吉野[七]山峯なる花はいづかたの谷にか分きて散りつもるらん

112 山おろし[八]の木《こ》のもと埋《うづ》む花[*九]の雪は岩井[一〇]に浮くも氷[一一]とぞ見る

113 春風の花の吹雪《ふぶき》に埋まれ[一二]て行《ゆ》[一三]きもやられぬ志賀の山道《やまみち》

114 立ちまがふ峯の雲をば払ふとも花[一四]を散らさぬ嵐[一五]なりせば

115 吉野山花吹き[一六]具《ぐ》して峯越ゆる嵐は雲とよそに[一七]見ゆらん

一 泰平の治世を寿ぐ常用句「四海波静かに、風枝を鳴らさず」による。「浪」は白川の縁語。
二 白河天皇。
三 来世への思い出に。↓補注
四 「止まず」を掛ける。
五 宮合ほか「花に心を」。
六 桜を白雲に見立てる。
七 この歌は流布本系にない。
八 松・別「山寒み」。
九 落花を雪に見立てる。
一〇 岩の間から湧き出る清水。
一一 岩井に浮く花を氷に見立てる。珍しい着想。
一二 埋められて。「埋ま」は四段他動詞の未然形。「れ」は受身。松・心・西ほか「うづもれて」。
一三 行こうとしても行けない。↓補注
一四 松・別「花をばのこす」。
一五 反実仮想の「…まし」を後略した句法。
一六 花を吹き散らし伴って。「具す」は西行の愛用語。
一七 実体を関知しないよそ目には、の意。松「ほかに」、別「外に」。

116 惜[一]しまれぬ身だにも世にはあるものを*あな[二]あやにくの花の心や

117 憂き世には留《とど》め置かじと春風の散らすは花を惜しむなりけり

118 もろとも[三]に我をも具《ぐ》[四]して散り*[五]ね花憂き世を厭《いと》ふ心ある身ぞ*

119 思[六]へただ花の散り[七]なん木《こ》のもとに何を陰《かげ》[八]にて我が身住みなん

120 ながむとて花にもいたく馴《な》[九]れぬれば散る別れこそ悲しかりけれ

121 惜[一〇]しめども思ひげ[一一]もなくあだ[一二]に散る花は心ぞ畏《かしこ》かりける

122 梢《こずゑ》吹く風の心はいかが*[一三]せんしたがふ花の恨めしきかな

123 いか[一四]でかは散らであれとも思ふべきしばし[一五]と慕《した》ふ歎[一六]き知れ[一七]花

124 木《こ》のもとの花に今宵《こよひ》は埋《うづ》もれて飽《あ》[一八]かぬ梢を思ひ明かさん

一　人に惜しまれない我が身でさえも。「だに」は類推。
二　惜しまれて散るとは、ああ憎らしい。恋歌的表現。↓補注
三　↓補注
四　伴って。東から吹く春風により西方浄土へ、の含意。
五　散ってしまえ、花よ。↓補注
六　↓補注
七　茨・松・別・心・西「なからん(む)」。
八　頼り。心の拠り所。「木」の縁語。
九　馴れ親しんだので。恋歌的表現。
一〇　↓補注
一一　「げ」は様子。
一二　はかなく散る。
一三　どうしようもない。反語。
一四　どうしていつまでも散らないでいてくれと思うだろうか、そんなことは思うはずがない。「いかでかは」は反語。
一五　しばらくは散らないでほしいと慕う。
一六　茨・松・西・別「なさけ(情)」。
一七　命令形「知れ」で句割れ。
一八　終日眺めて見飽きない梢の花を。

125 木《こ》のもとに旅寝をすれば吉野山[一]花の衾《ふすま》を着する春風

126 雪と見えて風に桜の乱るれば[二]花の笠着《かさき》る春の夜の月

127 散る花を惜しむ心やとどまりて[三]また来ん春の種《たね》になるべき

128 [四]春深み[五]枝も揺《ゆ》るがで散る花は風の[六]咎《とが》にはあらぬなるべし

129 [七]あながちに[八]庭をさへ掃《は》く嵐かな[九]さこそ心に花をまかせめ

130 [一〇]あだに散る[一一]さこそ梢の花ならめ[一二]少しは残せ春の山風

131 [一三]心得つただ一筋に今よりは花を惜しまで風を厭《いと》はん

132 吉野山桜にまがふ白雲の散りなん後《のち》は[一四]晴れずもあらなん

133 [一五]花と見ばさすが情《なさけ》をかけましを雲とて風の払《はら》ふなるべし

一 落花を夜具に見立てる。雅語「衣」に対して「衾」は俗語。
二 散乱する雪と見紛う花片のために月が笠をかぶるように見える。「笠」は「雪」の縁語。→補注
三 再び巡り来る春の花を咲かせる種。「種」は「花」の縁語。
四 春が深まったので。「み」は原因。
五 枝も揺れ動かないで。無風で。
六 罪。
七 強引に。散文系の語彙。
八 梢だけでなく、花が散り敷く庭までも一掃する。
九 そのように嵐の心に花を任せよう。→補注
一〇 はかなく散る。
一一 それこそ梢の花の習いだろうけれど。
一二 平俗談語調を取る。
一三 よくわかった。口語的語法。
一四 晴れないでほしい。「なん」は他への希望。白雲をせめて桜と思って過ごしたいから、の含意。
一五 もし花と見たならば、無情の風とはいっても情をかけただろうに。「見ば…まし」は反実仮想。

134
[一]風さそふ花のゆくへは知*らねども惜しむ心は身にとまりけり

135
花ざかり[二]梢をさそふ風なくてのどかに[*三]散らん春にあはばや

庭ノ花似タリレ波ニと云ふ事を

136
[四]風あらみ梢の花の[五]流れ来て庭に波立つ[六]白川の里

[七]白川の花、庭おもしろかりけるを見て

137
[八]あだに散る梢の花をながむれば[九]庭には消えぬ雪ぞつもれる

[一〇]高野《かうや》に籠《こも》りたりける頃*、草の庵《いほり》に花の散り積みければ

138
散る花の庵の上を[一一]ふくならば[一二]風入《い》るまじくめぐりかこはん

夢中ノ落花と云ふ事を、[一三]清和《せが》院の斎院にて、人々よみけるに

139
春[一四]風の花を散らすと見る夢はさめても胸の[一五]騒《さわ》ぐなりけり

一　風が誘って散らす。心・西・別「かぜにちる」。
二　梢の花を、の含意。
三　花がおのずと散るだろう春に会いたい。→補注
四　風が荒いので。「み」は原因。
五　「流れ来て」「波立つ」は「白川」の縁語。白い桜の落花を川の流れ・波に見立てる。
六　→六九・注一四
七　前歌と共に白川の貴族の邸宅の庭を詠むか。
八　はかなく散る。
九　庭に散り敷く花を消えない雪に見立てる。→補注
一〇　紀伊国の高野山。西行は三〇年ほど在住。寺房でなく草庵に閑居したことが本作からわかる。
一一　屋根を葺くように吹かれて積もったならば。「葺く」に「吹く」を掛ける。
一二　花を吹き散らす風が入ってこないよう周りに囲いをしよう。
一三　→補注
一四　→補注
一五　「風」の縁語。

風前ノ落花

140 山桜[一]枝きる風の名残《なご》りなく花を[二]さながらわがものにする

雨中ノ落花

141 梢打《う》つ雨にしほれて散る花の惜しき心を何にたとへん

遠山ノ[三]残花

142 吉野山[四]ひとむら見ゆる白雲は咲き遅れたる桜[五]なるべし

花歌ノ十五首よみけるに

143 吉野山人に[六]心をつけ顔《がほ》に[七]花よりさきにかかる白雲

144 [八]山寒み花咲くべくもなかりけり[九]あまりかねてもたづね来に[一〇]ける

145 [一一]かたばかりつぼむと花を思ふより[一二]そそまた心[一三]ものになるらん

146 [一四]おぼつかな谷は桜のいかならん峯にはいまだかけぬ[一五]白雲

一　枝を切るように強く吹く風。
二　花を散らせてそっくりそのまま自分の物にする。
三　ここは、遅く咲いて暮春に残る桜。
四　一群。
五　松・別「なりけり」。
六　花を待つ心を付けさせるという様子で。
七　心「はなまつみねに」。
八　山はまだ寒いので。
九　あまりに前もって。人より先に山の初花を見たい風狂心の表れた行動を表現。
一〇「ける」は連体中止法。上句と「けり」が重複。
一一　ほんの少しだけ。
一二　それそれ、の意の感動詞。驚いたり注意を促したりするときに発することば。
一三　花の物になる（花に独占される）だろう。花をわが物にするのとは逆に、花が私の心をわが物にするだろうという趣向。
一四　気がかりだ。
一五　花を白雲に見立てる。

147 花と聞くは誰《たれ》も[一]さこそはうれしけれ[二]思ひしづめぬわが心かな

148 初花のひらけはじむる梢より[三]そばへて風のわたる[四]なりけり

149 [五]おぼつかな春*は心の花*にのみいづれの年か[六]うかれ初《そ》めけん

150 いざ今年《ことし》散れと[七]桜を語らはん[八]なかなかさらば風や惜しむと

151 [九]風吹くと枝を離れて落つまじく花*[一〇]とぢつけよ[一一]青柳《あをやぎ》の糸

152 吹く風の[一二]なめて梢にあたるかなかばかり人の惜しむ桜に

153 [一三]なにとかく[一四]あだなる花*の[一五]色をしも心に深く[一六]染めはじめけん

154 [一七]同じ身の珍しからず惜しめばや花も変らず咲けば散るらん

155 [一八]峯に散る*花は谷なる木*にぞ咲く[一九]いたくいとはじ春の山風

一 さぞ嬉しいだろうが。
二 下句に、殊に自分は、の含意。
三 戯れて。↓補注
四 茨・松・心・西「なるかな」。
五 はっきりしないことだ。
六 落ち着かなくなり始めたのだろうか。「浮かる」は対象に心を引かれて動揺する、の意。遊離魂現象を表し、西行を特徴づける語。
七 桜に相談しよう。
八 却ってそうしたら。風が惜しんで散らさないだろう、と続く。
九 風が吹いても。「と」は逆接の仮定条件を意味する接続助詞。
一〇 花を枝に閉じつけてくれよ。「とぢ」は「糸」の縁語。↓補注
一一 ↓五三・注一五
一二 一面に。「なべて」に同じ。
一三 どうしてこんなにも。
一四 はかない。不実な。↓補注
一五 「色」は「深く」「染め」と縁語。
一六 心・西ほか「おもひそめけん」。
一七 毎年変り映えしない同じ私が、の含意。
一八 ↓補注
一九 ひどくは嫌うまい。

156 山おろしに乱れて花の[一]散りけるを[二]岩離れたる滝と[三]見たれば

157 花も散り*人も都へ帰りなば[四]山さびしくやならんとすらん
[五]散りて後《のち》花を思ふと云ふ事を

158 [六]青葉さへ見れば心の[七]とまるかな散りにし花の*名残《なご》りと思へば
[八]菫《すみれ》

159 [九]跡たえて[一〇]浅茅《あさぢ》しげれる庭の面《おも》に[一一]誰《たれ》分け入《い》りてすみれ[一二]摘みてん

160 誰ならん*[一三]荒田の畔《くろ》にすみれ摘む人は心の[一四]わりなかるべし

161 [一五]なほざりに*焼き捨てし野の早蕨は折る人なくて[一六]ほどろとやなる
早蕨《さわらび》

162 沼水にしげる真菰《まこも》の[一七]わかれぬを[一八]咲き隔てたる[一九]かきつばたかな
杜若《かきつばた》

一 松・万代集「おちけるを」、別「落けるに」。「を」は感動の間投助詞。
二 岩頭を離れた。→補注
三 見たところ。「ば」は順接の確定条件。上句に返る倒置法。→補注
四 連作の中では吉野山をさすか。
五 →補注
六 青葉までも。「さへ」は添加。
七 「とまる」は「散る」に対する。
八 荒れた庭や原に配して詠む歌題。
九 人の訪れが途絶えて。かつて住馴れた愛人の廃宅か。→補注
一〇 丈の低いちがや。
一一 私のほかに誰が、の意。嫉妬か。
一二 炎「つみけん」。
一三 冬に荒れて耕起を待つ田のあぜ。
一四 「荒田」の縁で、条理を外れる意の「わりなし」を用いたか。人の心への共感を含む。
一五 いい加減に。
一六 蕨の穂の伸びすぎてほうけたもの。→補注
一七 見分けがつかないのを。真菰と杜若は葉が似るゆえ。
一八 咲いて、それと区別した。
一九 「隔て」の縁語「垣」を掛ける。

山路ノ躑躅《つつじ》

163 岩伝《つた》ひ[一]折らでつつじを手にぞ取る険《さが》しき山のとりどころ[二]には

躑躅山の光たり

164 つつじ咲く山の岩かげ夕映《は》[三]えて小倉《をぐら》[四]はよその名のみなりけり

山吹

165 岸[五]近み植ゑけん人ぞ恨めしき[六]波に折らるる山吹*の花

166 山[七]吹の花[八]咲く里になりぬればここ[九]にも井手《ゐで》と思ほゆるかな

蛙《かはづ》

167 真菅生《ますげお》[一〇]ふる山田[一一]に水を[一二]まかすれば[一三]うれし顔《がほ》にも鳴くかはづかな

168 み[一四]さびゐて月も宿らぬ濁江《にごりえ》にわれ住[一五]まんとてかはづ鳴くなり

春のうちに郭公《ほととぎす》を聞くと云ふ事を

一 手折らずに、躑躅を登攀の頼りとして手に取ることだ。
二 取り柄。「取る」と同語重複。
三 夕陽の色に映じて。躑躅の紅色が鮮やかに映る様。↓補注
四 小暗いという小倉山は余所の名前ばかりだったか。「小暗」を掛ける。小倉山は洛西。↓補注
五 岸に近いので。第四句に懸る。
六 ↓補注
七 心詞「山ぶきいゐのさかりたりといふことを」。心妙は「さかり」が「かざり」とある。
八 心・西「はなのさかりに」。
九 ここにも居ながらにして井手の里があると。「井手」に「居」を掛ける。井手は山城国の歌枕で、山吹の名所。↓補注
一〇 蚊屋吊草科の草。「真」は美称。
一一 心・西・宮合ほか「あらた（荒田）」。
一二 水を引くと。耕す準備で。
一三 嬉しそうな様子で。
一四 溜り水に浮く錆状の水垢。↓補注
一五 「澄ま」を掛け、「濁江」と対比。

169 うれしとも思ひぞわかぬ[一]郭公春聞くことのならひ[二]なければ

伊勢[三]にまかりたりけるに、三津《みつ》[四]と申す所にて、*海辺ノ暮春と

云ふ事を神主[五]どもよみけるに

170 過ぐる春しほ[六]のみつより舟出《ふなで》[七]して波の花[八]をや先[九]に立つらん

三月、一日《ひとひ》[一〇]足らで暮れにけるによみける

171 春ゆゑにせめて[一一]も物を思へとや三十日《みそか》にだにも足らで暮れぬる

172 今日[一二]のみと思へばながき春の日も程なく暮るる心地《ここち》こそすれ

173 ゆく春を留《とど》めかねぬる夕暮は曙《あけぼの》[一三]よりもあはれなりけり

夏[一四]

174 限り[一五]あれば衣ばかりはぬぎかへて心は花を*慕ふなりけり

一 分別がつかない。松・心・西・別「おもひぞはてぬ」。
二 習慣がないので。郭公は初夏に聞くのが和歌の約束事。
三 西行は出家後より晩年の移住までの間に、幾度か伊勢に赴いたと推定される。
四 伊勢国渡会郡二見にあった港。
五 伊勢神宮の神官。
六 「潮の満つ」に地名「三津」を掛ける。
七 主語は「春」。行春を擬人化。→補注
八 白波を花に見立てた歌語。
九 舳先に立てて行くだろう、の意。「立つ」は波の縁語。
一〇 小の月で、二九日。→補注
一一 強いて。
一二 松・別「けふ（今日）までと」。→補注
一三 枕草子初段の「春は曙」を反転。
一四 部立。山家集の三系統とも一七四の詞書を欠く。別詞「更衣をよめる」。
一五 限度があるので。衣替をしないわけにはゆかない、の含意。→補注

175 夏歌中に

草しげる道[一]刈りあけて山里は花見し[二]人の心をぞ見る*

176 [*三]水の上の卯《う》の花

[四]立田河岸の[五]籬《まがき》を見わたせば[六]井堰《ゐせき》の波にまがふ卯の花

177 夜の卯の花

[七]まがふべき月なき頃の卯の花は[八]夜さへさらす布かとぞ見る

178 社[九]頭卯花

神垣の辺りに咲くも[一〇]便《たよ》りあれや[一一]木綿《ゆふ》かけたりと見ゆる卯の花

179 [一二]無言《むごん》なりける頃、郭公《ほととぎす》の初声《はつこゑ》を聞きて

郭公人に語らぬ折にしも[一三]初音《はつね》聞くこそかひなかりけれ

尋ねざるに郭公を聞くと云ふ事を、[一四]賀茂社にて人々よみけ*るに

一　道の夏草を刈り開いて。
二　春に花を見るため山里へ通ってきた人の心を、現れた道により見ることだ。余情として今は誰も来ない嘆き。
三　茨・夫木抄「水辺卯花」。↓補注
四　大和国。紅葉の名所。↓補注
五　柴や竹で粗く編んだ垣。
六　用水を引くため柵や石組を設けて水流を堰き止めた所。
七　見紛えるはずの。卯の花を月光に見立てるのは常套。
八　昼だけでなく夜までも晒す。↓補注
九　松・心「やしろのへん（社の辺）のうのはな」。
一〇　縁があろうか。「あれや」は「ありや」と同意の和歌的表現。
一一　楮（こうぞ）の皮を糸状にして榊にかけ幣としたもの。
一二　ある期間無言を通す仏道修行。
一三　その季に初めて鳴く声。誰よりも先に初音を聞き、人にそれを語るのが数奇者の喜びとされた。
一四　京都の賀茂別雷神社（上賀茂社）と賀茂御祖神社（下鴨社）の総称。

180 ほととぎす[一]卯月《うづき》の忌《いみ》に＊[二]忌籠《いこも》るを思ひ知りても来鳴くなるかな

夕暮の郭公

181 [三]里馴るるたそがれどきの郭公《ほととぎす》[四]聞かず顔《がほ》にてまた[五]名乗らせん

郭公

182 我が宿に[六]花橘《はなたちばな》を植ゑてこそ山ほととぎす待つべかりけれ

183 [七]尋ぬれば聞きがたきかと郭公《ほととぎす》今宵ばかりは[八]待ちこころみん

184 郭公[九]待つ心のみ尽くさせて[一〇]声をば惜しむ五月《さつき》なりけり

[一一]人に代りて

185 [一二]待つ人の心を知らばほととぎす[一三]たのもしくてや夜をあかさまし

郭公を待ちて空《むな》しく明けぬと云ふ事を

186 ほととぎす[一四]聞かで明けぬと[一五]告げ顔《がほ》に[一六]待たれぬ＊鳥の音《ね》ぞ聞《きこ》ゆなる

一 賀茂祭に奉仕する者が行う潔斎。
二 私が籠っているのを。外出して尋ねられない、の含意。→補注
三 四月ころ山から出て里に馴れる。忍び音を鳴く時季。→補注
四 聞かなかった振りをして。
五 名乗りをさせよう(鳴かせよう)。
六 橘の美称。橘は郭公の宿り。
七 郭公を尋ねて行ったなら、かえって聞くのは難しいだろうかと。
八 ここに居ながら試みに待ってみよう。
九 私にばかり声を待つ心を尽くさせておいて。
一〇 鳴き盛りの五月だというのに声を惜しむのだったか。
一一 人に代って詠んだ代作歌。
一二 お前を待つ私の心。期待の大きさを含意。
一三 必ず来て鳴くと、私は頼もしく夜を明かすだろうに。反実仮想で、現実には頼もしく待てない。
一四 茨・松・心・西・別「なかで」。
一五 告げ知らせる様子で。
一六 待たれもしない鶏。郭公を聞かない夜明けを鶏鳴が告知するゆえ。

187 郭公聞かで[一]明けぬる夏の夜の[二]浦島の子はまことなりけり

郭公歌五首よみけるに

188 ほととぎす[三]聞かぬものゆゑ迷はまし[*四]花を尋ねぬ山路なりせば

189 待つことは初音《はつね》までかと思ひしに[五]聞きふるされぬ郭公《ほととぎす》かな

190 [六]聞き送る心を具《ぐ》してほととぎす[七]高間《たかま》の山の[八]峯越えぬなり

191 [九]大井川《おほゐがは》小《を》倉《ぐら》の山のほととぎす[一〇]井堰《ゐせき》に声のとまらましかば

192 ほととぎす[一一]そののち越えん山路にも[一二]語らふ声は変らざらなん

ほととぎすを

193 郭公[一三]思ひもわかぬひと声を聞きつといかが人に語らん

194 ほととぎす[一四]いかばかりなる契《ちぎ》りにて心つくさで人の聞くらん

一　浦島の箱の縁語「開け」を掛ける。
二　浦島の子があけて悔しいというのは本当だった。→補注
三　聞かないものだから、声を尋ねて山に分け入り迷っただろう。
四　もし春に花を尋ねない山路だったならば。花を尋ねて熟知した山路だった。反実仮想で倒置法。→補注
五　聞き古されない。聞き飽きずに何度聞いても待たれる、の含意。
六　声を聞いて行方を追う私の心を伴って。新奇な口語的表現。
七　大和・河内国境の山。→補注
八　峯を越えたようだ。「なり」は聴覚による推定の助動詞。
九　山城国。洛西を流れる川。
一〇　→補注
一一　死後に越える山路。死出の山路。
一二　語らう（鳴く）声は変らないでほしい。「なん」は他への希望。→補注
一三　はっきり聞いたと識別できない。
一四　どれほどの宿縁があって、心も尽さずに人は聞くのだろう。心を尽しても聞くことができない私と対比。

195 語[一]らひしその夜の声はほととぎすいかなる世《よ》[二]にも忘[三]れんものか

196 ほととぎす花橘[四]はにほふとも身をう[五]の花の垣根忘*るな

雨中待ツ二郭公ヲ一と云ふ事を

197 郭公しのぶ[六]卯月《うづき》も過ぎにしをなほ[七]声惜しむ五月雨の空

雨中ノ郭公

198 五月雨[八]の晴れ間も見えぬ雲路《くもぢ》[九]より山ほととぎす鳴きて[一〇]過ぐなり

山寺ノ郭公、人々よみける*に

199 郭公聞く[一一]にとても籠《こも》らねど初瀬《はつせ》[一二]の山はた[一三]よりありけり

五月晦日《つごもり》[一四]に、山里にまかりて*たち帰り[一五]けるを、郭公もすげ[一六]なく聞き捨てて帰りし事など、人の申し遣《つか》はしたりける返事に

200 郭公《ほととぎす》名残《なご》[一七]りあらせて帰りしが聞き捨つるにもなりにけるかな

一 語り合った。恋歌的表現。
二 後世を含意。「夜」を掛ける。
三 忘れようものか、忘れはしない。
四 橘は五月の花。四月の卯の花より郭公の宿りが移動したことを表す。
五 「身を憂」に「卯の花」を言い掛ける。沈淪の身の嘆きを寄せる。↓補注
六 忍び音を鳴く四月も過ぎたのに。
七 (鳴くべき五月が来ても) 依然として声を惜しむ。↓補注
八 ↓補注
九 雲の上の道を通って。「より」は経過の意を示す。
一〇 鳴いて通り過ぎたようだ。「なり」は聴覚による推定。
一一 聞くためにといって参籠したのでもないけれど。↓補注
一二 大和国。長谷寺のある山。初瀬山に郭公を詠む先例はない。↓補注
一三 便宜があったのだな。参籠のついでに郭公を聞けたゆえ。
一四 和歌の上で郭公を聞く最後の日。
一五 泊りもせず帰ったのを。
一六 そっけなく。
一七 名残りを残すようにして。

題不知

201 [一]空はれて沼の水嵩《みかさ》を落さずは[二]あやめもふかぬ五月《さつき》なるべし

[三]高野《かうや》の中院《ちゆうゐん》と申す所に、菖蒲葺《あやめふ》きたる房の侍りけるに、[四]桜の散りけるが珍しくおぼえて、よみける

202 桜散る宿をかざれるあやめをば[五]はなさうぶとやいふべ*かるらん

[六]坊なる[七]稚児《ちご》、これを聞きて

203 散る花を今日のあやめの根にかけて[八]薬玉《くすだま》ともやいふべ*かるらん

さる事ありて、人のもの申し遣《つか》はしたりける返事に、五日

204 [九]折にあひて人にわが身や[一〇]ひかれまし[一一]筑摩《つくま》の沼のあやめなりせば

五月五日、[一二]山寺へ人の今日いる物なればとて、*しやうぶを遣はしたりける返事に

205 [一三]西にのみ心ぞ[一四]かかるあやめ草この世は[一五]仮りの宿と思へば

一　雨空が晴れて、沼の水位を落さないなら。
二　菖蒲を引くこともできず、軒に葺けない五月節句になるだろう。
三　高野山の中院は現在の竜光院。西行同族・佐藤氏出身の明算が開基。
四　陰暦五月五日に高所ゆえ遅い桜が散っていたのが珍しく思われて。
五　桜が上に散りかかる宿を飾っている菖蒲を、まさに「花菖蒲」と言うべきだろうという語戯。↓補注
六　「房」に同じ。僧房。
七　寺で召し使う少年。
八　↓補注
九　よい時節にあって。↓補注
一〇　人に引き立てられる意と菖蒲の根が引かれる意とを掛ける。
一一　筑摩の沼（近江国坂田郡）の菖蒲だったならば。反実仮想で、私は筑摩の沼の菖蒲ではないから引き立てられないでよいと申し出を断る。
一二　西行の住む山寺へ。
一三　西方浄土。
一四　「かかる」はあやめ草の縁語。
一五　あやめ草の縁語「刈り」を掛ける。

206 みな人の心の憂き[一]はあやめ草西[二]に思ひの引かぬなりけり

五月雨《さみだれ》

207 水たたふ入江[*三]の真菰《まこも》刈りかねてむなで[四]に過ぐる五月雨の頃

208 五月雨に水まさるらし宇治橋《うぢばし》[五]や蜘蛛手《くもで》[六]にかかる波の白糸《しらいと》[七]

209 [八]五月雨は岩《いは》せく[九]沼の水深み分《わ》け[一〇]し石間《いしま》の通ひ路《ぢ》[*]もなし

210 小笹《こざさ》敷く古里《ふるさと》小野《をの》[一一]の道のあて[一二]をまた沢になす五月雨の頃

211 [一三]つくづくと軒の雫《しづく》をながめ[一四]つつ日をのみ暮らす五月雨の頃

212 東屋《あづまや》[一五]の小萱《をがや》[一六]が軒の糸水に玉貫《ぬ》きかくる五月雨の頃

213 五月雨に小田《をだ》の早苗《さなへ》やいかならん畔《あぜ》[一七]の埿土《うきつち》あらひこされて

一 あやめ草の縁語「埿（うき）」を掛ける。
二 菖蒲は引くが、西方浄土に思いが引かないのだったか。
三 →補注
四 空手に。収穫せずに。記紀に用例はあるが、珍しい語。
五 山城国。宇治川に架る。→補注
六 材木を交差した支柱。
七 「糸」は蜘蛛の縁語。
八 この歌は流布本系統にない。
九 岩がせきとめた沼。
一〇 水がないとき踏み分けた。
一一 古く荒れた小野の里。山城国。
一二 道の所在を知る目当て。小笹の踏み跡が道の目当てになる。
一三 →補注
一四 物思いに耽る意の「眺め」に「長雨」を掛ける。
一五 四方の柱だけで壁のない小屋。
一六 萱葺きの軒から糸のように滴り落ちる雨水に宝石を貫き通して垂らしているように見える。「貫き」「かくる」は糸の縁語。→補注
一七 畔を固めた泥土は洗い流され水に越されて。一面水浸しの田を想像。

214 五月雨《さみだれ》の頃にしなれば[一]荒小田《あらをだ》に[二]人もまかせぬ水[三]たたひけり

或る所に、五月雨の歌十五首よみ侍りしに、人に代りて

215 [四]五月雨に干《ほ》すひまなくて[五]藻塩草煙《もしほぐさけぶり》も立てぬ浦のあま人

216 [六]水無瀬川《みなせがは》[七]をちの通路《かよひぢ》水満ちて舟渡りする五月雨の頃

217 [八]広瀬川渡りの[九]沖の[一〇]みをじるし水嵩《みかさ》ぞ深き五月雨の頃

218 [一一]早瀬川[一二]つなでの岸を[一三]沖に見てのぼりわづらふ五月雨の頃

219 水わくる[一四]難波堀江《なにはほりえ》のなかりせばいかにかせまし五月雨の頃

220 [一五]舟すゑしみなとの蘆間《あしま》棹《さを》立てて[一六]心ゆくらん五月雨の頃

221 水底《みなそこ》に[一七]敷かれにけりな[一八]さみだれて[一九]美豆《みづ》の真菰《まこも》を刈りに来たれば

一　荒れた田。
二　人が引いたのでもない水。
三　充満したな。「たたひ」は自動詞・四段活用の連用形。
四　→補注
五　製塩のため干して焼く海藻。
六　摂津国三島郡。水無し川の意を利かす。
七　彼方の岸へ徒渉する路。
八　→補注
九　岸から離れた川中。
一〇　舟の水路を標示する杭。歌語としては「みをつくし」を通常用いる。
一一　所在未詳。流れの早い川。
一二　綱を引いて舟を遡上させる岸。
一三　普段の岸を沖合の川中に見て。
一四　淀川を分流した堀江。→補注
一五　湊に茂る蘆の間に舟を据え置き、棹を水底に突き立ててつなぎ。
一六　満足だろう。「ゆく」は「すゑ」に対照。
一七　乱れて敷き伏せられたよ。「敷く」は菰の縁語。
一八　動詞「五月雨る」に「さ乱る」を掛ける。
一九　山城国。→補注

222 五月雨《さみだれ》の小止《をや》む晴れ間の[*一]なからめや[二]水の嵩《かさ》ほせ真菰《まこも》刈る舟

223 五月雨に[三]佐野の舟橋《ふなはし》浮きぬれば[四]乗りてぞ人はさし渡るらん

224 五月雨の晴れぬ日数の[五]ふるままに沼の真菰は水隠《みがく》れにけり

225 水なしと[六]聞きてふりにし[七]勝間田《かつまた》の池[八]あらたむる五月雨の頃

226 五月雨は行くべき道の[九]あてもなし小笹《をざさ》が原も[一〇]埿《うき》にながれて

227 五月雨は山田の畔《あぜ》の[一一]滝まくら[一二]数を重ねて落つるなりけり

228 [一三]川ばたの淀みにとまる流れ木の[一四]浮橋《うきはし》渡す五月雨の頃

229 [一五]思はずにあなづりにくき小川《こがわ》かな五月《さつき》の雨に水まさりつつ

[一六]となりの泉

一 きっとあるだろう。「や」は反語。
二 干して水位を落とせ、と舟人に下知。↓補注
三 上野国。舟橋は舟を並べて上に板を渡した橋。↓補注
四 人はその舟に乗り棹さして渡るだろう。「乗り」「さし」は舟の、「渡る」は橋の縁語。
五 「経る」に「降る」を掛ける。
六 古くから聞いてきた。「ふり」は「古り」に「降り」を掛ける。
七 所在未詳。↓補注
八 水が満ちて池の様を一新する。
九 ↓二一〇・注一二 ↓補注
一〇 泥土になって流れて。
一一 畔を枕に見立て、水が越えて滝状に見える様。
一二 棚田の段ごとにいくつもの滝が数を重ねて。「重ねて」は枕の縁語。
一三 川岸。茨・別「川わた」は川の曲がった所。
一四 淀みに留る流木が浮橋（舟橋に同じ）を渡す、と見立てる。
一五 思いがけず、ばかにできない。「あなづる」は散文系語彙。
一六 別「隣家泉」。

230 [一]風をのみ花なき宿は待ち待ちて[二]泉の末をまた[三]掬《むす》ぶかな

水辺ノ納涼と云ふ事を、[四]北白川にてよみける

231 水の音《おと》に暑さ忘る[五]るまとゐかな梢《こずゑ》の蝉《せみ》[六]の声もまぎれて

深山ノ水鶏《くひな》

232 杣人《そまびと》の[七]暮に宿借《か》るここちして庵《いほり》[八]をたたく水鶏なりけり

題不知

233 夏山の[九]夕下風《ゆふしたかぜ》の涼しさに[一〇]楢《なら》の木蔭《こかげ》の[一一]立たま憂《う》きかな

撫子《なでしこ》

234 [一二]かき分けて折れば[一三]露こそこぼれけれ[一四]浅茅《あさぢ》にまじるなでしこの花

[一五]雨中ノ撫子

235 [一六]露おもみ[一七]園のなでしこいかならんあらく見えつる夕立《ゆふだち》の空

一　春は隣家から落花を運ぶ風だけを、花のない私の家では。
二　夏は隣家の林泉の下流を。↓補注
三　手に掬って涼を取ることだな。
四　洛東・白川の北部。
五　親しい同士の団欒。ここは歌会。
六　蝉の暑苦しい声も涼しい白川の水音に紛れて。
七　杣人（木樵）の縁語「榑（くれ）」を掛ける。
八　戸を叩く音との類似から水鶏が鳴くのを「たたく」という。訪問を含意。↓補注
九　夕方に地上を低く吹く風。
一〇　楢は葉が広いので納涼の主題。
一一　立ち去るのが辛いことだ。↓補注
一二　浅茅を掻き分けて折ると。「折る」は恋歌的表現。
一三　撫子は露を帯びた風情を賞玩される。
一四　丈の低い茅などの雑草。
一五　松・別「雨後の撫子といふことを」。
一六　露が重く置いたので。↓補注
一七　屋敷に付属する園地。

夏野ノ草

236 [一]みまくさに原の小薄《をすすき》[二]しがふとて臥所《ふしど》[三]あせぬと鹿[四]思ふらん

旅行クニ草深シと云ふ事を

237 旅人の分くる夏野の草しげみ葉末《はずゑ》に菅《すげ》の小笠《をがさ》[五]はづれて

238 [六]雲雀《ひばり》あがる大野[七]の茅原《ちはら》夏来れば涼む木蔭をたづねてぞ行く

[八]照射《ともし》

239 照射する火串《ほぐし》の松もかへ[九]なくに[一〇]鹿目合《しかめあ》はせで明かす夏の夜

題不知

240 夏の夜は[一一]篠《しの》の小竹《こたけ》の[一二]節《ふし》 近みそよや[一三]ほどなく明くるなりけり

海辺ノ夏月

241 夏の夜の月見ることやなかるらん[一四]蚊遣火《かやりび》たつる[一五]賤《しづ》の伏屋《ふせや》は

一 貴人の馬の飼料にする馬草。→補注
二 草を刈り束ねて、その末を結ぶ。
三 寝床が浅くなり荒れた。
四 副詞「然（し）か」を掛ける。
五 丈高い夏草の葉先の上に小笠だけ浮上って見える。→補注
六 春の景。→補注
七 大きく広い野。普通名詞か。
八 夏の闇夜に火串（灯火を保持する串）に松明を灯し、その明りが鹿の目に反射するのを目当てに弓を射る狩猟法。
九 取り替えない内に。短夜の表現。
一〇 鹿が照射の光に目を合わせず、私も目蓋を合わせて眠らない間に、の意。鹿に「然か」を掛ける。→補注
一一 竹の縁語「節（よ）」を掛ける。
一二 節の間が近く短いので。
一三 そうそう、の意の感動詞。篠竹の揺れる様の擬音を響かす。
一四 蚊を屋外へ追いやるために焚く火。庶民の風俗。その煙で月が見えないだろうと推量。
一五 卑賤の者の地に伏せたような家。

242 [一]*露のぼる[二]蘆《あし》の若葉に月さえて[三]秋をあらそふ[四]難波江の浦

泉にむかひて月を見ると云ふ事を

243 [五]掬《むす》びあぐる泉に[六]すめる月影は手にもとられぬ[七]鏡なりけり

244 掬ぶ手に涼しき[八]影を慕ふかな清水に宿る夏の夜の月

夏ノ月ノ歌をよみけるに

245 夏の夜も小笹《をざさ》が原に[九]霜ぞ置く月の光の[一〇]さえしわたれば

246 山川《やまがは》の岩にせかれて散る波を[一一]霰《あられ》と見する夏の夜の月

池ノ上ノ夏月

247 影さえて月[一二]しもことにすみぬれば夏の池に[一三]つららゐにけり

蓮満ツㇾ池ニと云ふ事を

248 [一四]おのづから月宿るべき[一五]ひまもなく池に蓮《はちす》[一六]の花咲きにけり

一　露が葉末に登る。↓補注
二　通常は春の歌語。
三　露と月とが早くも秋の趣を争う。
四　摂津国。蘆が景物の歌枕。
五　第四句にも懸る。
六　「澄める」と「住める」の掛詞。
七　泉水に映る月光を鏡に見立てる。
八　…を私は慕うよ。松・別「のかよふ」、流布本・心・西「をそふる」は、それぞれ影・月が主語。
九　冴えた月光を霜に見立てる。冬の景物で納涼を強調。以下二首の「霰」「つらら」も同様。↓補注
一〇　月光が「冴え」に、夜が「さえ」（冷え）を掛ける。「し」は強意。
一一　月が光を宿して波の飛沫を霰のように見せる。
一二　「しも」は強意。「すみ」は「澄み」に「住み」を掛ける。
一三　氷が張ったのだ。「つらら」（氷柱ではなく氷）は池上に映る月光の見立て。↓補注
一四　自然に。
一五　「ひま」は空間的な隙間。「ひまなく」で題の「満」に対応。
一六　蓮は夜明けに咲く。

249 [一]雨中ノ夏月ノ
夕立の晴るれば月ぞ宿りける玉[二]ゆり据うる[三]蓮《はす》の浮葉に

250 涼風如シレ秋ノ
[四]まだきより[五]身にしむ風のけしきかな[六]秋先立つる＊深山辺《みやまべ》の里

251 [七]松風如シレ秋ノと云ふ事を、[八]北白川なる所にて人々よみて、また水声ニ有リレ秋と云ふ事を[九]かさねけるに
松風の音のみならず[一〇]石走《いしばし》る水にも秋はありけるものを

252 山家待ツレ秋ヲ
山里は[一一]外面《そとも》の＊真葛《まくず》[一二]葉をしげみ[一三]裏吹きかへす秋を待つかな

253 [一四]六月祓《みなづきばらへ》
禊《みそぎ》して[一五]幣《ぬさ》きりながす河の瀬に[一六]やがて秋めく風ぞ涼しき

一 茨・松も「雨中夏月」だが、別・西「雨後夏月」、心「あめののちのなつのつき」とある方が適切。
二 夕立の残した露の玉を揺らして据え置く。
三 ↓補注
四 まだ秋が来ないうちから。
五 ↓補注
六 都より先に秋を立たせる。
七 ↓補注
八 洛東・白川の北部。
九 二題を重ね合わせて詠んだ折に。
一〇 水が岩に当ってしぶきを上げて流れる。万葉語「いはばしる」の平安期の訓より生じた語。白川の水流を表現。
一一 家の外側。
一二 葉を茂らせているので。
一三 葉を裏返す秋風が吹く。葛の葉の風に裏返る性質による歌句。↓補注
一四 六月晦日に川原で行う禊。人形や幣を川に流して穢れを払う。夏越(なごし)の祓とも。
一五 幣を刀で切って流す。↓補注
一六 すぐに秋を思わせる。

254
山家ノ初秋
さまざまのあはれをこめて梢吹く風に秋知る深山辺《みやまべ》の里

255
山居ノ初秋
秋立つと人は告げねど知られけり深山《みやま》の裾の風のけしきに

256
常盤《ときは》の里にて、初秋ノ月と云ふ事を人々よみけるに
秋立つと思ふに空もただならでわれて光を分けん三日月

257
初めの秋頃、鳴尾《なるを》と申す所にて、松風の音を聞きて
常よりも秋になるをの松風はわきて身にしむ心地《ここち》こそすれ

258
七夕《たなばた》
急ぎ起きて庭の小草《こぐさ》の露踏まんやさしき数に人や思ふと

259
暮れぬめり今日待ちつけて七夕はうれしきにもや露こぼるらん

一　秋の多様な情趣。自身の情感も含むか。
二　山家の実景の描写。
三　参考「秋来ぬと目にはさやかに見えねども風の音にぞおどろかれぬる」（古今・秋上・藤原敏行）。風に秋を知るのは伝統的発想。
四　参考→前歌注三の敏行の歌。
五　自ずと知られたよ。「れ」は自発。
六　山城国葛野（かどの）郡。三寂の父・藤原為忠邸があった。
七　普通でない趣で。
八　身を分割して、欠けた部分は光を分けて他所をも照しているだろう。→補注
九　摂津国の歌枕。松の名所。
一〇　秋に「成る」と地名「鳴尾」の掛詞。
一一　心・西・新拾遺「物にぞ有ける」。
一二　露の縁語「置き」を掛ける。
一三　露を踏んで草露を集めよう。露ですった墨で梶の葉に願い事を書く慣習を実行。→補注
一四　私を優美な人の数に。
一五　うれしいにつけても涙の露がこぼれるだろう。織女の胸中を推量。

260 天の川今日の七日《なぬか》は[一]ながき世のためしにも引き忌《い》みもしつべし

261 [二]船寄する天の[三]河辺の夕暮は涼しき風や吹き[四]わたるらん

262 待ちつけてうれしかるらん七夕の心のうちぞ[五]空に知らるる

蜘蛛《くも》の[六]いかきけるを見て

263 [七]ささがにの[八]蜘蛛手《くもで》にかけて引く糸やけふ七夕に[九]かささぎの橋

草花路を遮《さい》ぎると云ふ事を

264 夕露を払へば袖に[一〇]たま消えて[一一]路分けかぬる[一二]小野の萩原

[一三]野ノ径

265 [一四]末葉《すゑば》吹く風は[一五]野も狭《せ》にわたるとも[一六]荒くは分けじ萩の下露

草花得《タリ》レ時《ヲ》と云ふ事を

266 [一七]糸薄《いとすすき》[一八]縫はれて鹿の臥す野辺に[一九]ほころびやすき藤袴《ふぢばかま》かな

一 きっと永遠に続く男女の仲の例にも引き、年に一度しか逢えないので憚り避けもするだろう。
二 牽牛が船を寄せる。→補注
三 心・西「川瀬（かはせ）」。
四 心・西「わたす」。
五 七夕の「空」に、暗に知る意の「空に」を掛ける。→補注
六 巣をかけたのを。「い」は巣。
七 蜘蛛の異称。
八 四方八方に。「橋」の縁語。
九 鵲（かささぎ）が翼を並べて天の川に架ける橋。→補注
一〇 露の玉が消えて。
一一 道を分けて行くのが躊躇われる。
一二 「小野」は、ここは普通名詞か。
一三 野の小道。茨・松・心・西・別は下に「秋風」が付く結題。
一四 草木の先端の葉。
一五 野も狭しと一面に。
一六 私は荒く分けては行くまい。主語を風と取る解もある。
一七 茎の細い薄。「糸」「縫ふ」「綻ぶ」は「袴」の縁語。
一八 糸に縫われて鹿が臥す。
一九 つぼみが開きやすい。→補注

267　行路ノ草花

[一]折らで行く袖にも露ぞ[二]しほれける萩*の枝《え》しげき[三]野辺の細道

268　霧中ノ草花

[四]穂に出《い》づる深《み》山が裾の[五]むらすすき[六]籬《まがき》に籠《こ》めてかこふ秋霧

269　終日見ルニ野ノ花ヲ一

乱れ咲く野辺の萩原[七]分け暮れて[八]露にも袖を染めてけるかな

270　萩満テリレ野ニ

[九]咲きそはん[一〇]所の野辺に[一一]あらばや萩より外《ほか》の花も見るべき

271　[一二]萩満テリ二野亭ニ一

[一三]分けて入《い》る庭しも[一四]やがて野辺なれば萩の盛りをわがものに見る

272　野萩似タリレ錦ニ

今日《けふ》ぞ知るその[一五]江《え》に洗ふ唐錦《からにしき》萩咲く野辺に有りけるものを

一　折れば濡れて当然だが、の含意。
二　ぐっしょり濡れた。
三　心・西・夫木抄「のぢ」は近江国の歌枕「野路」か。
四　高く花穂を出す。人目につく意を掛ける。
五　群生する薄。
六　粗く編んだ垣根のうちに囲うようにする。霧を擬人化。
七　題の「終日」を表す。
八　萩の花摺りの上に夕露にも染めてしまったよ。
九　咲き勝る。以下の歌意は、もしここが萩の咲き勝る名所の野辺であったならば、萩以外の花も見られただろうか、いや萩の名所でその他の花を見られはしないし、名所ではないここでも萩しか目に入らない。
一〇　名所の野。
一一　「ば」は仮定、「やは」は反語。
一二　→補注
一三　草を分けて入る他人の庵の庭。
一四　そのまま野辺なので。
一五　蜀の国の錦江（四川省成都付近を流れる川）。ここでさらされる錦は蜀の名産。→補注

草花を

273 [一]茂りゆきし原の下草[二]尾花《をばな》出《い》でて招くは誰《たれ》を慕ふなるらん

薄当リテレ道ニ繁シ

274 花薄《はなすすき》[三]心あてにぞ分けてゆく[四]ほの見し道の跡しなければ

古キ籬《まがき》ノ刈萱《かるかや》

275 [五]籬荒れて[六]薄ならねど刈萱もしげき野辺ともなりにけるものを

女郎花《をみなへし》

276 をみなへし分けつる野辺と[七]思はばや[八]同じ露にし濡るとし*ならば

277 をみなへし[九]色めく野辺に[一〇]ふればはん袂に露やこぼれかかると

[一一]草花露重シ

278 [一二]今朝見れば露の*すがるに折れ伏して[一三]起きも上がらぬ女郎花《をみなへし》かな

一 夏に茂っていった野原の下草の中から。茨「しげりゆくしばの下草」。
二 薄の花穂が出たもの。花薄。風になびくさまを擬人化して「招く」と詠む。
三 あて推量で。
四 かつて通り、ほのかに見た覚えのある道。薄の縁語「穂」を掛ける。
五 人が住まず、垣根も荒れて。
六 古歌にいう一群薄ではないけれど、の含意。→補注
七 思いたい。「ばや」は願望。
八 同じ秋草の露に濡れるとするならば。どうせなら女性を思わせる女郎花の露（涙を暗示）に濡れたことにしたい、の含意。
九 美しく色づく。また、あだめく。女郎花に女性の姿を重ねて詠む古今集以来の伝統で、両方の意味を含めて用いた。→補注
一〇 触れて親しもう。「ふればふ」は四段動詞。恋歌的官能性を表現。
一一 源俊頼ほかの家集に同題。
一二 →補注
一三 起き上がりもしない。後朝《きぬぎぬ》の別れの女性の姿態を重ねる。

279 おほかたの野辺の露にはしほるれどわが[一]涙なきをみなへしかな

女郎花《をみなへし》帯《ブ》レ露《ヲ》

280 花[二]が枝《え》に露の白玉《しらたま》[三]貫《ぬ》きかけて折る[四]袖濡らすをみなへしかな

281 折[五]らぬより袖ぞ濡れぬる女郎花[六]露むすぼれて立てるけしきに

水[七]辺《ノ》女郎花

282 池の面《おも》に影をさやかにうつしもて[*八]水[九]鏡見るをみなへしかな

283 [一〇]たぐひなき花の姿をみなへし池の鏡にうつしてぞ見る

女郎花水[一一]近《ニシ》

284 をみなへし池[一二]のさなみに枝ひちてもの[一三]思ふ袖の濡るる顔《がほ》なる

荻《をぎ》

285 思[一四]ふにも過ぎてあはれに聞ゆるは荻の葉乱[一五]る秋の夕風

一 自分の涙の露は持たない。男に対して無情な女の見立て。
二 ↓補注
三 宝石のように貫き通して。
四 女との契りを暗示。
五 折る前から。
六 露が凝固して。心晴れない心情を重ねる。
七 先例のない歌題。
八 映すことで。底本の独自異文「うつしても」を他本により改訂したが、松・別「うつしても」。↓補注
九 水面に影が映るのを鏡にたとえた語。女郎花を、鏡を見る女に見立てる。
一〇 比べるものがない。↓補注
一一 ↓補注
一二 池のさざ波に枝が浸って。「ひつ」は当時すでに古風な語だった。
一三 恋の物思いの涙で袖が濡れた風情。
一四 思っていた以上に。心・西はこの歌を「秋の歌どもよみ侍りしに」の歌群に収める。
一五 吹き乱す。「乱る」は四段活用の他動詞。

286 [一]おしなべて[二]木草の末の原*までになびきて秋のあはれ見えけり

荻ノ風払フレ露ヲ

287 [三]牡鹿《をしか》伏す萩咲く野辺の夕露をしばしもためぬ[四]荻《をぎ》の上風《うはかぜ》

[五]隣ノ夕ノ荻ノ風

288 あたりまであはれ知れとも[六]言ひ顔に[七]荻の音こす秋の夕風

秋歌中に

289 吹きわたす風にあはれを[八]ひとしめて[九]いづくも[一〇]すごき秋の夕暮

290 [一一]おぼつかな秋はいかなる故《ゆゑ》のあれば[一二]すずろに物の悲しかるらん

291 なにごとを[一三]いかに思ふとなけれども[一四]袂かわかぬ秋の夕暮

292 [一五]なにとなくもの悲しくぞ見えわたる[一六]鳥羽田《とばた》の面《おも》の秋の夕暮

一 荻の歌でなく、配列不審とする説もある。
二 草木の葉末が野原の末に至るまで風になびいて。「末」は葉の先端の意に野原の果ての意を言い掛ける。「までに」は空間的極限を表す。
三 萩は鹿の花妻。
四 →補注
五 「隣家夕荻」(林葉集)、「隣家晩荻」(頼政集・教長集)の類題がある。
六 言いたげに。風を擬人化。
七 荻の葉ずれの音を吹き送ってよこす。「こす」はこちらによこすの意の他動詞。
八 等しくして。
九 参考「さびしさに宿を立ち出でてながむればいづくも同じ秋の夕暮」(後拾遺・秋上・良暹法師)。
一〇 荒涼として寂しい。散文系の語。
一一 はっきりしない。
一二 むやみに。→補注
一三 松・言葉集「いかにとおもふと」。→補注
一四 涙に濡れて、の含意。
一五 →補注
一六 山城国紀伊郡の歌枕。

野亭ノ秋夜

293 [一]寝覚めつつ長き夜《よ》[二]かなと磐余野《いはれの》[三]に幾秋《いくあき》さてもわが身経《へ》ぬらん

露を

294 [四]おほかたの露には何《なに》[五]のなるならん袂《たもと》に置くは涙なりけり

山里に人々まかりて、秋の歌よみけるに

295 山里の外面《そとも》[六]の岡の高き木にそ[七]ぞろがましき秋蟬《あきぜみ》[八]の声

[九]人々秋ノ歌十首よみけるに

296 [一〇]玉に貫《ぬ》く露はこぼれて武蔵野《むさしの》の草[一一]の葉むすぶ秋の初風

297 [一二]穂に出でて篠[一三]の小薄《をすすき》招く*野に[一四]たはれて立てる女郎花《をみなへし》かな

298 [一五]花をこそ野辺の物とは見に来つれ暮るれば虫の音《ね》をも聞きけり

299 [一六]荻《をぎ》の葉を吹き過ぎて行く風の音に心乱るる秋の夕暮

一 「寝覚め」は嘆老を表現。
二 「齢（よ）」を掛ける。
三 大和国の歌枕。「言はれ」を言い掛ける。
四 世間一般の。野辺一面の露の映像を伴うか。私の袂に置く涙の露と対比。↓補注
五 一体何がなるのだろう。
六 家の外側。
七 落ち着きない様子で鳴く。蟬の短命を含意。↓補注
八 夏から秋にかけて鳴く蟬。
九 歌会で初秋より暮秋までを詠んだ十首歌。↓補注
一〇 玉を貫き通したように置く。
一一 草の葉をなびかせて結ぶように吹く。草の葉を糸に見立て、「貫く」「むすぶ」を縁語とする。
一二 薄が花穂を出して、と恋心を表に出しての意を掛ける。↓補注
一三 まだ穂の出ない薄。「小」に「男」を掛け、女郎花の「女」に対比。
一四 戯れて。男の手招きに媚びる女に見立てる。
一五 ↓補注
一六 ↓補注

300 [一]はれやらぬ深山《みやま》の霧の[二]たえだえにほのかに鹿の声きこゆなり

301 [三]かねてより梢の色を思ふかな時雨《しぐれ》はじむる深山辺《みやまべ》の里

302 [四]鹿の音《ね》を[五]垣根にこめて聞くのみか月も[六]すみけり秋の山里

303 庵《いほ》に[七]漏《も》る月の影こそさびしけれ山田は[八]引板《ひた》の音ばかりして

304 [九]わづかなる庭の小草《こぐさ》の白露を[一〇]もとめて宿る秋の夜の月

305 [一一]なにとかく[一二]心をさへはつくすらん[一三]わが歎きにて暮るる秋かは

月

306 秋の夜の空に出づてふ[一四]名のみして影ほのかなる[一五]夕月夜《ゆふづくよ》かな

307 天《あま》の原[一六]月たけのぼる雲路《くもぢ》をば[一七]わきても風の吹きはらはなん

一 →補注
二 絶え間絶え間に、途切れがちに。「霧の」を承け、「きこゆ」を修飾。
三 時雨が紅葉を染める前から。→補注
四 →補注
五 庭に入って来た鹿の鳴く音を垣根の内に籠めて聞く。
六 「住み」と「澄み」の掛詞。
七 山田の縁語「守《も》る」を掛ける。
八 板を鳴らして鳥獣を追う仕掛。
九 量が少ない。非歌語的語彙。「白露」を修飾。
一〇 探し尋ねて宿る。月光遍満は仏教の恩沢にも通う。
一一 どうしてこのように。心・西「秋の暮」題。
一二 心をまでも尽すのだろう。→補注
一三 私の歎きのせいで暮れる秋だろうか、いやそうではないのに。
一四 名ばかりで。秋の月といえば明月という観念を前提とする。
一五 陰暦上旬の夕方にかかる月。
一六 月が天高く上る。
一七 とりわけ風が吹き払ってほしい。

308 うれしとや待つ人ごとに思ふらん[一]山の端《は》出《い》づる秋の夜の月

309 [二]なかなかに[三]心つくすも苦しきに[四]曇らば入《い》りね秋の夜の月

310 いかばかりうれしからまし秋の夜の月すむ空に[五]雲なかりせば

311 [六]播磨潟《はりまがた》[七]灘《なだ》の[八]深沖《みおき》に漕ぎ出でて[九]あたり思はぬ月をながめん

312 [一〇]いさよはで出《い》づるは月のうれしくて入る山の端《は》はつらきなりけり

313 [一一]水の面《おも》に宿る月さへ入りぬるは池の底にも山やあるらん

314 [一二]暮はるる[一三]心やゆくと山の端に[一四]しばしな入りそ秋の夜の月

315 明くるまで宵より空に雲なくて[一五]またこそかかる月見ざりつれ

一　山の稜線。月の出で入る所。
二　かえって。「苦しきに」に懸る。
三　雲が懸るかと心配しつくすのも。
四　曇ったなら入ってしまえ。「ね」は完了の助動詞「ぬ」の命令形。
五　雲がなかったら、どんなにうれしいだろう。反実仮想の倒置。現実には雲があり、気がかりゆえ。
六　播磨国南部の海岸。
七　摂津国武庫川から生田川に至る沿海。
八　遥か遠い沖。
九　周囲にさえぎる物を気にしない。下句は西・別「西に山なき月を見るかな」。↓補注
一〇　ためらわずに。「出づる」「入る」共に懸る。
一一　空の月はもちろん水面に映る月まで。「さへ」は添加。↓補注
一二　自ずと暮われる。「るる」は自発。
一三　心は満たされ、そこまで行くと思うから。
一四　暫く入るなよ。↓補注
一五　二度とはこんな月を見なかったよ。「また…」を過去に用いた破格の語法。

316 [一]浅茅原《あさぢはら》葉末の露の玉ごとに光[二]つらぬく秋の夜の月

317 秋の夜の月を雪かと[三]まがふれば露も霰《あられ》の心地《ここち》こそすれ

閑《しづか》ニ待ツレ月ヲ

318 [四]月ならでさし入る影のなきままに暮るるうれしき秋の山里

海辺ノ月

319 [五]清見潟《きよみがた》月すむ空の浮雲は富士の高嶺《たかね》の[六]煙《けぶり》なりけり

池上ノ月

320 [七]水錆《みさび》ゐぬ池の面《おもて》の清ければ宿れる月も[八]めやすかりけり

[九]同じ心を、[一〇]遍照寺にて、人々よみけるに

321 [一一]宿しもつ月の光の[一二]をゝしさは[一三]いかにいへども広沢の池

322 [一四]池に[一五]すむ月にかかれる浮雲は[一六]払ひ残せる水錆《みさび》なりけり

一 →補注
二 糸で玉を貫き留めるように、露の玉に映る光を貫く。
三 見紛えると。一面の月光を雪と見るのは常套。
四 月光以外には差し入ってくるものがないので。訪れる人もないの含意。→九四八・九四九
五 駿河国。月の名所。→補注
六 浮雲と見えたのは煙だったよ、という気づき。
七 水垢がたまっていない。→補注
八 見た目が安らかだよ。「めやすし」は非歌語。
九 前歌と同じ「池上月」の題意。
一〇 山城国葛野郡嵯峨の寺。広沢池の南に所在。翫月の名勝。
一一 宿らせて持つ。主語は広沢の池。
一二 雄大さ。月光の形容としては珍しい。松・別「をかしさは」。茨「おほさはは」は大沢の池に取り成す。
一三 何といっても。
一四 →補注
一五 「住む」「澄む」の掛詞。
一六 清掃し残したの意に、風が吹き払い残したの意を掛ける。

323
＊月似タリ二池ノ氷一ニ
水なくてこほりぞしたる勝間田《かつまた》の池あらたむる秋の夜の月

324
名所ノ月
清見潟《きよみがた》沖の岩越す白波に光をかはす秋の夜の月

325
なべてなき＊所＊の名をや惜しむらん明石はわきて月のさやけき

326
海辺ノ明月
難波《なには》潟《がた》月の光にうらさえて波の面《おもて》に氷をぞ敷く

327
月前ノ遠望
くまもなき月の光にさそはれて幾《いく》雲居までゆく心ぞも

328
終夜見ルレ月ヲ
誰来《たれき》なん月の光にさそはれてと思ふに夜半《よは》の明けぬなるかな

一　結氷した。月光を氷に見立てる。
二　所在未詳。↓二二五補注
三　↓三一九・注五。沖に岩が実在。初度奥州の旅途上に嘱目したか。
四　白波に月光を重ね合わせる。↓補注
五　比類ない名所の名声を月が惜しむのだろうか。
六　播磨国の歌枕。月の名所。
七　浦が心のうちまで凍るように冴えて。「浦」に「うら（心・裏）」を掛けて「面」に対照。
八　月光を氷に見立てる。参考「秦甸之一千余里　凜凜氷鋪」（和漢朗詠・上・十五夜）。
九　心詞「月の前に遠く望むといへることを、菩提院の前の斎宮にて人々よみ侍りしに」。↓一〇補注
一〇　一点も曇るところない。
一一　↓補注
一二　「幾」の疑問に呼応して感動を込めた疑いを表す。
一三　きっと誰か来るだろう。
一四　明けてしまうようだよ。「なる」は推定。誰も来ずに、の含意。茨・万代集「明けにけるかな」。

八月十五夜

329 山の端《は》を出づる宵より[一]しるきかな今宵[二]しらする秋の夜の月

330 *[三]数へねど今宵の月のけしきにて[四]秋のなかばを[五]空にしるかな

331 [六]天の川[七]名に流れたるかひありて今宵の月はことに澄みけり

332 さやかなる影にてしるし秋の月[八]十夜《とよ》にあまれる五日《いつか》なりけり

333 [九]うちつけにまた来《こ》ん秋の今宵まで月ゆゑ惜しくなる命かな

334 [一〇]秋はただ今宵一夜《ひとよ》の名なりけり同じ[一一]雲居に月はすめども

335 [一二]老いもせぬ十五《じふご》の年もあるものを今宵の月の[一三]かからましかば

くもれる十五夜を

336 [一四]月見れば影なく雲につつまれて[一五]今宵ならずは闇に見えまし

一 はっきりと分るよ。
二 今夜が十五夜だと知らせる。
三 今日は何日と暦の上で数えないけれど。→補注
四 仲秋。ここは八月十五夜。
五 暗にの意の「そらに」を掛ける。
六 銀河。または伊勢物語で有名な河内国天の川か。→補注
七 名が世に広く流布している。「流れ」は川の縁語。
八 十夜と五日で十五夜を表す。→補注
九 出しぬけに。出家の不惜身命《ふじやくしんみやう》の覚悟に矛盾する衝動。→補注
一〇 →補注
一一 「澄め」と「住め」の掛詞。
一二 年老いることもない。→補注
一三 空に「かから」と「かくあら」を掛ける。「ましかば」は反実仮想の後半を省略。現実の月は十六夜以降、月齢を重ねて老いる（欠ける）。
一四 心・西「月まてば」。
一五 今夜でなかったら闇に見えただろう。反実仮想。現実には十五夜の明月ゆえ、雲に包まれて姿が見えなくともほの明るい。

月ノ歌あまたよみけるに

337 [一]入《い》りぬとやあづまに人は惜しむらん都に出づる山の端《は》の月

338 待[二]ち出でて隈《くま》なき宵の月見れば雲[三]ぞ心にまづかかりける

339 秋風や天《あま》つ雲居《くもゐ》を[四]はらふらん更《ふ》[五]けゆくままに月のさやけき

340 [六]何処《いづく》とてあはれならずはなけれども荒[七]れたる宿ぞ月はさびしき

341 [八]蓬《よもぎ》わけて荒れたる庭[九]の月見れば昔すみけん人ぞ恋しき

342 [一〇]身にしみてあはれ知らする風よりも月にぞ秋[一一]の色はあり[一二]ける

343 [一三]虫の音《ね》にかれゆく野辺の草むらにあはれをそへてすめる月かげ

344 人も見ぬよし[一四]なき山の末[一五]までにすむ[一六]らん月のかげをこそ思へ

一　月が西の山へ入ってしまったと東国で人は惜しんでいるだろうか。心・西・別「あづまには入りぬと人や思ふらん」。→補注
二　「待ち」の主語は私、「出でて」の主語は月。
三　雲が月に懸りはしないかとまず気にかかるよ。「かかり」は月・雲の縁語。
四　「はらふ」は雲の縁語。
五　更けてゆくにつれて。
六　どこだとて月があわれでない所はないけれど。
七　→補注
八　蓬は荒廃を表す植物。→補注
九　茨「やど」。
一〇　→補注
一一　秋を感じさせる色彩や気配。
一二　茨・西・玄玉集「みえける」。
一三　虫の音につれて。陽明文庫本系の多くと茨・松・別「虫の音も」。この本文によれば、続く「枯れ」は「離《か》れ」との掛詞になる。
一四　由緒のない、つまらない山。
一五　末に至るまで。
一六　「澄む」と「住む」の掛詞。

345 木《こ》の間洩《も》る有明の月をながむれば[一]さびしさそふる峯の松風

346 いかにせんかげ[二]をば袖に宿せども心の[三]澄めば月の曇るを

347 [四]くやしくも[五]賤《しづ》の伏屋《ふせや》とおとしめて[六]月の洩るをも知らで過ぎける

348 [七]あばれたる草の庵《いほり》にもる月を[八]袖にうつしてながめつるかな

349 月を見て[九]心うかれし[一〇]いにしへの秋にも[一一]さらにめぐりあひぬる

350 [一二]なにごとも変りのみゆく世の中に同じ影にてすめる月かな

351 夜もすがら月こそ[一三]袖に宿りけれ[一四]昔の秋を思ひ出づれば

352 ながむれば[一五]ほかの影こそ[一六]ゆかしけれ変らじものを秋の夜の月

353 ゆくへなく月に[一七]心のすみすみて[一八]果《はて》はいかにかならんとすらん

一 寂しさを添える。先例のない西行の独自句。
二 月光を袖の涙に映すけれども。
三 下句は、心が澄むと涙が納まり、今度は月に雲が懸って曇るのをと取る解と、心が澄むと感涙の涙によって月が曇って見えるのをと取る解と、両解ある。
四 第五句に懸る。
五 下賤の陋屋と卑下して。
六 月が洩る情趣をも。屋の縁語「守(も)る」を掛ける。
七 中が透けて見えるほど荒廃した。動詞「あばる」は西行に三例。
八 袖の涙に映して。
九 心が身を離れ出て行った。
一〇 ここは在俗の昔の意。
一一 再び巡り会った。昔の強い感動を再生させるほどの月の美を表現。
一二 →補注
一三 袖に懐旧の涙を暗示。
一四 在俗の昔。
一五 他所で見る月影。→補注
一六 行って見たい。
一七 澄みに澄んで。
一八 →補注

354 月影のかたぶく山をながめつつ[一]惜しむしるしや有明の空

355 ながむるも[二]まことしからぬ心地《ここち》して[三]世《よ》にあまりたる月の影かな

356 [四]行末《ゆくすゑ》の月をば知らず過ぎ来つる秋また[五]かかる影はなかりき

357 [六]まこととも誰《たれ》か思はんひとり見て後《のち》に今宵の月を語らば

358 月のため昼と思ふがかひなきに[七]しばし曇りて夜をしらせよ

359 天《あま》の原*[八]朝日山より出《い》づればや月の光の昼にまがへる

360 [九]有明の月の頃にしなりぬれば秋は[一〇]夜なき心地こそすれ

361 [一一]なかなかに[一二]時々雲のかかるこそ月を[一三]もてなす飾《かざ》りなりけれ*

362 [一四]雲晴るる嵐の音は松にあれや[一五]月もみどりの色にはえつつ

一　惜しむ効験があって、有明の月が残る空。しるしや「有り」に「有明」を言い掛ける。陰暦一五日以降、明けても残る有明月の習性による。
二　現実ではない。↓補注
三　この世のものとは思えない。「世」に「夜」を掛け、夜と思えないほど明るい、の意を含める。
四　これから先に見る月。↓補注
五　このような。月の縁語「懸る」を掛ける。
六　↓補注
七　常には厭う雲だが、の含意。
八　山城国の歌枕。宇治。山名「朝日」と「昼」を因果で結ぶ。↓補注
九　↓補注
一〇　昼のように明るい月が明けても空に残るので、の含意。
一一　かえって。第四句に懸る。
一二　常時でなく「時々」とした点が下句の表現に生きる。↓三五八
一三　もてはやす。擬人法。
一四　月に懸る雲が晴れてゆく嵐の音は松の間にあったか。
一五　松の上に見える月も松の緑の色に映えている。↓補注

363 [一]さだめなく鳥や鳴くらん秋の夜*は月の光を[二]思ひまがへて

364 誰《たれ》もみな[三]ことわりとこそ定むらめ[四]昼をあらそふ秋の夜の月

365 影さえてまことに月の明《あか》き夜は[五]心も[六]空にうかれてぞすむ

366 くまもなき月の面《おもて》に飛ぶ雁《かり》の影を[七]雲かとまがへつるかな

367 ながむれば[八]いなや心の苦しきに[九]いたくな澄みそ秋の夜の月

368 [一〇]雲も見ゆ風もふくれば荒くなる[一一]のどかなりつる月の光を

369 [一二]もろともに影を並ぶる人もあれや月の洩りくる[一三]笹の庵《いほり》に

370 [一四]なかなかに曇ると見えて晴るる夜の月は[一五]光のそふ心地《ここち》する

371 [一六]うき雲の月の面《おもて》にかかれどもはやく過ぐるはうれしかりけり

一 時を定めず鶏は鳴いているのだろうか。
二 夜明けの光と間違えて。→補注
三 月は秋とは道理だと。
四 昼を我物にしようと日と争う。
五 天空にの意と、うわの空にの意を掛ける。
六 身を離れ出た心は空に住み、澄みわたる。「住む」と「澄む」の掛詞。「浮かる」と「澄む」を結び合わせたのは西行独自。
七 見間違えたよ。茨・松・別・夫木抄「おもひけるかな」。
八 いやだな。感動詞「否」と間投助詞「や」。美を求めるのに反し、心を苦しめるゆえ。
九 あまり澄んでくれるな。
一〇 夜が更けると、雲も見え、風も荒くなる。
一一 宵のうちはのどかだった。
一二 一緒に月に照された姿を並べる人もいたらいいな。「影」は月の縁語。
一三 笹葺きの草庵。行尊に三例。
一四 かえって。「光のそふ」に懸る。
一五 松・心・別「ひかりぞ」。→補注
一六 「浮き」に「憂き」を掛ける。

372 [一]過ぎやらで月近くゆくうき[二]雲のただよふ見るは[三]わびしかりけり

373 厭《いと》へども[四]さすがに雲のうち散りて月のあたりを離れざりけり

374 雲はらふあらしに[五]月の*みがかれて光得て澄む秋の空かな

375 *くまもなき月の光をながむればまづ[六]姨捨《をばすて》の山ぞ恋しき

376 月冴《さ》ゆる[七]明石の瀬戸に風ふけば[八]こほりの上に[九]たたむ白波

377 天《あま》の原おなじ[一〇]岩戸を出づれども光ことなる秋の夜の月

378 かぎりなく名残《なご》り惜しきは秋の夜の月に[一一]ともなふ曙《あけぼの》の空

[一二]九月十三夜

379 今宵はと[一三]心得顔《こころえがほ》にすむ月の光[一四]もてなす[一五]菊の白露

一　通り過ぎないで。前歌と逆の事態。
二　→三七一・注一六
三　雲が懸るかとやり切れないよ。
四　そうはいってもやはり。
五　月が磨かれて輝きを増し。
六　信濃国の歌枕。名月を眺めて真っ先に月の名所を想起して恋う。
七　播磨国。明石と淡路島の間の海峡。明るい意の「明し」を掛ける。
八　海面に映る月光を氷に見立てる。参考「秦甸之一千余里　凜凜氷舗」（和漢朗詠・上・十五夜）。
九　畳み重なる白波。→補注
一〇　日月が出る「天の戸」を西行は天岩屋の岩戸と見なしたか。→補注
一一　明けて残る残月に曙の日が連れ添う空。枕草子以来の春曙に対する新しい美の発見。
一二　我国で観月の宴が宇多朝に始まり、八月十五夜に対し後の名月とも。
一三　名月と心得ている様子で。茨・心「所えがほ」。
一四　光をもてはやす。擬人法。
一五　九月九日、重陽の節句の菊を取り合わせる。

380 雲きえし秋のなかば[一]の空よりも月は今宵ぞ名に[二]負*《お》へりける

381 [三]後《のち》ノ九月、月をもてあそぶと云ふ事を

月見れば秋加[四]はれる年はまた[五]あかぬ心もそらに[六]ぞありける

382 月照ス[七]滝ヲ

雲消ゆる那[八]智のたかねに[九]月たけて光をぬける[一〇]滝の白糸

383 久シク待ツ月ヲ

出《い》でながら雲にかくるる月影を重[一一]ねて待つや二村《ふたむら》[一二]の山

384 雲間ニ待ツ月ヲ

*秋の月いさ[一三]よふ山の端《は》のみかは雲[一四]の絶え間も待たれやはせぬ

385 月前ノ薄《すすき》

惜[一五]しむ夜の月にならひて有明の入らぬをまねく花薄かな

一 仲秋、八月十五夜。
二 名月の名にふさわしい。→補注
三 閏九月。→補注
四 秋がひと月加わった今年。
五 月を見て飽きない心も。
六 身を離れ出て空にの意と、うわの空にの意を掛ける。茨・心・西「そふ」。
七 先例のない結題。西追加・夫木抄「月照滝水」。建仁元年（一二〇一）の仙洞句題五十首に同題。
八 紀伊国熊野三山の一つ。→補注
九 月が中天高く上って。
一〇 滝の飛沫ごとに宿る月光を滝の白糸が貫き通しているかのようだ。「ぬける」は糸の縁語。
一一 度重ねて待つのか。
一二 尾張国の歌枕。「蓋」を掛け、「重ねて」を縁語とする。
一三 出るのをためらう。
一四 出ながら隠れた雲の絶間も待たれる。「やは」は上の「かは」と共に反語。
一五 明ける前に入る十五夜以前の月を惜しんで招き返した習慣で。花薄が揺れる様を招くと見立てる。

386 花薄月の光にまがはまし[一]深きますほの色に[*二]染めずは

月《ノ》前《ノ》荻

387 [三]月すむと荻植ゑざらん宿ならば[四]あはれすくなき秋にやあらまし

月照《ラス》二野《ノ》花《ヲ》一

388 [五]月なくは暮れは宿へや帰らまし野辺には花の盛りなりとも

月《ノ》前《ノ》野花

389 [六]花のころを影にうつせば秋の夜の月も[七]野守の鏡なりけり

月《ノ》前《ノ》草花

390 [八]月の色を花に重ねてをみなへし[九]表裳《うはも》の下に露[一〇]をかけたる

月《ノ》前《ノ》女郎花《をみなへし》

391 宵の間の露に[一一]しほれてをみなへし有明の[一二]月の影にたはるる

一　同じ白い色ゆえ見紛えただろう。反実仮想。現実には穂先の深紅で区別がついた。
二　赤い色。「まそほ」の転。→補注
三　たとえ月が澄んでいても。「澄む」に宿の縁語「住む」を掛ける。「と」は逆接仮定条件の接続助詞。
四　情趣に乏しい秋だったろう。反実仮想。現実には荻を植えて月に照された風情を堪能。
五　月がなかったら日暮には宿へ帰っただろう。反実仮想。現実には月が野花を照しているゆえ見続ける。
六　秋の野花を照すだけでなく、春の花の頃を面影に映すので。→補注
七　見失った鷹の影を野守が野中の水に映して探し当てた故事による語。
八　月の色を表に、花の色を裏に重ねる襲（かさね）の色目として。
九　袴の上に着用した衣服。女郎花を正装の女官に見立てる。
一〇　表裳の下に飾る玉に見立てる。
一一　露に濡れてぐったりして。人待つ宵の涙に濡れる女性に見立てる。
一二　明方は露に宿した月に戯れている。後朝の場面の女性に見立てる。

392 [一]庭さゆる月なりけりなをみなへし[二]霜にあひぬる花と見たれば

月ノ前ノ虫

393 月の[三]すむ浅茅《あさぢ》に[四]すだく[五]きりぎりす[六]露の置くにや秋を知るらん

394 [七]露ながらこぼさで折らん月影に小萩が枝の[八]松虫の声

深夜聞クレ蛬《きりぎりすヲ》

395 [九]わがよとや更《ふ》けゆく[一〇]空を思ふらん声も休まぬきりぎりすかな

[一一]田家ノ月

396 [一二]夕露の玉しく小《を》田《だ》の[*一三]稲筵《いなむしろ》[一四]かぶす穂末に月ぞ[一五]すみける

月ノ前ノ鹿

397 たぐひなき心地《ここち》こそすれ秋の夜の月すむ峯《みね》の[一六]小牡《さを》鹿《しか》の声

月ノ前ノ紅葉

一 実は庭一面に冴えわたった月光だったよ。

二 霜に出会った花と見たところ。霜は月光の見立て。「あひ」は擬人法。倒置法で初句に返る。↓九八七

三 「澄む」と「住む」の掛詞。

四 集まる。集って鳴く。

五 現在のこおろぎ。

六 露が置くことによって秋が来たのを知るのだろうか。↓補注

七 枝に露の置いたまま、露に宿る月光も松虫の声もこぼさずに折ろう。

八 現在の鈴虫。「待つ」を響かせる。

九 自分たちの思いのままの夜と思ってか。「よ」に「世」と「夜」を掛ける。

一〇 茨「月」。

一一 心・夫木抄「田の上の月」。

一二 夕露が玉を敷き並べたように置く。「しく」は筵の縁語。

一三 稲穂が稔り伏すさまを筵にたとえた語。俊頼髄脳の語釈による。

一四 稲穂が稔り傾く。↓補注

一五 「澄み」と「住み」の掛詞。茨・心・西・別・夫木抄「やどれる」。

一六 牡鹿の妻恋いの声。

398 木《こ》の間《ま》洩《も》る有明の月のさやけきに[一]紅葉《もみぢ》をそへてながめつるかな

霧隔ツレ月ヲ

399 [二]立田山月[三]すむ峯の[四]かひぞなきふもとに霧の晴れぬかぎりは*

月ノ前ノ懐旧

400 [五]いにしへを何につけてか思ひ出でん[六]月さへ曇る[七]夜《よ》ならましかば

寄スルレ月ニ述懐

401 世の中の憂きをも知らで[八]すむ月の影は[九]わが身の心地《ここち》こそすれ

402 世の中は曇りはてぬる月なれや[一〇]さりともと見し影も待たれず

403 [一一]いとふ世《よ》も月澄《す》む秋になりぬれば[一二]ながらへずはと思ひなるかな*

404 [一三]さらぬだにうかれて[一四]ものを思ふ身の心をさそふ秋の夜の月

一　照り映える紅葉の色を添えて。→補注
二　大和国の歌枕。紅葉ほかの景物を詠むが、月との取り合わせは珍しい。霧の縁語「立つ」を掛ける。
三　「澄む」と「住む」の掛詞。
四　甲斐がない。山の縁語「峡（かひ）」を掛ける。
五　過ぎ去った時。
六　月までも曇る。茨・西・別「月さへかはる」。
七　夜だったなら。反実仮想。上句に返る倒置法。現実には曇らない月が懐旧のよすがとなる。
八　「澄む」と「住む」の掛詞。
九　私自身の心境と同じ気がする。出家の立場で発想。
一〇　曇ったといっても晴れるかと思ってみた月影も期待できない。
一一　厭離する世も。「世」に「夜」を掛ける。
一二　生き永らえていなかったら、この月を見ることもなかったと思うようになるよ。→補注
一三　月夜でなくてさえ。
一四　落ち着かずに物思いする身。

405 捨[一]て往《い》にし憂き世に月のす[二]まであれなさ[三]らば心の留《とま》らざらまし

406 あ[四]ながちに山[五]にのみすむ心かな誰《たれ》[六]かは月の入《い》るを惜しまぬ

春日《かすが》[七]にまゐりたりけるに、常よりも月明《あか》くて、あはれなりければ

407 ふ[八]りさけし人の心ぞ知られぬる今宵三[九]笠の月をながめて

月明《ノ》寺《ノ》辺《リ》

408 昼と見ゆる月に明くるを知らましや時[一〇]つく鐘の音せざりせば

人々住吉[一一]にまゐりて、月[一二]をもてあそびけるに

409 片削《かたそぎ》[一三]のゆきあはぬ間《ま》より洩る月や冴えてみ[一四]袖の霜に置くらん

410 波にやどる月をみぎは[一五]に揺《ゆ》り寄せて鏡[一六]に懸くる住吉の岸

一 捨てて去った。松・西・別「捨てて出でし」。西は題「旅の心を」。
二 澄まないでいてほしいな。「澄まで」に「住まで」を掛ける。
三 そうだったなら憂世に心が留らないだろうに。反実仮想。現実には月が澄むゆえ執着が残る。
四 むやみに。非歌語。
五 月の入る西山にのみあって、澄む私の心だよ。西方浄土を暗示。
六 誰も月が山に入るのは惜しむけれど。「かは」は反語。
七 大和国の春日神社。
八 ふり仰いで遠く望み見た人。安倍仲麿の望郷歌による。→補注
九 三笠山。春日神社の東方。
一〇 時を撞き知らせる鐘の音がしなかったら。反実仮想。晨朝の鐘により夜明けを知る。
一一 摂津国の住吉明神。
一二 月を賞翫したときに。
一三 片端を削いだ千木（ちぎ）の交差がゆるんだ隙間より。→補注
一四 神の御袖。
一五 汀に揺らしながら寄せて。
一六 神鏡として懸けたように見える。

旅まかりける泊りにて

411 [一]あかずのみ都にて見し影よりも旅こそ月は[二]あはれなりけれ

412 [三]見しままに[四]姿に影もかはらねば[五]月ぞ都の形見なりける

旅宿ニ思フレ月ヲ

413 月はなほ[六]夜な夜なごとに宿るべし[七]わが結びおく草の庵《いほり》に

心ざすことありて[八]安芸《あき》の一宮《いちのみや》へまゐりけるに、[九]たかとみの浦と申す所に、風に吹きとめられて、程経《へ》にけり、[一〇]苫《とま》葺きたる庵《いほり》より月の洩《も》*りけるを見て

414 波の音を心に[一一]かけて明かすかな苫洩る月のかげを友にて

[一二]まゐりつきて、月いと明《あか》くて、あはれにおぼえければ

415 [一三]もろともに旅なる空*に月も出でて澄めばや影のあはれなるらん

旅宿ノ月

一　ただもう飽きることなく。
二　旅の宿で見る月こそは。
三　都で見た通りに。
四　姿に加えて光も。茨・松・心・西・別「すがたもかげも」。
五　月が都を偲ぶよすがであったな。参考「ありしにもあらぬうき世にかはらねど月ぞ昔の形見なりける」(待賢門院堀河集)。
六　夜毎夜毎に。
七　私が結び残してきた草庵に。「草」に露を暗示し、それに月光が宿るだろうとする。「結び」と「草」、「宿る」と「庵」は縁語。
八　厳島神社。次歌と共に初度西国の旅の詠か。→補注
九　安芸国賀茂郡。今の多賀登美《たかとみ》浦か。散木奇歌集に見える地名。
一〇　苫葺きの庵の苫の隙間より。上陸して仮泊した漁師小屋か。西「とまより」に拠れば、船の苫屋形より月光が洩れたとも取れ、その場合は船中泊となる。
一一　気にかけて。「かけ」は波の縁語。
一二　安芸の一宮に参着して。
一三　私と一緒に月も旅の空に出て。

416 [一]あはれしる人見たらばと思ふかな旅寝の[二]床《とこ》に宿る月影

417 月宿る同じ[三]浮《う》き寝の波にしも[四]袖しほるべきちぎり有り[五]ける

418 都にて月をあはれと思ひしは[六]数よりほかの[七]すさびなりけり

船中ノ初雁《はつかり》

419 [八]沖かけて[九]八重《やへ》の*潮路《しほぢ》をゆく船は[*一〇]ほのかにぞ聞く初雁の声

[*一一]朝ニ聞ク二初雁ヲ一

420 [一二]横雲《よこぐも》の風に別るるしののめに山飛び越ゆる初雁の声

入《リテ》レ夜ニ聞クレ雁ヲ

421 [一三]烏羽《からすば》に書く玉章《たまづさ》の心地して雁なきわたる夕闇の空

雁ノ声遠近クシ

422 [一四]白雲をつばさにかけてゆく雁の[一五]門田《かどた》の面《おも》の友慕ふなり

一 ↓補注
二 「床」に旅愁の涙を暗示。それに月光が宿るとした。西・万代集「旅ねの袖に」。
三 船中に宿る旅寝。「憂き」を掛ける。
四 袖が波に濡れて萎れるべき宿縁。「しほる」は「絞る」とも解せる。
五 「ける」は連体中止。茨「けり」。
六 物の数にも入らない。西・別・新古今「数にもあらぬ」。
七 慰み。
八 ↓補注
九 幾重にも波が立つ海路。
一〇 船の縁語「帆」を掛ける。
一一 重家集・親宗集に同題。心・西「あか月はつかりおきく」。
一二 暁に山の端にたなびく雲。院政期より用いられた歌語。↓補注
一三 烏の黒羽に書く手紙。明瞭に判別しない事の喩え。↓補注
一四 白雲を手紙の如く翼に懸けて。↓補注
一五 門田の面に残る友を慕って鳴き交すのが聞える。「なり」は心・宮合・御裳濯集ほか「なる」で連体中止。

423 霧中ノ雁
[一]玉章《たまづさ》のつづきは見えで雁がねの[二]声こそ霧に消《け》たれざりけれ

424 霧上ノ雁
[三]空色のこなたをうらにたつ霧のおもてに雁の*かくる玉章

425 霧
うづら鳴くをりにしなれば霧こめてあはれさびしき[四]深草の里

426 霧隔ツ二行客ヲ一
[五]名残《なごり》多*み[六]むつごと尽きで[七]帰り行く人をば霧もたち隔てけり

427 山家ノ霧
たちこむる[八]霧の下にもうづもれて[九]心晴れせぬ深山辺《みやまべ》の里

428 [一〇]夜《よ》をこめて[一一]竹の編戸《あみど》に[一二]立《た》つ霧の[一三]晴ればやがてや[一四]明けんとすらん

一　手紙の文字の続き様。雁の列を書信に見立てる。→四八
二　声は霧に消されないよ。
三　空色の紙のこちら（地上側）を裏にして立つ霧の上の、紙の表（青空）に雁が懸けた手紙のような雁の列。空・霧を青紙の表裏に、霧の上を飛ぶ雁を書信に見立てる。→補注
四　山城国紀伊郡。伊勢物語により鶉の名所。
五　名残り多いので。
六　仲睦まじい語らい。男女間に限らず心許した相手との懇談。
七　→補注
八　世に埋もれ、さらに霧の下にも、の含意。
九　心が晴れない。「晴れ」は霧の縁語。
一〇　夜半から明方にかけて。「夜」に竹の縁語「節（よ）」を掛ける。
一一　山家を象徴させる。→補注
一二　戸の縁語「たつ」（閉じる）を掛ける。
一三　霧が晴れたらそのまま夜が。「晴れ」は霧の縁語。
一四　戸の縁語「開け」を掛ける。

鹿

429 [一]しだり咲く萩の古枝《ふるえ》に風[二]かけて[三]すがひすがひに牡鹿《をしか》なくなり

430 萩が枝《え》の露[四]ためず吹く秋風に牡鹿なくなり[五]宮城野《みやぎの》の原

431 [六]夜もすがら妻恋ひかねてなく鹿の涙や野辺の露となるらん

432 [七]さらぬだに秋はもののみ悲しきを涙もよほす小牡鹿《さをしか》の声

433 [八]山颪《やまおろし》に鹿の音《ね》たぐふ夕暮*をもの悲しとは言ふにやあるらん

434 鹿もわぶ空のけしきも[九]しぐるめり[一〇]悲しかれともなれる秋かな

435 [一一]なにとなく[一二]住ままほしくぞ思ほゆる[一三]鹿あはれなる秋の山里

436 [一四]小倉《をぐら》の麓《ふもと》に住み侍りけるに、鹿の鳴きけるを聞きて

牡鹿《をしか》なく小倉の山の[一五]すそ近みただひとり[一六]すむわが心かな

一 枝垂れて咲く萩の古い枝に。
二 風が鹿の声を寄せ懸けての意か。
三 次々に、後から後からと。結び合わせるように、の意も掛けるか。→補注
四 露がたまる間もないほど吹く。
五 陸奥国の歌枕。萩の名所。
六 夜通し妻を恋う心に堪えかねて。妻恋の哀音は他歌にも通底。→補注
七 鹿の鳴かない時でさえ。→補注
八 山から吹き下ろす風に鹿の音が響きを添える。
九 時雨れるようだ。晩秋・冬の景。
一〇 「悲しくあれ」と私に命じているような情景ともなった秋だよ。
一一 何という理由もなく。この歌、心・西は「山家鹿」題。
一二 住みたいと思われる。
一三 そのようにの意の「然(し)か」を掛ける。茨「鹿のねたへぬ」(流布本系他本「鹿のねたえぬ」)。
一四 洛西の嵯峨。西行は出家後しばらくして嵯峨に結庵。→補注
一五 山裾が近いので。鹿を間近に聞く、の含意。
一六 「住む」「澄む」の掛詞。

暁ノ鹿

437 夜[一]《よ》を残す寝覚《ねざめ》に聞くぞあはれなる夢野[二]の鹿もかくや鳴き*けん

夕ニ聞クレ鹿ヲ

438 篠原《しのはら》[三]や霧[四]にまがひて鳴く鹿の声かすかなる秋の夕暮

幽居ニ聞クレ鹿ヲ

439 隣《となり》[五]ゐぬ原[六]の仮屋《かりや》に明かす夜は鹿[七]あはれなるものにぞありける

田ノ庵ノ鹿

440 小山田《をやまだ》[八]の庵《いほ》近く鳴く鹿の音《ね》に[九]おどろかされて[一〇]おどろかすかな

人を尋ねて、小野[一一]にまかりたりけるに、鹿の鳴きければ

441 鹿の音《ね》を聞くにつけても住[一二]む人の心知らるる小野の山里

独《ひと》リ聞ク二擣衣《たうい》[一三]ヲ一

442 ひとり寝《ね》の夜寒《よさむ》になるにか[一四]さねばや誰《た》がために擣《う》つ衣なるらん

一　年老いて夜明け前のまだ夜を残す寝覚めに。参考「老眠早覚常残レ夜」(和漢朗詠・下・老人・白楽天)。
二　摂津国の歌枕。神戸市兵庫区。湊川の西。夢野は古名「刀我野（とがの）」で、院政期には「つげの」と呼称。「とがの」は神戸市灘区、大阪市北区に比定する説がある。↓補注
三　近江国の歌枕。普通名詞とも解せる。
四　姿も声も霧に紛れて。
五　隣人の家居もない。↓補注
六　野原の仮庵。茨・松・西追加・夫木抄「はた（畑）の…」。
七　「然（し）か」を掛ける。
八　山田守りの立場で詠む。↓補注
九　目覚めさせられて。
一〇　今度は引板（ひた）などを鳴らして鹿を驚かせるよ。「おどろく」の語意に差異を持たせた同語反復の諧謔。
一一　ここは洛北の大原の小野。
一二　「澄む」を掛ける。↓補注
一三　砧にのせた衣を槌で擣つこと。留守居の妻の夫への思慕を詠む題材。
一四　衣を重ねたい。恋歌的表現。

443 隔《テテ》レ里《ヲ》擣《ウツ》レ衣《ヲ》

小夜衣《さよごろも》[一]いづくの里に擣《う》つならん遠く聞ゆる槌《つち》の音《おと》かな

444 年頃[二]申しなれたる人の、伏見[三]に住むと聞きて、尋ねまかりたりけるに、庭の草、道*見えぬほどに茂りて、虫の鳴きければ

分けて入《い》る袖にあはれをかけよとて露けき[四]庭に虫さへ[五]ぞなく

445 虫の歌よみ侍りけるに

夕されや[六]玉おく[七]露の小笹生《こざさふ》[八]に声初鳴《はつな》[九]らすきりぎりすかな

446 秋風に穂末《ほずゑ》なみよる刈萱《かるかや》[一〇]の下葉に虫の声乱る[一一]なり

447 きりぎりす鳴くなる野辺はよそなる[一二]を思はぬ袖に露のこぼるる[一三]

448 秋風の[一四]ふけゆく野辺の虫の音《ね》にはしたなき[一五]まで濡るる袖かな

一 夜着。「小」は接頭語。
二 長年馴れ親しんだ人。心「むかし申なれたりし人の、よのがれて…」では出家遁世した人。男性とも女性（妻）とも取れる。
三 山城国紀伊郡。
四 「露けき」に涙を暗示。「袖」「かけ」と縁語。
五 虫までも鳴く。「さへ」は添加。
六 夕方になると。
七 茨「玉うごく」。
八 小笹の生えている所。
九 声を初めて鳴らす。「鳴らす」は玉の縁語。
一〇 秋の七草。「乱る」と縁語。↓補注
一一 松・別(重出)・続拾遺「よわる」。
一二 私と関わりない他所なのに。
一三 意想外の私の袖に涙の露がこぼれかかる。「こぼるる」は連体中止。「の」は茨「ぞ」で係り結び。
一四 秋風が吹き、夜が更けてゆく。無名抄に近代の詞として「風ふけて」を挙げる。
一五 きまりが悪いまでに。「はしたなし」は非歌語。↓補注

449 虫の音《ね》を[一]よそに思ひて明かさねば袂も[二]露は野辺にかはらじ

450 野辺に鳴く[三]虫もやものは[四]悲しきに[五]答へましかば問ひて聞かまし

451 [六]秋の夜をひとりやなきて明かさまし[七]ともなふ虫の声なかりせば

452 秋の夜に声も[八]休まず鳴く虫を[九]つゆまどろまで聞き明かすかな

453 秋の野の[一〇]尾花《をばな》が袖に招かせていかなる人を[一一]松虫の声

454 夜もすがら[一二]袂《たもと》に虫の音《ね》をかけて[一三]払ひわづらふ袖の白露

455 [一四]きりぎりす夜寒《よさむ》になるを[一五]告げ顔に[一六]枕のもとに来つつ鳴くなり

456 虫の音をよわりゆくかと[一七]聞くからに[一八]心に秋の日数をぞ経《ふ》る

457 秋深みよわるは虫の声のみか聞くわれとても[一九]頼みやはある

一　私と無関係に思って。
二　露は涙を暗示。
三　→補注
四　茨・別「悲しきと」。
五　もし虫が答えるなら問うて聞くのに。反実仮想。結句は茨・松「しらまし」。
六　茨・松・別は次歌と配列順が逆。
七　もし連れ添う虫の声がなかったら。反実仮想。→補注
八　茨「おしまず」、松・別「やすめず」。→四五〇補注
九　少しも。「つゆ」は副詞。
一〇　尾花の様を袖で人を招くのに見立てる。「招かせて」の主語は松虫。
一一　人を「待つ」を掛ける。松虫は現在の鈴虫という。
一二　袂に虫の音と涙の白露を懸けて。
一三　払いかねる。優美の情。
一四　現在のこおろぎ。
一五　告げ知らせる様子で。
一六　床・枕の蟋蟀は詩経による。→四六一補注
一七　聞くと共に。→補注
一八　心中に秋の日数の経過を想う。
一九　行先は頼みない。「やは」は反語。

458 虫の音《ね》に[一]露けかるべき袂かは[二]あやしや心もの思ふべし

独リ聞ク㆑虫ヲ

459 独り寝の[三]友には馴《な》れてきりぎりす鳴く音《ね》を聞けば[四]もの思ひ添ふ

故郷ノ虫

460 [五]草深み分け入りてとふ人も[六]あれや[七]ふりゆく跡の[八]鈴虫の声

雨中ノ虫

461 [九]壁に生《お》ふる小草《こぐさ》に[一〇]わぶるきりぎりす[一一]しぐるる庭の露いとふべし

田庵ニ聞ク㆑虫ヲ

462 小萩咲く[一二]山田の畔《くろ》の虫の音《ね》に[一三]庵守《いほも》る人や袖濡らすらん

暮ノ路ノ虫

463 [一四]うち過ぐる人なき[一五]路の[一六]夕されは[一七]声にて送るくつわ虫かな

一 こんなに涙の露に濡れるはずの袂か。茨・松・西・別「さのみぬるべき」、心「つゆけかるべき」。

二 不思議だ、わが心は物思いをしているに違いない。↓補注

三 茨・心・西・別「友にはならで」。底本ほかにより「友には馴れて」としたが、やや通じ難い。

四 心「ものおもひぞそふ」。↓補注

五 草が深いので。荒廃した様。

六 あってほしい。

七 「旧り」に鈴の縁語「振り」を掛ける。↓補注

八 現在の松虫という。

九 礼記・月令の「蟋蟀居㆑壁」など漢詩文で壁の蟋蟀は常套。和歌にも詠まれた。壁の小草は旧屋を表す。

一〇 わびしげに鳴く。

一一 時雨の降る庭の露を嫌ったのだろう。↓補注

一二 山田の境界。あぜ。

一三 仮庵で山田を守る番人。

一四 茨「うちぐする」。

一五 松・歌枕名寄「野路の」。

一六 夕方。「夕され」は名詞。

一七 声によって見送る。↓補注

田家ノ秋ノ夕

464 ながむれば袖にも[一]露ぞこぼれける[二]外面《そとも》の小田《をだ》の秋の夕暮

465 吹き過ぐる[三]風さへことに身にぞしむ山田の庵《いほ》の秋の夕暮

[四]京極太政大臣、中納言と申しける折、[五]菊をおびたたしき程に仕立てて、鳥羽院に参らせ給ひたりけり。[六]鳥羽の南殿《みなみどの》の[七]東面《ひんがしおもて》の[八]坪に、所無き程に植ゑさせ給ひたりけり。[九]公《きん》重《しげ》の少将、人々すすめて[一〇]菊もてなされけるに、加はるべき由《よし》ありければ

466 [一一]君が住む宿の坪をば菊ぞかざる[一二]仙《ひじり》の宮とやいふべかるらん

菊

467 幾秋《いくあき》にわれあひぬらん[一三]九月《ながつき》の九日《ここぬか》に[一四]摘《つ》む[一五]八重の白菊《しらぎく》

468 秋深み[一六]ならぶ花なき菊なれば[一七]所を霜のおけとこそ思へ

一　涙の露。
二　家の外側の小さな田。↓補注
三　風までも格別に。「さへ」は添加。
四　藤原宗輔。↓補注
五　菊を非常に多く作り上げて。
六　鳥羽離宮に数ある御所のうち最も早く寛治元年（一〇八七）に白河院が造営。のち鳥羽院の御所。
七　松「ひがし西の」、別「東西の」。↓補注
八　坪前栽（つぼせんざい）。中庭。
九　藤原通季の子、実能（叔父）の猶子。歌人。↓補注
一〇　菊をもてはやして歌を詠まれたときに私（西行）も加わるように言われたので。院北面として出詠。
一一　鳥羽院。
一二　上皇御所「仙洞（せんとう）」の和語化。神仙の宮殿に擬す。菊の縁で不老長生の祝意を寄せる。
一三　重陽の節句。菊の宴が行われ、長寿を祈る。
一四　「積む」を掛ける。↓補注
一五　九・八の数を対照。
一六　↓補注
一七　「所を…おけ」は遠慮せよ。

月前ノ菊

469 [一]ませなくは何をしるしに思はまし月に[二]まがよふ白菊の花

秋、[三]ものへまかりける道にて

470 [四]心なき身にもあはれは知られけり[五]鴫《しぎ》たつ[六]沢の秋の夕暮

[七]嵯峨に住みける頃、[八]隣の坊に申すべきことありて、まかりけるに、道もなく葎《むぐら》の[九]茂りければ

471 立ちよりて隣とふべき垣に添ひてひまなく這へる[一〇]八重葎かな

題不知

472 いつよりか[一一]紅葉《もみぢ》の色は染むべきと時雨にくもる空に問はばや

紅葉未《ダ》レ遍《あまねカラズ》

473 [一二]糸鹿山《いとかやま》時雨に色を染めさせて[一三]かつがつ織れる錦なりけり

山家ノ紅葉

一 ませ垣（竹や木で粗く編んだ垣）がなかったら何を菊の目印に思っただろう。反実仮想。ませ垣により月光と白菊の花を区別できた。
二 「まがよふ」は「まがふ」の派生語。区別がつかなくなる。
三 寺社詣などちょっとした外出の途上で。
四 情趣を解しない身。謙辞。俗情を超越した出家の身と取る説もある。→補注
五 鴫が飛び立つ。佇立すると解する説もある。
六 結句体言止め。新古今の三夕の歌の一つ。
七 出家後まもなくの頃。→三八
八 僧房。
九 松・別「垣そひにしげくはひたる」。
一〇 幾重にも茂る葎。葎は蔓草の総称。荒廃を象徴。→補注
一一 時雨が紅葉の色を染めるという当時の観念による。→補注
一二 紀伊国の歌枕。「糸」と「色」「染め」「織る」「錦」は縁語。
一三 ようやく少しずつ織っている。

474 [一]染めてけり紅葉の色のくれなゐを[二]時雨《しぐ》ると見えし深山辺《みやまべ》の里

秋の末に松虫を聞きて

475 [三]さらぬだに声弱かりし松虫の秋の末には[四]聞きもわかれず

476 [五]梢あれば枯れゆく野辺はいかがせん虫の音《ね》残せ秋の山里

[六]寂然、高野にまゐりて、[七]深《キ》秋《ノ》紅葉と云ふ事を[八]よみけるに

477 [九]さまざまの錦ありける深山《みやま》かな花見し峯《みね》を時雨染めつつ

紅葉色深《シ》

478 [一〇]限りあればいかがは色のまさるべき[一一]あかず時雨るる[一二]小倉山《をぐらやま》かな

479 もみぢ葉の[一三]散らで時雨《しぐれ》の日数経《へ》ば[一四]いかばかりなる色にはあらまし

霧中《ノ》紅葉

一　紅葉の色の紅を時雨がすっかり染めてしまった。
二　時雨れていると見えた深山辺の里では。晴れて一変した景観に感嘆。
三　秋の末ならぬ時にさえ。
四　聞き分けることもできない。
五　枯れることのない松の梢があるから、虫の宿る草が枯れてゆく野辺は致し方ないとしても、せめて梢に松虫を宿らせて鳴く音を残せ、の意か。→補注
六　藤原頼業。西行の親友。
七　茨・心・西「深山紅葉」。
八　心・西「宮の法印の御庵室にてよむべきよし申し侍りしに、参りあひて」。宮の法印は崇徳院第二皇子・元性。→補注
九　色とりどりの錦。春の花の錦や秋の紅葉の錦と取る説もある。
一〇　限度があるから、紅葉の色がこれ以上深くなるはずないのに。
一一　飽きることなく。
一二　洛西・嵯峨の歌枕。
一三　散らないで時雨の染める時日がたてば。
一四　どんなに深い色になっただろう。

480 [一]錦《にしき》はる秋のこずゑを見せぬかなへだつる霧の闇をつくりて

481 [二]いやしかりける家に、蔦《つた》の紅葉《もみぢ》のおもしろかりけるを見て
[三]思はずによしある賤《しづ》のすみかかな蔦の紅葉を軒《のき》に這《は》はせて

482 [四]東《あづま》へまかりけるに、[五]信夫《しのぶ》の奥に侍りける社《やしろ》の紅葉を
[六]常磐《ときは》なる松の緑に神さびて紅葉ぞ秋は[七]朱《あけ》の玉垣《たまがき》

483 草花の野路の紅葉
紅葉散る野原を分けて行く人は花ならぬ[八]また錦きるべし

484 秋の末に、[九]法輪《ほふりん》にこもりてよめる
[一〇]大井川《おほゐがは》[一一]井堰《ゐせき》によどむ[一二]水の色に秋深くなる程ぞ知らるる

485 小倉山《をぐらやま》[一三]麓《ふもと》に秋の色はあれや梢《こずゑ》の錦風に[一四]たたれて

486 [一五]わがものと秋の梢を思ふかな小倉の里に家居《いへゐ》せしより

一 錦を張ったように美しい紅葉の秋の梢を見せないことだ。
二 下賤の者が住むみすぼらしい家。風情を解しない者の住家を含意。
三 思いがけなく風情ある下賤の者の住家だな。
四 初度奥州の旅か。
五 陸奥国信夫郡。→補注
六 →補注
七 紅葉を朱色の玉垣（神社の周囲にめぐらした垣根）に見立てた。
八 野辺の秋草の花の錦だけでなく、その上にまた紅葉の錦を着るだろう。→一一六〇「野辺の錦」。→補注
九 洛西・嵯峨の法輪寺。出家後まもなくの参籠か。在俗時にも同寺に住した空仁を訪問した（残集）。
一〇 桂川の上流、嵐山付近の名称。
一一 川を堰き止めた所。
一二 井堰に積る紅葉が映じた水の色。
一三 紅葉の錦が散り敷いて麓に秋の色はあったか。→補注
一四 断ち切られて。錦の縁語「裁たれて」を掛ける。
一五 →補注

487 山里[一]は秋の末にぞ思ひしる悲しかりけり木枯《こがらし》[二]の風

暮秋[三]

488 暮れはつる秋の形見にしばし見ん紅葉散*らすな木枯[四]の風

489 秋[五]暮るる月なみ分くるやま[六]がつの心うらやむ今日《けふ》の夕暮

夜すがら秋を惜しむ[七]

490 惜[八]しめども鐘の音さへかはるかな霜[九]にや露を結びかぬらん

冬

[一〇]長楽寺にて、夜《よる》紅葉を思ふと云ふ事を、人々よみけるに

491 夜もすがら惜しげなく吹く嵐かなわざと[一一]時雨《しぐれ》の染むる梢《こずゑ》を

題不知

492 寝覚《ねざめ》[一二]する人の心を侘[一三]びしめて時雨《しぐ》るる音は悲しかりけり

一　→補注
二　木を吹き枯らす風。三句切れ・四句切れ・結句体言止めは西行愛用の律調。
三　流布本系は題詞がなく、次歌まで法輪寺歌群に連続。
四　松・別・歌枕名寄「みむろとの山」。三室戸山は山城国宇治郡。その奥に喜撰法師の住居跡。三室戸寺は西国三十三所観音霊場。
五　秋が暮れる月の次第を周囲より知る。→補注
六　山住の卑賤者。木樵など。
七　心・西「…といふことを、北白川にて人々よみ侍りしに」。北白川→二三一・二五一・一〇四二
八　暁の鐘の音までも冬の音色に変ったよ。
九　秋の露を冬の霜に結びかねているのだろう、の意で通じがたい。→補注
一〇　→四八補注
一一　わざわざ時雨が染めて紅葉させる梢を。「わざと」に惜秋の含意。
一二　ここは老いの寝覚。
一三　侘しくさせて。

十月はじめつかた、山里にまかりたりけるに、きりぎりす[一]
の声のわづかにしければよめる

493 霜[二]うづむ葎《むぐら》[三]が下のきりぎりすあるかなきかの声聞ゆなり

山家ノ落葉

494 [四]道もなし宿は木《こ》の葉に埋《うづ》もれてまだきせさする[五]冬籠りかな

暁ノ落葉[六]

495 木の葉散れば月に心[七]ぞあらはるる深山《みやま》隠れに住まんと思ふに

496 [八]時雨《しぐれ》かと寝覚《ねざめ》の床に聞ゆるは嵐に絶[九]えぬ木の葉なりけり

水上ノ落葉

497 [一〇]立田姫染め[一一]し梢《こずゑ》の散るをりは[一二]くれなゐあらふ山川《やまがは》の水

落葉

498 [一三]嵐掃く庭の木の葉の惜しきかな[一四]まことの塵《ちり》になりぬと思へば

一 今の蟋蟀。初冬まで鳴く。
二 →補注
三 蔓草の総称。
四 →補注
五 まだ早いのに私に冬籠りをさせることだよ。
六 この題詞は流布本系では次歌の前にあり、前歌の題詞「山家落葉」が当歌に懸る。「暁」は歌の内容に合わず、流布本系の方がよいか。
七 枝の間よりさす月光に照されて、月に憧れる私の心はあらわになる。「あらはるる」は「隠れ」に対照。茨「あくがるる」。
八 →補注
九 絶え間なく散る。「耐へぬ」(こらえきれずに散る)と取る説もある。
一〇 秋の女神。
一一 竜田姫が染めた梢の紅葉が散る時は。松・別「染しもみぢのちるときは」。
一二 水上の紅葉を紅色に染めた錦を洗う様に見立てる。→補注
一三 嵐が掃き寄せる。箒で掃くのに見立てる。
一四 本当の塵。塵は「掃く」の縁語。

499　月前落葉
[一]山颪《やまおろし》の月に木の葉を吹きかけて光に[二]まがふ影を見るかな

500　滝上落葉
木枯《こがらし》に[三]峯の木の葉や[四]たぐふ[五]らんむら濃《ご》に見ゆる[六]滝の白糸

501　山家時雨
宿かこふ[七]柞《ははそ》の柴の[八]時雨《しぐれ》さへ慕ひて染むる初時雨かな

502　閑中時雨
[九]おのづからおとする人ぞなかりける山[一〇]めぐりする時雨ならでは

503　時雨歌よみけるに
[一一]東屋《あづまや》のあまりにも降る時雨かな[一二]誰《たれ》かは知らぬ神無月《かみなづき》とは

504　落葉留二[一三]網代《あじろ》一
紅葉寄る網代の布の色染めて[一四]ひをくくりとは見えぬなりけり

一　山から吹きおろす風が。→補注
二　月光にまじり合う葉影。
三　茨・松・別「紅葉や」。
四　連れ添うのだろう。
五　まだらに濃淡のある染色。滝の流れに散る紅葉の見立て。→補注
六　滝の激流を白糸に見立てた語。白糸は「むら濃」の縁語。
七　コナラ・クヌギ・カシワなどブナ科の植物の総称。「柴」は低木。
八　茨・松・別・夫木抄「色をさへ」によれば、山家を囲う丈の低い柞の葉の色までも、の意。
九　たまたま訪れる人もないよ。
一〇　山寺を巡りながら降る時雨以外には。→補注
一一　東屋の軒先の意に、余りに多くの意を言い掛ける。→補注
一二　誰も神無月（一〇月）と分っているのに。「かは」は反語。時雨が神無月を告げるという通念を踏む。
一三　川瀬に竹木を編み、先端に簀（す）を置き魚を捕る仕掛。
一四　緋緒括に氷魚括（氷魚を捕える意）を掛けたか。氷魚と「寄る」は縁語。→補注

505 山家枯草と云ふ事を、覚範僧都房《ばう》[一]にて人々よみけるに

[二]かきこめし裾野《すその》の薄《すすき》霜枯れてさびしさまさる柴の庵《いほ》かな

506 野辺寒草と云ふ事を、[三]双林寺にてよみけるに

[四]さまざまに花咲きけりと見し野辺の[五]同じ色にも霜枯れにける

507 枯野草

[六]分けかねし袖に露をば留《とど》め置きて霜に朽ちぬる[七]真野《まの》の萩原《はぎはら》

508 [八]霜かづく枯野の草のさびしきに[九]いづらは人の心とむらん

509 霜枯れてもろく砕《くだ》くる*荻《をぎ》の葉を[一〇]あらく分くなる風の音かな

510 [一一]冬歌よみけるに

難波《なには》江《え》の汀《みぎは》の葦《あし》に霜冴えて浦風寒き朝ぼらけかな

511 [一二]玉かけし花の姿もおとろへて[一三]霜をいただくをみなへしかな

一 茨「覚雅僧都」。→補注
二 秋には庵を取り込めるように茂った山の裾野の薄が。接頭語「か」に、柴の庵の縁語「垣」を掛ける。
三 京都東山の寺。西行庵跡がある。
四 色とりどりに。
五 同じ白一色に霜枯れたよ。「ける」は連体中止法。茨「けり」。
六 秋には萩が茂り露も多く分けかねたが、冬の今は私の袖に秋を偲ぶ涙の露を留め置いて。
七 摂津国武庫郡の歌枕。大和国とも。万葉の「真野の榛原(はりはら)」の異訓より「萩原」と詠まれた。
八 霜に覆われた。
九 一体どこに人は心をとどめるのだろう。
一〇 荒く吹き分けてゆく風の音が聞えるよ。「なる」は聴覚による推定。
一一 別「江寒草」、新拾遺「寒草帯霜」。
一二 露の玉を飾りに懸けた花の姿も衰えて。露を帯びた女郎花を、真珠の髪飾りを懸けた女性に見立て、その衰亡を詠む。→補注
一三 霜を白髪に見立てる。

512　山[一]ざくら初雪降れば咲きにけり吉野[二]は里に冬ごもれども

513　さびしさに堪《た》へたる人[三]のまたもあれな庵《いほり》ならべん冬の山里

水辺ノ[四]寒草

514　霜にあひて色[五]あらたむる葦の穂のさびしく見ゆる難波江[六]の浦

山家ノ[七]冬

515　玉[八]まきし垣根の真《ま》葛《くず》霜枯れてさびしく見ゆる冬の山里

寒夜ノ旅宿

516　旅寝する草のまくらに霜[九]冴えて有明《ありあけ》[一〇]の月のかげぞ待たるる

山家ノ冬ノ月

517　冬枯れのすさまじげ[一一]なる山里に月のすむ[一二]こそあはれなりけれ

518　月出《い》づる峯[一三]の木《こ》の葉も散りはてて麓《ふもと》の里は[一四]うれしかるらん

一　初雪を山桜に見立てる。↓補注
二　吉野では私は里に冬籠りしているけれども。
三　もう一人いてほしいな。三六九と類想だが、これは同心の隣人を希求。西詞「山家の冬の心を」。
四　寒さにあい、枯れた草。
五　紫から白に色を改める。↓補注
六　↓二四二・注四
七　茨・松「山ざとの冬といふことを、人々よみけるに」で歌会詠。
八　玉を巻いたように茂った。葛の新葉が巻葉になる様。季は初秋。宝石のように美しい、の含意。↓補注
九　霜が冷たく凍りついて。霜は旅愁の涙を暗示。秋なら露だが、冬は霜となる。
一〇　有明月は夜明け近く出るので、夜明けを待つ、の含意。
一一　荒涼とした様子の。和歌では稀少語。↓補注
一二　「澄む」「住む」の掛詞。
一三　月光が射すのに障りがなくなって、の含意。
一四　峯住みの立場から里人の嬉しさを推量。

519 月照ス㆓寒草ヲ㆒
[一]花に置く露に宿りしかげよりも枯野[二]の月はあはれなりけり

520 [三]氷しく沼の葦原《あしはら》風さえて月も光[四]ぞさびしかりける

閑夜ノ冬ノ月

521 [五]霜さゆる庭の木《こ》の葉を踏みわけて[六]月は見るやと[七]訪《と》ふ人もがな

庭上ノ冬ノ月

522 冴《さ》ゆと見えて冬[八]深くなる月影は[九]水なき庭に氷をぞしく

鷹狩

523 [一〇]あはせつる木居《こゐ》のはし鷹*おはへかし[一一]犬飼人《いぬかひびと》の声しきるなり

雪中ノ鷹狩

524 [一二]かきくらす雪に雉子《きぎす》は見えねども[一三]羽音《はおと》に鈴をくはへてぞやる

一 秋草の花。千草の花に宿る月光の華麗な景を提示。
二 冬の枯野を照す月。↓補注
三 一面に氷が張った。
四 氷に見立てられる月の光もいっそうさびしいことよ。
五 一面の霜が月光に冴えわたる。
六 会話体「月は見るや」を詠み込む。↓補注
七 訪ねてくる人がいたらいいな。「もがな」は願望。
八 「深く」は水の縁語。松・別「ふかくすむ」。
九 水のない庭に氷を敷いたように見える。↓補注
一〇 獲物を狙わせて放ったが、木に止まっているはし鷹よ、獲物を追えよ、の意か。難解で通じ難い。「はし鷹」はハイタカ。大鷹より小型の鷹。↓補注
一一 犬飼人の声が頻りに聞えてくるから。「なり」は聴覚による推定。
一二 空を一面に暗くする。
一三 雉子の羽音に、鷹の尾につけた鈴の音を加えて放つ、の意。「くはへて」は茨・松・別「たぐへて」。

525 ふる雪に[一]鳥立《とだち》も見えずうづもれて[二]とりどころなき[三]み狩野の原

庭ノ雪似タリレ月ニ

526 木《こ》の間《ま》洩《も》る月のかげとも見ゆるかな[四]はだらに降れる庭の白雪

雪の朝《あした》、[五]霊山《りやうぜん》と申す所にて、[六]眺望を人々よみけるに

527 [七]たちのぼる朝日の影のさすままに都の雪は[八]消えみ消えずみ

枯野に雪の降りたりけるを

528 枯れはつる茅《かや》が上葉《うはば》にふる雪は[九]さらに尾花の心地《ここち》こそすれ

雪の歌よみけるに

529 [一〇]たゆみつつ橇《そり》の早緒《はやを》もつけなくに積りにけりな[一一]越《こし》の白雪

[一二]雪埋ムレ路ヲ

530 降る雪に[一三]枝折《しを》りし柴もうづもれて[一四]思はぬ山に冬ごもりぬる

一　狩場で鳥が集まるように設けた湿地・叢。→補注
二　取り柄の意に、獲物の捕り所の意を掛ける。
三　天皇の遊猟地の野原。禁野。
四　うっすらと降り積った。庭の白雪を月光に見立てる。→補注
五　京都・東山の正法寺の裏山。もとは釈迦が説法したインドの霊鷲山の略。能因、源道済らが詠歌の場とした風光明媚な所。
六　元来は漢詩題。
七　茨・心「たけのぼる」。→三〇七
八　消えたり、消えずに残ったり。陽の当る場所と当らない場所の光景。
九　改めて秋の尾花（花薄）を見る心地がするよ。
一〇　油断して橇の早緒（引き綱）も付けないうちに。
一一　越路の白雪。→補注
一二　松・別「雪埋山路」。
一三　下山時の道しるべのために折った雑木の枝。
一四　籠山修行すると思い決めたのではない山。思いがけない、の意を掛ける。→補注

秋頃、高野《かうや》へまゐるべき由《よし》[一]たのめてまゐらざりける人の許《もと》へ、雪降りてのち、申し遣《つか》はしける

531 雪深くうづみてけりな君来《く》やと[二]紅葉《もみぢ》のにしきしきし山路を

雪《ノ》朝待《ツ》レ人《ヲ》

532 [三]わが宿に[四]庭よりほかの道もがな訪《と》ひこん人の[五]跡つけで見ん

雪に庵《いほり》埋みて、[六]せんかたなくおもしろかりけり。[七]いまも来たらばと詠《よ》みけんこと思ひ出でて、見けるほどに、鹿の分けて通りけるを見て

533 人来《こ》ばと思ひて雪を見るほどに[八]鹿跡つくることもありけり

雪《ノ》朝会《フ》レ友《ニ》

534 [九]跡とむる駒のゆくへはさもあらば[一〇]あれうれしく君に[一一]ゆきにあひぬる

雪埋《ム》レ竹《ヲ》と云ふ事を

一 約束して期待させて。
二 紅葉の錦を敷いた山路を。私が客をもてなすために敷いたと表現。
三 参考「待つ人の今も来たらばいかがせむ踏ままく惜しき庭の雪かな」(詞花・冬・和泉式部)。
四 庭を通る以外の道があればよいな。「もがな」は願望。
五 足跡を付けないで見たい。
六 言うすべもなく。
七 前歌注三の和泉式部歌を引用。
八 そのように鹿が足跡を付ける。鹿に「然(し)か」を掛ける。
九 足跡を求めてきた馬の行方。管仲が道に迷い、老馬を放ってそれに従い道を得た、老馬智の故事(韓非子)が原拠。「夕闇は道も見えねど旧里は本こし駒にまかせてぞ来る」(後撰・恋五・よみ人しらず)は俊頼髄脳でこの故事によると指摘。題の「雪朝」は「雪中放レ馬朝尋レ跡」(和漢朗詠・下・将軍・羅虬)による。
一〇 どうでもよろしい。
一一 雪中に行き合った。「ゆき」は「雪」に「行き」を掛ける。茨・松・別「行きもあひぬる」。

535 雪うづむ[一]園の[二]呉竹《くれたけ》折れ伏してねぐら求むる[三]群雀《むらすずめ》かな

[四]賀茂臨時祭返立《かへりだち》の御神楽《みかぐら》、*[五]土御門内裏《つちみかどだいり》にて侍りけるに、[六]竹のつぼに雪の降りたりけるを見て

536 うらがへす[七]小忌《をみ》の衣と見ゆるかな竹の末葉《うれは》に降れる白雪

社頭ノ雪

537 [八]玉垣《たまがき》は[九]朱《あけ》も緑もうづもれて雪おもしろき松尾《まつのを》の山

雪ノ歌よみけるに

538 [一〇]なにとなく[一一]暮るるしづりの音までも[一二]雪あはれなる深草の里

539 雪降れば野路《のぢ》も山路《やまぢ》もうづもれて[一三]をちこちしらぬ旅の空かな

540 [一四]青根山苔《あをねやまこけ》のむしろの上に敷く雪は白根《しらね》のここちこそすれ

541 [一五]卯《う》の花のここちこそすれ山里の垣根の柴をうづむ白雪

一　屋敷に付属する園地。
二　中国渡来のハチクの一種。
三　雀は非勅撰集的題材。
四　一一月下の酉の日に行う賀茂社の祭で、社頭の儀が終り、祭使・舞人が内裏に帰参して奏する神楽。
五　鳥羽・崇徳・近衛天皇の里内裏。土御門南・烏丸西。→補注
六　竹を植えた坪庭。清涼殿の東庭に竹台があった。
七　白布に模様を青摺りした神事の衣。竹の葉末の雪を舞人が袖を裏返す様に見立て、配色の逆転に興じる。
八　本殿と背後の神体山の間に朱の玉垣があった(山城国松尾社境内図)。
九　玉垣の朱も、松の緑も。→補注
一〇　「雪あはれなる」に懸る。
一一　夕暮に枝から雪が落ちる音までも。「しづり」は院政期に流行した語。
一二　下句は茨「山辺は雪ぞあはれなりける」。深草の里は山城国。
一三　遠くも近くも分らない。
一四　吉野山の最南端にある分水嶺。青根ケ峰。→補注
一五　垣根の白雪を卯の花に見立てる。→補注

542 [一]をりならぬめぐりの垣の卯の花をうれしく雪の[二]咲かせつるかな

543 [三]訪《と》へな君夕暮になる庭の雪を[四]跡なきよりはあはれならまし

舟中ノ霰《あられ》

544 [五]瀬戸わたるたななしをぶね心せよ[六]霰みだるるしまき横ぎる

[七]深山ノ霰

545 [八]杣人《そまびと》の[九]まきの仮屋《かりや》の[一〇]あだ臥《ぶし》に[一一]音するものは霰なりけり

桜の木に霰の[一二]たばしりけるを見て

546 [一三]ただはおちで*枝を伝へる霰かな[一四]つぼめる花の散る心地《ここち》して

月ノ前ノ炭竈《すみがま》

547 [一五]かぎりあらん雲こそあらめ炭竈の煙《けぶり》に月の[一六]すすけぬるかな

千鳥《ちどり》

一 時節でない、家の周囲の垣根の卯の花を。
二 雪を卯の花に見立て、咲かせたと擬人化。
三 訪れてくれよ、君。句割れ。
四 足跡がないより、君の足跡のついた方が趣き深いだろうに。
五 海峡を渡る船棚（両側面に渡した板）を付けない小船よ、用心せよ。舟人に下知。
六 海上は霰が乱れ散り、旋風が横切ろうとしている。→補注
七 松「旅のとまりの霰」、別「旅宿霰」。
八 木樵。
九 杉・檜で屋根を葺いた仮小屋。
一〇 恋人と離れた独り寝。
一一 音を立てて訪れるものは。→補注
一二 勢いよく飛び散ったのを。
一三 すぐには落ちないで。
一四 霰を蕾の花に見立てる。
一五 月を隠すにも限りがあって、やがては晴れる雲だったらよいのに。こそ…已然形は逆接。
一六 「すすけ」は煙の縁語。→補注

548 [一]淡路島[二]いそわの千鳥声しげし*瀬戸の潮風さえわたる夜《よ》は

549 [三]淡路島瀬戸の[四]潮干《しほひ》の夕暮に須磨よりかよふ千鳥鳴くなり

550 霜さえて　*[五]汀《みぎは》ふけゆく浦風を[六]思ひ知りげに鳴く千鳥かな

551 [七]さゆれども[八]心やすくぞききあかす河瀬の千鳥友具してけり

552 *[九]八瀬《やせ》わたるみなとの風に月ふけて[一〇]潮干《ひ》るかたに千鳥鳴くなり

題不知

553 千鳥鳴く[一一]絵島の浦に[一二]すむ月を波に[一三]うつして見る今宵かな

氷留ム二山水ヲ一

554 [一四]岩間ゆく木《こ》の葉わけ来《こ》し山水を[一五]つゆ洩らさぬは氷なりけり

滝ノ上ノ氷

一　→補注
二　磯の湾曲した所。万葉語「磯回（いそみ）」の訓から派生した語。
三　心・西は題「夕暮千鳥」。→補注
四　干潮時に現れる海岸。海峡の距離が短くなって、の含意。
五　水際に夜が更けてゆく。
六　浦風の侘しさを思い知っている様子で。
七　西は題「寒夜千鳥」。→補注
八　安心して夜明けまで聞く。千鳥は友を連れているゆえ。私は独り寝だけれど、の含意。
九　数多い瀬を吹き渡る川口の風に月も夜が更けて冴え。
一〇　潮が引いて現れた干潟に。「かた」は「方」とも解せる。
一一　淡路国の歌枕。淡路島北東岸。
一二　「澄む」「住む」の掛詞。
一三　「映し」に絵の縁語「写し」を掛ける。
一四　岩間を流れ行き、岩間の木の葉を分けて来た山水を。「ゆく」は茨・松・別・月詣集「せく」。
一五　冬になると少しも洩らさないものは。→補注

555 水上《みなかみ》に水やこほりをむすぶらん[一]来るとも見えぬ[二]滝の白糸《しらいと》

氷筏《いかだ》を閉づと云ふ事を

556 [三]氷わる筏のさをのたゆければ[四]持ちやこさまし[五]保津の山越

冬歌十首

557 [六]花も枯れ紅葉も散らぬ山里は[七]さびしさをまた訪《と》ふ人もがな

558 ひとり住む[八]片山かげの友なれやあらしに晴るる[九]冬の山里

559 津の国の[一〇]葦《あし》の丸屋《まろや》のさびしさは[一一]冬こそ*わきて訪ふべかりけれ

560 さゆる夜は[一二]よその空にぞ鴛鴦《をし》も鳴く氷りにけりな[一三]昆陽《こや》の池水

561 よもすがら[一四]あらしの山に風さえて[一五]おほゐの淀《よど》に氷をぞしく

562 さえわたる浦風いかに寒からん千鳥群れゐる[一六]ゆふさきの浦

一 糸を繰るように来るとも見えない。「来る」に「繰る」を掛ける。
二 滝の流れを白糸に見立てた歌語。糸は「結ぶ」「繰る」と縁語。
三 筏の棹で氷を割りながら行くのは疲れるので。
四 筏に組んだ材木を持って越えられたらよいのに。実現不可能な想像。
五 丹波と山城の国境。
六 秋草の花も枯れ紅葉も散り果ててもう散らない。「ちらぬ」は松・心・西・別「ちりぬ」で二句切れ。
七 さびしさをまた訪れてくれる人がいたらよいな。↓補注
八 孤立した山の蔭。
九 茨・松・心・西・別「冬の夜の月」の方がよいか。
一〇 葦で葺いた粗末な小屋。↓補注
一一 冬こそとくに訪れるべきだ。
一二 離れた他所に。鴛鴦の縁で「空に」という。
一三 摂津国・猪名野《いなの》。行基が昆陽寺のそばに築造したという池。↓補注
一四 「嵐」に「嵐山」を掛ける。
一五 大井川の水流の淀んだ所。
一六 所在未詳。摂津国か。↓補注

563 山里はしぐれし頃のさびしさに[一]嵐の音は[二]ややまさりけり

564 [三]風さえて[四]寄すればやがて氷りつつ*かへる波なき[五]志賀《しが》の唐崎《からさき》

565 吉野山[六]麓《ふもと》にふらぬ雪ならば[七]花かと見てやたづね入《い》らまし

566 [八]山ごとに[九]さびしからじとはげむべし煙《けぶり》こめたり[一〇]小野の山里

題不知

567 山桜[一一]思ひよそへてながむれば[一二]木ごとの花は[一三]雪まさりけり

[一四]仁和寺の御室《おむろ》にて、山家《ニ》閑居《シテ》見《ル》レ雪《ヲ》と云ふ事をよませ給ひけるに

568 降りうづむ雪を友にて春[一五]きては日を送るべき深山辺《みやまべ》の里

山家冬深《シ》

569 [一六]訪《と》ふ人は初雪をこそ分け来《こ》しか道とぢてけり深山辺の里

一 茨・松・心・西・別「あられ」。
二 寂しさがいっそう勝るよ。
三 ↓補注
四 寄せるとそのまま氷って、返る波がない。
五 近江国の歌枕。琵琶湖南西岸。
六 麓に降らず、奥の峯に降る雪だったなら。反実仮想。
七 雪を花かと見て奥まで尋ね入っただろうに。
八 炭竈のある山毎に。茨「やどごとに」。
九 寂しくないようにしようと励むのだろう。↓補注
一〇 山城国の歌枕。炭焼で有名。
一一 雪を花に思い寄せて。
一二 木毎に咲く花。↓補注
一三 雪の花の方が現実の花に勝って美しいよ。
一四 仁和寺の覚性法親王の御所で。↓補注
一五 茨・松「までは」の方がよいか。
一六 訪れる人は初雪をこそ分けて来たけれど。こそ…已然形は逆接で下へ続く。初句は茨・心・西「とふ人も」。↓補注

山居ノ雪

570 年のうちは訪《と》ふ人[一]さらにあらじかし*[二]雪も山路も深き住処《すみか》を

世を遁《のが》れて、[三]鞍馬《くらま》の奥に侍りけるに、[四]筧《かけひ》氷りて、水[五]まうで来《こ》ざりけり。春になるまでかく侍るなりと申しけるを聞きて、よめる

571 [六]わりなしや*氷る筧の水ゆえに[七]思ひ捨ててし春の待たるる

[八]陸奥国《みちのくに》にて、年の暮によめる

572 [九]つねよりも心細くぞ思ほゆる旅の空にて年の[一〇]暮れぬる

山家ノ歳暮

573 あたらしき柴の編戸《あみど》を[一一]たてかへて年の[一二]明くるを待ちわたるかな

[一三]東山にて歳暮ノ述懐

574 年暮れし*その[一四]営《いとな》みは忘られて[一五]あらぬさまなるいそぎをぞする

一　一向にあるまいよ。
二　↓補注
三　山城国愛宕郡。「鞍馬の奥」が鞍馬寺か天台系別所か、また寺院に止住か草庵を結んだか未詳。出家直後の作との推定が有力。
四　竹木を懸け渡して水を引く樋。
五　流れて来ませんでした。「まうで来」は、やって来るの丁寧語。
六　道理に合わないな。下句を倒置で受けていう。氷の縁語「割り」を掛ける。
七　出家して思い捨てた春が自ずと待たれるのは。「るる」は自発。
八　初度陸奥の旅か。
九　通常の歳暮よりも。
一〇　松・別「暮るるは」。
一一　「たて」「明くる」は戸の縁語「閉(た)て」「開くる」を掛ける。
一二　待ち続けることよ。
一三　↓補注
一四　在俗時の歳暮の営みは忘れられて。第三句「忘られで」と解する説もある。
一五　俗世間と異なる越年の用意をする。

575
年の暮に、[一]高野より[二]都なる人の許《もと》に遣《つか》はしける
[三]おしなべて同じ月日の過ぎゆけば[四]都もかくや年は暮れぬる

576
年の暮に、人の許へ遣はしける
[五]おのづから言はぬを慕ふ人やあると[六]やすらふほどに年の暮れぬる

577
[七]常《つね》無きことに寄せて
いつかわれ[八]昔の人と言はるべき[九]重なる年を送り迎へて

一　茨「あがた」（地方・いなかの意）。
二　心・西・別「京へ」。
三　すべて一様に。
四　都でもこのように、高野山と同様に年は暮れただろうか。
五　ひょっとして、こちらから何も言わないのを慕わしく思う人もあるかと。「おのづから」は「慕ふ」に懸る。
六　音信するのをためらううちに。
七　世の無常に寄せて歳暮を詠んだ歌。
八　死んで昔の人と。
九　毎年積み重なる年。

山家集中

恋

578 一聞《キテ》レ名《ヲ》尋《ヌル》恋

二逢はざらんことをば知らで三帚木《ははきぎ》の四伏屋《ふせや》と聞きてたづね来にけり

579 五自《より》レ門帰《ル》恋

六立て初《そ》めてかへる心は七錦木《にしきぎ》の八千束《ちつか》待つべきここちこそせね

580 涙《ニ》顕《あらはルル》恋

覚束《おぼつか》ないかにと人のくれは九とり一〇あやむるまでに濡るる袖かな

一 評判を聞いて尋ねる恋。
二 逢ってくれないことは知らないで。
三 信濃国の園原にある箒に似た伝承の木。遠くからは見え、近づくと見えなくなるという。→補注
四 軒が低い粗末な家。園原にあった布施屋（宿泊施設）をさす。
五 後に藤川百首「従門帰恋」の難題として著名。その早い例。
六 錦木を初めて立てて女の家の門より帰る時の心は。
七 陸奥国の風習で、男が想う女の家の門戸に五彩の木（錦木）を立て、女は応じれば木を取り入れるが、その気がなければ放置し、男は一日一束ずつ千日かけて千束の木を置き続けるという。
八 千束立てるまで待てそうにない。→補注
九 呉の国の技法で織った布。ここは「あやむる」に掛けた「綾」を導く枕詞。→補注
一〇 人が怪しむまでに。「あやむ」は非歌語。→六六〇

夢ニ会フ恋

581 [一]なかなかに夢にうれしきあふことは[二]現《うつつ》にものを思ふなりけり

582 [三]あふとみることを限れる夢路にて[四]さむる別れの[五]なからましかば

583 [六]夢とのみ思ひなさるる現《うつつ》こそあひ見しことのかひなかりけれ*

[七]後朝《きぬぎぬ》

584 今朝《けさ》よりぞ人の心はつらからで[八]明けはなれゆく空を恨むる*

585 [九]あふことを忍ばざりせば[一〇]道芝の露より先におきて来《こ》ましや

後朝ノ郭公《ほととぎす》

586 [一一]さらぬだに帰りやられぬ[一二]しののめに[一三]添へて語らふ郭公かな

後朝ノ花橘

587 [一四]かさねては*[一五]濃《こ》からまほしき移り香を花橘に今朝たぐへつつ

一 なまじっか。
二 現実には物思いする原因だったか、という気づき。
三 恋人と逢うことだけを夢に見て。
四 目覚めによる夢の中の恋人との別れ。「別れ」は「夢路」と縁語。
五 後に「よからまし」を省略。
六 感激の余り夢としか思えない現実の逢瀬。
七 恋人と共寝した翌朝の別れ。男女が互いの衣を身につけることからいう。
八 明け放れゆく空を恨むのは、女の家を去らねばならない男。
九 人目を忍んで逢う恋でなかったなら。
一〇 道端の草に置く露より先に起きて来なかっただろうに。反実仮想。「や」は反語。「起きて」に露の縁語「置きて」を掛ける。
一一 郭公の鳴かないときでさえ。
一二 東の空の白む夜明け。
一三 名残惜しさを添えて鳴く。
一四 袖を重ねる共寝を重ねて。
一五 濃くなってほしい移り香。→補注

後朝ノ霧

588 一やすらはんおほかたの夜は明けぬとも闇とかこへる*二霧に籠《こも》りて

かへる朝《あした》の時雨《しぐれ》*

589 三ことづけて今朝の別れはやすらはん四時雨をさへや袖にかくべき

五逢《ヒテ》不《レ》遭《ハ》恋

590 つらくとも六逢はずはなにの習ひにか身のほど知らず人を恨みん

591 七さらばただ さらでぞ人のやみなましさて後《のち》もさはさもあらじとや

恨

592 漏らさじと袖にあまるを八包《つつ》まましなさけを九忍ぶ涙なりせば

再《ビ》絶《ユル》恋

593 一〇から衣二たち離れにしままならば三重ねてものは思はざらまし

一 世間の夜は明けたとしても、ここにとどまっていよう。
二 闇とばかり女の家を取り囲んでいる。→補注
三 時雨にかこつけて。
四 別れの涙の上に時雨までを。
五 一度逢って後、逢えない恋。
六 一度も逢わなかったなら、どういう習いで身の程知らずに人を恨もうか。逢ってしまったゆえ恋の習いで再び逢えない人を身の程知らずに恨むことになった。→補注
七 二度と逢ってくれないなら、一度も逢わずに終ってほしかった。逢って後も逢ったからもう逢うこともあるまいというのか。
八 慎んで包み隠そうものを。「包ま」に「慎ま」を掛ける。
九 人目を忍ぶあなたの愛情を思う涙だったなら。薄情を恨む涙ゆえ隠す必要もない。
一〇 「裁ち」を導く枕詞。
一一 「裁ち」に「立ち」を掛ける。
一二 再び逢って別れ、重ねて物思いはしなかったろうに。「重ねて」は衣の縁語。

寄《スル》レ糸《ニ》恋

594 賤《しづ》の女《め》が裾《すそ》[一]とる糸に露そひて[二]思ひ[三]にたがふ恋もするかな

寄《スル》レ梅《ニ》恋

595 [四]折らばやとなに思はまし梅の花[五]なつかし[六]からぬ匂ひなりせば*

596 [七]ゆきずりに一枝折りし梅が香のふかくも袖に染《し》みにけるかな

[八]寄《スル》レ花《ニ》恋

597 [九]つれもなき人に見せばや桜花風にしたがふ心よわさを[一〇]

598 [一一]花を見る心はよそに隔たりて身につきたるは君がおもかげ

寄《スル》二残《レル》花《ニ》一恋

599 [一二]葉隠れに散りとどまれる花のみぞ忍[一三]びし人に逢ふ心地《ここち》する

寄《スル》二帰《ル》雁《ニ》一恋

一　端を取って紡ぐ糸に。→補注
二　涙の露が落ちかかって。
三　思い通りにつなげないように、思いに相違する。「たがふ」は糸の縁語。上句は第四句を導く有意の序。
四　折りたいとどうして思おうか、思いはしない。「折る」は女と契る意を含む。「なに」は反語。
五　梅の花は女性の比喩。
六　心ひかれる匂いでなかったなら。反実仮想。現実には心ひかれる匂いであったので折りたいと思った。
七　通りすがりに、気楽に。→補注
八　言葉集・恋下では「寄桜花」題で、作者を「教行法師」とする。
九　冷淡なあの人に見せたい。→補注
一〇　女の強情に桜花の従順な心弱さを対比。
一一　花を見る心は身を離れ他所に遠ざかって。花への執心・遊離魂を恋歌へ転移。
一二　若葉に隠れて散り残っている桜。発見の喜び。
一三　人目を忍び心に秘めて想っていた人。

600 [一]つれもなく絶えにし人を雁がね[二]の帰る心と思はましかば

601 寄スル[三]㆓草花ニ㆒恋
[四]朽《く》ちてただしほればよしやわが袖も萩《はぎ》の下枝《したえ》の露によそへて[五]

602 寄スル㆑鹿ニ恋
つま恋ひて人目[六]つつまぬ鹿の音《ね》を*[七]羨む袖のみさをなるかは

603 寄スル[八]㆓刈萱《かるかや》ニ㆒恋
[九]ひとかたに乱るともなきわが恋や風[一〇]さだまらぬ野辺の刈萱

604 寄スル㆑霧ニ恋
[一一]夕霧のへだてなくこそ思ほゆれ隠れて君が逢はぬなりけり

605 寄スル㆓紅葉ニ㆒恋
[一二]わがなみだしぐれの雨に[一三]たぐへばや[一四]紅葉の色の袖にまがへる

一 無情にも仲絶えてしまった人を。
二 雁が花を見捨てて帰る心と思えたならば（心慰むだろうに、そうは思えず辛い）。反実仮想の後略。
三 「草花」は秋草の花。→補注
四 露により草花が朽ちしおれるように、私の袖も涙で濡れて朽ちしおれるなら、それでもよい。
五 なずらえて。
六 はばからない。
七 羨ましく思う私の袖はいつに変らずいられようか、いや涙で濡れるよ。「かは」は反語。茨「哉」。
八 イネ科の多年草。秋の七草の一。
九 一方になびくでもなく、様々に乱れる私の恋心だな。「乱る」は刈萱の縁語。
一〇 向きの定まらない風にあちらこちらへなびく野辺の刈萱のようだよ。
一一 夕霧のような隔てはないと思ったのに。「夕霧」は枕詞的用法。「隔て」「隠れ」は夕霧の縁語。
一二 この歌、流布本系は秋に重出。
一三 一緒にさせてみたい。→補注
一四 時雨の染める紅葉の色が、私の紅涙（恋の涙）に見紛えるから。

606 寄《スル》㆓落葉《ニ》㆒恋
[一]朝ごとに声をたたむる風の音は夜を[二]へてかかる人の心か

607 寄《スル》㆑氷《ニ》恋
春を待つ[三]諏訪のわたりもあるものを[四]いつを限りにすべきつららぞ

608 寄《スル》㆓水鳥《ニ》㆒恋
わが袖の[五]涙かかると濡れであれならうらやましきは池の[六]鴛鴦《をし》鳥《どり》

[七]賀茂の方《かた》に佐々木と申す里に、冬ふかく侍りけるに、[八]隆信など詣《ま》できて、山家《ノ》恋と云ふ事を詠みけるに

609 [九]覓《かけひ》にも[一〇]君がつららや結ぶらん心細くも[一一]絶えぬなるかな

*商人《あきびとニ》付《クル》㆑文《ヲ》恋と云ふ事を

610 思ひかね[一二]市《いち》の中には人多み[一三]ゆかりたづねて付くるたまづさ

一　毎朝落葉が増し、梢を吹く風声が減少することを表現。「たたむる」はしまい収める意か。→補注
二　夜を過して睦言を交し、朝にはこんな様子で静まりかえる恋人の心か。「かかる」は「かくある」の約。茨・松・別「かるる」は離れる意。
三　信濃国諏訪湖で冬季に氷がもり上るのを神の足跡と見なす「御神渡(おみわたり)」をいう。→補注
四　いつを限度に解けるべき氷か。「つらら」に「辛し」を響かせる。
五　涙がこのように落ち懸って濡れないでほしいな。「かかる」は「かくある」の約。涙が「懸る」を掛ける。
六　夫婦仲のよい鳥とされる。
七　賀茂別雷神社境内河上郷の佐々木野。→補注
八　藤原隆信。寂超の子。「隆信など」は茨「人々」。
九　竹木を懸け渡して水を引く樋。
一〇　恋人の冷淡な心のような氷。
一一　絶えてしまったよ。「ぬ」は完了。
一二　市の中には人目が多いので。「なか」は松・別「かた」。→補注
一三　縁故を尋ねて商人に託す恋文。

611 一海路ノ恋

二波しのぐことをも何かわづらはん君に逢ふべき路と思はば

612 松風ニ増サル恋

三岩代《いはしろ》の四松風聞けば五もの思ふ人も心ぞ六むすぼほれける

613 七九月《ながつき》ふたつありける年、*八閏月《うるふづき》を忌《い》む恋と云ふ事を人々詠みけるに

九ながつきのあまりにつらき心にて忌むとは人の言ふにやあるらん

614 一〇御生《みあれ》の頃、賀茂に詣《まゐ》りたりけるに、精進《さうじ》ニ憚ル恋を人々詠みけるに

一一ことづくる御生のほどを過《すぐ》しても一二なほやうづきの心なるべき

615 同社にて祈ルレ神ニ恋と云ふ事を、一三神主《かんぬし》ども詠みけるに

天降《あまくだ》る一四神のしるしの有り無しをつれなき人のゆくへにて見ん

一 同題は源俊頼に先例。
二 波を凌いで海路を行くことも何も苦にならないよ。「何か」は反語。
三 紀伊国の歌枕。有間皇子の結び松で著名。→補注
四 「待つ」を掛ける。
五 恋の物思いをする人も。
六 晴れずに鬱屈するよ。「結ぼほる」は言外に暗示した結び松に縁を持たせた措辞。
七 閏九月のあった年。→三八一
八 先例のない題。九月は正月・五月と共に忌月。
九 「九月の余り」(閏九月)に副詞「あまりに」を言い掛ける。
一〇 神の降誕の意から転じ、賀茂別雷神社で、陰暦四月、中の酉の日の賀茂祭(葵祭)の前日に行われる神招きの神事をいう。
一一 逢えない口実にした御生の精進潔斎の頃を過ぎても。
一二 なお逢わないのは卯月だから私につらいあの人の心に違いない。「卯月」に「憂」を掛ける。
一三 神主達の中心人物は賀茂重保か。
一四 神の霊験があるか否かを。

月[一]

616 [二]月待つといひなされつるよひの間《ま》の心の色を[三]袖に見えぬる

617 知らざりき[四]雲居のよそに見し月の[五]かげを袂《たもと》に宿すべしとは

618 [六]あはれとも見る人あらば[七]思ひなん月のおもてにやどる心は

619 月見れば[八]いでやと世のみ思ほえて[九]持たりにくくもなる心かな

620 [一〇]弓張の月に外《はづ》れて見し影のやさしかりしは[一一]いつか忘れん

621 おもかげの忘らるまじき別れかな[一二]名残《なご》りを人の月にとどめて

622 秋の夜の[一三]月や涙をかこつらん雲なきかげを[一四]もてやつすとて

623 天の原[一五]さゆるみ空は晴れながらなみだぞ月の[一六]雲になりける

一　この歌群は松・別「寄月恋」題。
二　実は恋人を待ちながら、月を待つと言いつくろわれた。↓補注
三　袖の涙に月が宿り、本心を人に見せてしまったよ。
四　空の彼方に見た月。無縁な女性の比喩。↓補注
五　月光を袂の涙に映そうとは。
六　↓補注
七　きっと思うだろう。心・西・別・玉葉「おもはなん…やどす心を」。「思はなん」は思ってほしい、の意。
八　さて逢いに出かけたいと、あなたとの仲ばかり。↓補注
九　持ちこたえ難くも。「持たり」は「持ちたり」の転で、俗語。
一〇　弦月の光から外れ、物蔭からほのかに見た面影。↓補注
一一　いつ忘れられようか、忘れ難い。
一二　名残惜しさを別れてゆく男が月の面に留めて。後朝（きぬぎぬ）の別れを女の立場で詠む。
一三　月は私の涙を不満に思うだろう。
一四　曇らせて貧相にするといって。
一五　月光が冴える。
一六　茨・松・別「くま」（隈）。

624 もの思ふ[一]心のたけぞ知られぬる夜な夜な月をながめあかして

625 月を見る[二]心の節《ふし》をとがにしてたより得顔に濡るる袖かな

626 [三]思ひ出づることは[四]何時《いつ》ともいひながら[五]月には*たへぬ心なりけり

627 [六]あしひきの山のあなたに君[*七]住まば入るとも月を[八]惜しまざらまし

628 歎けとて[九]月やはものを思はする[一〇]かこち顔なるわが涙かな

629 [一一]君にいかで[一二]月にあらそふほどばかり[一三]めぐり逢ひつつかげを並べん

630 [一四]白妙《しろたへ》のころもかさぬる月かげのさゆる真袖《まそで》にかかる[一五]白露

631 忍び音《ね》の涙たたふる[一六]袖のうらに[一七]なづまずやどる秋の夜の月

一 心の限りが知られたよ。恋情の深さを自覚。→補注
二 心の箇所を罪科と見なして、拠り所を得たという様子で。
三 恋人を思い出す。
四 茨・松・別「いつもと」。
五 月を見ると一層こらえきれない。
六 「山」を導く枕詞。
七 月の縁語「澄ま」を掛ける。
八 惜しまないだろうに。反実仮想。→補注
九 月が私に物思いさせるのか、そうではない。「やは」は反語。
一〇 恋人ゆえなのに、月にかこつけた様子の。→補注
一一 あなたに何とかして。下句に懸る。
一二 月と競い合うほど夜毎に。
一三 「めぐり逢ひ」「影」は月の縁語。
一四 白い衣を重ねたように見える月光が冷たく冴える両袖に。共寝を暗示しつつ独り寝を表現。
一五 「白露」は涙の見立て。
一六 出羽国の歌枕「袖の浦」に「袖の裏」を掛ける。
一七 さえぎられることなく。

632 もの思ふ袖にも月は宿りけりにごらで[一]澄める水ならねども

633 [二]恋しさをもよほす月のかげなればこぼれかかりて[三]かこつ涙か

634 [四]よしさらば[五]涙の池に[六]袖なれて心のままに月を宿さん

635 [七]うちたえてなげく涙にわが袖の[八]朽《く》ちなば何に月を宿さん

636 [九]世々経《ふ》とも[一〇]忘れがたみの思ひ出はたもとに月の宿るばかりか

637 涙ゆゑくまなき月ぞ曇りぬる[一一]天《あま》のはらはらとのみ泣かれて

638 [一二]あやにくにしるくも月の宿るかな[一三]夜《よ》にまぎれてと思ふ袂《たもと》に

639 [一四]おもかげに君が姿を見つるよりにはかに月の曇りぬるかな

640 よもすがら[一五]月を見顔にもてなして[一六]心の闇にまよふ頃かな

一　月が「住める」を響かせる。
二　恋人への恋しさをつのらせる。
三　月のせいだと歎く涙か。
四　よしそれなら。
五　多量の涙を池に見立てた語。「涙の川」「涙の湖」に比して「涙の池」は用例稀少。→補注
六　袖は馴染んで。茨・夫木抄「身をなして」、西・別「袖なして」。
七　恋人との仲が絶えて。「うち」は接頭語。
八　朽ちてしまったら一体何に。
九　幾世を経ようとも。
一〇　「忘れ難み」に「忘れ形見」を掛ける。
一一　「天の原」に副詞「はらはら」を言い掛ける。
一二　あいにくにもはっきりと。
一三　夜陰に紛れて人知れず泣こうと。
一四　月を眺めて面影にあなたの姿を見たと思ったら。
一五　月を見ている様子に装って。「…顔」は西行の愛用表現。
一六　恋心の闇。「心の闇」は親心の闇を表すほか、恋心の闇を表す系列もある歌語。→補注

641 秋の月[一]もの思ふ人のためとてや[二]憂きおもかげにそへて出づらん

642 [三]へだてたる人の心のくまにより月をさやかに見ぬがかなしさ

643 涙ゆゑ[四]月はくもれる月なれば[五]ながれぬ折ぞ晴れ間なりける

644 くまもなき折りしも人を思ひ出でて[六]心と月を[七]やつしつるかな

645 もの思ふ心のくまを[八]拭《のご》ひうてて曇らぬ月を[九]見るよしもがな

646 [一〇]恋しさや思ひ弱るとながむれば[一一]いとど心をくだく月影

647 ともすれば月[一二]すむ空にあくがるる[一三]心の果てを知るよしもがな

648 ながむるに[一四]慰むことはなけれども月を友にてあかす頃かな

649 物思ひてながむる頃の月の色に[一五]いかばかりなるあはれ染《そ》むらん

一　恋の物思いをする私。
二　私につらい恋人の面影に寄り添えて出るのだろうか。→補注
三　打ち解けない恋人の心のかげりのために流す涙により。「くま」は月の縁語。→補注
四　茨・松「常は」。→補注
五　涙が「流れぬ」に「泣かれぬ」を掛ける。
六　副詞「心と」はわが心から進んで、の意。
七　みすぼらしく涙で曇らせたよ。
八　ぬぐい捨て去って。→補注
九　見る方法がないものか。
一〇　恋しさが弱まるかと。
一一　ますます心を粉々に砕くほど苦しめる月影。
一二　「澄む」と「住む」の掛詞。茨・松「見る」。
一三　心の行き着く先。恋歌としてはあなたの所という含意。
一四　恋心が慰められることはないけれども。→補注
一五　どれほどあわれな色が染まっているだろうか。「染む」は色の縁語。→補注

650 雨雲の[一]わりなき隙《ひま》を洩る月の[二]かげばかりだに逢ひ見てしがな

651 秋の月[三]信太《しのだ》の杜《もり》の千枝《ちえ》よりも繁き[四]歎きや[*五]くまになるらん

652 [六]思ひしる人あり明けの夜なりせば[七]尽きせず身をば恨みざらまし

恋

653 [八]数ならぬ[九]心の咎《とが》になし果てじ知らせてこそは身をも恨みめ

654 [一〇]うちむかふそのあらましの面影をまことになして見るよしもがな

655 [*]山賤《やまがつ》の[一一]荒野《あらの》をしめて住みそむるかたよりなき恋もするかな

656 [一二]常盤山《ときはやま》[一三]しひの下柴刈り捨てん[一四]かくれて思ふかひのなきかと

657 [一五]歎くとも知らばや人のおのづからあはれと思ふこともあるべき

一　むやみに密集している隙間を。
二　光のように少しだけでも恋人に逢いたいな。上句は「影」を導く序。
三　和泉国の歌枕。「千枝」は楠の数多く分岐した枝。→補注
四　千枝の縁語「木」を掛ける。
五　秋の月のかげりになるだろう。
六　有明の月を眺める私の思いを分る人があったなら。「人あり」に「有明け」を、「夜」に「世」を掛ける。
七　「月」を響かせる。→補注
八　取るに足りない。自卑。
九　自分の心のせいにしてしまうまい、思いを知らせて叶わなかったら、わが身を恨もう。→補注
一〇　面と向うとき、そうありたいと願う予想の面影を。
一一　荒野を占有して住み始めた地点は拠り所ないように、先方から一片の手紙も来ない恋もするよ。→補注
一二　洛西の歌枕。
一三　薪にする椎の木の下枝。紅葉せず常緑。→補注
一四　隠れて恋する甲斐がないと。
一五　私が歎くと知ったら恋しい人は。

658 なにとなくさすがに惜しき命かな[一]あり経《へ》ば人や思ひ知るとて

659 [二]なにゆゑか今日までものを思はまし[三]命にかへて逢ふ世《よ》なりせば

660 [四]あやめつつ人知るとてもいかがせん[五]忍びはつべき袂《たもと》ならねば

661 [六]涙川深く流るる[七]水脈《みを》ならば[八]浅き人目につつまざらまし

662 しばしこそ[九]人目つつみに堰《せ》かれけれ果ては涙や[一〇]鳴滝《なるたき》の川

663 もの思へば袖に流るる涙川[一一]いかなる水脈《みを》に逢ふ瀬なりなん

664 [一二]憂きにだになどなど人を思へどもかなはで年の積りぬるかな

665 [一三]なかなかに[一四]馴れぬ思ひのままならば恨みばかりや身に積らまし

666 [一五]何せんにつれなかりしを恨みけん[一六]逢はずはかかる思ひせましや

一 生き永らえていたら恋人が私の苦しい心を分るかと思って。↓補注
二 ↓補注
三 命と引き替えに逢える仲だったなら。反実仮想の倒置。
四 怪しんで人がわが恋を知るとしてもどうしようもない。↓補注
五 堪え切れる袂の涙ではないから。
六 涙の流れを川にたとえた歌語。
七 船が往来する深い水路。「深く」「浅き」と共に川の縁語。
八 浅い人目をはばかる必要もなかっただろうに、隠しようなく顕れた。
九 歌語「人目慎み」に川の縁語「堤」を掛ける。
一〇 洛西の歌枕。涙が「成る」を掛ける。↓補注
一一 どんな水脈に逢う瀬となるのだろう。↓補注
一二 たとえ仕打ちがつらくとも、何故何故と。↓補注
一三 かえって。下句に懸る。
一四 心・西・別「あはぬ思ひ」。
一五 どうして。
一六 逢わなかったらこんな思いはしなかっただろう。「や」は反語。

667 [一]むかはらばわれが歎きの報いにて[二]誰《たれ》ゆゑ君がものを思はん

668 [三]身の憂さの思ひ知らるることわりにおさへられぬは涙なりけり

669 [四]日を経《ふ》れば袂《たもと》の雨の脚《あし》そひて[五]晴るべくもなきわが心かな

670 [六]かきくらす涙の雨の脚しげみ[七]さかりにものの歎かしきかな

671 もの思へども[八]かからぬ人もあるものをあはれなりける身の[九]契りかな

672 [一〇]なほざりの情《なさけ》は人のあるものを[一一]絶ゆるは常の習ひなれども

673 [一二]なにとこは数《かず》まへられぬ身のほどに人を恨むる心[一三]なりけん

674 [一四]憂きふしをまづ思ひ知る涙かな[一五]さのみこそはと慰むれども

一　因果がめぐったなら。
二　誰のためにあなたは私と同じ歎きをするだろうか。↓補注
三　わが身の憂さが思い知られるのは道理だと思うにつけ。↓補注
四　逢えずに日が経つと袂の涙の雨脚が増して。↓補注
五　晴れるはずもない。「晴る」は雨の縁語。
六　空一面暗くして涙の雨脚が頻りなので。「み」は原因。
七　今を盛りに。梅雨の盛りを含意。
八　こんなに私ほど苦しく思わない人もあるのに。↓補注
九　前世よりの宿命。
一〇　人並みの情なら誰にもあるのに。あなたはそれもかけてくれない。
一一　逢って後に仲が絶えるのは恋の常の習いだけれども。上下句とも逆接の後略で、破格の歌。
一二　何とこれは、人数にも入れられない身の程にありながら。
一三　茨「ありけん」。
一四　つらいことを。↓補注
一五　そんなに歎いてばかりいなくともと。

675 さまざまに思ひ乱るる心をば君がもとにぞ[一]束《つか》ねあつむる

676 もの思へば千々《ちぢ》に心ぞくだけぬる[二]信太《しのだ》の杜《もり》の千枝《ちえ》ならねども

677 [三]かかる身に生《おほ》したてけん[四]たらちねの[五]親さへつらき恋もするかな

678 [六]おぼつかな何《なに》の報いのかへりきて[七]心せたむるあたとなるらん

679 [八]かき乱る心やすめぬことぐさは[九]あはれあはれと歎くばかりか

680 [一〇]身を知れば人のとがには思はぬ[一一]にうらみ顔にも濡るる袖かな

681 [一二]なかなかに[一三]馴るるつらさに比ぶれば[一四]疎《うと》き恨みはみさをなりけり

682 人は憂し歎きはつゆも慰まず[一五]さはこはいかにすべき心ぞ

683 日にそへて恨みはいとど[一六]大海《おほうみ》のゆたかなりけるわが[一七]思ひかな

一 束ね集めるよ。思い乱れる心はすべて恋人の許に帰着するという意。「束ぬ」は「乱る」と対。↓補注
二 ↓六五一・注三
三 このように恋に思い悩む身に育て上げてくれた。
四 垂乳根の。「親」を導く枕詞。
五 親までも恨めしい恋。「さへ」は添加。↓補注
六 よく分らない。初句切れ。
七 心を責め苛む仇となるのだろう。
八 すっかり乱れる心を休ませない口癖は。↓補注
九 ああ、ああと歎くばかりか。
一〇 我が身の程を知っているので恋人のせいとは思わないけれど。
一一 恋人を恨むように涙で濡れる袖だよ。「恨み顔」は和泉式部に先例。
一二 かえって。下句に懸る。
一三 逢い馴れて逢えないつらさ。
一四 疎遠で逢えなかった時の恨みの方が、そうか平気だったのだ。
一五 それではこれはいったいどうしたらよい我が心か。
一六 恨みは「多し」を言い掛ける。
一七 茨・松・心・別・万代集「涙」。

684 [一]さることのあるなりけりと思ひ出でて[二]忍ぶ心をしのべとぞ思ふ

685 [三]今日ぞ知る[四]思ひ出でよとちぎりしは忘れんとての情《なさけ》なりけり

686 難波《なには》潟《がた》[五]波のみいとど数そひて[六]うらみの干《ひ》ばや袖の乾かん

687 [七]こころざし有りてのみやは人を訪《と》ふ[八]情《なさけ》はなどと思ふばかりぞ

688 [九]なかなかに思ひ知るてふ言《こと》の葉は[一〇]問はぬにすぎて恨めしきかな

689 [一一]などか我《われ》ことのほかなる歎きせで[一二]みさをなる身に生れざりけん

690 汲みて知る[一三]人もあらなんおのづから[一四]ほりかねの井の底の心を

691 けぶり立つ富士に[一五]思ひの争ひて[一六]よだけき恋をするがへぞ行く

692 涙川さかまく水脈《みを》の[一七]底ふかみ[一八]みなぎりあへぬわが心かな

一　逢う瀬もあったなと。
二　私が忍ぶ心をあなたも偲べよと。
三　忘れられた今日分った。↓補注
四　あの人が思い出してよと言って約束したのは忘れることを予想しての情だったのだ。女の立場で詠むか。
五　波のみ一層数重なって濡れるが。
六　浦廻（海岸の湾曲部）が干上がったなら恨みも退いて袖の涙は乾くのだろうか。「浦廻」「恨み」の掛詞。
七　志のあるだけが人を訪う理由ではない。初句は茨「心ざしの」。
八　恋の情はなぜ人を訪う理由にならないのかと思うばかりだ。
九　かえって。
一〇　問いかけてくれない以上に。
一一　どうして。↓補注
一二　恋に平然としていられる身。
一三　人もあってほしい。
一四　武蔵国の歌枕。↓補注
一五　富士山の噴煙の「火」を掛ける。
一六　猛々しく仰山な恋をする、駿河へ行くよ。「駿河」に恋を「する」を言い掛ける。↓補注
一七　底が深いので。「み」は原因。
一八　満たされ切れない。↓補注

693 磯[一]のまに波あらげなる折々はうらみをかづく[二]里のあま人

694 瀬戸《せと》口《ぐち》[三]にたけるうしほの大淀《おほよど》み淀む[四]とどひのなき涙かな

695 東路《あづまぢ》や[五]あひの中山ほどせば[六]み心の奥[七]の見えばこそあらめ

696 いつとなく思ひ[八]に燃ゆるわが身かな浅間の煙《けぶり》[九]しめる世もなく

697 播磨路《はりまぢ》や心のすま[一〇]に関据《す》ゑていかでわが身の恋をとどめん

698 [一一]あはれてふ情《なさけ》に恋の慰まば[一二]問ふ言《こと》の葉《は》やうれしからまし

699 [一三]もの思へばまだ夕暮[一四]のままなるに明けぬと告ぐる[一五]しば鳥[一六]の声

700 夢をなど夜ごろたのまで過ぎ来けんさらで[一七]逢ふべき君ならなくに

一 松屋本・流布本系は次歌と逆順。
二 「浦廻」と「恨み」、「潜く」と「被く」（身に負うの意）を掛ける。
三 瀬戸の入口に盛んな潮流が大きく淀み。上句は「淀む」を導く序。
四 淀んで流れが留まることなく滂沱と流れ下る涙よ。→補注
五 所在未詳。
六 道が狭いので。「み」は原因。
七 恋人の心の奥が見えたらいいのに、見えない。→補注
八 「思ひ」に「火」を掛ける。「燃ゆる」「煙」は火の縁語。
九 火勢が衰える時もなく。→補注
一〇 隅の意の「すま」と「須磨」を掛ける。須磨には関所があった。
一一 可哀想というあなたの同情に。
一二 かけてくれる言葉はうれしいだろうに。現実にはそれで慰まない。
一三 茨・松「物思ひは」。
一四 私の気持ちはまだ夕暮のままなのに。
一五 「作る」とも取れる。
一六 鶏の異名。「屢鳴鳥（しばなきどり）」の略という。
一七 夢以外で逢える人ではないのに。

701 [一]さはと言ひて衣返してうち臥せど[二]目の合はばやは夢も見るべき

702 [三]恋ひらるるうき名を人に立てじとて[四]忍ぶわりなきわが袂《たもと》かな

703 [五]夏草のしげりのみゆく思ひかな[六]待たるる秋のあはれ知られて

704 [七]くれなゐの色に袂の時雨《しぐ》れつつ袖に[八]秋ある心地《ここち》こそすれ

705 [九]あはれとて訪《と》ふ人のなどなかるらん[一〇]もの思ふ宿の荻《をぎ》の上風《うはかぜ》

706 [一一]わりなしやさこそもの思ふ袖ならめ[一二]秋に逢ひてもおける露かな

707 [一三]秋ふかき野辺の草葉にくらべばやもの思ふ頃の袖の[一四]白露

708 いかにせん[一五]来ん世の海人《あま》となるほども[一六]みるめ難《かた》くて過《す》ぐるうらみを

一　それではせめて夢で逢おうといって。→補注
二　目を閉じられたら夢も見るだろうに(眠れないから夢でも逢えない)。
三　私に恋されているという浮名をあなたのために立てるまいと思って。
四　涙を堪えるけれどむやみに辛い。
五　夏草が茂るように深くなってゆく一方の恋心だよ。
六　夏ゆえ待たれる秋だが、飽きられる悲哀が思い知られて。→補注
七　恋人に飽きられて流す紅の血の涙が袂に紅葉を促す時雨のように落ちて。→補注
八　「飽き」を掛ける。
九　可哀想といって訪れてくれる人がどうしてないのだろう。
一〇　恋の物思いする我が宿。→補注
一一　どうしようもない。
一二　「飽き」を掛ける。露は涙の意。
一三　流布本系は次歌と逆順。
一四　涙の見立て。
一五　来世に海人と生れ変る時も。→補注
一六　「見る目」と「海松布」、「恨み」と「浦廻」を掛ける。

709 もの思ふと涙ややがて[一]三瀬川《みつせがは》[二]人をしづむる淵となるらん

710 [三]あはれあはれこの世は[四]よしやさもあらばあれ[五]来ん世もかくや苦しかるべき

711 頼もしな[六]よひあかつきの鐘の*音《おと》にもの思ふ罪も[七]つきざらめやは

雑

*[八]本是以下為㆓下帖㆒

712 [九]つくづくとものを思ふに[一〇]うちそへて折あはれなる鐘の音かな

713 情ありし昔の[一一]みなほしのばれて[一二]ながらへま憂き世にもあるかな

714 軒近き[一三]花橘に袖しめて昔をしのぶ涙つつまん

715 なにごとも[一四]昔を聞くは情ありて[一五]ゆゑあるさまにしのばるるかな

一　三途の川。涙が「満つ」を掛ける。
二　人を三悪道（地獄・餓鬼・畜生）に沈める。
三　ああ、ああ。→補注
四　ままよ、どうとでもなれ。
五　来世もこのように恋の苦悩が報いとなって苦しいのだろうか。
六　宵（初夜）暁（晨朝）に撞く勤行の鐘。
七　尽きないことがあろうか。「やは」は反語。「尽き」に鐘の縁語「撞き」を掛ける。→補注
八　親本は以下の雑部が下帖にあることを示す。
九　つくねんと。鐘の縁語「撞く」を掛ける。以下八首は無題。茨・松「題しらず」。→補注
一〇　接頭語「うち」に鐘の縁語「打ち」を掛ける。
一一　自身が知る昔。保元・平治以前をいうか。
一二　生き永らえるのがつらい。
一三　→補注
一四　延喜・天暦の聖代をさすか。
一五　由緒ある様に。

716 わが宿は山[一]のあなたにあるものをなにに[二]憂き世を知らぬ心ぞ

717 *[三]曇りなき鏡の上にゐる塵を眼に立てて[四]見る世と思はばや

718 ながらへんと思ふ心ぞつゆもなき厭ふに[五]だにもた*へぬ*憂き身は

719 思ひ出づる過ぎに[六]し方《かた》をはづかしみあるにもの憂きこの世なりけり

　　世に[七]仕《つか》ふべかりける人の、籠《こも》[八]りゐたりける許《もと》へ遣《つか》はしける

720 世の中にすま[九]ぬもよしや秋の月に[一〇]ごれる水のたたふさかりに

　　五日、[一一]菖蒲を人の遣はしたりける返事に

721 世のうきに[一二]引かるる人はあやめ草[一三]心の根なき心地《ここち》こそすれ

　　寄《スル》㆓花橘《ニ》㆒述懐

722 世の憂さを[一四]昔語りになしはてて花たちばなに[一五]思ひ出でば*や

一　山の彼方。出離する所。↓補注
二　松・宮合「なにと」。
三　明鏡の上にかかる僅かな欠点。↓補注
四　取り立てて注目する。
五　現世を厭うことにさえ耐え得ないいやな我が身は。底本「たえぬ」は茨・松「たらぬ」。
六　自分が過してきた過去。
七　朝廷に出仕するはずだった人。
八　出家して籠っていたところへ。単なる籠居とも解せる。
九　「住まぬ」と「澄まぬ」の掛詞。月の縁語「澄む」を「濁る」に対照。
一〇　濁った水が今を盛りに湛えている時に。秋の月（あなた）が宿るにふさわしくない濁水を濁世（じょくせ）にたとえる。
一一　五月五日、菖蒲の根を引いて葺き、邪気を払った。
一二　「憂き」に「泥」（泥地）を掛ける。「泥」「ひく」「根」はあやめ草の縁語。
一三　仏道を求める心性。↓補注
一四　昔語りにしてしまって。↓補注
一五　思い出したいものだ。

[一]世にあらじと思ひ立ちける頃、[二]東山にて、人々、寄レ霞述《スルニ》懐と云ふ事を詠める

723 空[三]になる心は春のかすみにて世にあらじとも思ひ立つかな

[四]同《ジ》心を

724 世を厭《いと》ふ[五]名をだにもさは留《とど》め置きて[六]数ならぬ身の[*七]思ひ出《いで》にせん

[八]いにしへ頃、東山に[九]阿弥陀《あみだ》房と申しける上人《しやうにん》の庵室にまかりて見けるに、なにとなくあはれにおぼえて詠める

725 柴《しば》の庵《いほ》と聞く[一〇]はくやしき名なれども世に[一一]好もしき住居《すまひ》なりけり

[一二]世を遁《のが》れける折、[一三]ゆかりありける人の許《もと》へ言ひ送りける

726 [一四]世の中を背《そむ》きはてぬと言ひ置かん思ひしるべき人はなくとも

[一五]遥かなる所に籠《こも》りて、都なる人の許へ、月の頃遣《つか》はしける

727 月のみや[一六]うはの空なるかたみにて[一七]思ひも出でば心かよはん

一 遁世したいと。西行出家は保延六年(一一四〇)一〇月一五日。二三歳。同年春の詠か。
二 京都東山。長楽寺、双林寺などでの歌会か。
三 上の空になり落ちつかない。「空」「霞」「立つ」は縁語。↓補注
四 前歌と同じ遁世願望の心。
五 評判。
六 人数に入らない身。卑下。
七 自身の今生の思い出。人に思い出してもらう種と取る説もある。
八 遠く過ぎ去った頃。在俗時か。
九 未詳。浄土教の聖の一人か。
一〇 悔しく残念な。茨・松・夫木抄「いやしき」なら卑賤観の表明。
一一 実際に見てみると実に好ましい。
一二 出家した折。↓七二三・注一
一三 俗縁があった人。妻・恋人とも。
一四 ↓補注
一五 西詞「旅にまかるとて」。↓補注
一六 当てにならない、都で共に眺めた思い出の種。
一七 あなたが思い出すなら、月を仲立ちに二人の心は通うだろう。

728 [一]世を遁《のが》れて、伊勢の方《かた》へまかりけるに、鈴鹿山にて

[二]鈴鹿山うき世をよそにふり捨てていかになりゆくわが身なるらん

[三]述懐

729 なにごとにとまる[四]心のありければ[五]更にしもまた世のいとはしき

[六]侍従大納言成通《なりみち》の許へ、[七]後《のち》の世の事おどろかし申したりける返事《かへりごと》に

730 おどろかす君によりてぞ長き[八]夜《よ》の[九]久しき夢は覚《さ》むべかりける

[一〇]返事

731 [一一]おどろかぬ心なりせば世の中を夢ぞと語る甲斐なからまし

[一二]中院右大臣、出家思ひ立つ由《よし》の事、語り給ひけるに、月いと明《あか》くて夜《よ》もすがらあはれにて、明けにければ帰りにけり。その後《のち》、その夜の[一三]名残《なご》り多かりし由《よし》言ひ送り給ふとて

一　出家直後の伊勢下向か。初度奥州の旅の旅程に位置づける説もある。
二　古代三関の一。近江と伊勢の境界。「鈴」の縁語「振り」「鳴り」を用いた。→補注
三　→補注
四　執着する心。
五　遁世後の今も、更にまた強く世間が厭わしいのだろうか。
六　藤原成通。平治元年（一一五九）出家。→補注
七　後世の事に目を開かせ申し上げた。出家を勧めた。
八　無仏の無明長夜。
九　はかない迷妄。
一〇　西行の返歌。
一一　迷いから目覚めないお心だったなら、世の中を夢と語る甲斐がなかった（迷いから目覚めるお心で、出家の勧めがいがあった）。反実仮想。
一二　源雅定。村上源氏。待賢門院堀河・兵衛の従兄。仁平四年（一一五四）五月二八日出家。六一歳。法名蓮如。無病による出家を称賛された。
一三　感銘が多く残ったと右大臣が言ってお送り下さった贈歌。

732 夜《よ》もすがら月をながめて契り置きしその[一]睦言《むつごと》に闇は晴れにき

返し

733 [二]澄むといひし心の月し現れば[三]この世も闇の晴れざらめやは

[四]為業《ためなり》、[五]常盤《ときは》に[六]堂供養《だうくやう》*しけるに、[七]世を遁《のが》れて山寺に住み侍りける親しき人々、*まうできたりと聞きて、[八]言ひ遣はしける

734 [九]いにしへにかはらぬ君が姿こそ今日は[一〇]ときはの形見なりけれ

返し

735 [一一]色かへでひとり残れる常盤木[一二]はいつを待つとか人の見るらん

[一三]ある人、[一四]様《さま》変へて[一五]仁和寺の奥なる所に住むと聞きて、まかりてたづねければ、[一六]あからさまに京にと聞きて帰りにけり。その後《のち》人遣はして、かくなんまゐりたりしと申したる返事に

736 立ち寄りて柴《しば》の煙《けぶり》のあはれさをいかが思ひし冬の山里

一 出家を誓約した親密な語らいに。
二 澄むとあなた様が言われた心中の真如（絶対の真理）の月。→補注
三 迷妄の闇が晴れないことはない。
四 藤原為忠男。後に出家して寂念。常盤三寂の一人。西詞「前伊賀守為業…」。寂念は「伊賀入道為業」（頼政集）とも号す。
五 洛西双ヶ岡の麓。父から相伝した為業邸があった。
六 為忠の建立した堂が久安四年（一一四八）に焼亡したのを再建した堂供養か。
七 先に遁世した寂超・寂然などか。
八 西行は高野山から歌を送ったか。
九 昔に変らないあなたの在俗の姿。
一〇 地名に永久不変の意を掛ける。
一一 常盤木の縁語。出家せずの含意。
一二 いつを出家の時機に待つと人は見ているだろうか。「待つ」に常盤木の縁語「松」を掛ける。
一三 誰か不明。一説に待賢門院兵衛。
一四 出家して。
一五 京都西北郊の門跡寺院。その奥は鳴滝北辺の諸院家のうちか。
一六 ちょっと京に出かけていてと。

返事[一]

737 山里に心は深く入《い》りながら[二]柴のけぶりの立ちかへりにし

[三]この歌も添へられたりける

738 惜しからぬ[四]身を捨てやらで経《ふ》るほどに[五]長き闇にやまた迷ひなん

[六]返し

739 [七]世を捨てぬ心のうちに闇こめて迷はんことは[八]君ひとりかは

[九]親しき人々あまたありければ、[一〇]同じ心に誰も御覧ぜよとて
遣はしたりける[一一]返事に、また

740 なべてみな晴れせぬ闇の悲しさを[一二]君しるべせよ[一三]光見ゆやと

また返し

741 思ふともいかにしてかはしるべせん[一四]教ふる道に入《い》らばこそあらめ

一　西行の返歌。
二　柴の煙が立つように、立ち帰りました。煙の縁語「立ち」を導く有意の序とした。
三　前々歌にこの歌も添えられていた。これもある人の贈歌。
四　身を捨離して出家を敢行しないで。西行の伝聞とは異なり、ある人は出家していなかったことが分る。
五　無明長夜の闇。迷妄の喩え。
六　西行の返歌。
七　世を捨てて出家できない心の内に闇が立ちこめて迷うことは。
八　あなた一人だけか、いや誰しもだ。「かは」は反語。
九　親しい人々がある人の所に多くいたので。
一〇　ある人一人だけでなく、同じ心に皆さん誰も御覧下さいと。
一一　西行に対する返事として、またある人からの贈歌。
一二　道しるべ。西行を導師と頼む。
一三　迷妄の闇を照す光明。
一四　仏の教える悟道の境地に私が入っていればよいのだが、そうではないので。導師は務まらないと謙遜。

後《のち》の世の事、無下《むげ》に思はずしもなしと見えける人の許へ遣はしける

742 世の中に心ありあけの人はみなかくて闇には迷はぬものを

返し

743 世を背《そむ》く心ばかりはありあけのつきせぬ闇は君に晴るけん

ある所の女房、世を遁《のが》れて西山に住むと聞きて、たづねければ、住み荒らしたる様《さま》して、人の影《かげ》もせざりけり。あたりの人にかくと申し置きたりけるを聞きて、言ひ送れりける

744 潮《しほ》なれし苫屋《とまや》も荒れてうき波に寄る方《かた》もなきあまと知らずや

返し

745 苫《とま》の屋《や》に波立ち寄らぬけしきにてあまり住み憂きほどは見えにき

一 全く思わないでもない。その人に出家を勧誘する。→補注
二 仏道に志ある意の心「有り」に、「有明」を言い掛ける。有明は「闇」の縁語。
三 「有り」に「有明の月」、「尽きせぬ」と続けて言い掛ける。→補注
四 あなたにより晴らせるだろう。西行を導師と頼む。
五 心妙・西・別「待賢門院堀川局」。堀川（堀河）は源顕仲女。康治元年（一一四二）二月の待賢門院落飾に伴い出家（本朝世紀）。
六 京都西郊。心妙「仁和寺」。
七 自分が訪問したこと。
八 女房が言い送って来た歌。
九 潮に馴染んだ（涙を暗示）苫葺きの粗末な家。海女の家に見立てる。→補注
一〇 「浮き」と「憂き」の掛詞。「波」と「寄る」は縁語。
一一 「海女」と「尼」を掛ける。
一二 誰も立ち寄らぬ、の含意。
一三 余りに住みづらい様子。「余り」に「尼」を響かせ、「海女」の意も含めて「苫の屋」の縁語とする。

746

[一]待賢門院中納言の局《つぼね》、[二]世を背きて、[三]小倉山の麓《ふもと》に住まれける頃、まかりたりけるに、事柄《ことがら》まことに[四]幽《いう》にあはれなりけり。風のけしきさへことに悲しかりければ、[五]書きつけける

山おろす[六]嵐の音のはげしさを[七]いつならひける君がすみかぞ

あはれなるすみか訪《と》ひにまかりたりけるに、[八]この歌を見て書きつけける　　[九]同じ院の兵衛の局

747

うき世をば[一〇]あらしの風に誘はれて家を出《い》でにしすみかとぞ見る

[一一]小倉を捨*てて、高野の麓*に*[一二]天野と申す山に住まれけり。[一三]同じ院の帥《そち》の局、都のほかのすみか訪《と》ひ申さ*ではいかでかとて、分けおはしたりける、ありがたくなん。帰るさに[一四]粉河《こかは》へまゐられけるに、[一五]御山《おやま》より出《い》であひたりけるを、しるべせよとありければ、具し申して粉河へまゐりたりけり。かかるついでは、今はあるまじき事なり。[一六]吹上《ふきあげ》見んといふこと、具せられたりける人々申し出でて、吹上へおはしけり。道より大雨《おほあめ》風吹きて、興なくなりにけり。さりと*てはとて吹

一　世尊寺藤原定実女。定信（→八五八）の姉妹。
二　出家して。待賢門院落飾時に堀河と共に出家（本朝世紀）。
三　洛西・嵯峨の歌枕。
四　奥深く胸にしみた。
五　西行が柱か障子に書き付けた歌。
六　近辺の嵐山に寄せる。
七　→補注
八　西行が書き付けた歌を見て兵衛が書き付けた歌。
九　待賢門院兵衛。堀河の妹。→補注
一〇　「嵐」に「あらじ」を掛ける。
一一　待賢門院中納言が。→補注
一二　高野山麓の西谷の地。遁世門の比丘尼の住む所（雑談集）。西行の妻娘が出家して住んだという（発心集）。
一三　待賢門院帥。出自不明。建春門院帥と同一人なら藤原季兼女。
一四　紀伊国那賀郡の粉河寺。
一五　西行が高野山より降りて出会い、道案内をせよというので。
一六　かつて紀ノ川左岸から雑賀《さいか》にかけて存在した浜。名所歌枕。

上に行きつきたりけれども、見所なきやうにて、[一]社《やしろ》に輿《こし》かきすゑて、思ふにも似ざりけり。[二]能因が「苗代《なはしろ》水に堰《せ》き下《くだ》せ」と詠《よ》みて、言ひ伝へられたるものをと思ひて、社に書きつけける

748 [三]天降《あまくだ》る名を吹上《ふきあげ》の神ならば[四]雲晴れ退《の》きて光あらはせ

749 [五]苗代に堰《せ》き下されし天の川とむるも神の心なるべし

かく書きつけたりければ、やがて西の風吹きかはりて、忽《たちま》ちに雲晴れてうらうらと日なりにけり。[六]末の世なれ*ど、[七]志いたりぬることには、しるしあらたなることを人々申しつつ、[八]信おこして、[九]吹上和歌の浦思ふやうに見て帰られにけり

[一〇]待賢門院の女房、堀川の局*の許より言ひ送られける

750 この世にて語らひ置かん[一一]ほととぎす[一二]死出《しで》の山路の[一三]しるべともなれ

一　吹上社。中世末に水門《みなと》社に合祀されたが、以前は吹上浜に在ったか。
二　能因の「天の川苗代水に堰き下せ天降ります神ならば神」（金葉・雑下）を引用。能因は俗名橘永愷。数奇者として西行も思慕。→補注
三　天降って鎮座し、名を吹上の神というならば。
四　神への命令形による止雨《しう》の祈願。
五　前歌と同じ能因歌が本歌。苗代に堰き下された天の川の水を、逆に止めるのも神の御心だろう、の意。
六　末法の世。日本では永承七年（一〇五二）より末法に入ると信じられた。能因歌は末法に入る以前。
七　心を極めたこと（和歌）に対しては、神仏の霊験もあらたかなこと。
八　信心の心を起こして。
九　紀伊国の古来有名な歌枕。吹上に南接。
一〇　→七四四・注五。堀川は没年未詳だが、この贈歌は最晩年の事跡か。
一一　冥界へ往来する鳥と思われていた。ここは西行をたとえる。→補注
一二　冥土に赴く中有《ちゅうう》の旅で辿る山路。
一三　道しるべ。往生の導師。

返し

751 ほととぎす[一]なくなくこそは語らはめ死出の山路に君しかからば

[二]天王寺へまゐりけるに、雨の降りければ、[三]江口と申す所に宿を借りけるに、貸さざりければ

752 [四]世の中をいとふまでこそかたからめ[五]仮りの宿りを惜しむ君かな

[六]返し

753 [七]家を出《い》づる人とし聞けば仮りの[八]宿[九]*心とむなと思ふばかりぞ

[一〇]ある人世を遁れて、[一一]北山寺に籠りゐたりと聞きて、訪ねまかりたりけるに、月の明《あか》かりければ

754 世を捨てて谷底にすむ人見よと峯の木の間を分くる[一二]月影

ある[一三]宮腹《みやばら》につけ[一四]仕うまつりける女房、世を背きて、都離れて遠くまからんと思ひ立ちて、[一五]まゐらせけるに代りて

755 くやしきは[*一六]よしなく君に馴れそめていとふ都のしのばれぬべき

一　「鳴く鳴く」と「泣く泣く」の掛詞。
二　摂津国の四天王寺。
三　淀川と神崎川を結ぶ運河の口。水上交通の要衝。神崎川河口の神崎と並称される遊女の拠点。
四　世の中を厭離することまでは遊女のあなたには難しいだろうけれど。→補注
五　一時の旅宿に、仏教でいう現世を含意。現世に執着する遊女を批判。
六　この下に松・西・新古今「遊女妙」と作者標記がある。→補注
七　出家する。西・別・新古今「世をいとふ」。
八　西・別・新古今「宿に」。
九　執心するなと。西行歌に応酬。
一〇　誰か不明。
一一　北山辺りの寺。→補注
一二　真如の月。分け隔てなく遍満。
一三　内親王の子。「宮輩」（皇族）とも取れる。→補注
一四　側付きで仕え申し上げた。
一五　別れの歌を主人に差し上げるのに代って。西行が代作。
一六　わけもなく。第三句に懸る。

[一]題《だい》しらず

756 [*二]さらぬだに世のはかなさを思ふ身に[三]鵼《ぬえ》なきわたるあけぼのの空

757 [四]鳥部野《とりべの》を[五]心のうちに分け行《ゆ》けば[六]いぶきの露に袖ぞそぼつる

758 いつの世に[七]長きねぶりの[八]夢さめておどろくことのあらんとすらん

759 [九]世の中を夢と見る見るはかなくもなほ[一〇]おどろかぬわが心かな

760 [一一]亡き人もあるを思ふも世の中はねぶりのうちの夢とこそ見れ

761 来《き》し方の見しよの夢にかはらねば今も[一二]現《うつつ》の心地《ここち》やはする

762 [一三]事と無く今日暮れぬめり明日もまた変らずこそは[一四]隙《ひま》すぐる影

763 越えぬればまたもこの世に帰り来《こ》ぬ[一五]死出《しで》の山こそ悲しかりけれ

一 以下、内容は無常の歌群一三首。
二 そうでなくて（鵼が鳴かない時）さえ。
三 とらつぐみの異称。鳴声に悲哀あり、忌むべきものとされた。「よみつ鳥」（冥土の鳥）と意識され、鵼が鳴く時に唱える歌があった（口遊）。
四 洛東の葬送地。
五 心中に死の世界を想って。
六 息吹が凝結した露の意か。底本「いふき」に対し松「いふき」だが、心妙「ゆふき」、茨「いまき」、西・別「いそち」の異文がある。「露」は命の喩、また涙を暗示。
七 無明長夜の眠りのような迷妄。
八 目がさめる。覚醒を含意。
九 →補注
一〇 覚醒しない我が心だよ。
一一 亡くなった人を思い、いま生きている人を思うにつけても。→補注
一二 今も現実の心地がしようか、夢のようだ。「やは」は反語。
一三 何という事もなく今日も暮れてしまったようだ。「めり」は婉曲。
一四 忽然と過ぎる時間の喩。→補注
一五 冥土の途中で越える山。

764 はかなしやあだに[一]命の露消えて[二]野辺にわが身や送り置くらん

765 露の玉は[三]消ゆればまたも置くものを頼みもなきはわが身なりけり

766 [四]あればとて頼まれぬかな明日はまた昨日と*今日は言はるべければ

767 秋の色は枯野《かれの》ながらもあるものを世のはかなさや[五]浅茅生《あさぢふ》の露

768 [六]年月《としつき》をいかでわが身におくりけん昨日の人も今日はなき世に

[七]范蠡《はんれい》ノ長男の心を

769 [八]捨てやらで命を*終ふる人はみな千々《ちぢ》の黄金《こがね》をもて帰るなり

暁ノ無常を

770 [九]つきはてしその入相《いりあひ》の[一〇]ほどなさをこの暁に思ひ知りぬる

一　命を露にたとえる。「消え」「置く」は露の縁語。
二　野辺に己が亡骸を送り置くのだろうか。→補注
三　朝消えると、夕にはまたも置くのに。「ものを」は逆接。
四　今生きているからといって。明日があるからといって、と解する説もある。
五　しばらくも留まらない物の喩。
六　→補注
七　中国春秋時代の越王勾践《こうせん》の賢臣范蠡は隠退して後、富豪となり陶朱公と称した。楚の国で次男が殺人により獄に繋がれた命乞いに長男が身代金を持って赴いたが、金を惜しんで捨て得ず、助命ならずに空しく千金を持って帰った故事による（史記・越世家）。→補注
八　世を捨てきれずに生を終える人は。底本「こふる」を同系統多数「おふる」により改訂。
九　入相（日没時）の鐘を「撞き果て」と、一日の「尽き果て」の掛詞。松・心妙・西・別「つきはてむ（ん）」。
一〇　時の経過の程無さ。無常迅速。

寄《スル》レ霞《ニ》無常を

771 亡き人を[一]霞める空にまがふるは[二]道を隔つる心なるべし

花の散りたりけるに並びて咲きはじめける桜を見て

772 散ると見ればまた咲く花の[三]匂ひにも[四]後《おく》れ先だつためしありけり

月前《ノ》述懐[五]

773 月を見ていづれの年の秋までか[六]この世にわれが[七]契《ちぎ》りあるらん

[八]七月十五夜、月明かかりけるに、[九]船岡にまかりて

774 [一〇]いかでわれ今宵の月を身にそへて死出の山路の人を照らさん

もの心細くあはれなりける折しも、[一一]きりぎりすの声の枕に近く聞えければ

775 [一二]その折の[一三]蓬《よもぎ》がもとの枕にもかくこそ虫の音《ね》には[一四]睦《むつ》れめ

[一五]鳥部山《とりべやま》にて、[一六]とかくのわざしける*煙《けぶり》の中《なか》より、夜更けて出

一 火葬の煙で霞んだ空に見紛えるのは。
二 六道（地獄・餓鬼・畜生・修羅・人間・天上）に輪廻転生して、生を隔てる心だろう。
三 色つやの美しさ。
四 遅速あり、無常を示す例だった。→補注
五 心妙・西「無常を」。
六 心妙・西「この世の中に」。
七 前世からの約束。宿縁として定められた寿命をいう。
八 盂蘭盆会の夜。
九 洛北の歌枕。二十五三昧会《さんまいえ》が行われた雲林院の西にある山。火葬場があり、葬送地。
一〇 →補注
一一 こおろぎの古名。「十月蟋蟀我が牀下に入る」（詩経）という。
一二 自分が死ぬその時。
一三 蓬の根元への野辺送りを想う。蓬屋の寝室と取る説もある。→補注
一四 馴れ親しみたい。
一五 洛東の阿弥陀ヶ峰。その山裾を鳥部野という（拾遺抄注）。
一六 あれこれ葬送の事。

でける月のあはれに見えければ

776 [一]鳥部野や[二]鷲の高嶺の[三]末ならん煙を分けて出づる月影

[四]諸行無常の心を

777 はかなくて過ぎにし方《かた》を思ふにも今も[五]さこそは[六]朝顔の露

[七]同行に侍りける上人《しやうにん》、[八]例ならぬ事、大事に侍りけるに、月の明《あか》くてあはれなりければ、詠みける

778 [九]もろともに眺め眺めて秋の月ひとりにならんことぞ悲しき

[一〇]待賢門院かくれさせおはしましにける[一一]御あとに、人々[一二]またの年の御はてまで候《さぶら》はれけるに、[一三]南面《みなみおもて》の花散りける頃、[一四]堀川の局《つぼね》の許へ申し送りける

779 たづぬとも風のつてにも聞かじかし花と散りにし君がゆくへを

[一五]返し

780 吹く風のゆくへ知らするものならば花と散るにも[一六]後《おく》れざらまし

一　流布本系統はこの詞書に次歌の題詞が続き、この歌を欠く。
二　釈迦が説法した霊鷲山。
三　末流。心妙・別ほか「すそ」。
四　涅槃経の偈の一句。広く通用。
五　「さこそはあらめ」を約して「朝顔」に言い掛ける。
六　はかないもののたとえ。→補注
七　西・別「西住上人」、千載「同行西住上人」。西住は俗名源次兵衛季政(正)。村上源氏の覚雅男とする説も。
八　病気が重態となって。西・別はこの後に「訪ひに人々まうで来て、又かやうに行き会はむ事も難しなど申して」という事情を記す。
九　王子猷の故事から派生した発想による。→補注
一〇　藤原璋子。公実女。鳥羽天皇皇后。久安元年(一一四五)八月二二日崩。四五歳。
一一　三条高倉第。
一二　翌年の一周忌明けまで。
一三　寝殿の南向きの庭。→補注
一四　待賢門院堀河。→七四四・注五
一五　待賢門院堀河の返歌。→補注
一六　西・別「とも」。

[一]近衛院の御墓に人々具してまゐりたりけるに、露の深かりければ

781 みがかれし[二]玉のすみかを露深き野辺にうつして見るぞ悲しき

[三]一院崩《かく》れさせおはしまして、[四]やがての御所へ渡しまゐらせける夜、高野より出であひてまゐりあひたりける、いと悲しかりけり。[五]この後《のち》おはしますべき所御覧じ始《はじ》めけるそのかみの御供に、[六]右大臣実能《さねよし》、大納言と申しける候《さぶら》はれけり。忍ばせおはしますことにて、また人候はざりけり。*そのをり御供に候《さぶら》ひけることの思ひ出《い》でられて、折しも今宵にまゐりあひたる、昔今《むかしいま》のこと思ひ続けられて詠みける

782 今宵こそ[七]思ひ知らるれ浅からぬ君に[八]契《ちぎ》りのある身なりけり

[九]納めまゐらせける所へ渡しまゐらせけるに

783 [一〇]道かはる御幸《みゆき》悲しき今宵かな[一一]限りの旅と見るにつけても

[一二]納めまゐらせて後《のち》、御供に候《さぶら》はれける人々、たとへん方な

一 鳥羽天皇第八皇子。久寿二年（一一五五）七月二三日崩御。一七歳。八月一日に船岡山の西北に火葬。同所に火葬塚を築く。遺骨は知足院不動堂に安置、長寛元年（一一六三）に鳥羽殿の安楽寿院新御塔に移された。→補注
二 玉楼。帝王の居所。西・別・玉葉「玉のうてな」。→補注
三 鳥羽法皇。保元元年（一一五六）七月二日、安楽寿院御所で崩御。
四 そのまま遺体を移された安楽寿院本御塔（三重御塔）。
五 安楽寿院は保延三年（一一三七）に、本御塔は同五年に落慶供養。いずれかの下検分の時。
六 藤原実能。権大納言任命は保延二年。それより西行遁世の保延六年の間のこと。実能は内大臣より左大臣に転じたので「右大臣」は誤り。
七 松・新拾遺「しりぬれ」。
八 前世からの宿縁。
九 安楽寿院本御塔。→補注
一〇 生前と行路が変る死への御幸。
一一 最後の旅。旅に「度」を掛ける。
一二 納棺が終了したのは翌三日午刻。

く悲しながら、かぎりある事なれば帰られにけり。はじめたることありて、明くるまで候ひて詠める

784 とはばやと思ひよらでぞ歎かまし昔ながらのわが身なりせば

右大将公能《きんよし》父の服《ぶく》のうちに母亡《な》くなりぬと聞きて、高野よりとぶらひ申しける

785 重ね着る藤の衣をたよりにて心の色を染めよとぞ思ふ

返し

786 藤衣かさぬる色は深けれど浅き心のしらぬはかなさ

同じ歎きし侍りける人の許《もと》へ

787 君がため秋はよに憂き折《をり》なれや去年《こぞ》も今年ももの思ひにて

返し

788 晴れやらぬ去年《こぞ》の時雨《しぐれ》のうへにまたかきくらさるる山めぐりかな

一　僧達が始めた御後の仏事。
二　弔問したいと思い寄らないで。
三　昔のまま在俗の身だったら。遁世したから弔問できたの含意。反実仮想。
四　藤原公能は実能の子。大炊御門と号す。
五　実能は保元二年（一一五七）九月二日薨。父の服喪は一年。
六　母の藤原顕隆女は保元三年八月一三日逝去（山槐記）。↓補注
七　藤色の衣。喪服。
八　衣と共に心の色を墨染めにして仏道に入れよ。「色」「染め」は衣の縁語。
九　知らない儚さ。出家の勧めを辞す。茨「しまぬばかりぞ」、松・心妙・月詣「しまぬはかなさ」。衣の縁語「染まぬ」の方が歌らしい措辞。
一〇　同じく秋に父母に続けて死なれた重服の人。
一一　弔問した人からの返歌。
一二　空が一面暗くされる意に、涙で心が曇らせられる意を掛けた。
一三　両親供養の山寺巡拝の意に、時雨の山廻り（↓五〇二）を掛けた。

母亡《な》くなりて山里に籠りゐたりける人を、程経て思ひ出《い》でて人のとひたりければ、かはりて

789 思ひ出づる情《なさけ》を人の同じくはその折とへなうれしからまし

縁《ゆかり》ありける人、はかなくなりにけり。とかくのわざに鳥部山へまかりて帰りけるに

790 かぎりなく悲しかりけり鳥部山亡きを送りて帰る心は

親かくれ、頼みたりける婿など失《う》せて、歎きしける人の、また程なく女《むすめ》にさへおくれにけりと聞きて、とぶらひけるに

791 このたびはさきざき見けん夢よりも覚めずやものは悲しからん

五十日の果てつ方に、二条院の御墓に御仏供養しける人に具してまゐりたりけるに、月明《あか》くてあはれなりければ

792 こよひ君死出の山路の月を見て雲の上をや思ひ出づらん

一 母の死後、日が経って。
二 手紙で弔問してきたので。
三 母を亡くした人の返歌を代作。
四 同じことなら母の死んだ折に弔問して下さったなら、うれしかったろうに。反実仮想。
五 俗縁ある人。誰か不詳。妻、親など諸説ある。
六 あれこれ葬送のこと。火葬した。
七 →七七六
八 娘にまで先に死なれてしまった。「さへ」は添加。
九 以前に見た夢の如くはかない事(死別)。
一〇 五十日の忌明けに。
一一 後白河天皇第一皇子。永万元年(一一六五)七月二八日、二条東洞院殿にて崩御、二三歳。香隆寺の北に火葬。同年一〇月一五日に遺髪を高野山に納める。遺骨は嘉応二年(一一七〇)に香隆寺本堂より三昧堂に移す。→補注。
一二 中陰の旅において死者が越えるという山路。
一三 空の雲の上に、宮中の意を掛ける。

[一]御あとに、[二]三河の内侍候《ないしさぶら》ひけるに、[三]九月十三夜、[四]人にかはりて

793 かくれにし君が[五]御影《みかげ》の恋しさに月にむかひて[六]音《ね》をや泣くらん

返し

794 わが君の光[七]かくれし夕《ゆふべ》より闇にぞまよふ月は澄めども

寄《スル》二紅葉《ニ》一懐旧と云ふ事を、[八]宝金剛院にて詠みける

795 [九]いにしへを恋ふる[一〇]涙の色に似て袂《たもと》に散るは紅葉《もみぢ》なりけり

故郷《ノ》述懐と云ふ事を、[一一]常盤《ときは》の家にて為業《ためなり》詠みけるに、まかりあひて

796 [一二]しげき野を[一三]幾ひと群《むら》に分けなしてさらに昔を[一四]しのびかへさん

[一五]十月中の頃、[一六]宝金剛院の紅葉見けるに、上西門院おはします由《よし》聞きて、待賢門院の御時思ひ出でられて、[一七]兵衛殿の局《つぼね》にさし置かせける

一　追善供養の喪中に。二条天皇が崩御した二条東洞院殿か。→補注
二　藤原為業（寂念）女。二条天皇に東宮時代から仕えた。
三　後の名月。五十日の忌明け以前。
四　誰か不明。同僚の女房かとする説がある。
五　御姿。「かくる」「影」は月の縁語。
六　声を立てて泣いているだろう。
七　天皇の崩御をいう。→補注
八　法金剛院が正式名称。山城国葛野郡。仁和寺のうち。→補注
九　待賢門院の在世時。→補注
一〇　紅涙。紅の色で「紅葉」を導く。
一一　→七三四
一二　→補注
一三　幾つかの一群ずつに区分けして、あそこは何、ここは何と。
一四　偲び返そう。「かへす」は野の縁語か。
一五　茨「十月中の十日比」、心妙「十月はじめのころ」、西「十月ばかりに」、別「神な月ばかりに」。
一六　→七九五
一七　→一〇一

797 紅葉《ももぢ》見て君が*袂《たもと》や[一]時雨《しぐ》るらん[二]昔の秋の色をしたひて

[三]返し

798 色深き梢を見ても時雨《しぐ》れつつ[四]ふりにしことを[五]かけぬ日ぞなき

[六]周防内侍《すはうのないし》、「[七]われさへのきの」と書きつけける古里《ふるさと》にて、[八]人々思ひを述べ*けるに

799 いにしへは*[九]ついゐし宿もあるものを[一〇]何《なに》をか今日《けふ》のしるしにはせん

[一一]陸奥《みち》の国にまかりたりけるに、野の中に[一二]常よりもとおぼしき塚の見えけるを、人に問ひければ、中将の御墓《みはか》と申すは、これがことなりと申しければ、中将とは誰《た》がことぞと、また問ひければ、[一三]実方《さねかた》の御ことなりと申しける、[一四]さらぬだにものあはれに覚えけるに、*霜枯れの薄《すすき》[一五]ほのぼの見えわたりて、後《のち》に語らんも言葉なきやうにおぼえて

800 [一六]朽《く》ちもせぬその名ばかりをとどめ置きて枯野《かれの》の薄形見にぞ見る

一　涙に濡れているだろう。時雨は紅葉を染めるもの。
二　待賢門院在世時。
三　兵衛の返歌。主の心境も代弁。
四　「降り」と「旧り」の掛詞。
五　心に懸けない日はない。「日」は松・心妙・西・別「ま（間）」。
六　周防守平棟仲女。本名仲子。後拾遺以下作者。
七　「家を人に放ちて立つとて柱に書きつけける　住みわびて我さへ軒の忍ぶ草しのぶ方々しげき宿かな」（金葉・雑上）。→補注
八　藤原隆信もいたか（隆信集）。
九　ちょっと居た宿も残っているが。
一〇　何を今日の記念に残そうか。歌しかない。
一一　初度奥州の旅と推定される。
一二　通常よりも由緒ありげと。
一三　藤原実方。三十六歌仙。→補注
一四　実方の墓でなくてさえ。
一五　ぼんやり一面に。薄の縁語「穂」を響かす。
一六　「遺文三十軸　軸軸金玉声　竜門原上土　埋骨不埋名」（和漢朗詠・下・白楽天）に拠るか。

[一]ゆかりなくなりて、[二]住みうかれにける古郷《ふるさと》へ帰りゐける人の許へ

801 住み捨てしその古郷をあらためて昔にかへる心地《ここち》やはする

[三]親におくれて歎きける人を、[四]五十日過ぐるまで[五]とはざりければ、とふべき人のとはぬことをあやしみて、[六]人にたづぬと聞きて、[七]かく思ひて今まで申さざりつる由《よし》申して遣《つか》はしける人に[八]かはりて

802 [九]なべてみな君が歎きをとふ数に思ひなされぬ言の葉もがな

[一〇]かく思ひて程経侍りにけりと申して、返事《かへりごと》かくなん。

[一一]ゆかりにつけてもの思ひける人の許《もと》より、などかとはざらん、と恨み遣はしたりける返事に

803 [一二]あはれとも心に思ふほどばかり言はれぬべくはとひこそはせめ

[一三]はかなくなりて年経にける人の文を、ものの中より見出だして、女《むすめ》に侍りける人の許へ見せに遣はすとて

一　縁者（結婚相手など）が死んで。
二　住みやめ、離れて出て行った旧宅へ帰って住んでいる人。誰か不明。
三　親に先立たれて歎いている人。誰か不明。
四　五十日の忌明け。→七九二
五　弔問しなかったので。
六　当人でなく別の人に尋ねたと聞いて。聞いたのはその人とも西行とも取れる。
七　次の歌のように思って。
八　その人に代わって代作。玉葉集は代作とせず、西行自身が弔問しなかったとする詞書で入集。
九　並一通りにあなたの歎きを見舞う人数と同じに思いなされない言葉があったらいいな（と思案するうちに時が経って弔問が遅れた）。
一〇　この左注は流布本系にない。
一一　縁者が死んだことにつけて物思いしている人。→補注
一二　ああお気の毒と心に思うほどのことを言い表せるくらいなら弔問したでしょうに（とても言い表せないほどの気持ちだった）。
一三　死んで年月がたった人の手紙。

804 涙をやしのばん人は流すべきあはれに見ゆる[一]水茎《みづくき》の跡

[二]同行《どうぎやう》に侍りける上人《しやうにん》、[三]終りよく[四]思ふさまなりと聞きて、申し送りける　[五]寂然

805 乱れずと終り聞くこそうれしけれ[六]さても別れは慰まねども

[七]返し

806 この世にてまた逢ふまじき悲しさに[八]勧めし人ぞ心乱れし

[九]とかくのわざ果てて、[一〇]後《あと》の事ども拾ひて、[一一]高野へまゐりて帰りたりけるに　寂然

807 [一二]入るさには拾ふ形見も残りけり帰る山路の友は[一三]涙か

返し

808 [一四]いかにとも思ひ分かで*ぞ過ぎにける夢に山路を行く心地《ここち》して

[一五]侍従大納言入道はかなくなりて、宵暁《よひあかつき》に勤めする僧各々帰[一六]

一　筆跡。「水」は「流す」の縁語。
二　西住。没年未詳。→補注
三　臨終正念で（心乱れず念仏を唱えて死に）。
四　生前の願い通りだった。
五　藤原頼業。西行の親友。
六　それにしても死別の悲しみは慰まないけれども。
七　西行の返歌。
八　臨終正念を勧めた私（西行）の方が心乱れた。
九　あれこれ葬送のこと。
一〇　火葬の後、骨を拾って。
一一　私（西行）が高野へ納骨に参上して京へ帰って来たところに（また寂然より贈歌）。
一二　高野山に入る時には。
一三　「無み」（無いので）を言い掛ける。
一四　どのようにしてとも分別することなく往復の時が過ぎてしまった。
一五　藤原成通。成通は応保二年（一一六二）一〇月二〇日薨、六六歳（楽臣類聚）。五条坊門高倉亭の北対で入滅（兵範記）。→七三〇
一六　満中陰（四十九日）の忌明けか。

りける日、申し送りける

809 行《ゆ》き散らん今日の別れを思ふにもさらに歎きやそふ心地する

返し

810 臥ししづむ身には心のあらばこそさらに歎きもそふ心地せめ

この歌も返しのほかに具せられたりける

811 たぐひなき昔の人の形見には君をのみこそ頼みましけれ

返し

812 いにしへの形見になると聞くからにいとど露けき墨染の袖

*同じ日、範綱《のりつな》が許へ遣はしける

813 亡《な》き跡も今日まではなほ残りけるを明日や別れをそへてしのばん

返し

一　遺族（誰か不明）に申し送った歌。↓補注
二　仏事を務めた僧達が散り散りになってゆくだろう。
三　心があったなら、仰せの通り歎きも添うだろうが（悲しみのあまり歎きの添う心すら失った）。
四　前の返歌の他に添えられていた（遺族の歌）。
五　比類ない故人（成通）の形見には。初句を第三句に懸ると取り、故人の比類ない形見としては、と解する説もある。
六　あなた（西行）だけを頼み申し上げる。「まし」は「申し」の約。
七　前歌に対する西行の返歌。
八　故人（成通）の。
九　一層涙に濡れる私の墨染めの僧衣の袖。
一〇　八〇九と同じ忌明けの日。
一一　藤原永雅男の範綱か。歌人範永の曾孫。詞花・千載作者。従五位上・右馬助に至る。↓補注
一二　成通が薨じ、中陰の追善供養が行われていた亭。
一三　茨・松「名残あるを」。

814 思へただ今日の別れの悲しさに姿を変へて[一]忍ぶ心を

[二]やがてその日、様《さま》変へてのち、この返事をかく申したりけり。いとあはれなり。

[三]同じ様《さま》に世遁《のが》れて大原に住み侍りける妹の、はかなくなりにけるあはれとぶらひけるに

815 いかばかり君思はまし道に入《い》ら[四]で頼もしからぬ別れなりせば

返し　　　寂然[五]

816 頼もしき道には入りて行きしかど[六]わが身をつめばいかがとぞ思ふ

[七]院の二位の局《つぼね》みまかりにける跡《あと》に、[九]十首歌人々詠《よ》みけるに

817 流れ行く水に玉なす[八]うたかたのあはれあだなるこの世なりけり

818 消えぬめる[一〇]もとの雫を思ふにも[一一]誰《たれ》かは末の露の身ならぬ

一　出家して。左注「様変へて」も同意。法名は西遊。
二　そのままその日。
三　寂然と同様に遁世して大原に住みました妹。藤原俊成の初妻となった為忠女か。→補注
四　入道しないで頼もしくない死別だったら。入道したから往生も望め、頼もしいという含意。反実仮想。
五　流布本系統は作者表記なし。これも範綱との贈答と取れる扱い。
六　自身に引きつけてみると如何かと思う（往生は不安）。
七　藤原朝子。紀伊守兼永女。紀伊二位。信西（藤原通憲）の後妻で成範・修憲の母。待賢門院女房、後白河院乳母。「院」は後白河院。仁安元年（一一六六）一月一〇日薨。
八　泡沫。はかないものの喩え。
九　空しくはかない。→補注
一〇　院の二位の局を喩える。参考「末の露もとの雫や世の中の遅れ先立つためしなるらむ」（古今六帖）。
一一　誰か木末の露の身でない者があろうか。誰も遅速はあれ露と消える。

819 [一]送りおきて帰りし野辺の[二]朝露を袖に移すは涙なりけり

820 [三]船岡の裾野の[四]塚の数添へてむかしの人に君をなしつる

821 [五]あらぬ世の別れはげにぞ憂《う》かりける浅茅《あさぢ》が原を見るにつけても

822 [六]後《のち》の世をとへと契《ちぎ》りし言《こと》の葉《は》や忘らるまじき形見なる[七]べき

823 [八]後《おく》れいて涙に沈むふるさとを[九]魂《たま》のかげにもあはれとや見ん

824 [一〇]あとをとふ道にや君は入《い》りぬらん苦しき死出《しで》の山へかからで

825 [一一]名残りさへほどなく過ぎば[一二]かなし世に[一三]七日《なぬか》の数を重ねずもがな

826 [一四]あとしのぶ人にさへまた別るべきその日をかねて散る涙かな

[一五]後《あと》の事ども果てて、散り散りになりけるに、[一六]成範《しげのり》、修憲《ながのり》涙

一　野辺送りを詠む。万代集・新千載は鳥羽院葬送に誤る。
二　朝露を袖に移すと思ったが、実は涙だったか。
三　洛北の葬所。→七七四　→補注
四　新しく墓の数をひとつ加えて。「添へて」は心妙・西・別・夫木抄「そひて」。
五　この世でない死後の世。
六　後世の供養をせよと生前に約束した。→補注
七　茨・松・西・別「らん」。
八　先立たれた遺族が涙に沈む旧宅。
九　死者の霊。
一〇　遺族が後世を弔う仏の道にあなたは入っただろう(死出の山を免れ)。
一一　生前の名残りである中陰。
一二　茨「悲しきに」。→補注
一三　七日毎の仏事の数を重ねたくないな。名残り惜しさ。
一四　後世を弔う人にまで別れねばならぬ、中陰の果ての日をあらかじめ知って散る涙よ。
一五　中陰の仏事が終って。
一六　信西の四男・五男(母は朝子)。共に千載以下作者。→補注

流して、[一]今日にさへまたと申しけるほどに、南面《みなみおもて》[二]の桜に
鶯《うぐひす》のなきけるを聞きて詠みける

827 桜花[三]散り散りになる木《こ》の下《もと》に名残りを惜しむうぐひすの声

返し

[四]少将修憲《ながのり》

828 散る花はまた来ん春も咲きぬべし[五]別れは[六]いつか巡《めぐ》りあふべき

同じ日、暮れけるままに、雨のかきくらし降りければ

829 [七]あはれしる空も心のありければ涙に雨を添ふるなりけり

[八]院少納言の局

返し

830 [九]あはれしる空*にはあらじ[一〇]わび人の涙ぞ今日は雨と降るらん

*行き散りて、[一一]またの朝《あした》遣はしける

831 今朝いかに思ひの色のまさるらん[一二]昨日にさへもまた別れつつ

返し

[一三]少将修憲《ながのり》

一 母の後世を弔う人と別れる今日にまでまたなった。
二 一月一〇日より四十九日が過ぎて桜の時節。
三 桜が「散り」と人が「散り散りになる」を掛けた。
四 「少将なりのり」とする本も多い。茨・松は作者名なし。
五 ここは亡き人との別れ。
六 いつ巡りあえようか、あえない。「か」は反語。
七 空もあわれを知る心があるので。
八 後白河院少納言。建春門院少納言と同一人か。姓系未詳の筑前阿闍梨覚兼(→一〇七九)の妹(たまきはる)。修憲の恋人か妻妾(言葉集)。
九 空があわれを知ると言われるが、そうではあるまい。
一〇 歎きにくれる私達の涙が雨となり降るのだろう。
一一 満中陰の翌朝。
一二 人々が散り別れた昨日にまでもまた別れては。
一三 「少将なりのり」とする本も多い。茨・松「少将ながのり」。

832 [一]君にさへ立ち別れつつ今日よりぞ慰む方《かた》はげになかりける

[二]兄の入道[三]想空はかなくなりにけるを、[四]とはざりければ、言ひ遣はしける　寂然

833 [五]とへかしな別れの袖に[六]露しげき[七]蓬がもとの心細さを

834 待ちわびぬ[八]後《おく》れ先立つあはれをも君ならでさは誰《たれ》かとふべき

835 [九]別れにし人をふたたびあとを見ば[一〇]恨みやせましとはぬ心を

836 いかがせんあとのあはれはとはずとも別れし人の[一一]行方《ゆくへ》たづねよ

837 [一二]なかなかにとはぬは深き方《かた》もあらん心浅くも恨みつるかな

[一三]返し

838 分け入りて[一四]蓬が露をこぼさじと思ふも[一五]人をとふにあらずや

一　あなた（西行）にまで。
二　三寂の兄・藤原為盛か。相空とも。→補注
三　心妙・西・別「大原にて」と入滅の場所を明示。
四　西行が弔問しなかったので。
五　弔問してほしいよ。以下、寂然の贈歌五首。心妙・西は八三三と八三九を一対の贈答とし、続後撰に入集。
六　袖の涙と蓬に置く露。
七　蓬は荒廃を表象。
八　先後あれ免れ難い死の悲歎。→八一八・注一〇
九　死別した兄の跡をあなたが再び訪れて見てくれるなら。→補注
一〇　弔問しなかった心を恨もうか、恨みはすまい。「や」は反語。
一一　死後の行方を尋ねて下さい。往生できたかどうか。
一二　弔問しないのはかえって深い理由があるのだろう。
一三　各贈歌への西行の返歌五首。
一四　あなたに涙をこぼさせまいと。蓬の露に寂然の涙を暗喩。
一五　弔問したことにならないか。

839 [一]よそに思ふ別れならねば[二]誰《たれ》をかは身よりほかにはとふべかりける

840 [三]隔《へだ》てなき法《のり》の言葉にたより得て[四]蓮《はちす》の露にあはれかくらん

841 [五]亡《な》き人を忍ぶ思ひの慰《なぐさ》まばあとをも千度《ちたび》とひこそはせめ

842 [六]御法《みのり》をば言葉なければ説くと聞けば深きあはれはとはでこそ思へ

[七]これは具して遣《つか》はしける

843 露深き野辺になりゆく[八]ふるさとは思ひやるにも[九]袖しほれけり

無常の歌あまた詠《よ》みける中に

844 [一〇]いづくにか[一一]眠《ねぶ》り眠りて倒《たふ》れ伏さんと[一二]思ふ悲しき[一三]道芝の露

845 [一四]おどろかんと思ふ心のあらばやは[一五]長き眠りの夢も覚むべき

一 他所事と思う死別ではないので。→補注
二 我身よりほかに誰を弔問したらよいか。私こそ弔問されるべき身だ。「かは」は反語。
三 分け隔てしない仏法の言葉。
四 極楽浄土の蓮の露。兄上は往生したと含意。寂然四首目に応答。
五 故人を忍ぶあなたの思いが慰むなら（とても慰まないだろうから一度も弔問しなかった、と言い訳）。→補注
六 仏は言葉を用いず説法すると聞いているので。
七 この歌は答歌と別に添えて。→補注
八 主を亡くした旧宅。荒廃の様。
九 「露」より涙を暗示。
一〇 →補注
一一 無明長夜の眠りを重ねて。眠るように死ぬ意も含むか。
一二 松・別「おもふもかなし」。
一三 道端の草に置く露。儚い命の喩。
一四 目覚めようと思う心があったらなあ。→補注
一五 無明長夜の迷妄の眠り。

846 風荒き磯にかかれる海人《あまびと》は[一]つながぬ舟の心地《ここち》こそすれ

847 大波に引かれ出でたる心地して[二]助け舟なき沖に揺らるる

848 [三]なきあとを誰《たれ》と知らねど[四]鳥部山[五]おのおのすごき塚の夕暮

849 波高き世を[六]漕《こ》ぎ漕ぎて人はみな[七]船岡山を[八]泊りにぞする

850 死にて伏さん苔《こけ》の莚《むしろ》を思ふより[九]かねて知らるる[一〇]岩陰《いはかげ》の露

851 [一一]露と消えば[一二]蓮台野にを送りおけ[一三]願ふ心を名にあらはさん

＊[一四]那智《なち》に籠《こも》りて[一五]滝に入堂し侍《はべ》りけるに、この上に[一六]一、二《いちに》の滝おはします。それへまゐるなりと申す[一七]常住の僧の侍りけるに、具してまゐりけり。花や咲きぬらんとたづねまほしかりける折節にて、たよりある心地して分けまゐりたり。二の滝のもとへまゐりつきたる。如意輪の滝となん申すと聞

一　参考「論レ命江頭不レ繋舟」（和漢朗詠・下・無常・羅維）。↓補注
二　波風荒く難船の時分に、その近辺より出す舟。
三　墓の主を誰と知らないけれど。
四　洛東の葬所。↓七五七・七七六
五　それぞれ荒涼とした。
六　畳語は西行の特色。「漕ぎ」は「波」「泊り」と共に船の縁語。
七　洛北の葬所。↓七七四・八二〇
八　船の泊りに人生の「止り」を掛ける。
九　生前よりあらかじめ。
一〇　岩の陰に人目につかず、日も当たらず消えないで残る露。地名「石陰」を掛ける。↓補注
一一　私が露のように消え失せたら。
一二　洛北の葬送地。↓補注
一三　願生浄土の心。蓮台の名は極楽浄土に通じる。
一四　紀伊国那智山。熊野三山の一。
一五　滝籠りの修行をした。
一六　四十八滝の一の滝（大滝）、二の滝（如意輪の滝）。神体ゆえ滝に敬語。
一七　那智山には神官がいず、常住と客僧からなる大衆が一山組織の中心。

きて、拝みければ、まことに[一]少しうち傾《かたぶ》きたるやうに流れ
下《くだ》りて、尊く覚えけり。[二]花山《くわざん》院の御庵室の跡の侍りける
前に、年旧《ふ》りたりける桜の侍りけるを見て、「[三]すみかとす
れば」と詠《よ》ませ給ひけんこと思ひ出《い》でられて

852 木《こ》のもとに[四]すみけるあとを見つるかな那智の高嶺《たかね》の花を尋ねて

[五]同行《どうぎやう》に侍りける上人、月の頃[六]天王寺に籠りたりけりと聞き
て言ひ遣はしける

853 いとどいかに[七]西へかたぶく月影を常よりも[八]けに君慕ふらん

[九]堀川の局、仁和寺に住みけるに、まゐるべき由《よし》申したりけ
れども、[一〇]まぎるることありて程経《へ》にけり。月の頃、[一一]前を過
ぎけるを聞きて言ひ*送れりける

854 [一二]西へ行くしるべとたのむ月影の[一三]そらだのめこそかひなかりけれ

返し

855 さし入らで[一四]雲路をよぎし月影は待たぬ心ぞ[一五]空に見えける

一 少し傾いたように。頬を傾ける如意輪観音の姿態を髣髴。
二 二の滝の上に花山法皇御籠所跡の伝承地がある。
三 「木のもとをすみかとすればおのづから花見る人となりぬべきかな」(詞花・雑上・花山院)。→補注
四 「住み」に「澄み」を掛ける。
五 西住をさす。
六 摂津国の四天王寺。その西門は極楽浄土の東門に相対するとされた。
七 西へ傾く月影に西方浄土を観想。
八 異に。格別に。
九 待賢門院堀河。→七四四
一〇 所用に紛れる事。
一一 私(西行)が堀川の住庵の前を。
一二 西方浄土へ往生する導師。西行の名を詠み込む。堀川の贈歌。
一三 あてにならない頼み。「空」は月の縁語。
一四 雲路を通り過ぎた(家に立ち寄らなかった)。「よぎし」は「避(よ)きし」とも解せる。
一五 「空」は雲・月の縁語。推量の「そら」を掛ける。私を待たない心が推し量られたからと言い訳。

856 [一]寂超入道談議[二]すと聞きて遣はしける
[三]弘《ひろ》むらん法《のり》にはあはぬ身なりとも[四]名を聞く数に入《い》らざらめやは

返し
857 [五]つたへ聞く流れなりとも法の水[六]汲む人からや深くなるらん

[七]定信《さだのぶ》の入道、[八]観音寺に堂造るに、[九]結縁《けちえん》すべき由申し遣はすとて　[一〇]観音寺入道生光
858 寺造るこのわが谷に土埋めよ君ばかりこそ山も崩さめ

返し
859 山崩すその[一一]力《ちから》根《ね》は難《かた》くとも[一二]心たくみを添へこそはせめ

[一三]阿闍梨《あざり》勝命、[一四]千人集めて法華経結縁せさせける*に参りて、
またの日遣はしける
860 [一五]つらなりし昔につゆも変らじと思ひ知られし法の庭かな

一　藤原為経。三寂の一。寂然の兄。
二　西「大原にて止観の談義すと」。大原別所で摩訶止観の談義をすると。
三　仏法弘布の談義には参会できない身であっても。高野から送ったか。
四　私の名を聴聞者の数に入れないことはないよ。「やは」は反語。
五　人づてに聞く仏法の流れであっても。「流れ」「水」「汲む」「深く」は縁語。
六　汲む人ゆえに（あなただから）深くなるだろう。
七　世尊寺流の藤原定信。→補注
八　洛東の観音寺（今熊野）か。
九　仏縁を結ぶこと。ここは寄進。
一〇　山をも崩す勧進力と称讃。
一一　蓄え持っている力。力量。
一二　心中での工夫。勧進はできなくともと謙遜し、心的援助はしようと応答。
一三　藤原時長孫（利仁流）の勝命か。西行の遠戚。→補注
一四　法華経と開結二経を千人に書写結縁させる千部法華経。
一五　諸菩薩・大衆が列座して釈迦の説法を聞いた霊鷲山の昔。

人に代りて、これも遣はしける

861 [一]いにしへに洩《も》れけんことの悲しさは昨日の[二]庭《には》に心ゆきにき

[*三]六波羅《ろくはら》太政入道、[四]持経者《ぢきやうしや》千人集めて、[五]津の国輪田《わだ》と申す所にて供養侍りけり。やがてそのついでに[六]万燈会《まんどうゑ》しけり。夜更《ふ》くるままに、燈火《ともしび》の消えけるを、各々点《とも》しつぎけるを見て

862 [七]消えぬべき法《のり》の光の燈火をかかぐる輪田の[八]泊《とまり》なりけり

[九]天王寺へまゐりて、[一〇]亀井の水を見て詠《よ》みける

863 [一一]浅からぬ契《ちぎ》りのほどぞ汲まれぬる亀井の水に影映《うつ》しつつ

こころざすことありて、[*一二]扇《あふぎ》を仏にまゐらせけるに、[一三]院より賜はりけるに、[一四]女房うけたまはりて、包紙《つつみがみ》に書きつけられける

864 ありがたき法《のり》に[一五]扇《あふぎ》の風ならば[一六]心の塵《ちり》を払へとぞ思ふ

一 釈迦が昔説法した折に。
二 供養の場にあって満足した。
三 平清盛。仁安三年（一一六八）出家。翌年春頃に福原へ退隠。
四 法華経受持者。千僧供養を行った。→補注
五 摂津国の大輪田泊。福原の南。
六 万坏の燈明を供養する法会。
七 末法の世にまさに消えようとする法燈の火をかきたてて明るくする。主催者・清盛への讃美を含む。
八 茨「みさき」。
九 摂津国の四天王寺。西門の浄土信仰が有名。
一〇 四天王寺境内にあった霊水。歌枕。→補注
一一 浅くない仏縁。西方浄土に相対する寺ゆえ。「浅からぬ」「汲まれ」は水の縁語。
一二 西行が仏に供養する扇を崇徳院より下賜された。
一三 茨・松「新院」により崇徳院。
一四 女房が院の歌を拝受して包紙に書き付けた。
一五 「逢ふ」を掛ける。→補注
一六 煩悩。

[一]御返事奉りける

865 [二]ちりばかり疑ふ心なからなん法《のり》を仰《[三]あふ》ぎて頼むとならば

[四]心性《しんしやう》定まらずと云ふ事を題にて、人々詠みけるに

866 雲雀《ひばり》たつ荒野《[五]あらの》に生《お》ふる姫百合《[六]ひめゆり》の何《なに》につくともなき心かな

[七]懺悔業障《さんげごふしやう》と云ふ事を

867 *まどひつつ過ぎける方《かた》の悔しさに泣く泣く身をぞ今日は恨むる

[八]遇《あヒテ》レ教《ニ》待《ツ》二竜花《りうげヲ》一と云ふ事を

868 [九]朝日待つほどは闇にや迷はまし[一〇]有明の月の影[一一]なかりせば

寄《スル》二藤花《ニ》一述懐

869 [一二]西を待つ心に藤をかけてこそその[一三]紫の雲を思はめ

見《テ》レ月《ヲ》思《フ》レ西《ヲ》と云ふ事を

870 [一四]山の端《は》に隠るる月をながむれば我*も心の西[一五]に入《い》るかな

一　西行の崇徳院への御返事。
二　塵ほども疑う心がなくあってほしい。
三　「扇」を掛ける。
四　生れつき持つ心。
五　一度は耕されたが、荒廃した野。
六　「秘め」「揺り」を掛ける。↓補注
七　悪業による障害の懺悔。↓補注
八　仏の教えに遇い、龍花三会（さんえ）を待つ。龍花三会は釈迦入滅の五六億七千万年後に弥勒菩薩が出世し、龍花樹下で三度の法会を開き衆生を済渡すること。↓補注
九　弥勒菩薩の隠喩。「朝日」「闇」「月」「影」は縁語。
一〇　霊鷲山の釈迦の象徴。その遺教である法華経。
一一　光がなかったら（あったので闇に迷うまい）。反実仮想。
一二　西方極楽浄土への往生を待つ心。
一三　往生時に阿弥陀仏が聖衆を従えて来迎される、その聖衆来迎の折にたなびく紫雲。↓補注
一四　西の山の端。
一五　西方極楽浄土。

871 [一]暁念仏と云ふ事を
[二]夢さむる鐘の響きに[三]打ち添へて[四]十度《とたび》の御名《みな》を唱へつるかな

872 [五]易《クシテ》レ往《キ》無《シ》レ人の文《もん》の心を
[六]西へ行く月を[七]よそに思ふらん心に入らぬ人のためには

873 [八]人《ノ》命《ノ》不《ルコト》レ停《ラ》過《*ギタリ》二於山水《ノ》一《ヨリモ》の文の心を
山川のみなぎる水の音聞けば迫《せ》むる命ぞ思ひ知らるる

874 [一〇]菩提心論に[一一]乃至身命《しんみやうヲモ》而不二悋惜《りんじやくせ》一の文を
[一二]あだならぬやがて悟りに返りけり人のためにも捨つる命は

875 [一三]疏《しよ》の文《もん》に*悟心々証心々
まどひ来て悟り得《う》べくもなかりつる[一四]心を知るは心なりけり

876 [一五]観心《くわんじん》
[一六]闇晴れて心の空に澄む月は[一七]西の山辺や近くなるらん

一 六時のうち晨朝の念仏。→補注
二 迷妄の夢の意も掛ける。
三 「打ち」は鐘の縁語。
四 阿弥陀仏の名号を十度唱えること。十念。→補注
五 無量寿経「易往而無人」。→補注
六 西方極楽浄土。
七 自分と無関係に。よそごとに。
八 涅槃経の句。往生要集などに引用。無常を表す要文。→補注
九 さし迫る命終。
一〇 龍樹作、唐不空訳（空海説）。真言十巻章の一。
一一 行願心の項にある句。衆生済度のためには身命を惜しまない、の意。
一二 身命を惜しまず捨てるのは無駄でなくそのまま。
一三 大日経疏に「唯是心自証心心自覚心」の句がある。茲「心自悟心心自証心」はそれに近似。
一四 愚心を知るのは菩提心だったか。
一五 自己の心の本性を観ずること。天台止観の要諦。歌は月輪観（がちりんかん）に拠る。新古今の巻軸歌。
一六 煩悩の闇。
一七 西方極楽浄土。

序品《じょほん》[一]

877
散り[二]まがふ花の匂ひを先立てて光を法《のり》[三]のむしろにぞ敷く

878
花の香をつらなる袖[四]に吹き染《し》めて悟れと風の散らすなりけり

深[五]ク着ス*二於五欲ニ一の文

879
懲《こ》りもせずうき世の闇にまがふ[六]かな身を思はぬは心なりけり

譬喩品《ひゆほん》[七]

880
法《のり》[八]知らぬ人をぞ今日《けふ》[九]はうし[一〇]と見る三つ[一一]の車に心かけ[一二]ねば

はかなくなりにける[一三]人のあとに、五十日のうちに一品《いつぽん》[一四]経《きやう》供養しけるに、化城喩品《けじやうゆほん》[一五]

881
休むべき宿を思へば中空《なかぞら》[一六]の旅*も何かは苦しかるべき

五百弟子品[一七]

882
おのづから清き心に磨[一八]かれて玉解[一九]きかくる法《のり》を知りぬる

一　法華経第一品。
二　雨華瑞、放光瑞を詠む。「花」「法」で法華経の題号を詠み入れる。
三　法筵。法会の会座。
四　列座する会衆の袖。
五　法華経法便品（第二品）の句。五欲は色・声・香・味・触。
六　紛れることだ。茨・松・別「まよふかな」、西「まどふかな」。
七　法華経第三品。
八　車の縁語「乗り」を掛ける。
九　茨「けには」（異には）。
一〇　「憂し」に車の縁語「牛」を響かせる。
一一　羊車・鹿車・牛車。↓補注
一二　「かけ」は車の縁語。
一三　死んだ人の追善供養。
一四　法華経二十八品を一人一品ずつ分担書写して行う追善供養。
一五　法華経第七品。↓補注
一六　宝処に至る途中。中有（四十九日）の意を掛ける。
一七　法華経第八品、五百弟子受記品。歌は衣裏宝珠の喩を詠む。↓補注
一八　「磨かれ」は玉の縁語。
一九　法の縁語「説き」を掛ける。

[一]提婆品《だいばほん》

883 [二]いさぎよき玉を心に磨き出《い》でて[三]いはけなき身に悟りをぞ得し

884 これやさは年積るまで[四]樵《こ》りつめし法《のり》に[五]あふごの薪《たきぎ》なりける

885 いかにして聞くことのかく安からん[六]あだに思ひて得ける法かは

*[七]勧持品《くわんぢほん》

886 [八]雨雲《あまぐも》の晴るるみ空の[九]月影に恨みなぐさむ[一〇]姨捨《をばすて》の山

887 いかにして恨みし[一一]袖に宿りけん出《い》で難《がた》く見し[一二]有明の月

[一三]寿量品《じゆりやうほん》

888 [一四]鷲《わし》の山[一五]月を入りぬと見る人は暗きに迷ふ心なりけり

889 悟り得し[一六]心の月のあらはれて鷲の高嶺に[一七]澄むにぞありける

一 法華経第十二品。提婆達多《だいばだつた》品。
二 世尊に玉を献じた龍女の成仏を詠む。「玉」「磨き」は縁語。→補注
三 幼い身。龍女は八歳。
四 木を伐り集めた。釈迦が阿私仙《あしせん》に千年奉仕したことによる。→補注
五 「逢ふ期（ご）」に「朸（あふご）」（担い棒）を掛ける。
六 釈迦がいい加減に思って得た法華経ではないのに。「かは」は反語。
七 法華経第十三品。歌二首は釈迦の姨母・憍曇弥が授記(成仏の予言)の遅れを憂いたことを詠む。→補注
八 「尼」を掛ける。→補注
九 釈迦に拠る授記を含意。
一〇 信濃国の歌枕。「姨母（をば）」を掛ける。→補注
一一 憍曇弥（きょうどんみ）の袖。
一二 釈迦の隠喩。成仏を暗示。
一三 法華経第十六品、如来寿量品。歌二首は常在霊鷲山（入滅は方便で実は霊鷲山に常住して不滅）を詠む。
一四 霊鷲山。釈迦説法の山。
一五 釈迦が入滅したと見る人。
一六 仏性を月にたとえた語。
一七 「住む」を掛け、常住を含意。

890 亡《な》き人のあとに[一]一品経《いっぽんきやう》供養しけるに、寿量品を人に代りて

雲晴るる鷲[二]のみ山の月影を心澄みてや君[三]ながむらん

891 [四]一心《ニ》欲《シテ》レ見《タテマツラント》レ仏《ヲ》の文《もん》を人々詠《よ》みけるに

鷲の山誰《たれ》[五]かは月を見ざるべき心にかかる雲[六]し晴れなば

892 [七]神力品《じんりきほん》

行末《ゆくすゑ》[八]のためにと説かぬ法《のり》ならば何[九]かわが身に頼みあらまし

893 [一〇]普賢品《ふげんほん》

散[一一]り敷きし花の匂ひの名残《なご》り多み立[一二]たま憂《う》かりし法の庭かな

894 [一三]心経《しんぎやう》

何事《なにごと》[一四]も空《むな》しき法《のり》の心にて罪ある身とはつ[一五]ゆも思はじ

895 無上菩提[一六]の心を詠みける*に

鷲の山上暗《うへくら》からぬ峯《みね》なればあたりを払ふ有明[一七]の月

一 ↓八八一
二 常在霊鷲山の釈迦をたとえる。
三 亡くなって供養を受ける人。
四 寿量品の偈の一節。
五 誰でも月（釈迦）を見られないはずはないよ。「かは」は反語。
六 雲（煩悩）が晴れるなら。反実仮想。
七 法華経第二十一品、如来神力品。茨「神力品、於我滅度後の文を」。↓補注
八 仏滅後の衆生のために。
九 我が身に何の頼みもない。現実には法華経を滅後のために説き残してくれて、頼もしい。反実仮想。
一〇 法華経第二十八品、普賢菩薩勧発品。
一一 普賢品の「従東方来、所経諸国、普皆震動、雨宝蓮華」に拠る。
一二 席を立つのがつらい。↓補注
一三 般若波羅蜜多心経。
一四 心経の句「色即是空、空即是色」に拠る。
一五 少しも思うまい。
一六 最高の悟り。
一七 霊鷲山の釈迦を象徴。

896 [一]和光同塵《わくわうどうぢん》結縁《けちえん》ノ始《メ》と云ふ事を

いかなれば塵《ちり》に交じりてます鏡[二]仕ふる人は清《きよ》まはるらん

[三]六道歌詠みけるに、地獄

897 [四]罪人《つみびと》の[＊五]しめる世もなく燃ゆる火の薪《たきぎ》なるらんことぞ悲しき

[六]餓鬼《がき》

898 [七]朝夕の子をやしなひにすと聞けば苦《く》にすぐれても悲しかるらん

[八]畜生《ちくしやう》

899 [九]神楽歌《かぐらうた》に草取り飼ふは[一〇]いたけれどなほその駒になることは憂し

[一一]修羅《しゆら》

900 [一二]よしなしな争ふことを[一三]楯《たて》にして怒《いか》りをのみも結ぶ心は

[一四]人

901 [一五]ありがたき人になりけるかひ有りて悟り求むる[一六]心あらなん

一 摩訶止観・巻六下の文。和光同塵は仏が化現して衆生済度のため俗塵に交ること。本地垂迹に同じ。
二 「坐す」と「真澄鏡」を掛ける。鏡面に神の本地仏を線刻した御正体の鏡（本地垂迹を反映）を詠む。
三 生前の業因により生死を繰り返す六つの世界（地獄・餓鬼・畜生・修羅・人・天）。六趣とも。
四 初句は「薪なるらん」の主語。
五 消える時もなく。
六 餓鬼道。常に飢渇に苦しむ世界。
七 朝夕に生む子を食べ物にする。↓補注
八 畜生道。動物転生苦の世界。
九 神楽歌・其駒に拠る。↓補注
一〇 すばらしいけれど。
一一 阿修羅道。闘争を好んだ者が堕ちる怒りと争いの世界。
一二 つまらないことだな。
一三 勝手な護身の口実にして。「楯」は「争ふ」の縁語的用法。
一四 人道。人としての世界。
一五 めったにない。「人身難受」は当時の仏教的常識。
一六 あってほしい。他への希望。

天[一]

902 雲の上の楽しみとてもかひぞなき[二]さてしもやがて住みし果てねば

心に思ひける事を

903 濁りたる[三]心の水の少《すくな》きに[四]何《なに》かは月の影宿るべき

904 [五]いかでわれ[六]清く曇らぬ身になりて[七]心の月の影を磨かん

905 逃れなく[八]つひに行くべき道を[九]さは[一〇]知らではいかが過ぐべかりける

906 [一一]愚《おろ》かなる心にのみやまかすべき[一二]師となることもあるなるものを

907 野に立てる[一三]枝なき木にも劣りけり[一四]後《のち》の世知らぬ人の心は

五首述懐

一　天道。天上の快楽世界だが、天人にも五衰があるという。
二　そうして楽しいまま住み終われないから。輪廻転生を免れない含意。
三　心の清濁を水にたとえた語。「心水」は密教系仏典に多用。→補注
四　どうして月光（仏心）が宿ろうか、宿らない。「かは」は反語。
五　何とかして私は。下句に懸る。
六「清く」「曇らぬ」は月の縁語。
七　心月輪（しんがちりん）を磨こう。菩提心を起こす決意。
八　死をいう。→補注
九　そうとは。ついに死を逃れえないとは。
一〇　知らないではどうして過ごせようか、過ごせない。「いかが」は反語。
一一　涅槃経を原拠に往生要集など浄土教典に説く「常に心の師となるべし。心を師とせざれ」の文に拠る。
一二　私が自分の心の師となることもあるというから。→補注
一三　枝葉なく、花咲き実もならない枯木。→補注
一四　後世を思わず、仏道を知らない人の心は。

908 [一]身の憂さを思ひ知らでややみなまし[二]背く習ひのなき世なりせば

909 [三]いづくにか身を隠さまし[四]厭《いと》ひても憂き世に[五]深き山なかりせば

910 身の憂さの[六]隠家《かくれが》にせん山里は[七]心ありてぞ住むべかりける

911 あはれ知る涙の露ぞこぼれける[八]草の庵をむすぶ契りは

912 [九]うかれ出づる心は[一〇]身にもかなはねば[一一]いかなりともいかにかはせん

[一二]高野より京なる[一三]人に遣はしける

913 [一四]住むことは所からぞといひながら高野《たかの》はもののあはれなるかな

*[一五]仁和寺《にんなじ》の御室《おむろ》にて、道心遂《*おヒテ》レ年《ヲ》深《シ》と云ふ事を詠《*よ》ませ給ひけるに

914 浅く出でて[一六]心の水や湛《たた》ふらん[一七]すみゆくままに深くなるかな

一 我が身のつらさを思い知らずに生涯を終わっただろう。反実仮想。↓補注
二 出家の習わし。
三 ↓補注
四 西・別・千載「いとひ出でて」。
五 深い山がなかったら（深い山があったから身を隠せる）。反実仮想。
六 ↓補注
七 仏道に入る心と、和歌的な情趣を解する心。
八 出家して草庵を結ぶ因縁。「露」「結ぶ」は草の縁語。
九 身から抜け出る心。西行の愛用表現。
一〇 出家の身でも自由にならないので。↓補注
一一 どうであっても、どうにもしようはない。
一二 高野山。↓補注
一三 誰か不明。妻と見る説がある。
一四 心の「澄む」を掛ける。
一五 ↓補注
一六 心の浅深を水にたとえた語。「深く」「浅く」は水の縁語。↓九〇三
一七 「住み」と「澄み」の掛詞。

[一]閑中ノ暁

915 嵐のみときどき窓におとづれて明けぬる空の名残りをぞ思ふ

ことのほかに荒れ寒かりける頃、[二]宮の法印、高野に籠らせ給ひて、この程の寒さはいかがとて、[三]小袖を給はせたりけ[四]るまたのあした申しける

916 今宵《こよひ》こそあはれみ[五]厚き心地《ここち》して嵐の音を[六]よそに聞きつれ

[七]御嶽《みたけ》より[八]笙《しやう》の窟《いはや》へまゐりけるに、「[九]もらぬいはやも」とありけん折、思ひ出でられて

917 露もらぬ岩屋《いはや》も[一〇]袖は濡れけりと[一一]聞かずはいかが怪しからまし

[一二]小篠《をささ》の泊《とまり》と申す所にて、露のしげかりければ

918 分け来つる[一三]小篠の露に[一四]そぼちつつ干しぞわづらふ墨染の袖

[一五]阿闍梨《あざり》源賢、世を遁れて高野に住み侍りける、[一六]あからさまに仁和寺へ出でて、帰りも参らぬことにて、[一七]僧都《そうづ》になりぬ

一　茨詞「閑中暁心と云ことを同夜」によれば前歌と同時。↓補注
二　崇徳天皇第二皇子・元性法印。↓四七七補注
三　袖口の狭い衣服。↓補注
四　翌朝。
五　「小袖」に寄せた表現。
六　自分とは無関係に。よそごとに。
七　大峯。吉野の金峯山。↓補注
八　大峯山中の国見山にある岩屋。日蔵、行尊らが修行した。
九　「草の庵は何つゆけしと思ひけん洩らぬ岩屋も袖は濡れけり」（金葉・雑上・行尊）を引く。
一〇　涙で袖は濡れたと。
一一　聞かなかったらどんなに不思議だったろう（聞き知っていたから、洩れる涙の訳も得心した）。反実仮想。
一二　後の大峯七五靡（なびき）第六六小篠宿。大峯山寺の奥の院。
一三　普通名詞に地名を掛ける。
一四　涙に袖が濡れることも暗示。
一五　阿闍梨兼賢か。↓補注
一六　ついちょっと。
一七　茨・松・西・別「僧綱」、心妙「そうがう」。

と聞きて、いひ遣はしける

919 袈裟《けさ》の色や[一]若紫に染めてける[二]苔の袂《たもと》を[三]思ひかへして

秋頃、[四]風わづらひける人をとぶらひたりける返事《かへりごと》に

920 [五]消えぬべき[六]露の命も君がとふ言の葉にこそ[七]起きゐられけれ

返し

921 吹き過ぐる[八]風しやみなばたのもしみ秋の[九]野も狭《せ》の露の白玉

[一〇]院の小侍従《こじじゆう》、[一一]例ならぬこと大事に臥し沈みて、[一二]年月経《へ》にけりと*聞きて、[一三]とぶらひにまかりたりけるに、この程少しよろしき由申して、人にも聞かせぬ[一四]和琴《わごん》の手、弾《ひ》きならしけるを聞きて

922 琴《こと》の音《ね》に涙を添へてながすかな[一五]絶えなましかばと思ふあはれに

返し

923 頼むべき[一六]こともなき身を今日までも何にかかれる[一七]玉の緒ならん

一 紫衣は勅許による。
二 粗末な僧衣の袂。
三 翻意して。「かへし」は「染め」の縁語で、染め変える意を掛ける。
四 風病を患った人を見舞った返事。
五 →補注
六 露の如くはかない命。「消え」「葉」「置き」は露の縁語。
七 起居できるようになったよ。露の縁語「置き」を掛ける。
八 風が止んだなら（風病が治ったなら）頼もしいので。
九 野一面に露の白玉が置くことよ。健康回復を象徴する表現。
一〇 後白河院に仕えた小侍従。石清水別当光清女。先に二条院、太皇太后宮多子に出仕。待宵の小侍従。
一一 重病を患い。
一二 玉葉「月ごろ」。
一三 西行が病気見舞いに出かけた。
一四 和琴（六絃琴）の秘曲。→補注
一五 あなたの命が絶えてしまったらの意に、秘曲が絶えてしまったらの意を掛ける。反実仮想の後半省略。
一六 「事」に「琴」を掛ける。
一七 命。「緒」は琴の縁語。

風[一]わづらひて山寺[二]に帰りけるに、人々とぶらひて、よろし[三]くなりなばまた疾《と》く、と申し侍りけるに、各々のこころざしを思ひて

924 定めなし[四]風わづらはぬ折だにもまた来んことを頼むべき世か

925 [五]あだに散る木《こ》の葉につけて思ふかな[六]風さそふめる[七]露の命を

926 [八]我なくはこの里人や秋深き[九]露を袂《たもと》にかけてしのばん

927 [一〇]さまざまにあはれ多かる別れかな[一一]心を君が宿にとどめて

928 帰れども[一二]人の情《なさけ》にしたはれて[一三]心は身にも添はずなりぬる

[一四]返しどもありけり、聞き*及ばねば書かず

[一五]新院、[一六]歌集めさせおはしますと聞きて、常盤に[一七]為忠が歌の侍りけるを、[一八]書き集めてまゐらせけるを、大原より見せに遣はすとて　[一九]寂超

一　西行が風病を患って。
二　どこの山寺か不明。↓補注
三　本復したならまた早く私達の所へお出かけください、の意か。
四　風病を患わない時でさえ。まして患っている今はさらに。
五　はかなく散る。「散る」「葉」「風」「露」は縁語。
六　風病を掛ける。「める」は婉曲。
七　露の如くはかない命。
八　私が死んだなら。
九　涙を暗示。
一〇　各々様々に。
一一　それぞれ身は離れるが、心を亭主であるあなたの家に留め置いて。
一二　集いの人々の情けに心ひかれて。
一三　私の心は身にも添わなくなってしまったよ。遊離魂を詠む。↓六六
一四　↓補注
一五　崇徳院。
一六　詞花集の改撰時か。↓補注
一七　常盤三寂の父。
一八　寂超が書き集めて進上したのを、大原より西行にも見せによこした。
一九　常盤三寂の一人。作者表記の下に茨「長門入道」とある。

929 もろともに散る言の葉を書くほどにやがても袖のそほちぬるかな

返し

930 年経《ふ》れど朽ちぬときはの言の葉をさぞしのぶらん大原の里

寂超、為忠が歌にわが歌書き具し、また弟の寂然が歌など取り具して、新院へまゐらせけるを、人にとり伝へてまゐらせさせけりと聞きて、兄に侍りける想空がもとより

931 家の風伝ふばかりはなけれどもなどか散らさぬ無《な》げの言の葉

返し

932 家の風むねと吹くべき木の本《もと》は今散りなんと思ふ言の葉

新院、百首歌召しけるに、奉るとて、右大将公能《きんよし》のもとより見せに遣はしたりける、返し申すとて

933 家の風吹き伝へけるかひありて散る言の葉のめづらしきかな

一 父子共に散逸する和歌。謙辞。初句は茨・松「木のもとに」。
二 葉の縁語「掻く」を掛ける。
三 そのまま袖が涙で濡れてしまったよ。
四 常盤木の意に為忠の本拠「常盤」の地名を掛け、不朽の和歌と讃称。
五 寂超自身の歌を書き添え。
六 常盤三寂の一人。西行の親友。
七 人を介して伝奏した。
八 →八三三
九 わが歌は家風を伝える程ではないけれども。想空の謙遜。「風」「散らす」「葉」は縁語。
一〇 どうして散り弘めてくれないのか、なげやりの歌であっても。奏上に外された不満を表明。→補注
一一 主として。「宗」に家の縁語「棟」を掛ける。
一二 常盤木の本。常盤一族を表意。
一三 今すぐにも散り弘まるだろう。不満を慰撫。
一四 久安百首。→補注
一五 →七八五
一六 西行に歌稿を見せに。
一七 すばらしい出来栄えだよ。

返し

934 家[一]の風吹き伝ふとも和歌の浦にかひある言《こと》の葉にてこそ知れ

題[二]しらず

935 木枯《こがらし》に木《こ》の葉の落つる山里は涙[三]*さへこそもろくなりけれ

936 峯[四]わたる嵐はげしき山里に添へて聞ゆる滝川の水

937 と[五]ふ人も思ひ絶えたる山里の[六]さびしさなくは住み憂からまし

938 暁[七]の嵐にたぐふ鐘の音《おと》を[八]心の底《そこ》にこたへてぞ聞く

939 待[九]たれつる入[一〇]相の鐘の音すなり明[一一]日もやあらば聞かんとすらん

940 松[一二]風の音あはれなる山里に[一三]さびしさ添ふるひぐらしの声

941 谷[一四]の間《ま》に[一五]ひとりぞ松も立てりけるわれのみ友はなきかと思へば

一　和歌において名誉ある百首歌作者に拾われ、詠みがいある言葉で家風を伝えたことも知ったよ。歌枕「和歌の浦」に和歌を掛け、「かひ」に浦の縁語「貝」を掛ける。↓補注

二　↓補注

三　木の葉だけでなく涙までも。「さへ」は添加。↓補注

四　峯から峯へ吹き渡る。他には覚性法親王の出観集に見える措辞。

五　訪客もないと断念した。

六　さびしさがなかったら、住みづらいだろう。↓補注

七　暁の嵐に伴う鐘の音。六時鐘のうち晨朝の鐘。↓八七一　↓補注

八　心の奥底に感応して聞く。

九　今日を過ぎれば命終かと自ずと待たれた。

一〇　六時鐘のうち入相の鐘。↓補注

一一　もし明日も生きていたならまた。

一二　↓補注

一三　さびしさを添えるように。先例のない句。

一四　谷間に。西・玉葉「谷の戸に」は歌語。

一五　「一つ松」を詠む。↓補注

942 [一]入日《いりひ》さす山のあなたは知らねども[二]心をかねて送りおきつる

943 何《なに》となく[三]汲むたびに澄む心かな[四]岩井の水に影うつしつつ

944 [五]水の音はさびしき庵《いほ》の友なれや峯の[六]嵐の絶え間絶え間に

945 鶉伏《うづらふ》す刈田の[七]ひつち[八]生《お》ひ出《い》でて[九]ほのかに照らす三日月の影

946 [一〇]嵐越す峯の木《こ》の間《ま》を分け来つつ谷の清水に宿る月影

947 濁るべき岩井の水にあらねども[一一]汲まば宿れる月やさわがん

948 ひとり[一二]住む庵《いほり》に[一三]月のさし来ずは何か山辺の友にならまし

949 [一四]たづね来て言問《ことと》ふ人のなき宿に木《こ》の間《ま》の月の影ぞさし来る

950 柴の庵《いほ》は[一五]住み憂きこともあらましを[一六]ともなふ月の影なかりせば

一 西方極楽浄土をさす。入日を見て浄土を想う日想観による。
二 身は現世にあっても、心を前もって送っておいたよ。→補注
三 汲水は山里の仏道修行のひとつ。
四 岩間から湧く井泉に自らの姿を映しては。下句は八六三に似る。
五 水流の音。滝川(→九三六)か。
六 途絶える度に聞えて来て。
七 刈った後の稲株から生えるひこ生え。
八 茨・夫木抄「思ひ出て」。→補注
九 上句を序とし、「ひつち」の縁語「穂」を掛けて「ほのかに」を導く。
一〇 →補注
一一 汲んだなら、水面に宿っている月は動揺するだろうか。→補注
一二 「澄む」を掛ける。
一三 月光が射して来なかったら、何が山辺の友になるだろうか。月だけが友だ。反実仮想。→補注
一四 私を尋ねて来て安否を問う人。→補注
一五 住みづらいこともあるだろうに。
一六 連れ添う月がなかったなら。月があるから住みうる。反実仮想。

951 影消えて[一]端山《はやま》の月は洩りも来ず谷は梢の雪[二]と見えつつ

952 雲にただ[三]今宵の月をまかせてん[四]厭《いと》ふとても晴れぬものゆゑ

953 月を見るほかもさこそは厭ふらめ雲[五]ただここの空に漂へ

954 晴れ間なく雲こそ空に満ちにけれ月見ん*ことは思ひ[六]絶えなん

955 濡るれども[七]雨もる山のうれしきは[八]入り来ん月を思ふなりけり

956 分け入りて[九]誰《たれ》かは人をたづぬべき[一〇]岩陰草《いはかげくさ》のしげる山路を

957 山里は谷の筧《かけひ》の[一一]絶え絶えに[一二]水乞鳥《みづこひどり》の声聞ゆなり

958 つがはねど[一三]映《うつ》れば影を友として鴛鴦《をし》住みけりな山川《やまがは》の水

959 [一四]連《つら》ならで風に乱れて鳴く雁《かり》の[一五]しどろに声の聞ゆなるかな

一　人里に近い山。木が繁っているからの含意。→九六一
二　月光の喩。端山より谷住みの方が月光を見るには好適という。
三　心・西「こよひは」。
四　月を隠す雲を嫌ったとしても、晴れないのだから。
五　ただ私の住む此処。他所には漂わず、月を見せてやれという余意。
六　あきらめよう。
七　樹間より雨が「洩る」に、近江国の歌枕「守山」を掛ける。→補注
八　木の間より射し入って来るだろう月。
九　誰が私を尋ねて来ようか、誰も来ない。「かは」は反語。「人」は自分を一般化していう。→補注
一〇　岩の陰に生える草。
一一　筧の水の「絶え絶え」と、「絶え絶え」に聞えるを掛ける。→補注
一二　カワセミ科のアカショウビン（赤翡翠）の異名。→補注
一三　水面に映ると、その自分の影を友として。→補注
一四　列を離れて。→補注
一五　秩序なく乱れて。

960 晴れがたき山路の雲に埋《うづ》もれて[一]苔の袂《たもと》は霧朽《きりく》ちにけり

961 [二]葛《つづら》這ふ端《は》山《やま》は下もしげければ住む人いかに木《こ》暗《ぐら》かるらん

962 熊の住む苔の岩山[三]おそろしみむべなりけりな人も通はぬ

963 [四]音はせで岩にたばしる霰《あられ》こそ[五]蓬《よもぎ》の窓の友となりけれ

964 [六]あはれにぞものめかしくは聞えける枯れたる[*七]楢《なら》の柴の落葉は

965 [八]柴囲《かこ》ふ庵《いほり》のうちは[九]旅だちてすどほる風もとまらざりけり

966 谷風は[一〇]戸を吹きあけて入るものを[一一]何《なに》と嵐の窓たたくらん

967 春浅み[*][一二]すずの籬《まがき》に風さえてまだ雪消えぬ[一三]信楽《しがらき》の里

968 水脈《みを》よどむ[一四]天の川岸[一五]波立たで月をば見るやさへ[一六]さみの神

一 僧衣は霧により朽ちてしまったよ。自在な表現。
二 つる草の這う里近い山は下枝も繁っているので。
三 恐ろしいので、なるほどそうだよ、人も通ってこない。
四 →補注
五 「蓬窓」の和語化か。茅屋。
六 茨「霰」、松「あられ」。その場合、霰に打たれてひとかどのものめいて聞える、の意。
七 楢の小枝の落葉。
八 柴垣で囲う。→補注
九 旅立って素通りする風。
一〇 戸を吹き開けて勝手に庵へ入って来るのに。
一一 どうして嵐は窓を叩くだけで入って来ないのだろう。風を対比。
一二 細い竹。吉野に特有の景物を、古都・信楽に転用。
一三 近江国甲賀郡。山間地で春の訪れが遅い。
一四 河内国の歌枕。伊勢物語で有名。
一五 →補注
一六 未詳。茨・松・夫木抄「さくさみの神」。道祖神の一種か。

969 [一]光をば曇らぬ月ぞみがきける稲葉にかかる[二]朝日子《あさひこ》の玉

970 [三]磐余野《いはれの》の萩が絶え間のひまひまに[四]児手柏《このてかしは》の花咲きにけり

971 [五]衣手《ころもで》に移りし花の色かれて袖ほころぶる萩が[六]花摺《ず》り

972 小《を》笹原《ざさはら》葉末の露は玉に似て[七]石なき山を行くここちする

973 [八]まさき割る＊[九]檜物工《ひものたくみ》や[一〇]出でぬらん村雨《むらさめ》＊過ぎぬ[一一]笠取《かさとり》の山

974 [一二]河合《かはあひ》や[一三]真木の裾山[一四]石立てて杣人《そまびと》いかに涼しかるらん

975 雪解くる[一五]しみみに蹂《した》くからさきの道行きにくき[一六]足柄《あしがら》の山

976 [一七]嶺渡《ねわた》しに[一八]しるしの竿《さほ》や立てつらん[一九]木挽《こびき》待ちつる[二〇]越《こし》の中山

977 雲取《くもとり》や[二一]志古《しこ》の山路は[二二]さておきて小《を》口川《ぐちが》原《はら》のさびしからぬか

一 露の玉の光。
二 朝日の親称。神楽歌に由来の詞。
三 大和国の歌枕。萩の名所。
四 オトコエシか。↓補注
五 「衣手」「袖」「ほころぶ」は縁語。美しい衣手も抖擻により花摺りの色が枯れて袖は綻びた、の趣意。
六 催馬楽に由来の詞。↓補注
七 崑崙山を想起。↓補注
八 檜を柾目に割って作る用材か。
九 檜物細工の職人。↓補注
一〇 笠を取って山を出ただろう。
一一 山城国宇治郡の歌枕。醍醐山。
一二 河の合流点。
一三 杉・檜が立つ杣山の裾。
一四 樵が石を立てる作業を作庭の立石に見立てて興じる。
一五 みっしり踏みつける。↓補注
一六 相模国の歌枕。
一七 山降しの風が吹く頃に。↓補注
一八 積雪量、または雪道を示す棹か。
一九 樵の入山を待っていた。
二〇 越後国の妙高山か。
二一 熊野山中の道。↓補注
二二 山道が寂しいのは当然だからさておいて。

978 [一]ふもと行く舟人いかに寒からんくま[二]山岳をおろす嵐に

979 [三]折《を》りかくる波の立つかと見ゆるかな[四]さすがに来ゐる鷺《さぎ》のむら鳥

980 [五]わづらはで[六]月には夜も通ひけり隣へつたふ畦《あぜ》の細道

981 荒れにける沢田の畦《あぜ》に[七]くらら生ひて[八]秋待つべくもなきわたりかな

982 [九]伝ひくる打樋《うちひ》を絶えずまかすれば山田は水[一〇]も重《おも》らざりけり

983 身にしみし[一一]荻《をぎ》の音にはかはれども[一二]しぶく風こそ[一三]げにはもの憂き

984 [一四]小芹《こぜり》摘む沢の[一五]氷のひまたえて春めきそむる[一六]桜井の里

985 来る春は[一七]峯《みね》に霞を先立てて[一八]谷の筧《かけひ》を伝ふなりけり

一 ↓補注
二 紀伊国か。↓補注
三 寄せ返す白波が立つかと見紛うよ。↓補注
四 語義未詳。茨・松・心・西・別「すさき」(洲崎)。
五 難儀しないで。
六 ↓補注
七 マメ科の薬草。苦参(くじん)。
八 秋の収穫を期待できない。
九 溜池より伝い来る打樋を絶えず引いているので。
一〇 水持も重くならないことだよ。↓補注
一一 荻吹く風は秋のあはれを感じさせる景物。
一二 激しく吹く。冬の風。↓補注
一三 ほんとうに気が重いよ。
一四 ↓補注
一五 春風により氷が切れ隙間ができて。東風解氷。
一六 摂津国か。↓補注
一七 ↓補注
一八 山家では伝い流れる谷の筧の水がそのまま春の到来を告知するのだった、という気づき。

986 春*になる桜の枝は何《なに》[一]となく花なけれどもむつまし[二]きかな

987 空[三]晴*るる雲なりけりな吉野山花[四]もてわたる風と見たれば

988 さら[五]にまた霞に暮るる山路かな花*をたづぬる春*の曙

989 雲[六]もかかれ花とを春は見て過ぎんいづれ[七]の山もあだに思はで

990 雲[八]かかる山見ばわれも思ひ出でよ*花[九]ゆゑ馴れしむつび忘れず

991 山[一〇]*深み霞こめたる柴の庵に言問[一一]ふものはうぐひすの声

992 うぐひすはゐなか[一二]の谷の巣なれどもだびた[一三]る音《ね》をば鳴かぬなりけり

993 うぐひす[一四]の声に悟りを得《う》[一五]べきかは聞[一六]くうれしきもはかなかりけり

一　西行の愛用語。
二　親しみが持てるよ。↓補注
三　実は空が晴れる雲だったか、という気づき。↓補注
四　落花を持って空を渡る風と見たところ。倒置で初句に返る。三九二に同様の構文。
五　今日もまた早朝から霞のうちに夕暮になる山路だな。↓補注
六　雲も懸れ、されば雲を花と春の間は見て過ぎよう。「を」は間投助詞。
七　花のある山もない山も、どちらの山もおろそかには思わないで。
八　雲が懸る山を見たならば、私をも思い出してくれよ。
九　花のために馴れ親しんだ、花に見立てられる雲への親愛。↓補注
一〇　山が深いので。
一一　物を言う。訪問する。↓補注
一二　都の外の地。地方ではない。↓補注
一三　訛った。↓補注
一四　法華経と鳴く鶯の声。
一五　得られようか、得られはしない。「かは」は反語。
一六　下句は一〇二六に類似。

994 過[一]ぎて行く羽風《はかぜ》[二]なつかしうぐひすよなづさひ[*三]けりな梅の立枝《たちえ》に

995 山もなき海のおもてにたなびきて波の花[四]にもまがふ[五]白雲《しらくも》

996 同じくは月のをり咲け山桜花見る[六]夜半《よは》の絶え間あらせじ

997 古畑《ふるはた》[七]の岨《そは》[八]の立つ木にゐる鳩の友呼ぶ声のすごき[*九]夕暮

998 波に漬《つ》きて磯回《いそわ》[一〇]にいます荒神《あらかみ》[一一]は潮踏む巫覡《きね》を待つにやあるらん

999 潮風に伊勢[一二]の浜荻《はまをぎ》伏せばまづほす[一三]しほなみのあらたむるかな

1000 荒磯の波に磯馴《そな》れて這ふ松はみさご[一四]のゐるぞたより[一五]なりける

1001 浦近み枯れたる松の梢には波の音[一六]をや風《か》は借るらん

1002 淡路島瀬戸のなごろ[一七]は高くともこの潮《しほ》[一八]にだに押し渡らばや

一 →補注
二 心ひかれる。梅の香りを含む故。
三 馴れ親しんだのだな。
四 白い波頭を花に見立てた歌語。
五 見紛う。山では白雲は花に紛うが、海ではの含意。
六 花を見る夜の絶え間がないようにしよう。→補注
七 放棄された焼畑か。→補注
八 急斜面。
九 ぞっとするほど寂しい。
一〇 磯辺に鎮座する荒神。
一一 潮を踏んで神事を行う巫覡。→補注
一二 伊勢の浜辺の荻。葦の異名とも。→補注
一三 句意未詳。→補注
一四 水辺に棲むタカ科の猛禽類。→補注
一五 頼り所で、縁があったのだな。
一六 波の音を風は借りるのだろう。葉が枯れて音を立てない松風の代りにの含意。
一七 余波。風が止んだ後も立つ波。
一八 潮時。機会の意を掛ける。→六九四「とどひ」

1003 潮路行く[一]かこみの[二]艫艪《ともろ》心せよまた渦速き瀬戸わたるほど

1004 磯に[三]をる波の険しく見ゆるかな沖に[四]なごろや高く行くらん

1005 おぼつかな[五]伊吹颪《いぶきおろし》の風先《かざさき》に[六]朝妻舟《あさづまぶね》はあひやしぬらん

1006 [七]榑舟《くれふね》よ朝妻わたり今朝《けさ》なせそ伊吹の嶽《たけ》に雪[八]しまくめり

1007 近江路《あふみぢ》や[九]野路《のぢ》の旅人いそがなん[一〇]野洲河原《やすがはら》とて遠からぬかは

1008 里人の大幣小幣《おほぬさこぬさ》立て並《な》めて[一一]馬形《むまかた》　結ぶ*野つ子なりけり

1009 [一二]いたけもるあまみが時になりにけり　*[一三]蝦夷《えぞ》が千島を煙こめたり

1010 [一四]もののふの馴らすすさみは面立《おもだ》たし[一五]あちそのしさり鴨《かも》の入首《いれくび》

1011 [一六]むつのくの奥ゆかしくぞ思《おも》ほゆる[一七]壺のいしぶみ外《そと》の浜風

一　周囲を板で囲った舟か。↓補注
二　複数付けた艪のうち艫に近い最後尾の艪か。↓補注
三　折れ返って打ち寄せる。
四　↓一〇〇二・注一七
五　伊吹山（美濃・近江国境）から吹き下ろす風の吹き向かう先に。
六　朝妻と大津を結んだ舟。↓補注
七　榑（皮つきの材木）を運ぶ舟。「朝」に対して「暮」を響かす。
八　吹き巻いているようだ。↓補注
九　近江国栗太郡。
一〇　近江国野洲郡。「(行き)易し」を掛ける。
一一　馬の形代（人形）を作って祀る野つ子であったか。↓補注
一二　巫女が奉斎するあまみの神の時節になった。↓補注
一三　蝦夷が住む多くの島々。
一四　武士の調練する気ままな技は面目がある。
一五　未詳。練技の名目か。↓補注
一六　陸奥国の奥に行ってみたいと思われるよ。↓補注
一七　陸奥国の歌枕を列挙。前者は所在未詳。↓補注

1012 朝帰[一]るかりゐらなこのむらともは原[二]の岡山越えやしぬらん

1013 すがる[三]伏すすくれ[四]が下の葛巻《くずまき》[五]を吹き裏返す秋の初風

1014 諸声《もろごゑ》[六]にもりかき[七]みかぞ聞《きこ》ゆなる言ひ合はせてや妻を恋ふらん

1015 すみれ咲く横野[八]の茅花《つばな》[九]咲きぬれば思ひ思ひに人通ふめり*

1016 紅《くれなゐ》の色なりながら蓼《たで》の穂のからし[一〇]や人の目にも立てぬは

1017 蓬生《よもぎふ》はさまことなり[一一]や庭の面《おも》にからすあふぎ[一二]のなぞ茂るらん

1018 刈り残す水[一三]の真菰《まこも》に隠ろへて蔭もち[一四]顔に鳴く蛙《かはづ》かな

1019 柳原《やなぎはら》[一五] 川風吹かぬ蔭ならば暑くや[一六]蝉の声にならまし

1020 久木生《ひさぎお》[一七]ひて涼め[一八]となれる蔭なれや波打つ岸に風渡りつつ

一 歌意未詳。↓補注
二 所在未詳の地名か。
三 鹿の異名。
四 語意不明。茨・夫木抄「こくれ」。↓補注
五 葛の葉先、蔓が巻きついたもの。
六 声を合わせて。
七 語意不明。鹿に関わる語か。
八 河内の国の歌枕か。↓補注
九 茅萱（ちがや）の花穂。
一〇 蓼の「辛し」につらいの意を掛ける。↓補注
一一 様子が異なっているかな。茨・松「さることなれや」、夫木抄「さる事あれや」。
一二 檜扇・射干《しゃが》の古名。「枯らす」を掛けて「茂る」と俳諧的に対照。
一三 山城国の歌枕・美豆か。↓補注
一四 蔭を持っている様子で。納涼。
一五 一般名詞か。↓補注
一六 暑苦しく蝉の声に満たされただろうに。現実には風が吹くので蝉の声も紛れて涼しい。反実仮想。
一七 赤芽柏か。木《き》豇豆《ささげ》とも。
一八 私に「涼め」と言わんばかりになった。↓補注

1021 [一]月のため水錆《みさび》するゐじと思ひしに緑にも敷く池の浮草

1022 思ふこと[二]御生《みあれ》の標《しめ》に引く鈴のかなはずはよも[*三]ならじとぞ思ふ

1023 [四]み熊野の浜木綿《はまゆふ》生ふるうらさびて[五]人なみなみに年ぞ[六]重なる

1024 [七]石上《いそのかみ》古き住家《すみか》へ分け入れば庭の[八]浅茅《あさぢ》に露のこぼるる

1025 [九]とをちさすひたの面《おもて》に引く潮《しほ》に沈む心ぞかなしかりける

1026 [一〇]ませに咲く花に[一一]睦《むつ》れて飛ぶ蝶《てふ》の[*一二]うらやましきもはかなかりけり

1027 [一三]移り行く色をば知らず[一四]言《こと》の葉《は》の名さへあだなる露草の花

1028 [一五]風吹けばあだに破《や》れ行く芭蕉葉《ばせをば》の[一六]あればと身をも頼むべきかは

1029 [一七]故郷《ふるさと》の蓬は宿の何《なに》なれば荒れ行く庭にまづ茂るらん

一　水面に映る月を見るため水垢を生じさせまいと。
二　陰暦四月、中の申の日に行われる賀茂別雷社の神事。→補注
三　「成ら」に鈴の縁語「鳴ら」を掛ける。
四　初二句は「浦」を導く序。「浦」に「心（うら）」を掛ける。→補注
五　人並に。能因ほかに先例ある畳語を受容。浦の縁語「波」を掛ける。
六　「重なる」は浜木綿の縁語。
七　「古」の枕詞。→補注
八　「浅茅」は荒廃、「露」は涙を暗示。
九　歌意未詳。→補注
一〇　ませ垣。低く目の粗い垣。
一一　花に馴れ親しんで飛ぶ蝶。→補注
一二　下句は九九三に類同。
一三　うつろい易い色はともかく。露草による染色は褪せ易いことから。
一四　言葉の上の名までもはかない。
一五　維摩経・十喩のうち「是身如芭蕉」による。→補注
一六　生きているからといって。
一七　古くなり荒れた家。

1030 古里《ふるさと》は見し世《よ》にも似ず[一]褪《あ》せにけり[二]いづち昔の人行《ゆ》きにけん

1031 [三]しぐるれば[四]山巡《めぐ》りする心かないつまでとのみうちしほれつつ

1032 はらはらと落つる[五]涙ぞあはれなる[六]たまらずものの悲しかるべし

1033 何《なに》となく[七]芹《せり》と聞くこそあはれなれ摘《つ》みけん人の心知られて

1034 [八]山人よ[九]吉野の奥のしるべせよ花も尋ねん[一〇]また思ひあり

1035 [一一]わび人の涙に似たる桜かな風身にしめばまづこぼれつつ

1036 吉野山[一二]やがて出でじと思ふ身を[一三]花散りなばと[一四]人や待つらん

1037 人も来ず[一五]心も散らで山陰《やまかげ》は花を見るにも[一六]便《たよ》りありけり

1038 風の音《おと》にもの思ふ我か[一七]色染めて身に[一八]しみわたる秋の夕暮

一 荒れ果ててしまった。
二 昔見知っていた人はどちらへ行ってしまっただろうか。→補注
三 時雨が降ると。茨・松・西・別「時雨かは」。→補注
四 山寺を巡拝する。→五〇二補注
五 自身の涙か。他者の涙と取る解もある。
六 こらえきれず。涙の縁語「溜らず」を掛ける。
七 献芹説話を踏む。→補注
八 木樵など山で生活する者。
九 修験道の行場で、大峯に続く所。
一〇 数奇とはまた異なる思い。仏道の奥義を求めたい念願。遁世の思いと取る説もある。→補注
一一 世を住み詫びた人。西行自身。
一二 そのまま出るまい。
一三 花が散ったなら。山を出て帰って来るだろうという含意。
一四 都の知人か。→補注
一五 心も散漫にならず。仏教語「散心」に拠るか。「散らで」は花の縁語。
一六 都合がよかったよ。
一七 様子に表して。→補注
一八 「沁み」と「染み」を掛ける。

1039 [一]われなれや[二]風をわづらふ篠竹《しのだけ》は[三]起き臥しものの[四]心細くて

1040 [五]来ん世にもかかる月をし見るべくは[六]命を惜しむ人なからまし

1041 この世にてながめ[七]られぬる月なれば[八]迷はん闇も[九]照らさざらめや

一　初句切れ、倒置法。→補注
二　篠竹が風を苦にするのと、我が風邪を患うのとを掛ける。
三　「臥し」に竹の縁語「節」を掛ける。
四　「細く」は篠竹の縁語。
五　死後の来世にもこのように美しい月を見ることができるなら。「し」は強意。
六　命を惜しむ人はないだろう。しかし来世に月を見られる保証はないので、命が惜しまれる。反実仮想。→三三二「月ゆゑ惜しくなる命」
七　茨・松・心妙「なれ」。
八　来世に迷うだろう闇。地獄の闇か。
九　照らさないだろうか、照らしてくれるに違いない。「や」は反語。

山家集下

雑[一]

[二]八月、[三]月の頃、夜更けて[四]北白川へまかりけり。[五]由《よし》あるやうなる家の侍りけるに、琴*の音《おと》のしければ、立ち止まりて聞きけり。折あはれに[六]秋風楽《しうふうらく》と申す楽《がく》なりけり。庭を見入れければ、[七]浅茅《あさぢ》の露に月の宿れる気色《けしき》あはれなり。*[八]垣《かき》に添ひたる荻の風、身にしむらんとおぼえて、[九]申し入れて通りける

1042 [一〇]秋風の[一一]ことに身にしむ今宵かな[一二]月さへ[一三]すめる庭のけしきに

一 上中下三巻から成る陽明文庫本系統は、雑の部の途中で下巻となる。対して上下二巻から成る流布本系統は雑の部より下巻。
二 いつの年か不明。→補注
三 仲秋の名月の頃か。
四 洛東・白川の北部。
五 由緒ありそうな家。
六 雅楽の曲名。盤渉（ばんしき）調。
七 丈の低い茅。荒廃の象徴。
八 垣根添いに生えている荻。荻吹く風は恋人訪問を暗示。
九 詠んだ歌を差し入れて。松「誰すむらんとこゝろにくゝて申入て」。
一〇 「秋風」に「秋風楽」を掛ける。
一一 「殊に」に「琴に」を掛ける。
一二 月までも。「さへ」は添加。
一三 「澄める」と「住める」を掛ける。

[一]泉の主《ぬし》[二]隠れて、あと伝へ[三]たりける人の許にまかりて、泉にむかひて旧《ふる》きを思ふといふことを、人々詠みけるに

1043 [四]住む人の心汲[五]まる泉かな昔をいかに思ひ出づらん

[六]逢ヒレ友ニ恋フレ昔ヲと云ふ事を[*七]

1044 今よりは昔語りは心せん[八]あやしきまでに袖しほれけり

[九]秋の末に、[一〇]寂然高野にまゐりて、[一一]暮《くれ》の秋に寄せて思ひを述べけるに

1045 [一二]馴れ来《き》にし都もうとくなり果てて悲しさ添ふる秋の暮かな

[一三]相知りたりける人の、[一四]みちの国へまかりけるに、[一五]別れの歌詠みけるに

1046 君往《い》なば月[一六]待つとてもながめやらん東《あづま》の方《かた》の夕暮の空

[一七]大原に良暹が住みける所に、人々まかりて、述懐歌詠みて、妻戸に書き付けける

一 誰か不明。→補注
二 亡くなって。
三 その後を伝領した人。
四 「澄む」を掛ける。
五 心がしのばれる。「澄む」「汲む」は泉の縁語。
六 教長集に同題。→補注
七 底本「事も」によれば前歌と同時だが、独自異文ゆえ改訂。
八 不思議なほどに袖は涙で濡れしおれたよ。
九 雲葉集・詞書「高野山へまゐりて元性法印の庵室にて、暮秋述懐を」によれば、元性の庵室での詠。→四七七補注
一〇 藤原頼業。西行の親友。
一一 暮秋。陰暦九月。
一二 馴れ親しんで来た都もすっかり疎遠になってしまって。
一三 誰か不明。心妙「としごろあひしりて侍人の」。
一四 陸奥国。
一五 心妙「とをきくにのわかれとまうすことをよみ侍し」。
一六 →補注
一七 →補注

1047 大原[一]やまだ炭竈《すみがま》もならはずと言ひけん人を今[二]あらせばや

大学寺[三]の滝殿[四]の石ども、閑院[五]に移されて、跡もなくなりたりと聞きて、見にまかりたりけるに、赤染[六]が「今だにかかり」[七]と詠みけん思ひ出でられて[一〇]、あはれに覚えければ

1048 今[八]だにもかかり[九]と言ひし滝つ瀬のその折までは昔なりけん

深夜水声[一一ノ]と云ふ事を、高野にて人々詠みけるに

1049 まぎれつる[一二]窓の嵐の声とめて更《ふ》くるを告ぐる水の音かな

竹風驚《カス》レ夢《ヲ》[一三]

1050 玉みがく露[一四]ぞ枕に散りかかる夢おどろかす[一五]竹の嵐[一六]に

山家夕[一七ノ]と云ふ事を、人々詠みけるに

1051 峯おろす松の嵐の音にまた響きを添ふる入相《いりあひ》の鐘

暮山路[一八ノ]

一 上句に良暹歌を引用。→補注
二 今ここにいてほしいと願う。
三 洛西・嵯峨の大覚寺。もと嵯峨上皇御所を寺院化。
四 滝に臨む殿舎。→補注
五 もと藤原冬嗣邸。二条南・西洞院西。→補注
六 赤染衛門。大江匡衡の妻。中古三十六歌仙。
七 赤染衛門歌の句。→補注
八 上句は赤染衛門歌の引用。
九 「かくあり」に滝の縁語「懸り」を掛ける。
一〇 赤染衛門が歌を詠んだ折までは昔という時だったのだろう。
一一 →補注
一二 紛れて聞えていた窓を打つ嵐の声を止めて。
一三 出観集に「竹風覚夢」題。
一四 涙の喩。「玉」「散り」は露の縁語。
一五 夢を覚ます。
一六 先例のない句。
一七 茨「山寺の夕暮」。
一八 茨・松・夫木抄「夕暮山路」。

1052 夕[一]されや[二]檜原《ひはら》の峯を越え行けばすごく[三]聞ゆる山鳩の声

海辺重ヌ二旅宿ヲ一

1053 波近き[四]磯の松が根枕にて[五]うらがなしきは[六]今宵《こよひ》のみかは

[七]俊恵《しゆんゑ》[八]天王寺に籠りて、人々具《ぐ》して[九]住吉にまゐりて、歌詠みけるに具して

1054 [一〇]住吉の松が根洗ふ波の音《おと》を梢に懸くる沖つ潮風

[一一]寂然高野にまゐりて、立帰りて、[一二]大原より遣《つか》はしける

1055 [一三]隔て来しその年月もあるものを名残り多かる[一四]峯の秋霧

返し

1056 [一五]暮はれし名残りをこそはながめつれ立帰りにし峯の秋霧

常よりも道辿《たど》らるるほどに雪深かりける頃、[一六]高野へまゐると聞きて、[*一七]中宮大夫の許より、[一八]かかる雪にはいかに思ひ立

一　夕方。「夕さり」の転か。
二　檜の生え茂った原。大和国の歌枕とも。↓補注
三　↓九九七
四　↓補注
五　「うら（心）」に「波」「磯」の縁語「浦」を掛ける。
六　今宵だけか、いや幾夜もだ。題の「重ぬ」に応じる表現。「かは」は反語。
七　源俊頼の子。経信の孫。歌林苑（かりんえん）の主。
八　摂津国・四天王寺。
九　摂津国・住吉明神。和歌神。
一〇　↓補注
一一　↓四七七・一〇四五
一二　大原より寂然が西行に送った。
一三　隔絶して逢わないで来た。「隔て」は「年月」「霧」の縁語。
一四　晴れない気持ちを含意。
一五　「下晴れし」を掛ける。「晴れ」「立」は霧の縁語。
一六　西行が都から高野へ参ると中宮大夫が聞いて。
一七　平時忠。↓補注
一八　↓補注

つぞ、都へはいつ出づべきぞ、と申したりける[一]返事に

1057 雪分けて深き山路に籠りなば[二]年返りてや君に逢ふべき

[三]返し

1058 分けて行く山路の雪は深くとも疾《と》く立ち帰れ[四]年にたぐへて

山籠りして侍りけるに、[五]年をこめて春になりぬと聞きける[六]からに、霞みわたりて、[七]山河の音、日ごろにも似ず聞えければ

1059 [八]霞めども[九]年の内はと分かぬまに[一〇]*春を告ぐなる山河の水

年の内に春立ちて、雨の降りければ

1060 春としもなほ[一一]思はれぬ心かな[一二]雨ふる年の心地《ここち》のみして

野に人のあまた侍りけるを、何する人にかと問ひければ、菜《な》摘む者なりと答へければ、年の内に立ち替る春のしるしの[一三]若菜か、[一四]さは、と思ひて詠める

一　中宮大夫が申してきた返事に（西行が贈った贈歌）。
二　年が返り、都へ帰ってあなたに逢うことになりましょうか。「返り」に「帰り」を掛ける。
三　中宮大夫の返歌。
四　立ち返る年に伴って。
五　年が返らない内に春になったと。以下三首、年内立春詠。
六　聞いたと同時に。
七　山河の音が、氷が解けて冬の日頃とは異なって聞えたので。
八　霞は立ったけれども。霞は立春の象徴。
九　年の内は春になるまいと、立春を知らずにいるうちに。
一〇　春の訪れを告げるように聞える。「なる」は音による推定。
一一　雨の縁語「晴れぬ」を響かせる。
一二　雨「降る」に「旧る」年を言い掛ける。→補注
一三　若菜は新春、特に正月最初の子の日に摘む。ここは若菜に年内立春の表徴を認める。
一四　それでは。

1061 年ははや[一]月なみかけて越えにけりむべ[二]摘《つ》[三]みはへししばの*[四]若立《わかだち》

[五]春立つ日詠みける

1062 [六]何《なに》となく[七]春になりぬと聞く日より心に[八]かかるみ吉野の山

正月元日に雨降りけるに

1063 [九]いつしかも初春雨《はつはるさめ》ぞ降りにける野辺の若菜も生《お》ひやしぬらん

山深く住み侍りける*に、春立ちぬと聞きて

1064 山路こそ[一〇]雪の下水[一一]解けざらめ都の空は春めきぬらん

深山不レ知ラレ春ヲ

1065 雪分けて[一二]外山《とやま》が[一三]谷の鶯は麓の里に春や告ぐらん

[一四]嵯峨にまかりたりけるに、雪深かりけるを[一五]見置きて出でし
*ことなど、申し遣《つか》はすとて

1066 [一六]おぼつかな春の日数の[一七]経《ふ》るままに嵯峨野の雪は消えやしぬらん

一　毎月が経過して。「月次《つきなみ》」に「波」を掛け、波の縁語「かけ」「越え」「立」を用いた。
二　なるほど。
三　語句の意味不詳。→補注
四　草木の根株から生える若芽。
五　当歌を心は巻頭歌、西は「花」歌群に所収。
六　第四句に懸る。→補注
七　春になったと。口頭語的。
八　花が気にかかる。
九　早くももう。万葉調の古風な語。→補注
一〇　雪の下を流れる水。→補注
一一　解けないだろうが。逆接で下句に続く。山と都を対比。
一二　里近い山。深山の対。
一三　谷を古巣とする鶯。谷から里へ移り、春を告げるものと考えられた。
一四　洛西。
一五　西行は見届けて嵯峨を出て帰ったことなどを。
一六　はっきりせず気がかりだ。西行の愛用語。
一七　雪の縁語「降る」を掛ける。

1067 返し　　静忍法師[一]

立[二]帰り君や訪《と》ひ来《く》と待つほどにまだ消えやらず野辺の淡雪《あはゆき》

鳴き絶えたりける鶯の、[三]住み侍りける谷に声のしければ

1068 思ひ*出《い》でて[四]古巣に帰る鶯は[五]旅のねぐらや住み憂かりつる

春の月明《あか》かりけるに、[六]花まだしき桜の枝を、風の揺がしけるを見て

1069 月見れば風に桜の[七]枝ならで[八]花よと告ぐる心地こそすれ

[九]国々巡り回りて、春帰りて、吉野の方《かた》へ*まからんとしけるに、人の、[一〇]このほどは何処《いづく》にか跡止《あとと》むべきと申しければ

1070 [一一]花を見し昔の心あらためて[一二]吉野の里に住まんとぞ思ふ

[一三]みやたてと申しける半者《はしたもの》の、年高くなりて、[一四]様変《さまか》へなどして、[一五]ゆかりにつきて、吉野に住み侍りけり。[一六]思ひかけぬやうなれども、[一七]供養《くやう》を述べん料《れう》にとて、[一八]果物《くだもの》を遣はしたりけ

一 未詳。忍西入道（↓一一五九）と同一人の可能性もある。
二 折返し貴方が訪ね来るかと。
三 西行が住んでいた谷。
四 春になり谷を出て里から都へ移って後、谷の古巣へ帰る鶯。
五 ↓補注
六 花が咲くにはまだ早い。
七 枝は鳴らないで。↓補注
八 下句は口語的。月光の白を花に見立て、開花を無音に告知すると感取。
九 どの旅か不明。初度奥州の旅が有力か。
一〇 今度はどこに足跡を止めるのかと。
一一 花を見て愛した昔の心を新たにして。↓補注
一二 吉野は隠遁地としても著名。
一三 みやたてと呼ばれた召使の女。未詳。↓補注
一四 出家して。
一五 縁故を求めて。
一六 思いがけない様なことだが。
一七 仏に供養の志を述べる品物。
一八 菓子。↓補注

るに、[一]花と申すものの侍りけるを見て[二]遣はしける

1071 [三]思ひつつ花の果物[四]つみてけり吉野の人の[五]みやたてにして

かへし　　　　　　　　　　　　　みやたて

1072 [六]心ざし深く運べるみやたてを悟り[七]開けん花*に[八]たぐへよ

桜に並び立てりける柳*に、花の散りかかりけるを見て

1073 吹き乱る風になびくと見るほどに花*を結べる[九]青柳の糸

[一〇]寂然、紅葉《もみぢ》の盛りに高野にまゐりて[一一]出でにけり。[一二]またの年の花の折に申し遣はしける

1074 紅葉見し高野《たかの》の峯の花ざかり[一三]頼めぬ人の待たるるやなぞ*

かへし　　　　　　　　　　　　　寂　然

1075 共*に見し峯の紅葉の[一四]かひなれや花の折にも[一五]思ひ出でける

[一六]天王寺へまゐりたりけるに、松に鷺《さぎ》の居たりけるを、月の

一　茨・夫木抄「花と申すくだ物」。花供（はなく）に用いた花弁状の餅か。→補注
二　西行がみやたてに送った歌。
三　→補注
四　「積み」に花の縁語「摘み」を掛ける。
五　贈物の意を掛けるか。→補注
六　後世（ごせ）安楽を願う心。
七　「開け」は花の縁語。
八　添わせて下さい。
九　柳の枝を糸に見立てた歌語。「乱る」「なびく」「結べる」は糸の縁語。
一〇　→四七七
一一　高野を出て帰洛した。
一二　翌年。
一三　再訪を約束した訳でもない人が待たれるのは何故か。
一四　「甲斐」に峯の縁語「峡（かひ）」を掛ける。
一五　私も思い出したよ。主語を西行と取り、思い出して下さり有難い、と解する説もある。
一六　摂津国・四天王寺。

[*]光に見て詠める

1076 [一]庭よりは鷺ゐる松の梢にぞ[二]雪はつもれる夏の夜の月

夏、熊野へまゐりけるに、[三]岩田と申す所に涼みて、[四]下向《げかう》しける人に[五]つけて、京へ、[六]西住上人の許へ遣はしける

1077 [七]松が根の岩田の岸の夕涼み[八]君があれなと思ほゆるかな

[九]葛城《かづらき》を過ぎ侍りけるに、[一〇]折にもあらぬ紅葉《もみぢ》の見えけるを、何《なに》ぞと問ひければ、[一一]まさきなりと申しけるを聞きて

1078 [一二]葛城《かづらき》やまさきの色は秋に似てよその梢は緑なるかな

[一三]高野より出でたりけるに、[*一四]かくくゐん阿闍梨聞かぬさまなりければ、[一五]菊を遣はすとて

1079 [一六]汲みてなど心通はば問はざらん出でたるものを[一七]菊の下水

返し　かくくゐん

1080 谷深く[一八]住むかと思ひて問はぬまに恨みを[一九]結ぶ菊の下水

一 月光の白が雪のように見える庭よりはさらに。
二 月光に照らされた鷺を雪に見立てる。→補注
三 紀伊国・西牟婁郡。→補注
四 熊野から京へ下向する人。
五 言伝して。
六 西行の同行。→七七八・注七
七 松の根元の岩に地名「岩田」を言い掛ける。枕詞的用法。
八 君がいたらいいな。
九 大和国・葛城山。役行者開山という修験道の霊地。
一〇 夏の季節にも合わない紅葉。
一一 まさきのかづら。実体は未詳。→補注
一二 「かづら」を掛ける。
一三 西行が高野より出京したところ。
一四 不詳。→補注
一五 「聞く」を掛ける。
一六 「汲み」「通は」「出で」は水の縁語。
一七 菊水の故事を踏む。→補注
一八 水の縁語「澄む」を掛ける。
一九 水の縁語「掬ぶ」を掛ける。

1081 旅まかりけるに、[一]入相《いりあひ》を聞きて
[二]思へただ暮れぬと聞きし鐘の音《おと》は都[三]にてだに悲しかりしを

1082 [四]秋、[五]遠く修行し侍りけるに、[六]ほど経《へ》ける所より、[七]侍従大納言成通の許《もと》へ申し送りける
あらし吹く峯の木の葉にともなひていづち浮かるる心なるらん

1083 [八]返し
[九]何《なに》となく落つる木の葉も吹く風に散り行く方《かた》は[一〇]知られやはせぬ

[一一]宮の法印、高野に籠らせ給ひて、[一二]おぼろけにては出でじと思ふに、修行のせまほしき由《よし》語らせ給ひけり。[一三]千日果てて、御嶽《みたけ》にまゐらせ給ひて、言ひ遣はしける
1084 あくがれし心を道のしるべにて[一四]雲にともなふ身とぞなりぬる

1085 [一五]返し
[一六]山の端《は》に[一七]月澄むまじと知られにき心の[一八]空になると見しより

一 日暮を告げる入相の鐘。
二 西行の愛用句。→一一五六
三 都にいてさえ悲しかったものを（まして旅にあってはなおさら）。「だに」は類推。
四 別「秋の暮に」、続拾遺「秋の暮っ方」。
五 どこへの旅か不明。→補注
六 「ほど」は距離。
七 藤原成通。→七三〇・八〇九
八 成通の返歌。→補注
九 西行の愛用語を襲用。
一〇 知られはしないか、知られるだろうよ。「やは」は反語。名の如く西の方だろうの含意か。
一一 元性法印。→九一六
一二 並大抵の事では。
一三 千日間の御嶽精進。験者が金峯山（大峯）へ入る前に弥勒菩薩に祈願し精進。→補注
一四 山岳修験者の境位を寓喩。
一五 西行の返歌。
一六 ここは高野山を暗示。
一七 「月」は元性を喩え、「澄む」に「住む」を掛ける。
一八 「空」は月の縁語。

[一]年頃《としごろ》申し馴れたりける人に、[二]遠く修行する由《よし》申してまかりたりけり。名残《なご》り多くて立ちけるに、[三]紅葉《もみぢ》のしたりけるを見せまほしくて、待ちつる甲斐なく、いかに、と申しければ、木《こ》の下《もと》に立ち寄りて詠みける

1086 心をば深き紅葉の色に[四]染めて別れて行くや[五]散るになるらん

[六]駿河《するが》の国久能《くの》の山寺にて、月を見て詠みける

1087 涙のみかきくらさるる旅なれやさやかに見よと月は澄めども

題不知

1088 身にもしみ[七]物あはれなる[八]けしきさへ[九]あはれを責むる風の音かな

1089 [一〇]いかでかは音に心の澄まざらん[一一]草木もなびく嵐なりけり

1090 松風は[一二]いつも常磐《ときは》に身にしめど[一三]わきてさびしき夕暮の空

[一四]遠く修行に思ひ立ち侍りけるに、[*一五]遠行の別れと云ふ事を、

一 長年なじみを交した人。女性か。
二 どこへの修行か不明。秋出立の旅。→一〇八二
三 「いかに」までその人の言。
四 「染めて」は紅葉の縁語。
五 紅葉でいえば散るということになるのだろう。死の予想を含む。
六 駿河国の久能寺。初度奥州の旅の途次に参籠したという説が有力。→補注
七 茨「物あらげなる」。→補注
八 様子までも。「さへ」は添加。
九 情感をつきつめる。
一〇 どうして嵐の音に心の澄まないことがあろうか(澄むに違いない)。「かは」は反語。
一一 心ない草木も、の含意。
一二 いつも変りなく。「常磐」は常緑の松の縁語。
一三 格別に。
一四 どこへの修行か不明。
一五 陽明文庫本系統は「す行の別」が有力本文で「修行の別」か。茨・続後撰「遠行別」により改訂。「遠行」は遠く旅に出ること。

1091 人々詣《ま》で来て詠み侍りしに
[一]ほど経《ふ》れば[二]同じ都の内だにもおぼつかなさは問はまほしきを

年久しく相たのみたりける[三]同行《どうぎやう》に離れて、遠く[四]修行して、[五]帰らずもやと思ひける、何《なに》となくあはれにて

1092 定めなし幾年《いくとせ》君に馴れ馴れて[六]別れを今日は思ふなるらん

[七]年頃《としごろ》聞きわたりける人に、初めて対面申して帰りける朝《あした》に

1093 [八]別るとも馴るる思ひや重ねまし[九]過ぎにし方《かた》の今宵《こよひ》なりせば

[一〇]修行して、伊勢にまかりたりける*に、月の頃、都思ひ出でられて

1094 [一一]都にも[一二]旅なる月の影をこそ同じ雲居の空に見るらめ

[一三]そのかみまゐり仕うまつりける慣《なら》ひに、世を遁《のが》れて後《のち》も、[一四]賀茂にまゐりけり。年高《としたか》くなりて、四国の方《かた》へ修行しけるに、[一五]また帰りまゐらぬこともやとて、[一六]仁安二年十月十日の夜*ま

一　時がたつと。↓補注
二　同じ都の内でさえも安否をたずねたいのに（まして旅中はなおさら）。「だに」は類推。
三　山家集では西住をさす。
四　どこへの修行か不明。
五　帰らないこともあろうかと。
六　どうして別れを今日は思っているのだろうか。
七　長年評判だけ聞き続けた人。
八　別れても幾度も会ってなじみを重ねられただろうに（もっと早くお会いしたかったよ）。
九　会わずに過ぎた過去が昨夜のように対面可能な日々だったら。反実仮想。↓補注
一〇　いつか不明。若年時か。↓七二八
一一　↓補注
一二　旅に出ている月。旅中の私が見る月の意を重ねる。
一三　在俗時に参勤申した習慣で。
一四　賀茂別雷神社（上賀茂社）。
一五　再び帰参できないこともあろうかといって。
一六　↓補注

ゐりて、[一]幣《へい》まゐらせけり。[二]内《うち》へも入《い》らぬ事なれば、[三]棚尾《たなう》の社《やしろ》に[四]とりつきて、まゐらせ給へとて、心ざしけるに、木《こ》の間《ま》の[五]月ほのぼのに、常《つね》よりも神さび、あはれに覚えて詠みける

1095 かしこまるしでに涙のかかるかなまた[六]いつかはと思ふあはれに

[七]播磨《はりま》の書写《しよしや》へまゐるとて、[八]野中の清水を見けること、[九]一《ひと》昔《むかし》になりにけり。年経て後《のち》、修行すとて通りけるに、同じ様《さま》にて変らざりければ

1096 昔見し野中の清水かはらねば[一〇]わが影をもや思ひ出づらん

[一一]四国の方《かた》へ具《ぐ》してまかりたりける[一二]同行《どうぎやう》、都へ帰りけるに

1097 帰り行く人の心を思ふにも離れ難きは都なりけり

[一三]ひとり見置きて帰りまかりなんずるこそ、あはれに、いつか都へは帰るべき、など[一四]申しければ

1098 [一五]柴の庵《いほ》の[一六]しばし都へ帰らじと思はんだにもあはれなるべし

一 神前に捧げる幣帛。しで。
二 僧形を憚って境内へも入らない事なので。
三 賀茂別雷神社の末社。四足門の傍らに所在。
四 「取り次ぎて」とも解せる。
五 一四〇二も月夜の参詣。
六 詞書「また帰りまゐらぬこともや」に対応。
七 播磨国・書写山円教寺。性空上人の開基。天台三道場の一。
八 播磨国印南野の歌枕。→補注
九 年数に諸説。ここは一〇年か。→補注
一〇 私の姿をも思い出すだろう。清水を擬人化。
一一 仁安三年（一一六八）または二年の四国の旅。
一二 西住。西住は先に帰京。
一三 西行を一人残し置いて。
一四 以上、西住の言葉。
一五 「しばし」を導く序として用いた。善通寺近辺の草庵か。
一六 しばらく都へ帰るまいと思うのさえもあわれだよ。

旅の歌詠みけるに

1099 [一]草枕旅なる袖に置く露を[二]都の人や[三]夢に見るらん

1100 越え来つる都隔つる山さ[四]へにはては霞に消えぬめるかな

1101 [五]わたの原遥かに波を隔て来て都に出でし月を見るかな*

1102 [六]わたの原波にも月は隠れけり[七]都の山を何《なに》いとひけん

[八]西の国の方《かた》へ修行してまかり侍りけるに、[九]美豆野《みづの》と申す所に、具《ぐ》しならひたる[一〇]同行《どうぎやう》の侍りけるが、[一一]親しき者の例ならぬこと侍るとて、具せざりければ

1103 山城の美豆のみ草[一二]につながれて駒もの憂げに見ゆる旅かな

[一三]大峯の神仙《しんせん》と申す所にて、月を見て詠みける

1104 [一四]深き山に澄みける月を見ざりせば思[一五]ひ出《い》でもなきわが身ならまし

一　「旅」に掛る枕詞。
二　草の露に旅愁の涙を暗示。
三　思いが相手の夢に通うという思想による。
四　山までもついには霞に隔てられ消えてしまったようだな。霞は春。春出発の初度西国の旅か。↓一一四二
五　海原。↓補注
六　↓補注
七　月を隠すからとてどうして都の山をうとましく思ったのだろうか。
八　初度西国の旅か。↓補注
九　山城国の歌枕。御牧が存在。
一〇　西住。
一一　近縁者が病気だからといって。
一二　美豆の景物・真菰か。西住を草に繋ぎ止められる駒にたとえ、同行できない憂いを投影。
一三　大和国・大峯山の深仙宿。↓補注
一四　深仙と同音の「深山」を和語化して詠む。
一五　↓補注

1105 峯の上も[一]同じ月こそ照らすらめ[二]所からなるあはれなるべし

1106 [三]月澄めば谷にぞ[四]雲は沈むめる峯吹き払ふ風に[五]敷かれて

[六]姨捨《をばすて》の峯と申す所の見渡されて、[七]思ひなしにや、月異《こと》に見えければ

1107 をばすては信濃《しなの》ならねど何処《いづく》にも月澄む峯の名にこそありけれ

[八]小池と申す宿《すく》にて

1108 いかにして梢の隙《ひま》*を求め得て[九]小池に今宵月の[一〇]澄むらん

[一一]篠《ささ》の宿《すく》にて

1109 [一二]庵《いほり》さす草の枕にともなひて[一三]篠《ささ》の露にも宿る月かな

[一四]平地《へいち》と申す宿《すく》にて、月を見けるに、梢の露の袂にかかりければ

1110 こずゑ洩《も》る月もあはれを思ふ*べし[一五]光に具して露のこぼるる

一 平地と同じ月が。
二 聖なる場所柄ゆえの。→補注
三 悟りの隠喩。
四 迷妄の隠喩。
五 押し敷かれて。
六 吉野郡川上村・伯母峰か。心妙・西・別「をばがみね」。歌枕名寄は「姨峰」として収録。→補注
七 気のせいか。山の名より月の名所として有名な信濃国の歌枕・姨捨山が連想されるため。
八 大峯の宿名。→補注
九 月が澄んだ影を宿す小さな池に、宿名を詠み込む。
一〇 「住む」を掛ける。
一一 後の七五靡第二三乾光門（けんこうもん）か。→補注
一二 仮庵を結ぶ旅寝。
一三 篠に宿名を詠み込む。
一四 七五靡第二一平地宿。
一五 光に伴って露がこぼれる。梢より落ちる露に涙を暗示。月もあわれを解して涙をこぼすのだろうと擬人化。

[一]東屋《あづまや》と申す所にて、時雨《しぐれ》の後《のち》、月を見て

1111 神[二]無月しぐれ晴るれば東屋の峯にぞ月はむね[*三]と澄[四]みける

1112 神無《かみな》月谷[五]にぞ雲はしぐるめる月澄む峯は秋に変はらで

[六]古屋《ふるや》と申す宿《すく》にて

1113 神無月時雨ふる[七]やに澄[八]む月は曇らぬ影もたの[九]まれぬかな

[一〇]平等院《行尊僧正也》の名書かれたる[一一]卒塔婆《そとば》に、紅葉の散りかかりけるを見て、「[一二]花よりほかの」とありける、[一三]一昔《ひとむかし》とあはれに覚えて詠[*]みける

1114 あはれとて花見し峯に名を留めて紅葉ぞ今日は共に降[一四]りける

[一五]千種《ちくさ》の嶽にて

1115 分けて行く色[一六]のみならずこずゑさへ千[一七]種の嶽は心染《そ》みけり

[一八]蟻《あり》の戸渡《とわたり》と申す所にて

一　七五靡第一六四阿宿《あづまや》。
二　冬十月。
三　専ら。東屋の縁語「棟」を掛ける。↓補注
四　「住み」を掛ける。
五　谷で雲は初冬らしく時雨れているようだ。東屋嶽から俯瞰。
六　七五靡第一二古屋宿。
七　「古屋」に時雨「降る」を言い掛ける。
八　「住む」を掛ける。
九　あてにならない。
一〇　平等院（園城寺円満院の別称）を住房とした行尊の号。
一一　死者供養の板。
一二　行尊歌の歌句引用。↓補注
一三　茨「人ぞかし」。
一四　「旧り」を掛ける。
一五　七五靡第五五講婆世宿より北、第五八行者還より南。七五靡第三〇千草岳とは異なる。
一六　草の多種の色だけでなく梢までも。「染み」は色の縁語。
一七　「千草」を掛ける。
一八　七五靡第六〇稚児泊の北の難所。↓補注

1116 笹深み霧[一]越す岫《くき》を朝立[二]ちてなびき[三]わづらふ蟻の戸渡

行者還《がへり》[四]、稚児《ちご》[五]の泊《とまり》、続きたる宿《すく》なり。春の山伏[六]は屏風立《びやうぶだて》[七]と申す所を平《たひら》[八]かに過ぎんことを難《かた》*く思ひて、行者、稚児の泊にて、思ひわづらふなるべし

1117 屏風にや心を立て[九]て思ひけん行者は還り稚児は泊りぬ

[一〇]三重の滝を拝みけるに、ことに尊くおぼえて、三業《さんごふ》[一一]の罪もすすがるる心地しければ

1118 身に積る言葉《ことば》[一二]の罪も洗はれて心澄みぬる三重《みかさね》の滝

*転法輪《てんぼふりん》[一三]の嶽《たけ》と申す所にて、釈迦[一四]の説法の座の石*と申す所拝みて

1119 此処《ここ》こそは法《のり》説かれける所[一五]よと聞く悟り[一六]をも得つる今日かな

修行[一七]して、遠くまかりける折、人の思ひ[一八]隔てたるやうなる*事の侍りければ

一 霧が越え行く洞穴のある山。山穴の吐出した気が霧と化す。
二 「立ち」「靡き」は霧の縁語。
三 行き悩む。難渋する。
四 七五靡第五八。→補注
五 七五靡第六〇。
六 春から夏にかけて熊野側より入峰する山伏。
七 稚児泊と行者還の間の断崖。
八 平穏無事に。懸崖の垂直に対する修辞。
九 心を立て据えて。「立て」は屏風の縁語。
一〇 七五靡第二八。→補注
一一 身・口・意の三のはたらき。
一二 口業の罪。狂言綺語観による。
一三 七五靡第二一平地宿の南。→補注
一四 霊鷲山で釈迦説法のとき座した石。霊鷲山飛来伝承による。
一五 茨「たる」。→補注
一六 聞法による悟り。所と「聞く」に法を「聞く」を掛ける。
一七 どこへの修行か不明。
一八 誰か不明。

1120 [一]よしさらば幾重《いくへ》ともなく山越えて[二]やがても人に隔てられなん

[三]思はずなる*事思ひ立つ由《よし》、[四]聞えける人の許へ、高野より言ひ遣《つか》はしける

1121 [五]枝折《しをり》せじなほ山深く分け入らん[六]憂きこと聞かぬ所ありやと

[七]塩湯《しほゆ》にまかりたりけるに、*[八]具《ぐ》したりける人、九月晦日《つごもり》に、先に[九]上《のぼ》りければ、[一〇]遣はしける人に代りて

1122 秋は暮れ君は都へ帰りなばあはれなるべき旅の空かな

返し　[一一]大宮の女房加賀

1123 君を置き[一二]て立ち出づる空の露け[一三]さに秋さへ暮るる旅の悲しさ

塩湯出で[一四]て、京へ帰りまで来て、[一五][一六]故郷《ふるさと》の花霜枯れにける*、あはれなりけり。[一七]急ぎ帰りし人の許へ、また代りて

1124 露置きし庭の小萩も枯れにけり[一八]いづら都に秋留まるらん

一　よしそれならば。
二　そのまま人に思い隔てられてしまおう。
三　思いがけない事。事情不明。
四　評判が聞えた人。誰か不明。妻と取る説がある。↓九一三
五　帰途の目印の枝折はするまい。下山せず隠遁する決意。茨・西・裳合・新古今「せで」。
六　↓補注
七　通説は有馬温泉。後出「舟出」によれば海浜の塩湯浴みか。
八　連れ立った人。加賀。
九　帰京したので。
一〇　加賀へ消息を遣わした人に代って代作。↓補注
一一　太皇太后藤原多子（公能女）の女房。千載集作者・待賢門院加賀（伏柴の加賀）と同一人か。
一二　「置き」は露の縁語。
一三　涙の意を含む。
一四　茨・松「はて〻」。
一五　「詣で」に同じ。
一六　住み馴れた家。
一七　加賀をさす。
一八　どのあたりに。

[一]おなじ人

1125 慕ふ秋は[二]露も留《と》まらぬ都へとなどて急ぎし舟出《ふなで》なるらん

かへし

[三]みちの国へ修行してまかりけるに、[四]白川の関に留《とど》まりて、
所からにや、常よりも月おもしろくあはれにて、[五]能因《のういん》が
「[六]秋風ぞ吹く」と申しけん折、[七]何時《いつ》なりけんと思ひ出でら
れて、名《なご》残り多くおぼえければ、[八]関屋《せきや》の柱に書きつけける

1126 白川の関屋を月の[九]洩《も》る影は人の心を[一〇]留《と》むるなりけり

関に入りて、[一一]信夫《しのぶ》と申すわたり、[一二]あらぬ世のことにおぼえ
てあはれなり。都出《い》でし日数思ひ続けられて、[一三]「霞ととも
に」と侍ることの跡、[一四]辿りまで来にける[一五]心一つに思ひ知ら
れて詠みける

1127 都出でて[一六]逢坂越えし折までは[一七]心かすめし白川の関

[一八]武隈《たけくま》の松も昔になりたりけれども、[一九]跡をだにとて見にまか
りて詠みける

一 大宮の女房加賀。
二 少しも。「露」は秋の縁語。
三 初度奥州の旅。→補注
四 陸奥国の歌枕。ここを越えると陸奥。
五 →七四八・注二
六 「都をば霞とともに立ちしかど秋風ぞ吹く白川の関」（後拾遺・羈旅・能因）を引用。
七 能因集に拠れば万寿二年（一〇二五）と推定される。
八 関の番小屋。無人だったか。
九 関の縁語「守る」を掛ける。
一〇 関の縁語。
一一 陸奥国の歌枕。信夫庄司・佐藤氏は西行の同族。
一二 この世と思えない異世界。
一三 →前歌注六の歌。
一四 茨・松「たどる」。→補注
一五 わが心ひとつに。
一六 逢坂の関。京都と近江の間。
一七 折々心かすめた。逢坂を越え東路に入ってからは常に心にかかった、という含意。
一八 陸奥国の歌枕。→補注
一九 せめて跡だけでも。

1128 枯れにける松なき跡の武隈は[一]みきと言ひてもかひなかるべし

旧《ふ》りたる[二]棚橋《たなはし》を紅葉の埋みたりける、渡りにくくて、[三]やすらはれて、人に尋ねければ、[四]おもはくの橋と申すはこれなりと申しけるを聞きて

1129 [五]踏まま憂き紅葉の錦散りしきて人も通はぬおもはくの橋

[六]信夫の里より奥へ[七]二日ばかり入りてある橋なり

[八]名取河《なとりがは》を渡りけるに、岸の紅葉の影《かげ》を見て

1130 名取河岸の紅葉の映る影は[九]おなじ錦を底にさへ敷く

十月十二日、平泉にまかり着きたりけるに、雪降り、嵐激しく、ことの外《ほか》に荒れたりけり。[一〇]いつしか[一一]衣河見まほしくて、まかりむかひて見けり。河の岸に着きて、[一二]衣河の城[一三]しまはしたる事柄、[一四]やう変りてものを見る心地しけり。汀《みぎは》凍《こほ》りてとりわき[一五]冴えければ

1131 とりわきて心も[一六]凍《し》みて冴えぞ[一七]わたる衣河見に[一八]来たる今日しも

一　橘季通歌により「見き」に「三木」「幹」を掛ける。
二　棚の如く板を渡しただけの橋。
三　ためらわれて。踏めば錦（散り敷いた紅葉の喩）を乱すゆえ。
四　所在未詳。→補注
五　踏むことがつらい。
六　左注は西行か後人によるか不明。
七　夫木抄「一日二日」。
八　陸奥国の歌枕。人事を詠むのが一般で、自然詠は稀少。流布本系統は当歌の前に一一三三を配列。
九　岸の紅葉と同じ錦を川底にまで敷く。
一〇　早速に。
一一　陸奥国の歌枕。中尊寺の北を東行して北上川に合流する。
一二　→補注
一三　柵列または板塀をめぐらして。
一四　都の風物とは様変りして。
一五　底本系統の多くと茨「さひ」(寂び)。
一六　衣の縁語「染み」を掛ける。
一七　河の縁語。
一八　衣の縁語「着たる」を掛ける。

又の年の三月に、出羽《いでは》の国に越えて、[一]滝の山と申す山寺に侍りけるに、[二]桜の常よりも薄紅《うすくれなゐ》の色濃き花にて、並《な》み立てりけるを、寺の人々も見興じければ

1132 たぐひなき[三]思ひいではの桜かな薄紅の花の[四]にほひは

[五]下野《しもつけ》の国にて、柴の煙《けぶり》を見て

1133 都近き[六]小野大原を思ひ出づる柴の煙のあはれなるかな

[七]同じ旅にて

1134 風荒き柴の庵は常よりも[八]寝覚ぞものは悲しかりける

[九]津の国に、山本《やまもと》と申す所にて、[一〇]人を待ちて日数《ひかず》経《へ》ければ

1135 [一一]何となく都の方と*聞く空は[一二]むつましくてぞながめられける

[一三]新院[一四]讃岐《さぬき》におはしましけるに、便《たよ》りにつけて、[一五]女房の許より

1136 [一六]水茎《みづくき》の書き流すべき方《かた》ぞなき心のうちは汲みて[一七]知らなん

一 出羽国最上郡霊山寺（龍山寺・瀧山寺とも）か。→補注
二 紅山桜。東北から北海道に分布。かば桜の実体か。
三 「思ひ出で」に「出羽」を言い掛ける。
四 色彩の美をいう。
五 出羽国で半年余滞在して帰路、晩秋の作か。
六 いずれも洛北の産炭地。
七 同じ初度奥州の旅。
八 →補注
九 摂津国川辺郡山本。茨「あかしに」、松「摂津国にやまとと中所にて」。→補注
一〇 西住と解するのが通説だが、西住は「同行」と記すのが通常。
一一 「むつましく」に懸る。
一二 親しみを感じて。
一三 崇徳院。
一四 保元の乱により保元元年（一一五六）七月、讃岐に配流。
一五 実は崇徳院か。→補注
一六 手跡、手紙。「流す」「汲み」は水の縁語。
一七 知ってほしい。

[一]かへし

1137 [二]ほど遠み[三]通ふ心のゆくばかりなほ書き流せ水茎の跡

また、女房遣《つか》はしける

1138 いとどしく憂きにつけても頼むかな[四]契《ちぎ》りし道のしるべ違ふな

1139 [五]かかりける涙にしづむ身の憂さを[六]君ならでまた誰《たれ》か浮*かべん

かへし

1140 頼むらんしるべも[七]いさや[八]一《ひと》つ世《よ》の[九]別れにだにも惑《まど》ふ心は

1141 流れ出づる涙に今日は沈むとも[一〇]浮かばん末をなほ思はなん

[一一]遠く修行する事ありけるに、[一二]菩提院《ぼだいゐん》の前《さき》の斎宮にまゐりたりけるに、人々別れの歌仕《つか》うまつりけるに

1142 [一三]さりともとなほ逢ふことを頼むかな[一四]死出《しで》の山路《やまぢ》を越えぬ別れは

一　西行の返歌。→補注
二　距離が遠いので。
三　心が通い行くだけだが、心満たされるまで存分に。「ゆく」「流せ」は水の縁語。
四　約束した仏道への導きを間違いなく果たせよ。
五　「涙」の縁語。
六　あなた以外の誰が浮かび上らせてくれようか、あなただけだ。「沈む」に対し「浮かぶ」は浄土往生の含意。
七　さあ、どうだか。
八　同じ現世。
九　生別にさえも惑う心では。
一〇　涙の淵から浮かび上がり、浄土に往生する来世をやはり思ってほしい。
一一　どこへの旅か不明だが、あるいは初度西国の旅か。→補注
一二　通説は統子内親王（上西門院）に当てるが、亮子内親王（殷富門院）か。
一三　そうであってもと。遠く修行することをさす。
一四　冥途にある山を越える路。

1143 同じ折、坪[一]の桜の散りけるを見て、かくなんおぼえ侍ると申[二]しける

この春は君[三]に別れの惜しきかな花のゆくへを思ひ忘れて

かへしせよと承[四]りて、*[五]檜扇《ひあふぎ》に書きてさし出でける

女房六角の局[六]

1144 君[七]が往《い》なん形見にすべき桜さへ名残[八]りあらせず風誘ふなり

西[九]国へ修行してまかりける折、児[一〇]島と申す所に、八幡[一一]の斎《いは》はれ給ひたりけるに、籠りたりけり。年[一二]経《へ》てまたその社を見けるに、松どもの古木《ふるき》になりたりけるを見て

1145 昔見し松は老木《おいき》になりにけりわ[一三]が年経たるほども知られて

山里へまかりて侍りけるに、竹の風の荻《をぎ》に紛[一四]《まが》へて聞えければ

1146 竹[一五]の音も荻[一六]吹く風の少なきにたぐへて聞けばやさしかりけり

一 坪庭。建物に囲まれた庭。
二 西行が前斎宮に申し上げた歌。
三 前斎宮をさす。
四 六角が前斎宮の命を承って。
五 冬扇。一〇～三月に用いる。
六 伝未詳。
七 西行が去った後の形見。
八 残らせることなく風が誘って散るのだった。
九 初度西国の旅。
一〇 備前国児島郡児島。当時は島だった。
一一 未詳。→補注
一二 年が経って。仁安の四国の旅途上に再訪か。→一〇九六
一三 自分が年をとった程も思い知られて。
一四 入り乱れさせて。茨・松「まかひて」。
一五 結句に懸る。つつましく上品とは言えない竹風の音も、荻吹く風が少ないのに連れ添わせて聞けば、優美に聞えた。
一六 荻吹く風は秋の到来、恋人の来訪を予感させる伝統美。

[一]世遁《よのが》れて嵯峨に住み侍りける人の許《もと》にまかりて、[二]後《のち》の世の事、怠らず勤むべき由《よし》、申して帰りけるに、[三]竹の柱を立てたりけるを見て

1147 [四]世々経《よよふ》とも竹の柱の[五]一筋に立てたる節《ふし》は[六]変らざらなん

題不知

1148 [七]あばれたる草の庵《いほり》のさびしさは[八]風よりほかに訪《と》ふ人ぞなき

1149 あはれなり[九]よもよも知らぬ野の末に[一〇]かせぎを友に馴るるすみかは

[一一]高野に籠《こも》りたりける人を、京より、[一二]何事かまたいつか出づべきと申したる由《よし》聞きて、[一三]その人に代《＊かは》りて

1150 [一四]山水のいつ出づべしと思はねば心細くて[一五]すむと知らずや

松の絶え間より、わづかに月の[一六]かげろひて見えけるを見て

1151 影うすみ松の絶え間を洩《も》り来つつ[一七]心細しや三日月の空

一　誰か不明。
二　後世安楽のため怠らず勤行すべきこと。
三　→補注
四　時が経っても。「節（よ）」を掛け、「節（ふし）」と共に竹の縁語。
五　竹柱の様態「一筋」と「一筋」に志を立てたことを掛け、序的表現とする。
六　変らないでほしい。
七　荒れはてた。→三四八・注七
八　→補注
九　よもやまさか住もうとは知らなかった。→補注
一〇　鹿の異名。
一一　誰か不明。
一二　どうした事か、またいつ下山するのか。
一三　その人に代って代作。
一四　山水のように。「出づ」「細く」「澄む」は山水の縁語。
一五　「住む」と「澄む」の掛詞。
一六　光がほのめいて。
一七　「細し」は三日月の縁語。→補注

[一]木陰納涼といふ事を人々詠みけるに

1152 今日もまた松[二]に風吹く岡へ行《ゆ》かん昨日[三]涼みし友に逢ふやと

入り日の影《かげ》隠れけるままに、月の窓にさし入りければ

1153 [四]さし来つる窓の入り日をあらためて光[五]を変ふる[六]夕月夜《ゆふづくよ》かな

月蝕《ぐわっしょく》を題にて歌詠みけるに

1154 [七]忌《い》むといひて影に当らぬ今宵《こよひ》しも[八]破《わ》れて月見る名や立ちぬらん

[九]寂然入道、大原に住みけるに遣はしける

1155 大原は[一〇]比良《ひら》の高嶺《たかね》の近ければ雪[一一]降るほどを思ひこそやれ

[一二]かへし

1156 おもへただ都[一三]にてだに袖さえし比良の高嶺の雪のけしきを

[一四]高野の奥の院の橋の上にて、月明《あか》かりければ、もろとも[一五]にながめ明かして、その頃、西住上人京へ出でにけり。そ

一 為忠家初度百首に「樹陰納涼」題の先例。
二 「待つ」を響かせる。
三 共に昨日涼んだ友に逢うかと期待して。
四 先刻までさして来ていた。
五 夕日の光を夕月の光に変える。
六 夕方に月の出る頃。月齢が早い。また夕月そのもの。
七 月蝕は忌むべきものといって光に当らない。↓補注
八 強いて月を見る酔狂者の評判が立つだろう。月の縁語「破れて」を掛ける。
九 藤原頼業。西行の親友。
一〇 近江国・比良山。雪を詠む歌枕。洛北の大原の東北方。
一一 ↓補注
一二 寂然の返歌。
一三 都にいてさえ袖が凍ったのに。
一四 空海が入定していると伝える高野山奥の院（蓮華谷の東）の玉川にかかる橋。
一五 西住と一緒に一晩中眺め明かして。↓七七八

の夜の月忘れ難《がた》くて、また[一]同じ橋の月の頃、西住上人の許《もと》
へ言ひ遣《つか》はしける

1157 [二]ことなく君恋ひ[三]わたる橋の上に[四]あらそふものは月の影のみ

かへし　西住

1158 [五]思ひやる心は見えで橋の上にあらそひけりな月の影のみ

[六]忍西入道、[七]吉野山の麓に住みける*に、秋の花いかにおもし
ろかるらんと[八]ゆかしう、と申し遣はしたりける返事に、い
ろいろの花を折り集めて

1159 [九]鹿の音《ね》や心ならねばとまるらん[一〇]さらでは野辺をみな見するかな

[一一]かへし

1160 [一二]鹿の立つ野辺の錦《にしき》の[一三]切り端《はし》は[一四]残り多かる心地《ここち》こそすれ

人数多《あまた》して、一人に隠して、[一五]あらぬさまに言ひなしけるこ
との侍りけるを聞きて、詠みける

一　同じ橋で月が明るい頃。
二　何という事なく。
三　「わたる」は橋の縁語。
四　わが激しい君への慕情と競い合うものとては。
五　私があなたを思いやる心は見えないで。女歌的切り返し。
六　西・別「西忍入道」。→補注
七　茨・松「西山のふもとに」、西・別・続詞花集「西山に」。ここは西山、それも嵯峨がふさわしいか。
八　見たく思うと西行が申し遣わした返事に。
九　鹿の音は心のままにならないで野辺に留まっているだろう（送れない）。→補注
一〇　そうでないなら（鹿の音も花と共に送れるなら）。
一一　西行の返歌。
一二　錦の縁語「裁つ」を掛ける。
一三　切り取った断片。
一四　残り多く、心残りな心地がすると言いつつ感謝。
一五　事実を違えて非道に言いつくろった。

1161 [一]一筋にいかで杣木の揃ひけんいつはりつくる心たくみに[二]

陰陽頭[三]《おんみやうのかみ》に侍りける者に、或る所の半者[四]《はしたもの》[五]もの申しけり。いと思ふやうにもなかりければ、六月晦日[六]《みなつきつごもり》に遣はしけるに代りて

1162 わがためにつらき心をみなつきの[七]手[八]づからやがて祓《はら》へ棄《う》てなん

縁[九]《ゆかり》有りける人の、新院[一〇]の勘当[一一]《かんだう》なりけるを、許し給《た》ぶべき由《よし》、申し入れたりける御返事[一二]に

1163 最上川[一三]なべて引くらん[一四]稲舟[一五]《いなふね》のしばしがほどはいかり[一六]おろさん

御返事奉りける*

1164 強く引く綱手と見せよ[一七]最上川その稲舟のいかり収めて

かく申したりければ、許し給びてけり

屏風《びやうぶ》の絵を人々詠みけるに、海の際《きは》に、幼く賤《いや》しき者のある所を

一 「一筋」「杣木」「梁（「偽り」に掛ける）」「作る」は工（たくみ）の縁語。
二 心中での工夫。↓補注
三 陰陽頭だった者。↓補注
四 召使の女。
五 恋愛関係にあった。
六 六月晦日の大祓。
七 「六月」に「見せ」を言い掛ける。
八 私に辛くする心を自身の手でそのまま祓い捨ててほしいよ。
九 誰か不明。
一〇 崇徳院。
一一 譴責を受け出仕を止められること。ここは上皇による院勘。
一二 崇徳院から西行への御返事。
一三 出羽国の歌枕。↓補注
一四 茨・松・心妙・夫木抄ほか「つなで引くとも」。
一五 「否」を掛ける。
一六 碇を下して怒りをそのままにしておこう。舟の縁語「碇」に「怒り」を掛ける。
一七 ご覧ください。「見す」は「見る」の敬語。

1165 [一]磯菜《いそな》摘む海人《あま》の[二]さ乙女《をとめ》心せよ沖吹く風に波高くなる

同じ絵に、[三]苫《とま》のうちに人の[*四]寝《ね》おどろきたるところを

1166 磯に寄る波に心の[五]洗はれて寝覚めがちなる苫屋《とまや》形《かた》かな

[六]庚申《かうしん》の夜、[七]孔子《くじ》配りをして、歌詠みけるに、古今・後撰・拾遺、これを、梅・桜・山吹に[八]寄せたる題をとりて、詠みける

古今、梅に寄す

1167 くれなゐの色[九]濃き梅《むめ》を折る人の袖には深き香や留《とま》るらん

後撰、桜を寄す

1168 [一〇]春風の吹き[*一一]おこせむに桜花隣り苦しく主《ぬし》や思はん

拾遺に山吹を寄す

1169 山吹の花咲く[一二]井手《ゐで》の里[一三]こそは[一四]やしうゐたりと思はざらなん

一　磯辺に生え、食用にする海藻。→補注
二　田植女の意を離れ、「さ」を接頭語にとりなした用法。
三　苫葺きの小屋（苫屋形）。
四　ふと目をさました。
五　「洗ふ」は波の縁語。画中の海人の立場で、覚醒と心の浄化に通じる心境を詠む。
六　道教の影響により、庚申の夜には眠らず、徹夜する風習があった。
七　籤配り。「孔子」は当て字。籤で配当された題を詠んだ。
八　以下三首はただ題に寄せただけでなく、隠し題（物名）の手法を取る。→補注
九　「こきむめ」に古今を隠す。
一〇　→補注
一一　「おこせむ」に後撰を隠す。
一二　山城国の歌枕。山吹の名所。
一三　「こそ」の結びの已然形を省略して破格。松「そこは」。
一四　心安らかにしていたと思わないでほしい。「やしうゐたり」に拾遺を隠す。→補注

祝《いはひ》

1170 隙《ひま》もなく降り来る[一]雨の脚《あし》よりも[二]数限りなき[三]君が御代《みよ》かな

1171 千世経《ちよふ》べき[四]ものをさながら[五]集むとも君が齢《よはひ》を知らんものかは

1172 [六]苔埋《こけうづ》む揺《ゆる》がぬ岩の深き根は君が千歳《ちとせ》を固めたるべし

1173 群《む》れ立ちて雲居に[七]鶴《たづ》の声すなり君が千歳《ちとせ》や[八]空に見ゆらん

1174 沢辺《さはべ》より[九]巣立ち始むる鶴《つる》の子は松の枝にや移り初《そ》むらん

1175 [一〇]大海《おほうみ》の潮干《しほひ》て山になる[一一]までに君は変らぬ君にましませ

1176 [一二]君が代のためしに何を思はまし[一三]変らぬ松の色なかりせば

1177 君が代は天《あま》つ空なる星なれや[一四]数も知られぬ心地のみして

一 「雨脚」の訓読語。→補注
二 数量の無限をいうのは賀歌の常套表現。
三 皇室の治世への祝意。
四 そのまますべて。
五 第二句以下は西・別「集めてや君が齢の数にとるべき」とあり、改稿か。
六 この歌は夫木抄に「家集、百首」とある。
七 「鶴寿千歳」（淮南子）という目出度い鶴の声。
八 「空」に「諳に」（それとなく）の意を掛ける。
九 「巣立ち」に祝意をこめる。→補注
一〇 →補注
一一 までも。時間の至り及ぶ究極点。
一二 →補注
一三 変らない松の色がなかったら（他に何もない）。反実仮想。常緑の松は賀歌の常套的題材。
一四 「数も知られぬ」は祝意をいう一般的表現だが、星によそえるのは珍しい。

1178 光[一]さす三笠[二]《みかさ》の山の朝日こそげに万代《よろづよ》のためしなりけれ

1179 万代[三]《よろづよ》のためしに[四]引かん[五]亀山の裾野の原に茂る小松を

1180 数[六]かくる波に下枝《しづえ》の色染めて[七]神さびまさる住吉[八]《すみよし》の松

1181 若葉さす平野[九]《ひらの》の松はさらにまた枝に八千代《やちよ》の数を添ふらん

1182 竹[一〇]の色も君がみどりに染められて幾世[一一]《いくよ》ともなく久しかるべし

孫儲《むまごまう》けて喜びける人の許へ言ひ遣はしける

1183 千世《ちよ》経《ふ》べき二葉[一二]《ふたば》の松の生《お》ひ先《さき》を見る人いかにうれしかるらん

五葉[一三]の下《した》に、二葉なる小松どもの侍りけるを、子日[一四]《ねのび》に当りける日、折櫃[一五]《をりびつ》に引き植ゑて、京へ遣はすとて

1184 君がため五葉[一六]《ごえふ》の子日《ねのび》しつるかなたびたび[一七]千世を経《ふ》べきしるしに

一 「さす」は笠の縁語。
二 大和国の歌枕。近衛府の別称の意も含め、皇室との関係を万代の嘉例と見たか。↓補注
三 ↓補注
四 「引か」は小松の縁語。
五 洛西の歌枕。小倉山の東南。「亀」に長寿の祝意。
六 数限りなくうち懸る。
七 神々しさを増す。
八 摂津国の歌枕。松は名物。
九 山城国葛野郡・平野神社。↓補注
一〇 竹の園（皇室）では君の緑に竹の色も染められて、と発想したか。
一一 「世」に竹の縁語「節（よ）」を掛ける。
一二 芽を出したばかりの松。孫をさす。↓補注
一三 五葉の松。
一四 正月初子の日。野辺で小松を引いた。↓一四
一五 檜の薄板で作った箱。
一六 ↓補注
一七 普通の松より度重ねての意。

[一]ただの松を曳《ひ》き添へて、この松の思ふ事*、申すべくなんと
て
1185 子日《ねのび》する野辺の[二]われこそ主《ぬし》なるを[三]ごえふなしとてひく人のなき
[四]世に仕《つか》へぬべき縁《ゆかり》数多《あまた》有りける人の、[五]さもなかりけること
を思ひて、[六]清水に年越《としこし》に籠りたりけるに、遣はしける
1186 [七]この春は[八]枝々までに栄ゆべし枯れたる木[九]だに花は咲くめり
[一〇]これも具して
1187 [一一]あはれにぞ深き[一二]誓ひの頼もしき[一三]清き流れの底汲まれつつ
[一四]八条院、宮と申しける折、*[一五]白河殿にて、女房虫合はせられけるに、人に代りて、[一六]虫具して取り出だしけるものに、
水に月の映りたるよしを作りて、その心を詠みける
1188 [一七]行末の名にや流れん常よりも月澄みわたる白川の水
[一八]内《二条院》に、貝合《かひあはせ》せんとせさせ給ひけるに、人に代りて

一 普通の二葉の松を。
二 私が主役なのに。松の立場で詠む。
三 字音「五葉」に字音「御用（ごよう）」を掛ける。破格。
四 仕官するに有力な縁故。
五 さほどの地位になかった事。
六 洛東の清水寺。観音の現世利益を求めて参籠が行われた。
七 正月の県召（あがためし）の除目（じもく）を想定。
八 枝々までも。一族までも。
九 ↓補注
一〇 前歌にこの歌も添えて。
一一 茨「あわれびの」。陽明文庫本系統も本文の揺れが大きい。
一二 観音の衆生済度の弘誓願。
一三 「清水」をさす。「深き」「清き」「底」「汲まれ」は「流れ」の縁語。
一四 暲子内親王。↓補注
一五 白河法皇の仙洞御所。
一六 虫を伴って出した虫籠。
一七 行末長く評判になろう。祝意表明。「流れ」は白川の縁語。
一八 中宮育子貝合。↓補注

1189 風立たで波を治むる浦々に小貝《こがひ》を群れて拾ふなりけり

1190 難波潟潮干《ひ》ば群れて出で立たん白洲《しらす》の崎の小貝拾ひに

1191 風吹けば花咲く波の折るたびに桜貝寄る三島江《みしまえ》の浦

1192 波洗ふ衣の浦の袖貝《そでがひ》を水際《みぎは》に風の畳みおくかな

1193 波かくる吹上《ふきあげ》の浜の簾貝《すだれがひ》風もぞおろすいそぎ拾はん

1194 潮染むるますほの小貝拾ふとて色の浜とは言ふにやあるらん

1195 波臥《ふ》する竹の泊の雀貝うれしき世《よ》にも遇ひにけるかな

1196 波寄する白良《しらら》の浜の烏貝拾ひやすくも思ほゆるかな

1197 かひありな君がみ袖に蔽《おほ》はれて心に合はぬことも無き世は

一　二条天皇治世への祝意。
二　潮がひいたなら。
三　地名でなく、普通名詞か。
四　「折る」は花の縁語。
五　淡紅色をした海産の二枚貝。
六　所在地未詳。→補注
七　三河国。「洗ふ」「袖」「裏」「身」「畳み」は衣の縁語。→補注
八　あこや貝の異名か。
九　紀伊国の歌枕。「吹上」「おろす」は風の縁語。
一〇　海産の二枚貝。「かくる」「おろす」は簾の縁語。→補注
一一　赤い色。「染むる」「ますほ」は色の縁語。
一二　越前国の歌枕。→補注
一三　「波を治むる」同様、祝意の表現か。
一四　所在地未詳。一説に越前国。
一五　海産の巻貝。「雀」は竹の縁語。
一六　竹の縁語「節（よ）」を掛ける。
一七　紀伊国の歌枕。→補注
一八　海産の貽貝（いがひ）の異名か。
一九　白の中の黒ゆえ。
二〇　「甲斐」に「貝」を掛ける。「蔽ふ」「合ふ」は貝合の縁語。

[一]入道寂然、[二]大原に住み侍りけるに、高野より遣《つか》はしける

1198 [三]山深み[四]さこそあらぬと聞えつつ音あはれなる谷の川水

1199 山深み[五]真木《まき》の葉分くる月影は[六]はげしきもののすごきなりけり

1200 山深み窓のつれづれ訪《と》ふものは色づきそむる[七]黄櫨《はじ》の立枝《たちえだ》

1201 山深み[八]苔《こけ》のむしろの上に居て何心なく鳴く[九]ましらかな

1202 山深み岩に[一〇]しだるる水溜《た》めん[一一]かつがつ落つる橡《とち》拾ふほど

1203 山深み[一二]け近き鳥の音はせでものおそろしき[一三]ふくろふの声

1204 山深み木暗《こぐら》き峯のこずゑより[一四]ものものしくもわたる嵐か

1205 山深み[一五]榾《ほたき》伐るなりと聞えつつ[一六]所にぎはふ斧の音かな

一 藤原頼業。西行の親友。
二 寂然の出家直後か。某年秋の贈答。→補注
三 山が深いので。西行贈歌十首は初句「山深み」で統一。
四 「さ」は第四句をさす。「あらぬ」は茨・松・玄玉集「あらめ」。→補注
五 杉・檜の類。
六 激しいけれど、ぞっとするほど寂しいと分ったよ。
七 はぜの木の高く伸びた枝。
八 苔が敷き詰めたのを筵に見立てた語。→五四〇・八五〇
九 猿。漢詩文の題材。鳴き声の悲哀を詠むのが通例。→補注
一〇 垂れる水を溜めよう。→補注
一一 ようやく少しずつ落ちる。
一二 身近に馴染んだ鳥。
一三 梟の声は不吉とされた。
一四 仰々しくも。風の形容として異例。
一五 燃料とする木。
一六 あたりが賑やかになる。→補注

1206 山深み入《い》りて[一]見と見るものはみなあはれ催すけしきなるかな

1207 山深み馴るる[二]かせぎの[三]け近さに世に遠ざかるほどぞ知らるる

[四]かへし　　寂然

1208 あはれさは[五]かうやと君も思ひやれ秋暮がたの大原の里

1209 ひとり[六]すむ[七]朧《おぼろ》の清水友とては月をぞ[八]すます大原の里

1210 [九]炭竈《すみがま》のたなびくけぶり[一〇]一筋《ひとすぢ》に心ぼそきは大原の里

1211 何《なに》となく[一一]露ぞこぼるる秋の田に[一二]引板《ひた》引き鳴らす大原の里

1212 水の音《おと》は[一三]枕に落つるここちして寝《ね》覚《ざ》めがちなる大原の里

1213 [一四]あだに葺く草の庵《いほり》の[一五]あばれより袖に[一六]露置く大原の里

一　見るすべての。
二　鹿の異名。↓補注
三　身近さにより私が憂世から遠ざかった程度が知られるよ。
四　寂然の返歌十首は結句「大原の里」で統一。
五　「かくや」の音便「かうや」に字音「高野」を掛ける。高野山の西行に、こうもあろうかと思いやれと応じる。
六　「住む」に「清水」の縁語「澄む」を掛ける。
七　大原の歌枕。↓補注
八　「住ます」に「清水」の縁語「澄ます」を掛ける。
九　大原は炭焼きの里として著名。↓補注
一〇　ひたすらにの意を掛ける。「一筋」「ほそき」は煙の縁語。
一一　涙を暗示。
一二　鳥獣を追う鳴子。
一三　枕に落ちるかのように近い。↓補注
一四　いい加減に葺く。
一五　屋根の隙間。↓補注
一六　涙を暗示。「草」の縁語。

1214 山風に峯の[一]ささ栗はらはらと庭に落ち敷く大原の里

1215 [二]ますらをが爪木《つまぎ》[三]にあけび挿し添へて暮るれば[四]帰る大原の里

1216 [五]葎《むぐら》這《は》ふ門《かど》は木《こ》の葉に埋もれて人もさし[六]来《こ》ぬ大原の里

1217 もろともに秋も山路も深ければしか[七]ぞ悲しき大原の里

[八]承安元年六月一日、[九]院、熊野へまゐらせ給ひける次《ついで》*に、住吉に[一〇]御幸《ごかう》ありけり。修行し廻りて、二日、かの社にまゐりたりけるに、[一一]住江《すみのえ》新しく仕立てたりけるを見て、[一二]後三条院の御幸《みゆき》、神、思ひ出で給ひけんとおぼえて、[一三]詠みける

1218 [一四]絶えたりし君が御幸《みゆき》を待ちつけて神[一五]いかばかりうれしかるらん

[一六]松の下枝《しづえ》を洗ひけん波、古《いにしへ》に変らずやとおぼえて

1219 いにしへの松の下枝を洗ひけん波を心に[一七]かけてこそ見れ

一 芝栗とも。野生の実の小さい栗。洛北に多い。
二 力の強い男。ここは木樵などをいう。
三 薪にする小枝。
四 ↓補注
五 蔓性の雑草。荒廃した家の象徴。
六 接頭語「さし」に門の縁語「鎖し」を掛ける。
七 副詞「然か」に「鹿」を掛け、西行十首目の「かせぎ」に応対。↓四三五・四三九
八 一一七一年
九 後白河院。この熊野詣は五月二九日進発、六月二一日帰還。往路に住吉参詣。
一〇 読みは心による。
一一 心「すみのえのつりどの」。
一二 延久五年（一〇七三）二月。
一三 心「つりどのにかきつけはべりし」。↓補注
一四 途絶えていた。
一五 ↓補注
一六 ↓補注
一七 「かけ」は波の縁語。

1220　斎院[一]おはしまさぬ頃にて、祭の帰《かへ》さ[二]もなかりければ、紫野[三]を通る*とて

紫[四]の色なきころの野辺なれや片祭《かたまつり》[五]にてかけぬ[六]葵《あふひ》は

1221　北祭《きたまつり》[七]の頃、賀茂にまゐりたりけるに、折うれしくて、待たるるほどに使*[八]まゐりたり。橋殿《はしどの》[九]に着きて、つい伏し拝まる[一〇]るまではさる事にて、舞人《まひびと》の気色振舞、見し世[一一]のことともおぼえず、東遊《あづまあそび》[一二]に琴[一三]うつ陪従《べいじゅう》もなかりけり。さこそ末の世ならめ、神いかに見給ふらんと、恥づかしき心地して、詠み侍りける

神の代も変りにけりと見ゆるかなそのことわざ[一四]のあらずなるにも

1222　更《ふ》けけるままに、御手洗《みたらし》[一五]の音《おと》神さびて聞えければ

御手洗の流れはいつも変らじを末[一六]にしなればあさまし[一七]の世や

伊勢にまかりたりけるに、大神宮[一八]にまゐりて詠みける

一　賀茂社に奉仕する未婚の皇女。↓補注
二　陰暦四月の賀茂祭翌日に斎院が紫野の本院に還る行列。
三　洛北。斎院の本院があった。
四　紫の色がなく栄えない。
五　常例を欠く不完全な祭。
六　行列の人が髪にかざす葵を、行列がなく、懸けないという。
七　石清水八幡宮の南祭に対して賀茂祭・賀茂臨時祭を称する。
八　奉幣の勅使。
九　賀茂別雷社（上賀茂社）境内の川の上をまたぐ建物。勅使の座を設け、舞殿ともなる。
一〇　勅使が平伏して拝礼するまでは然るべき事態で。
一一　昔見た記憶と似つきもせず。
一二　東国の風俗（ふぞく）にもとづく歌舞。衛府が専門に管掌。
一三　和琴を弾ずる楽人。↓補注
一四　「事業」「琴技」の掛詞。
一五　上賀茂社境内を流れる川。
一六　末世。「末」は川の縁語。
一七　川の縁語「浅し」を掛ける。
一八　伊勢神宮。

1223 榊葉に心を[一]かけん[二]木綿垂《ゆふし》でて思へば[三]神も仏なりけり

[四]斎院おりさせ給ひて、[五]本院の前を過ぎけるに、人の内へ入《い》りければ、[六]ゆかしくおぼえて、具して見侍りけるに、[七]からやはありけんとあはれにおぼえて、おりておはしましけるところへ、[八]宣旨《せんじ》の局《つぼね》の許《もと》へ申し遣《つか》はしける

1224 君住まぬ御内《みうち》は荒れて[九]有栖川《ありすがは》 [一〇]忌《い》む姿をも映しつるかな

返し

1225 思ひきや[一一] [一二]忌《い》み来《こ》し人のつてにして馴れし御内《みうち》*を聞かんものとは

伊勢に[一三]斎王おはしまさで、年経《へ》にけり。斎宮、木立《こだち》ばかり[一四]さかと見えて、築垣《ついがき》もなきやうになりたりけるを見て

1226 いつかまた斎《いつき》の宮の斎《いつ》かれて注連《しめ》の御内《みうち》に塵を払はん

[一五]世の中に大事出で来て、[一六]新院あらぬ様にならせ*おはしまして、御髪《みぐし》おろして、[一七]仁和寺の北院におはしましけるにまゐ

一 「かけ」は木綿の縁語。
二 木綿（楮の皮を裂き糸状にした物）を垂らして。
三 本地垂迹説による。伊勢神宮の本地は大日如来。
四 斎院が退下なさって。斎院は頌子内親王。→補注
五 洛北紫野にあった斎院の館。
六 私も見たく思われて、伴って見たところ。
七 斎院がお住まいの頃はこんなに荒れていたろうかと。
八 頌子内親王の女房。→補注
九 斎館の辺を流れる川。「荒れてあり」を言い掛ける。
一〇 神が忌む私の僧形。
一一 「や」は反語。
一二 忌み憚ってきた人。西行。
一三 斎宮不在は承安二年（一一七二）より文治三年（一一八七）まで。
一四 それか。そこが斎宮御所か。
一五 保元の乱。→補注
一六 崇徳院は思いもかけず出家なさって。
一七 御室（おむろ）代々の本房。

りて、[一]兼賢阿闍梨《けんげんあざり》出であひたり。月明《あか》くて詠みける

1227 かかる世に影も変らず[二]すむ月を見る[三]わが身さへ恨めしきかな

讃岐《さぬき》[四]におはしまして後《のち》、歌といふことの世に[五]いと聞えざりければ、[六]寂然が許へ言ひ遣はしける

1228 [七]言《こと》の葉の情け絶えにし折節《をりふし》に[八]あり逢ふ身こそ悲しかりけれ

返し　寂然

1229 [九]敷島《しきしま》や絶えぬる道に泣く泣くも君とのみこそ[一〇]跡をしのばめ

讃岐にて、御心ひきかへて、[一一]後《のち》の世の御勤め隙《ひま》なくせさせおはしますと聞きて、[一二]女房の許へ申しける。[一三]この文《もん》を書き具して、[一四]「若《もシ》人不《ンバ》㆓瞋《いかリテ》打《タ》㆒、以《もつテカ》㆑何《ヲ》修《センヤ》㆓忍辱《にんにくヲ》㆒」

1230 [一五]世の中を背《そむ》く便りやなからまし[一六]憂き折節*に君が逢はずは

これもついでに具してまゐらせ*ける

1231 [一七]あさましやいかなる故の[一八]報いにて[一九]かかる事しも有る世なるらん

一 →九一九補注
二 「住む」に「澄む」を掛ける。
三 私の身までも。
四 崇徳院が讃岐に配流なされて後。
五 世間であまり話題にならないので。
六 藤原頼業。西行の親友。
七 和歌の風雅を愛する心が途絶えてしまった時節に。
八 生きてめぐり逢う。
九 歌道を敷島の道という。
一〇 歌道に熱心だった崇徳院の足跡。風雅集によると寂然は讃岐の崇徳院を訪問した。
一一 後世のための御勤行。
一二 →一一三六
一三 以下の経文を歌に書き添えて。
一四 出典未詳。→補注
一五 世の中を背き、出家する方便がなかっただろうに。反実仮想。
一六 保元の乱による讃岐遷幸をいう。
一七 おどろきあきれたよ。
一八 前世の因果応報で。
一九 乱に敗れて配流されたことをいう。

1232 永《なが》らへてつひに住むべき都[一]かは[二]この世はよしやとてもかくても

1233 まぼろしの夢を現《うつつ》に見る人は目も合[三]はせでや*夜《よ》を明かすらん

かくて後《のち》、人[四]のまゐりけるに付けて、まゐらせける

1234 [五]その日より落つる涙を形見にて思ひ忘るる時の*間《ま》ぞなき

返し　[六]女房

1235 目の前に変《かは》り果てにし世の憂さに涙を君[*七]も流しけるかな

1236 [八]松山の涙は海に深くなりて[九]蓮《はちす》の池に入《い》れよとぞ思ふ

[一二]老人述懐と云ふ事を、人々詠みけるに

1237 [一〇]波の立つ心の水を鎮めつつ[一一]咲かん蓮《はちす》を今は待つかな

1238 [一三]山深み杖にすがりて入る人の[一四]心の奥の[一五]恥づかしきかな

一　「かは」は反語。
二　現世はたとえどうなろうともよい。後世安楽を願えよ、の余意。↓補注
三　目を閉じて眠れないで夜を明かすだろうか。「合はせ」は夢の縁語。↓補注
四　人が讃岐の御所へ参上したのに託して。人は不明だが、寂然か。↓一二二九
五　讃岐遷幸の日より。
六　↓一二三〇
七　私と同じく貴君（西行）も。
八　讃岐国綾歌郡。崇徳院行宮《あんぐう》は雲井御所と伝承。↓一三五三
九　極楽の池。願生浄土を詠む。
一〇　怒りや悲しみに波立つ心の水。「心の水」は心を水にたとえた語で、波の縁語。↓九〇三
一一　極楽で咲くだろう蓮。往生の願念。
一二　↓補注
一三　山が深いので杖にすがって入山する人。求道者。
一四　茨・夫木抄「心の底」。
一五　私が恥じ入るほど立派だ。

[一]左京大夫俊成、[二]歌集めらるると聞きて、歌遣《つか》はすとて

1239 [三]花ならぬ言の葉なれど[四]おのづから色もやあると君[五]拾はなん

返し　俊成

1240 [六]世を捨てて入《い》りにし道の言の葉ぞあはれも深き[七]色も見えける

[八]恋百十首

1241 思ひ余り[九]言ひ出でて*こそ[一〇]池水の深き心のほどは知られめ

1242 [一一]無き名こそ[一二]飾磨《しかま》の市《いち》に立ちにけれまだ[一三]逢ひ初《そ》めぬ恋するものを

1243 包《つつ》めども[一四]涙の色に顕《あら》はれて忍ぶ思ひは[一五]袖よりぞ*散る

1244 *[一六]わりなしやわれも人目を包む間《ま》に[一七]しひても言はぬ心尽くしは

1245 [一八]なかなかに忍ぶ気色《けしき》やしるからん[一九]かはる思ひに習《なら》ひなき身は

一　藤原俊成。→補注
二　私撰集（打聞）の資料収集。
三　花のように美しくない私の和歌。謙辞。「花」「葉」「色」は縁語。
四　まれに美点もあろうかと。
五　拾ってほしい。入集の願い。
六　遁世入道した人の和歌。
七　茨・松・心妙・西・長秋詠藻・続拾遺「色は」。
八　松「恋百」。→補注
九　「楲（いひ）」を掛け、「池水」「深き」の縁語。→補注
一〇　「心」を導く枕詞的用法。
一一　事実無根の噂。
一二　播磨国飾磨郡。褐（かち）染（濃い藍染）の市で有名。「市」「立ち」は縁語。
一三　「藍染め」を掛ける。→補注
一四　紅涙。
一五　袖より散り広がって人に知られる。→補注
一六　なすすべない辛さだ。
一七　無理にも言外しない。
一八　かえって。
一九　茨・西「かゝる」。

1246 [一]気色をば[二]あやめて人の咎《とが》むとも[三]うち任せては言はじとぞ思ふ

1247 心には忍ぶと思ふかひもなく[四]しるきは恋の涙なりけり

1248 [五]色に出でていつよりものは思ふぞと問ふ人あらばいかが答へん

1249 [六]逢ふことのなくてやみぬるものならば[七]今見よ世にも有りや果つると

1250 憂き身とて忍ばば恋の[八]しのばれて[九]人の名立《なたて》になりもこそすれ

1251 [一〇]みさをなる涙なりせば唐衣《からころも》[一一]かけても[一二]人に知られましやは

1252 歎きあまり[一三]筆のすさみに尽くせども思ふばかりは[一四]書かれざりけり

1253 わが歎く心のうちの苦しさを*[一五]何にたとへて君に知られん

一 忍恋ゆえの顔色を。
二 怪しんで。↓五八〇・六六〇
三 通りいっぺんには。
四 はっきり顕れるのは。
五 ↓補注
六 恋しい人に逢うことがなくて終わってしまうなら。
七 今すぐ見てくれよ、私がこの世に生き永らえるかどうか。
八 がまんできて。
九 だが結局は恋人の浮名を立ててしまいかねないよ。
一〇 平然とこらえ切れる涙だったならば。「操」に衣の縁語「棹」を掛ける。
一一 けっして。衣の縁語「懸け」を掛ける。
一二 知られることはあるまいに。反実仮想。「やは」は反語。茨・松・続拾遺ほか「しられざらまし」。
一三 恋文に筆に任せて書き尽くそうとするけれども。
一四 書けないよ。
一五 たとえるものなどない、の余意。

1254 今はただ忍ぶ心ぞ[一]つつまれぬ[二]歎かば人や思ひ知るとて

1255 心には深くしめども[三]梅の花[四]折らぬ匂ひはかひなかりけり

1256 [五]さかとよとほのかに人を見つれども[六]覚えぬ夢の心地《ここち》こそすれ

1257 [七]消えかへり暮待つ袖ぞしほれぬる[八]起きつる人は露ならねども

1258 いかにせんその五月雨の[九]名残りより[一〇]やがてを止まぬ[一一]袖のしづくを

1259 [一二]さるほどの契りは君に有りながら[一三]行《ゆ》かぬ心の苦しきやなぞ

1260 今はさは[一四]覚えぬ夢になし果てて[一五]人に語らで止《や》みねとぞ思ふ

1261 折る人の手には留《と》まらで梅の花[一六]誰《た》が移り香《が》にならんとすらん

一　隠しきれない。
二　歎いたらあの人が私の思いを知るというわけで。
三　恋人にたとえる。
四　↓補注
五　そうか、こういう人かと。↓一二二六・注一四
六　思い出せない夢。
七　消え入る思いでまた恋人に逢う暮を待つ間の袖。後朝恋。↓補注
八　起きて帰った男。「置き」を掛け、「消え」と共に露の縁語。
九　雨の名残りに、別れの名残り惜しさの意を込める。↓補注
一〇　そのまま少しも止むことない。
一一　涙の隠喩。
一二　然るべき宿縁。
一三　満足ゆかない心。↓補注
一四　↓一二五六
一五　他人に語らないで（自分だけの秘密にして）。「人」を恋人と取るのが通説。
一六　一旦は手中にした恋人の他人への心移りを含意。↓補注

1262 [一]うたた寝の夢をいとひし床《とこ》の上の今朝*[二]いかばかり起き憂《う》かるらん

1263 [三]ひきかへてうれしかるらん心にも憂かりしことは[四]忘れざらなん

1264 [五]七夕《たなばた》は逢ふをうれしと思ふらん[六]われは別れの憂き今宵《こよひ》かな

1265 同じくは咲き初《そ》めしより[七]しめおきて[八]人に折られぬ花と思はで

1266 [九]朝露に濡れにし袖を乾《ほ》すほどに[一〇]やがて夕立《ゆふだ》つわが袂かな

1267 [一一]待ちかねて夢に見ゆやとまどろめば[一二]寝覚《ねざめ》すすむる[一三]荻《をぎ》の上風《うはかぜ》

1268 包めども人知る恋や[一四]大井川《おほゐがは》[一五]井堰《ゐせき》の隙《ひま》をくぐる[一六]白波

1269 [一七]逢ふまでの命もがなと思ひしに[一八][一九]くやしかりけるわが心かな

一 仮寝の中のはかない逢瀬の夢。↓補注
二 現実に逢瀬のかなった今朝。
三 逢えないでいた時とうって変って。
四 忘れないでほしい。
五 織女。
六 別れを思うと逢うのも辛い。
七 しめ縄で占有して。↓補注
八 人に折られない（手の届かない）花と思わないで見たい。
九 後朝（きぬぎぬ）の別れの涙。
一〇 引き続き涙が夕立のように降る私の袂だな。
一一 恋人の訪れを待ちかねて、せめて夢に見るかと。女の立場。
一二 寝覚めを促す。
一三 荻の上葉（うわば）を吹く風。恋人来訪の予感を含意。
一四 山城国の歌枕。洛西。
一五 水をせき止める設備。
一六 隠しても洩れる恋情の比喩。
一七 恋人に逢うまでの命であったらなあ。
一八 茨・松・心・新古今ほか「は」。
一九 後悔される。↓補注

1270 今よりは[一]逢はで物をば思ふとも[二]後《のち》憂《う》き人に身をばまかせじ

1271 [三]いつかはと答へんことの妬《ねた》きかな[四]思ひ知らずと恨み聞かせば

1272 袖の上の[五]人目知られし折までは[六]みさをなりけるわが涙かな

1273 [七]あやにくに人目も知らぬ涙かな[八]絶《た》えぬ心に忍ぶかひなく

1274 荻の音《おと》は物思ふ我《われ》か何《なに》なればこぼるる[九]露の袖に置くらん

1275 [一〇]草しげみ沢に縫はれて伏す鴫《しぎ》の[一一]いかによそだつ人の心ぞ

1276 あはれとて人の心の[一二]なさけあれな[一三]数ならぬにはよらぬ歎きを

1277 いかにせん[一四]憂《う》き名をば世に立て果てて思ひも知らぬ人の心を

1278 [一五]忘られんことをばかねて思ひにき[一六]何《なに》おどろかす涙なるらん

一　逢えずに物思いしようとも。
二　逢った後につらくする人。
三　いつそんなことがあったか（なかった）。恋人の返答。「かは」は反語。上句は下句を受ける倒置法。
四　私の思いを分ってくれない。
五　人目を感じていた時までは。
六　平然とこらえられた。
七　困ったことに。
八　途切れない心で忍ぶ甲斐がなく。→補注
九　涙の隠喩。
一〇　上句は、草が繁るので沢に縫い止められたように伏す鴫の、飛び立って姿を見せない様から「よそだつ」を導く序。
一一　何ともよそよそしい。
一二　情けを解するものであってほしいよ。
一三　私はあなたに比べて人数に入らない身だが、それにはよらない恋の歎きであるものを。
一四　いやな噂。
一五　あなたに忘れられることは予期していた。
一六　今さら私に何を気づかせる。

1279 [一]問《と》はれぬも問はぬ心のつれなさも憂《う》きは変らぬ心地《ここち》こそすれ

1280 [二]つらからん人ゆゑ身をば恨みじと[三]思ひしことも叶はざりけり

1281 今さらに[四]何かは人も咎《とが》むべき[五]はじめて濡るる袂ならねば

1282 [六]わりなしな袖に[七]なげきの満つままに[八]命をのみもいとふ心は

1283 [九]色ふかき涙の川の水上《みなかみ》は人を忘れぬ心なりけり

1284 待ちかねてひとりは臥《ふ》せど[一〇]敷妙《しきたへ》の[一一]枕並ぶるあらましぞする

1285 [一二]問《と》へかしな情《なさけ》は人の身のためを[一三]憂きわれとても心やはなき

1286 [一四]言《こと》の葉《は》の霜枯《しもが》れにしに思ひにき[一五]露の情もかからましとは

1287 夜もすがら[一六]恨みを袖に湛《たた》ふれば枕に波の音ぞ聞ゆる

一 恋人の訪れがないのも、訪れないでいる心のつれなさも。
二 辛く当るような人のために我が身を恨むまいと。
三 茨・松「思ひしかども」。
四 どうして他人も見咎めよう。
五 初めて涙に濡れる我が袂ではないから。度重なるゆえ。
六 どうにもならないな。
七 歎きの涙。
八 命あることだけを厭う心は。
九 紅の色深い涙の川の原因。→補注
一〇 「枕」に懸る枕詞。
一一 枕を並べる用意をする。待つ女の立場。→補注
一二 訪れなさいな、情は相手の身のためであるものを。
一三 辛い思いの私といっても情を解する心はあるゆえ。
一四 音信が絶えたこと。→補注
一五 露ほど（わずか）の情も同様に絶えたとは。「葉」「霜」「露」「かかる」は縁語。
一六 恨みの涙。「浦廻」を掛け、「湛ふ」「波」と縁語。

1288 [一]ながらへて人のまことを見るべきに恋に命の[二]絶えんものかは

1289 [三]頼めおきしその言ひごとやあだなりし[四]波越えぬべき末の松山

1290 川の瀬によに消えやすき[五]うたかたの命を[六]なぞや君がたのむる

1291 [七]かりそめに置く露とこそ思ひしか[八]秋にあひぬるわが袂かな

1292 [九]おのづからあり経ばとこそ思ひつれたのみなくなるわが命かな

1293 身をも厭ひ人のつらさも歎かれて[一〇]思ひ数ある頃にもあるかな

1294 [一一]菅《すが》の根の長く物をば思はじと[一二]手向《たむ》けし神に祈りしものを

1295 うちとけて[一三]まどろまばやは唐衣《からころも》[一四]夜な夜な返すかひも有るべき

1296 [一五]わがつらきことにをなさんおのづから[一六]人目を思ふ心ありやと

一　生き永らえて。
二　なんと絶えそうだよ。「かは」を反語と取る解もある。
三　当てにさせておいたその約束の言葉は不実だったか。
四　↓補注
五　水泡のような命。
六　なぜ君は当てにさせるのか。
七　一時的に置く露。涙を暗示。
八　「飽き」を掛ける。恋人に飽きられたこと。
九　ひょっとして、生き続けたら逢えるかと思ったが。
一〇　物思いが様々に数多い。
一一　菅の根のように長い物思いはすまいと。「菅の根」は「長し」の枕詞。
一二　供物を捧げて神に祈ったのに。
一三　まどろめたなら。「やは」は反語。現実にはまどろめもせず、効果がない。
一四　↓七〇一補注
一五　私が薄情ということにしよう。「を」は強意の間投助詞。
一六　私に人目を思う心があるかと考えれば。

1297 [一]ことと言へばもて[二]離れたる気色かなうら[三]らかなれる人の心の

1298 物思ふ袖に[四]歎きのたけ見えて[五]忍ぶ知らぬは涙なりけり

1299 草の葉にあらぬ袂も物思へば袖に[六]露置く[七]秋の夕暮

1300 [八]逢ふことの無き病《やまひ》にて恋死なばさすがに[九]人やあはれと思はん

1301 [一〇]いかにぞや[一一]言ひ遣りたりし方《かた》もなく物を思ひて過ぐる頃かな

1302 [一二]われぱかり物思ふ人やまたもあると唐土《もろこし》までも[一三]尋ねてしがな

1303 君にわれいかばかりなる[一四]契りありて[一五]二なく物を思ひそめけん

1304 [一六]さらぬだに[一七]もとの思ひの絶えぬ身に[一八]歎きを人の添ふるなりけり

1305 我のみぞわが心をばいとほしむ[一九]あはれぶ人のなきにつけても

一 その事と恋人に言うと。
二 取り合わない様子。
三 明るくのどかな。わが悩みに対照。→補注
四 歎きのある限り。「丈」は袖の縁語。
五 堪えることを知らないのは。
六 「草の葉」の縁語。涙を暗示。
七 「飽き」を響かせる。
八 逢う事がないのが原因の病。
九 恋人。→補注
一〇 どうしたことか。
一一 わが思いを言い送った恋人があるわけでもなく。
一二 →補注
一三 尋ねてみたいよ。
一四 前世の宿縁。
一五 「ふたつなく」と読むか。比べるものがなく。→補注
一六 そうでなくてさえ。→補注
一七 生来の恋の物思いが絶えない性分のわが身に。
一八 「木」を掛け、「思ひ」に掛けた「火」と縁語。
一九 私をあわれむ。→補注

1306 [一]恨みじと思ふ[二]我さへつらきかな[三]とはで過ぎぬる心づよさを

1307 いつとなき[四]思ひは富士のけぶりにてうち臥す床《とこ》[五]や浮島が原

1308 これもみな[六]昔のことと言ひながらなどもの思ふ[七]契りなりけん

1309 などかわれつらき人ゆゑ物を思ふ契りを[*八]しもは結びおきけん

1310 [九]紅《くれなゐ》にあらふ袂《たもと》の濃き色はこがれてものを思ふ[一〇]なりけり

1311 せきかねて[一一]さはとて流す滝つ瀬に湧く[一二]白玉は涙なりけり

1312 歎かじとつつみし頃の涙だに[一三]うち任せたる心地《ここち》やはせし

1313 [一四]今はわれ[一五]恋せん人をとぶらはんよに憂きことと思ひ知られぬ

1314 [一六]ながめこそ憂き身のくせになり果てて夕暮ならぬ折も[一七]せらるれ

一　恨むまいと。倒置で、下句を受ける。
二　私までも。
三　私に音信しないで過した恋人の強情を。
四　「火」を掛け、恋の思い。
五　駿河国の歌枕。「床や（涙で）浮き」を言い掛ける。↓補注
六　前世からの事。↓補注
七　前世からの約束。
八　「しも」は強調。「霜」の連想で「結びおき」は縁語か。
九　紅に洗って染める。紅涙を表現。「あらふ」は茨「あらぬ」。
一〇　茨・松「なみだか」。底本傍記「ナミタカ」。
一一　それではといって。
一二　↓補注
一三　普通ではない気持ちだった（まして歎きを包み隠さない今は只事ではない涙だ）。
一四　恋は実に辛いと思い知られた今は。下句を受ける。↓補注
一五　恋している人を見舞おう。
一六　物思いにふけること。
一七　↓補注

1315 思へども思ふかひこそなかりけれ[一]思ひも知らぬ人*を思へば

1316 [二]綾《あや》ひねる[三]ささめの[四]小蓑衣《こみのきぬ》に着ん涙の雨*をしのぎがてらに

1317 なぞもかく[五]こと新《あたら》しく[六]人の問ふ我*が物思ひは古《ふ》りにしものを

1318 [七]死なばやと何思ふらん[八]後《のち》の世も恋はよに憂きことこそ聞け

1319 [九]わりなしやいつを[一〇]思ひの果《はて》にして月日を送るわが身なるらん

1320 [一一]いとほしやさらに心の幼《をさな》びて[一二]魂切《たまぎ》れらるる恋もするかな

1321 君慕ふ心のうちは[一三]稚児《ちご》めきて[一四]涙もろくもなるわが身かな

1322 [一五]なつかしき君が[一六]心の色を[一七]いかで露も散らさで袖に包まん

1323 [一八]いくほどもながらふまじき世の中に物を思はで[一九]経《ふ》るよしもがな

一 私の思い。↓補注
二 綾のように捻り編む。
三 茅の類。蓑の材料とする草。
四 ↓補注
五 「古り」に対照。
六 他人。恋人と取る説もある。
七 死にたいとなぜ思うのだろうか。
八 後世の報いも。恋の妄執を戒める仏教の因果応報思想に拠る。
九 致し方ないよ。
一〇 恋の物思いの終り。
一一 自分がふびんだよ。
一二 驚かれるような恋。下二段動詞「魂切る」は用例希少な非歌語。
一三 幼な子のようになって。
一四 茨「涙もろにも」。
一五 心ひかれる。
一六 心の表れ。
一七 何とかして少しも散らさないで私の袖に包みたい。人知れず独占したい。「露」「散る」、「袖」「包む」は縁語。
一八 どれほども生き永らえることができない。
一九 過す方法があったらなあ。

1324 いつかわれ[一]塵積む床《とこ》を[二]払ひ上げて来んと[三]たのめん人を待つべき

1325 [四]よたけたつ[五]袖にたたへて忍ぶかな袂《たもと》の滝に落つる涙を

1326 憂きによりつひに[六]朽ちぬるわが袖を[七]心尽《づ》くしに何しのびけん

1327 [八]心から心に物を思はせて身を苦しむる我が身なりけり

1328 [九]ひとり着てわが身にまとふ唐衣《からころも》[一〇]しほしほとこそ泣き濡らさるれ

1329 [一一]言ひ立てて恨みばいかにつらからん思へば憂しや人の心は

1330 歎かるる心のうちの苦しさを[一二]人の知らばや君に語らん

1331 人知れぬ涙にむせぶ[一三]夕暮は[一四]引き被《かづ》きてぞうち臥されける

1332 [一五]思ひきやかかる恋路に入《い》りそめて[一六]避《よ》く方《かた》もなき歎きせんとは

一　塵が積る床は男の訪れがないことを表す。女の立場の歌。
二　すっかりきれいに払って。
三　約束してあてにさせる。
四　「よたけ」は「ゆきたけ（裄丈）」と同意。↓補注
五　袖に湛えて、流れ出さないように耐え忍ぶよ。
六　涙で朽ちてしまう。
七　あれこれ心を尽してどうして耐え忍んだのだろうか。
八　自分の心のせいで。↓補注
九　恋人と共寝で重ねて着るのではなくの含意。
一〇　↓補注
一一　言わないでいるのも辛いが、取り立てて言葉に出して恨んだならばどんなに辛いだろうか。↓補注
一二　第三者が知ったならば、その人はあなたに（私の心の内の苦しさを）語るだろうか。
一三　男が女を訪ねる時間。
一四　夜具を頭からかぶって。
一五　思ったか、思いはしなかった。「や」は反語。
一六　避けるすべもない。

1333 危《あやふ》さに人目ぞ*つねに[一]よかれける岩の[二]角《かど》踏む[三]ほきの懸道《かけみち》

1334 知らざりき[四]身にあまりたる歎きして隙《ひま》なく[五]袖を絞るべしとは

1335 [六]吹く風に露もたまらぬ葛《くず》の葉の[七]裏返れとは君をこそ*思へ

1336 [八]われからと藻に住む虫の名にし負《お》へば人をばさらに[九]恨みやはする

1337 むなしくてやみぬべきかな[一〇]空蟬《うつせみ》の[一一]この身からにて思ふ歎きは

1338 [一二]包めども袖よりほかにこぼれ出《い》でて[一三]うしろめたきは涙なりけり

1339 われながら疑はれぬる心かな[一四]ゆゑなく袖を絞るべきかは

1340 [一五]さることのあるべきかはと忍ばれて[一六]心いつまでみさをなりけん

一 自ずと避けられた。
二 →補注
三 山腹の懸崖に懸けた栈道。
四 →補注
五 涙に濡れた袖を絞ろうとは。
六 上句は「裏返れ」を導く序。
七 「心（うら）」を掛け、つれない心を翻して心の内を見せて欲しいと願う。
八 甲殻類「われから」に「我から」（自分のせい）を掛ける。→補注
九 恨みはしない。「やは」は反語。
一〇 「身」に懸る枕詞。「むなし」は縁語。
一一 この私自身のせいで。空蟬の縁語「空（から）」を掛けるか。
一二 →補注
一三 気がかりなのは。
一四 わけもなく涙で濡れた袖を絞ろうとは、あってはならぬことよ。「かは」は反語。
一五 恋心を知られること。
一六 心はいつまで平気を装えていたろうか。→補注

1341 [一]とりのらし思ひもかけぬ[二]露払ひあなくらたかのわれが心や

1342 君に染む心の色の深さには[三]匂ひもさらに見えぬなりけり

1343 [四]さもこそは人目思はずなり*果てめ[五]あなさま憎《にく》の袖の雫や

1344 [六]かつすすぐ沢の小芹《こぜり》の根を白み[七]清げに物を思はずもがな

1345 [八]いかさまに思ひ続けて恨みまし[九]ひとへにつらき君ならなくに

1346 [一〇]恨みても慰めてましなかなかに[一一]つらくて人の逢はぬと思へば

1347 [一二]うち絶えで君に逢ふ人いかなれやわが身も同じ世にこそは経《ふ》れ

1348 [一三]とにかくに厭《いと》はまほしき世なれども君が住むにも[一四]引かれぬるかな

一　歌意不明。→補注
二　通常の恋歌なら涙の隠喩。
三　表に抜き出る色つやは一向に見えないのだったか。我が恋心を相手が認めない理由の気づき。「染む」「匂ひ」は色の縁語。
四　それこそ本当に。
五　今もああ、みっともない程の袖の涙よ。「雫」は涙の隠喩。
六　摘んでは洗う。上句は「清げ」を導く序。→補注
七　さっぱりと恋の物思いをせずにいたい。
八　どのように。
九　ひたすら薄情なあなたではないから。ひたすら薄情なら、ただ恨み続けられる。
一〇　かえって恨んででも自分を慰めただろうに。
一一　薄情であの人が逢わないと思うと。→補注
一二　絶えることなくあなたに逢う人はいかなる宿世か。→補注
一三　あれやこれやと。
一四　心ひかれてしまうよ。出離を妨げるほどの恋情を訴える。

1349 何事《なにごと》につけてか世をば厭《いと》はまし憂《う》かりし人ぞ今日《けふ》はうれしき

1350 逢ふと見しその夜の夢の覚めであれな長き眠《ねぶ》りは憂かるべけれど

この歌、題も、また人に代《かは》りたることどももありげなれども、書かず

この歌ども、山里なる人の語るに従ひて、書きたるなり。されば僻事《ひがごと》どもや、昔今《むかしいま》のこと取り集めたれば、時折《ときをり》節違《ふしたが》ひたることども

この集《しふ》を見て、返しけるに　院の少納言の局《つぼね》

1351 巻毎《まきごと》に玉の声せし玉章《たまづさ》のたぐひはまたも有りけるものを

返し

1352 よしさらば光なくとも玉といひて言葉の塵《ちり》は君磨《みが》かなん

讃岐《さぬき》に詣《まう》でて、松山の津と申す所に、院おはしましけん御

一 私に辛かった人が、出家を決意した今日は却って嬉しいよ。「けふ」は茨・別「今」。→補注
二 恋人に逢うと見たその夜の夢は覚めないであってほしい。→補注
三 無明長夜の眠り。迷妄。
四 恋百十首を指す。
五 人に代って詠んだ代作。
六 一三五〇までの歌全体を指す。以下は恋百十首を増補した成立段階の跋文。松にない。
七 編者が別にいることを仮装。以下「僻事どもや」まで松は一二三八の後に同文。→解説
八 恋百十首を増補した山家集。
九 後白河院少納言。→八三〇
一〇 巻毎に玉のような美しい声がした歌集。→補注
一一 昔の優れた集に比類するものが今もまたあったのに、初めて知ったことよ。
一二 言葉の欠点はあなたが磨いてほしい。「光」「磨く」は玉の縁語。
一三 讃岐国綾歌郡。→補注
一四 崇徳院がいらした御所跡。

跡尋ねけれど、[一]かたも無かりければ

1353 [二]松山の波に流れて来《こ》し舟の[三]やがて空《むな》しくなりにけるかな

1354 松山の波の気色《けしき》は変らじを[四]かたなく君はなりましにけり

[五]白峯《しろみね》と申しける所に、御墓の侍りけるに、まゐりて

1355 よしや君昔の[六]玉の床《ゆか》とても[七]かからん後は何にかはせん

[八]同じ国に、[九]大師のおはしましける[一〇]御辺《あた》りの山に、庵《いほり》結びて住み侍りけるに、月いと明《あか》く*て、海の方《かた》曇りなく見えければ

1356 [一一]曇りなき山にて海の月見れば島ぞ[一二]氷《こほり》の絶え間なりける

住みけるままに、庵いとあはれにおぼえて

1357 今よりは[一三]いとはじ命あればこそかかる住《す》まひのあはれをも知れ

[一四]庵の前に、松の立てりけるを見て

一　跡形もなかったので。
二　松山の波に流されて来た舟。配流された崇徳院を喩える。「波」「流れ」は舟の縁語。
三　そのまま舟は空しく朽ち、院は崩御になったことよ。
四　御所と共に院は跡形もなくなってしまわれたよ。
五　讃岐国綾歌郡。白峯寺付近に崇徳院陵がある。
六　宝玉で飾った寝所の帳台。美麗な宮殿の喩に用いたか。→補注
七　崩御になった後は何になろうか、何にもならぬ。「かは」は反語。
八　讃岐国。心・西詞「讃岐の善通寺の山にて海の月を見て」。
九　弘法大師空海。
一〇　善通寺付近の山。→補注
一一　汚れない霊山に、月光が曇りなく照らす山の意を重ねる。
一二　「氷」は海面の月光の喩。→補注
一三　俗世を厭うまい。「いとはじ」で終止し、句割れ。命を「いとはじ」と取る説もある。
一四　→補注

1358 [一]久《ひさ》に経てわが後《のち》の世をとへよ松跡しのぶべき人もなき身ぞ

1359 [二]ここをまたわれ住み憂《う》くて[三]浮かれなば松はひとりにならんとすらん

[四]雪の降りけるに

1360 松の下は雪降る折の色なれや[五]みな白妙《しろたへ》に見ゆる山路に

1361 [六]雪積みて木も分かず咲く花*なれば[七]ときはの松も見えぬなりけり

1362 [八]花と見る梢《こずゑ》の雪に月さえてたとへん方《かた》もなき心地《ここち》する

1363 [九]まがふ色は梅《むめ》とのみ見て過ぎゆくに雪の花には香《か》ぞなかりける

1364 [一〇]折しもあれうれしく雪の埋《うづ》むかなかき籠《こも》りなんと思ふ山路を

1365 [一一]なかなかに谷の細道 [一二]埋《うづ》め雪[一三]ありとて人の[一四]通ふべきかは

一 長らく年を経て私の後世を弔えよ、松よ。「とへよ」は命令形で、句割れ。
二 心妙詞「土佐の方へやまかりなましと思ひ立つことの侍りしに」。西・別もほぼ同。空海が修行したという室戸崎、あるいは足摺岬の辺地修行を思い立ったが、未遂か。
三 浮かれ出て旅立ったなら。
四 以下七首は讃岐在住時の歌。
五 空の色だからだろうか。却って目立つの含意。
六 ↓補注
七 常緑の松も色を失い、見えないのだった。
八 雪を花に見立てる。配列から花は梅だが、雪月花の取揃え。
九 見紛う色は。
一〇 折も折。
一一 かえっていっそ。
一二 埋めよ、雪よ。「埋め」は命令形で、句割れ。
一三 道があったからといって。
一四 通って来るはずもないから。「かは」は反語。

1366 谷の庵《いほ》に[一]玉の簾《すだれ》を懸けましやすがる垂氷《たるひ》の軒を閉ぢずは

[二]花まゐらせける折しも、[三]折敷《をしき》に霰《あられ》の散りけるを

1367 樒《しきみ》おく[四]閼伽《あか》の折敷の縁《ふち》なくは何にあられの[五]玉と散らまし

1368 [六]岩に堰《せ》く[七]閼伽井《あかゐ》の水の[八]わりなきに心澄めとも宿る月かな

[九]大師の生《む》まれさせ給ひたる所とて、*[一〇]廻《めぐ》り仕廻《しまは》して、その[一一]標《しるし》に、松の立てりけるを見て

1369 あはれなり同じ野山に立てる木のかかるしるしの[一二]契《ちぎ》りありける

[一三]またある本に

[一四]曼荼羅寺《まんだらじ》の行道所《ぎやうだうどころ》へ登るは、世の大事にて、[一五]手を立てたるやうなり。[一六]大師の、御経書きて*埋《うづ》ませおはしましたる山の峯なり。はうの[一七]卒塔婆《そとば》一丈ばかりなる、壇築《つ》きて*立てられたり。それへ日毎に登らせおはしまして、行道しおはしましけると、申し伝へたり。[一八]巡《めぐ》り行道すべきやうに、壇も二

一 宝石を飾る簾。垂氷（つらら）の見立て。草庵を宮殿に見なす。
二 花は樒の生枝をいう。
三 角盆。屋外の閼伽棚に樒を置いた折敷を載せた状況を詠む。
四 仏前に供える水。その器。
五 茨・松・心妙・夫木抄「玉とまらまし」によれば、空海との仏縁による止住を表現。
六 →補注
七 閼伽を汲む井戸・霊池。ここは岩に堰かれた水流を代用。
八 格別清らかなので。茨・松「わりなきは」。
九 善通寺誕生院。大師は空海。
一〇 四周を垣で囲って。
一一 →補注
一二 前世の因縁。
一三 ある本による増補を示す。どの歌までか未詳。
一四 讃岐国仲多度郡。行道所は施坂寺に所在。→補注
一五 手を立てたような懸崖。
一六 弘法大師空海。
一七 未詳。角卒塔婆か。→補注
一八 塔などを右廻りする行。

重に築《つ》き廻《まは》されたり。登るほどの危ふさ、ことに大事なり。

構へて這ひ[一]まゐり着きて

1370 [二]めぐり逢はんことの契《ちぎ》りぞ*頼もしき[三]厳しき山の誓ひ見るにも

[四]やがてそれが上は、大師の[五]御師に逢ひまゐらせさせ*おはしましたる峯なり。[六]我拝師山《わがはいしさ》と、その山をば申すなり。その辺の人は「わがはいし」とぞ申しならひたる。「山」文字をば捨てて申さず。また[七]筆の山とも名付けたり。遠くて見れば、筆に似て、まろまろと山の峯の先の尖《とが》りたるやうなるを、申しならはしたるなめり。行道所《ぎやうだうどころ》より、構へてかきつき登りて、峯にまゐりたれば、師に逢はせおはしましたる所のしるしに、塔を建てておはしましたりけり。塔の[八]礎《いしずゑ》、[九]はかりなく大きなり。[一〇]高野の大塔などばかりなりける塔の跡と見ゆ。苔は深く埋みたれども、石大きにして、あらはに見ゆ。筆の山と申す名につきて

1371 筆の山に[一一]かき登りても見つるかな苔の下なる岩の気色を

[一二]善通寺の[一三]大師の御影《みえい》には、側《そば》に[一四]さしあげて、大師の御

一 底本「まいり」を「まはり」と改訂する校注書が多い。茨「まはり」、松「まいり」。
二 弥勒の出世にめぐり逢おうとすることの宿縁。→補注
三 登るのに厳しい山の誓願の標を見るにつけても。→補注
四 そのまま行道所の上は。
五 釈迦如来。
六 善通寺西方の五岳山の一。「さ」は「さん」の「ん」を無表記。→補注
七 五岳山の一で我拝師山の東隣の山。西行の混同か。
八 塔はすでになく、礎石だけがあった。
九 計り知れない大きさだ。
一〇 高野山金剛峯寺の根本大塔。
一一 接頭語「掻き」に、筆の縁語「書き」を掛ける。
一二 曼荼羅寺と一体だった善通寺に、空海と釈迦の邂逅を示す図像があったことを想起して左注を付したか。
一三 空海の画像。→補注
一四 少し高い位置に。

師画《か》き具せられたりき。[一]大師の御手などもおはしましき。[二]四の門の額《がく》少々割れて、[三]おほかたは違《たが》はずして侍りき。[四]末にこそいかがなりなんずらんと、おぼつかなくおぼえ侍りしか

備前の国に、[五]小嶋と申す嶋に渡りたりけるに、*[六]糠蝦《あみ》と申す物とる所は、[七]各々《おのおの》われわれ占《し》めて、[八]長き竿《さを》に袋を付けて、立てわたすなり。その竿の立て始めをば、一の竿とぞ名付けたる。中に齢《とし》高き海士《あま》人の立て初《そ》むるなり。[九]立つるとて申すなる詞《ことば》、聞き侍りしこそ、涙こぼれて、申すばかりなくおぼえて詠みける

1372
立て初《そ》むるあみ採る浦の[一〇]初竿《はつさを》は罪のなかにも[一一]すぐれたるらん*

[一二]日比《ひび》、渋川《しぶかは》と申す方《かた》へ*まかりて、四国の方《かた》へ渡らんとしけるに、風悪《あ》しくて、ほど経けり。渋川の浦田*[一三]と申す所に、幼き者どもの数多《あまた》物を拾ひけるを、問ひければ、[一四]つみと申すもの拾ふなりと申しけるを聞きて

一　空海の御真筆。
二　四箇所の門の額。→補注
三　大体は創建時と変らずに。善通寺は平安期に火災にあわなかった。
四　行末どうなろうかと心配に。
五　児島郡児島。当時は半島でなく島。アミ漁を見た場所は郡か八浜か。
六　小えびに似た甲殻類。「備前海糠」は諸国土産（新猿楽記）。
七　めいめい各自に場所を占有して。
八　樫木（かしき）網漁の木坑をサオと称する。二本のサオに角錐状の袋網を付けた。→補注
九　仏教の発願に通じる「立つる」の語を、殺生戒を犯す事始めの予祝の呪詞に漁師の長老が用いることに感極まった。
一〇　阿弥陀の「阿弥」を掛けたとする説もある。
一一　格段だろう。→補注
一二　日比・渋川とも児島の南岸。
一三　浦田の浜（現浦田ヶ浜）。白砂青松の名勝地。
一四　小形の巻貝「つび（螺）」の転。

1373 下《お》り立ちて浦田に拾ふ海士《あま》の子はつみ[一]より罪を習ふなりけり

真鍋《まなべ》[二]と申す島に、京より商人《あきびと》どもの下《くだ》りて、やうやう[三]のつみの物ども商《あきな》ひて、また塩飽《しわく》[四]の島に渡[*]りて商はんずる由《よし》申しけるを聞きて

1374 真鍋より塩飽へ通ふあき人はつみ[五]を櫂《かひ》[六]にて渡[七]るなりけり

串に刺《さ》したるものを商ひけるを、何《なに》ぞと問ひければ、蛤《はまぐり》を乾《ほ》して侍るなりと申しけるを聞きて

1375 同じく[八]はかき[*九]をぞ刺して乾しもすべき蛤[一〇]よりは名もたよりあり

牛窓《うしまど》[一一]の瀬戸に、海士《あま》の出で入りて、栄螺《さざえ》[一二]と申す物を採りて、舟に入れ入れしけるを見て

1376 さだえ棲《す》む瀬戸[一三]の岩壺求め出《い》でていそぎし[一四]海士の気色《けしき》なるかな

沖なる岩に付《つ》きて、海士どもの鮑《あはび》採りける所にて

1377 岩の根に片趣《かたおもむ》[一五]きに並《な》み浮きて鮑を潜《かづ》く海士の村君《むらぎみ》[一六]

一 つみという名の貝より殺生（せっしょう）の罪を習うのだったか。
二 備中国小田郡。塩飽島の西。
三 様々の積み荷。
四 讃岐国仲多度郡。塩飽諸島の本島。
五 「積み」に「罪」を掛ける。↓補注
六 「甲斐」を掛ける。商人の縁語「買ひ」を掛けるとも。
七 仏法により彼岸に渡るのではなく、という含意あるか。
八 同じく串に刺すなら。
九 牡蠣ならぬ柿を。↓補注
一〇 柿の縁語「栗」を掛ける。
一一 備前国邑久（おく）郡。
一二 「さざえ」の古い語形。↓補注
一三 海峡の岩のくぼみ。
一四 せわしかった海士の様子だな。追想調に詠む。海士の縁語「磯」を響かせるか。
一五 一方にだけ片寄って。「片」は鮑の縁語。海士達を片貝の鮑が岩に付着する様に見立てる。
一六 漁撈の指揮者。男性。

題不知

1378 小鯛《こだひ》引く網の[一]うけ縄寄り来《く》めり[二]憂きしわざある[三]潮崎《しほさき》の浦

1379 霞敷く波の[四]初花《はつはな》[五]折りかけて[六]桜鯛釣る沖の海士舟《あまぶね》

1380 海人《あまびと》の[七]いそして帰る[八]引敷物《ひしきもの》は[九]小螺《こにし》　蛤《はまぐり》　寄居虫《がうな》細螺《しただみ》

1381 [一〇]磯菜《いそな》摘まん今生《お》ひ初《そ》むる若布《わかふ》海苔《のり》海松布《みるめ》　[一一]神馬草《ぎばさ》鹿尾菜《ひじき》　[一二]心太《こころぶと》

伊勢の[一三]答志《たふし》と申す島には、[一四]小石の白の限り侍る浜にて、黒はひとつもまじらず、向《むか》ひて菅島《すがしま》と申すは、黒の限り侍るなり

1382 菅島や答志の小石分け替へて黒白混ぜよ浦の浜風

1383 [一五]さきしまの小石の白を高波《たかなみ》の答志の浜にうち寄せてける

1384 [一六]香良洲崎《からすざき》の浜の小石と思ふかな白も混《まじ》らぬ菅島の黒

一　浮子（うけ）を付けた縄。
二　殺生といういやな仕業。浮子の縁語「浮き」を掛ける。
三　紀伊国か淡路国か未詳。→補注
四　初花のような白波。「霞」「初花」「桜」は縁語。季節は春。
五　寄せ返して。「折り」は花の縁語。
六　桜咲く頃に産卵する真鯛。
七　磯物を採って帰る。→補注
八　ひじきを敷物にして載せる物は。海藻「ひじき」を掛ける。
九　食用の貝類を四種列挙。→補注
一〇　食用の海藻。
一一　ほんだわらの異名。→補注
一二　ところてんの原料で、後にてんぐさと称する海藻。
一三　「伊勢の」というが、南に位置する菅島と共に志摩国。
一四　「小石」を碁石に見立てる。「浜」は囲碁で取った石の意。
一五　志摩国か。「鷺」を掛け、白と縁語。
一六　伊勢国一志（いし）郡。「烏」を掛け、黒と縁語。

1385 [一]合はせばや鷺[二]《さぎ》と烏《からす》と碁《ご》を打たば答志《たふし》菅島《すがしま》黒白の浜

伊勢の二見[三]《ふたみ》の浦に、[四]さるやうなる女《め》の童《わらは》どもの集まりて、[五]わざとのこととおぼしく、蛤をとり集めけるを、[*六]いふ甲斐なき海士人《あまびと》こそあらめ、[七]うたてきことなりと申しければ、[八]貝合《かひあはせ》に京より人の申させ給ひたれば、選《え》りつつ採るなりと申しけるに

1386 今ぞ知る[九]二見の浦の蛤を貝合とて[一〇]おほふなりけり

[一一]伊良胡《いらご》へ渡りたりけるに、[一二]貽貝《いがひ》と申すはまぐりに、[一三]阿古《あこ》屋《や》の[一四]むねと侍るなり。それを取りたる殻を高く積みおきたりけるを見て

1387 阿古屋とるいがひの殻を積みおきて宝の跡を見するなりけり

沖の方《かた》より、風のあしきとて、[一五]鰹《かつを》と申す魚《いを》釣りける舟どもの帰りけるに

1388 伊良胡崎に鰹釣り舟並び浮きて[一六]はがちの波に浮かびてぞ寄る*

一 合わせたい。
二 鷺・烏を白・黒に対照。互いに縁語。
三 答志・菅島の西方。西行は最晩年に二見に居住。
四 然るべき身分のような。
五 意図のあること。
六 取るに足りない海人の仕業ならともかく。
七 情ないことだと。
八 貝の優劣を競う貝合と混同したが、貝覆とも称した遊戯。同じ蛤の貝殻を合わせて取る。
九 蛤の縁語「蓋」「身」を掛ける。
一〇 貝殻に手を伏せるようにして取るので「おほふ」という。
一一 三河国渥美郡。答志島と伊良胡水道を挟んで相対する岬。
一二 伊勢・三河に多い二枚貝。↓補注
一三 真珠。
一四 主として。
一五 ↓補注
一六 北西風による風浪。「はがち」は方言。

二つありける鷹《たか》の、[一]伊良胡渡りをすると申しけるが、一つの鷹は留《とど》まりて、木の末に懸りて侍ると申しけるを聞きて

1389 [二]巣鷹《すだか》わたる伊良胡が崎を疑ひてなほ木に帰る[三]山返りかな

1390 [四]はし鷹の[五]すずろかさでも古《ふ》るさせて据ゑたる人の[六]有難《ありがた》の世や

宇治川を下《くだ》りける舟の、[七]金突《かなつき》と申す物をもて、鯉の下るを突きけるを見て

1391 宇治川の早瀬[八]落ち舞ふ漁舟《れふぶね》の[九]かづきに違《ちが》ふ鯉の[一〇]むらまけ

1392 [一一]小鮠《こはえ》つどふ沼の*入江の藻の下は人漬けおかぬ[一二]柴《ふし》にぞありける

1393 [一三]種漬くる[一四]壺井の水の引く末に江鮒集まる[一五]落合のわだ

1394 [一六]白縄《しらなは》に小鮎《こあゆ》引かれて下《くだ》る瀬にもち設けたる[一七]小目《こめ》の敷網《しきあみ》

1395 見るも憂きは[一八]鵜縄《うなは》に逃《に》ぐる[一九]いろくづを逃《のが》らかさでもしたむ[二〇]持網《もちあみ》

一　伊勢・志摩から伊良胡へ渡ること。野生の鷹なら春季。
二　巣の雛を捉えて飼育した鷹。
三　秋に山で毛変りした後に捕えて飼育した鷹。
四　鷹狩に使う小型の鷹。
五　落ち着きなくさせずに年を重ねて。鷹の縁語「鈴」、鈴の縁語「振る」を掛ける。↓補注
六　めったにいない。
七　魚を突く漁具。もり・やすの類。「かづき」も同じ。
八　↓補注
九　「潜き」を掛け、鯉が潜ってすれ違う意か。↓補注
一〇　群れ。↓補注
一一　小形の鮠（コイ科）。
一二　ふし漬け。↓補注
一三　「壺」を導く枕詞的用法。
一四　口が細い壺の形をした井戸。
一五　川の合流点の湾曲した入江。
一六　藁製の追縄か。↓補注
一七　目の細かい敷網。↓補注
一八　鵜の羽を付けた追縄。
一九　魚。
二〇　↓補注

1396 秋風に[一]鱸《すずき》釣り舟走るめりその[二]一箸《ひとはし》の名残り慕ひて

[三]新宮より伊勢の方《かた》へまかりけるに、[四]みき島に[五]舟の沙汰しける浦人の、黒き髪は一筋もなかりけるを呼び寄せて

1397 [六]年経《へ》たる浦の海士人《あまびと》言問《ことと》はん[七]波を潜《かづ》きて幾世《いくよ》過ぎにき

1398 [八]黒髪は過ぐると見えし[九]白波を潜《かづ》き果てたる身には知れ[一〇]海士《あま》

小鳥どもの歌詠みける中に

1399 [一一]声せずは色濃くなると思はまし柳の芽食《は》む[一二]鶸《ひは》の群鳥《むらどり》

1400 桃園《ももぞの》の花にまがへる[一三]照鷽《てりうそ》の群れ立つをりは[一四]散る心地《ここち》する

1401 並びゐて友を離れぬ[一五]小雀《こがら》めの塒《ねぐら》にたのむ椎《しひ》の下枝《したえだ》

月の夜《よ》、[一六]賀茂にまゐりて、詠み侍りける

1402 月の[一七]澄む[一八]御祖川《みおやが》原《はら》に霜さえて千鳥遠立《とほだ》つ声聞ゆなり

一 鱸は宇治川の名産。→補注
二 鱸を食した一箸。→補注
三 熊野の新宮。
四 紀伊国南牟婁郡の三木崎あたりか。近辺の二木島と混同か。
五 舟の指図。遠回りの陸路によらず、渡船したか。
六 →補注
七 波に潜り、波をかぶって。「被き」を掛ける。
八 黒髪の時は過ぎると見えた。
九 黒髪に対し白髪の喩。
一〇 命令形で句割れ。→一二三
一一 声がしなかったら（鳥と分らず）。反実仮想。
一二 体色は黄緑。柳より色濃い。
一三 鷽の雄。頬から喉が紅色。桃花に見紛うと見立てた。
一四 花が散る。
一五 しじゅうから科。→補注
一六 下鴨神社。賀茂御祖神社とも。
一七 「住む」を掛ける。
一八 下鴨神社辺の鴨川の川原か。境内を流れる糺（ただす）川と取る説もある。

[一]熊野へまゐりけるに、[二]七越《ななこし》の峯の月を見て、詠みける

1403 立ち昇る月の辺《あた》りに雲消えて[三]光重ぬる七越の峯

讃岐《さぬき》の国へまかりて、[四]三野津《みのつ》と申す津に着きて、月明《あか》くて、[五]篊《ひび》の手も[六]通はぬほどに、遠く見えわたりたりけるに、水鳥の篊の手に付きて飛びわたりけるを

1404 敷きわたす月の[七]氷《こほり》を疑ひてひびの手まはる味鴨《あぢ》の群鳥《むらどり》

1405 [八]いかでわれ[九]心の雲に塵《ちり》据ゑで見るかひありて月をながめん

1406 ながめをりて月の影《かげ》にぞ世をば見る[一〇]住むも住まぬも[一一]さなりけりとは

1407 雲晴れて身に愁《うれ》へなき[一二]人の身ぞさやかに月の影《かげ》は見るべき

1408 [一三]さのみやは[一四]袂《たもと》に影《かげ》を宿すべき[一五]弱し心よ月な[一六]ながめそ

一　熊野本宮。
二　紀伊国東牟婁郡。熊野本宮の真東にある山。本宮より眺望。
三　七越の縁で「重ぬる」。
四　三豊郡三野津。四国の旅の上陸地の船着場か。
五　海中に竹や木を立てて囲いを作り、魚を捕る設備。「手」はその支柱。
六　立てられない遠くまで。
七　月光を氷に見立てる。↓一三五
八　何とかして私は。この歌以下、前歌の詞書が懸らない。
九　心の煩悩に煩悩を据えないで。「雲」「塵」とも煩悩の喩。
一〇　「澄む」「澄まぬ」を掛ける。
一一　そのように心次第。
一二　人の身であってこそ。↓補注
一三　涙を流してばかりでよいわけがない。「やは」は反語。
一四　涙を暗示。
一五　終止形「弱し」で心に呼びかける体。句割れ。
一六　眺めるな。「な…そ」は禁止。

1409 [一]月に恥ぢてさし[二]出《い》でられぬ心かな[三]眺むか袖に影の宿れば

1410 心をば見る人ごとに苦しめて[四]何かは月の取りどころなる

1411 [五]露けさは憂き身の袖の癖なるを[六]月見る咎《とが》におほせつるかな

1412 ながめ来て月いかばかり偲《しの》ばれん[七]この世し雲の外《ほか》になりなば

1413 いつかわれ[八]この世の空を隔たらん[九]あはれあはれと月を思ひて

1414 [一〇]露もありつかへすがへすも思ひ知りてひとりぞ[一一]見つる朝顔の花

1415 [一二]ひときれは都を捨てて出づれども[一三]巡《めぐ》りてはなほ木曾《きそ》の桟橋《かけはし》

1416 [一四]捨てたれど隠れて住まぬ人になればなほ世にあるに似たるなりけり

一　清らかな月に対し自らを恥じて。
二　「月」の縁語。
三　底本系統の多くと茨「ながむる」。
四　何が月の取柄か、取柄はない。「かは」は反語。
五　涙で湿りがちなのは。
六　月を見るからだと月に罪を負わせたよ。
七　現世が雲の彼方になったら。「し」は強意。私が他界する（死ぬ）ことの表現。
八　他界し、死ぬこと。
九　→六七九・七一〇
一〇　露も朝にはあった（夕の今はもうない）。露・朝顔は無常を表す題材。→補注
一一　終日見ていた趣き。
一二　一時は。
一三　国々を巡って木曾の桟道にやって来て、やはり都への帰路についた。「木曾」に「来」を言い掛ける。→一〇七〇
一四　出家したが遁世していない人。以下七首は出家直後の作か。

1417 世の中を捨てて捨て得ぬ心地して都離れぬわが身なりけり

1418 捨て[一]しをりの心[二]をさらに改めて見る世の人[三]に別れ果てなん

1419 思へ心人[四]のあらばや世にも恥ぢん[五]さりとてやはと勇《いさ》むばかりぞ

1420 呉竹《くれたけ》[六]の節《ふし》[七]繁からぬ世《よ》なりせば[八]この君はとてさし出《い》でなまし

1421 悪《あ》[九]し善《よ》しを思ひ分くこそ苦しけれただ[一〇]*あらるればあられける身を

1422 深く入《い》るは月[一一]ゆゑとしもなきものを憂き世[一二]しのばんみ吉野の山

嵯峨野の、見し世[一三]にも変り[一四]てあらぬやうになりて、人往《い》[一五]なんとしたりけるを見て

1423 この里や嵯峨[一六]の御狩《みかり》の跡ならん野山も果ては褪《あ》[一七]せかはりけり

一 出家した時の。
二 ↓一〇七〇
三 出会った俗世の人にすっかり別れてしまおう。
四 立派な人がいたら恥じもしようが、いないので全く恥じもしない。「や」は反語。
五 それでよいかといえば、よくないので、勇んで精進するだけだ。「やは」は反語。↓補注
六 「節」を導く枕詞。「ふし」「よ」「この君」は縁語。
七 節が多く重なるように辛いことの多い世でなかったら。
八 この君はといって進んで出仕しただろうに。↓補注
九 善悪を分別するのは。
一〇 善悪に頓着せずただ。
一一 決して月を見るためではないが。仏道修行のためだが。
一二 月を見ての含意。
一三 昔、見た記憶とも変って。
一四 ひどく様変りして。
一五 禁野の供御人等か。↓補注
一六 白河天皇の野の行幸の鷹狩。
一七 うつろい変るのだ。

[一]大学寺の金岡《かなをか》[二]が立てたる石を見て

1424 庭の岩に目立つる[三]人もなからまし才《かど》[四]ある様《さま》に立てしおかずは

[五]滝のわたりの木立《こだち》[六]あらぬことになりて、松ばかり並《な》み立ちたりけるを見て

1425 [七]流れ見し岸の木立もあせ[八]果てて松のみこそは昔なるらめ

[九]龍門《りうもん》にまゐるとて

1426 瀬を早み[一〇]宮滝川《みやたきがは》を渡り行けば心の底の澄むここちする

1427 思ひ出でて[一一]誰《たれ》かは*とめて分けも来ん入《い》る山道の露の深さを

1428 [一二]呉竹のいま幾夜かは[一三]起き臥して庵《いほり》の窓を上げ下ろすべき

1429 [一四]その筋《すぢ》に入《い》りなば心[一五]何《なに》しかも人目思ひて世につつむらん

1430 緑なる松にかさなる白雪は[一六]柳の衣《きぬ》を山におほへる

一 →一〇四八

二 巨勢金岡。九世紀の宮廷画家。作庭にも関与。→補注

三 注意する人もなかっただろうに。反実仮想。「立つる」は岩の縁語。

四 才気ある様子に。岩の縁語「角」を掛ける。→補注

五 →一〇四八

六 うって変ったこと。

七 昔、滝の流れを見ていたはずの木立も。木立を擬人化。

八 移ろい変り果てて。

九 大和国吉野郡。→補注

一〇 宮滝付近の吉野川の称か。「底」「澄む」は川の縁語。

一一 誰が私を尋ね求めて踏み分けて来ようか。「かは」は反語。

一二 枕詞。縁語「節（よ）」を導き、「夜」に掛ける。

一三 竹の縁語「節（ふし）」を掛ける。

一四 仏道。

一五 どうして人目を思って世を憚るだろうか、その必要はない。

一六 柳襲（表白・裏青）の衣。

1431 盛《さか》りならぬ木もなく花の咲きにけると[一]思へば雪を分くる山道

1432 波と見ゆる雪を分けてぞ[二]漕ぎわたる[三]木曾の桟橋《かけはし》底も見えねば

1433 [四]真鶴《まなづる》*は沢の氷《こほり》の鏡にて[五]千歳《ちとせ》の影を[六]もてやなすらん

1434 沢も解けず摘めど[七]筐《かたみ》に留《とど》まらで[八]目にもたまらぬ[九]ゑぐの草先《くささき》*

1435 [一〇]君が住む[一一]岸の岩より出づる水の絶えぬ末をぞ人も汲みける

1436 [一二]田代《たしろ》見ゆる池の堤の[一三]嵩《かさ》添へて湛ふる水や[一四]春の夜《よ》のため

1437 庭に流す清水の末を堰き止めて[一五]門田《かど た》養《やしな》ふ比《ころ》*にもあるかな

1438 [一六]伏見過ぎぬ　[一七]岡屋《をかのや》になほとどまらじ[一八]日野まで行きて駒心見ん

1439 秋の色は風ぞ[一九]野もせに[二〇]しきり出す[二一]時雨《しぐれ》は音を袂にぞ聞く

一　→補注
二　まるで舟を漕ぐように渡る。
三　→一四一五
四　鶴の一種。種別不明だが、歌学では白鶴。→補注
五　「鶴は千年」といわれる姿。
六　自らもてはやすのだろうか。
七　竹で編んだ籠。
八　小さいので人目にも留まらず、摘んでも籠の目をすり抜けて落ちてしまう。人の「目」と籠の「目」を掛ける。
九　芹の若芽か。→補注
一〇　窟の聖への敬称か。→補注
一一　崖、山岸。
一二　田地。
一三　水量が増して。
一四　句意不詳。→補注
一五　門前の田。→補注
一六　「臥し」を響かせる。
一七　山城国宇治郡。→補注
一八　山城国宇治郡。岡屋の北東。
一九　野の面に。
二〇　語義未詳。→補注
二一　時雨を聞いてもよおす涙を暗示。

1440 しぐれ[一]初《そ》むる花園山[＊二]に秋暮れて錦[三]の色を改むるかな

1441 伊勢の磯[四]の辺路《へぢ》[＊]の錦[五]の島に、磯回《いそわ》[六]の紅葉の散りけるを

波に[七]敷く紅葉の色を洗ふゆゑに錦の島と言ふにやあるらん

陸奥《みち》の国に平泉《ひらいづみ》に向《むか》ひて、束稲《たはしね》[八]と申す山の侍るに、異木《ことき》[九]は少なきやうに桜の限り見えて、花の咲きたりけるを見て、詠める

1442 聞きもせず束稲山の桜花吉野のほかにかかる[一〇]べしとは

1443 奥に[一一]なほ人見ぬ花の散らぬあれや尋ねを[一二]入《い》らん山ほととぎす

1444 茅花《つばな》[一三]抜く北野[一四]の茅原《ちはら》褪《あ》せゆけば心すみれぞ[一五]生《お》[＊]ひかはりける

例《れい》[一六]ならぬ人の大事なりけるが、四月に梨の花の咲きたりけるを見て、梨の欲しき由《よし》を願ひけるに、もしやと[一七]人に尋ねければ、枯れたる柏《かしは》に包《つつ》[＊]みたる梨を、ただ一つ遣《つか》[一八]はして、

一 色の縁語「染むる」を掛ける。
二 三河国の歌枕。山城国とする説も。春の題材を秋に転じる。
三 紅葉の見立て。
四 熊野より伊勢に至る海辺難路か。→補注
五 志摩国の歌枕・錦の浦か。
六 「島」は海上から見た称か。
七 →五四八・注二
八 「錦」の縁語。
九 平泉に対して北上川を挟んで東方にある山。→補注
一〇 桜以外の木は。
一一 これほどの所があろうとは。
一二 前歌とは別時詠か。→補注
一三 「を」は間投助詞。
一四 茅萱(ちがや)の花。花期は春。食用。→補注
一五 洛北の野。→補注
一六 心「澄み」を「菫」に言い掛ける。
一七 病人で重態になった人が。
一八 もしや梨があるかと西行が別の人に尋ねたところ。
一八 西行に送ってきて。

[一]こればかりなど申したりける返事に*

1445 花のをり柏に包む信濃梨《[二]しなのなし》は*ひとつなれども*[三]ありの実《み》と見ゆ

*[四]讃岐《さぬき》の院、*位におはしましける折の、行幸《みゆき》の*[五]鈴《すず》の奏《そう》を聞きて、詠みける

1446 古《[六]ふ》りにけり君がみゆきの鈴の奏はいかなる世にも絶えず聞えて

[七]日の入《い》る、鼓《つづみ》のごとし

1447 [八]波の打つ音を鼓にまがふれば入《*い》る日の影の打ちて[九]揺らるる

題不知

1448 山里の人も梢《[一〇]こずゑ》[一一]の松が末《うれ》にあはれに来居るほととぎすかな

1449 [一二]並べける心はわれかほととぎす君[一三]待ち得たる宵の枕に

筑紫《つくし》に腹赤《[一四]はらか》と申す魚《いを》の釣をば、十月一日《ついたち》に下ろすなり。師走《しはす》に引き上げて、京へは上《のぼ》せ侍る、その釣の縄、遥かに遠く

一　これだけだが。梨を送って来た人のことば。
二　棠梨（ずみ）。→補注
三　梨（無し）の忌詞。→補注
四　崇徳院が在位の時。底本「院」は底本系統数本と茨「位」だが、いずれも誤脱の可能性高く、底本系統数本に「院位」とあるのにより改訂した。→補注
五　天皇の行幸に用いる駅鈴の申請・返還の際の奏上。
六　鈴の縁語「振り」を掛ける。
七　日想観による。→補注
八　波の打つ音を鼓に聞き紛えると。漢詩文に由来する表現。
九　打って揺らされるように見える。「打つ・打ち」は鼓の縁語。
一〇　人も「来ず」を言い掛ける。→補注
一一　松の枝先。「待つ」を掛ける。
一二　枕を並べた心は本当に私の心か。
一三　ほととぎすを恋人に見立てる。女の立場で詠む。
一四　鮸（にべ）。鱒の異名とも。元旦の腹赤の奏のため大宰府から宮廷に年毎に貢進した。

引きわたして、通る舟のその縄に当りぬるをば、かこちか[一]かりて、高家《かうけ》[二]がましく申して、むつかしく[三]侍るなり[四]。その心を詠める

1450 腹赤釣る大《おほ》わださき[五]のうけ縄[六]に心かけ[七]つつ過ぎんとぞ思ふ

1451 *伊勢島《いせしま》[八]やいるるつき[九]てすまふ波[一〇]に家子《けご》[一一]と覚ゆる入取《いりとり》[一二]の海士《あま》

百首[一六]

1452 磯菜《いそな》[一三]摘みて波かけられて過ぎにけるわに[一四]の住みける大磯の根[一五]を

花十首

1453 吉野山花の散りにし木の下《こもと》[一七]にとめし[一八]心はわれを待つらん

1454 吉野山高嶺《たかね》の桜咲き初《そ》めばかから[一九]んものか花の薄雲[二〇]

一 文句をつけてきて。
二 権威を笠にきるように。
三 面倒なことで。
四 伝聞か。
五 湾入部の岬。一般名詞。
六 →一三七八
七 「かけ」は縄の縁語。
八 伊勢に同じ。前歌の詞書は懸らない。→補注
九 句意不明。誤脱あるか。
一〇 抵抗する波。
一一 従者。「家子」は源俊頼に先例ある語（散木奇歌集）。→一三七七「村君」。
一二 海中に潜って獲物を取ること。
一三 海藻。→一三八一
一四 さめの古称。
一五 突き出た大磯の根元の方。
一六 西行作として完存する唯一の百首歌。成立時期は諸説ある。
一七 →補注
一八 留めておいた心。→補注
一九 これほどに懸るだろうとは。「懸る」「かくある」の掛詞。
二〇 花を薄雲に見立てる。

1455 人はみな吉野の山へ入《い》[一]りぬめり都の花にわれは[二]とまらん

1456 尋ね入《い》る人には[三]見せじ山桜われとを[四]花に逢はんと思へば

1457 山桜咲き[五]ぬと聞きて見に行かん人[六]をあらそふ心とどめて

1458 山桜ほど[七]なく見ゆるにほひかな盛りを人に待たれ待たれて

1459 花[八]の雪の庭に積るに跡[九]つけじ門《かど》[一〇]なき宿と言ひ散らさせて

1460 な[一一]がめつる朝《あした》の雨の庭の面《おも》に花[一二]の雪敷く春の夕暮

1461 吉野山ふ[一三]もとの滝に流す花や峯に積りし雪[一四]の下水

1462 根《ね》[一五]に帰る花を送りて吉野山夏[一六]の境《さかひ》に入《い》[一七]りて出でぬる

郭公《ほととぎす》十首

一　入ったようだ。
二　私は留まろう。
三　人には見せるまい。
四　自ら進んで花に出逢おうと思うので。「我と」は副詞、「を」は間投助詞。
五　咲いたと聞いてから。
六　人に対して先を争う心はやめて。風狂心への自制。
七　少しの間しか続かないと見える美しさだな。
八　落花を雪に見立てる。↓補注
九　足跡をつけるまい。
一〇　出入の門が無い家だと人に言い触らさせて。「散ら」は花の縁語。
一一　物思いにふけって眺めていた。終日眺めていたことを含意。
一二　↓一四五九
一三　吉野山麓の宮滝か。
一四　落花を雪の下から解けて流れ出した水に見立てる。
一五　根本の土に帰る。↓補注
一六　春より夏への境界の時。↓補注
一七　季は入って、私は山を出た。

1463 鳴かん声や散りぬる花の名残なる[一]やがて待たるるほととぎすかな

1464 春暮れて[二]声に花咲くほととぎす[三]尋ぬることも待つも変らぬ

1465 [四]聞かで待つ人思ひ知れ郭公聞きても人はなほぞ待つめる

1466 [五]所から聞きがたきかとほととぎす[六]里を変へても待たんとぞ思ふ

1467 [七]初声《はつこゑ》を聞きての後《のち》はほととぎす[八]待つも心の頼もしきかな

1468 五月雨《さみだれ》の晴れ間たづねてほととぎす[九]雲ゐに伝ふ声聞ゆなり

1469 ほととぎす[一〇]なべて聞くには似ざりけり[一一]古き山辺の暁《あかつき》の声

1470 ほととぎす深き山辺に住む[一二]かひは[一三]梢《こずゑ》に続く声を聞く[一四]かな

一 花を惜しむ気持ちはそのまま待たれる郭公よ。郭公も花を惜しんで鳴くだろうゆえ。
二 声に花が咲くような美しさのある。
三 尋ねることも待つことも花と変らない。
四 まだ声を聞かないでお前を待つ私のことを分っておくれ、郭公よ。
五 場所のせいで。
六 わが住む里を変えてでも。
七 郭公の初声は恋焦がれて待たれた。
八 また聞けるかと、の含意。
九 遥か雲のある空を移り行く声が聞えてくる。声の移動から飛行の軌跡を推定。
一〇 普通に聞くのとは趣が異なるよ。
一一 さびれた山里の意か。松「深き」。
一二 「甲斐」に山の縁語「峡」を掛ける。
一三 梢に絶えずつらなる声。
一四 茨「なり」、松「也」。

1471 [一]夜《よる》の床《とこ》を泣き浮かさなん郭公《ほととぎす》[二]もの思ふ袖を問ひに来たらば

1472 ほととぎす[三]月の傾《かたぶ》く山の端《は》に[四]出《い》でつる声の帰り入《い》るかな

月十首

1473 [五]伊勢《いせ》島《しま》や月の光の[六]さひか浦は[七]明石《あかし》には似ぬ影ぞ澄みける

1474 池水に底清く澄む月影は波に[八]氷を敷きわたすかな

1475 月を見て明石の浦を出《い》づる舟は波の[九]よるとや思はざるらん

1476 離れたる[一〇]白良《しらら》の浜の沖の石を[一一]砕《くだ》かで洗ふ月の白波

1477 [一二]思ひとけば千里《ちさと》の影も数ならず[一三]至らぬ隈《くま》も月にあらせじ

1478 [一四]大方《おほかた》の秋をば月に包ませて吹き[一五]ほころばす風の音かな

一　声を聞いて泣く涙で寝床を浮かすほどにしてほしい。
二　物思いの涙で濡れた私の袖。
三　西の山の端の意。↓補注
四　「出で」「入る」は月の縁語。
五　↓一四五一
六　伊勢国の地名としては未詳。↓補注
七　月の名所。「明し」を掛ける。
八　月光を氷にたとえる。↓三二三・三二六ほか
九　波が寄ると月光に明るく輝き、夜とは思わないだろう。「寄る」に「夜」を掛ける。↓補注
一〇　紀伊国の歌枕。催馬楽・紀伊国にうたわれて有名。
一一　砕かずに洗うように見える。月光があまりに白く美しいゆえ。
一二　よく考えて理解すれば、月の光が届く距離は千里など問題ではない。
一三　月に光の届かない所もないようにさせたい。
一四　ほぼ全ての秋の景物を月光に包み込ませておいて。
一五　綻ばせる。「包ませ」と対。

1479 何事《なにごと》かこの世に経《へ》たる思ひ出《いで》を問へかし人に月を教へん

1480 思ひ知るを世には隈《くま》なき影ならずわが目に曇る月の光は

1481 憂き世とも思ひ通さじおしかへし月の澄みける久方《ひさかた》の空

1482 月の夜《よ》やがて友とをなりて何処《いづく》にも人知らざらん住みか教へよ

雪十首

1483 信楽《しがらき》の杣《そま》の大路《おほぢ》は止《とど》めてよ初雪降りぬむこの山人《やまびと》

1484 急がずは雪にわが身やとめられて山辺の里に春を待たまし

1485 あはれ知りて誰《たれ》か分け来ん山里の雪降り埋《うづ》む庭の夕暮

1486 湊川《みなとがは》苫《とま》に雪葺《ふ》く友舟はむやひつつこそ夜《よ》を明かしけれ

一 思い出は何かを問うてくれよ、その人に月を思い出だと教えよう。
二 思い知っているが、仕方ない。
三 まことにかげりない月影ではない。→補注
四 私の目に涙で曇る月の光は。倒置法で初句に返る。
五 思い通すまい。
六 憂き世と正反対に。
七 「空」を導く枕詞。
八 →補注
九 友となって。「を」は強意の間投助詞。
一〇 近江国。
一一 杣山の大路は閉じなさいよ。→補注
一二 「むこ」は未詳。→補注
一三 先を急がないなら。旅人の立場で詠む。
一四 誰が雪を分けて来ようか、来はしない。「か」は反語。
一五 摂津国兵庫。
一六 苫屋根に雪を葺いたような。
一七 連れ立って運航する舟。
一八 綱で舟をつなぎとめて。

1487 筏師《いかだし》の波の沈むと見えつるは雪を積みつつ下《くだ》るなりけり

1488 溜《たま》りをる梢の雪の春ならば山里いかにもてなされまし

1489 大原は芹生《せれう》を雪の道に開《あ》けて四方《よも》には人も通はざりけり

1490 晴れやらで二村山《ふたむらやま》に立つ雲は比良《ひら》の吹雪《ふぶき》の名残《なご》りなりけり

1491 雪しのぐ庵《いほり》のつまを差し添へて跡とめて来ん人をとどめん

1492 くやしくも雪の深山《みやま》へ分け入らで麓《ふもと》にのみも年を積みける

恋十首

1493 古き妹《いも》が園に植ゑたる唐《から》なづな誰《たれ》なづさへとおほしたつらん

1494 紅《くれなゐ》のよそなる色は知られねば筆にこそまづ染めはじめつれ

一　波が沈めると筏師が見えたのは。→補注
二　そうか、実は雪を積んで。
三　もてはやされるだろう。雪を花に見紛えるゆえ。
四　洛北・大原の西、都寄り。
五　尾張国の歌枕。反物の単位「疋（むら）」を掛け、「晴れ」に掛けた「張れ」、「立つ」に掛けた「裁つ」と縁語。→補注
六　近江国の歌枕。比良山。
七　軒先に補強を加えて。
八　私の足跡を尋ねて来る人。
九　釈迦が修行した雪山（せっせん）を寓意。
一〇　「積み」は雪の縁語。
一一　古くからの恋人。
一二　なずなの一種。「なづさへ」を導く枕詞。娘の比喩。→補注
一三　誰が馴れ親しめと育て上げたのだろう。
一四　「色」を導く枕詞。恋の色。
一五　まだ関わりない人の心の色。
一六　初句を受けて「紅の筆」は恋文の意。→補注
一七　「染め」は色の縁語。

1495 さまざまの歎きを身には積みおきて何時《いつ》しめるべき思ひなるらん

1496 君をいかで細かに結へる滋目結《しげめゆ》ひ立ちも離れず並びつつ見ん

1497 恋すともみさをに人に言はればや身にしたがはぬ心やはある

1498 思ひ出《い》でよ三津《みつ》の浜松よそだつと志賀の浦波立たん袂《たもと》を

1499 疎《うと》くなる人は心の変るともわれとは人に心おかれじ

1500 月を憂しとながめながらも思ふかなその夜《よ》ばかりの影とやは見し

1501 我はただ返《かへ》さでを着ん小夜衣《さよごろも》着て寝しことを思ひ出《い》でつつ

1502 川風に千鳥鳴きけん冬の夜《よ》はわが思ひにてありけるものを

一 「積み」の縁語「木」を掛ける。
二 消えるだろう。
三 「湿る」の縁語「火」を掛ける。
四 何とかして。
五 目の細かい鹿子絞《かのこしぼり》。「立ちも離れず」の序。→補注
六 平然としていると。
七 身に従わない心はあろうか、いやないから。「やは」は反語。
八 近江国の歌枕。日吉神社の社前の湖畔。「浜松」は恋人の喩。
九 よそよそしいと。→一二七五
一〇 三津の南。「波」に涙を暗示。
一一 自分から進んでは恋人に心を置かれるまい。
一二 恋人と逢ったその夜だけの月影と見ただろうか。
一三 裏返さないで着よう。「を」は間投助詞。夢で恋人に逢うより共寝の思い出を選ぶ。→補注
一四 共に着て寝たことを。
一五 上句は紀貫之の名歌を引用。→補注
一六 そのまま私の思いだったものを。

述懐十首

1503 いざさらば盛り思ふも[一]ほどもあらじ[二]藐姑射《はこや》が峯の[三]花にむつれし

1504 山深く[四]心はかねて送りてき身こそ憂き世を出《い》でやらねども*

1505 月にいかで[五]昔のことを語らせて影に添ひつつ立ちも離れじ

1506 憂き世とし思はでも身の過ぎにける月の影にも[六]なづさはりつつ

1507 雲につきて浮かれのみゆく心をば[七]山にかけてをとめんとぞ思ふ

1508 [八]捨てて後《のち》は[九]まぎれし方《かた》は覚えぬを[一〇]心のみをば世にあらせける

1509 [一一]塵つかでゆがめる道を直《なほ》くなして[一二]ゆくゆく人を世につがへばや

1510 [一三]ひとしまんと思ひも見えぬ世*にしあれば末にさこそは[一四]大幣《おほぬさ》の
空

一　あと間もなくだ。全体的に賀歌の用語を無常感に転じ、出家の意志表明。
二　仙洞御所。西行が北面として仕えた鳥羽上皇の御所をさす。
三　花に馴れ親しんだ。倒置で「盛り」に懸る。
四　心はかねてから送り込んでいた。出家前の心境。
五　在俗時のことか。出家後の懐旧。
六　馴れ親しみながら。前歌と同じく恋歌的表現で月に寄せる懐旧。
七　動かない山に懸けて、止めようと思う。「を」は間投助詞。
八　世を捨て出家した後は。
九　俗事方面に紛れたことは。
一〇　心だけは世間にとどめてあるよ。一五〇四と対照的な心境。
一一　汚点がつかないようにして。
一二　将来、人を世の中に結び合わせたい、の意か。→補注
一三　人と等しくしようと、の意か。→補注
一四　気が多く乱れ、大幣が乱立する空のようになろう。→補注

1511 深き山は苔むす岩を畳み上げて古《ふ》りにし方《かた》を納めたるかな

1512 古《ふ》りにける心こそなほあはれなれ及ばぬ身にも世を思はする

無常十首

1513 はかなしな千年《ちとせ》思ひし昔をも夢のうちにて過ぎにける代《よ》は

1514 ささがにの糸に貫《つらぬ》く露の玉を懸けて飾れる世にこそありけれ

1515 現《うつつ》をも現《うつつ》とさらに思はねば夢をも夢と何か思はん

1516 さらぬことも跡形《あとかた》なきを分《わ》きてなど露をあだにも言ひも置きけん

1517 灯火《ともしび》の掲《かか》げ力《ぢから》もなくなりて止まる光を待つわが身かな

1518 水干《ひ》たる池にうるほふ滴《したた》りを命に頼むいろくづや誰《たれ》

一 この歌は流布本系統にない。
二 過ぎ去った事歴をしまい納めているのだな。
三 至らない身にも心が世を思わせてくれるゆえ。
四 千年の永続を思った昔。仙洞に仕えた在俗時をいうか。↓一五〇三
五 蜘蛛の糸にかかる露が玉を貫いたような様態。はかないもののたとえ。
六 ↓補注
七 どうして思おうか。
八 露以外のことも跡形なく消えてしまうのに。
九 格別にどうして露をはかないものとも。
一〇 「置き」は露の縁語。
一一 仏法の伝灯をともす力。
一二 仏道の継承が止まるのを。「光」は仏の智慧や慈悲をいう。
一三 ↓補注
一四 しめりを与える水滴。
一五 ↓補注
一六 魚はいったい誰か。ほかでもない私だ、という余意。

1519 水際《みぎは》近く引き寄せらるる大網に[一]幾瀬《いくせ》のものの命籠《こも》れり

1520 [二]うらうらと死なんずるなと思ひ解けば[三]心のやがてさぞと答ふる*

1521 [四]言ひ捨てて後のゆくへを[五]思ひ出でば[六]さてさはいかに浦島の箱

1522 世の中に亡《な》くなる人を聞くたびに[七]思ひは知るを愚かなる身に

神祇《じんぎ》十首

神楽二首

1523 めづらしな[八]朝倉山の雲ゐより[九]慕ひ出《い》でたる[一〇]明星《あかぼし》の影《かげ》

1524 名残《なご》り[一一]いかにかへすがへすも惜しからん*　[一二]其駒《そのこま》に立つ[一三]神楽舎人《かぐらとねり》は

賀茂二首

1525 [一四]御手洗《みたらし》に[一五]若菜すすぎて宮人《みやひと》の[一六]真手《まて》に捧げて御戸《みと》開くめる

一　どれほど多くの瀬の生物。
二　おだやかに死のうとするのだなと思い至ると。「うらうら」は春日の形容を心情に転用。
三　心はすぐ、そうだと答える。
四　無思慮に放言して。
五　底本系統の多くと茨「思ひ果てば」なら、思い極めるとの意。
六　さてそれではどうしたものか、開けて悔しい浦島の箱のようだ。
七　無常の思いは知るのだが、愚かなこの身にも。
八　神楽歌の曲名「朝倉」「明星」を用いて実景を詠む。→補注
九　神楽歌を慕うように出た。
一〇　明けの明星（金星）。
一一　神楽の縁語「返す」（歌い方の一種）を掛ける。袖中抄・六・「かへしもの」参照。
一二　神楽歌の曲名。
一三　「其駒」で人長（にんじょう）として座を立って奏する近衛舎人。
一四　社頭を流れる川。
一五　→補注
一六　左右両手に。

1526 [一]長月《ながつき》の力合《ちからあは》せに勝ちにけり[二]わが[三]片岡《かたをか》[四]を強く頼みて

[五]男山二首

1527 [六]今日の駒は美豆《みづ》[七]の菖蒲《せうぶ》[八]を負《お》ひてこそ敵《かたき》を*埒《らち》[九]に懸《か》[一〇]けて通らめ

放生会《ほうじやうゑ》[一一]

1528 御輿長《みこしをさ》[一二]の声先立てて下《くだ》ります唯《を》[一三]とかしこまる*一々《いちいち》[一四]の人

熊野二首

1529 み熊野のむなし[一五]き*ことは*あらじかし枲垂《むした》[一六]れいた[一七]の運《はこ》*ぶ歩みは

1530 [一八]あらたなる熊野詣の験《しるし》をば氷[一九]の垢離《こり》に得《う》べきなりけり

御裳濯《みもすそ》[二〇]二首

1531 初春をくまなく照らす影を見て月に*まづ知る御裳濯の岸

1532 御裳濯の岸の岩根に代《よ》[二一]をこめて固め立てたる宮柱《みやばしら》[二二]かな

一 九月九日の神前相撲。
二 底本系統の多くと茨「ける」。
三 「わが方」を言い掛ける。
四 上賀茂社境内の摂社。
五 石清水八幡宮。題詞の下に松「こさ月」。小五月会か。
六 五月五日の神事。競馬。
七 男山の北麓。→補注
八 「勝負を追ひて」を掛ける。
九 馬場の左右の柵。→補注
一〇 「駆けて」を掛ける。
一一 八月一五日の石清水八幡宮の神事。魚類を放した。
一二 御輿に付き添う人々の長。駕輿丁長（かよちょうおさ）とも。
一三 「を」と畏まって称する。
一四 御輿を担ぐ各人か。→補注
一五 効験なく虚しく終ることは。
一六 枲の垂衣（たれぎぬ）を付けた。
一七 女性をいう忌詞。→補注
一八 あらたかな。
一九 厳冬期の冷水の水ごり。
二〇 伊勢内宮を流れる川。五十鈴川。
二一 幾代を籠めて。
二二 神社の柱。→補注

釈教十首

[一]訖栗枳王《きりきわう》の夢の中《うち》の三首

1533 [二]窓出《まどい》でし心を誰《たれ》も忘れつつ[三]控《ひか》へらるなることの憂きかな

1534 [四]引き引きにわが[*五]袖《そで》つると思ひける人の心や[六]せばまくの衣《きぬ》

1535 末の世の人の心*をみがくべき[七]玉をも塵《ちり》に混《ま》ぜてけるかな

[八]無量義経三首

1536 悟り広きこの法《のり》を[九]まづ説き置きて[一〇]二つ無しとは言ひ極《きは》めける

1537 [一一]山桜つぼみはじむる花の枝に春をば籠《こ》めて霞むなりけり

1538 身に付《つ》きて[一二]燃ゆる思ひの[一三]消えましや[一四]涼しき風のあふがざりせば

[一五]千手経三首

1539 [一六]花までは身に似ざるべし[一七]朽果てて枝もなき木の[一八]根をな枯らしそ

一　迦葉の父。倶舎論《くしゃろん》の注釈に説く訖栗枳王の十夢による。
二　出家の比喩。↓補注
三　引き止められる。
四　各自思い思いに。「引き」は袖の縁語。
五　句意不詳。↓補注
六　幅を狭くした衣。狭量の意。
七　仏の正法の喩。↓補注
八　法華経の開経（序）。↓補注
九　法華経に先立ってまず。
一〇　一切諸法に二法は無いと。↓補注
一一　法華経の開経としての位置づけを蕾み始めた花にたとえた。
一二　煩悩の火。「思ひ」に「火」を掛ける。
一三　消えただろうか。反実仮想。
一四　↓補注
一五　千手観音の功徳を説く経。
一六　花まではわが身にふさわしくない。「身」に花の縁語「実」を掛ける。↓九〇七・一一八六補注
一七　わが身の比喩。卑下。
一八　仏道を求める心根は枯らして下さるな。「な…そ」は禁止。

1540 [一]誓ひありて[二]願はん国へ行くべくは[三]西の門《かど》より悟り[四]開《ひら》かん

1541 [五]さまざまにたなごころなる誓ひをば[六]南無《なも》の言葉に[七]総《ふさ》ねたるかな

また一首[八]この心を

[九]楊梅《やうばい》の春の匂ひ[一〇]遍吉《へんきち》の功徳《くどく》なり
[一一]紫蘭《しらん》の秋の色は普賢菩薩《ふげんぼさつ》の身相《しんさう》なり

1542 [一二]野辺の色も春の匂ひもおしなべて心染めける悟りにぞなる

雑十首

1543 [一三]沢の面《おも》に[一四]更《ふ》けたる鶴《たづ》の一声に[一五]おどろかされて[一六]千鳥鳴くなり

1544 [一七]友になりて同じ湊《みなと》を*出《いづ》る舟のゆくへも知らず漕ぎ別れぬる

1545 滝落つる吉野の奥の[一八]宮川の[一九]昔を見けん跡慕はばや

1546 わが園の岡辺に立てる[二〇]一《ひと》つ松を友と見*つつも老いにけるかな

一 千手観音の衆生済度の誓願。
二 私が願生する西方極楽浄土。
三 極楽に対する門。とくに四天王寺西門が有名。
四 開こう。茨・松「ひらけん」なら、開けよう。
五 様々の衆生を救うため多数の掌に込めた誓い。「千手」に対応する表現。
六 仏菩薩に帰依する語。→補注
七 総括したのだな。
八 次掲の偈の心。→補注
九 山桃。
一〇 「普賢」の異訳。
一一 藤袴の詩語。
一二 秋の野辺の色。
一三 沢に鳴く鶴は在野の賢人を寓するか。→補注
一四 夜更けの。
一五 目を覚まされて。
一六 「一声」に「千」を対照。
一七 会者定離の理を詠むか。
一八 宮滝川。→一四二六
一九 宇多上皇の宮滝御幸をいうか。→補注
二〇 →九四一補注

1547 [一]さまざまのあはれありつる山里を[二]人に伝へて秋の暮れぬる

1548 山賤《やまがつ》の[三]住みぬと見ゆるわたりかな冬に[四]褪《あ》せゆく[五]静原《しづはら》の里

1549 山里の[六]心の夢に惑ひをれば吹き[七]白《しら》まかす風の音かな

1550 月をこそ[八]ながめば心浮かれ出でめ[九]闇なる空に[*一〇]ただよふやなぞ

1551 波高き[一一]蘆屋《あしや》の沖を[*一二]かくる舟の[一三]ことなくて世を過ぎんとぞ思ふ

1552 [一四]ささがにのいと世《よ》を[*一五]かくて過ぎにける[一六]人の人なる手にも懸《かか》らで

一　→二五四
二　住む人（私）に伝えて。他人に「伝へで」と取る説もある。
三　確かに住んでいると。
四　人が遠のき荒涼としてゆく。
五　洛北。大原の西。炭焼の里。
六　夜の心中に夢の如く去来する迷妄。
七　迷妄を悉く打ちくじく。
八　眺めたら心は浮かれ出るだろうけれど。
九　月のない闇。→補注
一〇　漂うのは何故か。
一一　摂津国武庫郡。
一二　走らせる。→補注
一三　無事に。上句は「ことなくて」の序。
一四　蜘蛛。下の副詞「いと」に掛けた「糸」を導く枕詞。
一五　「かく」は蜘蛛の縁語。
一六　人の中でも格別な権勢者の取り立ても受けずに。在俗時を追想か。

以上歌数[一]千五百五十三首
[二]本《ニ》云《フ》一千五百七十二首《ト》云々
凡《ソ》此《ノ》[三]書本、落字僻字太《はなはだ》多《シ》之、又不審歌
繁多也。[四]忘《したしく》[五]可レ校*二証本一。
今山家集之外、又有二[六]山家心中抄一、被《ル》下略《シ》二抜《キ》
此《ノ》集《ノ》内《ヲ》一書《キ》出《サ》上者也。

一 実数は一五五二首。
二 流布本系の歌数か。
三 書写に用いた親本。
四 「忘」は底本系統の多く「志」によれば、「こころざして」と訓めるか。
五 証本と校合すべきだ。
六 山家心中集。山家集より秀歌を抄出した自撰秀歌撰。→解説

本文校訂一覧

詞書や歌本文に＊を付して改訂した箇所のある歌番号を頭に掲げた。上に底本（陽明文庫本）の該当箇所の本文をもとの表記のまま引用し、—の下に改訂した本文を示す。（　）の中に改訂の根拠とした本を略号で記した。（他）は他本（寺澤行忠『山家集の校本と研究』が用いた陽明文庫本系統の対校本すべてで、上中巻15本・下巻14本）の意で、底本の独自異文の改訂となる。それ以外は原則として底本系統の本数を示し、改訂の根拠となる本が底本系統に少数の場合は他系統・他集の本も参考として記した。とくに脚注・補注で改訂した事情を説明しているものは↓で示した。※で必要に応じて底本の表記について説明した。

上巻

1 くつし—来べし（他）
5 事—事を（他）
7 事—事を（他）
11 おもはまし—思はまし（他）
18 わなゝり—若菜なり（他）
21 かすみに—霞ぞ（他）
22 事も—事を（他）
うつし—卯杖《うづゑ》（↓補注）
23 覚菜—若菜（他）
24 山—声（他）
26 鶯—鶯の（他）
27 なりいては—なりはてば（他）
33 春の霞—春霞（他）
34 □は—かは（底本系14本）
35 人に—人を（他）
46 おほるかなき—おぼつかなき（他）
51 ならて—なくて（底本系14本）
56 忘田《本》—忘他（底本系4本・茨・別）
58 やすら—やすう（↓補注）
78 たてまつる—たてまつれ（他）
91 散—声（他）

92 さか院―清《せ》和《が》院（底本系4本・茨）
98 皇子―王子（底本系1本・茨・松ほか）
99 をくられ―送れり（底本系13本）
さくち―桜（他）
101 おほして―おぼえて（他）
103 をそひ―思ひ（↓脚注）
110 あらなん―あるらん（他）
112 春の雪―花の雪（底本系11本）
116 ものは―ものを（他）
118 ちりぬ―散りね（↓補注）
身に―身ぞ（底本系5本・茨・松・心ほか）
122 いかなせん―いかがせん（他）
134 しらぬ―知らね（他）
135 ちらす―散らん（↓補注）
138 こゝろ―頃（他）
149 はな―春（他）
春―花（他）
151 たち―とぢ（他）
153 はる―花（他）
155 はる―散る（他）
木こそ―木にぞ（底本系11本）

157 人に―人も（他）
158 なこり―名残りと（他）
160 あした―荒田（他）
161 やま―焼き（他）
165 やふき―山吹（他）
170 海辺暮―海辺暮春（他）
174 はる―花（他）
175 しる―見る（他）
176 みつのえ《上》の―水の上の（↓補注）
180 ける―けるに（他）
いみめるを―忌《い》籠《こも》るを（↓補注）
186 とも―鳥（他）
188 春を―花を（他）
196 わすれな―忘るな（他）
199 ける―けるに（他）
200 まちて―まかりて（底本系14本）
202 へなる―べかる（他）
203 へかな―べかる（底本系14本）
205 しやふ―しやうぶ（他）
207 いわ間の―入江の（他）
209 かよひと―通ひ路（他）

222 なかれめや―なからめや（↓補注）
242 のちる―のぼる（他）
250 みやへ―深山辺（他）
252 まくさ―真葛《まくず》（他）
256 はれて―われて（他）
はけん―分けん（底本系7本・夫木抄）
257 なるを―鳴尾と（他）
267 はきのは―萩の枝《え》（他）
276 みてそは―しならば（底本系13本）
278 すかた―すがる（底本系4本・茨・松・別）
282 うつしても―うつしもて（他）（↓脚注）
286 はゝ―原（底本系13本）
297 のみ―野に（底本系6本・茨・別）
309 いりぬ―入りね（他）
323 月似池―月似池氷（底本系7本・茨）
325 なを―なき（底本系5本・茨）
心―所（底本系5本・茨）
330 かそへぬと―数へねど（底本系9本）
359 あさるやま―朝日山（底本系14本）
361 けり―けれ（底本系13本）
363 よの―夜は（他）
374 みかくれて―みがかれて（他）
375 くまなき―くまもなき（他）
380 をくり―負へり（底本系14本）
384 秋のよの―秋の月（他）
386 ますを―ますほ（底本系4本）
396 はなむしろ―稲筵《いなむしろ》（他）
399 そ―は（他）
403 おもなる―思ひなる（底本系13本）
414 もりくる―洩りける（他）
415 空の月に―空に月も（底本系5本・茨・松・別）
419 しほて―潮路（他）
ほかにそきゝし―ほのかにぞ聞く（他）
420 朝聞雁―朝聞初雁（他）
424 かゝる―かくる（底本系4本・茨・松・別）
426 おほき―多み（他）
433 夕暮に―夕暮を（他）
437 なくらん―鳴きけん（底本系12本）
444 見えぬ―道見えぬ（他）
488 こらすな―散らすな（他）
509 をちのは―荻の葉（底本系4本・茨・松ほか）

523 すはへかし―おはへかし（↓補注）
536 □内裏―土御門内裏（底本系13本）
546 をかて―おちで（底本系4本・茨・松ほか）
548 しけみ―しげし（底本系2本・松・別・万代集）
550 河―汀（他）
552 □せ―八瀬（底本系13本）
559 わけて―わきて（他）
564 うつる―かへる（他）
570 はし―かし（他）
571 こほり―氷る（他）
574 くれて―暮れし（他）

中巻

583 けり―けれ（底本系12本）
584 うらむ□―恨むる（他）
587 こひえ―濃から（底本系3本・茨）（↓補注）
588 やみとかいへる―闇とかこへる（↓補注）
589 別を《は》―別れは（他）
595 せ□―せば（他）
602 も―を（他）
610 売人に―商人（底本系13本）
613 潤月―閏月（底本系9本・松）
626 たえぬ―たへぬ（底本系2本・松・別）
627 すま丶―住まば（他）
651 くまなかる―くまになる（他）
655 やまゝつ―山賤《やまがつ》（底本系14本）
711 をと―音に（底本系13本）
712 本是次下ヵ下帖―本是以下為下帖（底本系11本）
717 くもりなう―曇りなき（他）
718 たえぬ―たへぬ（↓底本系2本）
浮身―憂き身 （他）
722 はてめや―出でばや（他）
724 おもひて―思ひ出《いで》（他）
734 しける―しけるに（他）
まうてきたる―まうできたり（他）
748 すみすて丶―捨てて（他）
ふもと―麓に（他）
あま―天野（他）
申さて―中さでは（他）
さりとては―さりとてはとて（底本系13本）

749 なりける―なる（他）
750 つほね―局の（他）
753 とむる―とむな（他）
755 よしなき―よしなく（他）
756 さらに―さらぬ（他）
766 けふを―今日は（他）
769 こふる―終ふる（底本系11本）
776 けふり―煙の（他）
782 その―そのをり（底本系13本）
797 ためとや―袂や（他）
799 ける―けるに（他）
つるゐし―ついゐし（底本系1本・茨・心妙）
800 しもかれかれの―霜枯れの（他）
808 すそ―でぞ（底本系9本）
813 おなし―同じ日（底本系6本・茨・松）
830 そと―空（他）
831 雪―行き（底本系10本）
852 なら―那智（他）
854 いひをくり―言ひ送れり（底本系10本）
860 けるに―けるに参りて（他）
862 六原―六波羅（底本系5本・茨）
864 あふへき―扇（他）
867 まとひつる―まどひつつ（他）
870 われと―我も（他）
873 過於山水―過於山水（↓補注）
875 悟心証心々―悟心々証心々（底本系13本）
879 五欲―於五欲（底本系13本）
881 なにゝか―何かは（他）
886 観持品―勧持品（底本系3本・心妙・西・別）
895 ける―けるに（他）
897 しぬる―しめる（底本系12本）
914 仁和寺―仁和寺の（底本系13本）
遂年―逐年（底本系3本・心妙）
よまさせ―詠ませ（底本系14本）
917 みたち―御嶽（底本系5本・茨・松）
生―笙（底本系4本・心妙・西）
922 きこえて―聞きて（他）
928 およはぬは―及ばねば（他）
935 こそさへ―さへこそ（他）
954 みる―見ん（底本系14本）

964 ならはの―楢の（底本系13本）
967 あさき―浅み（他）
973 ひな《だ歟》の―檜物（底本系10本）（↓補注）（↓
解説）
過る―過ぎぬ（他）（↓解説）
986 はた―春（他）
987 はたゝ―晴るる（他）（↓補注）
988 春―花（他）
はな―春（他）
990 に―よ（底本系14本）
991 ふか《み》き―深み（他）
994 に―よ（底本系9本）
997 に―の（他）
1008 のへこ―野つ子（↓補注）
1009 えそかけしま―蝦夷が千島（底本系8本）
1015 なり―めり（他）
1022 あらし―ならじ（他）
1026 うらやましゝも―うらやましきも（底本系
13本）

下巻

1042 ものをと―琴の音（他）
そひ―垣に添ひ（底本系8本）
1044 事も―事を（他）
1057 中宮公久―中宮大夫（他）
1059 つて―告ぐ（底本系13本）
1061 わりたち―若立（他）
1064 ける―けるに（他）
1066 と―こと（他）
1068 はてゝ―出でて（他）
1070 まいらん―まからん（底本系12本）
1072 春に―花に（底本系12本）
1073 柳は―柳に（他）
春を―花を（底本系11本）
1074 なに―なぞ（他）
1075 友に―共に（他）
1076 ひしゆ―光（他）
1079 かくね《ゑ》ん―かくくゐん（↓補注）
1091 出行―遠行（↓脚注）
1094 ける《タリ》―たりける（底本系11本）
1095 まいり―まゐりて（他）
1101 かは―かな（他）

1108 もを—を（他）
1110 て—べし（他）
1111 むれ—むね（他）
1114 よめる—詠みける（底本系12本）
1117 たゝ—難《かた》く（底本系4本・茨）　※底本「たゝ」は補入
1119 天ほうれん—転法輪（底本系10本）
はし《イ》—石（底本系4本・茨）
1120 やうなるやうなる—やうなる（他）
1121 なに事—なる事（他）
1122 ○○○○○○○《ニクミタリケル》—に具したりける（底本系12本）　※底本「ニクミタリケル」は補入。
1124 ける—にける（他）
1135 を《ト》—と（底本系8本）
1139 うからん—浮かべん（他）
1144 火あふき—檜扇（底本系10本）
1150 かたりて—代りて（他）
1152 松○○《かせ》—松に風（底本系11本）　※底本「かせ」は補入。
1159 ける—けるに（他）
1164 御返—御返事（底本系9本）
1166 子をとろき—寝おどろき（底本系8本）
1168 をこさむ—おこせむ（他）
1185 思合事—思ふ事（底本系11本）
1188 しらはとの—白河殿（他）
1194 ますを—ますほ（底本系2本・松）
1197 かひよりなきみかみそ○《そ》てに—かひありな君がみ袖に（底本系7本・茨・松・心ほか）　※底本「り」をミセケチ、「そ」は補入。
1218 跡—次《ついで》（底本系12本）
1220 もとほる—を通る（他）
1221 そ—に（底本系12本）
1225 に—を（底本系3本・茨・松・心妙ほか）
1227 をはしまかし—おはしまし（他）
1230 君あはすして—君が逢はずは（底本系13本）
1231 けれ—ける（他）
1233 世—夜（↓補注）
1234 まもなし—間ぞなき（他）
1235 君に—君も（他）
1241 し—て（他）
1243 も—ぞ（他）

1244 われなし―わりなし（底本系11本）
1253 も―を（他）
1262 に―の（底本系13本）
1309 霜―しも（底本系12本）
1315 も―を（他）
1316 も―を（他）
1317 我物おもふ―我が物思ひは（他）
1333 つゐに―つねに（他）
1335 君―君を（他）
1343 はてゝ―果てめ（他）
1349 うるはし―憂かりし（底本系6本・茨・西・別）
1356 はと―いと（他）
1361 なれや―なれば（他）
1369 めくりの―廻り（他）
1370 をりまし―おはしまし（他）
有かたき《タノモシ》―頼もしき（底本系11本）
1371 をりまし―おはしまし（他）
1372 あみ―糠蝦《あみ》と（他）
こひ―らん（↓補注）
1373 まはりて―まかりて（底本系13本）
うら―浦田（他）
1374 わたり―渡りて（他）
1375 かに―かき（他）
1386 ゆふ―いふ（底本系13本）
1388 つゝ―て（他）
1392 いもえ―入江（他）
1421 あらされは―あらるれば（底本系12本）
1427 とて―とめて（他）
1433 さい―沢（他）
1434 くさゝよ―草先《くささき》（他）
1437 心―比《ころ》（他）
1440 いなそのやま―花園山（底本系13本）
1441 つ《へ》ち―辺路《へぢ》（他）　※底本「つ」をミセケチ、「へ」とする
1444 を《そ》いかはり―ぞ生ひかはり（他）　※底本「を」をミセケチ、「そ」とする
1445 つみ―包み（他）
ける―ける返事に（他）
みとつ《り》―ひとつ（底本系6本）　※底本「つ」をミセケチ、「り」とする

1446 あかしのみ—ありの実（他）
さのき—讃岐（他）
院—院、位（↓脚注）
まゝ—鈴（他）
1447 入日—入る日（↓補注）
1451 はらかつるおし《イセミヤイルニ》□つきて—伊勢島やいるる
つきて（↓補注）
1481 をしろし—おしかへし（他）
1486 ゆく—雪（底本系2本・松）
ん—こそ（底本系2本・松）
1487 みつゝ—積みつつ（他）
1493 おほしたて《ツ》—おほしたつ（他）
1504 やられ—やらね（他）
1510 世に—世にし（他）
1512 あはれなり—あはれなれ（他）
1513 千世—千年《ちとせ》（底本系13本）
1515 おもえ—思は（他）
1516 露も—露を（他）
1518 色くつ—いろくづ（底本系13本）
1520 こたゆる—答ふる（他）
1524 し—ん（他）

1527 うち—埒《らち》（底本系5本）
1528 人□—一々の人（↓補注）
1529 とは—ことは（他）
よ《ア歟》らし—あらじ（底本系7本・茨・松）
はに《コ》ふ—運ぶ（他）
1531 みつ—まづ（底本系12本）
1534 うてつる—袖つる（↓補注）
1535 も—を（他）
1544 出舟—出《いづ》る舟（他）
1546 みつゝ《モ》—見つつも（松）
1550 よし《ふ歟》—ただよふ（底本系9本）
1551 かくれ《ル》—かくる（↓補注）
1552 かして—かくて（底本系6本）
奥書　授語本—校証本（底本系12本）

補注

脚注で↓補注を付した箇所のある歌番号を頭に掲げた。一首の中に複数箇所の↓補注がある場合は脚注番号の漢数字を用いて項目分けして記した。

1 夢と現実に見えたものについては諸説あるが、配列上からは立春の霞む景。正夢となる初夢の観念で立春の心を詠じた。

4 裳合十一番で右「岩間閉ぢし氷も今朝はとけそめて苔の下水道もとむなり」(西)と番え、藤原俊成判は「左歌姿心あひ叶ひて見ゆ。但見せがほにといふ詞は我も人もみなよむ事也。さは有ながらなほ歌合ごときには控ふべきにやあらむ。かつは歌のさまによるべし。右歌心詞猶をかし。勝と申べきにや」として負の判定。「…顔」を難じられたが、西行の愛用表現。

6 西行在世時(一一一八—一一九〇)に元日と子日が重なったのは、仁安二年(一一六七)、同三年、嘉応二年(一一七〇)、承安元年(一一七一)の四回。

8 「心あらん人に見せばや津の国の難波わたりの春のけしきを」(後拾遺・春上・能因)を念頭に詠歌。初二句は松・別「いつしかも春きにけりな」。

9 底本の詞書によれば志賀の里へ下向途上の立春前日に春に出会うということで歌意不通。「人に具して」の後の「まかりけるに」は、松「三日帰けるに」。それによれば帰京後の正月三日に都から春が来る東方の逢坂山を望んでの詠。宮合二番で左は九八五「来る春は」と番え、藤原定家の判詞は「左は先立つ霞に谷のみちの春をしり、右は遅れたる春を関山の霞に見る。詞は変れるに似て、心はすでに同じけれど、峯に霞をと置きて谷の筧をと言へる、よき歌にも多く詠めることには侍れど、此右の歌はいま少し滞ることなく言ひ下されて侍ればまさるべくや」と記し、当歌を勝と判定。

10心詞「山水春を告ぐといふことを、菩提院の前々斎宮にて人々よみ侍りしに」。菩提院を仁和寺の院家と取り、「斎宮」を「斎院」の誤りとして統子内親王に比定するのが通説だが、菩提院は東山の菩提樹院（菩提院とも）で、「前々斎宮」は一一四二の「菩提院の前斎宮」と共に亮子内親王（後の殷富門院）か。歌は裳合十一番右（↓四補注）と表裏一体をなす風体。

13八　心詞「海辺霞と申すことを、伊勢にて神主どもよみ侍りしに」。一〇　参考「君をおきてあだし心をわが持たば末の松山波も越えなん」（古今・東歌）。

16参考「松の上になく鶯の声をこそ初子《はつね》の日とはいふべかりけれ」（拾遺・春・読人不知）。松と鶯の取り合わせは珍しい。

17西行在世時に、正月七日若菜と初子が重なったのは、保延五年（一一三九）、仁安元年（一一六六）、嘉応元年（一一六九）、承安二年（一一七二）、同三年の五回。

19参考「春日野は雪のみ積むと見しかども生ひいづるものは若菜なりけり」（後拾遺・春上・和泉式部）。

21宮合三番で右は二三「若菜生ふる」と番え、定家の判詞は「右歌も詞たくみに心をかしくは見え侍るを、末の句やなべての歌には猶いかにぞ聞ゆらん。昔をへだつる野辺の霞はあはれなるかたもたちまさり侍らむ」と勝の判定。

22 底本「うつし」に対し同系統「うへし」が多いが、それでも意味不通。底本系統3本・茨・松・別「卯杖」により改訂。卯杖は宮廷だけでなく民間でも行われた。

24 参考「咽レ霧山鶯啼尚少」（和漢朗詠・春・鶯・元稹）。「朝まだき霞にむせぶ鶯はおのが古巣をとめやかぬらん」（林葉集）は俊恵の同時代詠。

25 参考「山里は冬ぞさびしさまさりける人目も草もかれぬと思へば」（古今・冬・源宗于）。

28 「わがゆくへ」は、私のこれからの行く末とも、行き着いた先である谷住まいとも解釈できる。

34 下句は「（雉子特有の鳴く音の高さに比して）飛び立つ羽音だといって高くないことがあろうか、いや高くないことはない」の意。「かは」は反語。

36 「賤が垣根」を他者の家として、「よしなく過ぐる」作者が足を留めた経験にもとづくと取る解と、作者の草庵の卑下と見て、作者と無関係に梅を求めてきた訪問者を迎えての感想と取る解とある。

38 「桜散る隣にいとふ春風は花なき宿ぞうれしかりける」（後拾遺・春下・坂上定成）の発想に倣い、桜を梅の匂いに転じた。

39 参考「梅が香を夜半の嵐の吹きためて真木の板戸のあくる待ちけり」（後拾遺・春上・大江嘉言）。

48 心詞「かへるかりを、長楽寺にて」。京都東山の長楽寺は景勝地で、詩会・歌会がよく行われた。西行も幾度か参加。和歌は「薄墨に書く玉章と見ゆるかな霞める空に帰る雁がね」（後拾遺・春上・津守国基）を下敷きにする。

52 美しい柳の若木。「玉」は「かけ」の縁語。「小」は「緒」に通じる。参考「あたらしや賤《しづ》の柴垣つくる便りに立てる玉の小柳」（月詣集・二月・源仲正）。裳合十三番で右「ふりつみし高嶺の深雪とけにけり清滝川の水の白波」（西）と番え、俊成は「左歌さる事ありと見る心地してめづらしき様也。末の句の「を」の字やすこしいかが。さもよみて侍るかとよ」と結句「玉の小柳」の「小」を難じた。

54 当歌は鎌倉中期の私撰集『拾葉和歌集』（散佚）誹諧の部に入り、『新拾遺集』に誹諧歌として入集。

58「やすう」は底本「やすら」。同系統は「やすら」8本、「やすく」7本。茨・別「やすく」、松「やすら」。第四句は心・西「おもひのどめて」で、推敲の形跡がある。心「おもひのどめて」の右傍に「ヤスウマチツヽ」とある片仮名書きが、西行の推敲改案を示すと推定され、底本「やすら」は「やすう」の誤写と判断して改訂。音便形を用いた点を歌風の上で注意。

60 陽明文庫本系統は六〇・六一も「待花」の題詞が懸る配列。茨・松は六〇より「花の歌あまたよみけるに」歌群。

63「や」を詠嘆と取り、霞が立ちこめているので心が花にまで届かないだろうとする解もある。

64 裳合三番で右は三三四「秋はただ」と番え、俊成判は「左の歌うるはしくたけたかく見ゆ。…左ことこもなくうるはし。勝とや申すべからん」と長高様の風体を高く評価。花を白雲に見立てる発想は「桜花咲きにけらしな足引の山のかひより見ゆる白雲」（古今・春上・紀貫之）を先蹤に類想歌が多い。「桜咲く春にしなれば遠近《をちこち》の山の端ごとにかかる白雲」（林葉集）の俊恵作は同時代類想。

65 五　参考「み吉野の吉野の山の桜花白雲とのみ見えまがひつつ」（後撰・春下・読人不知）。

六　参考「かづらきや高間の桜咲きしより春ははれせぬみねの白雲」（林葉集）。

66「柴の庵に身をば心のさそひ置きて心は身にも添はず成り行く」（治承三十六人歌合・寂信）は同時代詠で下句類想。

70西行に「鶯の声に桜ぞ散りまがふ花のことばを聞く心地して」（西）の類想歌がある。

76治承三十六人歌合詞「出家の後、花見ありきてよめる」、月詣集・二月詞「白河の花みてよめる」。

77「願はくは」は漢籍・仏典に多用される願文の表現形式にもとづく訓読語で、和歌の先例は稀少。「春死なん」も例がない。裳合七番で俊成は「左は「願はくは」とおきて「春死なむ」といへる、うるはしき姿にあらず。此の体にとりて上・下あひ叶ひ、いみじく聞ゆるなり。さりとて、ふかく道に入らざらむ輩はかくよまむとせば、叶はざる事ありぬべし。是は至れる時のこと也」と評し、破格な詠み方の特例と認めながら、後学への悪影響を懸念。この歌は『山家集』『山家心中集』の成立から、五〇代以前の詠作と考えられる。↓解説

78「仏」を死後の西行自身の姿を指したと解するのが通説だが、死を即、成仏と捉える後代的意識による誤解。西行の当時に、生前に死後の成仏を確信したとは考えがたい。桜の供華を遺言する先例は『源氏物語』御法の紫上の言葉にある。

81参考「わが行きは七日は過ぎじ龍田彦ゆめこの花を風にな散らし」（万葉・巻九・作者未詳）、「一年《ひととせ》は散らで桜の匂ひつつ花咲かぬ間の七日なりせば」（月詣集・二月・藤原伊綱）。『平家物語』に桜町中納言・藤原成範が七日の花を二十日あらせたいと祈った逸話がある。

92『聞書集』に清和院の歌会で西行が源俊高・源頼政と同座し、「老下女を思ひかくる恋」の

題で詠んだ歌があり、『頼政集』の「下女を恋ふといふことを読み侍りしに」と詞書する歌と同時の詠か。

94 参考「身をつめば老木の花ぞあはれなる今いくとせか春にあふべき」（清輔集）。

95 参考「うらやまし春の宮人うち群れておのがものとや花を見るらん」（後拾遺・春上・良暹）。

97 参考「散るまでは旅寝をせなむ木の本にかへらば花の名立なるべし」（後拾遺・春上・加賀左衛門）、「なづさふに花の名立の身なれども木の下かげは過ぎもやられず」（教長集）。

98 参考「年を経ておほくの春は来しかども八上よかかる花は見ざりき」（忠盛集）。『西行物語絵巻』に西行が八上王子社に歌を書きつける絵がある。

99 西行の返歌に「君が宿」とあるので、俊高は清和院に寄寓していた。父の能賢が天治二年（一一二五）頃、年若くして出家し、能賢の母は源頼綱（頼政の祖父）女であったので、同じく頼綱女を母に持つ官子内親王との縁によるか。俊高の祖父・能俊は璋子中宮中宮大夫、待賢門院（璋子）別当を歴任。

101 保安五年（一一二四）閏二月、白河院・鳥羽院・待賢門院の白河法勝寺への御幸があり、花の宴が開かれ、供奉した兵衛が「万代のためしと見ゆる花の色を映しとどめよ白河の水」（金葉・春）の名歌を詠んだ（今鏡・二）。

103 参考「桜狩雨は降り来《き》ぬおなじくは濡《ぬ》るとも花の陰に隠れむ」（拾遺・春・よみ人しらず）。同歌を『撰集抄』巻八では藤原実方の詠とする。

104 東山は白川の南方。松「東山寺」。五七四も心詞「よのがれてひんがし山でらにはべりしころ、…」とあり、西行は出家後まもなく「東山寺」に止住したと知られる。双林寺か長楽寺か。最晩年に双林寺の庵室に住み（荒木田永元集）、そこで入滅したという説もあり（西行物語）、現在も旧寺域に西行庵が残る。

105参考「梓弓春の山辺を越え来れば道もさりあへず花ぞ散りける」（古今・春下・紀貫之）。「桜花道見えぬまで散りにけりいかがはすべき志賀の山越」（後拾遺・春下・橘成元）は同題。

106白河院が勅して雨を禁獄した故事（古事談）を踏まえ、落花の制禁に転じた。「勅なればいともかしこし鶯の宿はと問はばいかが答へむ」（拾遺・雑下）は字音語「勅」を詠む先例。『大鏡』で紀貫之の娘の作と伝え、『西行上人談抄』で「ことに優美なり」と賞する。西行に「とめゆきて主《ぬし》なき宿の梅なれば勅ならずとも折りて帰らん」（西）の作もある。

108参考「あらざらんこの世のほかの思い出でにいまひとたびのあふこともがな」（後拾遺・恋三・和泉式部）。

113参考「峯続き花に心のとまりつつ行きもやられず志賀の山越」（永久百首・常陸）、「散り敷ける花を踏まじとよくほどに行きぞやられぬ志賀の山越」（忠盛集）。

116宮合八番で次の一一七と番え、定家の判詞に「左あなあやにくのと置ける、人つねによむ言葉には侍れど、わざと艶なる詞にはあらぬにや」とあり、負とされた。

118三　参考「いざさくら我も散りなむひとさかりありなば人にうきめ見えなむ」（古今・春下・承均）。五　底本「ちりぬ」を同系統の多くと心ほか「ちりね」により改訂。命令形で句割れ。

119松・別はこの歌が「花のうたあまたよみけるに」の歌群にあり、八五「裾野焼く」の歌の次に配列。

121参考「残りなく散るぞめでたき桜花ありて世の中はてのうければ」（古今・春下・よみ人しらず）、「散ればこそいとど桜はめでたけれ憂き世になにか久しかるべき」（伊勢物語・八十二段）。

126参考「月は笠着る　八幡は種蒔く　いざ我等は　荒田開かむ」（本朝世紀所載歌謡）。

129下句を、そのように我が心にも自由に任せてほしいものだ、と取る解もある。

135「散らん」は底本「ちらす」。「散らす」の主語は「春」として一応解釈は可能だが、不自然。底本系統7本と茨・西・別「ちらむ（ん）」により改訂。

137参考「あしひきの山路に散れる桜花消えせぬ春の雪かとぞ見る」（拾遺・春・よみ人しらず）、「さくらばな散り敷く庭を払はねば消えせぬ雪となりにけるかな」（詞花・春・摂津）。

139一三　底本「せか院の斎院」は独自異文。学習院大学本は「せかの院の斎院」だが、底本系統は「さかの斎院」が優勢。茨「前斎院」は「さきのさいゐん」と読める。松「菩提院」。「清和院の斎院」の本文を取り、前斎院・官子内親王と解しておくが、なお存疑。↓九二・九九。一四　参考「宿りして春の山辺に寝たる夜は夢の内にも花ぞ散りける」（古今・春下・紀貫之）。これを上句に踏まえ、下句で夢さめて後の心境まで詠む。

148「木の間より露吹きまぜて散る花は風そばへする霙なりけり」（為忠家後度百首・源仲正）に稀少な先例。

151参考「惜しと思ふ心は糸に縒《よ》られなむ散る花ごとに貫《ぬ》きてとどめむ」（古今・春下・素性）、「惜しめども風に乱れて散る花を結びとどめよ青柳の糸」（寂然法師集）。

153参考「あだなりと名にこそ立てれ桜花年にまれなる人も待ちけり」（古今・春上・よみ人し

らず）。

155参考「峯に散る桜は谷の埋れ木にまた咲く花となりにけるかな」（金葉初度本・春・覚樹）。これを上句に取り、谷の木に散りかかった落花を「咲く」と見立てた。

156二　参考「よそにては岩越す滝と見ゆるかな峯の桜や盛りなるらむ」（金葉・春・堀河院）。三「…と見たれば」で止める句法は先例がない。三九二・九八七にもあるほか、『残集』の「春雨に花の霙の散りけるを消えで積もれる雪と見たれば」は当歌と同様の構文。

158心妙詞「卯月のついたちになりて、散りて後《のち》花を思ふといふ事を人々よみ侍りしに」。西は夏の第一首に配列。『待賢門院堀河集』に「散りて後花し思ふ」と題する歌がある。参考「にほひつつ散りにし花ぞ思ほゆる夏は緑の葉のみしげれば」（後撰・夏・よみ人しらず）。

159参考「昔見し妹が垣ねは荒れにけりつばなまじりの菫のみして」（堀河百首・藤原公実）。

161源俊頼の「春来れど折る人もなきさわらびはいつかほどろとならんとすらん」（散木奇歌集）や、「深山木の蔭野のわらび萌え出でて折る人なしにほどろとぞなる」（有房集）の述懐（身の沈淪の嘆き）を転用。

164三　参考「入日さす夕くれなゐの色見えて山下照す岩躑躅かな」（金葉・春・参河）。四　参考「大井河うかべる舟のかがり火に小倉の山も名のみなりけり」（後撰・雑三・在原業平）。

165参考「風吹けば波折りかけて返りけり岸には植ゑじ款冬《やまぶき》のはな」（散木奇歌集）。

166「井手とおぼゆるこのわたりかな」（行尊大僧正集・連歌）、「見るたびにここに井手とぞいはれける八重山吹の花のさかりは」（久安百首・藤原公能）。

168参考「あさりせし水のみさびに閉ぢられて菱の浮き葉にかはづ鳴くなり」（散木奇歌集）。

170 参考「ともにこそ舟出はしつれ暮るる春などや泊まりをよそに過ぎぬる」（林葉集）は「海路暮春」題。

171 参考「三十日にも一日はたちて暮れゆけばいとどぞ惜しき春の別れは」（風情集）の藤原公重作は「小三月尽」題。「たちて」は「たらで」か。

172 陽明文庫本系統は以下二首の詞書を欠き、不自然。茨「三月つ晦日に」、松「三月つごもり」、別「三月盡」と詞書がある。参考「惜しめども春の限りの今日の日の夕暮にさへなりにけるかな」（伊勢物語・九十一段）。

174 春を惜しむ更衣の歌の伝統に立ち、春着を「花色衣」「花の袂」と表すことを踏まえ、身には春の衣を脱ぎ替えても、心は花を慕うと詠む。参考「花の色に染めし袂の惜しければ衣かへうき今日にもあるかな」（拾遺・夏・源重之）、「夏衣たちきる今日に成りぬれど心にしみし花はわすれず」（堀河百首・源師頼）。

176 三「水の上の」は底本「みつのえの」の「え」の右傍に「上」とある。同系統本は「みつ（水）のえの」の本文を持つ伝本が多く、「みつのへ（水の辺）の」の誤写から派生した可能性もある。しかし学習院大学本は「水上」とあるので、陽明文庫本系祖本の復元として「水の上の」と校訂。四　立田河に卯の花を詠んだ先例に「卯の花の咲けるさかりは白波の竜田の河の井堰とぞ見る」（後拾遺・夏・伊勢大輔）。

177 参考「夏萩の尾根の垣根の卯の花は夜さへ布をさらすなりけり」（堀河百首・大江匡房）。

180 陽明文庫本系統では底本ほか「いみめるを」が優勢ながら、文意不通。同系統4本と茨「ゐこもるを」により改訂。

181参考「あしひきの山郭公里馴れてたそかれ時に名乗りすらしも」（拾遺・雑春・大中臣輔親）。

187浦島伝説と、それを踏まえる「夏の夜は浦島の子が箱なれやはかなく明けてくやしかるらん」（拾遺・夏・中務）に拠る。

188下句は心「はなをたづねし山ぢならずは」。

190参考「雲のゐる高間の山のほととぎす聞けば心ぞそらになりゆく」（中宮権大夫家歌合永長元年・源経仲）、「雲かかる高間の山のほととぎす聞けば心もそらになるかな」（為忠家初度百首・藤原為業）。

191井堰に声が堰き止められ、留まったならば（どんなに嬉しいだろうに）、の意。反実仮想の後半を省略した句法。「落ち積もる紅葉を見れば大井川井堰に秋もとまるなりけり」（後拾遺・冬・藤原公任）に拠り、「秋」をほととぎすの「声」に転換。

192冥界の鳥と信じられた郭公に、後世《ごせ》に赴く死出の山路においても、現世《げんせ》と変らぬ親密さを求めた。参考「死出の山越えて来つらん郭公恋ひしき人の上語らなん」（拾遺・哀傷・伊勢）、「この世にて語らひおきつほととぎす死出の山路の友とならなん」（和泉式部続集）。

196参考「我がごとく物思ふときはほととぎす身をうの花の蔭に鳴くらん」（敦忠集）。卯の花は卑賤の山家の垣根に用いられ、「待つ宿に来つつ語らへほととぎす身をうの花の垣根きらはで」（残集）の西行作は郭公に寄せる述懐歌。

197参考「鳴けや鳴け高田の山の郭公この五月雨に声な惜しみそ」（拾遺・夏・よみ人しらず）。

198裳合十六番で「右歌難とすべき所なく、たけ高く聞ゆ」と長高体を評価されたが、左「郭公深き峯より出でにけり外山《とやま》のすそに声の落ちくる」（西）が勝と判定。参考「ひと声はさやかに鳴きてほととぎす雲路はるかに遠ざかるなり」（千載・夏・源頼政）。

199 一一「聞くに」は底本系統の多くと茨・松ほか「きゝに」。一二「郭公山寺友」と題する「ほととぎす夜離《よが》れする夜は初瀬山ひとりこそすめ笹が仮り庵」（出観集）は、西行と親交があった覚性法親王の作で、初瀬山の郭公を詠む稀少な例。

202 古語「あやめ」はショウブで、ハナショウブとは別種。似ているので戯れて表現。字音「さうぶ」を詠むのは珍しい。茨「花菖蒲」、夫木抄「はなしやうぶ」。

203 「薬玉」は香料を入れた袋に菖蒲などの造花を付け、五色糸を垂らしたもの。五月五日に柱などに掛け、邪気を払う。稚児の歌は菖蒲の根に花が散りかかっているのを薬玉に見立てて洒落た。

204 流布本系統はこの歌を二〇二「桜散る」歌の前に配列。

207 参考「三島江の入江の真菰雨降ればいとどしをれて刈る人もなし」（新古今・夏・源経信）。真菰はイネ科の多年草。水辺に生え、夏に刈って筵や粽の材料にする。

208 底本「うち橋」を「打橋」（板をかけ渡し、取り外しできる橋）と取り、「蜘蛛手」を蜘蛛の足のように八方に分れた様と解して、『伊勢物語』九段の「八橋」の景を踏まえたと理解する説も有力。『俊頼髄脳』に「蜘蛛手」の両説が示され、自作「並み立てる松の下枝《しづえ》を蜘蛛手にて霞みわたれる天の橋立」（詞花・雑上）は支柱の説に拠る。宇治橋は仁安元年（一一六六）に勧進により修造。

211 「五月雨は軒の雫のつくづくとふりつむ物は日数なりけり」（散木奇歌集）など類想歌が多い。

212 第二～四句は松・別「をがやの軒の糸水を玉ぬき乱る」。「糸水」は珍しい語。参考「五月雨の晴れせぬほどは蘆の屋の軒の糸水絶えせざりけり」（堀河百首・藤原顕仲）。

215参考「五月雨は海人の藻塩木朽ちにけり浦辺に煙絶えてほどへぬ」（久安百首、千載・夏・待賢門院安芸）。

217参考「広瀬川袖つくばかり浅きをや心深めてわが思へるらむ」（万葉・七・作者未詳）。これにより普段の「浅き」瀬が、五月雨による増水で水位が「深き」と対比。「五月雨に水のみづかさまさるらしみをのしるしも見えずなりゆく」（千載・夏・藤原親隆）は類想歌。

219難波堀江は仁徳朝に作られたと伝承。名物の蘆を取り合わせて詠むのが通例だが、「五月雨に難波堀江のみをつくし見えぬや水のまさるなるらん」（詞花・夏・源忠季）は五月雨を詠む珍しい作。源忠季は西行と親交があった（聞書集）。

221美豆は桂川と宇治川が合流して淀川になる地点で、御牧《みまき》があった。「五月雨は美豆の御牧の真菰草刈り干すひまもあらじとぞ思ふ」（後拾遺・夏・相模）など真菰が景物の歌枕。

222第四句を「水の笠ほせ」と取り、水に濡れた笠を乾かせ、と解釈する説もあるが、「水の笠」という語句が成立するか疑問。五月雨の小休止の間に多少なりとも水位を落して真菰を刈りやすくせよと命じたと解し、校訂。第三句も底本ほか同系統多数の「なかれめや」は文意不通。底本系3本・茨・夫木抄「なからめや」により改訂。

223「五月雨に水《み》嵩《かさ》まさりて浮きぬればさしてぞ渡る佐野の舟橋」（続古今・夏・祐盛）は同時代の類想歌。

225水なし池として詠まれる勝間田の池は全国各地にあり、歌学書においても美作・下総など諸説ある。顕昭『袖中抄』で大和国の歌枕に特定されたので、西行がどこに想定して詠んだかは不明。参考「五月雨のをやまぬほどぞ勝間田の池も昔のけしきなりける」（久安百首・上西門院兵衛）。三三三は同想の変奏。

226 参考「五月雨は見えし小笹の原もなし安積《あさか》の沼の心地のみして」（後拾遺・夏・藤原範永）。

230 「桜散る隣にいとふ春風は花なき宿ぞうれしかりける」（後拾遺・春下・坂上定成）に拠り、春夏とも富裕な隣家のおこぼれで風流を楽しむ生活を詠む。「風」を春には花を散らすので厭う風を、と解する説もある。

232 参考「たたくとて宿の妻戸をあけたれば人もこずゑの水鶏なりけり」（拾遺・恋三・よみ人しらず）。

233 参考「行く末はまだ遠けれど夏山の木の下陰ぞ立ち憂かりける」（拾遺・夏・凡河内躬恒）、「花ならぬ楢の木蔭も夏来れば立つことやすき夕間暮かは」（林葉集）。

235 参考「いかならむ今宵の雨に常夏の今朝だに露の重げなりつる」（後拾遺・夏・能因）、「この里も夕立しけり浅茅生に露のすがらぬ草の葉もなし」（金葉・夏・源俊頼）。夕立は曾禰好忠・源俊頼らが詠み始めた歌材。

236 参考「朝夕になでつつおほす刈萱をしがひて君がみまくさにせん」（堀河百首・源俊頼）。板本の当歌に書き入れられた松は「みまくさに原の薄を刈り置きて鹿の臥所を見置きつるかな」という本文。別も同文の歌を収め、その第三句を「刈りに来て」として『万代集』『夫木抄』に入集。推敲改作というより別歌か。茨・心・西は底本と同じ歌で、心・西は第二句「はらのすすきを」の異文。

237 葉末に触れて笠が外れると解する説もある。心・別「かくれて」。「旅人の小菅の笠も見えぬまでしげりにけらし野原篠原」(有房集)は「たびのみちにくさふかし」と題し、心詞「旅のみちにくさふかしといふことを」と一致。

238 流布本系統には茨「行路夏といふ事を」の詞書がある。前歌と丈の低い茅原を詠む当歌の内容からみて詞書のある方が適切。

239 「鹿妻逢《め》はせで」を掛けるとする説もある。参考「夏の夜は照射の鹿の目をだにも合はせぬ程に明けぞしにける」(和泉式部集)、「照射する火串の松も消えなくに外山の雲の明けわたるらん」(千載・夏・源行宗)。

242 参考「早く出でて門田に宿れ秋の月葉のぼる露の数や見ゆると」(散木奇歌集)。顕昭『散木集注』に「露は地気ののぼるものなれば、葉のぼると詠めるなり」とある。

245 参考「夏の夜も涼しかりけり月影は庭白妙の霜と見えつつ」(後拾遺・夏・藤原長家)。

247 「照る月の光さえゆく宿なれば秋の水にもつららゐにけり」(金葉・秋・皇后宮摂津)に拠り、「夏の池にも…」とした。

249 参考「風吹けば蓮の浮葉に玉こえて涼しくなりぬひぐらしの声」(金葉・夏・源俊頼)。

250 参考「秋吹くはいかなる色の風なれば身にしむばかりあはれなるらん」(詞花・秋・和泉式部)。「まだきより身にしむ峯の嵐かな月すむ空に秋やかよへる」(唯心房集)は寂然の同時代詠。

251 題「松風如秋」は『和歌一字抄』の永胤法師作に見え、詩題に「松間風似秋」「松間風度秋」(共に中右記部類紙背漢詩集)と類題がある漢詩的題材。「常盤なる松吹く風のいかなればわきても秋の気色なるらん」(教長集)は崇徳院在位の時に「松風似秋」題で詠まれた。

「水声有秋」題は他に例がない。下句は「したくぐる水に秋こそかよふなれ掬ぶ泉の手さへ涼しき」（和漢朗詠・上・夏・納涼・中務）などを参考にしたか。

252 参考「神南備の御室の山の葛《くず》かづら裏吹き返す秋は来にけり」（新古今・秋上・大伴家持）。

253 参考「思ふこととみな尽きねとて麻の葉を切りに切りても払へつるかな」（後拾遺・雑六・和泉式部）。

256「宵のまに出でて入りぬる三日月のわれて物思ふころにもあるかな」（古今・雑体・よみ人しらず）など三日月を「われて」と詠むのは常套。「山高みわれても月の見ゆるかな光を分けてたれに見すらむ」（和歌体十種・高情体）に着想を得たか。

258 七月八日朝の七夕後朝《きぬぎぬ》を詠んだと取る説も有力だが、歌群第一首の配列から見て七日朝の露の採集と解釈した。以下六首は七夕の一日を時間の順に構成するか。

261 中国伝説では織女が鵲《かささぎ》の橋を渡り牽牛に逢うとされるが、日本では『万葉集』以来、牽牛が渡船などで織女を訪れると詠まれた。

262 参考「逢ふほどもなくて別るる七夕は心のうちぞ空に知らるる」（堀河百首・永縁）。

263「鵲」に、供えるの意の「貸す」を掛ける。蜘蛛の巣の糸を、技芸の上達を願って七夕に供える糸に見立てた。参考「織女にかしつる糸の打はへて年のをながく恋ひやわたらむ」（古今・秋上・凡河内躬恒）。

266「秋風に綻びぬらし藤袴つづりさせてふ蟋蟀《きりぎりす》なく」（古今・雑体・在原棟梁）、「ささがにの糸のとぢ目やあだならん綻びわたる藤袴かな」（堀河百首・源顕仲）などを参考に、糸で「縫ふ」と「綻ぶ」を俳諧的に対照し、秋の七草「薄」「藤袴」が時季を得て咲く景を詠む。

271同題が俊恵・藤原教長の家集に見え、前者によれば歌林苑での設題。参考「鹿の鳴く草ふの野辺をわが宿のやがて庭とぞ思ひ占めつる」(教長集)。後出の「薄当道繁」(二七四)「古籬刈萱」(二七五)も両者の家集に近接してあり、歌林苑歌会詠の可能性もある。

272参考「欲謂之花　亦蜀人濯文之錦粲爛」(和漢朗詠・上・春・源順)、「江に洗ふ錦を見れば野《の》分《わき》する磯辺の萩のなびくなりけり」(出観集)。

275「君が植ゑしひとむら薄虫の音のしげき野辺ともなりにけるかな」(古今・哀傷・御春有助)。

277参考「白露や心おくらんをみなへし色めく野辺に人かよふとて」(金葉・秋・藤原顕輔)。

278参考「今朝見ればおきゐる露にあやなくも折れ伏しにける女郎花かな」(久安百首・藤原教長)。

280宮合十七番の定家判に「右歌の姿、心猶尤優なり」。心にも合点があり、高く評価。

282参考「広沢の池の鏡にうつしもて曇らぬ月の影をこそ見れ」(後葉集・雑一・藤原公重)。

283心「いけのほとりのをみなへし」の題がある。

284底本系統の多くは「近水」。俊恵・源頼政・藤原教長の家集に「女郎花近水」題が見える。歌林苑の歌会で始めて水辺の女郎花が詠まれたか。

287参考「秋はなほ夕まぐれこそただならね荻の上風萩の下露」(義孝集)。

290参考「世にふれど恋ひもせぬ身の夕さればすずろにものの悲しきやなぞ」(大和物語・十九段・二条の御息所)。

291『言葉集』は「山寺にすみ侍りけるころ、秋のあはれはいかにと、問ひ侍りければ」の詞書を付す。

292参考「山城の鳥羽田の面を見わたせばほのかに今朝ぞ秋風は吹く」(詞花・秋・曾禰好忠)、

「なにとなく物ぞ悲しき菅原や伏見の里の秋の夕暮」（千載・秋上・源俊頼）。

294 裳合十八番で右は四七〇「心なき」と番え、俊成は「左歌露にはなにのといへる詞浅きに似て心ことに深し」と判じて勝とした。下句を自卑と見て秋の造化の神秘の中に凡愚の自己を確認したと取る解と、反対にわが悲しみの深さを自認するあまり世間一般の露に対する優越感のごときものが籠められていると取る解がある。

295 参考「つれづれとわが泣きくらす夏の日をかごとがましき虫の声かな」（源氏物語・幻・光源氏）の「虫」は蜩。西行歌の秋蟬も蜩か。「あきせみ」は漢語「秋蟬」の訓読語。

296 別詞「ある人の秋の歌十首よませけるに」によれば、貴人の主催した歌会への応製か。もとそれぞれ歌題があったか。

297 参考「秋の野の草のたもとか花すすき穂に出でて招く袖と見ゆらむ」（古今・秋上・在原棟梁）、「秋来れば野辺にたはるる女郎花いづれの人かつまで見るべき」（古今・雑体・よみ人しらず）。

298 心「野の花虫をよみ侍りしに」、心妙「秋の興野にありといふ事を」とそれぞれ詞書がある。

299 参考「荻の葉に吹き過ぎて行く秋風のまた誰が里をおどろかすらん」（後拾遺・秋上・よみ人しらず）。

300 心・西「霧中鹿」題。参考「秋霧のはれせぬ峰に立つ鹿は声ばかりこそ人に知らるれ」（後拾遺・秋上・大弐三位）。「いづかたぞ秋の朝明《あさけ》の霧隠れほのかに鹿の声ばかりする」（粟田口別当入道集）の藤原惟方作は「霧のうちに鹿を聞くといふ心を」と詞書がある。

301 西「時雨」題で冬の部に入れ、自撰した『治承三十六人歌合』では「冬の歌とて」と詞書を付す。参考「神な月ふかくなりゆく梢よりしぐれてわたる深山辺の里」（後拾遺・冬・永胤）。
302 心・西は「秋の歌どもよみ侍りしに」歌群に配列。
305 「残りなく暮れゆく春を惜しむとて心をさへもつくしつるかな」（金葉・春・源雅定）の「三月尽」を九月尽に転じた。宮合二十番で定家は「心をさへはつくすらんなどいへる言葉の寄せありてことなる咎なく侍れど」と評したが、左「秋篠や外山の里やしぐるらん生駒のたけに雲のかかれる」を勝とした。
311 参考「漕ぎ出でて深沖海原見わたせば雲居の岸にかくる白波」（広田社歌合・藤原盛方）、「漕ぎ出でて月はながめんさざ浪や志賀津の浦は山の端近し」（頼政集）。前歌の「深沖」は広田神社に対する敬語「御」を含むか。「はるかなる岩のはざまにひとりゐて人目思はで物思はばや」（新古今・恋二・西行）の自作に通う心境。
313 参考「二つなき物と思ひしを水底に山の端ならで出づる月かげ」（古今・雑上・紀貫之）、「秋の月浪の底にぞ出でにける待つらん山のかひやなからん」（拾遺・秋・大中臣能宣）。
314 参考「思ひ知りしばしな入りそ秋の月ここまで人を誘ふとならば」（成通集）。「な…そ」は禁止。
316 参考「浅茅原葉末に結ぶ露ごとに光をわけて宿る月かげ」（千載・秋上・藤原親盛）。
319 この歌は本文に小異あるが、『歌仙落書』『玄玉集』『続拾遺集』では登蓮の作とする。参考「小夜ふけて富士の高嶺に澄む月は煙ばかりや曇りなるらむ」（久安百首・藤原公能）。
320 参考「水錆ゐぬ鏡の池にすむ鴛鴦はみづから影を並べてぞ見る」（永久百首・常陸）。
322 心は詞書「広沢にて、人々月をもてあそび侍りしに」とある。松・別（重出歌）は初・二・

五句「池の面にうつれる月の…みくさなりけり」とあり、改作か。参考「谷河にやどれる月の浮雲は岩間によどむ水草《みくさ》なりけり」（清輔集）。

324参考「光をばさしかはしてや鏡山みねより夏の月は出づらん」（散木奇歌集）、「玉寄する浦わの風に空晴れて光をかはす秋の夜の月」（千載・秋上・崇徳院）。宮合十二番で定家は崇徳院の先例があることを理由に当歌を負と判定した。

327参考「すみのぼる月の光にさそはれて雲の上までゆく心かな」（詞花・雑上・藤原実行）、「秋の夜の月の光にさそはれて知らぬ雲路に行く心かな」（久安百首・藤原顕輔）。

330「水の面に照る月浪を数ふれば今宵ぞ秋の最中《もなか》なりける」（拾遺・秋・源順）に対し、「数へねど秋のなかばぞ知られぬる今宵に似たる月しなければ」（新勅撰・秋上・登蓮）と同じく暦に無縁の山住みの立場から発想。裳合十一番では「仲秋三五天、歌の姿高く詞清くして二千里の外もまことに残るくまなからんと思ひやられ侍れば」と高く評価される。

331参考「いつも見る光なれども天の川名に流れたる秋の夜の月」（教長集）。

332「暮の秋ことにさやけき月かげは十夜にあまりて三夜《みよ》となりけり」（千載・雑下・賀茂政平）。

333「月影はまた来ん年の今宵まであるべき身だに惜しからじやは」（教長集）を逆転した発想。

334秋の名はただ今宵一夜のためだったか、と誇張して十五夜の名月を賞美。裳合三番で俊成は「歌の姿いとをかし。十五夜の月をめづるあまりに今夜一夜の名なりけりといへる心深しといへども、なほ残りの秋を捨てん事いかが聞ゆ」と評価しつつ難をつけ、左の六四を勝とした（→六四補注）。

335心「童子神心ヲ」と注記がある。中世に十五歳は童と成人を分ける境界的年齢。十五夜綱引きに出る稚児神が十五歳以下を有資格とする民俗などを踏まえ、十五歳で成長を止める不老の少年神の心を詠むか。字音「十五」を用い、十五夜満月への愛惜を強調。安産や産児の息災長寿を祈る童子経法にかかわらせて解釈する説もある。

337 参考「遅く出づる月にもあるかな葦引の山のあなたも惜しむべらなり」（古今・雑上・よみ人しらず）。

340 宮合十三番で「荒れたる宿ぞ月はさびしきといひはてたる、猶よろしくも侍るかな」と評される。

341 「これや見し昔すみけん跡ならんよもぎが露に月のやどれる」（西）の自作に通う。

342 参考「吹きくれば身にもしみける秋風を色なき物と思ひけるかな」（古今六帖・一・紀友則）、「秋吹くはいかなる色の風なれば身にしむばかりあはれなるらん」（詞花・秋・和泉式部）。

350 参考「なにごとも変りゆくめる世の中にむかしながらの橋柱かな」（千載・雑上・道命）、「ありしにもあらずなりゆく世の中に変らぬものは秋の夜の月」（詞花・秋・明快）。

352 参考「こころみにほかの月をも見てしかなわが宿からのあはれなるかと」（詞花・雑上・花山院）。

353 参考「世の中をかくいひいひのはてはてはいかにやいかにならむとすらん」（拾遺・雑上・よみ人しらず）、「とてもかくかくてもよそになげく身の果はいかがはならむとすらん」（和泉式部集）。

355 参考「浅からず契るにつけてつらきかなまことしからぬ心と思へば」（為忠家初度百首・藤原為忠）。

356 参考「行末の月ぞゆかしきいにしへも今宵ばかりの影はなかりき」（定頼集）。

357参考「いつはりになりぞしぬべき月影をこの見るばかり人に語らば」（金葉・秋・藤原伊房）。

359参考「月影の夜とも見えずてらすかな朝日の山を出でやしぬらん」（能因法師集）。

360参考「かねてより昼と見ゆれば秋の夜の明くるもしらぬ有明の月」（久安百首・藤原教長）。

362参考「月影も松のみどりに色はえて千代まですまんけしきなるかな」（林葉集）。

363参考「くまもなき月の光にはかられておほをそ鳥も昼と鳴くなり」（散木奇歌集）、「くまもなき月の光を明けぬとて八声の鳥の声やたつらん」（教長集）。

370心は「ひかりの」の「の」をミセケチ、「そ」とする。心妙・茨・上は「の」。

376「月明白浪畳氷霜」（本朝麗藻・藤原道長）など漢詩文による西行の愛用表現。「よもすがら明石の浦の波の上に影たたみおく秋の夜の月」（聞書集）は同想。

377「今宵しも天の岩戸を出づるより影くまもなく見ゆる月かな」（松）も同想。下句は「いつとてもながむる空はかはらねど光ことなる秋の夜の月」（六条斎院歌合・式部）に一致。

380「すむ水にさやけき影のうつればや今宵の月の名に流るらん」（千載・秋下・藤原俊家）は後冷泉院時代の九月十三夜月宴の詠。「名に負ふ」の措辞は「昔より名に負ふ夜半の月なればたえぬところもなき光かな」（教長集）など八月十五夜に用いられた。

381西行在世時に閏九月のあったのは保延三年（一一三七）、保元元年（一一五六）、安元元年（一一七五）の三回。

382那智の滝を神体とする飛滝権現が祀られた。一三世紀末成立という「那智瀧図」（根津美術館蔵）は那智の滝の背後より月が上ろうとする図で、自然の景に神性を形象する点は当歌に通うか。「雲かかる那智の高嶺に風吹けば花ぬきくだす滝の白糸」（為忠家後度百首・源仲正）の「花」を「月」に詠み換えた趣。

386「ますほの薄」は諸説ある（無名抄）が、西行は穂先が赤紫に染まる薄と受け止めて詠む。一一九四「ますほの小貝」参照。「すがる臥す栗栖《くるす》の小野の糸薄まそほの色に露や染むらん」（長方集）は同時代同想。

389他所や他人の心中を照す野守の鏡を、他時を映すものへ転じたか。茨・心・西「花の色を」によれば、秋の野花の色を水影に映すので、の意。

393結句の「秋」は松・宮合・別「夜」。宮合十二番判詞に「…浅茅が下の虫の音、月の光は同じく昼にまがふとも…」とあり、「夜」の本文によれば、昼に見紛う月明の中で、露が置くことによって夜を知るのだろうか、の意になる。

396参考「おぼつかなたが袖の子にひきかさね法師《ほふし》子《こ》の稲かへしそめけん」（散木奇歌集）。「かへし」は冷泉家本に「かぶし」とあり、顕昭『散木集注』に「かぶすとは稲の実のなりて傾くをいふなり」と注している。

398参考「ほのぼのと有明の月の月影に紅葉吹きおろす山おろしの風」（新古今・冬・源信明）。

403参考「憂きままにいとひし身こそ惜しまるれあればぞ見ける秋の夜の月」（後拾遺・秋上・藤原隆成）。

407参考「天の原ふりさけ見れば春日なる三笠の山に出でし月かも」（古今・羇旅・安倍仲麿）。裳合十番の判詞で「今宵三笠のと置ける詞はいと優に聞えたり。ふりさけしといへる初の句やいかにぞ聞ゆらん」と俊成は初句の破格を難じ、左の一〇三六「吉野山」を勝とした。

409参考「夜や寒き衣や薄き片削のゆきあはぬ間より霜や置くらむ」（俊頼髄脳・住吉の神、新古今・神祇）。西行歌は荒廃した住吉社殿の千木《ちぎ》（屋根の上に交差して突き出た部分）の交差の隙間より洩れる月光を霜に見立てた。住吉神詠の「衣」より「み袖」を導く。嘉応二年（一一七〇）住吉社歌合の「社頭月」題詠に類想歌数首がある。西詞「院、熊野の御幸の次に、住吉に参らせ給たりしに」。「院」は鳥羽・崇徳・後白河のいずれか特定しがたい。

414 初度西国の旅は旧説では仁平二、三年（一一五二、三）頃と推定。平治元年（一一五九）春から秋にかけての旅か。↓一一四二補注

416 参考「あはれしる人に見せばや山里の秋の夜深き有明の月」（玉葉・秋下・菅原孝標女）。「人に見せばや」に対し「人見たらばと思ふかな」は口頭語的。

419 参考「追ひ風に八重の潮路をゆく舟のほのかにだにも逢ひ見てしかな」（新古今・恋一・源師時）。「波間わけ走る船路にほととぎす声ほのかにも鳴きわたるかな」（為忠家後度百首・藤原為盛）は「船中郭公」題。雁の場合はその声が波音、櫓を漕ぐ音に類似することからの連想もはたらく。

420 参考「秋風に山飛び越ゆる雁がねのいや遠ざかり雲がくれつつ」（古今六帖・六・人麿、万葉は第二句「大和へ越ゆる」）、「風吹けば峯に別るる白雲の絶えてつれなき君が心か」（古今・恋三・壬生忠岑）。

421 敏達天皇代に高麗より烏羽に墨書した国書が届いた故事（日本書紀）に拠り、「雁信」の故事（↓四八）を応用。「烏羽」は藤原顕季・同為忠の恋歌に先例。院政期歌学書にも取り上げられる。宮合十九番で次の四二二と番え、定家は「烏羽の玉章、跡なきことにはあらねど、近き世より人好み詠むことに侍るべし」として当歌を負と判じた。

422参考「白雲に羽打ちかはし飛ぶ雁の数さへ見ゆる秋の夜の月」（古今・秋上・よみ人しらず）、「秋風に初雁がねぞ聞ゆなる誰が玉章をかけて来つらむ」（古今・秋上・紀友則）。「天の原とわたるつらに具せよとやたのむ（田の面）の雁の声あはすらん」（清輔集）は同じ「雁声遠近」題で遠近の鳴き交しが逆。

424「雁信」の故事に加え、雁行を空色の紙の書信に見立てるのは「雁飛二碧落一書二青紙一」（和漢朗詠・上・秋・菅原道真）に典拠。

426参考「人は行き霧は籬に立ちとまりさも中空に詠めつるかな」（和泉式部集）。

428参考「咲きかかる竹の編戸の卯花は夜をこめながらあくるなりけり」（林葉集）。

429「風かけて」が難解で、「すがひすがひに」への続き方が不分明。顕昭『散木集注』に「しがふ」を語釈して「しがふとは草をたばねて、また末を結び合はするを云ふなり。すがふとも云ふ。つがふ心なり」とあるのを参照し、試解した。花妻の萩に牡鹿の鳴声を風が寄せ懸けて次々に結び合わせるということか。参考「風かけてひしる牡鹿の声聞けばねらふ我が身ぞ遠ざかりぬる」（散木奇歌集）、「山がつの簀《す》戸《ど》が竹垣枝もせに夕顔なれりすがひすがひに」（同）。

431参考「夜もすがら妻恋ひかねて小牡鹿のうらめしげなる暁の声」（待賢門院堀河集）、「妻恋ふる涙なりけり小牡鹿のしがらむ萩における白露」（久安百首・藤原実清）。

432参考「さらぬだに夕さびしき山里に霧の籬に牡鹿なくなり」（待賢門院堀河集）、「木の葉散る峯のあらしに夢さめて涙もよほす鹿の声かな」（散木奇歌集）。

436小倉山麓の二尊院に西行庵の伝承がある。

437「夢野の鹿」は『摂津国風土記逸文』によると、淡路国野島の妾の鹿に通う牡鹿を憎んだ嫡妻の鹿が、牡鹿の見た夢に対し偽りの夢合せをし、その通りに夫の鹿が射殺されたという古伝説。それゆえこの野を「夢野」と名づけたという。風土記逸文の内容にもとづき、恋の感傷・性的衝動を読み取る説もあるが、老残の思いを殺される運命の鹿の悲哀に寄せたのみか。

439参考「人も来ず隣たえたる山里に寝覚の鹿の声のみぞする」（恵慶法師集）。

440参考「ひたぶるに山田もる身となりぬれば我のみ人をおどろかすかな」（詞花・雑上・能因）、「ひたぶるに山田の中に家居してすだく牡鹿をおどろかすかな」（堀河百首・永縁）。

441参考「住む人の心ぞ見ゆる卯の花をひとへにかこふ小野の山里」（唯心房集）。作者の寂然は西行の親友で大原に隠棲。

446参考「秋風の吹きよるごとに刈萱の下に乱るる松虫の声」（四条宮下野集）。

448参考「文見ずと聞くにつけてもうたしめのはしたなきまで濡るる袖かな」（散木奇歌集）。

450参考「秋来れば虫もや物を思ふらむ声もをしまず鳴き明かすかな」（新拾遺・秋下・花山院）。

451参考「秋深き寝覚をいかになぐさめむともなふ虫の声もかれゆく」（久安百首・待賢門院堀河）。

456参考「人は来ず風に木の葉は誘はれぬよなよな虫は声弱りゆく」（好忠集）、「夜を重ね声弱りゆく虫の音に秋の暮れぬるほどを知るかな」（久安百首・藤原公能）。「蟋蟀夜寒に秋のなるままによわるか声の遠ざかりゆく」（裳合二十一番左）は四五五・四五六を併せて発展させた作か。

458参考「秋の野の草葉も分けぬわが袖のあやしやなどて露けかるらん」（一条摂政御集）、「忍びしに心の限り尽きにしをあやしやなにの物は思ふぞ」（続詞花集・恋下・藤原惟成）。これらにより恋歌的表現を下句に導入し、袂の涙より心の物思いを客体化して認知。

459 参考「露ならぬ心を花におきそめて風吹くごとに物思ひぞつく」（古今・恋二・紀貫之）。

460 参考「年へぬる秋にも飽かず鈴虫のふりゆくままに声のまされば」（後拾遺・秋上・藤原公任）およびその返歌「たづね来る人もあらなん年をへてわがふるさとの鈴虫の声」（同上・四条中宮）。

461 蟋蟀が秋から初冬にかけて屋外より屋内に居所を移すことは『詩経』国風・豳《ひん》風の「…七月在野　八月在宇　九月在戸　十月蟋蟀入二我牀下一…」による。

463「くつわ虫」は馬具「轡」の縁で馬・駒と取り合わせて詠むのが基本ながら、曾禰好忠・源俊頼に馬の縁に拠らない詠作がある。茨「うち具する」（連れ立つの意）の初句によるなら、以下に従者を伴わない騎馬武者を想定した本文になるようだが、底本系統・松・歌枕名寄「うち過ぐる」によれば人跡絶えた夕方の寂しい道を過ぎ行く旅人が想定され、街道の夕景の静寂に、『枕草子』で厭われた轡虫の喧しい声を対照させる意図があったか。松・歌枕名寄の「野路」が近江国の歌枕とすれば、京都より一日の行程で日暮れとなる物寂しい場所で、先の鏡の宿での宿りが目指されるところだから、下向する旅人を「夕され」に喧しい声によって「送る」「くつわ虫」を詠むのにふさわしい。

464 参考「山深みとふ人もなき宿なれど外面の小田に秋は来にけり」（金葉・秋・藤原行盛）。

466 四　宗輔の中納言在任は大治五年（一一三〇）より保延六年（一一四〇）三月まで。西行一三歳より二三歳。宗輔につき『今鏡』に「菊や牡丹など、めでたく大きに作り立てて好みもち、院にもたてまつりなどして」とある。七　鳥羽離宮の南殿の構成は詳細不明。東南方にあった池に面して寝殿があり、東中門や中門廊もなく、開放的に池汀に臨んでいたようだから、寝殿の「東面」に坪（建物や垣・廊などで囲われた中庭）は存在しなかったか。寝殿の東北方部、西方部には坪庭のあった可能性があり、松・別「東西の坪」はそれらを指すか。「坪（壺）」は蓬萊山など三神山がいずれも壺の形をしているという伝説を意識するか。九公重は西行の主家徳大寺実能の猶子《ゆうし》。保延二年（一一三六）以前に鳥羽院殿上人、保延三年正月に右兵衛佐に任じ、鳥羽院下北面・左兵衛尉義清（西行）と職務上のつながりもあった。

467 参考「長月の九日ごとにつむ菊の花もかひなく老いにけるかな」（拾遺・秋・凡河内躬恒）。

468 参考「不㆓是花中偏愛㆑菊　此花開後更無㆑花」（和漢朗詠・上・秋・菊・元稹）。

470 「心あらむ人に見せばや津の国の難波わたりの春のけしきを」（後拾遺・春上・能因）と、それに応答した「心なきわが身なれども津の国の難波の春にたへずもあるかな」（千載・春上・藤原季通）が参考になる。西行歌も能因歌への応答と見る限り、「心なき身」は情趣を解しない身という意の謙辞と取るのが妥当。能因歌を逆転し、名所歌枕でない「沢」より飛び立つ「鴫」に「あはれ」を感知し、その寂寥感のうちに中世美を発見した作。鴫は万葉・古今以来、羽音を立てて飛ぶ様を詠む農村的卑俗な題材で、季を限らず、暁に詠む表現伝統があった。「わが門のおくての引板《ひた》におどろきて室の刈田に鴫ぞ立つなる」（千載・秋下・源兼昌）も飛び立つ鴫の羽音を詠むが、これを先蹤として鴫を「秋の夕暮」の景物に定着させた西行歌は後世に大きな影響を残した。裳合十八番右に自撰し、俊成に「心幽玄に姿及びがたし」と評価されながら、左の二九四「おほかたの」に対し負と判定され、『千載集』にも選ばれなかったことから、説話伝承を派生し、相模国大磯に「鴫立沢」の歌枕伝承をも生んだ。

471 参考「今さらに訪ふべき人も思ほえず八重葎して門させりてへ」(古今・雑下・よみ人しらず)。
472 参考「天の原時雨にくもる今日しもぞ紅葉の色は照りまさりける」(西宮歌合・源顕仲女)。
476 『後撰集』より「松の梢」が多く詠まれるのを受け、梢に松虫の音を残せと命じたと解したが、松虫(今の鈴虫という)の習性に頓着しない相当に大胆な発想となる。松・茨「限あればの初句によれば、二・三句に懸り、秋には限りがあるから草が枯れてゆく野辺は致し方ない、の意で通じやすくはなる。ただし別「こずゑあれば」。
477 元性は嘉応元年(一一六九)二月に入滅した覚性の忌明けに高野入山したらしく、承安元年(一一七一)八月には高野山にあった(平安遺文題跋編二六四四号)。元性の高野山における庵室は承安四年の時点で、別所の西小田原に所在(同二七三八号)。そこが歌会の場となり、一〇四五、一〇四九、一〇五五、一〇五六、一〇七四、一〇七五は同時期の詠か。上巻に収める当歌は、『山家集』の改編に際しての追補か。→九一六
482 五 信夫郡には延喜式内社五社ほか古社数社があった。信夫庄司佐藤氏は西行の同族で、平泉藤原氏と特別に密接な関係。六 「常磐なる松の緑も春くれば今ひとしほの色まさりけり」(古今・春上・源宗于)を秋に転じ、紅葉を配した。別の詞書は「みちのおくにまかりけるとき、しのぶといふ所に社の松の下にもみぢのいとおもしろく見えたれば」と詳しく、これによれば下句は紅葉を玉垣に見立てたと解せる。松に絡む蔦紅葉と取る説は当らず、紅葉の赤が玉垣の朱色に映えると解する説は語法的に無理。
483 参考「あさまだき嵐の山の寒ければ紅葉の錦着ぬ人ぞなき」(拾遺・秋・藤原公任)。
484 参考→一九一補注・公任歌。下句は「もみぢゆく龍田の山の梢にて秋の深さの程ぞ知らる

る」（忠盛集）に拠るか。

486 流布本系特有歌の「山里に家居をせずは見ましやは紅深き秋の梢を」は類想。

487 「山里は物のわびしき事こそあれ世の憂きよりは住みよかりけり」（古今・雑下・よみ人しらず）を受け、山里住みの悲しさの自覚へ転じる。「木の葉散る秋の末こそ悲しけれ深山隠れに住まひせしより」（唯心房集）は寂然の同時代類想。

489 第二句は茨・松・別「月なみわかぬ」。この本文なら、暦の知識がなく、秋が暮れる月の次第を知らない、の意になる。「暮秋」題は、秋が暮れるのを惜しむのが本意だから、この方がよいか。「月なみも知らぬ伏せ屋もしるきかなとまらぬ花に春尽きぬとは」（教長集）は「山家三月尽」題。

490 茨・心・別の結句「むすびかふらん」は結び変えているのだろう、の意でよく通じる。参考「高砂の尾上の鐘の音すなり暁かけて霜や置くらん」（千載・冬・大江匡房）。

493 宮合二十四番で右「小倉山ふもとの庭に木の葉散れば梢に晴るる月を見るかな」（西）と番え、判詞に「両首歌左暮秋霜底聞暗蛬残声…意趣各宜歌品是同仍為持《もち》」とあり、「持《じ》」（引分け）の判定だが、定家は暮秋の歌と取っている。下句は「衣うつ遠の里人霧深みあるかなきかの声聞ゆなり」（江帥集）の大江匡房作に先例。

494 「わが宿は雪降りしきて道もなし踏みわけて訪ふ人しなければ」（古今・冬・読人しらず）の雪を落葉に転じ、まだ早い冬籠りを詠じた。

496 参考「木の葉散る宿は聞きわくことぞなき時雨する夜も時雨せぬ夜も」（後拾遺・冬・源頼実）。

497 参考「ちはやぶる神世もきかず竜田河唐紅に水くくるとは」（古今・秋下・在原業平）。

499参考「ほのぼのと有明の月の月影に紅葉吹きおろす山颪の風」（和漢朗詠・下・風・源信明）、「いづるよりさえてぞ見ゆる木枯の紅葉吹きおろす山の端の月」（清輔集）。

500参考「みなかみに紅葉流れて大井川むら濃《ご》に見ゆる滝の白糸」（後拾遺・秋下・藤原頼宗）。

502参考「もろともに山めぐりする時雨かなふるにかひなき身とは知らずや」（詞花・冬・藤原道雅）。

503「東屋の真屋のあまりのその雨そそき…」（催馬楽・東屋）による。

504第四句は茨・松・別「ひをくくるとは」、西・夫木抄「ひをくくりとは」。第五句は茨・西・夫木抄「みゆるなりけり」、松・別「見えずやあるらん」。緋緒括（緋色に染めた糸組の緒による袖括り）とは見えない、が本来の意か。脆弱な魚体の氷魚（鮎の稚魚）を捕るには網代の簀に袋状の布を用いた。その袋布を袖に見立て、流れ寄る紅葉に一面緋色に染まったため、緋糸による袖括りとは見えず、氷魚を捕えているとも見えない、と表現したか。袖括りは鷹狩の狩衣より起こり、蹴鞠の装束にも用いたから、衛府官人であった西行には馴染みの題材。網代の簀布については「氷魚の寄るたびにぞ払ふ田上や居座《ゐぐら》にかかる網代木の布」（堀河百首・源師時）が証歌になる。氷魚漁の網代で有名な宇治川・田上川で実見されたか。

505覚範は未詳。興福寺別当権僧正範玄（寂念の子）の子に法橋覚範、源季広の子に覚範法師がいるが、僧都の履歴はなく、西行と交渉があったにしても、『山家集』原型成立以降になろう。覚雅なら源顕房の子で、神祇伯顕仲の弟であり、その僧房での詠作が『聞書集』『西行上人集』に見える。覚雅は康治元年（一一四二）に権少僧都となり、久安二年（一一四六）に寂しているので、当歌もその房での作なら西行の若い頃になる。

511第二句は茨・松・心・西・別「花のかづらも」、心妙「はなのすがたも」。参考「いろめきし花のかづらにをみなえしいただく霜のあはれなるかな」（唯心房集）。

512参考「冬ごもり思ひかけぬを木の間より花と見るまで雪ぞ降りける」（古今・冬・紀貫之）。

514「神無月初時雨には難波江の波よる葦も色やつくらむ」（四条宮下野集）の先例はあるが、霜枯れの葦の穂を「色あらたむる」と捉えたのは独自。

515参考「浅茅原玉まく葛の裏風のうらがなしかる秋は来にけり」（後拾遺・秋上・恵慶）。

517中古に「すさまじき例《ためし》」とされた冬月の美は『源氏物語』朝顔・総角巻で発掘された。それを先駆として「冷え寂び」の中世美へ展開。

519「さびしさは秋見し空に変りけり枯野を照す有明の月」（西）は秋月と冬の枯野を照す有明月を対照して類想。

521参考「よそにても同じ心に有明の月を見るやと誰にとはまし」（和泉式部集）、「露ふかき蓬がもとをかき分けて月は見るやと訪ふ人もなし」（唯心房集）。裳合二十二番の俊成判「なを心姿殊によろし」。

522参考「秦甸一千余里　凛凛氷鋪」（和漢朗詠・秋）、「桜花散りぬる風のなごりには水なき空に浪ぞたちける」（古今・春下・紀貫之）。

523第三句の底本「すはへかし」は独自異文。同系統の校異に揺れが大きいが、学習院大学本ほか「おはえかし」を同系統本文として取り、動詞「追はふ」を用いたと見て改訂。しかし文法的には「おはへよかし」とあるべきところで、不審。茨・松・別・西追加・夫木抄・六華集「をきとらし」は「招ぎ取らじ」と解せ、鷹詞「招ぎ取る」を用い、鷹飼が招餌（をぎゑ）を見せて鷹を呼び戻し拳に帰らせることはするまい、の意になる。「合はす」は獲物の鳥に狙いを合わせて鷹を放つ意だが、鳥が叢深く逃げ隠れた場合、鷹は翼を傷つけないよう叢中に入らず、「木居」（木に止まるの意）を取る。鷹が樹上でにらむ眼の方向に犬飼は犬を走らせ、獲物を嗅ぎ出させる（新修鷹経）。下句の「犬飼人の声」は「鳥叫（とさけび）」（鷹経弁疑論）の声か。再び鳥が叢から飛び立ったことを告げる犬飼人の声が頻りに聞えるから、木居のはし鷹を呼び戻しはせず、再び獲物を狙わせようという歌意で通じる。

525参考「み狩野はかつ降る雪にうづもれて鳥立も見えず草がくれつつ」（高陽院七番歌合・大江匡房、江帥集）。

526「木の間洩る月のかげにも似たるかなはだらに降れる夜半の初雪」（安元元年右大臣家歌合・藤原頼輔）は酷似。

529流布本系統はこの歌の前に「有乳《あらち》山《やま》さがしく下る谷もなしかじきの道をつくる白雪」の特有歌があり、共に北陸（越路）の旅の詠か。越前の有乳山で旅人が橇に乗ることを詠んだ先例に「初み雪降りにけらしな有乳山越の旅人そりにのるまで」（永久百首・源兼昌）、「跡絶えて有乳の山の雪越えにそりの綱手を引きぞわづらふ」（久安百首・藤原親隆）。

530参考「冬来なば思ひもかけじ有乳山雪をれしつつ道まどひけり」（散木奇歌集）。

536土御門内裏は保延四年（一一三八）一一月二四日に焼亡、同六年一一月に再建されたので、保延元年（一一三五）に兵衛尉に任じ、同六年一〇月一五日に出家した西行の事歴からみて、保延元～三年の在俗時の可能性が高い。崇徳天皇在位期。還立御神楽は清涼殿東庭に天皇が出御して催行。

537参考「住吉の松のしづえに神さびて緑に見ゆる朱の玉垣」（後拾遺・雑六・蓮仲）。

540第三句は茨・松・別・夫木抄「上にして」、第四句も茨・松・別・夫木抄「雪はしとねの」の異文。「しく」「しとね」が原本文と考える説もあるが、陽明文庫本系統本文として底本ほか数本の「しく」「しらね」を取って校訂。青根が峰は「み吉野の青根が峰の蘿蓆《こけむしろ》誰か織りけむ経緯《たてぬき》無しに」（万葉・巻七・作者不詳）、「今朝はしも青根が峰に雪積みて苔のさ莚敷きかへつらん」（散木奇歌集）など苔を莚に見立てて詠む伝統がある。「白根」は越の白根、白山を連想し、「青根」に対照したと解せる。「年深く降り積む雪を見る時ぞ越の白根にすむ心地する」（後撰・冬・よみ人知らず、躬恒集）を本歌として春に転じた「み吉野の花の盛を今日見れば越の白根に春風ぞ吹く」（千載・春上・藤原俊成）は『山家集』以降の詠作と推定され、その意表をつく発想は西行歌から着想されたか。

541参考「時わかず降れる雪かと見るまでに垣根もたわに咲ける卯の花」（後撰・夏・よみ人しらず）の季と見立てを逆転。

544参考「浪の折る伊良胡の崎を出づる舟はや漕ぎわたれしまきもぞする」（堀河百首・源国信）。「しまき（風巻）」は激しく吹き巻く風。

545参考「訪ふ人もなき冬の夜のさ夜中に音するものは霰なりけり」（為仲集）、「人とはで葎は宿をさせれども音するものは霰なりけり」（堀河百首・大江匡房）。

547「雪消えぬ深山かたそのすすくるは焼く炭竈の煙なりけり」（為忠家初度百首・源仲正）など「すすく」は院政期に用いられ始めた非歌語。

548参考「淡路島いそわの桜咲きにけりよきてをわたれ瀬戸の潮風」（忠盛集）。西行歌第五句の底本「さえわたる」に対し、茨・松・別・万代集「さえまさる」。

549参考「淡路島かよふ千鳥の鳴く声に幾夜寝ざめぬ須磨の関守」（金葉・冬・源兼昌）。

551流布本系統は前歌と配列が逆。また松・別は「夜をさむみ声こそしげく聞ゆなれ」と上句が異なり、下句は同一文の歌を収める。改作というより別歌か。

554参考「岩間とぢつゆも洩らさず谷川の水ほすものは氷なりけり」（為忠家初度百首・源仲正）。

557参考「山里の紅葉見にとや思ふらん散り果ててこそ訪ふべかりけれ」（後拾遺・秋下・藤原公任）。

559参考「夕されば門田の稲葉おとづれて葦の丸屋に秋風ぞ吹く」（金葉・秋・源経信）。

560参考「かもめこそ夜がれにけらし猪名野なる昆陽の池水うは氷りせり」（後拾遺・冬・長算）。

562地名「ゆふさき」を詠む唯一の先例に「神のます浦々ごとにこぎ過ぎてかけてぞ祈るゆふさきの松」（大弐高遠集）。『夫木抄』はこれを播磨とし、西行歌は冬部に部類。『大弐高遠集』の配列では上京途上の須磨と鳴尾の間に「ゆふさき」が見え、現神戸市東灘区魚崎が該当するなら、摂津国。

564参考「小夜更くるままに汀や氷るらん遠ざかりゆく志賀の浦波」（後拾遺・冬・快覚）。宮合二十五番で次の五六五と番え、定家は「帰る波なきなどいへるよりは花にまがふ吉野の雪、旧りてや聞え侍らん」と判じ、当歌の表現の新しさを賞して勝とした。

566参考「さびしさに煙をだにも絶たじとて柴折りくぶる冬の山里」（後拾遺・冬・和泉式部）は『西行上人談抄』にも引く歌。松屋本特有歌に熊野で柴を焚くことを好んだ老人を詠む歌もある。

567「雪降れば木ごとに花ぞ咲きにけるいづれを梅とわきて折らまし」（古今・冬・紀友則）のように「木ごと」は「木」と「毎」で「梅」を表すのが本来。離合詩の手法をまねた表現だが、西行はその手法を離れ、「ひとときに遅れ先立つこともなく木ごとに花の盛りなるかな」（聞書集）でも桜に転用。

568覚性法親王は紫金台寺《しこんだいじ》御《お》室《むろ》と号す。九一四も「仁和寺の御室にて、…」とあるが、同歌の西詞「仁和寺の宮、山崎の紫金台寺に籠りゐさせ給ひたりし比、…」とあるから、当歌も紫金台寺での詠か。→九一四補注

569参考「わが宿は雪降りしきて道もなし踏み分けて訪ふ人しなければ」（古今・冬・読人しらず）。

570参考「思ひやれ雪も山路も深くして跡絶えにける人の住処を」（後拾遺・冬・信寂）。

574心詞「よのがれてひんがし山でらにはべりしころ、としのくれに人々まうできて、おもひのべはべりしに」。→一〇四補注

578参考「園原や伏屋に生ふる帚木のありとてゆけどあはぬ君かな」（古今六帖・五、新古今・恋一・坂上是則）。

579参考「思ひかね今日立て初むる錦木の千束も待たで逢ふよしもがな」（詞花・恋上・大江匡房）。

580参考「くれはとりあやに恋しく有りしかば二村山も越えずなりにき」（後撰・恋三・清原諸実）。

587恋人の情が濃やかになってほしいの含意。底本「こひえまほしき」は独自異文で、同系統多くの「こかえまほしき」も意味不通。底本系3本と茨「こからまほしき」により改訂。

588底本「やみとかいへる」は独自異文。底本系統は「やみとかまつる」の本文が優勢だが、意味不通。茨「やみとかこへる」、松「やみにかこへる」。茨により改訂。

590 松・別「あはずはいつのならひにて…人をうらむる」。

594 陽明文庫本系統「すそとる」が優勢だが、学習院大学本ほか4本の「すうとる」は「すかとる」の誤写か。松・別・夫木抄「すかとる」。夫木抄は「すかとるいと」の標目で所収。原本文かと推定される「すかとる」は、まだ練っていない生糸、また繭の表面の部分から取った質の悪い絹糸（しけ糸）をも意味する「絓《すが》」を取るということか。

596 参考「ゆきずりの人の袖さへ匂ふかな梅の立枝に風や吹くらむ」（江帥集）。

597 参考「つれもなき人に見せばや女郎花あだしの野辺にまねく気色を」（林葉集）。

601「露すがる萩の下枝はさもあらぬに我が涙には人もたわまず」（頼政集）は同一題。

605「ばや」を願望でなく、「ば」を接続助詞、「や」を疑問の係助詞と取り、上句を原因、下句を結果した現象とする解もある。

606 参考「毎㆑朝声少漢林風」（和漢朗詠・上・落葉・具平親王）。第二句の「たたむる」は茨・松・別「おさむる」。陽明文庫本系の「たゝむる」は「おさむる」の誤写ではなく、同意の別語に推敲か。しまい込む意の用法もある「畳む」を用いたと見たいが、「畳む」は四段活用・他動詞であるから、文法的には「たためる」とあるべき。「畳む」には自動詞の用法もあり、西行にその用例（三七六）もあるので、あるいは下二段活用に誤用したか。落葉を風が畳むと表現した作例に「池の面に洗ふ紅葉の錦をば汀にたたむ木枯の風」（出観集）があり、風が声を畳むと表現する特異な作例に西行の「ほととぎす鳴きわたるかな波の上に声たたみおく志賀の浦風」（夫木抄・夏二）がある。「畳む」は漢詩文系の措辞。→三七六

607 参考「諏訪の海の氷の上の通ひ路は神のわたりてとくるなりけり」（堀河百首・源顕仲）。

「冬くれば駒うちわたす諏訪の海のいくへとぞなき人のつらは」（頼政集）は恋歌。

609 寿永百首家集『隆信集』によれば佐々木は上西門院美作の居所で、西行が仲介してそこに隆信を呼んで「山家恋」題で人々が詠んだ歌会を開いた事情が分る。参考「思ひやれとふ人もなき山里の筧の水の心細さを」（後拾遺・雑三・上東門院中将）、「雲の上にさばかりさしし日影にも君がつらはとけずなりにき」（後拾遺・恋一・藤原公成）。

610 市は色好みが懸想《けそう》をし、浮名の立つ場であった表現伝統を踏まえる。人目が多いので浮名が立つのを避けて自分は行かず、市へ通う、懸想人に縁故ある商人を探し出して恋の手紙を託し、商人を玉章《たまづさ》の使いに見立てたところが新機軸。

612 この歌は流布本系統では配列が異なり、六七一の後にある。参考「いはしろの野中に立てる結び松心もとけず昔思へば」（拾遺・恋四・柿本人麿。万葉では長忌寸意吉麿の作）、「かくとだにまだいはしろの結び松むすぼほれたるわが心かな」（金葉・恋上・源顕国）。

616 参考「あしひきの山より出づる月待つと人には言ひて君をこそ待て」（拾遺・恋三・柿本人麿）。参考歌と同じく女の立場で詠む。

617 裳合二十八番で六二八「歎けとて」と番え、俊成判は「左右両首ともに心深く、姿優なり。よき持とすべし」。当歌の「雲居」から宮中の意を連想し、高貴な女性に恋をして一度は逢うことができたという伝説も生じたが、「雲居のよそ」の修辞は宮中に特定されない。初恋（始発期の恋）を主題とする当歌は、一目望見した無縁と思われた女性の面影が恋の涙を流す対象とまでなった自己の心の感応を自覚し、恋を知らなかった段階から知的に捉え返した歌。

618 参考「月影にわが身を替ふるものならばつれなき人もあはれとや見む」（古今・恋二・壬生

忠岑)。

619感動詞「いでや」に月の縁語「出で」を掛ける。参考「懲りずまに猶も待つかな冬の夜の有明の月のいでやと思へば」(基俊集)。

620「外れ」は月の縁語。「やさし」に「矢」、「いつか」に「射」と弓の縁語を響かせる。この歌は『山家心中集』では恋の最初に配列するので、初恋(始発期の恋)の回想と解せる。

624「ぬる」は松・別・西・夫木抄「ける」。

627こちらで月が山の端に入っても、山のあなたの君には月が見えているからの含意。参考「遅く出づる月にもあるかな葦引の山のあなたも惜しむべらなり」(古今・雑上・よみ人しらず)。

628裳合二十八番→六一七補注。『千載集』は詞書「月前恋といへる心をよめる」。『小倉百人一首』に撰ばれた歌。

634参考「袖は漬《ひ》ち涙の池に目はなりて影見まほしき音《ね》をのみぞ泣く」(成尋阿闍梨母集)。

640参考「かきくらす心の闇に迷ひにき夢うつつとは世人《よひと》さだめよ」(古今・恋三・在原業平)。

641第四句は茨・松・別ほか「かげにあはれを」。「憂き面影」の語句は藤原隆信以下、後代に受容例がある。初案「影にあはれを」を「憂き面影に」に推敲か。

642参考「いづくにか来ても隠れむ隔てたる心のくまのあらばこそあらめ」(後拾遺・雑二・和泉式部)。

643底本系統は「月は」が有力本文だが、「月」の語が重複する同字の病。歌病を気にしない詠法とも取れるが、茨・松の方が本来か。

645底本系統の多くと茨・松「のごひ捨てて」。「捨つ」と同義の「棄《う》つ」は平安期以降は用例が少ないから、原本文「のこひうてゝ」から誤写により「のこひすてゝ」が派生したか。

648草庵の月を友とする伝統的発想の上に、恋を余情に回した。『新後撰集』は秋下に、『万代集』は雑二に入集。

649「染む」は茨・松・西・別「そふ」（添ふ）。新古今は「そむ」「そふ」両様の伝本がある。

651参考「和泉なる信太の杜の楠の千枝にわかれてものをこそ思へ」（古今六帖・二）。

652参考「更級の姨捨山の有明のつきずも物の思ほゆるかな」（伊勢集）、「夜な夜なはまどろまでのみあり明けのつきせず物を思ふころかな」（金葉〔異本歌〕・雑上・皇后宮美濃）。

653第三句は松・心・西・別ほか「なしはてゝ」の異文。その場合「なし果てで知らせて」と同意にも解釈できるが、「なし果てて知らせで」と反対の解釈も成り立つ。裳合・新古今は「なしはてし」「なしはてて」両様の伝本が存する。裳合二十四番では右「もらさでや心の底を汲まれまし袖にせかるる泪なりせば」と番え、俊成判は「両首の恋ともに心深しといへども右歌なほ由ありて聞ゆ。まさるべくや」と当歌は負の判定。俊成は「知らせてこそは」と読み、その強い意志と行動性に違和を覚えたか。参考「思ひあまり言ひ出づるほどに数ならぬ身をさへ人に知られぬるかな」（後拾遺・恋一・道命）。

655上句を序として「方」を導き「頼り無き」と続け、「片便り無き」を掛ける。「荒野」は一度は耕されて無人化し荒廃した土地。中世の荒野開発は主として他郷から越境した浪人層が当ったので、その卑賤な「山賤」が住み始めた地点は頼りなく、拠り所がないと表現。掛詞に用いた「片便り」の語意を「こちらからは便りをするが、先方からは返事がこないこと」と解する説もあるが、当歌より措辞を受容した「浜中に塩風ばかりおとづれてかたたよりなき海人の宿かな」（新撰六帖・藤原信実）の用例から見ても、「片便り」は「一片の手紙」という語意。
656 参考「年を経て葉替へぬ山の椎柴やつれなき人の心なるらん」（後拾遺・恋一・源顕房）。
658 参考「いかにしてしばし忘れん命だにあらば逢ふ世のありもこそすれ」（拾遺・恋一・よみ人しらず）、「惜しからぬ命心にかなはずはあり経ば人に逢ふ瀬ありやと」（好忠集）。
659 当歌は初句を「何せんに」として『治承三十六人歌合』、『言葉集』恋上では平経盛を作者とする。
660 裳合二十五番で右「たのめぬに君来やと待つ宵の間の更けゆかでただ明けなましかば」と番え、俊成判は「左忍びはつべきなどいへる末の句いとをかし。初の五文字やいかにぞ聞ゆらむ…」と、初句「あやめつつ」を難じ、負の判定。「あやむ」は「恋すとも身のけしきだに変らずは言はぬに人のあやめましやは」（散木奇歌集）あたりから摂取した非歌語。
662 参考「たきつ瀬のはやき心を何しかも人目つつみの堰きとどむらむ」（古今・恋三・よみ人しらず）、「打ち絶えて落つる涙に鳴滝のたぎれて人を見ぬがわびしき」（古今六帖・三）。西行歌は、上流は河川沿いに谷底平野を形成し、谷合から宇多野に出る箇所に形成された扇状地付近でしばしば氾濫した鳴滝川（御室川）の水流の様相に即して、しばらくは人目をはばかって涙を隠し通せたが、ついにはあふれ出る涙となった様を詠んだか。
663「なりなん」は茨・心・西・別「ありなん」、新千載「なりけん」。

664「などなど」は「何故」の繰り返し（畳語）と見たが、「何故などと」の意に取る解釈もある。
667 参考「われを思ふ人を思はぬ報いにやわが思ふ人のわれを思はぬ」（古今・雑体・誹諧歌・

よみ人しらず）。

668 参考「忘らるる身はことわりと知りながら思ひあへぬは涙なりけり」（詞花・恋下・清少納言）。

669「雨の脚」は漢語「雨脚」の訓読語。↓六七〇・一一七〇

671 裳合二十七番右、第四句「悔しかりける」。左「人は来で風のけしきもふけぬるに哀れに雁のおとづれて行く」と番え、俊成は「左歌も心あり、をかしくは聞ゆ。右歌猶よろし。勝と申すべし」と判じ、『千載集』に撰入。「物思い」する人としての西行の他者とは異なる資質の自覚がよく表れた歌。流布本系はこの歌の後に六一二「岩代《いはしろ》の」を配列。

674 当歌を西・別は述懐歌群に配列。

675 参考「あはれてふ言だになくは何をかは恋の乱れの束《つか》ね緒《を》にせむ」（古今・恋一・読人しらず）。

677 参考「身の憂きに思ひあまりのはてはては親さへつらき物にぞ有りける」（玉葉・恋五・藤原慶子。延喜御集では醍醐天皇の作）。裳合二十六番は左「世を憂しと思ひけるにぞなりぬべき吉野の奥へ深く入りなば」と番え、俊成判は「左の吉野の奥へ入る、右の親さへつらき恋の心ともに深く聞ゆれど…」とあり、持（引分け）の判定。

679 第二句は茨・松・別「心やすめの」。その場合は心を慰める口癖の意になり、歌意が大きく異なる。参考「しのぶべき人もなき身はあるをりにあはれあはれと言ひやおかまし」（後拾遺・雑三・和泉式部）、「山をのみあはれあはれと見てくれば今日日暮しのことぐさにせむ」（素性集）。

685 底本「けふ」に対して、茨・松・心・西・別・新古今「いま（今）」。心妙「けふ」。推敲か。

689 松・別・万代集「などて」。意味は同じ。

690 掘兼の井は多く恋情の深さを詠む。底本の結句「そこの心を」に対して底本系統の多くと松「底のふかさを」。「汲む」は井の縁語。

691 参考「人知れぬ思ひをつねにするがなる富士の山こそ我が身なりけれ」（古今・恋一・読人しらず）。

692 「さかまく」「水脈」「みなぎる」は水の縁語。

694 底本ほか「とゝひ」を従来「としひ（年日）」に改訂したのは誤り。「とどひ（ゐ）」は方言トドイを参照すると潮合の意で、瀬戸内海で上げ潮・下げ潮が交替するときに潮流が停止することを意味する語。参考「淡路舟潮のとどゐを待つほどに涼しくなりぬ瀬戸の夕風」（登蓮法師集）。→解説

695 参考「しのぶ山忍びて通ふ道もがな人の心の奥も見るべく」（伊勢物語・十五段）、「東路のさやの中山さやかにも見ぬ人ゆゑに恋ひやわたらん」（古今六帖・二）。

696 参考「いつとてかわが恋やまむちはやぶる浅間の嶽の煙絶ゆとも」（拾遺・恋一・よみ人しらず）。

701 夜の衣を返すのは夢で恋人に逢うためのまじない。参考「いとせめて恋しき時はむばたまの夜の衣を返してぞ着る」（古今・恋二・小野小町）。

703 「知られで」と取れば意味は逆になる。参考「枯れはてむ後《のち》をば知らで夏草の深くも人の思ほゆるかな」（古今・恋四・凡河内躬恒）。

704 時雨が木の葉を紅葉させるという当時の通念の上に、紅涙《こうるい》を紅葉に見立てる。

705 参考「いとどしく物思ふ宿の荻の葉に秋と告げつる風のわびしさ」（後撰・秋上・よみ人し

らず）。このように荻の葉に吹く風は秋の到来や恋人の来訪を予感させるもの。

708参考「この世にて君を見る目の難からば来ん世の海人となりてかづかん」（古今六帖・五）。この歌は『俊頼髄脳』に「聞くに、罪深く聞ゆる歌」として引く。

710肉声を響かせる口頭語「あはれあはれ」は和泉式部に先例。宮合三十六番で左は一三五〇「逢ふと見し」と番え、定家の判詞は「両首歌心ともに深く、詞及びがたきさまには見え侍るを、右の此世とをき、来ん世と言へる、ひとへに風情を先として言葉をいたはらず侍れど、かやうの難は此歌合にとりてすべてあるまじき事に侍ればなずらへて又持とや申すべからむ」とある。

711第四、五句は西「物おもふつみはぐしてつくらん」。

712参考「暮れぬなりいくかをかくて過ぎぬらん入相の鐘のつくづくとして」（和泉式部集）。

714心・西・別「寄橘懐旧」題。「五月待つ花橘の香をかげば昔の人の袖の香ぞする」（古今・夏・よみ人しらず）により「花橘」は懐旧を詠む題材。西行歌は恋の思い出を秘めるか。参考「風に散る花橘に袖しめてわが思ふ妹の手枕にせん」（千載・夏・藤原基俊）。

716参考「みよしのの山のあなたに宿もがな世の憂き時のかくれがにせむ」（古今・雑下・よみ人しらず）。遁世以前の作とする説と、西山の彼方の西方極楽浄土に憧れるのに現世を憂き世と知らない迷妄を詠む作とする説とある。宮合二十八番では一〇三一「時雨かは」（異文）と番え、負の判定。

717裳合三十五番では右「たのもしな君君にます折に逢ひて心の色を筆に染めつる」（新勅撰・雑二）と番え、俊成判は「左右ともに由緒ありけんとは見えながら、左は諫訴の心あり、右は聖朝にあへるに似たり。よりて以右為勝」とある。右歌は高倉天皇に勅撰集の撰集を勧めたと見る説により、左歌を崇徳院に自重を諫奏したと解する説がある。それに対して悟りを開いた心の上のわずかな煩悩の塵をも問題にする世の中に対する批判を読む説がある。

721 参考「世の中は千種の花の色色も心の根よりなるとこそ聞け」(久安百首・藤原清輔)。

722 参考「ありし世を昔語りになしはててかたぶく月を友と見るかな」(散木奇歌集)。

723 霞は立春を、また景物を隠し隔てるものと詠むのが本意だが、浮かれ立つものとして遁世の願望を寄せて詠むところが西行的。

726 参考「憂き世をば背きはてぬと言ひしかど人ははかなく知らざりしかな」(行尊大僧正集)。

727 『新古今集』では恋四に入集。「都なる人」は前歌の「ゆかりありける人」と同人の可能性もある。

728 参考「おともせで越ゆるにしるし鈴鹿山ふり捨ててけるわが身なりとは」(散木奇歌集) は源俊頼の伊勢滞在中の詠。

729 心妙詞「素覚が許にて、俊恵などまかりあひて、思ひを述べ侍りしに」。西・別も同様の詞書。素覚は俗名藤原家基。歌林苑会衆。俊恵は源俊頼男。歌林苑主催者。宮合三十番で左は九三九「待たれつる」と番え、定家は判詞に「…右のさらにしも又と言へる、負くべき歌の詞とは見え侍らねば、勝負わきがたくや」と記す。

730 成通は出家時に六三歳で、西行より二一歳年長。法名栖蓮。出家の日付は一〇月一五日で、西行の出家と同月同日。蹴鞠・今様など諸芸の達人で、西行とは蹴鞠を通じての親交か。

733 底本・同系統「いひし」が有力本文。茨・松・西・別「みし」、心・新後撰「みえし」の異文があり、その場合は西行が主語で、私が見た、もしくは私には見えた、の意。
742 詞書は、西「後の世の事、思ひ知たる人のもとへ遣はしける」、別「後の世の事などつねに物語し侍る人のもとへ」とあり、それぞれ事情がやや相違。
743 参考歌→六五二補注
744 久安元年（一一四五）八月の待賢門院崩御後に交された可能性が高い。
746 底本「はけしさ」は、心妙「けはしさ」。底本系統の学習院大学本は「けわしさ」の「わ」をミセケチ、「け」の上に「は」を補入して「はけしさ」と訂す。原本文は「けはしさ」か。強風を「けはしさ」で形容する用例に、「山おろしの身にしむ風のけはしさに頼む木の葉も散り果てにけり」（行尊大僧正集）などがある。
747 九「同じ院の兵衛の局」は『山家集』で作者標記だが、西・別は詞書本文の最初にある。一〇　参考「うき世には嵐の風に誘はれて来し山川に袖も濡らしつ」（和泉式部続集）。
748 能因が「天の川」歌により神感あって雨を降らせた霊験譚は『能因法師集』『金葉集』『俊頼随脳』などに見える。西行はその霊験譚に拠りながら、祈雨の願を止雨の願に置き換えて詠歌。
750 参考「なく声は劣らぬものをほととぎす死出の山路の道しるべせよ」（兼澄集）。堀川（堀河）の姉妹に当る大夫典侍の「この世にて語らひ置きつほととぎす死出の山路の友とならなん」（言葉集・雑上）に酷似。
752 この歌は『治承三十六人歌合』に「遊女に宿を借りけるに、貸さざりければ遣はしける」と詞書して自撰。後白河院近臣の藤原親盛に「宿貸さぬ人の心ぞ忘れぬる月すむ野辺に旅寝する夜は」（親盛集）という、院の天王寺御幸の時の歌会で詠んだ歌があり、同集が成立した寿永頃にはすでに西行と江口の遊女の贈答は説話化されていた（中村文『後白河院時代歌人伝の研究』）。親盛は西行と同じく院北面・左兵衛尉に任じ、西行を「道しるべ」（親盛集）と頼んだ人物。この贈答は『撰集抄』に説話化され、謡曲『江口』の基となるなど、西行伝承として大きく発展。

753「妙」は江口・神崎の遊女の長者に世襲された通称で、後人が『西行上人集』に付加した作者標記に『新古今集』が依拠したか（稲田利徳『西行の和歌の世界』）。

754「北山寺に住み侍りけるころ、例ならぬことの侍りけるに、ほととぎすの鳴きけるを聞きて」と詞書する「ほととぎす死出の山路へ帰りゆきて我が越えゆかむ友にならなん」（聞書集）の歌が詠まれた「北山寺」も同じ寺か。

755「宮輩」と解して、鳥羽皇女の双林寺宮の可能性を推測する説もある。

759「おどろかぬわが心こそ憂かりけれはかなき世をば夢と見ながら」（千載・釈教・登蓮）は同時代の類歌。

760参考「亡き人もあるがつらきを思ふにも色わかれぬは涙なりけり」（拾遺・哀傷・伊勢）により注解した。「今は亡き人もかつてはこの世にあったことを思うにつけ」と解する説もある。茨は第三句「あるをおもふに」、第五句「夢とこそしれ」。

762「人生二天地之間一、若二白駒過一レ隙、忽然而已」（荘子）にもとづく歌語「ひま行く駒」が通常。「隙すぐる影よりも疾きかげろふの世を玉きはる五十《いそぢ》の春に逢ひにけるかな」（堀河百首・藤原仲実）に拠るか。

764第五句は茨「送りをかれん」。下句は宮合・新続古今「野辺にや誰も送り置かれん」の異文あり、推敲の跡か。宮合三十一番では左「亡き人を数ふる秋の夜もすがらしほるる袖や鳥辺野の露」（西）と番え、定家の判詞は「送り置かれん野辺のあはれも浅く見なさるるには侍らねど…」とあり、負の判定。

768 宮合二十九番で右「昔思ふ庭に浮木を積み置きて見し世にも似ぬ年の暮かな」（聞書集）と番え、定家の判詞は「昨日の人も今日は亡き世、まことにさる事と聞えて、いとあはれには侍るを…」としながら、負の判定。しかし両首共に『新古今集』に入集。下句は「限りあれば月は今夜も出でにけり昨日見し人今日は亡き世に」（頼政集）の同時代詠に類句がある。

769 参考「范蠡長男凡草老、韋賢少子一叢残」（新撰朗詠集・秋）。『宝物集』片仮名古活字三巻本・巻上にも「范蠡ガ長男」の故事が見え、説経師の話材として流布したか。

772 参考「末の露本の雫や世の中の後れ先だつためしなるらん」（和漢朗詠・下・無常・遍照）。

774 参考「いかでわれ心の月をあらはして闇にまどへる人を照さむ」（詞花・雑下・藤原顕輔）。心月輪の顕現を願う顕輔歌に対し、遍照する満月の恩沢に浴して死出の山路の闇を越える人を照そうと発想。

775 参考「夕されば蓬が閨《ねや》のきりぎりす枕の下に声ぞ聞ゆる」（南宮歌合・源顕仲）。

777 参考「はかなさをまづ目の前に知らするは籬の上の朝顔の露」（相模集）、「身の憂さは過ぎにし方を思ふにも今行く末の事ぞ悲しき」（堀河百首・源師頼）。

778 参考「もろともに見る人なしに往き帰る月に棹さす舟路なりけり」（堀河百首・藤原仲実）は王子《おうし》猷《ゆう》の故事（蒙求）を詠む。「もろともに見る人いかがなりにけむ月は昔に変らざりけり」（登蓮法師集）、「もろともに見し夜の月に変らねば眺むることもあるやと思ひて」（唯心房集）は、ひとり目の前の月と対し、かつて月を共に眺めた友を偲ぶという点で西行歌に通じる発想（小峯和明『院政期文学論』）。

779以下の詞書は西「知りたりける人の許へ、春花の盛りに遣はしける」と、堀川の名を朧化し、時季も異なる。別もほぼ同。

780参考「人の世の思ふにかなふものならば我が身は君に後れざらまし」（兼輔集）。

781一　玉葉詞「近衛院の御墓に分けまゐりて侍りけるに、野辺の気色たぐひなくあはれにて、春宮と申しし昔より今のつゆけさまで思ひ続けて詠み侍りける」は、現存する西行の家集に見えない詳しい内容。近衛院の遺骨は知足院に安置され、後に安楽寿院に移されたが、西行が人々と墓参したのは知足院付近の蓮台野の境域内に設けられた火葬塚か。生前に居した美麗な宮殿に対し、野辺の荒涼を背景に天皇の死後の行方を歌う。二「玉のすみか」は稀少語彙で、帝王の居所を意味する語としては「玉台」の訓読後「玉のうてな」が一般的。寂然は近衛院東宮蔵人であり、兄の藤原為業は近衛天皇の中宮呈子の権大進だったから、共に墓参した人々は寂然らだったか。

783玉葉詞「鳥羽院かくれさせ給ひて御わざの夜、昔仕うまつり馴れにし事など思ひ続けて詠み侍りける」。宮合三十二番では崇徳院配所を詠む一三五三「松山の」の歌と番え、定家は判を加えない。

785『山槐記』保元三年八月一三日条は「今朝右大将公能、母堂被逝去云々、故左大臣周忌中也、将軍重服相重、悲而有余事歟」と記す。この時、公能は権大納言を兼任していたが、「右大将」「将軍」と称されている。

792 香隆寺は現在の等持院の東に位置したと推定されるが、二条天皇陵の位置は不確定。火葬所では諸寺僧が供養を行ったが、額打論（平家物語）のもとになった興福寺僧と延暦寺僧の争いがあった。西行が墓参した五十日の忌明けは、永万元年九月一八日に当る。中陰法要は四十九日を満中陰とするが、院政期頃の文献には五十日を忌明けとする例が散見（↓八〇二、八八一）。『とはずがたり』には「五十忌《いかき》」「五旬」の語も見える。

793 『粟田口別当入道集』に「二条院かくれさせ給ひてのち、かのふるき宮に、中納言典侍、御はてまでひとり候はるると聞きしかば、申し送りし」と詞書して藤原惟方（粟田口別当入道）の贈歌「かくれにし雲居の月を思ひ出で誰と昔の秋を恋ふらん」および返歌「かきくらす涙ばかりをともしと《ママ》てかくれし月を恋はぬ日ぞなき」（「しと」は「とし」の誤りか）を収録。中納言典侍は出自未詳。「ひとり候はるる」と詞書しながら、続けて同所に「むかし御乳たてまつりし、すむつるといはれし女」もいたとして、それとの贈答歌も収録。三河の内侍も中納言典侍らと共に二条東洞院殿に忌明けまで居て、西行と贈答歌を交したか。あるいは中納言典侍は三河の内侍の誤りか。

794 「雲の上に光かくれし夕より幾夜といふに月を見るらん」（後拾遺・雑三・明快）は後朱雀院崩御後の詠。

795 八　法金剛院は待賢門院璋子が御願寺として建立、女院御所となり、保元四年（一一五九）の統子内親王（母は待賢門院）の院号宣下（上西門院）時には上西門院領となっていた。九

参考「いにしへを恋ふる涙に染むればや紅葉も深き色まさるらん」（新勅撰・雑三・堀河院讃岐典侍）。

796参考「君が植ゑし一群すすき虫の音のしげき野辺ともなりにけるかな」（古今・哀傷・御春有助）。裳合三十番で右は一二二「しをりせで」（異文）と番え、俊成判は「左心ことに深し。右厭ふ心又深し。なほ持とすべし」。

799周防内侍の旧宅は冷泉・堀河の西北隅にあった（今鏡・無名抄）。荒廃した冷泉院の一郭に位置。建久頃まで現存（今物語）。

800左中将藤原実方は現実には能吏として辺境対策のために陸奥守に任じられたが、殿上で藤原行成と口論したのを一条天皇が見とがめ、「歌枕見てまゐれ」と左遷されたと伝説化（古事談）。長徳四年（九九八）に客死したが、名取郡笠嶋社の傍らに墓があると伝承（源平盛衰記）。実方墓はかつての本道から外れた場所にあり、西行は墓参の目的でわざわざ訪れたと考えられるので、思いがけず実方の塚に際会したごとく叙述する詞書は物語的脚色か。

803縁者にことづけて恨みを言ってきた人と解する説もある。

805西住の没年は未詳だが、承安年間（一一七一—一一七四）頃とする説が有力。西住哀傷歌は『山家集』改編時の追補か。

809贈歌を申し送った成通の遺族は誰か不明。妻（北の方）、養子の泰通、側近の人など諸説ある。大治二年（一一二七）に妻（藤原基隆女）が卒去して後は、成通は正妻を迎えなかったらしく、実子の存在も知られない。成通の薨じた日付については『楽臣類聚』のみに見え、入滅した場所は『兵範記』仁安三年（一一六八）八月二二日条によって知られる。

813藤原範綱は生没年未詳だが、寿永元年（一一八二）以前没（月詣集）。治承三年（一一七九）生存で間もなく没した藤原敦頼（道因）（一〇九〇—？）より先に没し、没年齢は敦頼と同じというから（覚綱集）、九〇歳前後。成通（一〇九七―一一六二）より年長と考えられるが、成通との親密な関係の由来は不詳。

815 寂然の妹（藤原為忠女）については『尊卑分脈』に一人（参議定長母、藤原光房妻）見える。それとおそらく別に藤原俊成の最初の妻室となり、快雲、後白河院京極らを産んだ為忠女がいる（井上宗雄『平安後期歌人伝の研究』）。遁世して大原に隠棲した寂然妹は、『唯心房集』に「はらからなる尼のすみかにまかりたりけるに、…」の詞書を付す贈答歌を収録する尼と同一人と見られ、同集の関戸本（八条坊門局自筆）に「先人旧室後白川院京極殿母儀也」という定家筆傍記があるから、俊成の旧室だった為忠女の方である。従来の注釈は当歌の寂然妹に対して「参議定長母」と注するが、再考を要する。

817 「母の思ひに侍りけるとき、雪の降りけるを見て」と詞書する「降るほどもなくてやみぬるあは雪のあはれはかなき世にもあるかな」（万代集・雑五・藤原成範）は類想。

820 二位の局を船岡に葬送した歌については、心妙・巻末に付載する西行消息断簡に、二位の局の遺児・成範の歌「鳥辺山思ひやるこそ哀しけれひとりや苔の下に朽ちなむ」が、実際は船岡で葬送した事実に反して「鳥辺山」（消息は「鳥辺野」とする）に変えて詠まれ、なおかつ『千載集』に入集したことに対する不審を表明している。消息の宛先は不明ながら、藤原俊成か。

822 西行は待賢門院女房だった堀河・兵衛姉妹から往生の「しるべ」（導師）と頼まれていた。同じく待賢門院女房だった院の二位の局からも同様に頼まれていたことに注意。

825 陽明文庫本系も「かなしきに」とある本が多い。

827 藤原成範は初め成憲。平治の乱により下野国に配流されたが、永暦元年（一一六〇）に召還、成範と改名。弟の修憲は平治の乱に隠岐国に配流、永暦元年に本位に復し、名を修範に改める。母の死の時点では「修範」が正しい。

833 藤原為忠の長男・為盛（兼綱と改名）は、寂念・寂超の同母兄（寂然も同母か）だが、官途で零落し、出家して大原に隠棲したか。為忠家百首の作者となり、『詞花集』改撰時に西行へ贈歌する（九三二）など和歌に関心があった。『西行上人談抄』に「寂然舎兄の壱岐入道相空」と見える。

835 「人を」は茨・松「人の」。それに拠り、「見ば」「恨みやせまし」の主語を想空と解する説もある。

839 心妙・西・別は寂然贈歌一首目（八三三）と、この西行答歌二首目（八三九）を一対の贈答とし（心妙は自撰か）、その組み合わせで『続後撰集』に入集する。

841 内容的に見て西行答歌三首目（八四〇）と四首目（八四一）とが逆順の方が寂然贈歌三首目（八三五）、四首目（八三六）と照応するようながら、『風雅集』は四首目同士（八三六・八四一）を一対の贈答として入集。

843 西は贈答歌と離れて収録、詞書「寂然大原にて親しき物にをくれて歎き侍りけるに、遣はしける」とあり、想空を明示しない。別も同様。

844 「明遍云、出家遁世の本意は、道のほとり、野辺の間にて死せむことを期したりしぞかしと…」（一言芳談）という当時の遁世者の覚悟を語る明遍（信西の子）の言に通じる。自分の死を幻視するのは西行歌の一特色。

845「ばや」は願望、「は」は詠嘆。「やは」を反語と取り、覚醒しようという意志があったとしても、無明長夜《むみょうぢょうや》の眠りから覚め出ることはないであろう、と解釈する説もある。七五八・七五九参照。

846「不繋舟」は『荘子』以来、自由の境涯を比するものだったが、『和漢朗詠集』の句で身命の無常を嘆じる表現に転じた。和泉式部に朗詠句訓読文の一字ずつすべてを歌頭に据えて詠んだ連作がある。

850石陰《いわかげ》（京都市北区衣笠鏡石町）は船岡の西野に当り、一条天皇、三条天皇の火葬塚が所在する葬送地。参考「岩陰の煙を霧に分きかねてその夕ぐれの心地せしかな」（栄花物語・いはかげ・藤原資業）は一条天皇を野辺に見送る歌。

851蓮台野は鎌倉時代には船岡山より西にある上品蓮台寺一帯をさしたが、院政期には船岡山を中心として、それを囲んで蓮台野という墓地が形成されていたか。浄土思想と関連し、浄土教の聖や上人によって築かれた葬送地（平田英夫『和歌的想像力と表現の射程―西行の作歌活動―』）。

852花山院は那智に千日参籠修行したと伝承されるが（吾妻鏡・源平盛衰記など）、現実には正暦三年（九九二）春より数か月間の熊野滞在。「木のもとを」の御製は『栄花物語』見はてぬ夢巻では「円城寺」での詠とし、『詞花集』詞書は場所を明示せず、修行中の詠とする。「円城寺」は那智に跡地の伝承もあるが、東山の西麓にあったと伝え（山城名勝志）、また仁和寺の一院「円成寺」とする説も有力。西行は花山院伝説の生成過程のある段階で、那智参籠中の詠と受け止めている。

858 藤原定信は仁平元年（一一五一）に多武峰《とうのみね》において出家。法名「生光」については陽明文庫本系統で「生先」とする伝本も多い。茨・松「生光」。『台記』仁平二年（一一五二）七月二日条に「生兊定信法師」とあり、「兊」は「兌」の俗字。「兌」「光」「先」の崩しは相似るので、正しくは法名「生兌」だった可能性もある。没年は未詳だが、一説に保元元年（一一五六）正月一八日卒（世尊寺家現過録）。定信は待賢門院発願という久能寺経の筆者に加わり、待賢門院中納言（→七四六）は姉妹。西行の観音寺堂造営への結縁は、待賢門院ゆかりの勧進のひとつか。観音寺は京都近郊に数か所あるが、ここは今熊野観音寺に比定する説が有力。定信卒を保元元年とするならば、永暦元年（一一六〇）に後白河院が熊野権現を勧請して今熊野と称する以前のことになる。

860 阿闍梨勝命は未詳だが、鎮守府将軍利仁の曾孫に当る後藤則明の孫の勝命か（則明の養子。実父は則明の子・阿闍梨勝秀）。西行とは義理の又従兄弟。歌人・歌学者であった藤原北家魚名流の親重入道勝命を当てるのが通説だが、「入道」でなく「阿闍梨」とあり、親重入道の出家は承安二年（一一七二）より安元元年（一一七五）の間と推定され、『山家集』原型成立以降と目されるから、疑問。

862 平清盛は福原、輪田浜で三月と一〇月中旬過ぎの年二回、それぞれ三日間程の日程で千僧供養を行った。記録に残るのは仁安四年（一一六九）三月からで、都合六回を数える。西行が詠歌したのは承安二年（一一七二）三月、もしくは一〇月の折とするのが通説ながら、記録に残らない折の可能性もある。

863 『頼政集』に西行と相識の伊賀入道藤原為業・源頼政・殷富門院大輔の三者間に天王寺で交

された一連の贈答があり、西方浄土往生にかかわって亀井の水も詠まれており、参照される。

864 参考「積るらん塵をもいかで払はまし法《のり》にあふぎの風のうれしさ」（後拾遺・雑六・伊勢大輔）。

866 姫百合は『万葉集』に見えるが、その後詠まれなくなり、院政期頃より作例が散見する珍しい題材。西行当時の「荒野」は、自然のままで用益の対象となる野に対し、野でも田畠でもない境界的性格の全く無用の地であり、後に中世的開発の対象となった（→六五五）。上句は、叢から雲雀が飛び立つほど荒廃した、用益と無縁の荒野に生える、人目につかず脆弱な姫百合のように、の意で下句を導く序。何に帰着することもない我が心性を姫百合に託して、無用者の意識を仏教的見地から捉え直した歌。

867 「懺悔業障」は『華厳経』普賢行願品を原拠とする「普賢十願」の一。『発心和歌集』の歌題。永観『往生講式』第二段の標題となり、それによる題詠が『閑谷集』にある。『宝物集』巻六で「懺悔業障」につき詳説。

868 「釈迦の月は隠れにき、慈氏《じし》の朝日はまだ遥かなり、その程長夜の闇きをば、法華経のみこそ照らい給へ」（梁塵秘抄）ほか、弥勒（慈氏）を朝日にたとえる類想は和讃・伽陀に広く見え、仏会における和歌と歌謡の相互交渉が知られる。なお弘法大師空海は高野山に入定して弥勒出世を待っているとの伝説が当時すでに成立していた。

869 参考「藤の花わが待つ雲の色なれば心にかけて今日もながめつ」（続千載・釈教）は高野の庵室の前に藤の花が咲いたのを見て詠まれた覚法法親王（一〇九一―一一五三）の歌。

871 一　浄土教で昼夜を六時（晨朝《じんじょう》・日中・日没《にちもつ》・初夜・中夜・後夜《ごや》）に分ち、読経・法要などを行い、時報の鐘（六時鐘）を打った。四　十念は『無量寿経』の「乃至十念」を原拠とし、多釈あるが、善導により「十たび念仏を声で唱えること」と解された。日本においても良源、千観、源信などにより専ら「南無阿弥陀仏」を十度唱号することとして普及。参考「あみだ仏と十度唱ふる声のうちにいつはゆゆしき罪も消ゆなり」（教長集）。

872 経文の句は、浄土は易行道といって、阿弥陀仏を信ずれば行き易いのだが、現実には仏道に心を入れないため往生人はそういない、という意。その句意を自然の摂理で西へ行く月に託して詠む。

873 流布本系の「人命不停速於山水」により底本「遇」を「速」に改訂されていたが、原拠『涅槃経』以下、『往生要集』『孝養集』『宝物集』『法門百首』などの引文はすべて「過」。底本系11本「過」により改訂。寂然の「瀬を速み岩行く水も淀みけり流るる年のしがらみぞ無き」（法門百首）は同題詠で、「無常」十首のうち。

880 火宅から子を救う方便である羊車・鹿《ろく》車・牛《ご》車の三車は、それぞれ声聞《しょうもん》・縁覚《えんがく》・菩薩の受ける教えをたとえる。三車火宅は法華七喩の第一。

881 法華七喩の第四・化城喩《けじょうゆ》を説く品。宝処（一仏乗による究竟の仏果）に至る長い難路の途中で疲れた衆生に対し、導師は方便力を以て大城郭を化作して休息させ、宝処に導くとする。化城喩の宝処に至る途中に中有の旅を掛けた表現は類を見ない。

882 衣裏《えり》宝珠《ほうじゅ》は法華七喩の第五。困窮を救うべく親友が衣の裏に宝珠を繋けてくれたのに泥酔して気付かず、後に教えられて徒に辛苦していたことを知るという話柄。宝珠は一乗実相の智慧をたとえる。

883 この歌は流布本系統では提婆品三首のうち、三首目に配列。『法華経』原典では提婆品の前半に提婆達多のことが語られ、後半に龍女の成仏が語られる構成。

884 参考「法華経を我が得しことはたき木樵り菜摘み水汲み仕へてぞ得し」（拾遺・哀傷・行基）。次の八八五もこれを参考にするか。

886 七　勧持品・二首目の八八七は流布本系にない歌。八　参考「大空にわかぬ光を雨雲のしばし隔つと思ひけるかな」（玉葉・釈教・崇徳院）。一〇　参考「我が心なぐさめかねつ更級や姨捨山に照る月を見て」（古今・雑上・よみ人しらず）、「恨みける気色や空に見えつらん姨捨山を照らす月影」（千載・釈教・藤原敦仲）。

892 神力品の結尾の偈文《げもん》「於我滅度後、応受持斯経、是人於仏道、決定無有疑」に取材。

893 原典末尾「仏説是経時、普賢等、諸菩薩、舎利弗等、諸声聞、及諸天龍、人非人等、皆大歓喜、受持仏語、作礼而去」では釈迦の法華経説法が終わると一切大会《だいえ》は大歓喜して仏の語を受持し、礼をして去ったとあるが、西行は花（法華経）の匂いの名残りが多いので立ち去り難かったと表現。

898『往生要集』大文第一厭離穢土・第二餓鬼道に説く種々の鬼のうち、昼夜におのおの五子を生み、生むに随ってこれを食うけれど、常に飢えて満ち足りない餓鬼（出典は六波羅蜜経）などに取材したか。子を食う母の格別な苦の悲しみに焦点を当てるのは唱導の説法に通有。

899 神楽歌「其駒《そのこま》」の末「その駒ぞ　や　我に　我に草乞ふ　草は取り飼はむ　水は取り　草は取り飼はむや」の詞章を踏まえる。風俗の婚歌《よばいうた》を神送りの歌に転用したといわれ、末の句の詞章に見える、よばいの帰路に貴人が愛馬をねぎらって草を手に取り与えるところから「いたけれど」と発想したか。神楽歌はとくに近衛・兵衛の官人が管掌したので、兵衛尉で馬術

に長けていた西行には馴染みの題材。↓一五二四

903 たとえば覚超の『五相成身私記』の一節に「得心水澄浄。菩提心月影現於中」（出典は『普賢金剛薩埵略瑜伽念誦儀軌』）とある（前田泰良「『山家集』「心におもひけることを」歌群の再検討―仏典から捉える二つの心―」詞林四六号、二〇〇九年）。参考「照る月の心の水に澄むなればやがてこの身に光をぞさす」（久安百首・藤原教長）は「秘蜜荘厳即心成仏」の題詠。

905 参考「つひに行く道とはかねて聞きしかど昨日今日とは思はざりしを」（古今・哀傷・在原業平）。

906 「師となる」を「師となる心もある」の意に解する説もあるが、後代の影響歌とおぼしい「愚かなる心の師とはなりぬともおもふ思ひに身をばまかせじ」（新撰六帖・四・藤原家良）も私が自心の師となる事態を想定。

907 千手観音が陀羅尼により枯木に花を咲かせることのもとになった、『千手経』の「此大神呪呪《スルニ》二乾《キ》枯《タル》樹《ヲ》一、尚得二枝柯華葉菓《ヲ》一、何況《ソヤ》有情有識衆生身《ヲヤ》」の文に拠る。「何況（なんぞいわんや）」の論理を逆にして、有情有識の衆生、人間でありながら後世《ごせ》を思わず、仏道を知らない者の愚かさを、非情の木、それも枯木に対比して指弾する。↓一一八六補注・一五三九

908 この歌は、西詞「出家後よみ侍ける」として七二六と共に収め、出家直後の作。我が身のつらさを思い知って出家するという常識を逆にする発想。上句が全く一致する「身の憂さを思ひ知らでややみなましあひ見ぬさきのつらさなりせば」（千載・恋四・法印静賢）は同時代詠。「身の憂さの思ひ知らるる」（六六八）恋歌的表現を出家の述懐に転用。

909 参考「みよしのの山のあなたに宿もがな世の憂き時の隠れがにせむ」（古今・雑下・よみ人しらず）、「穴憂世間、隠二身於何処一」（行基菩薩遺誡）。「いかがせん世にあらばやは世をも捨ててあな憂の世やとさらに思はん」（西）の詞書によれば、西行は行基菩薩遺誡を受持。

910 参考↓九〇九補注・古今歌、「爪木樵る隠れがにする山里にいかでか月の尋ね来つらん」（堀河百首・藤原基俊）。

912 参考「おのが身のおのが心にかなはぬを思はば物は思ひ知りなん」（詞花・雑上・和泉式部）、「いかにせんいかにかすべき世間を背けばかなし住めば住み憂し」（和泉式部集）。和泉式部的身心の相克を、出家の身でもどうにもならない浮動する己心への諦観に転じた。

913 西行は高野山において、別所聖と僧房で集住したのではなく、ひとり草庵に閑居し、「もののあはれ」を求める生活を営んだ（目崎徳衛『西行の思想史的研究』）。歌本文の「たかの」は底本系統で、漢字表記「高野」（学習院大学本ほか）、仮名表記「かうや」とする伝本が数本あり、もと「かうや」（「かくや」の音便で、このようにの意に、地名「高野」の字音を掛ける）であった可能性もある。一二〇八・寂然歌に「かうや」の用例。参考「月影の至らぬくまはなけれども所からにやすみまさりける」（教長集）は高野山での詠。

914 西詞「仁和寺の宮、山崎の紫金台寺に籠ゐさせ給ひたりし比、道心年をいてふかしと云ことをよませ給ひしに」。心妙詞「仁和寺の宮にて、道心逐年深といふことをよませ給ひしに」。仁和寺の宮は覚性法親王（↓五六八）。紫金台寺は覚性法親王がはじめ西山物集庄に建て（仁和寺諸堂記）、後に鳴滝に移建し、永暦二年（一一六一）に供養された（仁和寺諸院家記・顕證本）。仁和寺蔵「紫金台寺領内北崎指図」（紫金台寺境内図の原本）によれば、西詞

「山崎」は「北崎」の誤りか。「道心追歳深といふこころを」と詞書する「いにしへはあくがれ出でて捨てし身を今は仏とかへしてぞ知る」（出観集）の覚性法親王詠、また寂然の家集と推定される伝西行筆佚名家集切（手鑑「夏蔭帖」所収）に見える「としをたのめて道心ふかしといふ事を仁和寺宮よませ給しに」と詞書する「いでしより月に心のかかりつつ山のはちかくなりにけるかな」も同時の作か。

915 松詞「しづかなる夜のあかつきといふ事をおなじ夜よませ給ける」。この詞書も前歌と同時の覚性法親王が主催した歌会詠であることを示す。

916 「あはればむと思ふ心は広けれどはぐくむ袖の狭くもあるかな」（金葉・雑上・天台座主仁覚）は「大原の行蓮聖人のもとへ、小袖つかはすとてよめる」と詞書する歌。このように聖へ小袖を施すことは当時よく行われた。

917 西詞「大峯の笙窟にて、もらぬいはやもと平等院僧正よみ給ひけむこと、思ひいだされて」。「平等院僧正」は行尊。次歌と併せた二首と、下巻・雑に所収する大峯入峰修行歌群（一一〇四～一一一九）との関係は未詳。『古今著聞集』に西行を「大峰二度の行者」というのは、『山家集』に大峯関係歌を分置する配列からの影響とも考えられ、先達に導かれての峰入り修行は一度で、中巻所収の二首は行尊ゆかりの笙の窟を訪ねる私的な入山と見る説が妥当か。歌の涙の解釈については、行尊の法悦の涙の追体験と読む説もあるが、『今鏡』に行尊の歌を「伝へ聞く人の袖さへしぼりぬべく」とあることからも、修行の厳しさへの同情が中心か。

919 陽明文庫本系統の本文「源賢」は、松・心妙・西・別「兼賢」。本来は「兼賢」か（↓一二二七）。兼賢は加賀権守藤原顕兼男。仁和寺僧。兄弟の能宗は、『保元物語』で、配流された崇徳院に従って讃岐に下ったという「兵衛尉能宗」と見る説もある。長寛二年（一一六四）一月一四日、僧綱（僧位と僧官の総称）に列し、法橋に任じる（御室相承記）。陽明文庫本系統の「僧都」は「僧綱」の誤りか。茨・松・心妙・西・別「僧綱」。西行の歌に名利を求めた変節に対する痛烈な皮肉を読む説があるが、皮肉は含んでも、仁和寺に復帰した兼賢への祝意表明と見るべき。

920 この歌と全く同文の歌が「わづらひ侍りしころ、ある宮ばらより、御とぶらひのありしかば」と詞書して『覚綱集』（寿永百首家集）に見える。この贈答一対は混入で、『山家集』の誤謬と見る説もある。しかし病気見舞いの私的贈答が西行側の資料にあって『山家集』に収録されたわけだから、『覚綱集』にない「吹き過ぐる」の返歌は西行歌の可能性が高い。参考「思ひには露の命ぞ消えぬべき言の葉にだにかけよかし君」（後拾遺・恋四・藤原兼家）。

922 『和琴血脈』に付載する『絲管要抄』（以仁王撰か）によれば小侍従は雅楽頭・源範基（宇多源氏）から和琴を相承し、三條宮（以仁王《もちひとおう》）に伝授している。

924 九二六「この里人」、九二七「君が宿」から見て、病により京の某人の里邸における集いを離れて山寺に帰り、送られてきた見舞いの消息に察せられた各人の厚志を思いやっての贈歌か。西行歌としての資料性を疑う見解もあるが、無常観と一期一会の交情への切実な思いからなる一連五首の贈歌と見てよい。

928 左注は後人の添加とする説、作者と編者は別という偽装と見る説がある。各人の返歌が亭主の所へあったが、私（西行）は聞き及んでいないので、とも取れる。

929 『詞花集』の改撰時とすれば、久寿二年（一一五五）から翌保元元年頃か。寂超撰『後葉集』

序文によると崇徳院に改撰の意志があった。下命時の天養元年（一一四四）とする説もある。

931 参考「家の風吹かぬものゆゑ羽束《はつかし》師の杜の言の葉散らし果てつる」（金葉・雑上・藤原顕輔）。

933 崇徳院の『久安百首』は康治年間（一一四二―一一四三）に給題、久安六年（一一五〇）に一四人の作者が詠進。この贈答は康治二年頃から久安五年頃の間。

934 歌の解釈は諸説紛々だが、大意を示したように解した。和歌の浦には和歌の神である玉津島明神があり、和歌そのものの意味でよく詠まれた。名誉の作者に拾われたことで、和歌の家としての閑院流（徳大寺家）の家風を自分が伝えたということも知ったと公能は答え、崇徳院による恩顧の認識を表明し、その意識に共鳴するだろう西行に応じたか。

935 二　九三五以下一〇四一まで、陽明文庫本で一〇七首の中巻巻末「題しらず」歌群は、山里と旅の所詠から成り、西行の面目を伝える作品群。十題百首の構想があったとする説もある。

三　九三五は西詞「落葉」と題する三首の一。参考「もみぢ葉や落つると思へど木枯の吹けば涙もとまらざりけり」（和泉式部続集）、「木の葉散る嵐の風の吹く頃は涙さへこそ落ちまさりけれ」（相模集）、「山おろしにたへぬ木の葉の露よりもあやなくもろきわが涙かな」（源氏物語・橋姫・薫）。藤原俊成の「嵐吹く峰のもみぢの日に添へてもろくなりゆくわが涙かな」（長秋詠藻）は保延六（一一四〇）、七年頃の述懐百首の作。

937「さびしさ」こそが山里生活の生きがいと逆説的に観じ、中世的精神に踏み込む。松尾芭蕉は「さびしさなくは憂からましと西上人のよみ侍るは、さびしさをあるじなるべし」（嵯峨日記）と述べる。当歌以下、「題しらず」歌群のうち、九三七―九四三、九四六、九五〇―九五三、九五七、九五八、九六二、九六三、九六六、九六九、九七八―九八〇、九九七、九

九九、一〇〇一、一〇〇五、一〇〇八―一〇一〇、一〇一六、一〇二〇、一〇二三、一〇二八、一〇三〇―一〇三三、一〇三五、の計三七首は『西行上人集』の「述懐の心を」歌群中にある歌。

938 暁の鐘と、秋の木草を枯らす嵐との交響に心底深く感応する内容から見て、無常観の自覚が主題か。暁に夕べも期しがたいという覚悟。「嵐にたぐふ」の措辞を共有する「秋来れば朽葉かつ散る深山辺の嵐にたぐふ鐘の音かな」（教長集）は覚性法親王の泉殿御室での「秋日山寺即時」の題詠。「心の底」は漢語「心底」の和語化で、先例がなく、西行に四例。裳合三十一番で右「夜もすがら鳥の音思ふ袖の上に雪は積らで雨しほれけり」（聞書集）と番え、「左の歌、ことに甘心す」と俊成に評され勝の判定、『千載集』に入集。

939 参考「山寺の入相の鐘の声ごとに今日も暮れぬと聞くぞ悲しき」（拾遺・哀傷・よみ人しらず）、「夕暮は物ぞ悲しき鐘の音を明日も聞くべき身とし知らねば」（詞花・雑上・和泉式部）。「今日過ぎぬ命もしかとおどろかす入逢の鐘の声ぞ悲しき」（新古今・釈教・寂然）は「此日已過、命即衰滅」（出曜経、往生要集、例時作法など）の法文題を詠み、思想を共有。↓一五一八

940 参考「ひぐらしの鳴く山里の夕暮は風よりほかにとふ人もなし」（古今・雑上・よみ人しらず）、「山里はさびしかりけり木枯の吹く夕暮の日ぐらしの声」（堀河百首・藤原仲実）。仲実歌に「松風の音もさびしき夕まぐれ鹿の音《ね》添ふる秋の山里」（忠盛集）を切り組んで、「さびしさ添ふる」の独自句でまとめた。

941 「澗底松」（白楽天「新楽府」）の不遇意識を孤独感に転じ、『古事記』倭建命の歌謡以来の

「一つ松」に重ねて、孤独を共有する友と見立てる発想。『玉葉集』では「庵の前に松の立てりけるを見て詠み侍りける」の詞書のもとに一三五八「久に経て」の歌と併せて入集し、四国の旅における草庵住居の折りの詠に扱う。参考「数へ知る人なかりせば奥山の谷の松とや年を積まし」（千載・雑上・藤原道長）、「我のみと思ひこしかど高砂の尾上の松もまだ立てりけり」（後拾遺・雑三・藤原義定）。↓一五四六「一つ松」、聞書集「谷の間」、宮合二十二番左「谷の間に間に」。

942 同じく願生浄土の心を詠む「月の行く山に心を送り入れて闇なる後《あと》の身をいかにせん」（新古今・雑上・西行）と対照を成す。

945 「思ひ出でて」の異文に拠れば、三日月が稲株のひこ生えを忘れずに思い出してほのかに照らすという意になり、月を擬人化し、その恩沢が「ひつち」の如きものにまで及んでいることの発見を詠んだ歌。陽明文庫本系統の「生ひ出でて」の本文に拠れば、純叙景であり、歌境を異にする。参考「刈れる田に生ふるひつちのほに出でぬ世を今更に秋はてぬとか」（古今・秋下・よみ人しらず）。「鶉伏す」の措辞は、「稲敷や外面の小田に伏す鴫の隠れぬばかり穭《ひつち》生ひにけり」（永久百首・源兼昌）の「鴫」を「鶉」に変換して着想したか。「思ひ出でて」の本文に拠るなら、「四日ばかりなる月」を詠む「木の間よりわれたる月のほのかにも誰かは我を思ひ出づらん」（行尊大僧正集）に想を得たとも考えられる。

946 「高根より出でぬと見つるほどもなく谷の清水に宿る月かな」（月詣集・雑下・頼円）は同時代詠。↓「峯の木の間を分くる月影」（七五四）。九四五・九四六は流布本系統で歌順が逆の配列。

947「月やさわがん」という月の擬人化は俳諧歌的。「涼むとも泉の水は掬びあげじ宿れる月のさわぎもぞする」（月詣集・六月・藤原実家）は同時代詠。

948月を友とする発想は源俊頼、行尊らに先蹤。

949「年経れど言問ふ人のなき宿に月を友にて老いにけるかな」（万代集・雑二・藤原修範）は同時代詠。

955「山」は茨・松・六華集「宿」。従来は底本「山」を「宿」に改訂。底本系統に多い「山（やま）」を取って校訂、解釈した。「雨洩る宿」なら、「板間より月の洩るをも見つるかな宿は荒して住むべかりけり」（詞花・雑上・良暹）にならい、雨が洩る宿に、射し入って来る月光を想う風流隠士の歌境となり、山里の生活を詠む前後の配列にも見合う。歌枕「守山」を詠んだとするなら旅の詠となり、この歌群中では九六七以下に配列されるのが適切。

956「人を」は茨・松「人の」。その場合、「人」は他の人で、他の人が私をの意になる。

957一一一首の構成は「思ひやれとふ人もなき山里の筧の水の心細さを」（後拾遺・雑三・上東門院中将）、「思ひやれ筧の水の絶え絶えになりゆくほどの心細さを」（詞花・恋下・高階章行女）に拠る。三〇〇も同様の構成。一二　水乞鳥は珍しい題材で、『伊勢集』（男。平中物語にも）、『散木奇歌集』（源俊頼）に先例があり、覚性法親王に同時代詠がある程度。赤翡翠は雨乞鳥という異名もあり、夏に渡来し、鳴くと降雨の前兆とされる。前世は人で、悪業により鳥に転生し、常に飢渇するも水を飲みえず、雨水を口に承けるほかないという説話が伝承される。原拠は『正法念処経』一六の「遮吒迦鳥」の因縁話とされ、由来が古く、『伊勢集』の男や西行も聞き及んでいたか。

958「うつれば」は茨・松・心・西・別「うつれる」。参考「滝つ瀬の岩間を見れば一つがひ鴛鴦ぞ住みける山川の水」(能因集)。鴛鴦は夫婦仲がよいとされ、能因歌のように番いを詠むのが本意だが、早くから番わない鴛鴦もよく詠まれた。「山河に友なき鴛鴦は影を見て一つがひある心地すらしも」(永久百首・源兼昌)は類想の先例。「山河にひとり離れて住む鴛鴦の心知らるる波の上かな」(裳合二十二番右)の西行詠も孤絶する鴛鴦に孤独な自己を投影して詠む。

959参考「類《るい》よりもひとり離れて飛ぶ雁の友に遅るるわが身悲しな」(好忠集)。曾禰好忠詠の沈淪の身を歎く述懐意識を、孤絶感に転じる。

963参考「訪ふ人のなき蘆葺きのわが宿は降る霰さへ音せざりけり」(後拾遺・冬・橘俊綱)。「真言教のめでたさは、蓬窓宮殿《ほうさうくでん》隔てなし…」(梁塵秘抄)は「蓬窓」の同時代例。「蓬窓」は中国でも十二世紀を溯る用例がなく、「篷窗」(とまを懸けた舟の窓)の転用か。霰は音を立て、訪れるのが本意だが、蓬が茂る茅屋の窓の視点により、岩に当って飛び散りながら無音の訪れをする霰の映像を山家の友と見なす。

965参考「柴の庵に葉薦《はごも》の囲ひそよめきてす通るものは嵐なりけり」(散木奇歌集)。西行歌第三句「旅だちて」については、その庵の主人が旅立ちをしてと取る解、作者が定住する草庵内にあっても旅先の仮庵であるかのような錯覚を抱かせてと取る解など諸説ある。次歌と同様に風の擬人化と取り、「旅だちて」の主語は風と解した。旅立って素通りする風も草庵内には留まらないように、風に誘われてこの私もめぐりを囲う草庵のうちに留まらず、旅に出たい願いがあったと気づく趣。

968底本「たたて」は同系統で「たてて」とある本も多い。茨「かけて」、松「たえて」、夫木抄「立ちて」。波が立っているか、立っていないかで本文異同が大きく対立。

970万葉植物「このてかしは」の実体は諸説あり、不明。西行に二例。「いちこもる姥女《うばめ》おうなの重ね持つ児手柏に面並べん」（聞書集）は巫女が姥神《うばがみ》を祀る様子を詠む内容からみて、『能因歌枕』などに拠り柏の異名として詠むか。対して萩の絶え間の所々に咲く花を詠む当歌は、『秘府本万葉集抄』に大和守藤原範永の挿話として語られる、女郎花の近縁種であるオオドチ＝オトコエシ（男郎花）の異名とする説などに依拠して詠んだと推定される。歌学書それぞれの説に拠り、両様に詠み分けたか。

971参考「今朝来つる野原の露に我濡れぬ移りやしぬる萩が花摺り」（後拾遺・秋上・藤原範永）。

972参考「崑崙山《こんろんさん》には石も無し、玉してこそは鳥は抵《う》て、玉に馴れたる鳥なれば、驚く景色ぞ更に無き」（梁塵秘抄）。この崑崙山は仏説の崑崙山（＝香山）とは異なり、中国神話に見える西域の神仙境をさす。石は無く、玉（宝石）ばかりの世界。

973底本「ひなのたくみ」（独自異文）の「な」の右に「だ歟」と傍書。茨「ひたのたくみ」。従来は板本と底本傍書により「飛驒の匠」と改訂されたが、底本系10本・『夫木抄』重出の二箇所・西追加「ひものたくみ」。『夫木抄』雑十七では標目「ひものたくみ」で所収。陽明文庫本系統の本文として「檜物工《ひものたくみ》」と校訂するのが適切であり、それが原本文の蓋然性が高い。「檜物工」は一一世紀段階の史料に所見（中右記）。檜物工の細工技法の基本は、榑《くれ》を柾目に割って薄くはいだ片木《へぎ》を用いた。奥山を生産現場として木材の粗加工、榑の製材に当ったから、笠取山の山上で「まさき」を割るのは、その実態に見合う。「まさき」は辞書的には①

ニシキギ科のマサキ、②まさきのかづらの略称と二義あるが、どちらも檜物工が製材加工する用材として該当しない。西行には「まさきのかづら」の略称として「まさき」を詠んだ例歌（一〇七八）もあるが、当歌にはつる植物は全く不適当。当歌の「まさき」は檜の榑を柾目に割った用材を意味する語で、職人の専門用語か。↓解説

975「踩く」に続く第三句「からさき」は茨・松も「からさき」だが、近江国唐崎だと、相模国足柄と地理的に整合しない。夫木抄「かささき」により「風先」の誤写と取るべきか。↓一〇〇五「風先」。「足柄の山」は松「しからきの山」。信楽は近江国だが、なお不審。

976参考「夜を寒み越の嶺渡しさえさえて思ふもしるし今朝の初雪」（元永元年十月十三日内大臣家歌合・藤原宗国）、「吹雪して越の嶺渡し風たけしいかが愛発《あらち》の山は越ゆべき」（為忠家後度百首・藤原顕広）。「初雪にしるしの竿は立てしかどそことも見えず越の白山」（万代集・冬・大炊御門右大臣家佐）、「越の山立ておく竿のかひぞなき日を降る雪にしるし見えねば」（夫木抄・冬三・大炊御門右大臣家佐）。「しるしの竿」を二首詠んだ作者は、大炊御門右大臣藤原公能に仕えた女房「佐」とすれば、西行と接点がある。西行歌は山嶺から山降しの風が初雪を伴って吹く時分に、嶺から嶺へ渡って、しるしの竿を立てる意を掛けるか。「越の中山」は越後国の妙高山と推定する説が有力ながら、「嶺渡し」「しるしの竿」の例歌は「愛発」「白山」など越前国を想定しているから、旧来の越前の山説も否定できない。

977熊野本宮から那智へ雲取山を越える山道を小雲取越・大雲取越と称した。小雲取越が開かれる前に、本宮方面から万才《ばんぜ》峠を越えて志古を通り小口に至る、中世に「志古の山路」と呼ばれた番西《ばんぜ》道《みち》が古道だったとする説がある（紀伊続風土記）。大雲取越にかかる前の小雲取越

に対して、かなり迂回する道。建仁元年（一二〇一）の後鳥羽院熊野御幸に従った藤原定家は、那智から「雲トリ紫金峯」を越えて本宮に戻ったことを記しており、「紫金峯」は「志古の峯」を仏教的に呼称したと推定され、一行は「志古の山路」を西行とは逆に辿ったと見られる（以上、戸田芳実『歴史と古道』参照）。「をくちかはら」は「小口が原」と校訂されてきたが、寛政年間の『熊野巡覧記』に「小口は川の辺也。故に小口川原と云」とある。

978 一「ふもと」は『山家心中集』諸本で「さもと」。『西行上人集』も「さもと」とある伝本が数本あり、「さもと」が原本文か。語義未詳だが、「さもとの流れせきわけて」（久安百首・藤原隆季）の稀少な先例があり、川幅の狭い所を意味する語か。二一「くま山岳」は『夫木抄』で紀伊国とするが、備前国説もある。中巻巻末「題しらず」歌群は二、三首前後で主題・素材のまとまりを有する傾向があるから、前歌と同じく紀伊国と考えるべきか。西行の当時、本宮・新宮間の熊野川を上下する舟の運航があった。

979 鷺の群れを白波に見立てる。鶴を波に見立てる例は早く紀貫之の作（古今・雑上）にあるが、「洲鶴」題の「あさりして洲崎にたづの群れ居るを風に立ち寄る波かとぞ見る」（為忠家初度百首・藤原忠成）の鶴の群れを鷺の群れに置換したか。鷺は院政期頃より詠まれる題材。

980 参考「明月好同三径夜二」（和漢朗詠・下・隣家）。世間の交わりを断ち、隣家に続く三本の小径を作って、明月の夜に隣人とだけ交遊した中国故事を踏む。

982 結句は従来「思はざりけり」と改訂。底本ほか同系統の多くと茨「お（を）もらざりけり」、松・夫木抄「およばざりけり」。水持《みずもち》の軽重に関する表現と見て、底本のまま「重らざりけり」と校訂。水持が重いとは、一度引いた水が田に長い日数にわたり留まること。上句で水を常に絶やさず引いているからと理由を言い、下句で水持も重くならないことだと結果を述べる構文と解せる。平地の田では水持が重いのをよしとするのに対し、山田の水持の軽さを表現したか。

983 第四句は学習院大学本のみ底本と同文だが、同系統中に異文が様々に多い。松「柴吹風ぞ」。茨は下句「柴吹風も哀成けり」。底本本文は「こそ」に対して結びが連体形で破格。参考「外山なる柴の立ち枝に吹く風の音聞くをりぞ冬はもの憂き」（詞花・冬・曾禰好忠）。

984 一四 参考「春日野の雪げの沢に袖たれて君がためにと小芹をぞ摘む」（堀河百首・藤原仲実）。一六 桜井の里は山城国、伊予国にも（能因歌枕）。「越え来ればただぢなりけり桜井と名のみぞ高き所なりける」（和泉式部集）は配列から摂津国と見られ、水無瀬の近辺。この桜井は聖の住所として表れ（赤染衛門集、大日本国法華験記）、藤原頼長の「桜井庄」があった。行尊の弟子であった大僧正行慶（白河院皇子）と、その弟子の無品親王道恵（鳥羽院第六皇子。待賢門院の養子）は共に「平等院 桜井」と号した。西行に有縁の地。

985 宮合二番で右「わきて今日」（九）と番え、定家は右歌を勝と判じた（→九補注）。参考「解け初むる岩間の水をしるべにて春こそ伝へ谷の筧を」（玄玉集・時節歌上・藤原公信）は「山家立春」題の同時代詠。

986 参考「芽ぐむより気色ことなる花なればかねても枝のなつかしきかな」（散木奇歌集）。

987 底本「空はたゞ」（独自異文）を私意により「空わたる」と改訂する校注書が多いが、底本系他本・茨・松・心・万代集「そらはるる」。

988 心詞「つとめてはなをたづぬといふ事を」（行間に小字書入「朝赴花」）。中巻巻末「題しらず」歌群中で唯一の題詠歌の編入。

990 伊勢の菩提山上人と共に「対月述懐」題を詠んだ「めぐりあはで雲のよそにはなりぬとも月に馴れゆくむつび忘るな」（西）も「むつび」を忘れないように呼びかけた歌。

991 参考「谷深み人も尋ねぬ柴の庵におとなふ物はうぐひすの声」（堀河百首・隆源）。

992 一二　冬を谷の古巣で過ごした鶯は、春になると都へ往来して鳴くと認識されていた。鶯の鳴声には変音・添加音による地方差のあることが知られ、東北地方のウグイスには句の終わりにnの音が添加してホーホケキョンまたはホーホケンキョンと鳴く個体が多いという。西行は初度奥州の旅において平泉で越年したときに鶯の訛った鳴き声を聞き知り、それを前提に当歌を詠んでいるか。京都近郊の田舎の鶯は谷を住所としていても、都へ往来する習性があるから、そうか、辺境の鶯とは異なり、訛った音は鳴かないのだったか、という気づきにもとづく歌。一三　底本「だびたる」に対し、底本系統の数本と茨・心・夫木抄「たみたる」。「たみたる」が原本文で、語頭の「た」は清音と推定される。

994 この歌は流布本系統では九九二「うぐひすはゐなかの谷の」の前に配列。

996 第四句は茨「はなみるをりの」、松「はなみぬよはの」、心「はなみぬよるの」、心妙「はな見よるの」、西「花みるよひの」、風雅「はなみる春の」と、様々に異文がある。

997 「人の住む里のけしきになりにけり山路の末の賤の焼け畑」（万代集・雑四・行尊）のように修行途上の山路を出て、人里にさしかかった際に焼畑の光景を嘱目しての詠か。参考「悲鳴呦咽　痛恋本群」（摩訶止観）。

998 参考「我が子は十余に成りぬらん。巫《かうなぎ》してこそ歩くなれ、田子の浦に汐踏むと、如何に海人《あまびと》

集ふらん　正しとて、問ひみ問はずみ嬲《なぶ》るらん　憐しや」（梁塵秘抄・四句神歌）。潮踏む巫覡の行ふ神事は禊か口寄せか未詳。

999 一二　参考「神風の伊勢の浜荻折り伏せて旅寝やすらむ荒き浜辺に」（万葉・四・碁檀越妻）。『万葉集』の「伊勢の浜荻」は葦とは別種の植物として区別されていたが、『俊頼髄脳』や、『住吉社歌合』の俊成判では葦と混同され、後に「難波の葦は伊勢の浜荻」の諺も生じた。三重県伊勢市二見町三津に字《あざ》浜荻の地名があり、かつて浜荻の群生地であったが、この地方では浜荻を「片葉の蘆」といい、その特色は細長い蘆葉が左右対称に出ず、長い茎の片方のみ葉が側生するという（中西正幸編『伊勢の海と神宮』）。西行は晩年の伊勢移住以前に三津で神主たちと歌会で同席しているから（→一七〇）、伊勢の浜荻が葦とは異なることを実地に見知っていたか。　一三　松・心・西・別「ほずゑをなみの（穂末を波の）」。穂末を波が改めて生き返らせるという方が意は通じる。

1000 みさご（鶚・雎鳩）は『万葉集』に数例あるが、磯の松と縁を持たせた取り合わせは「みさごゐる磯まに生ふる松の根のせばしく見ゆる世にもあるかな」（堀河百首・源俊頼）など平安後期の作に見える。

1003 一「かこみ」は不詳。藤原清輔『和歌初学抄』冷泉家本（広本系）に「舩」の語彙として「カコミ」が見える。船体左右の台間の艪の立たない所を板で張った舟を称するか。二　艫艫については、歌意不詳ながら「おそろしやともろはしりぞ浪間行くあから小舟のあからめなせそ（夫木抄・雑十五・源顕仲。出典の永久百首では「ともへ」の異文も）が参照される。「共艪」で艪を二挺仕立てたのをいうとする説もある。

1005 朝妻舟は美濃・尾張など東山道筋の庄園の年貢・租穀などを琵琶湖東岸の朝妻から大津へ運送する舟。すでに一〇世紀には就航。次歌と共に朝妻へ向かう舟を案じて詠んだと取れるようだが、朝妻から出港した舟を詠んだと解する説もある。なお伊吹山は役行者《えんのぎょうじゃ》が開いたと伝承され、七高山の一。

1006 参考→五四四補注

1008 この歌以下四首は初度奥州の旅の平泉滞在（某年一〇月より翌年三月）の経験にもとづく作か。「野つ子」は底本ほか同系統では「のへこ」の本文が優勢だが、意味不明。茨・松・西・夫木抄「野べに」。心「のつこ」。底本系統の「のへこ」は「のつこ」の誤写と見て改訂。「野つ子」は民俗語としてはノッゴで、主に四国で田野の一隅に祀る農神。四国では牛に関わる神だが、奥州で馬形を結ぶ行事を知り、その同質性への気づきによる発想か。西行は仁安三年（一一六八）の四国の旅で讃岐に滞在して野つ子の存在を知ったであろうから、その後に、初度奥州の旅を追想して詠んだ虚構の作か。藁で作った馬形を焼く行事も左義長と称し、小正月（一月一五日）と結びついた例のあることは、次歌との関連で注意される。

1009 「いたけ」はイチコ・イタコと同じく民間の巫女を意味する当時の奥州方言か。「いちこもる姥女おうなの重ね持つ児手柏に面並べん」（聞書集）は巫女が奉斎する姥神を詠んでおり、「あまみ」は何らかの神の名称で、それを祀る時節の到来を詠んだと見られる。平泉滞在経験からの所産とすれば、左義長《さぎちょう》など火を用いる小正月行事との関連で「煙こめたり」の表現も解せるようだが、なお未詳。→五六六「煙こめたり」

1010 第四句は心・西「あけそのしさり」に拠れば、「揚げその退り」で、「そ」は禁止の終助詞、

「の」は打消・否定表現を受けて体言を修飾する格助詞と取るなら、足を揚げずに摺り足で後退する足さばきを意味するか。「鴨の入首」は中世に舞の手の名として見え、近世に相撲や古武術の技の名としても表れるが、西行当時の実態は不明。平泉で秀郷流兵法を伝習する武士達の練技を見て感嘆しての作か。

1011 一六 初句は松「むつのくにの」、別・夫木抄「みちのくの」。西行は奥州藤原氏の軍事交通支配下に置かれた「奥大道」の中枢に位置づけられた平泉にあって、「奥大道」の末端に位置する外浜の浜風に思いを馳せたか。「外の浜」は一二世紀において日本国の東の境界と認識された地。一七「壺のいしぶみ」は所在未詳。芭蕉の信じた多賀城碑に当てるのは猪苗代兼載による付会説。『袖中抄』により青森県上北郡七戸町（糠部《ぬかのぶ》のうち）にあったと伝えられる古碑と見るのが通説だが、確証はない。むしろ『拾芥抄』天正十七年写本所載大日本図の「壺石踏」の地名により石碑ではなく、交通路の一部を構成していた土木施設と推定する説が有力か（うんのかずたか『ちずのしわ』）。それによれば「都河路大国」の区域内で、「外の浜」に至る「奥大道」の行程上に位置する。

1012 難解歌。初句「あさかへる」は『野坂本賦物集』に西行歌を出典とする賦物《ふしもの》の語彙として「朝帰」とある。第二〜四句は茨「かりゐうのうのむら鳥ははらのをかやに」、松「かりねこならのむら鳥ははらのをか山」、夫木抄「かりいそなこのむらともははらのをか山」。『夫木抄』は標目「はらのをか山」で山名と取り、その下に本により「狩伊曾名子」「狩場暮名所」などの注記がある。「はらのをか山」は藤原基家（良経男）に西行から受容したらしい作例（夫木抄・夏三）がある。『山家集』の配列で続く二首は鹿に材を取るので、当歌も鹿狩を詠んだか。「照射（ともし）」題の「道遠み火串《ほぐし》の松も尽きぬべし八重山越ゆる夜半のともしは」（堀河百首・源顕仲）のように、夜間に移動しながら山越えする狩人の集団を詠んだと推定しておく。「朝帰る」は歌題「照射及暁」（六条修理大夫集、行宗集）、「暁更照射」（為忠家初度百首）も参考としたか。

1013 「木ぐれ」（木の下陰の暗がり）なら「ともしすと鹿にもあはぬものゆゑにこぐれの下に夜を明しつる」（堀河百首・隆源）に先例。

1015 参考「紫の根ばふ横野の春野には君をかけつつ鶯鳴くも」（万葉・十）、「茅花抜く浅茅が原の壺菫今盛りなり吾が恋ふらくは」（万葉・八・大伴田村大嬢）、「紫の根はふ横野の壺菫真袖に摘まむ色もむつまし」（久安百首・藤原顕広）。顕広（後の俊成）と共に万葉歌枕「横野」を受容。西行歌の「人」は女性か。「咲く」「咲きぬれば」は同字の病。第三句は茨・松・夫木抄「生ひぬれば」。

1016 参考「水無月の河原におもふ八穂蓼《やほたで》のからしや人に逢はぬ心は」（古今六帖・六）。「八穂蓼も河原を見れば老いにけりからしや我も年を積みつつ」（好忠集）と同じく西行歌も述懐的。

1018 「水」は茨・松・夫木抄「みつ」、別「水」。陽明文庫本系統も底本と学習院大学本だけ「水」と表記。どこの地名を当てるか諸説あるが、真菰を景物とする歌枕としては山城国美豆が妥当か。夫木抄の詞「家集、みつ河にて」。

1019 参考「蔭繁き野洲の河原の柳原木高く蟬の声騒ぐなり」（出観集）は近江国野洲川の河原の柳原を詠む。

1020 「涼め」を動詞「涼む」の命令形と取る旧説に対し、「め」は「高め」「強め」の「め」と同じく接尾語と取り、また「涼目」として涼しげな様子と解するのが現在の通説だが、そういう語が存在するか疑問。「…悲しかれともなれる秋かな」（四三四）も情景が私に命じているかのごとき感知について、用言の命令形を「と（も）なれる」で受ける語法で表現。当歌も同様か。宮合二十三番で「しのにおるあたりもすずし河社榊にかかる波の白木綿」と番え、定家は引分けの判定。

1022 賀茂別雷社（上賀茂社）の御生神事は陰暦四月、中の酉の日の賀茂祭の前日に行われる。神が憑霊した榊に種々の彩色をした帛をつけて御生木《みあれぎ》とする。これに鈴もつけて祈願したことは「わが引かん御生につけて祈ることとなるなる鈴もまづ聞えけり」（順集）によって知られる。出家後は「内へも入らぬ事」（一〇九五）とあるので、在俗時の経験によるか。御生は六一四にも。

1023 参考「み熊野の浦の浜木綿百重なる心は思へどただに逢はぬかも」（拾遺・恋一・柿本人麿）。

1024 参考「石上ふりにし人を尋ぬれば荒れたる宿にすみれ摘みけり」（能因法師集）。松は当歌の代りに「いそのかみあれたる宿をとひにきてたもとに雨ぞさらにふりぬる」という初句のみ共通する別歌を収録。

1025 難解歌。初句の「とをち」は茨・松「とをく」、夫木抄「とをて」、第二句の「ひた」は茨「ひゝ」、松・夫木抄「ひく」の異文がある。陽明文庫本系統の本文では、大和国「十市（とをち）」の里の「引板（ひた）」の景となろうが、歌意不通。海辺の歌と見て茨によるなら、遠く沖合まで差す「篊（ひび）」（魚を取るための設備）に寄せた心を詠む歌と解せるようだが、本文「ひゝ」は茨のみで、流布本系統諸本「ひた」。

1026 参考「おもしろや華に睦るる唐蝶《からてふ》のなればや我も思ふあたりに」（夫木抄・雑九・源仲正）、「はかなくも招く尾花にたはぶれて暮れ行く秋を知らぬ蝶かな」（同上）。

1028 参考「風吹けばまづやぶれぬる草の葉によそふるからに袖ぞつゆけき」（後拾遺・釈教・藤原公任）も同じ十喩による。『維摩経』では「是身如芭蕉、中無有堅」とあり、芭蕉の実は皮を剝いても何も得られないので、事物に実体のないことのたとえ。芭蕉が風に破れ易く、無常を表すことは、『大智度論』巻二に「咄、世間無常、如水月芭蕉、功徳満三界、無常風所壊」と見える。『観心略要集』にも「如浮雲如芭蕉。待無常風不保故。此是仮諦生滅無常也」とある。底本結句「かは」は茨・松・心「よか」。

1030 参考「植ゑ置きし松も巌も変はらぬに昔の人はいづちなるらん」（恵慶法師集）は「主なき荒れたる宿」と題し、河原院の荒廃を詠む。

1031 宮合二十八番左も初句「しくれかは」で、右は七一六「わが宿は」と番え、定家は「しぐれかはと置けるより、いつまでとのみ打しほれつつと言ひはてたる末の句も、猶左やまさり侍らむ」と当歌を賞揚。「時雨かは」の本文の方が定家好み。

1033 『俊頼髄脳』に「芹摘みし昔の人も我がごとや心に物は叶はざりけむ」（出典未詳）の古歌にまつわる漢籍出自という、芹を召し上がる后を垣間見た男が芹を献じる悲恋の説話が見える。「芹摘みし」は『枕草子』にも引かれる古歌で、不如意の恋を語る説話と共に伝承され諸書に引用。西行は同話に拠り「七草に芹ありけりと見るからに濡れけむ袖のつまれぬるかな」（聞書集）という歌も詠む。

1034 「吉野山うれしかりけるしるべかなさらでは奥の花を見ましや」（聞書集）は『法華経』信

解品の題詠で、うれしい道案内（しるべ）を得て、吉野山の奥の花（仏法の奥義の象徴）を見られた喜びを歌う。

1036「人」を歌友など知人と取れば軽味ある内容となり、特定の親しい人と取れば恋歌的情感の屈折を読めもする。裳合十番で右は四〇七「ふりさけし」と番え、俊成は「左歌、こともなくよろし。まさると申すべからん」と判じ、当歌を勝とした。

1038 参考「吹き来れば身にもしみける秋風を色なき物と思ひけるかな」（古今六帖・一）。

1039「われなれや松の梢に月たけて緑の色に霜降りにける」（西）という、松に老境の自己を仮託する歌もある。

1042 西行の詞書叙述は、荒れた宿の女性を訪ねる王朝物語風の雅な趣向。『今物語』では伏見中納言源師仲邸での「打たれる西行」の話型の説話に展開。

1043「泉の主」・「あと伝へたりける人」については、紫金台寺の泉殿に居した覚性法親王・守覚法親王、六波羅泉殿を一門の拠点とした（残集によれば西八条邸にも泉殿を有した）平忠盛・清盛、また藤原通基・基家に当てる説などがある。覚性・守覚にはこの呼称や、「まかりて」の待遇表現が不適当。清盛を中心に歌会が催されたとは考えにくい。持明院基家の北白河邸（残集）に泉があったか不明。西行の交際を考えると他に、名泉を有した滋野井第を別邸として滋野井と号した藤原成通・泰通（養子）の可能性もある。滋野井第は、滋野井兵衛督・滋野井別当と称した権中納言藤原公成（公実の祖父）、滋野井御息所と呼ばれた後三条天皇女御藤原茂子（公成女）もかつての居住者であり、西行の主家筋ゆかりの泉殿。

1044『教長集』詞書「少将基家朝臣会に、遇友恋音」（「音」は「昔」の誤りか）。藤原基家の少将在任と教長の配流期間を考え合わせて、永万二年（一一六六）六月六日より嘉応二年（一一七〇）七月二五日までの間の歌会と推定。西行は基家と親交があったから（残集）、同じ歌会詠の可能性がある。参考「人問はば何によりとかこたへましあやしきまでも濡るる袖かな」（和泉式部続集）。

1046 参考「あしひきの山より出づる月待つと人には言ひて君をこそ待て」（拾遺・恋三・柿本人麿）など恋歌の発想を離別歌に転じた。

1047 一七　当歌は例外的に『残集』に重出。寂然らと見に行った事情が知られる。良暹の旧房は大原野の江文の東北に当る所といい（顕昭・後拾遺抄注）、朧清水の近辺。一　参考「大原やまだ炭竈もならはねば我が宿のみぞ煙絶えたる」（詞花・雑上・良暹）。

1048 四　大覚寺（「大学寺」とも）の滝殿の石は百済川成が立てたと伝承（今昔物語集）。五　閑院は白河上皇・鳥羽上皇・八条院と伝領され、八条院から譲り受けた藤原基房が仁安二年（一一六七）一二月に第宅を新造した折に、大覚寺の滝殿の石が移されたか。七　参考「滝の糸は絶えて久しく成りぬれど名こそ流れて猶聞こえけれ」（拾遺・雑上・藤原公任）、「あせにける今だにかかり滝つ瀬の早くぞ人は見るべかりける」（後拾遺・雑四・赤染衛門）。↓一四二四、一四二五

1049 四七七・一〇四五と共に、元性法印の庵室での歌会詠の可能性がある。「夜もすがら枕に落つる声聞けば心を洗ふ谷川の水」（月詣集・雑下・元性）は『今鏡』によれば長寛二年（一一六四）八月の崇徳院崩御の頃、元性一四歳の詠だが、それにちなむ設題か。同趣の題「夜聞水声」の詠歌が、元性ゆかりの覚性法親王、藤原教長の家集（出観集、教長集）に見える。

1052『夫木抄』は標目「たはらのみね」で収録し、初二句「夕ぐれやたはらの峰を」。「たはら」は山城国宇治田原にあった山か。

1053参考「みさごゐる磯の松が根枕にて潮風寒く明しつるかな」（続詞花集・旅・登蓮法師）は「海辺旅宿」題。松・別「海辺旅泊」題で、下句「うらがなしくも明しつる哉」の異文。これが原形で改題・改作したか。登蓮歌の『続詞花集』の詞書は「明石にこれかれまかりてあそびける時…」とあり、西行も同道した可能性がある。

1054参考「沖つ風吹きにけらしな住吉の松の下枝を洗ふ白波」（後拾遺・雑四・源経信）。後三条院の住吉御幸に際して詠まれた経信の名歌を踏まえ、孫の俊恵に挨拶。→一二一八

1057一七「中宮大夫」は茨など流布本系統に「返し」の作者「時忠卿」とあり、平時忠（時信男）と知られる。時忠は承安二年（一一七二）二月一〇日、女御平徳子の中宮権大夫に任じ、治承二年（一一七八）七月、中宮大夫に転じた。一八　旧説は治承二年一二月の大雪の折と推定したが、陽明文庫本系統に「権大夫」と異文注記のある伝本もあり、『山家集』の成立時期を考慮すると、時忠の中宮権大夫時代の贈答か。

1060「かき曇りまだ白雪のふる年に春とも見えで春は来にけり」（月詣集・雑上・藤原頼輔）のように旧年は冬のものである雪で表象するのが通常だが、春のものである雨にしたところが珍しい。雨によっても春到来の実感がわかない心境を表現。暦の知識と季節感のずれを詠むのが本意の「年内（旧年）立春」題の変奏。

1061底本「つみはへししは」は同系統で優勢な本文だが、意味不通。「柴」「芝」では食用に供する「菜」に当てはまらない。茨・松・夫木抄「つみけらしゐく」で、陽明文庫本系統にも同

文の伝本が数本あり、そちらが本来か。万葉植物「ゑぐ」は実体不明。黒慈姑（クログワイ）、芹の異名ほか諸説あり、平安期の作例も語義に混乱がある。万葉歌にならい、山田、沢のゑぐを詠む作例が多い（一四三四も）のに対し、当歌は野を場所とすることに注意。あるいは若菜の芽を出したばかりをいうとする説（和歌色葉）に拠るか。

1062 参考「何となく春立つ今日のうれしきは思へば花のゆかりなりけり」（月詣集・雑上・覚延）。「何となく」は西行の愛用語。

1063 参考「いつしかと今日降り初むる春雨に色づきわたる庭の若草」（肥後集。新勅撰に結句「野辺の若草」で入集）。

1064 参考「春立てば雪の下水うち解けて谷の鶯今ぞ鳴くなる」（後葉集・春上・藤原顕綱）。

1068 参考「鶯は花の都も旅なれば谷の古巣を忘れやはする」（詞花・恋下・行尊）、「枝ごとに移ろひ鳴くは鶯の花のねぐらや住み憂かるらん」（林葉集）。

1069 底本「ならて」の「ら」は「え」に酷似。従来は「なえて」と翻字。茨・松・夫木抄「なへて」。「並べて」、あるいは「萎えて」と解釈されて来たが、底本系統の有力本文「ならて」に拠り「鳴らで」と解した。「吹く風は枝も鳴らさで万代と呼ばふ声のみ音高の山」（長秋詠藻）のような祝賀の表現を叙景に転じたか。

1070 「昔」を在俗時と取り、「あらためて」は態度を改めてと解する説もある。

1071 一三・五「みやたて」は高貴な家にさしあげ、奉公させる意の動詞「みやたつ」の名詞形が固有名詞化し、「贈り物」というような含意があるという（佐伯真一「義王の選択―「ミヤタテ」の語義、そして遊女の娘の人生―」日本文学五〇巻九号、二〇〇一年）。参考「幼くて親と馴れたる雁の子をみやたてしても思ふべきかな」（忠見集）は「雁の子を奉るとて」と詞書する。一八・一　詞書「果物を」は茨・夫木抄「くだ物を高野の御山へ」とあり、みやたてが高野山の西行へ仏供料として菓子を送った事情が知られる。茨・夫木抄「花と申す果物」は未詳ながら、吉野金峯山寺の花供《はなく》懺法《せんぼう》（修二月会）における供物に由来する餅菓子か。円扁で花弁に似た餅という。三「思ひつつ」は、茨・夫木抄「折櫃に」。『夫木抄』は標目「櫃」のもとに収録。折櫃は檜の薄板を折り曲げて作った蓋のある箱で、菓子などの入物。「折櫃に」の本文に拠れば、上句の主語もみやたてと取れ、折櫃に花の菓子を積んだよ、吉野の人のみやたてが贈物にして、という大意になる。「吉野」の縁で「花」「宮」の語を取り合わせた興趣の歌。

1076「白鷺の松の梢に群れゐると見ゆるは雪のつもるなりけり」（為忠家初度百首・源頼政）は逆の見立て。流布本系統は当歌を一〇七八「葛城や」の後に配列。

1077 岩田は現在の富田《とんだ》川中流域。田辺より熊野本宮に至る中辺路《なかへち》の途中。川瀬の徒渉が清めのみそぎとなると観念された所。一二世紀前半期には熊野別当庶子家による宿所が設けられていたが、同後半期には仮屋を構えた昼養所・休憩所となる。西行歌は「夕涼み」とあるので岩田に宿泊しての詠か。「夕涼み」は非歌語で、『為忠家初度百首』『為忠家後度百首』に先例。

1078 参考「み山には霰降るらし外山なるまさきのかづら色づきにけり」（古今・神遊びの歌）。「まさきのかづら」の実体については蔓正木、定家葛などに当てられてきたが、いずれも常緑。ブドウ科の三角蔓とするのが有力か。西行は「まさのはかづら」（裳合。新古今・秋下）の語彙も用いている。

1079 一四　陽明文庫本系統は「かくくゐん阿闍梨」が有力本文。茨「覚堅阿闍梨」、松「阿闍梨かくけん」。『たまきはる』の女房名寄の「少納言」の項に「何とかや、筑前の阿闍梨かくけんといひしが妹」。この建春門院少納言と後白河院少納言（八三〇・一三五一）を同一人と見て、その兄と推定。通説は少納言藤原通憲（信西）男・覚憲（興福寺）、一説に少納言藤原実明男・覚顕（園城寺）だが、仁和寺の護持院住持で、覚性法親王の声明弟子だった姓系未詳の筑前阿闍梨覚兼（声明血脈）が最も妥当。一七　西行の贈歌は菊水の故事を踏むが、贈物の「菊」によそえたまでで、長寿のことほぎの本意を離れ、「下に」「出で」た私のことを「菊（聞く）」でもなく「聞かぬ」のかと、からかい興じた内容。親密な間柄の贈答。

1082 どこへの旅か不明だが、『菩提心論』の要文を詠んだ「分け入ればやがて悟りぞ現はるる月の影敷く雪の白山」（聞書集）により、某年暮秋から冬にかけてと推定される白山参詣か。「ほど経ける所」は、白山参詣途上に位置する越前国の藤原成通の私領が庄園化した小山庄（安楽寿院に寄進）、泉庄（醍醐寺・円光院に寄進）で、幸便を得ての贈歌か。帰途に同地で返歌を落手したとすれば、そのとき西行は西へ向っていた。『続拾遺集』は成通の官職を「権大納言」とし、それによれば成通が権大納言に任じた久安五年（一一四九）より大納言に転じた保元元年（一一五六）九月までの贈答。参考「われが身は木の葉と共に散り果てぬ

1083 参考「もみぢ葉の散り行く方を尋ぬれば秋もあらしの声のみぞする」（久安百首・崇徳院）。峯のあらしぞ行方知るらん」（行尊大僧正集）。松屋本は当歌より「山家集下末」とする。

1084 御嶽精進は五十日・百日の通例に対して千日は異例。元性は承安年間（一一七一―一一七四）に千日の御嶽精進を行ったか。そのころ高野山・西小田原の庵室で写経していた事跡が

知られる。↓四七七

1087 久能寺は『海道記』の貞応二年（一二二三）の記述によると、行基菩薩の草創という寺伝があり、天台宗延暦寺の末寺で、三百余宇の僧房を有し、隆盛。装飾経として著名な久能寺経を蔵した。鳥羽院周辺の人々が結縁した久能寺経と西行の関わりを推測する説もある。

1088 底本「物あはれなる」は第四句の名詞「あはれ」と同語反復で同字病。茨「物あらげなる」は荒涼とした様子の意の稀少語。松・別「物あはれなる」。

1091 宮合二十七番で左「我が心さこそ都にうとくならめ里のあまりに長居してける」と番え、「右、猶滞る所なく言ひ流されて侍れば、まさるとや申すべからむ」と勝の判定。

1093 ここの「今宵」は夜が明けて前夜、昨夜の意。

1094 参考「古里に同じ雲井の月見れば旅の空をや思ひ出づらん」（待賢門院堀河集）。

1095 底本・心妙・夫木抄雑十八「仁安二年」に対し、心・西・別・玉葉・夫木抄雑十六「仁安三年」。茨など流布本系統や陽明文庫本系統の多くの伝本に「仁和二年」とあるのは明白な誤り。古写本である心「仁安三年」が有力か。一〇四八によれば仁安二年一二月に西行は在京した可能性が高い。仁安三年（一一六八）は西行五一歳。かつて二三歳で出家した一〇月一五日前後に出立したことが注目される。四国の旅の目的は崇徳院の白峯陵詣でと弘法大師遺跡巡拝。この旅の歌は『山家集』下巻に分散して収録され、旅程や経路については未解明。

1096 八 参考「いにしへの野中の清水ぬるけれど本の心を知る人ぞ汲む」（古今・雑上・よみ人しらず）。野中の清水は印南野《いなみの》にあった（袋草紙・下巻、為忠家後度百首・為忠、寂蓮法師集）が、その所在地については二説ある（↓地名索引）。九「一昔」前は平治元年（一一五九）と推定される初度西国の旅の折（↓四一四補注）で、その一〇年ほど後の仁安三年（一一六八）に行われた四国の旅の旅程において書写山へ参詣する途中に野中の清水を再訪しての詠か。『治承三十六人歌合』に自撰。

1101 参考「天の原ふりさけ見れば春日なる三笠の山に出でし月かも」（古今・羇旅・安倍仲麿、土佐日記は初句「青海原」）。西行の当歌は『千載集』に「世を背きて後、修行し侍りけるに、海路に月を見て詠める」の詞書を付して入集。初度西国の旅の所産か。「旅の歌詠みけるに」四首は前二首が陸路、後二首が海路で、西行の取った西国の旅の行程を反映するか。

1102 参考「都にて山の端に見し月なれど波より出でて波にこそ入れ」（土佐日記）。宮合十四番では左「月の色に心を清く染めましや都を出でぬ我が身なりせば」と番え、定家判は「両首共、洛外之月色、海上之暁影、又強ゐて分きがたくは侍れど、右、波にも月はなどいへる、いま少し強くや聞え侍らむ」と、表現の強度を評価。

1103 従来この歌は仁安三年（または二年）の四国の旅に際してのものと見て、西住は一旦は同行しなかったものの、摂津国山本（流布本は明石）で待ち合わせて（一一三五）同行したという事情が憶測された。しかし歌の内容は、美豆野の景物である真菰に繋ぎ止められて「もの憂げに」見える春駒を詠んだと解せる。「春駒」の題詠「真菰草つのぐみわたる沢辺にはつながぬ駒も離れざりけり」（林葉集）との類想にも注意。冬一〇月出発の四国の旅（一〇九五）とは考えがたく、春出発の初度西国の旅と考えるべき。↓一一四二

1104 一三　深仙宿は大峯山中の中台（後の七五靡《なびき》第三八）に当る最も神聖な場所。当時すでに大峯山は釈迦が説法を行った霊鷲山が飛来したものとする伝承、大峯山を金剛界・胎蔵界に

充当する両界曼荼羅の思想が成立していた。一一〇四以下一一一九まで一六首は、月・紅葉・難所・拝所の主題ごとに、吉野側から熊野への行程順におよそ配列。秋から冬にかけての峰入と見られる。前半に月の歌一〇首が並び、西行は月輪観を修したとする説もある。大峯修行した時期については未詳で、初度奥州の旅から帰って吉野入りした後、三〇歳前後の頃か。西行の大峯修行には行尊への敬慕を認められるが、行尊の修行詠に対し、西行歌は月を主題とする傾向が顕著。一五　反実仮想により、深山に澄む（住む）月を見て今生の思い出もない我が身とはならなかった感激を歌う。参考「思ひ出でもなくてや我が身やみなまし姨捨山の月見ざりせば」（詞花・雑上・済慶）。

1105 参考↓九一三補注・教長集

1107 西行以前に吉野の姨捨山を詠む歌はなく、後に藤原良経、藤原家隆に作例がある。西行歌の詠歌地点は不明。深仙宿付近と推測する説がある。伯母ヶ峰は深仙から北東約一八キロメートル。その一キロメートル西に東熊野街道最大の難所である伯母峰峠がある。

1108 『諸山縁起』には中世の大峯山の宿名として「池宿」「小池宿」があり、前者は中世にすでに「小池宿」と宿名が変り、後の七五靡第三一小池宿となる。後者は七五靡第五五講婆世《こうばせ》宿より吉野寄りの位置。西行がどちらで詠んだか不明。なお、「いさぎよき池の泊に宿りてぞ心の月は澄みはてにける（行尊集二類本）を踏まえるとすれば、前者の可能性が高いか。

1109 九一八「小篠の泊」と同じく当歌の「篠の宿」を七五靡第六六小篠宿に比定する旧説は当らない。四二宿史料の第二七篠宿、『七十五靡行所記』第二三篠宿で、七五靡第二三乾光門に該当。

1111 参考「東屋のむねとたててし山伏をやがて破らぬ身ともならばや」（行尊集二類本）。

1114 参考「もろともにあはれと思へ山桜花よりほかに知る人もなし」（金葉・雑上・行尊）。第四句は『行尊集』二類本の冷泉家本で「花よりほかの」（「の」の右に「ニ」と傍書）。西行は『行尊集』二類本の本文に拠ったか。行尊の名が書かれた卒塔婆があった、西行歌の詠歌地点は不明。小篠宿とする説がある。小池宿とする説は根拠不明。『撰集抄』には「笙の岩屋の率都婆」（ただし「もらぬ岩屋も」の歌が書かれたもの。→九一七）とあり、『西行物語絵詞』には「大峯の持経者の宿に平等院の名かかれたる率都婆侍りけるに」（『西行法師行状絵巻（センチュリーミュージアム本）』巻二に詞書と画像）とある。

1116 近世に現れる山上ヶ岳裏行場の蟻の門渡とする説が多いが、それとは別の場所。西行歌は「岫」の原義である山穴の意を踏まえて詠んでいるとするなら、位置関係から見て七五靡第六二笙の窟に数日籠って後、窟を霧と共に朝立ちして難所にかかる自らの行動を蟻の歩行に見立てたか。

1117 行者還は熊野から来た役行者があまりのけわしさにここより還ったと伝承。底本「稚児の泊」に対して茨「稚児の泊に」。吉野側からは稚児泊・行者還の順。西行は吉野から秋に入峰し、春に熊野から入峰する山伏の難行を想像。熊野からだと行者還の難所が登りとなる。修験にかかわる「稚児落し」の伝承が各地にあり、稚児の滑落死を語り伝え、大峯の稚児泊付近にも「薩摩ころげ」「内侍落し」と称する岩場がある。『西行物語（文明本）』には「むかし稚児通りえずして命絶えけるところにて、行者は還りける、理りとあはれに見えける」とある。あるいは西行歌も絶命した稚児の話柄を踏むか。

1118 『夫木抄』『歌枕名寄』は当歌を那智の滝を詠んだ例歌として採る。しかし『山家集』の一連の配列からは、大峯七五靡第二九前鬼の裏行場に当る三重の滝を詠んだ歌と見なせる。前鬼三重の滝は虚空無遍超越菩薩の嶺に充当され、滝上に役行者の如法経二部があると伝承し（諸山縁起）、大峯奥駈《おくがけ》中の重要な行場。

1119 一三　転法輪の嶽を七五靡第四〇釈迦ヶ岳の別名と見る説があるが、近世に生じた誤解か。中世の史料では平地宿の項目の前に「転法輪嶽」の項目があり、「同頂ニ釈迦坐シ給フ」と記す（大峯秘所私聞書）。転法輪岳の頂上に台状の岩が現存。一五　底本「ける」に対し、同系統伝本でも「たる」が優勢。

1121 参考「いかならむ巌の中に住まばかは世の憂き事の聞えこざらむ」（古今・雑下・よみ人しらず）。裳合三十番→七九六補注

1122 代作した人を加賀の同僚女房と取る解もあるが、恋人の男性か。一一二四の故郷の小萩は二人が子をなしたことの暗示か。

1126 当歌は久寿二年（一一五五）頃成立の寂超撰『後葉集』に入集するので、西行の初度奥州の旅の詠であること確実。以下一連九首はすべて初度の旅の作と考えるのが有力。初度の旅が行われた時期については未解明。康治二年（一一四三）西行二六歳の折から三〇代前半までの間で諸説ある。旅の目的については仏道修行が主か、能因の後を慕う歌枕探訪が主かで意見が分れる。

1127 陽明文庫本系統も「たどる」の本文が優勢。「たどる」の場合、下に続く「まで」は時間的・空間的到達点を示す副助詞。底本「たどり」の場合、「まで」は動詞の連用形「詣で」

となり、謙譲語。前歌の詞書に卑所へ行く「まかり」を用いているので、貴所へ行く「詣で」は不審。

1128 参考「武隈の松はふた木を都人いかがと問はばみきとこたへん」（後拾遺・雑四・橘季通）、「武隈の松はこのたび跡もなし千歳を経てや我は来つらん」（後拾遺・雑四・能因）。武隈にはもと松が二本並んで立っていたが、早くから枯れて失われたという。武隈の松の所在は未詳。宮城県岩沼市の竹駒神社に伝承の松（一本の松の木が二又に岐れたもの）が現存するが、付会に過ぎない。『古今集教長注』に宮城野に「タケクマノ松モハベリケレド、イマハミエズ」とあり、藤原教長説は西行と知識を共有していた可能性がある。多賀の陸奥国府（宮城県多賀城市）に程近い宮城野（仙台市東部）に武隈の松があったと考えられていたか。

1129 「おもはくの橋」は留谷村（多賀城市）に伝承地があるが、近世に生じた説か。「おもはく」は動詞「思ふ」の未然形に接尾語「く」の付いた語形で、「思うこと」の意。いわゆる思案橋の類の名称か。なお、一一二九・一一三〇は紅葉を錦に見立てる歌が二首並び、行程順より題材の共通を優先する配列か。

1131 二〇〇五年に衣川北岸に接待館遺跡・衣の関道遺跡などを含む衣川遺跡群が発掘され、調査研究が進展。「衣河の城」については安倍一族の「衣のたて」を当てる説、奥州藤原氏の居館的施設を当てる説などがある。安倍氏の衣川柵はすでに遺跡化し、「しまはしたる」が防御を固めた威圧的な臨戦態勢とするなら、西行が訪れた二代基衡の時代に奥州藤原氏の城塞として現実的に機能していた場所を考えるべきか。「河の岸に着きて」の文言と推定奥大道・衣川の地理関係とを考え合わせると、泉ヶ城跡が「衣河の城」に重なってくるようながら、該地が基衡時代にどういう様相だったか未詳。

1132「滝の山と申す山寺」の所在地については、西蔵王の山形市土坂三百坊跡（標高七〇〇メートル）に当てる説と、山形市長谷堂の滝の山廃寺跡（山頂標高三二〇メートル）に当てる説がある。前者は蔵王信仰（修験）を構成する龍山信仰圏に属し、早く古代から天台宗勢力が入り込んでいた。後者は古代から中世にかけて大規模寺院が建立され、熊野信仰（修験）の影響が色濃い地域。紅山桜は東北地方では山頂付近に自生するが、「並み立てりける」は修験による植樹も考えられる。

1134 参考「何となく物ぞ悲しき秋風の身にしむ夜半の旅の寝覚めは」（千載・雑体・仁上）。

1135 仁安の四国の旅において摂津国山本で西住と待ち合わせて同行したとする説が行われて来たが、「人」を西住に特定できず、疑問。山本里は昆陽里の北に隣接。行基が摂津国川辺郡山本に昆陽施院を起工したと伝えられ、南接する昆陽に設けた昆陽布施屋と同一の施設か不明ながら、それが後に昆陽寺（現在地移建前）の基になったとするなら、西行が昆陽寺に参籠して人（誰か不明）を待った折の歌とも考えられる。西行は「行基菩薩遺誡」を受持していた。↓九〇九補注

1136 一一三六—一一四一、一二三〇—一二三七の讃岐往来歌における「女房」は形式上で、実は崇徳院その人か。主人の和歌を女房が代筆して送る書状の例が平安期にあり、広義の女房奉書の形式で歌が贈答された（田渕句美子「御製と「女房」」日本文学五一巻六号、二〇〇二年）。「女房」を崇徳院兵衛佐に当てる説もある。

1137 後の返歌のうち一一四一は流布本系統にない歌。

1142 通説では統子内親王への別れと解したことにより初度奥州の旅出立に際しての詠歌と考えられていた。この斎宮を亮子内親王とすれば、保元三年（一一五八）八月の退下《たいげ》だから、翌平治元年（一一五九）春から秋にかけて行われたと推定される、厳島参詣を目的とする初度西国の旅の出立に際しての詠歌か。平治元年は、四国の旅（再度西国の旅）を仁安三年（一一六八）出立とすれば、そのおよそ一〇年前になる。↓一〇補注、一〇九五、一〇九六

1145 西行が初度西国の旅で参籠した児島の八幡宮については諸説ある。郡《こおり》八幡宮（岡山市郡弁天島）、八浜《はちはま》八幡宮（玉野市八浜）、大崎八幡宮（玉野市大崎）、清田八幡宮（倉敷市曽原）などに可能性がある。『高倉院厳島御幸記』には治承四年（一一八〇）三月二三日に児島泊（郡衙のあった郡の港か）に着いて「この国に八幡の若宮おはしますときこしめして、幣たてまつらせ給」とあり、それについては西行が参籠した八幡と同じか否か不分明で、本荘八幡宮（倉敷市児島通生）を当てる説もある。

1147 参考「世を厭ふ草の庵の竹柱立てたるずしのむつましきかな」（唯心房集。「ずし」は「すぢ」の異文あり）は入道静蓮が西山辺に住んだ頃、寂然が訪れて柱に書き付けた歌。入道静蓮（俗名・藤原重茂。治部少丞頼綱男）は忍西入道（↓一一五九）と同一人物か。

1148 参考「ひぐらしの鳴く山里の夕暮は風よりほかに訪ふ人もなし」（古今・秋上・よみ人しらず）。

1149 「よもよも」は従来、板本により「よりより」と改訂されていたが、陽明文庫本系統、茨・松「よもよも」。参考「よもよもと頼めし君が言の葉は秋立ちぬればかれがれになる」（散木奇歌集）。

1151参考「さらぬだに影ほのかなる三日月の心細くも木の間洩るかな」（為忠家後度百首・藤原為盛）。樹間を洩れるほのかな三日月の光を詠じたのはこの時代には珍しく、後の京極派好みの表現の先蹤。

1154「月蝕」題は先例がない。虚空蔵求聞持法を詠んだとする説もある。『覚禅抄』によれば、求聞持法の結願日には日食・月蝕の時を配するべきで、月蝕が最もよいといい、その作法が詳述されている。それによれば俗世間では忌避する月蝕の日に、密教の修法を行うために強いて月を見ることを気にかけた歌。

1155裳合二十三番左に撰ばれ、第四句「雪ふる里を」とする伝本が多い。その場合「雪降る」に「古里」を言い掛けた表現となる。俊成判は「左歌は只詞にしてあはれ深し」と評する。『新勅撰集』では「高野に侍りける頃、寂然法師大原に住み侍りけるに遣はしける」と詞書し、西行が高野山から大原の寂然に贈った歌とする。

1159六「忍西」「西忍」のいずれが是か未詳。『治承三十六人歌合』では「静蓮入道」と表記され、『続詞花集』では撰者・藤原清輔と親交のあった静蓮側の資料から「静蓮法師」の表記で撰入（第三句「残るらん」）。静蓮は俗名・藤原重茂（義）。兼輔流治部少丞頼綱男で、『千載集』一首入集歌人。『月詣集』『実国集』によれば「高野奥の院入道静蓮」と記される。大法師兼意（成蓮房）の付法弟子中に見え、保元元年（一一五六）一月五日に伝法灌頂を受けている静蓮上人（血脈類集記・五）と同一人か。静蓮は「静忍法師」（一〇六七作者）と同一人の可能性もあり、「忍西」もしくは「西忍」はその別号か。また一一四七に見える嵯峨の「竹の柱」の住居の主も静蓮の可能性がある。静蓮が吉野山の麓に住んだ事歴は知られない。九　『元輔集』『麗花集』によれば嵯峨野での作「秋の野の萩の錦をふるさとに鹿の音ながら移してしかな」（和漢朗詠・清原元輔）を踏むか。『宝物集』に「かなふまじき事をねがふ」歌の一例として引用。

1161「人の、歌詠みてと申ししに」と詞書する「歌召せど心たくみのはかなさは斧の音してえこそ作らね」（二条太皇太后宮大弐集）は「心たくみ」に「作る」を寄せた稀少な先例。

1162当時の陰陽頭は賀茂氏が独占し、保延二年（一一三六）より寿永元年（一一八二）の間は宗憲・守憲・憲栄・在憲の順に頭に任じた。このうち在憲（一一〇二―一一八二）は『山家集』成立時に現任ゆえ除外される。宗憲男の憲栄（生没年未詳）の可能性が高いか。憲栄は久安四年（一一四八）閏六月に卒した守憲の後を受けて頭に任じ、保元元年（一一五六）五月以降に没した。

1163参考「最上河上れば下る稲舟の否にはあらずこの月ばかり」（古今・東歌）。『承徳本古謡集』では結句「しばしばかりぞや」とあり、『俊頼髄脳』以下も結句「しばしばかりぞ」で引く歌書が多く、これを本歌とする歌も「しばし」の語句を用いている例が多い。崇徳院歌もそちらの系統の本文に拠ったか。

1165参考「こよろぎの磯立ちならし磯菜摘むめざし濡らすな沖にをれ浪」（古今・東歌）。

1167以下三首の題については、陽明文庫本系統では「古今、梅に寄す」「後撰、桜を寄す」「拾遺に山吹を寄す」（「拾遺、山吹を寄す」とある伝本が多い）と不統一もしくは変化を持たせているが、茨・松は「古今、梅に寄す」「後撰、桜に寄す」「拾遺、山吹に寄す」と形式を統一した設題。

1168参考「桜散る隣にいとふ春風は花なき宿ぞうれしかりける」（後拾遺・春下・坂上定成）。↓三八

1169「安く」の音便形「安う」（↓五八）を、当時「す」がシュに近い発音だったことから「やしう」と表記したか。松「あしう」で、その場合「…里ぞ此は悪しうゐたりと…」という文脈を形成するか。本文に問題のある歌。

1170参考「隙もなく洩り来る雨の脚の音をわが遠づまと思はましかば」（散木奇歌集）。「雨の脚」は六六九・六七〇にも作例。

1174鶴の子が「巣立ち始むる」は、誕生祝いの表現だが、ここは松の枝に移り初めただろうというので、仕官の始めの祝いか。裳合三十四番で左は一一八一「若葉さす」と番え、俊成判は「左歌は、平野の松に若葉をささしめたり。さだめて其故ありけんかし。右歌は、ただ、沢辺の鶴の子の松に移り初めたるは、祝の心、左には及びがたくやと覚え侍れど、歌のほどは、なほ持なるべし」。

1175参考「君が代は白雲かかる筑波嶺の峯の続きの海となるまで」（詞花・賀・能因）。

1176参考「子日する野辺に小松のなかりせば千代のためしに何を引かまし」（拾遺・春・壬生忠岑）、「千歳まで変らぬ松の緑かなこや君が代のためしなるらん」（後葉集・賀・藤原忠通）。

1178参考「君が代は限りもあらじ三笠山峯に朝日のささむ限りは」（金葉・賀・大江匡房）。

1179参考↓一一七六補注・忠岑歌、「万代のためしに君が引かるれば子日の松もうらやみやせむ」（詞花・春・赤染衛門）。参考歌と同様に西行歌も「子日」の小松引きを詠むと解せる。

1181当歌は『山家心中集』雑下の第一首に配列。平野神社は皇室とも縁が深いが、平氏の氏社で

もあり、「平野の松」を詠む同時代詠は平氏の祝賀にかかわるものが多い。高倉天皇を当代とする賀歌か。『今鏡』すべらぎ下「二葉の松」に当歌と通底する表現を見いだせ、あるいは仁安三年（一一六八）三月の高倉天皇即位（八歳の幼帝）の後、翌嘉応元年三月に盛大に行われた皇太后平滋子（高倉生母、平時忠妹、もと上西門院女房小弁）の平野社行啓に際して贈られた歌か。なお当歌には詳細不明ながら「詠寄松祝和哥　円位」と記された一首懐紙が存在（久曽神昇「西行の書蹟」書道研究三巻一一号、一九八九年一一月）。裳合三十四番左↓一一七四補注

1183 参考「千代経べき二葉の松のみどりこは面影さへぞ常磐なりける」（清輔集）。

1184 参考「繁りあへるごえふのたけの千枝ごとに君が千歳を祈りかけつる」（行尊大僧正集）と同様、「五葉」を字音で詠む。

1186 二首の贈歌は『千手経』の文（↓九〇七補注）に拠る。「万の仏の願よりも、千手の誓ひぞ頼もしき、枯れたる草木も忽ちに、花咲き実生ると説い給ふ」（梁塵秘抄）と類想。観音の誓いを詠む同時代詠に「雪降れば誓ひ頼もし初瀬山枯れたる木にも花咲きにけり」（続詞花集・釈教・覚延）、「頼もしき誓ひは春にあらねども枯れにし枝も花ぞ咲きける」（千載・釈教・平時忠）。

1188 鳥羽天皇第三皇女・暲子内親王は応保元年（一一六一）一二月に院号八条院を賜っているので、それ以前の姫宮と申し上げた時にこの虫合（種々の虫を持ち寄り、鳴く音色や形状の優劣などを競う物合）は行われたと考えられるが、その時期は未詳。西行が歌を代作した「人」も誰か不明。

1189 藤原育子（一一四六―一一七三。実能女。藤原忠通の養子となる）は応保元年（一一六一）二月に二条天皇に入内、翌応保二年二月に中宮冊立。『袋草紙』によれば同年三月一三日に「中宮の御方に貝合の事有るべし」とあり、中宮となった育子に対する慶賀の意をこめ二条天皇が主催したか。この時点の御所は中宮育子の兄関白藤原基実の高倉殿を里内裏としていたので、そこで挙行された晴儀の貝合か。『山槐記』によれば、右方人《かたうど》は中宮大夫藤原兼実以下（その他は名を記さず）、左方人は中宮権大夫藤原実長以下、中宮職事の官人を中心に構成。西行は方人の誰かに依頼されて歌を代作したか。同じ貝合で覚性法親王も「ある人」の歌を代作（出観集）。貝合は左右に分れて珍しい貝の優劣を競う物合で、歌を添えた。

1191『歌枕名寄』や従来の注釈は、「三島江の浦」を摂津国三島江（淀川の右岸）に当てるが、海産の桜貝が寄せられる場所として不適当。『夫木抄』は標目「みしまのうら、摂津又伊予或肥後」のもとに当歌を所収。「みしまえのうらみつ汐にまがふ蘆のねたく末葉にかかる白浪」（康資王母集）は海浜として「三島江の浦」を詠んでいる。西行の「桜貝」のもう一例「花と見えて風に折られて散る波の桜貝をば寄するなりけり」（聞書集）は「海波映二花色一」題で海産の貝を海浜に詠んでいるから、「三島江の浦」は所在地未詳の海浜と考えるべき。契沖『勝地通考目録』が「摂津」の「三嶋江」とは別に「未勘国」に「三嶋江浦」を挙げる見識に従う。

1192 参考「池の面に洗ふ紅葉の錦をば水際に畳む木枯しの風」（出観集）。「畳む」→一三七六

1193「百敷の玉の台《うてな》の簾貝芦屋が浦に波やかけけん」（出観集）、「雲の上に塵ぞまがへる春風の吹上の浜の梅の花貝」（同）は、同じ貝合で「簾貝」「吹上の浜」を二首に詠み分けている。

1194 参考「袖のうらの色の浜とはなりぬとも何のかひかはあらんとすらん」（伊勢集二類本）は「甲斐」に「貝」を掛けている。「色の浜」は「種の浜」とも表記。松尾芭蕉が『奥の細道』の旅で訪れ、「ますほの小貝」を拾ったことで有名。

1196 白良の浜は催馬楽にもうたわれた紀伊国の著名な歌枕。「沖の石」を詠む一四七六は紀伊国の白良の浜に違いないが、当歌の場合は長久元年（一〇四〇）五月六日『斎宮良子内親王貝合』、『鴨長明伊勢記抜書』を参照すると、伊勢国の白良の浜（多気郡か）を詠んだ可能性もある。

1198 二　別は詞書の下に「霊禅院と云寺也」と加注。出拠は不明だが、あるいは寂然が住した大原の寺か。四　歌本文第二句「あらめ」に拠る場合は、大原でもさようだろうと申しつつと取る解、さもあろうと聞いていたがと取る解の両説ある。

1201 参考「わびしらにましらな鳴きそあしひきの山のかひある今日にやはあらぬ」（古今・雑体・凡河内躬恒）は「ましら」を詠む早い作例。

1202 橡の実には有毒な成分が含まれるため、粉食するにはあく抜きが必要だが、その技術工程は地域によって種々の相違がある。ここはようやく少しずつ落ち始めた橡の実を拾う間に、水さらしであく抜きをするための山水を溜めようと歌ったか。

1205 参考「山守よ斧の音《おと》高く響くなり峯の紅葉はよきて切らせよ」（金葉・秋・源経信）。

1207 「かせぎ」→一一四九。『方丈記』に「峰のかせぎの近く馴れたるにつけても、世に遠ざかるほどを知る」とあり、当歌を受容。西行の「山深み」十首は当時の隠者や隠遁に憧れる者達に広く受容された形跡がある。

1209 参考「ほどへてや月も浮かばん大原や朧の清水すむ名ばかりぞ」（後拾遺・雑三・良暹）。

1210参考→一〇四七補注
1212参考→一〇四九補注
1213底本「あはれ」に対し同系統では漢字表記「哀」とある本も多く、茨「あわれ」、別「哀」。松「あはれ」。玄玉集「あれま」を参照すると、下二段動詞「あばる（圮・荒）」の名詞形「あばれ」と解するべきか。寂然の父・藤原為忠の作「あだに結ふ賤の竹垣あばれつつまばらに来鳴くほととぎすかな」（為忠家初度百首）は類想で、西行の「あばれたる草の庵」（三四八・一一四八）二首にも通じる着想。
1215参考「訪ふ人も暮るれば帰る山里にもろともにすむ秋の夜の月」（後拾遺・秋上・素意）。
1218一三住吉社殿と別に、海に面して住江殿（津守氏の居館か）があり、その南に続いて釣殿があったという（住吉松葉大記）。釣殿で歌会が催されたりした。後に梶原景時、藤原隆祐、如願（藤原秀能）、藤原秀経らが住江殿の釣殿の柱に和歌を書き付けたことが知られる。一五　参考「住吉の神はあはれと思ふらんむなしき舟をさして来たれば」（後拾遺・雑四・後三条院）。「むなしき舟」は上皇の意。
1219参考→一〇五四補注
1220承安元年（一一七一）八月から治承二年（一一七八）六月までの斎院空位期の歌か。『山家集』の成立、改編に関連して承安年間（一一七一―一一七四）頃か。歌は「紫の色こき時はめもはるに野なる草木もわかれざりける」（古今・雑上・在原業平）を踏む。賀茂祭に用いる葵（二葉葵）は面が青（緑）で背が紫を帯びる。
1221この「北祭」は陰暦四月の賀茂祭か陰暦一一月の賀茂臨時祭のいずれか不明。五三六は賀茂臨時祭の還立の御神楽を詠む。もと衛府官人だった西行は、衛府の本源的歌舞だった東遊や和琴に格別の関心があった。仁安二年（一一六七）までは賀茂臨時祭の東遊に和琴が用いられた記録がある（兵範記）。承安～治承頃に作成されたという『年中行事絵巻』別本巻一の賀茂臨時祭の上賀茂社頭儀の東遊の図で、立楽する陪従達の中に和琴が見えないのは当歌に詠まれた事情に関連するか。舞人については同じく東遊を奏した石清水臨時祭について『吉記』治承四年（一一八〇）四月二六日条で、近来の舞人の習練不足を遺恨としているのも当歌に通じる。承安年間頃に楽舞の衰微に接して神祇の衰退を歎いた歌か。

1224 四　五辻斎院頌子内親王は承安元年（一一七一）六月二八日に三三代斎院に卜定されたが、同年八月一四日に病のため退下。前斎院の僐子内親王も嘉応二年（一一七〇）一〇月に卜定されながら、承安元年二月に退下してまもなく病没。二代続いて斎院が本院入りすることなく退下した歎きを「君住まぬ御内は荒れて」と表し、承安年間に神祇の衰退を歎く歌群（一二二〇―一二二六）に編入したか。八　頌子に仕えた宣旨は承安三年（一一七三）五月没（吉記・承安三年六月一九日、二八日条）。宣旨の法事は頌子、吉田経房が沙汰して経房一家が修しているので、宣旨は頌子の後見であった経房（玉葉・建久五年正月六日条）の勧修寺流藤原氏縁辺の女性か。本院の生活経験があるのは、斎院時代より勧修寺流藤原氏の支援を受けていた三一代斎院・式子内親王に仕えた前歴があったか。西行の妻は勧修寺流藤原氏・葉室家ゆかりの女性というから（発心集）、その縁で西行との関係も考えられる。

1227 この歌は保元元年（一一五六）七月一三日以降、一五日前後に詠まれたかと推測されていたのは誤り。七月一一日暁の合戦で崇徳院は白河殿を脱し、弟宮である仁和寺の御室・覚性法親王の許へ逃れた（愚管抄）。ときに鳥羽殿にいた覚性へ書状で保護を願うも固辞され（兵範記）、一二日に院は出家（百錬抄）。世間的には一二日時点で院の存否・在所は不分明だったが、一三日には仁和寺潜幸が発覚、同日に寛遍法務の土橋旧房に身柄を移され、勅定による源重成の守護のもとに後白河天皇方に拘束された（兵範記）。土橋房は藤原顕季が建立した仁和寺の院家・最勝院に属し（平安遺文三五七九号）、後に妙心寺が創建された花園の地にあった（仁和寺諸院家記）。七月二三日に崇徳院は寛遍の房より源重成に警護されて鳥羽辺で乗船し、讃岐に配流された（兵範記、百錬抄）。従って、出家して北院にいた崇徳院を西行が訪問したのは七月一二日夜に限定される。世間では在所不分明であった時点で極秘の情報を得て西行は崇徳院のもとに駆けつけたと考えられる。

1230 経文の大意は「もし人が目を見張って怒り、打ちのめさなかったなら、何をもって忍辱（迫害や辱めを忍耐すること。六波羅蜜の一）を修することができようか、できないだろう」。

1232 参考「世の中はとてもかくても同じこと宮も藁屋もはてしなければ」（新古今・雑下・蝉丸、和漢朗詠）、「数ならぬ身を何ゆゑに恨みけんとてもかくても過しける世を」（新古今・雑下・行尊）。

1233 諸注「世」と「夜」の掛詞と取るが、底本「世」の表記は独自で、他本は「よ」「夜」のいずれか。「世」の意は用いていないか。

1238 「後徳大寺左大臣、西行法師などともなひて大原にまかれりけるに、来迎院にて、寄老人述懐といふ事をよみ侍りけるに」と詞書する「山の端に影かたぶきて悲しきはむなしく過ぎし月日なりけり」（続後撰・雑中・縁忍）との関連を考える説がある。古態を有するという松

は詞書と歌の行間に「山里なる人のかたるにしたがひて書きたる也。さればひがごともや」の文が記され、底本一三五〇の左注に部分的に同文。『山家集』の段階的成立を考える上で重要。また当歌を跋文・識語の類と見做しうる和歌とする説もある。↓解説

1239 底本・茨「左京大夫俊成」の表記は不審。松「左京大夫あきひろ」、心妙・西「五条三位」、続拾遺「皇太后宮大夫俊成」。心妙は返歌の作者表記を「右京大夫俊成」とする。藤原俊成は仁安二年（一一六七）一二月に顕広から俊成に改名。官位は応保元年（一一六一）九月に左京大夫に任じ、仁安元年（一一六六）一月に辞任。同年八月に従三位に叙任。仁安三年一二月に右京大夫に任じ、嘉応二年（一一七〇）七月に皇后宮大夫を兼任、承安二年（一一七二）二月に皇太后宮大夫（極官）となる。松の表記に従えば、顕広の私撰集のため歌稿資料として原『山家集』を送り、この贈答歌を交したのは、仁安元年一月以前と考えるべきか。その後、集の改編や他集撰入の時点の官位・本名に合わせて表記が変遷したと見られる。顕広（俊成）の私撰集は『三五代集』（散佚）で、それをもとに『千載集』が編纂されたと推定されている。↓解説

1241 八　底本・茨「恋百十首」に対し、松「恋百」で歌数は九八首。『夫木抄』には数首が「恋百首中」として撰入されているから「恋百首」で自立して存し、また『山家集』に組み込まれ、増補されたか。成立については肥後（散佚）、登蓮、賀茂重保（散佚）らの「恋百首」と関連あるか。九　参考「思ひ余り今日言ひ出だす池水の深き心を人は知らなん」（堀河百首・藤原顕季）。楲《いひ》は池の堤に穴を開けて水を引き出す樋。

1242 参考「わが恋は逢ひ初めてこそまさりけれ飾磨の褐の色ならねども」(詞花・恋下・藤原道経)。

1243 参考「包めども涙に袖の顕はれて恋すと人に知られぬるかな」(中宮亮顕輔家歌合・源雅定)、「包めども涙の玉のくだけつつ袖よりつひに洩らしつるかな」(為忠家初度百首・藤原忠成)。
1248 参考「忍ぶれど色に出でにけりわが恋は物や思ふと人の問ふまで」(拾遺・恋一・平兼盛)。
1255 参考「よそにのみあはれとぞ見し梅の花あかぬ色香は折りてなりけり」(古今・春上・素性)。
1257 参考「朝ぼらけ置きつる霜の消えかへり暮待つほどの袖を見せばや」(新古今・恋三・花山院)、「起きてゆく人は露にはあらねども今朝は名残りの袖もかわかず」(和泉式部続集)。和泉式部歌と同じく女の立場での歌と解した。花山院歌と同じく置いて来た女を恋う男の立場での歌と解する説が多い。「帰りつる今朝の袂は露と言ひて暮待つ袖を何にかこたん」(堀河百首・藤原顕仲)から「暮待つ袖」の措辞を摂取。
1258 「袖濡れしその夜の雨の名残りよりやがて晴れせぬ五月雨の空」(長秋詠藻)は同時代の類想歌。
1259 参考「遥々と思ひやれども朝夕に行かぬ心の苦しきやなぞ」(永久百首・源忠房)は下句が同一。
1261 参考「なつかしき花橘の匂ひかな誰《た》が移り香と思ひなさまし」(忠盛集)。
1262 参考「はかなくて夢にも人を見つる夜は朝《あした》の床ぞ起き憂かりける」(古今・恋二・素性)。
1265 「咲きしよりわがとこなつとしめおきて夜もつゆだに避《さ》らずこそ見れ」(教長集)も幼い頃より女を独占したい男の願望を花にたとえて詠む。西行歌の結句「思はで」は板本により「思はん」と改訂されてきたが、茨・松「思はで」。陽明文庫本系統も「思はで」が優勢。破格だが、下に「見ん」などの語句を略した句法。

1269 参考「逢ひ見ての後の心にくらぶれば昔は物を思はざりけり」（拾遺・恋二・藤原敦忠）。西行歌は、逢って後にいっそう物思いがつのることを予想し得なかったわが心の至らなさを顧みて後悔。

1273 底本ほか「たえぬ」を「たへぬ（堪へぬ）」と解釈校訂するのが通説。

1283 参考「涙河何みなかみを尋ねけむ物思ふ時のわが身なりけり」（古今・恋一・読人しらず）。

1284 参考「君にいかで並べてみんと夜とともに思ひしきたへ今宵とめてん」（相如集）は「枕代へるとて」と詞書する歌。

1286 参考「ことの葉も霜にはあへず枯れにけりこや秋はつるしるしなるらん」（拾遺・恋三・大中臣能宣）。

1289 参考「君をおきてあだし心をわが持たば末の松山浪も越えなむ」（古今・東歌）。他人に心移りすることなどありえないと恋人に誓約する古歌を踏む。「末の松山」は陸奥国の歌枕。第三句は茨「あだになりし」。

1297 「なれる」は茨・夫木抄「なれや」、松「なれな」。

1300 参考「恋死なば君はあはれと言はずともなかなかよその人は忍ばむ」（詞花・恋上・覚念）。参考歌の「よその人」を恋人に転じて詠むか。

1302 参考「我ばかりもの思ふ人はまたもあらじと思へば水の下にもありけり」（伊勢物語・二十七段・女）。

1303 底本「二なく」を「になく」と読んで、第四句を字足らずと取る説もある。茨・松「まなくも」に拠れば、絶えずの意。

1304 四〇四、七五六など西行は「さらぬだに」を用いて、生来のわが身の資質をさらに増長させる具象物を好んで詠む。当歌は恋人が歎きを添え、木を投じて、わが生来のただでさえ恋の物思いが絶えない性分に火勢を加えたのだったか、という気づきを詠じた。

1305 底本系統の多くと茨・松「あはれむ」。

1307 参考「つれなさを思ひしづめる涙にはわが身のみこそ浮島が原」（肥後集）、「恋すれば涙の海にただよひて心は常に浮島の原」（夫木抄・雑五・源仲正）。参考歌はいずれも「浮」に「憂き」を掛ける。

1308 参考「これもみなさぞな昔の契りぞと思ふものからあさましきかな」（和泉式部続集）。

1311 参考「つつめども袖にたまらぬ白玉は人を見ぬめの涙なりけり」（古今・恋二・安倍清行）。

1313 流布本系は次歌「ながめこそ」と歌順が前後逆。

1314 茨・西・別「わかれね」は区別がない意。万代集「せらるれ」。松「わすれね」。底本傍記「ワカレネ」。

1315 参考「思へども思はずとのみ言ふなればいなや思はじ思ふかひなし」（古今・誹諧歌・よみ人しらず）、「思へども我が心こそ心えね我を思はぬ人を思へば」（堀河百首・源師頼）。

1316 参考「紅《くれなゐ》の濃染《こぞめ》のころも上に着む恋の涙の色隠るやと」（詞花・恋上・藤原顕綱）。「ころも」に比して「きぬ」は高級な上着。高級織物「綾」と卑俗な「小蓑」を対照するなど、西行歌は雅俗を織り交ぜた趣向。

1325 裄丈は着物の裄（背縫いの部分から袖口まで）の長さ。「ゆたけ」とも。「よたけたつ」は裄丈を裁つ意で「袖」に懸る枕詞と取る説もあるが、他に用例がない。「ゆたけ」なら「豊けし」を掛けた和歌の用例があるが、「よたけ」を用いたのはあるいは「弥猛（よだけ）し」を掛け、仰山に大きく裁つ袖の意を含ませたか。↓六九一

1327 参考「心から心よりする恋なれば我が身ぞつらき人の咎かは」（久安五年右衛門督家歌合・源季時）。

1328 参考「なり果つる姿を見れば悲しさにしほしほとこそ音《ね》は泣かれける」（散木奇歌集）の源俊頼作は述懐歌。

1329 参考「よの節と言ひ立てねども笛竹の音に表はれぬ世を恨むとは」（散木奇歌集。冷泉家本は初句「そのふしと」）。

1333 松・夫木抄「かけ」は「陰」とすれば、「よかれける」によく対応するか。

1334 参考「ほどもなく身にあまりたる心地して置き所なき我が思ひかな」（堀河百首・源師頼）。

1336 参考「海人の刈る藻に住む虫の我からとねをこそ泣かめ世をば恨みじ」（古今・恋五・藤原直子、伊勢物語）。

1338 参考↓一三一一補注

1340 底本・夫木抄「なりけん」により、知られることはあるまいと堪えていた恋心を知られてしまった後の追想と解した。従来のテキストは「なるらん」と改訂するものが多い。茨・松「なるらん」。

1341 「とりのらし」「くらたかの」の二箇所に誤写があり、歌意不明となったか。底本初句は従来「とりのこし」と校訂。底本ほか同系統は「とりのらし」がやや有力だが、種々の異文があり、本文不確定。茨「とりのくし」、松「とりのこし」。陽明文庫本系統の有力本文「くら

たかの」も意味不明で、茨「くしたかの」、松「くらさまや」。結句も茨「我心かな」。

1344 参考「茎も葉もみな緑なる深芹はあらふ根のみや白く見ゆらん」（拾遺・物名・藤原輔相）。

1346 「思へば」は、茨・松・玉葉「思はば」。「思はば」なら正格の反実仮想。

1347 「うち絶えて」と取り、私とあなたの関係が絶えて、と解する説もある。

1349 辛さゆえの厭世観を機縁として、却って仏道に導かれるのは、逆縁による出家の嬉しさ。「世の中の憂きは今こそうれしけれ思ひ知らずは厭はましやは」（千載・雑中・寂蓮）は同時代詠。

1350 宮合三十六番左↓七一〇補注

1351 「玉章」は手紙・消息文だが、ここは歌集の意。参考「遺文三十軸　軸軸金玉声」（和漢朗詠・下・白楽天）。「枚《ひら》毎に光さすめる言の葉は玉の声せしたぐひとぞ見る」（月詣集・雑下・土佐内侍）は同時代類想歌。

1353 保元元年（一一五六）七月、乱に敗れた崇徳院は讃岐国に配流、長寛二年（一一六四）八月二六日崩御、四六歳。西行は一〇九五によれば、崇徳院崩御後の仁安三年（一一六八）か二年の冬に出立し、讃岐国松山の御所跡、白峯陵を訪ねた。寂然は崇徳院の生前に松山の御所を訪ねている（風雅集）。歌は退位した天皇（上皇）を意味する歌語「空しき舟」にもとづく発想。参考↓一二一八補注・後三条院歌

1355 「松が根の枕も何かあだならむ玉のゆかとて常のとこかは」（千載・羇旅・崇徳院、久安百首で「玉のとこ」の本文も）を踏む。無常観を踏まえた詠嘆と取るか、すでに萌芽していた怨霊に対する鎮魂と取るかで説が分かれる。一三五三・一三五五の二首は諸書に引用され崇徳

院怨霊説話を展開。

1356 一〇　西行が空海生誕の地と伝える善通寺付近に結んだ草庵については二箇所に伝承。道範『南海流浪記』は仁治四年（一二四三）時点で、一三五八「久に経て」歌に詠まれた松が善通寺南大門東脇にあり、その松の下に西行が七日七夜籠居したことを寺僧から聞いており、玉泉院（南大門西側）に西行庵と「久の松」を伝承するが、そこからは海が眺望できない。五岳山のひとつ中山山麓の水茎の岡の山里庵からは海の眺望が得られる。一二　一面の月光を氷にたとえるのは和漢朗詠句による。↓三二六ほか。「白河の春の梢を見渡せば松こそ花の絶え間なりけれ」（詞花・春・源俊頼）を冬の海景に転じた。

1358 心妙詞「善通寺に草の庵結びて住み侍りしに、庵の前に侍りし松を見て」。↓九四一

1361 参考↓五六七補注・友則歌

1368 この歌は流布本系で一三六九の後に配列。善通寺の玉泉井を詠んだという伝承も生じた。

1369 善通寺誕生院は空海生誕地と伝承。『南海流浪記』に大師「御誕生所」の様子を記し、「大樹少々有レ之」とある。

1370 一四　一一世紀の史料に、空海は曼荼羅寺の南の山中に行道所として施坂《せさか》寺を建立したと伝え（平安遺文一〇〇八号）、『南海流浪記』によれば、その位置は「我拝師山西岫」。施坂（世坂）寺は現在の出釈迦寺《しゆつしやかじ》奥院の禅定寺に比定される。一七　近年の校注書の校訂「坊の外は」は文脈・状況に不適合。「はう」はあるいは「方」で、断面方形の石造角卒塔婆をいうか。埋経の経塚の地上標識で、「一丈ばかり」は卒塔婆の高さだろう。空海が当地に経塚を造営し、弥勒出世の三会暁を期したという在地伝承が平安中期以降に生じていた（高野大

師御広伝・下)。二 空海と釈迦の邂逅を詠んだと解するのは誤り。それは行道所の上に位置する我拝師山の山頂と伝承され、一三七一に詠まれる。「めぐり逢ひし」でなく「めぐり逢はん」と表現するのは、経塚の伝承をもとに、釈迦滅後五六億七千万年後に当来仏として出世する弥勒とめぐり逢おうとする宿縁を詠んだと解せる。空海は高野山奥院に入定し弥勒出世を待つとする伝承がすでに生じており、西行も弥勒下生信仰を有したことは八六八歌、心妙・跋文に明らか。三 捨身行の厳しさを読み取るのは不適。空海が七歳のとき捨身したが天人により救われたゆえ我拝師山を別名、捨身ヶ岳という云々の伝説はさほど古くない。

1371 六 もとの山名「皮志《かはし》」(平安遺文一〇〇八号)を、空海が釈迦に邂逅したという寺院縁起の創案に伴い「我《が》拝師《はいし》」に読み変えたか。「わがはいし」の読みが存在したか不明。松「我はいしやま」の「我」は「が」とも「わが」とも読める。一三 『南海流浪記』に大師御建立の二重宝塔が現存し、その内に空海自筆の等身像「御影」が安置され、左の松山の上に「釈迦如来影現像」のある図であったことを記す。二 空海自筆で「善通之寺」と書いた額が南大門と中門に、「大宝楼閣陀羅尼」の額を東西の二門に掲げたと伝える。『南海流浪記』は「善通之寺」額二枚は残存、「大宝楼閣陀羅尼」額二枚は破損と記す。

1372 八 樫木《かしき》網《あみ》漁は、海中に立てた二本の木坑に角錐状の袋網を付け、激しい潮流を利用して小魚・小えびなどを採る定置網漁法。児島では樫の木をサオに用いた。現在の児島湾のアミ漁の最盛期は冬だが、夏糠蝦・秋糠蝦もあった。一一 底本「こひ」は独自異文。陽明文庫本系統の有力本文は「そは」。茨「かな」。「かな」に改訂する校注書が多いが、松「らん」も参照し、底本系統・御所本甲の「らむ」により改訂。

1374 参考「大淀につみの重荷をおろしおきてうらやましきはくだる河舟」（歌枕名寄・源仲正）。

1375 備前・備中では「牡蠣」「柿」のアクセントが京都と高低逆になる。京都アクセントを身に備えていた西行には、地元の漁師の発音する「牡蠣」の語が「柿」に聞えたことからの着想。ここの漁師は「牡蠣」を「柿」と言っているから、牡蠣ならぬ柿なら「串柿」の名にも縁があり、殺生の罪を免れてよいではないか、と京下りの商人に提案。

1376 栄螺は「さだえ」が平安時代の語形であり、これを「さざえ」の転じて訛った語と見るのは誤り。栄螺と次歌の鮑は漁期が春から初夏にかけてだから、この二首は仁安の四国の旅の帰路、または別時の詠か。

1378 紀伊国牟婁郡の潮崎浦（潮岬の古名）か、淡路国三原郡塩崎か、決め難い。「紀の海に鯛引く網の沖かけて置くほど見ゆるうけの数かな」（新撰六帖・三・藤原家良）は西行歌を受容して紀伊国の鯛網を詠み、謡曲「黒塚（安達原）」に紀伊国牟婁郡の地名として「潮崎浦」が現れるから、紀伊国の方がやや有力か。

1380 七「いそしく」と改訂する校注書が多いが、陽明文庫本系統の多くと茨・松「いそして」。動詞「礒す」は漁師の間に用いられた語で、礒物（貝類・海藻）を採取する意か。貝類や海藻の採取は、村君的存在の指示による口明け制度を取る漁村が多く、口明け（解禁）の時季は春彼岸、八十八夜などが通例。九「小螺」は小形の巻貝。「寄居虫」はやどかりで、食用。「細螺」は、干潟にいるきさごとは似て異なる小形巻貝（馬蹄螺科）。

1381 ほんだわらの名が定着しているが、和名は不明。漢名「神馬草」（じんばさう）より、じばさ・ぎばさなどと称する地方がある。『重訂本草綱目啓蒙』は備後方言として「ぎんばさう」「ぎばさ」を挙げる。第四句「みるめぎばさ」は字足らずだが、「ぎんばさ」の撥音「ん」無表記の可能性がある。ほんだわらの歌語「名告藻（なのりそ）」に対し、民俗語的語彙を用いたか。

1387「蛤」「蚌」は同類異形で、共に「はまぐり」と称した。烏貝の異名（→一一九六）もある貽貝は「蚌」に属し、珠を孕むものを「蚌胎《ぼうたい》」という。西行は本草学の知識により、蛤と形が異なる貽貝を「はまぐり」と称したか。参考「勢州の蚌胎、件の珠を産するものなり」（雲州消息・巻下、原漢文）。

1388鰹は『延喜式』内の水産神饌。一二世紀前期に伊勢神宮・外宮領の伊良胡御厨が確立していたから、当歌の鰹と共に前歌の阿古屋も外宮への貢納品とされたか。中世には岬の蔭部に当る中山、畠集落に舟着場があったかと推定されている。伊良胡では秋霖明けから冬季に北西風（はがち）が卓越し、その時季に伊勢湾方面から吹く北西風による風浪に浮かんで帰港する鰹船団を詠んだか。

1390参考「かりにても据ゑじとぞ思ふはし鷹のすずろなる名を立ちもこそすれ」（古今六帖・二）。鷹狩の鷹は脚に鈴を付けたので縁語となる。「据ゑ」は鷹匠が鷹を手に据えること。一三九〇は前歌詞書と関係なく後補か。

1391八　参考「大井川早瀬落ち舞ふ水の面に流れもやらずすめる月かな」（出観集）。九　当歌を受容したと思われる「程もなく立ちゐるあとに帰るなり筏に違ふ味の村鳥」（夫木抄・雑十五・寂蓮）、「早瀬川小網《さで》には違ふ石伏をいざ鵜ひとつに任せてをみむ」（現存和歌六帖・藤原知家）はいずれも「違ふ」をすれ違う意で用いる。一〇「むらまけ」は西行歌以外に用例を見ない稀少語彙。「味のむらまけ」（聞書集）は味鴨の群れの意。

1392 参考「柴漬《ふし》けしおどろの下に住む鮠の心幼き身をいかにせん」（散木奇歌集）。柴漬けは柴を束ねて水中に漬け、冬季に柴の中に潜り込んだ魚を捕る漁法。

1394 一六　参考「ますらをは鵜川の瀬々に鮎とると引く白縄の絶えずもあるかな」（散木奇歌集）。『散木集注』によれば、この「白縄」は鵜飼をする川で魚が逃げられないように、川の中に引きめぐらした白い縄。対して西行歌は鵜飼漁ではなく、次歌と共に追さで網漁の原始形態を詠んでいるから、「白縄」は伝統漁法で、増水して川が濁った時に使用する藁製の追縄か。
一七　「敷網」は水中に仮に敷設し魚を集めて引き上げる漁網。四手《よつで》網《あみ》が該当。

1395 『石山寺縁起』巻五に、当歌さながら宇治橋付近で行われた鵜縄漁の絵がある。「持網」は手持ちで操作する漁網のうち四手網をいう場合が多く、『石山寺縁起』でも船上から四手網を水中に入れて待ち構えている漁師が描かれる。「したむ」が難解。雫をしたたらせながら掬いあげる、などの解釈が通説だが、無理か。あるいは笊・魚籠《びく》の意の民俗語彙・シタミに関係あるか。

1396 一　参考「秋風一箸鱸魚膾　張翰揺頭喚不帰」（新撰朗詠集・上・白楽天）、「秋風に鱸の膾《なます》思ひ出でて行きけん人の心地こそすれ」（散木奇歌集）。『蒙求』に「張翰適意」として見える中国故事による。鱸は海魚だが、春・夏に川を遡上し秋に海に帰り、川の産が美味とされる。『延喜式』に山城国の貢物と見え、中世末期まで琵琶湖に遡上。近世前期には宇治川産が上品とされていた（雍州府志、本朝食鑑）。当歌は秋の落鱸を宇治川で釣る川漁師の舟を詠んだか。二　底本「其」は独自異文で、底本系の多くと茨・夫木抄「うの」だが、典拠との関係から「その」が本来と見なせる（久保田淳『新古今歌人の研究』、同『西行山家集入門』）。

1397 「年経たる宇治の橋守言問はん幾世に成りぬ水の白波」（清輔集）は嘉応元年（一一六九）詠。

1401 参考「並びゐる小雀め臥しの中に入りてわりなく人に睦れぬるかな」（夫木抄・雑九・源仲正）。仲正歌のように恋歌で男女の共寝を詠む題材を友の主題に転じた。

1407 副助詞「のみ」を用いたとも取れるが、陽明文庫本系統・流布本系統の多くの伝本は漢字「身」の表記。

1414 参考「ありとても頼むべきかは世のなかを知らするものは朝顔の花」（和泉式部集）。

1419 参考「今日こそは知らせそめつれ恋しさをさりとてやはと思ふあまりに」（成通集）。「いさむ」は我を「諫む」と解する説もある。

1420 「此君」は晋の王子猷の故事による竹の異称。『和漢朗詠集』『枕草子』で有名。「この君」は崇徳院をさし、次歌とともに西行の出家の政治的要因に関係づける説と、また保元の乱に際し崇徳院を批判したとする説がある。

1423 承保三年（一〇七六）一〇月に白河天皇が久しく絶えていた野の行幸を復活し、洛西の嵯峨野で鷹狩を行ったことは、後代にまで語り継がれて著名（嵯峨野物語）。野の行幸は白河天皇以降、殺生禁断の風潮もあって途絶したが、『宝物集（七巻本）』巻一に野の行幸が行われた嵯峨野の転変した様子を語るのが、西行歌に共通する。嵯峨野は元慶六年（八八二）に禁野（一般人の狩猟を禁制する野）に加えられ、臨時の野の行幸に対し、日常的に日次供御《ひなみくご》を貢進する鷹狩が行われた。在俗時に兵衛尉として鷹狩にかかわった西行は、嵯峨野が禁野として衰退し、野守・鷹飼配下の供御人《くごにん》らが退去する様子を見て、野山の荒廃を歎いたか。

1424 二　大覚寺の「滝殿の石」は百済川成が立てたと伝承（↓一〇四八補注）。巨勢金岡《こせのかなおか》が立てたと西行の認識する「庭の岩」はそれと別で、大沢の池の池中立石として現存する「庭湖石」に比定する説もある。四　参考「石はさも立てける人の心さへ片かどありと見えもするかな」（散木奇歌集）。

1426 この参詣は、吉野山の付近から出発して吉野川を宮滝で南から北へ渡河し、上市《かみいち》を経て細峠を越えて多武峰へ出るルートで峠の手前にあった龍門寺に至ったか。当歌の詞書は次歌以下に懸らない。

1431 参考「ひぐらしの鳴きつるなへに日は暮れぬと思ふは山の蔭にぞありける」（古今・秋上・よみ人しらず、猿丸集は第四句「と思へば山の」）。

1433 参考「真鶴の立ち居ならせる川の瀬に千歳の跡を残さざるべき」（古今六帖・四・壬生忠岑）。

1434 「ゑぐ」をクログワイとする旧説は当歌に該当しない。クログワイが芽を出すのは夏で、食用にならない。食用になるのは地下茎の先に付くイモ（塊茎）で、それは「摘む」ものではなく「掘る」もの。「草先」は従来「くさぐき（草茎）」と校訂されていたが、陽明文庫本系統・流布本系統のいずれも「くさゝき」が有力本文。「ゑぐ」を芹とする説に拠ったと見れば、沢の氷も解けない春先に摘む若芽の意味で「草先」と解せるか。↓一〇六一補注

1435 春の東風解氷による出水の時季設定とすれば、崖の窟で厳冬期に籠る修行を成し遂げた、いわゆる晦日山伏に対する敬意を表明した歌か。その崖の住所の岩より流れ出る水を汲むとは、超人的験力を備えた高徳の聖の余徳に浴する意か。

1436 「春の夜のため」は、立春を迎えて夜間でも結氷せず、一段と解氷が進んだために用水池の

水位が増したということか。「春」に水の縁語「張る」を響かせる。

1437 参考「わが宿の門田の早苗植ゑしよりいさら小河をまかせてぞみる」（為忠家初度百首・藤原忠成）は「門田早苗」題。

1438 参考「日暮れなば岡屋にこそ臥しみなめ明けて渡らん櫃川や櫃川櫃川の橋」（梁塵秘抄）。岡屋には巨椋池に面した津があり、宿泊地。

1439 第三句は従来「しきわたす（敷き渡す）」と改訂されていたが、陽明文庫本系統・流布本系統のいずれも有力本文は「しきりたす」。

1441『新猿楽記』弘安本「通大峯葛木、踏儀辺路、年々」。「辺路《へぢ》」は修験の修行の路。

1442『吾妻鏡』文治五年（一一八九）九月二三日条に「駒形嶺」と見え、安倍頼時が桜樹を一帯に並べ植えたと伝える。陽明文庫本系統の多くは「たわしのね」、茨「たはしのね」。この地の桜はカスミザクラかという。歌は初度奥州の旅の作とする説が有力。

1443 参考「まだ散らぬ花もやあると尋ねみんあなかましばし風に知らすな」（後拾遺・雑六・藤原実方）。

1444 一三 参考「茅花抜く浅茅が原の壺菫今盛りなり吾が恋ふらくは」（万葉・八・大伴田村大嬢）。一四 北野は代表的な禁野。その荒廃を歎く点で一四二三と共通。当歌は人の手の入った野の荒廃を歎きつつ、心を澄ます可憐な野生の花が新しく生え変ってゆくところに目を止めたか。

1445 二 信濃梨は古来有名な諸国土産（新猿楽記）。晩春から初夏にかけて花が咲き、秋に実を結ぶが、二、三度霜にあたると味が増す。ここは柏の枯葉に包んで翌年初夏まで保存した実を送られた返礼の歌。三　参考「置き返し露ばかりなる梨なれど千代ありの実と人は言ふなり」（相模集）。

1446 崇徳院が天皇在位の時は、保安四年（一一二三）―永治元年（一一四一）。西行の在俗時の歌か。

1447 『観無量寿経』に浄土を観想する方法の第一に日想観を説いて「見日欲没状如懸鼓」とある。「懸鼓《けんく》」は天空に懸った太鼓。日想観を詠む先例に「色色の雲のはたてをかぎりにている日や弥陀の光なるらん」（散木奇歌集）。これなどにより底本「入日」を「入る日」と校訂。

1451 難解歌。上句の校訂は底本系統の有力本文による。底本は初句から二句の途中まで目移りで前歌を写して訂正し「はらかつるおし（イセミヤイルニ）□つきて」とあり、御所本甲は「はらかつるお（イセシマヤイルヽ）□□わきて」とある。校異状況から見て第二句はあるいは原本文「いるるにつきて」か、または底本の訂正書入れ「イルニ」を重視すれば「いるにしつきて」のような形か。他動詞連体形「いるる」でなく自動詞「いる」の方が文脈に適合するから、第二句原本文「入るにしつきて」と想定した上での歌意は「伊勢島では、海中に入るに従って抵抗する波が立つ様子により（潜りの拙劣さが分り）、（村君ではなく）従者と思われる潜り漁の海士よ」と試解。

1453 一七　参考「根に帰る花の姿の恋しくはただ木の本を形見とは見よ」（金葉・雑下・藤原実行）は西行の主家・藤原実能の父である公実死後の歌。この参考歌を介在させると、花十首の最後一四六二「根に帰る花を送りて」の歌と連関させる構想があるか。一八　参考「人はいさ飽かぬ夜床にとどめつるわが心こそわれを待つらめ」（頼政集）。

1459 参考「待つ人の今も来たらばいかがせむ踏ままく惜しき庭の雪かな」（詞花・冬・和泉式部）の「雪」を「花」に転じて着想。

1462 一五「花悔帰根無益悔　鳥期入谷定延期」（和漢朗詠・藤原滋藤）、「花は根に鳥は古巣に帰るなり春の泊りを知る人ぞなき」（久安百首・崇徳院）。一六　参考「花の散る事を歎くとせしほどに夏の境に春はいにけり」（堀河百首・藤原顕季）は「三月尽」題。西行歌は吉野山の花供《はなく》の峰入のことを詠んだか（阿部泰郎「観念と斗擻―吉野山の花をめぐりて―」国文学三九巻八号、一九九四年七月）。

1472 「山の端に月のかたぶくほどばかり西に心のかからましかは」（唯心房集）は寂然の同時代詠。

1473 「雑賀浦《さひか》」は紀伊国の歌枕として知られる。第三句は松「さびしからば」、底本系統の多くと茨「さびる浦は」。底本は「月の光の」から「さひか浦」への連接も不自然で、あるいは誤写か。月が明るいことで有名な明石とは異なる、閑寂な趣の伊勢の海浜の月を歌うのが原形か。

1475 参考「有明の月も明石の浦風に波ばかりこそよると見えしか」（金葉・秋・平忠盛）。

1480 底本系統・茨「ならず」に対し、松「ならん」。

1482 茨も「月のよやかて」。二字字余りはきわめて異例。流布本系統諸本「月のよや」、松「月よかて」。底本系統の御所本甲「月の（不審）よやかて」とあり、同系統数本「月よやかて」。友となって教えよと呼びかける対象としては「月の夜」より「月」がふさわしいから、校異状況から見て「月よやがて」が原形で、種々の誤写が生じたか。

1483 一一　杣山に材木を挽く「大路」があったことは近江国・信楽杣に隣接する伊賀国・玉滝杣

に証例（平安遺文二七二号）。一二　底本系統・茨・松「むこ」。従来は「おほぢ」を老翁と取り、「むこ」を婿と解したが、疑問。板本など流布本系統諸本「むそ」に拠れば「六十」で、杣山の杣工《そまく》の人数と解せるか。玉滝杣には七十人の杣工がいたから（平安遺文一八二六号）、信楽杣については不明ながら杣工六十人は妥当な数。

1487 底本系統・流布本系統とも「波の」で校異がない。松「浪に」。「波に」に改訂する校注本もあるが、「沈む」を他動詞と取れば解釈可能。「雪」を波に見立てる。

1490 近江国方面から尾張国へ向けて吹く冬季の強い北西風により二村山まで運ばれたと見た雲を詠むか。

1493 参考「雪を薄み垣根に摘める唐なづななづさはまくのほしき君かな」（拾遺・雑春・藤原長能）。

1494 参考「踏み初めて思ひ帰りし紅の筆のすさみをいかで見せけん」（金葉・恋上・内大臣家小大進）。

1496 参考「逢ふ事は滋目結ひかと思ひしを遠狩《とほかり》に来む人は頼まじ」（夫木抄・雑十八・源仲正）。

1501 参考→七〇一補注、「幾度か返して寝まし身にふれて下に重ねし衣ならずは」（久安百首・藤原季通）。

1502 参考「思ひかね妹がり行けば冬の夜の河風寒み千鳥鳴くなり」（拾遺・冬・紀貫之）。

1509 結句は底本系統・茨・松「つかへはや」だが、語法未詳。「ばや」を未然形接続の願望の終助詞と取れば、四段活用動詞「番ふ」「継がふ」は文法的に不適合。下二段活用・他動詞「番ふ」「継がふ」の存在を考えるべきか。

1510 一三　初句は「はとしまんと」など校異が様々に分れるが、底本・松「ひとしまんと」に拠る。二八九「ひとしめて」は下二段活用・他動詞「等しむ」を用いている。四段活用・自動詞「等しむ」の存在を想定し、その用例と考えるべきか。一四「大幣」は気が多く、浮気である意だが、「空」とあるので実景を伴う。ここはたとえば稲荷祭の神幸の行列の狂騒の中で大幣が乱立する情景などに思い寄せたか（年中行事絵巻）。
1514 参考「ささがにの糸にかかれる白露は常ならぬ世にふる身なりけり」（相模集異本）。
1515 参考「夢や夢現や夢と分かぬかないかなる世にかさめむとすらん」（赤染衛門集）は維摩経十喩のうち「是身如夢」を題とする歌。
1518 一三『出曜経』を原拠として『往生要集』に引く「此日已過　命即減少　如二少水魚一　斯有二何楽一」の無常を主題とする偈文に拠る。一五　参考「常もなき夏の草葉に置く露を命と頼む蝉のはかなさ」（後撰・夏・よみ人しらず）。
1523 賀茂臨時祭の還立御神楽では「朝倉」「其駒」が最後に歌われる（江家次第）。それを実見した経験により「神楽二首」を構成したか。↓五三六
1525 正月七日の鶏鳴の刻に御戸（神殿の扉）を開いて若菜の神供を捧げる賀茂別雷社の年中神事（賀茂注進雑記）を詠む。「宮人」は神官で、「祝《はふり》」がこの役を務めた（賀茂別雷社嘉元年中行事）。
1527 七　美豆野の景物としては真菰が著名（二二一・一〇一八）だが、隣接する淀と共に菖蒲の名産地であったことは『散木奇歌集』『讃岐典侍日記』に見える。九　古式競馬《くらべうま》は走行妨害も許され、ここは敵馬を柴垣の埒に押し懸けて動けないようにし、自らは馬場を駆けて通り、

勝を得ようということか。『江家次第』一九・臨時競馬事に「武文為二公時一、雌埒被二押措一」とあり、物部武文が下野公時に負けたのも同様の状況か。

1528 第五句は底本「人□」。茨「□人」、松「一ゝの人」。板本など流布本系統「神の宮人」。従来は板本により「神の宮人」と校訂。陽明文庫本系統は空白を有する本が多いが、御所本甲「一□（虫損）人」に注目すると、祖本は松と同じく「一ゝの人」であった可能性が考えられ、校訂本文に採用した。石清水八幡宮の放生会では上院にある神殿から三基の神輿が下院に渡御し、それぞれ左右二人の駕輿丁長に先導されて、御綱引二〇人・駕輿丁八人が神輿を運ぶ（榊葉集）。御輿長（駕輿丁長）の先導する声に御綱引・駕輿丁の「一々の人」（各人）が「唯（を）」と畏まって称し、神輿が進発する時点を捉えた歌か。

1529 熊野参詣の路次の忌詞で女をイタと称する（渓嵐拾葉集・巻第六・神明部）。熊野の巫女を「いた」と称したが、ここは遠路からの参詣による俗人女性の祈願成就を詠んだことは「千里運歩之人。虚往実帰」（長寛勘文）に照らして明らか。

1532 「度会の宇治の五十鈴の川上に大宮柱太敷き立て」（伊勢大神宮・四月神衣祭ほか）など祝詞に類似表現がある。

1533 訖栗枳王之十夢の第一・大象の夢による。普光『倶舎論記』（光記とも）などによれば、大象が小窓だけある室に閉じ込められ、出ようとするも、尾は窓にさえぎられて出られない。これは出家しても名利を捨て去れないことを表す。

1534 底本「うてつる」は独自異文。底本系統の多くと茨「そてつる」。松「そてつま」に拠るなら「袖棲」で袖や棲など着物の端々。歌は十夢の第九・広堅衣の夢による。広く丈夫な衣の四面を少しずつ十八人が争って引くが、衣は破れない。これは仏の正法が十八部に分れて異なるが、なお真法が存することを表す。西行は趣旨を読み換え、人心の狭量に焦点を当てる。

1535 十夢の第三・麨《むぎこがし》の夢による。一升の真珠を一升の麨と交換する夢。これは名利を求めて、仏の正法を説いて他人の財物を希うことを表す。西行歌は「麨」を「塵」に変換。

1536 「一切諸法…猶如虚空無有二法」（無量義経・説法品）による。法華経に比すべき経は他にないと取る説もある。

1538 「開涅槃門扇解脱風、除世悩熱致法清涼」（無量義経・徳行品）による。

1541 「なむ」の転訛でなく「なも」が当時は一般的。

1542 題詞に引用の偈は普賢菩薩の功徳・身相を対にして説示される「法身遍一切処」「一色一香無非中道」という天台の思想信仰による。歌は「一色一香無非中道」（歌題用例あり）の思想に基づき、春秋の花に心を染める煩悩がそのまま悟りになるという「煩悩即菩提」を詠む（大場朗「『山家集』巻末百首と仏教」大正大学大学院研究論集三〇号、二〇〇六年）。天台本覚論的な思想に依拠した詠歌。偈の詞章の直接的典拠は未詳。楊梅・紫蘭など春・秋の草木を用いた類似の対句表現は、伝源信『万法甚深最頂仏心法要』巻下・二三、永観『三時念仏観門式』第三段、平康頼『宝物集（七巻本）』巻四などに見える。

1543 『堀河百首』雑・「鶴」題で、古今・雑下・大江千里に先例のある、『詩経』小雅・鶴鳴を典拠とする歌を藤原基俊、隆源が詠んでいる。「鶴鳴二于九皐一声聞二于天一」（「九皐」は奥深い沢）により、声が天に聞えない「鶴鳴之歎」が詠まれたが、西行は「鶴鳴二于九皐一声聞二于野一」の句により、賢人は野にあっても世に知られ、共鳴されることを寓したか。「千鳥」

に多くの鳥、衆鳥の意を込める。

1545 昌泰元年（八九八）一〇月に菅原道真、素性法師らを伴って宇多上皇の吉野・宮滝御幸があり、和歌が詠まれ、『後撰集』などに入集。宮滝の景観に、人麿や赤人が歌を詠んだ万葉の昔を見た御幸の跡を私も慕って見たいと詠む。

1550 「月の行く山に心を送り入れて闇なるあとの身をいかにせん」（新古今・雑下・西行）は類想。

1551 底本「かくれ《ル》」は独自異文。底本の訂正も参照し、底本系統の多くと茨・夫木抄「かくる」により改訂。底本系統・流布本系統の数本と松「かへる」。従来は「かへる」と校訂し、沖から湊に帰る舟を詠んだと取る注釈書が多いが、「かくる」が原形か。

解説

一、西行の家集

西行は五〇歳頃より家集の編纂を始め、その営みは晩年に至るまできわめて熱心に継続された。目崎徳衛『西行の思想史的研究』は西行の生涯を「数奇より仏道へ」という思想史的変遷の視点から捉え出したが、家集編纂にかけた西行の熱意に注目すると、数奇の人としての姿勢は生涯を貫いている如くである。

西行の家集として現存するのは、自歌合も家集に準じて数えると以下のものが知られる。

山家集
山家心中集
聞書集・残集
御裳濯河歌合・宮河歌合
西行上人集（西行法師家集）
別本山家集

これほど多種・多様な家集を残している歌人は同時代に類がない。本文庫に収める『山家集』は底本とした陽明文庫本では一五五二首を収め、諸家集の中で歌数は一番多い。五〇歳頃より数次にわたって編集を重ねて成った西行の代表的な家集である。『山家集』の伝本は三系統に分類されるが、系統や成立については二、三に詳しく述べる。『山家心中集』は完本の妙法院蔵本で三七四首（うち自詠三六〇首・他人詠一四首）から成り、その奥書によれば「千三百首」の段階の『山家集』より自詠「三百六十首」を抽出した自撰秀歌撰である。三六〇は和歌の聖数六・三六の倍数に合わせている。『山家心中集』には完本でなく書きさし本（歌数二九一首）ながら鎌倉初期写の宮本家蔵本（伝西行自筆本とも）があり、中世書写の本が現存しない『山家集』の一部の歌の原本文を考える上で貴重な善本である。

『聞書集』『残集』は『山家集』『山家心中集』の編纂・改編を終了して後、晩年に至って新たに編纂された家集である。西行が晩年に移住した伊勢において文治二年（一一八六）七月頃までに成立したと考えられる（和歌文学大系『山家集／聞書集／残集』「解説」参照）。『聞書集』は歌数二六三首（連歌四句を含む）で、釈教歌を多く収めるほか「たはぶれ歌」「地獄絵を見て」など特色ある連作を含み、晩年の作品と思想を知ることができる。『残集』は歌数三二首（連歌一四句を含む）の小さな家集であり、『聞書集』に続いて成立し、出家前の若年時の作も拾われている点で貴重である。両集は冷泉家に一具の家集として伝わった藤原定家所持の古写本があり、『聞書集』の方は冷泉家を出て伊達家に入り、現在は天理図書館に所蔵されている。『聞書集』『残集』は『山家集』の続編として編纂されたため、原則として『山家集』と和歌の重複はなく、例外的に『山家集』一〇四七の一首だけが『残集』にも収録される。

『御裳濯河歌合』『宮河歌合』は自作をそれぞれ三六番につがえた自歌合であり、前者は藤原俊成に、後者は俊成息の定家に判詞を求めて、伊勢の内宮・外宮に奉納したものである。複雑な構成を創意し、両宮歌合の総歌数一四四首のうち他家集に見えない初出歌が三六首もあり、中には旧詠の改作と見なせる歌もある。前者は左・山家客人、右・野径亭主、後者は左・玉津島海人、右・三輪山老翁にそれぞれ作者を仮託する虚構を取り、まことに意欲的な編纂意識を汲み取れる。両宮歌合が結番されたのは文治三年（一一八七）と推定され、老練な歌合判者の俊成が判した『御裳濯河歌合』は間もなく年内に成立したが、重圧から加判が遅延した若い定家の判詞が、督促に応じて病床の西行の手許にようやく届いて『宮河歌合』が成立したのは二年後の文治五年、西行が亡くなる前年のことであった。最晩年に至るまで西行の自作編集にかける情熱が並大抵でなかったことを物語る挿話である。なお慈円の『拾玉集』には西行が大神宮に奉納しようとした「諸社十二巻の歌合」があったということを記しているが、内宮・外宮に奉納したこの両宮歌合二巻のほかは全く詳細不明であった。近年、「伝鴨長明筆『伊勢滝原社十七番歌合』断簡」が紹介され（久保木秀夫『中古中世散佚歌集研究』）、今後のさらなる解明が俟たれる。

『西行上人集（西行法師家集）』はかつて『異本山家集』とも称されたが、『山家集』の異本ではなく別個の家集である。『山家心中集』の母胎として先行する成立と見る見解もあったが、現在は『山家心中集』を増補して成り立ったと見る説が有力である。しかし、その成立の経緯については未解明で、確説を見ない。西行自身が晩年に試みた秀歌撰編纂が未完成に終ったとする説や、『宮河歌合』以降『新古今集』以前に俊成周辺の人の手による他撰と推定する説がある。石川県立図書館李花亭文庫本の奥書によれば、周嗣《しゅうし》（頓阿《とんあ》の門人）は「西行上人自筆本」を所持していたという。『山家集』にない代表的秀歌も多く収め、中世には西行の家集として重んじられた。『山家集』に比して室町期の古写本も数本あり、本文に相対的価値がある。李花亭文庫本は他人詠も含め五九七首から成り、この本のみ他本にない、追補して加え書いた一八九首を付載するが、他人詠が混じるなど誤りも含まれる。

『別本山家集』は後人が『山家集』『西行上人集』より和歌を抄出して再編したもので、九五八首（新出歌一首を含む）から成る志香須賀文庫本のみが伝存する。後代の他撰家集であるが、『山家集』松屋本系統の本文を有するところに価値があり、本文庫では校異に用いた。

以上のように、西行は最晩年まで家集の編纂・改編に熱意を傾けた。本文庫に収める『山家集』には残念ながら中世の写本が伝わらない。続編である『聞書集』『残集』は際立った古写本があるものの、原則として『山家集』と和歌は重複しないので、ここでは直接の参照対象とはならない。けれどもそれ以外の家集は西行が様々に家集の再編を試みた結果として重複する歌が存在し、その本文の異同を比較検討することによって、中世の写本がない『山家集』の不備を補って西行が詠んだ原本文の参考となる場合もあるのである。

二、『山家集』の系統と本文校訂

『山家集』の伝本は現在、三系統に分類されている。数多くの伝本を調査し、校本を作成した寺澤行忠『山家集の校本と研究』の成果を参照して概要を記そう。

一、陽明文庫本系統
二、流布本系統（六家集板本系統）
三、松屋本系統

一は陽明文庫本のほかに寺澤の校本では同系統の対校本15本（学習院大学本は下巻を欠くので下巻は14本）が用いられ、さらに四類に分類される。第一類のうち最も祖本に近い位置にあると評価される陽明文庫本を本文庫は底本とした。陽明文庫本は戦前から戦後にかけての伊藤嘉夫の本文研究において評価が定まり、戦後の同『山家集（日本古典全書）』（「近衛本」と称する）をはじめ、風巻景次郎ほか『山家集・金槐和歌集（日本古典文学大系）』、後藤重郎『山家集（新潮日本古典集成）』、久保田淳ほか『西行全歌集（岩波文庫）』などの校注書に収められて広く読まれた。また『私家集大成』、久保田淳編『西行全集』などに翻刻され、『新編国歌大観』第三巻に校訂本文が収められて『山家集』の基本的本文として依拠されてきた。

二は近世初期に、いわゆる六家集（藤原俊成・藤原良経・慈円・藤原定家・藤原家隆・西行の家集）として刊行され、広く流布した板本の系統である。六家集板本（版本）系統とも一般に称されてきたが、本文庫では寺澤に従って流布本系統の称を採用した。板本は歌数一五六九首、うち他系統にない特有歌二二首を含む。板本は近世から近代まで広く流通し、それにより『山家集』は享受されたが、前言したように戦後は陽明文庫本が取って代った。板本には誤字・誤脱による本文の誤りが多いからである。ところが近年に至って流布本系統の中でも茨城大学本、三手文庫本は板本より書写は新しいものの、誤りが少ない善本であることが明らかにされてきた。寺澤により流布本系の本文も、陽明文庫本系の本文と同等の比重をもつという評価もなされた。そのような近年の研究動向を受けて、西澤美仁ほか『山家集／聞書集／残集（和歌文学大系）』では『山家集』の底本として茨城大学本を採用する新しい試みもなされている。

三の松屋本は「松屋《まつのや》」と号した小山田（高田）与清《ともきよ》（一七八三―一八四七）が所持していたことによる呼称である。その本自体は現存せず、板本への書入れによって本文が知られるものである。他の二系統と性格を異にし、歌数は一二五二首と少ないが、他系統にない特有歌が六九首もあることが注目される。久保田淳編『西行全集』に平井卓郎蔵本が

「松屋本書入六家集本」として収められている。同系統として、松屋本より早く昭和九年に伊藤嘉夫により「古鈔本山家集」として発見紹介された天理図書館竹柏園旧蔵の残欠本があり、歌数は三四六首、板本書入れ本の「下末」にほぼ相当する。松屋本は寺澤により『山家集』の三系統の中で最も古態を存すると評価され、松屋本から他の二系統がそれぞれ派生し、成長したと推定されている。

ここで本文庫の本文校訂の方針について説明しておきたい。寺澤の研究に明言されるように、現存する『山家集』伝本の中で、近世初期写と推定される陽明文庫本が最善本であることは動かない。底本にしたのもそれが最大の理由である。けれども寺澤の校本作成の結果として明らかになったように、陽明文庫本には独自異文、すなわち対校本すべて（＝他本）に対して一本だけ異なる本文が二〇〇箇所余りもあるという問題がある。他の二系統においても誤写を大量に含んでいる事情に変りはない。つまり、いずれも中世に溯る写本のない『山家集』三系統で、絶対的優位を占める系統はなく、寺澤が古態を存すると位置付けた松屋本にしても転写を重ねた誤写を多く含むので、『山家集』の本文を見定める上では三系統を相対的に比較検討することが求められる。そこで本文庫では比較的誤写の少ない陽明文庫本の祖本を想定し、それを復元することを目標に、底本の独自異文は原則として同系統の他本により改訂する方針を取った。また底本が独自異文でない場合の同系統の有力本文に対しては、みだりに改訂しないこととした。陽明文庫本系統の本来の本文の再現につとめたものである。例外的に底本系統の本文が明らかな誤写で意味不通の場合に限り他系統・他集による改訂をした箇所もわずかにあるが、その場合は脚注・補注でその旨を断っている。この処置により従来の陽明文庫本を底本とする校訂本文とは相当数の箇所で本文が異なるけれども、三系統の本文の比較検討が着実に行え、西行が詠んだ原形に近づく手懸りを的確に得られることになる。

従来は陽明文庫本に対し、他系統である流布本系統の板本を対校し、陽明文庫本系統の校異に考慮せず、独自異文がそのままとされ、あるいは独自異文でない本文が板本により改変されるという事態があった。他系統と混態した本文が捏造され、かえって原本文から離れる改悪もなされたところがないわけではない。ちなみに本文庫で取った新たな校訂方法により原本文に近づきえた二例を例示してみる。次に底本の原状表記で歌本文を引用する。

694　せとくちにたけるうしほのおほよとみよとむとゝひのなき涙哉

973　ま《た歟》さ《ま歟》きわるひな《た歟》のたくみやいてぬらん村雨過るかさとりの山

前歌第四句の「とゝひ」は独自異文でなく、底本同系統第一類に属する善本の学習院大学本ほか「とゝ（と）ひ」の本文を持つ伝本が計8本と過半数を占めるのに、それに考慮せず従来の校注書では板本により「としひ（年日）」と改悪されてきた。これは補注に示したように「とどひ」という珍しいことばが用いられたと考えられ、陽明文庫本が原本文を伝えていたのである。後歌第二句の「ひなのたくみ」は底本の独自異文であり、板本本文「ひたのたくみ」と、流布本系本文によると目される底本の書入も参照して、従来は「ひだのたくみ（飛騨の匠）」と改訂されていた。しかし陽明文庫本の校異を見ると学習院大学本をはじめ「ひものたくみ」が10本もあることから本文庫ではじめて「ひものたくみ」と改訂し、「檜物工」を詠んだことを明らかにした。同歌第四句の「過る」は独自異文で、同系統他本・流布本系統とも「すき（過）ぬ」であるのに、従来の校注書では改訂されないできた。本文庫では原則により同系統他本の「過ぎぬ」に改訂することで、歌意が正しく理解できることとなった。このように陽明文庫本系の本来の本文を復元する校訂方針により、埋もれていたことばが発掘され、本文が整う例もある。陽明文庫本を有力な手懸りとする校訂によって同系統の祖本、さらには『山家集』の原本文へと遡及することが可能となり、もって同本の比類ない価値が再認識されるのである。

本文庫では現代語の通釈をつけないが、祖本の段階ですでに誤写を相当に含むことを前提としながら陽明文庫本系統の祖本の復元を第一とする校訂方針を取ったことが理由の一つである。他の二系統を底本としても同様の事情があることは前述した。誤写による西行の関知しない派生本文に無理な訳を施すのは無益であろう。底本系統の多数や他系統・他集の本文が異なり、底本が原本文を離れている可能性が高いと判断した箇所に限って、脚注・補注で校異を示した。他系統・他集のほか、原本文を保存している可能性のある勅撰集や中世の歌集も校異の採録対象としている。他の二系統で本文が一致する場合や、古写本の『山家心中集』宮本家本の本文は原形に溯る可能性が高いけれども、誤写の発生しやすい珍しい語彙などが一系統にかろうじて伝存している場合などもあり、また誤写ではなく西行自身による推敲・改作と見られるものも中には含まれ、事情は複雑である。読者は要所に付した語釈に加えて、校異を参照しながら原形に溯る道筋を求めて原文を感受する読みを心がけていただきたい。所与の現代語訳がかえって原典に近づく妨げとなることもあるから、能動的に古典を味読する楽しみを得られることになるであろう。

三、『山家集』の構成と成立

『山家集』は数次にわたって再編され、段階的に成立したと考えられている。松野陽一「山家集　総説」（鑑賞日本古典文学『新古今和歌集・山家集・金槐和歌集』）は藤原俊成の私撰集編纂と関連づけて『山家集』の構成の中に段階成立を跡づける画期的な成立論を開いた。それ以後の研究動向も含めて『山家集』の構成と成立についての見解を概説しよう。次に、松屋本・流布本系統が上下二巻から成るのに対し、上中下三巻から成る陽明文庫本『山家集』の構成を次頁に図示する。

松野は跋文の一部が松屋本では陽明文庫本の一二三八の後、俊成贈答歌の前に相当する位置にあることなどに注意して、一二三八までの原型部分が自撰されて俊成の私撰集資料

巻	部立等	歌番号	歌数
上	春	一—一七三	（一七三首）
	夏	一七四—二五三	（八〇首）
	秋	二五四—四九〇	（二三七首）
	冬	四九一—五七七	（八七首）
中	恋	五七八—七一一	（一三四首）
	雑	七一二—一〇四一	（三三〇首）
	中巻巻末「題しらず」	九三五—一〇四一	
下	雑	一〇四二—一二三八	（一九七首）
	西行・俊成贈答歌	一二三九・一二四九	
	恋百十首	一二四一—一三五〇	（一一〇首）
	跋文		
	院少納言・西行贈答歌	一三五一・一三五二	
	旅歌（讃岐）	一三五三—一三六九	（一七首）
	旅歌（その他）	一三七〇—一四五二	（八三首）
	十題百首	一四五三—一五五二	（一〇〇首）
	奥書		

として供された上に、恋百十首・旅歌（讃岐）と自撰増補歌群が加わり、この一三六九までの段階（西行自詠およそ一三〇〇首）で『山家心中集』が抄出され、さらに旅歌（その他）・十題百首が西行自身か第三者の手で付加されて現行の『山家集』となったと考えた。原型部分は承安末ごろと思われる作品（一二二六）を含んでいるので、俊成が右京大夫（一二三九詞「左」は「右」の誤りと取る）を辞した安元元年（一一七五）までの間に成った

のであろうという。

松野説に対し寺澤行忠『山家集の校本と研究』は、中巻雑部と下巻雑部の関係が不自然であることから、松野自身も本来は一—一〇四一の部分が原型であるかもしれないと言っていることに妥当性を認め、中巻巻末「題しらず」歌群までが原型として編纂されたと推定し直した。西澤美仁「山家集の成立」（久保田淳編『論集中世の文学　韻文篇』一九九四年）も中巻巻末一〇四一までの段階を原型と認め、一二三八までを次の段階と見なしている。西澤説は成立段階それぞれの巻末に崇徳院関係歌が配列されていることに着目し、『山家集』に崇徳院慰霊の意図が込められていたという動機を重視する視点から立論されていて注目される。一二三八までの段階の成立時期については松野説と異なり、一二三九詞の俊成の表記が松屋本で「左京大夫顕広」とあることから、これを俊成改名以前の前左京大夫時代と受け取り、西行と親交があった藤原惟方の俊成への歌稿提出時期との関連から仁安二年（一一六七）ころ、崇徳院陵墓参を主目的とする四国への旅立ち直前に提出されたと考えている。けれども四国の旅出立は仁安三年が有力であるし、提出時期は顕広（俊成）が左京大夫を辞任した仁安元年一月以前と取るのが自然であろう（一二三九補注参照）。また仁安元年以前に提出されたのが原型で、次の段階の一二三八までは承安年間から安元元年頃までの再編と考える方が、無理がないのではなかろうか。顕広（俊成）との贈答歌は『山家心中集』妙法院本にも巻末に俊成を「五条三位」と表記して付載され、これは『山家集』の位置でいえば一三六九の後に相当する。左京大夫顕広時代に交されたものが、家集再編ごとに巻末に移し変えられ、俊成の表記もその当時に合わせて変更されているのである。

さらに言えば、最初に撰集資料として俊成に提出された家集巻末に「題しらず」歌群がはたして付載されていただろうかという疑問がある。陽明文庫本で一〇七首あるこの歌群は百首歌の未定稿とも見られ、西行の詠作の中でも注目すべき作品群だが、用語・修辞の上で実験的試みにまで及ぶ内容であり、またこの歌群以前で撰集資料家集としてのまとまりもよいように見える。加えて歌群中の一〇〇八の歌に用いられた「野つ子」という語は補注に記したように四国方言であり、讃岐に渡ってはじめて知りえた語とすれば、四国の旅以後の作品と見なせる。後に追捕された可能性もなくはないが、当初からあったとすれば「題しらず」歌群の成立は仁安以後であり、俊成への最初の資料提供以後に追補付載されたことになろう。すなわち『山家集』の原型は九三四までと見る考えも成り立つのではないかということを問題提起しておきたい。西行は、後に俊成の私撰集編纂が勅撰集に移行し『千載集』として実現するまでの過程に連動し、『山家心中集』、両宮歌合などを次々に提供している。親密な交流のあった俊成に対し、『山家集』も成立段階ごとに随時提供したらしく、その最初は九〇〇首余りの原型であったと考えてみたい。ちなみに『千載集』に西行歌は一八首入集したが、『山家集』九三四までから一三首採られており（うち西住哀傷歌は原型になかったか)、ほか五首は主に両宮歌合などに拠っている。

やや煩瑣にわたって『山家集』の構成と段階成立について述べたのは、西行の歌は編年不能のものが大部分であるが、『山家集』の所収位置からおよその詠作年代の下限の見当が得られるからである。たとえば次の著名な一首

77　願はくは花の下にて春死なんそのきさらぎの望月のころ

については西行の辞世の歌として取り上げられることもあるが、誤りである。なぜなら『山家集』の原型部分に収められている上に、『山家心中集』にも自撰しているので、成立時期説により揺れはあるものの、死の十数年以上前、もしくは二十数年以上前の詠作と見てよいからである。それに対して「また、ある本に」とある一三七〇より後の旅歌(その他)・十題百首の歌群は、ここから『山家心中集』に抄出された歌が全くなく、自撰か他撰かも分らず、増補された時期も不明なので、詠作年次が知られない。西行の完存する唯一の百首歌である十題百首(巻尾百首とも)は、出家前後の若年時の体験にもとづくかと取れる歌も含むのだが、若い時の作品か晩年の作品かで意見が分かれ、確定しないのである。

四、西行とその和歌

西行の伝記上の根本史料は、藤原頼長の日記『台記』永治二年(一一四二)三月一五日条である。西行は法華経の一品を各一人で書写して供養する一品経の勧進のため、藤原実

能の女婿として実能邸に同居していた頼長を訪れ、その問いに応じている。年は二五で「去々年」に二三で出家したと答えていることから、逆算して生年は元永元年（一一一八）、保延六年（一一四〇）に二三歳（数え）で出家したと知られる。もと「兵衛尉義清」であり、「左衛門大夫康清子」であることも明かされている。室町初期の系図集『尊卑分脈』によれば、西行・俗名佐藤義清《のりきよ》の家系は、むかで退治の伝承で有名な俵藤太と称した藤原秀郷を遠祖とし、一二世紀に平泉を本拠とした奥州藤原氏と同族である。西行は、曾祖父・公清の頃から左衛門尉に任じ、検非違使を務めた武門の出自である。母は『尊卑分脈』に「監物源清経女」と見える。源清経の系譜は未詳だが、今様・蹴鞠に優れた遊興の士であった。父系の佐藤氏は紀伊国田仲庄の預所を務め、富裕であったらしい。義清は生家の財力により内舎人、兵衛尉に任官した。鳥羽院に下北面として仕え、『古今著聞集』などによれば徳大寺藤原実能の家人であったと伝えられるが、事実と見てよい。義清の出家後は弟と推定されている仲清が家督を継いだ。義清の妻子については鴨長明の説話集『発心集』第六・五話が事実に近いと考えられ、葉室家ゆかりの妻があり、女子が一人いた。また『尊卑分脈』に「権律師隆聖」となる男子のあったことが記されている。

西行の出家遁世は武門の出自と妻子を捨てて成されたものである。『百錬抄』に出家の日付は保延六年の「十月十五日」と記されている。『台記』は「重代勇士を以て法皇に仕へ、俗時より心を仏道に入れ、家富み年若く心に愁ひ無くして、遂に以て遁世す、人これを歎美するなり」（原漢文）と記している。当時の出家は死に臨んで後世の功徳のために成されることが多かったので、豊かな家に生まれ、愁いを持たないと頼長の眼に映じた青年の年若い遁世は賞讃に価した。ただし佐藤義清の遁世を歎美した「人」は世人一般でなく、徳大寺家周辺の人に限定して受け止めておくべきであろう。西行は無名の存在であった。出家の原因については様々な説があるが、不明である。

西行は法名を円位という。若年より親交のあった藤原俊成は「西行、西住などいふ上人ども」「西行法師」「円位ひじり」（以上、長秋詠藻）、「上人円位」（御裳濯河歌合一番判詞）と記しているから、僧としての身分は法師であり、いわゆる聖（ひじり）・上人であった。西行生存時の同時代資料に「西行房」（粟田口別当入道集、寿永本隆信集）、「西行房上人」（心覚・別尊要記巻四）と記されるので、広く用いられた「西行」の称は房号であったらしい。『尊卑分脈』は「大宝（本）坊」の号もあったと記すが、同時代資料にはほとんど表れず、わずかに春日局消息（宝簡集）に見えるだけである。

西行は三〇歳頃に入山した高野山を三〇年ほど居所とし、晩年に伊勢に移住した。高野入山前に奥州へ、その後に西国、四国、再度奥州など各地へ「修行」と称する旅に赴いている。和歌愛好の数奇者として多少は知られていたが、中央の歌壇からは相手にされない一介の凡僧であった。崇徳院勅撰の『詞花集』に一首入集したが、「読人知らず」の扱いである。文治四年（一一八八）に奏覧された『千載集』に一八首入集したことで人々の注目する歌人となったが、これは撰者・藤原俊成と親交があったことによる格別の取り立ての面があり、死の二年前のことであった。西行を何より有名にしたのは、「願はくは」の歌の予告通りに、建久元年(一一九〇)二月一六日に入滅したことが大きい。往生疑いなしと人々に深い感銘を与えた出来事であり、没後に成立した『新古今集』に九四首という最多入集数を誇る歌人として崇敬され、歌聖として語り継がれてゆくこととなった。その影響力は今日に至るまで日本文化の全般に及んでいる。

生前は有名とは言えない存在であったが、『山家集』ほかに表れる人間関係は驚くほど多彩である。主家である徳大寺家関係者を中心に、主家筋の待賢門院・上西門院の女房たちとの交流があり、寂然ら常盤三寂など隠者歌人と歌交を結び、同行と呼ぶ西住を心友として、それらの人達との関係から多くの歌が詠み出されているが、それだけではない。蹴鞠・今様の達人であった稀代の天才というべき藤原成通は西行の勧めにより出家を遂げたが、その日付は西行と同じく一〇月一五日である。村上源氏の源雅定も西行の勧めに従い出家したが、雅定は義清が家人として仕えた藤原実能が出世を争った逸話を残す人物である(古今著聞集)。敵対関係をも越えて一方に偏らない立場を、出家は西行にもたらしたと見られるが、その最たるものは下北面として仕えた鳥羽院と不和であった崇徳院との関係であろう。和歌を愛好した帝王である崇徳院への西行の私的な心寄せが尋常でなかったことは、本文庫が明らかにしたように、保元の乱に敗れて仁和寺に潜幸した崇徳院の許へ、院の所在が内裏や世間に知られていなかった七月一二日の時点で駆けつけて絶唱(一二二七)を残している事実ひとつを取っても明らかであろう。『山家集』編纂の動機が崇徳院の鎮魂にあったという説が有力であることも思い合わされる。西行の取り結んだ人間関係は世俗の常識を越えて広く大きかったのであり、それが西行の家集を豊かに彩っているといえよう。

西行の和歌はまことに多様である。久保田淳は、西行が多くの日本人に親しまれてきながら、「享受者それぞれの思い描く西行像が先入主として存在するために、その和歌表現の多様性や伝統性、同時代歌人との共通性などには余り注意が払われてこなかった」ことに注意を促している(『西行全歌集』解説)。西行像の先入主は保留して、その和歌表現に即して改めて西行の多様性を読み直してみる必要があろう。花月を好み、花月の詩人とも称されるが、その和歌についてみると、一方で『西行上人談抄』で自ら説くように『古今集』を規範とする優美な姿の歌を詠みながら、他方では花月に対して動感するわが心を鮮烈に捉え出す歌が多く、中には花月に憧れて浮かれ出る心を詠んで自身の資質を表出する個性の強い歌をも詠んでいる。僧でありながら恋歌の名手であったことも注目されてよい。実事にもとづくのではないかと思わせる実感のこもった歌もあれば、題詠や代作もあり、女の立場で詠む女性仮託歌まである。高貴な女性への失恋から出家したという伝説が生じ(源平盛衰記など)、今に至るまで西行の恋歌の中にその事実を探り出そうとする向きが絶えない。しかし、様々に想定した恋の局面に感応する心をたくみに表現する虚構の恋歌も多いことに目を向けてみるのもよい。仏教を主題とする釈教歌では、天台浄土教の思想に拠り欣求《ごんぐ》浄土の心を詠む歌が多いけれども、密教に傾斜した歌も残している。神祇の歌も含め西行の宗教性はその和歌の中に多様な表れ方を見せている。宗教性に対しては、社会性の備わる作品も相当に多く、様々な階層・職業の人々を活写し、あるいは社会批判にまで及ぶ歌もあり、取材範囲はことのほか広い。殺生を業とする鷹飼・漁師を歌う歌もあるが、仏者として一方的に断罪するのでなく、その生業に興味津々の好奇心を向けた歌のあることも注意されよう。西行自身が山家草庵に止住し、修行の旅において行動する二面性を有していた。中巻巻末「題しらず」歌群の作品にその特性が最もよく表れている。西行の足跡は山野河海のあらゆる領域に及び、地方で採集した方言を取り込んだ歌まで詠んでいる。

西行は晩年に自歌合を編んだが、歌合に出詠した記録はない。対して、主に仁和寺や賀茂社周辺の私的な歌会に多く参加したことは『山家集』の随所に窺える。様々の規制がはたらく歌合は性に合わなかったのかもしれない。和歌のことばに即してみると、歌語と非歌語とを自在に使いこなしている。歌合では論難される同語反復や重語・畳語、句割れといった語法もいとわないのは、肉声を響かせることを重視したからであろうか。けれども『古今集』をはじめとする勅撰集の歌を参考歌とする伝統的詠作もあり、一方で曾禰好忠、和泉式部、能因、源俊頼といった先達の異端、女歌、数奇、新風の作を参考歌として用いた歌も目立つ。同時代歌人との類同歌もあれば、参考歌の指摘できない独創もある。西行の和歌は題材と言語のいずれをとっても、対立する両極をさながらすべて包蔵するかのような広さと豊かさ、多様さを見せている。西行においては雅と俗、数奇と仏道、宗教と社会といった対立が併せ呑まれているようである。西行は器量の大きな人間性を体現する歌人であったと思われるが、それは『山家集』だけからでも十分に汲み取れる。本文庫では歴史・民俗・宗教などの分野の知見に出来る限り目配りすることから西行の多様性に対応する注解を試みたが、まだ今後の発見を俟っている事柄も多く残されているであろう。

五、参考文献

西行とその和歌について、より深く探究するための参考文献を近年の主要なものに限り、ごく厳選して紹介する。西行の研究文献は膨大を極める。網羅集成する文献目録としては昭和期の文献に限って西澤美仁編『西行関係研究文献目録』（貴重本刊行会、一九九〇年）があり、一九八九年以降の文献については西行学会編『西行学』（笠間書院発売、年刊）が創刊第一号（二〇一〇年）より毎号に文献目録を掲載しているので、参照されたい。

本文翻刻・校訂

和歌史研究会編『私家集大成3中世Ⅰ』（明治書院、一九七四年）
久保田淳編『西行全集』（日本古典文学会、一九八二年）

「新編国歌大観」編集委員会編『新編国歌大観第三巻』(角川書店、一九八五年)、『同第五巻』(同、一九八七年)

校本・索引ほか

臼田昭吾編『西行法師全歌集総索引』(笠間書院、一九七八年)
犬井善壽編著『西行和歌歌番号対照表』(私家版、一九八八年)
福田秀一編『西行和歌引用評釈索引』(武蔵野書院、一九九三年)
寺澤行忠編著『山家集の校本と研究』(笠間書院、一九九三年)
寺澤行忠編著『西行集の校本と研究』(笠間書院、二〇〇五年)

校注・選釈

風巻景次郎・小島吉雄『山家集　金槐和歌集(日本古典文学大系)』(岩波書店、一九六一年)
後藤重郎『山家集(新潮日本古典集成)』(新潮社、一九八二年)
近藤潤一ほか『中世和歌集鎌倉篇(新日本古典文学大系)』(岩波書店、一九九一年)
有吉保・松野陽一・片野達郎『新古今和歌集・山家集・金槐和歌集(鑑賞日本古典文学第一七巻)』(角川書店、一九七七年)
久保田淳『西行山家集入門(有斐閣新書)』(有斐閣、一九七八年)
森重敏『西行法師和歌講読』(和泉書院、一九九六年)
武田元治『西行自歌合全釈』(風間書房、一九九九年)

井上宗雄『中世和歌集（新編日本古典文学全集）』（小学館、二〇〇〇年）
西澤美仁・宇津木言行・久保田淳『山家集／聞書集／残集（和歌文学大系）』（明治書院、二〇〇三年）
西澤美仁『西行―魂の旅路―（ビギナーズ・クラシックス日本の古典）』（角川学芸出版、二〇一〇年）
塚本邦雄『西行百首（講談社文芸文庫）』（講談社、二〇一一年）
平田英夫『御裳濯河歌合・宮河歌合新注（新注和歌文学叢書）』（青簡舎、二〇一二年）
松村雄二『西行歌私註』（青簡舎、二〇一三年）
久保田淳・吉野朋美『西行全歌集（岩波文庫）』（岩波書店、二〇一三年）

研究書・論文集

窪田章一郎『西行の研究―西行の和歌についての研究―』（東京堂、一九六一年）
久保田淳『新古今歌人の研究』（東京大学出版会、一九七三年）
安田章生『西行（弥生選書）』（弥生書房、一九七三年）
目崎徳衛『西行の思想史的研究』（吉川弘文館、一九七八年）
久保田淳『西行　長明　兼好―草庵文学の系譜―』（明治書院、一九七九年）
糸賀きみ江『中世の抒情』（笠間書院、一九七九年）
山木幸一『西行の世界（塙新書）』（塙書房、一九七九年）

目崎徳衛『西行（人物叢書）』（吉川弘文館、一九八〇年）
久保田淳『山家集（古典を読む）』（岩波書店、一九八三年↓『久保田淳著作選集第一巻西行』岩波書店、二〇〇四年）
目崎徳衛編『思想読本西行』（法蔵館、一九八四年）
日本文学研究資料刊行会編『西行・定家（日本文学研究資料叢書）』（有精堂、一九八四年）
山木幸一『西行和歌の形成と受容』（明治書院、一九八七年）
山田昭全『西行の和歌と仏教』（明治書院、一九八七年↓『山田昭全著作集第四巻　西行の和歌と仏教』おうふう、二〇一二年）
和歌文学会編『論集西行』（笠間書院、一九九〇年）
久保田淳『中世和歌史の研究』（明治書院、一九九三年）
久保田淳『草庵と旅路に歌う　西行（日本の作家）』（新典社、一九九六年）
花部英雄『西行伝承の世界』（岩田書院、一九九六年）
伊藤博之『西行・芭蕉の詩学』（大修館書店、二〇〇〇年）
西澤美仁監修・解説『西行研究資料集成』全一〇巻（クレス出版、二〇〇二年）
稲田利徳『西行の和歌の世界』（笠間書院、二〇〇四年）
山口眞琴『西行説話文学論』（笠間書院、二〇〇九年）
平田英夫『和歌的想像力と表現の射程―西行の作歌活動―』（新典社、二〇一三年）

人名索引

人名（神仏名を含む）を詞書（詞）・和歌・作者（作）・左注（左）から採録した。男性は原則として訓読みの名前で立項し、よみがなは歴史的仮名遣いによるが、現代仮名遣いによる五十音順に配列した。本名、生没年（西暦）、親子兄弟姉妹関係、最終官歴・僧暦、号、法名など人物の基本的事柄を略記した。見出し項目と表現が異なる場合は該当歌番号の後のカッコの中に記した。他系統・他集に底本と異なる人名・表現が表れる場合は「異文」としてカッコの中に所見の本の略号を記した。↓で関連項目を示した。

あ行

赤染衛門　あかぞめゑもん　生没年未詳。父は赤染時用。一説に平兼盛。夫は大江匡衡。一〇四八詞（赤染）

顕隆女　あきたかのむすめ　藤原顕隆の娘。生年未詳―一一五八年。藤原実能の室。公能の母。七八五詞（母）

阿弥陀房　あみだばう　生没年・伝未詳。東山に住んだ上人。七二五詞

一院　いちのゐん　↓鳥羽天皇

五辻斎院　いつつじのさいゐん　頌子内親王。一一四五―一二〇八年。鳥羽皇女。母は藤原実能女。一二二四詞（斎院）

院　ゐん　↓後白河天皇、崇徳天皇、鳥羽天皇

院の二位　ゐんのにゐ　↓紀伊二位

内　うち　↓二条天皇

大宮の加賀　おほみやのかが　大宮（藤原多子）に仕えた女房。待賢門院加賀（伏柴の加賀）と同一人か。一一二三作・一一二五作（おなじ人）

御室　おむろ　↓覚性法親王

御師　おんし　↓釈迦

か行

覚雅　かくが　一〇九〇―一一四六年。源顕房男。待賢門院堀河・兵衛の叔父。東大寺僧。権少僧都。五〇五詞異文（茨）

覚兼　かくけん　姓系・生没年未詳。院少納言の兄弟。覚性法親王の声明弟子。一〇七九詞・一〇八〇作

覚性法親王　かくしやうほふしんわう　一一二九―一一六九年。鳥羽天皇第五皇子。母は待賢門院。仁和寺の御室。五六八詞（仁和寺の

御室)・九一四詞(仁和寺の御室)

覚範 かくはん　未詳。覚雅の誤りか。五〇五詞　→覚雅

花山天皇 くわざんてんわう　九六八―一〇〇八年。第六五代天皇。冷泉天皇第一皇子。八五二詞(花山院)

金岡 かなをか　巨勢金岡。生没年未詳。九世紀の宮廷絵師。一四二四詞

観音寺入道生光 くわんおんじにふだうしやうくわう　→定信

紀伊二位 きのにゐ　後白河院の二位。生年未詳―一一六六年。藤原兼永女朝子。藤原通憲(信西入道)の室。成範・修憲の母。八一七詞(院の二位の局)

京極太政大臣 きやうごくだいじやうだいじん　→宗輔

行尊 ぎやうそん　一〇五五―一一三五年。三条天皇第一皇子敦明親王の孫。源基平男。母は藤原良頼女。平等院僧正。九一七詞異文(松「平等院」西・別「平等院僧正」)・一一一四詞(平等院)

清盛 きよもり　平清盛。一一一八―一一八一年。平忠盛男。白河院落胤説も。母は祇園女御の妹という。八六二詞(六波羅太政入道)

訖栗枳王 きりきわう　仏弟子迦葉の父。一五三三詞

公重 きんしげ　藤原公重。一一一八―一一七八年。藤原通季男。母は藤原忠教女。梢少将と号す。四六六詞

公能 きんよし　藤原公能。一一一五―一一六一年。藤原実能男。母は藤原顕隆女。大炊御門右大臣と号す。七八五詞・七八六作・九三三詞・九三四作

空海 くうかい　弘法大師。七七四―八三五年。一三五六詞・一三六九詞・一三七〇詞・一三七一詞・一三七一左(以上すべて大師)

兼賢 けんげん　生没年未詳。藤原顕兼男。加賀法橋と号す。九一九詞異文(松・心妙・西・別)・一二二七詞

源賢 げんけん　未詳。「兼賢」の誤りか。九一九詞　→兼賢

元性 げんしやう　一一五一―一一八四年。崇徳院第二皇子。母は源師経女。宮の法印。四七七詞異文(心・西「宮の法印」)・九一六詞(宮の法印)・一〇四五詞異文(雲葉集)・一〇八四詞作(宮の法印)

後三条天皇 ごさんでうてんわう　一〇三四―一〇七三年。第七一代天皇。一二一八詞(後三条院)

小侍従 こじじゆう　生没年未詳。石清水八幡宮別当紀光清女。母は花園左大臣家小大進。二条天皇・大宮(藤原多子)に仕え、後白河院に出仕したか。待宵の小侍従。九二二詞(院の小侍従)・九二三作

後白河院少納言 ごしらかはゐんのせうなごん　姓系・生没年未詳。覚兼の姉妹。八三〇作(院少納言の局)・一三五一作(院の少納言の局)

後白河天皇 ごしらかはてんわう　一一二七―一一九二年。第七七代天皇。鳥羽天皇第四皇子。母は待賢門院。四〇九詞異文(西・別

「院」）・一三一八詞（院）四〇九詞異文は鳥羽、崇徳の可能性も。
近衛天皇　このゑてんわう　一一三九—一一五五。第七六代天皇。鳥羽天皇第八皇子。母は美福門院。七八一詞（近衛院）

さ行

西住　さいじゅう　生没年未詳。俗名源季政。源季貞猶子。一説に覚雅僧都男。山家集で「同行」は西住。七七八詞（同行に侍りける上人）・八〇五詞（同行に侍りける上人）・八五三詞（同行に侍りける上人）・一〇七七詞・一〇九二詞（同行）・一〇九七詞（同行）・一〇九八詞異文（別・玉葉「同行」）・一一〇三詞（同行）・一一五七詞・一一五八作
斎院　さいゐん　↓五辻斎院
西忍　さいにん　未詳。忍西、静忍、静蓮と同一人か。一一五九詞異文（西・別「西忍入道」）↓静忍、静蓮、忍西
さくさみの神　さくさみのかみ　未詳。九六八異文（茨・松・夫木抄）
さへさみの神　さへさみのかみ　未詳。九六八　↓さくさみの神
讃岐の院　さぬきのゐん　↓崇徳天皇
定信　さだのぶ　藤原定信。一〇八八—没年未詳。藤原定実男。母は源基綱女。世尊寺家第五代。待賢門院中納言の兄弟。法名は生光（「生兌」の可能性も）。八五八詞作（観音寺入道生光）
実方　さねかた　藤原実方。生年未詳—九九八年。藤原定時男。母は源雅信女。陸奥守として現地で没。八〇〇詞
実能　さねよし　藤原実能。一〇九六—一一五七年。藤原公実男。母は藤原光子。徳大寺左大臣と号す。西行は家人として仕えた。七八二詞・七八五詞（父）
成範　しげのり　藤原成範。一一三五—一一八七年。藤原通憲（信西入道）男。母は紀伊二位朝子。修憲の兄。八二七詞
釈迦　しやか　釈迦牟尼。仏教の開祖。一一一九詞・一三七一詞左（大師の御師）
寂然　じやくぜん　俗名藤原頼業。生没年未詳。藤原為忠男。兄寂念・寂超と共に常盤（大原）三寂の一人。唯心房とも。四七七詞・八〇五作・八〇七作・八一六作・八三三～八三七作・九三一詞・一〇四五詞・一〇五五詞作・一〇七四詞・一〇七五作・一一五五詞・一一五六作・一一九八詞・一二〇八～一二一七作・一二二八詞・一二二九作
寂然妹　じやくぜんいもうと　生没年未詳。藤原為忠女。藤原俊成の最初の妻か。八一五詞（妹）
寂超　じやくてう　俗名藤原為経。生没年未詳。藤原為忠男。兄寂念・弟寂然と共に常盤（大原）三寂の一人。藤原隆信の父。妻美福門院加賀は藤原俊成と再婚して定家の母となる。八五六詞・八五七作・九二九作・九三一詞
俊恵　しゆんゑ　一一一三～没年未

詳。源俊頼男。東大寺僧。歌林苑を主催。七二九詞異文（心妙・西・別）・一〇五四詞

上西門院　じやうさいもんゐん　鳥羽天皇皇女統子内親王。一一二六～一一八九年。母は待賢門院。一〇一詞・七九七詞

上西門院兵衛　じやうさいもんゐんのひやうゑ　生没年未詳。源顕仲女。待賢門院堀河の妹。待賢門院に仕え、後に上西門院に出仕。一〇一詞・七四七作（同じ院（待賢門院）の兵衛）・七九七詞・七九八作

静忍　じやうにん　未詳。西忍、忍西、浄蓮と同一人か。一〇六七作　→西忍、静蓮、忍西

静蓮　じやうれん　俗名藤原重茂（重義とも）。生没年未詳。藤原頼綱男。西忍、静忍、忍西と同一人か。一一五九詞異文（治承三十六人歌合「静蓮入道」、続詞花「静蓮法師」）→西忍、静忍、忍西

勝命　しようみやう　生没年未詳。後藤則明の孫の勝命か（則明の養子。実父は則明の子・阿闍梨勝秀）。西行と義理の又従兄弟。藤原親重入道勝命を当てるのが通説。八六〇詞（阿闍梨勝命）

白河天皇　しらかはてんわう　一〇五三―一一二九年。第七二代天皇。一〇六（勅とかやくだす帝）・一〇七（白川の君）

新院　しんゐん　→崇徳天皇

周防内侍　すはうのないし　平仲子。生没年未詳。一二世紀初に没。平棟仲女。母は源正職女。七九九詞

崇徳天皇　すとくてんわう　一一一九―一一六四年。第七五代天皇。鳥羽天皇第一皇子。母は待賢門院。鳥羽院の一院に対し新院。讃岐往来歌の「女房」作は形式上で、実質的には崇徳院作か。四〇九詞異文（西・別「院」）・八六四詞作（院）・九二九詞（新院）・九三一詞（新院）・九三三詞（新院）・一一三六詞（新院）・一一三六作（女房）・一一三八～一一三九作（女房）・一一六三詞作（新院）・一二二七詞（新院）・一二三〇詞（女房）・一二三五～一二三七作（女房）・一三五三詞（院）・一四四六詞（讃岐の院）四〇九詞異文は鳥羽、後白河の可能性も。一二二八・一二三〇に崇徳院を主語とする表現がある。

清和院の斎院　せがゐんのさいゐん　白河天皇皇女官子内親王。生没年未詳。清和院と号す。九二詞・九九詞・一三九詞

宣旨　せんじ　生年未詳―一一七三年。姓系未詳だが、勧修寺家縁辺か。五辻斎院女房。一二二四詞・一二二五作

想空　さうくう　生没年未詳。寂念・寂超・寂然（三寂）の兄に当る藤原為盛か。八三三詞・九三一詞作

素覚　そかく　俗名藤原家基。生没年未詳。藤原家光男。橘俊綱孫。七二九詞異文（心妙・西・別）

た行

待賢門院　たいけんもんゐん　藤原璋子。一一〇一―一一四五年。藤

原公実女。藤原実能の妹。鳥羽天皇中宮。崇徳、後白河、覚性、上西門院の母。七七九詞・七九七詞

待賢門院帥 たいけんもんゐんのそち　生没年未詳。藤原季兼女か。七四八詞（同じ院の帥）

待賢門院中納言 たいけんもんゐんのちゆうなごん　生没年未詳。藤原定実女。藤原定信の姉妹。七四八詞によれば小倉山麓から高野山麓の天野に移住。七四六詞

待賢門院兵衛 たいけんもんゐんのひやうゑ　→上西門院兵衛

待賢門院堀河 たいけんもんゐんのほりかは　底本表記「堀川」。生没年未詳。源顕仲女。上西門院兵衛の姉。七四四詞作異文（心妙・西・別）・七五〇作・七七九詞・七八〇作・八五四詞作

大師 だいし　→空海

妙 たへ　生没年未詳。江口遊女長者の世襲名か。七五三作異文（茨・松・西・新古今「遊女妙」）

隆信 たかのぶ　藤原隆信。一一四二―一二〇五年。藤原為経（寂超）男。母は美福門院加賀。藤原定家の異父兄。六〇九詞

為忠 ためただ　藤原為忠。生年未詳―一一三六年。藤原知信男。母は藤原有佐女。寂念・寂超・寂然（三寂）の父。九二九詞・九三一詞

為業 ためなり　藤原為業。生没年未詳。藤原為忠男。法名寂念。弟の寂超・寂然と共に常盤（大原）三寂の一人。七三四詞・七三五作・七九六詞

中宮大夫 ちゆうぐうのだいぶ　→時忠

同行 どうぎやう　→西住

時忠 ときただ　平時忠。一一三〇―一一八九年。平時信男。平清盛妻時子の兄。建礼門院（平清盛女徳子）の中宮大夫。一〇五七詞（中宮大夫）・一〇五八作

俊高 としたか　源俊高。生没年未詳。源能賢男。九九作

俊成 としなり　藤原俊成。一一一四―一二〇四年。藤原俊忠男。母は藤原敦家女。一一六七年に顕広から俊成に改名。一二三九詞・一二四〇作

鳥羽天皇 とばてんわう　一一〇三―一一五六年。第七四代天皇。堀河天皇第一皇子。母は藤原実季女苡子。佐藤義清（西行）は鳥羽院の下北面を勤めた。四〇九詞異文（西・別「院」）・四六六詞・（鳥羽院）・七八二詞（一院）四〇九詞異文は崇徳、後白河の可能性も。

な行

中院右大臣 なかのゐんうだいじん　→雅定

修憲 ながのり　藤原修憲。一一四三―没年未詳。藤原通憲（信西入道）男。母は紀伊二位朝子。成範の弟。八二七詞・八二八作・八三二作

仲麿 なかまろ　安倍仲麿。七〇一―七七〇年。遣唐使として中国で没。四〇七（ふりさけし人）

成通 なりみち　藤原成通。一〇九七―一一六二年。藤原宗通男。母は藤原顕季女。西行の蹴鞠の師。

七三〇詞・八〇九詞（侍従大納言入道）・一〇八二詞・一〇八三作

二条天皇　にでうてんわう　一一四三―一一六五年。第七八代天皇。後白河天皇第一皇子。七九二詞（二条院）・一一八九詞（内）

忍西　にんさい　未詳。西忍、静忍、静蓮と同一人か。一一五九詞・一一五九作者

仁和寺の御室　にんわじのおむろ　↓覚性法親王

能因　のういん　俗名橘永愷（ながやす）。九八八―没年未詳。橘元愷男か。七四八詞・一一二六詞

範綱　のりつな　藤原範綱。生没年未詳。藤原永雅男。法名西遊。覚綱の父。八一三詞・八一四作

は行

八条院　はちでうゐん　一一三七―一二一一年。暲子内親王。鳥羽天皇第三皇女。母は美福門院。一一八八詞

范蠡　はんれい　中国春秋時代の越王勾践の賢臣。七六九詞

平等院　びやうどうゐん　↓行尊

普賢菩薩　ふげんぼさつ　文殊菩薩とともに釈迦如来の脇侍。白象に乗る。一五四二詞

ふりさけし人　↓仲麿

遍吉　へんきち　↓普賢菩薩

菩提院の前の斎宮　ぼだいゐんのさきのさいぐう　後白河天皇皇女亮子内親王（殷富門院）。一一四七―一二一六年。母は藤原季成女成子。一〇詞異文（心）・一三九詞異文（松）・三三七詞異文（心）・一一四二詞

堀川　ほりかは　↓待賢門院堀河

ま行

雅定　まささだ　源雅定。一〇九四―一一六二年。源雅実男。中院右大臣と号す。法名蓮如。七三二詞（中院右大臣）・七三三作

三河内侍　みかはのないし　二条院参河内侍。生没年未詳。藤原為業（寂念）女。七九三詞・七九四作

みやたて　生没年・伝未詳。半物（はしたもの）。一〇七一詞・一〇七二作

宮法印　みやのほふいん　↓元性

宗輔　むねすけ　藤原宗輔。一〇七七―一一六二年。藤原宗俊男。母は源俊房女。京極太政大臣と号す。四六六詞（京極太政大臣）

ら行

良暹　りやうせん　生没年・姓系未詳。一一世紀中頃の晩年に大原に隠棲。一〇四七詞

六波羅太政入道　ろくはらだいじやうにふだう　↓清盛

六角　ろくかく　生没年・姓系未詳。菩提院の前斎宮女房。一一四四作

地名索引

地名（寺社名・建造物名を含む）を詞書（詞）・和歌・左注（左）から採録した。よみがなは歴史的仮名遣いによるが、現代仮名遣いによる五十音順に配列した。所在地は脚注で旧国郡名を示し、京都近郊の場合は洛北・洛西のように表したので、ここでは現行地名を記す。見出し項目と表現が異なる場合は該当歌番号の後のカッコの中に記した。他系統・他集に底本と異なる地名が表れる場合は「異文」としてカッコの中に所見の本を略号で示した。↓で関連項目を示した。

あ行

間の中山　あひのなかやま　所在未詳。六九五
青根山　あをねやま　青根ヶ峰。奈良県吉野郡吉野町。五四〇　↓吉野山
明石　あかし　兵庫県明石市。三二五・三七六・一一三五詞異文（茨）・一四七三・一四七五
安芸の一宮　あきのいちのみや　厳島神社。広島県廿日市市宮島町。一四一四詞
朝倉山　あさくらやま　福岡県朝倉市。一五二三
朝妻　あさづま　滋賀県米原市。一〇〇五・一〇〇六
朝日山　あさひやま　京都府宇治市。三五九
浅間　あさま　長野県北佐久郡軽井沢町。六九六
足柄の山　あしがらのやま　神奈川県・箱根外輪山の金時山の北。九七五
蘆屋　あしや　兵庫県芦屋市。一五五一
東　あづま　逢坂関以東。三三七・四八二詞・一〇四六
東路　あづまぢ　東国への道。六九五・一〇〇七異文（松・別）
東屋　あづまや　奈良県吉野郡十津川村。一一一一詞・一一一一
天野　あまの　和歌山県伊都郡かつらぎ町上天野。七四八詞
天の川　あまのがは　大阪府枚方市で淀川に合流。三三一・九六八
嵐の山　あらしのやま　京都市西京区嵐山。五六一
有栖川　ありすがは　京都市北区紫野の斎院付近。一二二四
蟻の戸渡　ありのとわたり　奈良県吉野郡上北山村。一一一六詞・一一一六
淡路潟　あはぢがた　兵庫県淡路市。五四八異文（茨）・五四九異文

（茨）

淡路島　あはぢしま　兵庫県淡路市、洲本市、南あわじ市。千鳥、瀬戸を詠むのは淡路市の明石海峡沿岸。五四八・五四九・一〇〇二

伊勢　いせ　三重県中部。山家集では三重県南部の志摩国を含む。一三詞・四〇詞・一七〇詞・七二八詞・九九九・一〇九四詞・一一二三詞・一一二六詞・一三八二詞・一三八六詞・一三九七詞・一四四一詞

伊勢島　いせしま　伊勢に同じ。一四五一・一四七三　↓伊勢

石上　いそのかみ　奈良県天理市。一〇二四

磯の辺路　いそのへぢ　和歌山県から三重県にかけての海岸の路をいうか。一四四一詞

厳島神社　いつくしまじんじゃ　↓安芸の一の宮

井手　ゐで　京都府綴喜郡井手町。一六六・一一六九

出羽の国　いではのくに　山形・秋田県。一一三二詞・一一三二（いでは）

糸鹿山　いとかやま　和歌山県有田市。四七三

伊吹　いぶき　滋賀県米原市。一〇〇五・一〇〇六

伊良胡・伊良胡が崎・伊良胡崎　いらご・いらごがさき・いらござき　愛知県田原市伊良湖町。一三八七詞・一三八八・一三八九詞・一三八九

入野　いるの　京都市西京区大原野。四四三異文（夫木抄・西追加）

色の浜　いろのはま　福井県敦賀市。一一九四

石陰　いはかげ　京都市北区衣笠鏡石町。八五〇

岩代　いはしろ　和歌山県日高郡南部町。六一二

岩田　いはた　和歌山県西牟婁郡上富田町。一〇七七詞・一〇七七

磐余野　いはれの　奈良県桜井市。二九三・九七〇

浮島が原　うきしまがはら　静岡県沼津市から富士市にかけて。一三〇七

宇治川　うぢがは　京都府宇治市。一三九一詞・一三九一

宇治橋　うぢばし　京都府宇治市。二〇八

牛窓の瀬戸　うしまどのせと　岡山県瀬戸内市牛窓町。一三七六詞

浦田　うらた　岡山県玉野市渋川の浦田ヶ浜。一三七三詞・一三七三　↓渋川

江口　えぐち　大阪市東淀川区。七五二詞

絵島の浦　ゑじまのうら　兵庫県淡路市岩屋。五五三

蝦夷が千島　えぞがちしま　北辺の地を漠然と呼ぶ。一〇〇九

逢坂・逢坂山　あふさか・あふさかやま　滋賀県大津市。九詞・九・一一二七

近江路　あふみぢ　近江国（滋賀県）の路。一〇〇七

大井川　おほゐがは　京都市右京区嵯峨と西京区嵐山の辺りの川名。一九一・四八四・五六一（おほゐの淀）・一二六八

大沢　おほさわ　大沢の池。京都市

右京区嵯峨。三二一異文（茨）→広沢の池
大原 おほはら 京都市左京区。四五詞・八一五詞・八三三詞異文（心妙・西・別）・八五六詞異文（西・別）・九二九詞・九三〇・九三〇異文（茨「大原の山」）・一〇四七詞・一〇四七・一〇五五詞・一一三三・一一五五詞・一一五五・一一九八詞・一二〇八・一二〇九・一二二〇・一二二一・一二二二・一二二三・一二二四・一二二五・一二二六・一二二七・一四八九
大峯 おほみね 吉野・熊野間の山系。九一七詞異文（心・西・別）・一一〇四詞 →御嶽（みたけ）、吉野の奥
岡屋 をかのや 京都府宇治市。一四三八
小口川原 をぐちがはら 和歌山県新宮市熊野川町。九七七
奥の院 おくのゐん 高野山金剛峯寺の奥の院。和歌山県伊都郡高野町。一一五七詞 →高野
小倉の里 をぐらのさと 京都市右京区嵯峨。四八六
小倉・小倉山 をぐら・をぐらのやま・をぐらやま 京都市右京区嵯峨。一六四・一九一・四三六詞・四三六・四七八・四八五・七四六詞・七四八詞
小篠の泊 をざさのとまり 奈良県吉野郡天川村洞川。九一八詞・九一八（小篠）
男山 をとこやま 京都府八幡市の石清水八幡宮。一五二七詞
音羽山 おとはやま 京都市山科区と滋賀県大津市の境。三
小野 をの 京都市左京区大原。二一〇・二六四・四四一詞・四四一・五六六・一一三三
伯母が嶺 をばがみね 奈良県吉野郡川上村の伯母ヶ峰。一一〇七詞異文（茨・心妙・西・別）
姨捨の峯 をばすてのみね 奈良県吉野郡川上村。一一〇七詞・一一〇七（をばすて）
姨捨の山 をばすてのやま 長野県中央部の冠着山をいう。三七五・八八六
朧の清水 おぼろのしみづ 京都市左京区大原。一二〇九
思はくの橋 おもはくのはし 所在未詳。宮城県多賀城市に伝承地。一一二九詞・一一二九

か行

覚雅僧都の坊 かくがそうづのばう 京都市下京区か。五〇五詞異文（茨）
覚範僧都房 かくはんそうづばう 未詳。五〇五詞→覚雅僧都の坊
風越の峯 かざこしのみね 長野県飯田市の風越山か。八三
笠取の山 かさとりのやま 京都市伏見区醍醐山。九七三
花山院の御庵室の跡 くわざんゐんのごあんじちのあと 那智の二の滝の上に伝承地。八五二詞→那智
春日 かすが 春日大社。奈良市春日野町。四〇七詞
春日野 かすがの 奈良市春日野町。一一九
葛城 かづらき 大阪府と奈良県の

境に連なる葛城山地。一〇七八詞・一〇七八

片岡　かたをか　京都市北区・賀茂別雷神社境内の摂社。一五二六　↓賀茂

勝間田の池　かつまたのいけ　所在未詳。奈良市五条町説ほか。二二五・三二三

亀井の水　かめゐのみづ　大阪市天王寺区四天王寺。八六三詞・八六三　↓天王寺

亀山　かめやま　京都市右京区嵯峨。一一七九

賀茂　かも　京都市左京区の賀茂御祖社（下鴨）・北区の賀茂別雷社（上賀茂）の総称。一八〇詞（賀茂社）・五三六詞・六〇九詞・六一四詞・六一五詞（同社）・一〇九五詞・一二三一詞・一四〇二詞・一五二五詞

唐崎　からさき　滋賀県大津市。五六四・九七五（夫木抄「風先」）

香良洲崎　からすざき　三重県津市香良洲町。一三八四

閑院　かんゐん　京都市中京区。一〇四八詞

観音寺　くわんおんじ　未詳。京都市東山区の新熊野観音とする説が有力。八五八詞

木曾の桟橋　きそのかけはし　長野県のどこか未詳。一四一五・一四三二

北白川　きたしらかは　京都市左京区北白川。二三一詞・二五一詞・四九〇詞異文（心・西）・一〇四二詞

北野　きたの　京都市上京区から北区にかけて。一四四四

北院　きたのゐん　仁和寺の院家。一二二七詞　↓仁和寺

北山寺　きたやまでら　未詳。京都の北山辺りの寺。七五四詞

京　きやう　京都。五七五詞異文（心・西・別）・七三六詞・九一三詞・一〇七七詞・一一二四詞・一一五〇詞・一一五七詞・一一八四詞・一三七四詞・一三八六詞・一四五〇詞　↓都

行者還　ぎやうじやがへり　奈良県吉野郡上北山村。一一一七詞・一一一七

清見潟　きよみがた　静岡県清水市。三一九・三二四

清水　きよみづ　清水寺。京都市東山区。一一八六詞

久能の山寺　くののやまでら　久能寺。静岡市久能山。一〇八七詞

熊野・み熊野　くまの・みくまの　和歌山県田辺市本宮町の熊野本宮大社。また新宮市の熊野速玉大社、那智勝浦町の熊野那智大社を併せた熊野三山をいう。九八詞・四〇九詞異文（西・別）・一〇二三・一〇七七詞・一二一八詞・一四〇三詞・一五二九詞・一五二九・一五三〇

熊山岳　くまやまだけ　所在未詳。和歌山県か。九七八

雲取　くもとり　大雲取山。和歌山県東牟婁郡那智勝浦町。九七七

鞍馬　くらま　京都市左京区鞍馬本町。五七一詞

小池　こいけ　奈良県吉野郡下北山村。一一〇八詞・一一〇八

高野　かうや　高野山。和歌山県伊

都郡高野町。一三八詞・二〇二詞・四七七詞・五三一詞・五七五詞・七四八詞・七八二詞・七八五詞・八〇七詞・九一三詞・九一六詞・九一九詞・一〇四五詞・一〇四九詞・一〇五五詞・一〇五七詞・一〇七一詞異文（茨）・一〇七四詞・一〇七九詞・一〇八四詞・一一二一詞・一一五〇詞・一一五五詞異文（新勅撰）・一一五七詞・一一九八詞・一二〇八・一三七一詞　→高野（たかの）

粉河　こかは　粉河寺。和歌山県紀の川市。七四八詞

越の中山　こしのなかやま　未詳。新潟県妙高市の妙高山説が有力。四七・五二九（越の白雪）・九七六

児島　こじま　現在は児島半島だが、一二世紀には島。岡山市南部・玉野市・倉敷市南東部に相当。一一四五詞・一三七二詞小嶋

近衛院の御墓　このゑのゐんのみはか　京都市北区紫野。七八一詞

昆陽の池　こやのいけ　兵庫県伊丹市。五六〇

衣河　ころもがは　岩手県西磐井郡平泉町中尊寺の北を東流し北上川に合流。一一三一詞・一一三一

衣の浦　ころものうら　愛知県知多郡。一一九二

さ行

さひか浦　さひかうら　三重県では所在未詳。茨「さびる浦」は非地名。一四七三

斎宮　さいぐう　三重県多気郡明和町。一二二六詞

西国　さいごく　京都以西。一一四五詞　→西の国

嵯峨・嵯峨野　さが・さがの　京都市右京区嵯峨。三八詞・四七一詞・一〇六六詞・一〇六六・一一四七詞・一一五九詞異文（続詞花）・一四二三詞・一四二三

桜井の里　さくらゐのさと　大阪府三島郡島本町。九八四

さきしま　所在未詳。三重県志摩市の崎（先）志摩を当てる説、鳥羽市答志島の北東に位置する大築海島（おづくみじま）を当てる説がある。一三八三

佐々木　ささき　京都市北区の賀茂別雷神社の西南にある佐々木野。六〇九詞

篠の宿・篠　ささのすく・ささ　奈良県吉野郡十津川村か。一一〇九詞・一一〇九

讃岐　さぬき　香川県。一一三六詞・一二二八詞・一二三〇詞・一三五三詞・一三五六詞（同じ国）・一四〇四詞・一四四六詞（讃岐の院）

佐野の舟橋　さののふなはし　群馬県高崎市。二二三

佐保の河原　さほのかはら　奈良市・大和郡山市を流れ大和川に合流する川。五四

塩崎の浦　しほさきのうら　兵庫県南あわじ市とする説、和歌山県東牟婁郡串本町の潮岬を当てる説がある。一三七八

志賀　しが　滋賀県大津市。九詞

志賀の浦　しがのうら　滋賀県大津市。一四九八

志賀の唐崎　しがのからさき　滋賀県大津市の唐崎神社。五六四　↓唐崎

志賀の山越・志賀の山道　しがのやまごえ・しがのやまみち　京都市左京区北白川から滋賀県大津市北方へ越える山道。一〇五・一一三

飾磨の市　しかまのいち　兵庫県姫路市飾磨区。一二四二

信楽　しがらき　滋賀県甲賀郡信楽町。九六七・九七五異文（松）・一四八三

四国　しこく　四国。一〇九五詞・一〇九七詞・一三七三詞

地獄　ぢごく　六道の一つ。悪業の報いで死後に堕ちて責苦を受ける場所。八九七詞

志古の山路　しこのやまぢ　和歌山県田辺市本宮町の熊野本宮から万才峠を越えて新宮市熊野川町日足の志古を通り熊野川町西（旧小口村）に至る山路か。九七七

紫金台寺　しこんだいじ　仁和寺の院家。京都市右京区鳴滝。九一四異文（西）↓仁和寺、山崎

静原　しづはら　京都市左京区静市静原町。一五四八

死出の山・死出の山地　しでのやま・しでのやまぢ　冥土へ行く途中に死者が越える山。七五〇・七五一・七六三・七七四・七九二・八二四・一一四二

信濃　しなの　長野県。一一〇七・一四四五

信太の杜　しのだのもり　大阪府和泉市。六五一・六七六

篠原　しのはら　滋賀県野洲市。四三八

信夫　しのぶ　福島市域。四八二詞・一一二七詞・一一二九左

渋川　しぶかは　岡山県玉野市渋川。一三七三詞

下野の国　しもつけのくに　栃木県。一一三三詞

蜀江　しよくかう　中国四川省の川。二七二（その江）

書写　しよしや　書写山円教寺。兵庫県姫路市。一〇九六詞

白川　しらかは　京都市左京区。六九・七〇・一〇四詞・一三六・一三七詞・一一八八

白河殿　しらかはどの　京都市左京区白河に造営された院御所。一一八八詞

白川の関　しらかはのせき　福島県白河市。一一二六詞・一一二六・一一二七

白根　しらね　福井県・石川県・岐阜県にまたがる白山か。五四〇

白良の浜　しらのはま　和歌山県西牟婁郡白浜町。一一九六は三重県とする説もある。一一九六・一四七六

白峯　しろみね　香川県坂出市。一三五五詞

笙の窟　しやうのいはや　奈良県吉野郡上北山村。九一七詞

塩飽　しわく　塩飽諸島の本島。香川県丸亀市。一三七四詞・一三七四

新宮　しんぐう　熊野速玉神社。和歌山県新宮市。一三九七詞　↓熊野

神仙　しんせん　奈良県吉野郡上北山村。一一〇四詞・一一〇四（深

き山）
末の松山　すゑのまつやま　宮城県多賀城市に伝承地。一二八九
菅島　すがしま　三重県鳥羽市。一三八二詞・一三八二・一三八四・一三八五
鈴鹿山　すずかやま　三重県亀山市関町。七二八詞・七二八
須磨　すま　神戸市須磨区。五四九・六九七
住江　すみのえ　大阪市住吉区の入江。一一八〇異文（茨）・一二一八詞、一二一八詞異文（心・西・別「住江の釣殿」）
住吉　すみよし　住吉大社。大阪市住吉区。四〇九詞・四一〇・一〇五四詞・一〇五四・一一八〇・一二一八詞
駿河　するが　静岡県中央部。六九一・一〇八七詞
諏訪の渡り　すはのわたり　長野県諏訪市・諏訪郡下諏訪町。六〇七
清和院　せがゐん　染殿の一角または隣接。京都市上京区・京都御苑。九二詞・九九詞・一三九詞
雪山　せつせん　ヒマラヤ山脈の古称。一四九二（雪の深山）
芹生　せれう　京都市左京区大原草生町。一四八九
善通寺　ぜんつうじ　香川県善通寺市。一三七一左
双林寺　さうりんじ　京都市東山区鷲尾町。五〇六詞
袖の浦　そでのうら　山形県酒田市。六三一
外の浜　そとのはま　青森県東津軽郡外ヶ浜町。一〇一一
その江　→蜀江

た行

大学寺　だいかくじ　大覚寺。京都市右京区嵯峨大沢町。一〇四八詞・一四二四詞
大神宮　だいじんぐう　伊勢神宮。三重県伊勢市。一二二三詞
たかとみの浦　たかとみのうら　広島県呉市安浦町の多賀登美浦か。四一四詞
高野　たかの　高野山。九一三・一〇七四　→高野（かうや）
高間の山　たかまのやま　奈良県御所市高天の金剛山。一九〇
滝の山　たきのやま　山形市土坂三百坊跡説と、同長谷堂滝の山廃寺跡説がある。一一三二詞
武隈　たけくま　所在未詳。仙台市東部か。宮城県岩沼市の竹駒神社に伝承地。一一二八詞・一一二八
竹の泊　たけのとまり　所在未詳。一説に石川県加賀市。一一九五
立田河　たつたがは　竜田川。奈良県生駒郡斑鳩町を南流して大和川に注ぐ。一七六
立田山　たつたやま　竜田山。奈良県生駒郡斑鳩町。三九九
棚尾の社　たなうのやしろ　京都市北区の賀茂別雷神社の末社。一〇九五詞　→賀茂
たはらの峯　たはらのみね　京都府宇治市田原の山か。一〇五二異文（夫木抄）→檜原の峯
東稲山　たはしねやま　岩手県西磐井郡平泉町と一関市東山町の境の山。一四四二詞・一四四二
千種の嶽　ちくさのたけ　奈良県吉

野郡上北山村。一一一五詞・一一一五

稚児の泊　ちごのとまり　奈良県吉野郡上北山村。一一一七詞・一一一七

中院　ちゆうゐん　高野山本中院谷の竜光院。二〇二詞　→高野

中将の御墓　ちゆうじやうのみはか　藤原実方の墓。宮城県名取市愛島塩手に伝承地。八〇〇詞

長楽寺　ちやうらくじ　京都市東山区円山町。四八詞異文（心・西）・四九一詞

築紫　つくし　九州。一四五〇詞

筑摩の沼　つくまのぬま　滋賀県米原市。二〇四

土御門内裏　つちみかどだいり　京都市上京区。五三六詞

津の国　つのくに　摂津国。大阪府北部と兵庫県東南部。八・五五九・八六二詞・一一三五詞

壺のいしぶみ　つぼのいしぶみ　所在未詳。青森県の津軽地方か。一〇一一

天王寺　てんわうじ　四天王寺。大阪市天王寺区。七五二詞・八五三詞・八六三詞・一〇五四詞・一〇七六詞

転法輪の嶽　てんぼふりんのたけ　奈良県吉野郡下北山村と十津川村の境。一一一九詞

答志　たふし　答志島。三重県鳥羽市答志町。一三八二詞・一三八二・一三八五

答志の浜　たふしのはま　答志島の浜。一三八三　→答志

常盤　ときは　京都市右京区。二五六詞・七三四詞・七三四・七三五（常盤木）・七九六詞・九二九詞・九三〇

常盤山　ときはやま　京都市右京区。六五六

土佐　とさ　高知県。一三五九詞異文（心妙・西・別）

鳥羽田　とばた　京都市南区上鳥羽から伏見区下鳥羽にかけての水田。二九二

鳥羽の南殿　とばのみなみどの　鳥羽離宮の南殿。京都市伏見区。四六六詞

鳥部野　とりべの　京都市東山区。七五七・七七六

鳥部山　とりべやま　京都市東山区。七七六詞・七七七詞異文（茨）・七九〇詞・七九〇・八四八

な行

灘　なだ　兵庫県西宮市の武庫川河口から神戸市の生田川河口に至る海岸。三一一

那智　なち　那智大社。三八二・八五二詞・八五二　→熊野

名取河　なとりがは　宮城県南部を東流する川。一一三〇詞・一一三〇

七越の峯　ななこしのみね　和歌山県田辺市本宮町高山。一四〇三詞・一四〇三

難波　なには　大阪市。八詞

難波江・難波江の浦・難波潟・難波の浦　なにはえ・なにはえのうら・なにはがた・なにはのうら　大阪市の入江・海岸。八・二四二・三二六・五一〇・五一四・六八六・一一九〇

難波堀江　なにはほりえ　場所は大阪市の天満川（現大川）説が有力。二一九
鳴尾　なるを　兵庫県西宮市の武庫川の河口。二五七詞・二五七
鳴滝の川　なるたきのかは　御室川とも。京都市右京区鳴滝。六六二
西　にし　西方極楽浄土をさす。二〇五・二〇六・八五三・八五四・八六九・八七〇詞・八七〇・八七二・八七六
錦の島　にしきのしま　三重県度会郡大紀町錦。一四四一詞・一四四一
西の国　にしのくに　京都以西。一〇三詞　↓西国（さいごく）
西福山　にしふくやま　所在未詳。三重県に二説。四〇詞異文（茨）
西山　にしやま　京都市西方の山、その一帯。七四四詞・一一五九詞異文（茨・松ほか）　↓嵯峨、仁和寺
二条院の御墓　にでうゐんのみはか　香隆寺か。京都市北区等寺院の東か。七九二詞
如意輪の滝　によいりんのたき　那智の二の滝。八五二詞　↓那智
仁和寺　にんわじ　京都市右京区御室大内。五六八詞・七三六詞・七四四詞異文（心妙）・八五四詞・九一四詞・九一九詞・一二二七詞
野路　のぢ　滋賀県草津市。二六七異文（心・西・夫木抄）・四六三異文（松・歌枕名寄）・一〇〇七
野中の清水　のなかのしみづ　神戸市西区岩岡町野中説と、明石市魚住町清水説がある。一〇九六詞・一〇九六

は行

藐姑射が峯　はこやがみね　上皇の仙洞御所をいう。一五〇三
橋殿　はしどの　賀茂別雷神社の建物。一二二一詞　↓賀茂
八幡　はちまん　↓八幡（やはた）
初瀬の山　はつせのやま　長谷寺。奈良県桜井市。一九九
花園山　はなぞのやま　愛知県岡崎市奥山田町か。一四四〇
帚木の伏屋　ははきぎのふせや　長野県下伊那郡阿智村園原。五七八
早瀬川　はやせがは　所在未詳。二一八
原の岡山　はらのをかやま　所在未詳。一〇一二
播磨　はりま　兵庫県西南部。六九七（播磨路）・一〇九六詞
播磨潟　はりまがた　兵庫県明石市より西の海岸。三一一
東山　ひがしやま　京都市東方の山、その一帯。一〇四詞・五七四詞・七二三詞・七二五詞
備前の国　びぜんのくに　岡山県東南部。一三七二詞
日野　ひの　京都市伏見区日野。一四三八
檜原の峯　ひはらのみね　普通名詞か。奈良県の地名とも。一〇五二　↓たはらの峯
日比　ひび　岡山県玉野市日比。一三七三詞
屏風立　びやうぶだて　奈良県吉野郡上北山村。一一一七詞
平泉　ひらいづみ　岩手県西磐井郡平泉町。一一三一詞・一四四二詞

平野　ひらの　平野神社。京都市北区。一一八一

比良・比良の高嶺　ひら・ひらのたかね　滋賀県高島市から大津市にかけての連山。一一五五・一一五六・一四九〇

広瀬川　ひろせがは　奈良県北葛城郡河合町。二一七

広沢の池　ひろさはのいけ　京都市右京区嵯峨。遍照寺の北。三二一詞→大沢、遍照寺

東山寺　ひんがしやまでら　未詳。京都東山のどこかの寺。五七四異文（心）→双林寺、長楽寺、東山

深草の里　ふかくさのさと　京都市伏見区深草。四二五・五三八

吹上　ふきあげ　和歌山市紀ノ川河口から雑賀にかけての海岸。七四八詞・七四八・七四九左・一一九三

富士　ふじ　静岡県と山梨県境の富士山。三一九・六九一・一三〇七

伏見　ふしみ　京都市伏見区。四四四詞・一四三八

二見・二見の浦　ふたみ・ふたみのうら　三重県伊勢市二見町。一三詞・一三・一三八六詞・一三八六

二村山　ふたむらやま　愛知県豊明市沓掛町か。三八三（二村の山）・一四九〇

筆の山　ふでのやま　香川県善通寺市。我拝師山の東隣の山。一三七一詞・一三七一　→我拝師山（わがはいしさん）

船岡・船岡山　ふなをか・ふなをかやま　京都市北区紫野。七七四詞・八二〇・八四九

布留野　ふるの　奈良県天理市。二〇

古屋　ふるや　奈良県吉野郡十津川村。一一一三詞・一一一三

平地　へいち　奈良県吉野郡十津川村と下北山村の境。一一一〇詞

遍照寺　へんぜうじ　京都市右京区嵯峨。三二一詞

法金剛院　ほふこんがうゐん　仁和寺の院家。京都市右京区花園扇野町。七九五詞・七九七詞　→仁和寺

法輪　ほふりん　法輪寺。京都市西京区嵐山。四八四詞

保津の山越　ほづのやまごえ　京都府亀岡市保津から京都市西京区嵐山辺りへの山越か。五五六

菩提院　ぼだいゐん　東山の菩提樹院。京都市左京区。一〇詞異文（心）・一三九詞異文（松）・三二七詞異文（心）・一一四二詞

法勝寺　ほつしようじ　白河六勝寺の一つ。京都市左京区岡崎。一〇一詞　→白川

掘兼の井　ほりかねのゐ　所在未詳。埼玉県狭山市堀兼に伝承地。六九〇

本院　ほんゐん　斎院の本院。京都市北区紫野。一二二四詞

ま行

真木の裾山　まきのすそやま　所在未詳。九七四

松尾の山　まつのをのやま　松尾大社。京都市西京区嵐山宮町。五三七

松山　まつやま　香川県坂出市。一

二三六・一三五三詞・一三五三・一三五四
真鍋　まなべ　真鍋島。岡山県笠岡市。一三七四詞・一三七四
真野の萩原　まののはぎはら　神戸市兵庫区か。五〇七
曼荼羅寺　まんだらじ　香川県善通寺市吉原町。一三七〇詞
御祖川原　みおやがはら　下鴨神社付近の川原か。一四〇二　↓賀茂
三笠・三笠の山　みかさ・みかさのやま　奈良市春日野町。四〇七・一一七八
三重の滝　みかさねのたき　奈良県吉野郡下北山村。一一一八詞・一一一八
三木島　みきしま　三重県尾鷲市三木崎か。熊野市二木島か。一三九七詞
三島江の浦　みしまえのうら　所在未詳。一一九一
三栖の山　みすのやま　和歌山県田辺市。九八
美豆・美豆野　みづ・みづの　京都市伏見区淀美豆町。二二一・一〇一八（水）・一一〇三詞・一一〇三・一五二七
御嶽　みたけ　大峯山（山上ヶ岳）。奈良県吉野郡天川村。九一七詞・一〇八四詞　↓大峯
御手洗　みたらし　賀茂社境内の御手洗川。一二二二詞・一二二二・一五二五　↓賀茂
陸奥国　みちのくに　青森・岩手・宮城・福島県。五七二詞・八〇〇詞・一〇一一異文（茨）・一〇四六詞・一一二六詞・一四四二詞　↓むつのく、むつのくに
三津　みつ　三重県伊勢市二見町。一七〇詞・一七〇
三瀬川　みつせがは　冥土の三途の川。七〇九
三津の浜松　みつのはままつ　滋賀県大津市坂本。一四九八
水無瀬川　みなせがは　大阪府三島郡島本町水無瀬。二一六
湊川　みなとがは　神戸市兵庫区。一四八六
三野津　みのつ　香川県三豊市三野町吉津津ノ前。一四〇四詞
三室戸の山　みむろとのやま　三室戸寺。京都府宇治市。四八八異文（松・別・歌枕名寄）
御裳濯・御裳濯川　みもすそ・みもすそがは　五十鈴川とも。伊勢内宮を西北流。一五三一詞・一五三一・一五三二　↓大神宮
宮川　みやがは　宮滝川に同じ。一五四五　↓宮滝川
宮城野　みやぎの　仙台市宮城野区。四三〇
都　みやこ　京都。一五七・三三七・四一一・四一二・四一八・五二七・五七五詞・五七五・七二七詞・七四八詞・七五五詞・七五五・一〇四五・一〇五七詞・一〇六四・一〇八一・一〇九一・一〇九四詞・一〇九四・一〇九七詞・一〇九七・一〇九八詞・一〇九八・一〇九九・一一〇〇・一一〇一・一一〇二・一一二二・一一二四・一一二五・一一二七詞・一一二七・一一三三・一一三五・一一五六・一二三二・一四一五・一四一七・一四五五　↓京

宮滝川　みやたきがは　奈良県・吉野川の宮滝付近の称か。一四二六

宮の法印の御庵室　みやのほふゐんのごあんじち　元性法印の庵室。高野山別所の西小田原か。四七七詞異文(心・西)・一〇四五詞異文(雲葉集「元性法印の庵室」)　↓高野

武蔵野　むさしの　関東平野全体。二九六

陸奥　むつのく　一〇一一　↓みちのくに

陸奥国　むつのくに　一〇一一異文(松)　↓みちのくに

紫野　むらさきの　京都市北区紫野。一二二〇詞・一二二〇

最上川　もがみがは　山形県内を流れる川。一一六三・一一六四

もりやま　三重県のどこか所在未詳。四〇詞　↓西福山(にしふくやま)

守山　もるやま　滋賀県守山市か。静岡県、群馬県説も。他系統「もる宿」。九五五

唐土　もろこし　中国。一三〇二

八上の王子　やがみのわうじ　熊野九十九王子の一つ。和歌山県西牟婁郡上富田町。九八詞・九八(八上)

や行

野洲河原　やすがはら　滋賀県野洲市。一〇〇七

柳原　やなぎはら　滋賀県野洲市か。一般名詞とも。一〇一九　↓野洲河原

山崎　やまざき　仁和寺紫金台寺の所在地「北崎」の誤りか。九一四異文(西)　↓紫金台寺

山城　やましろ　京都府南部。一一〇三

山本　やまもと　兵庫県伊丹市昆陽池から宝塚市の山本を冠する地域にかけて。一一三五詞

八幡　やはた　備前国。どこの八幡宮に当てるか諸説ある。一一四五詞

木綿崎の浦　ゆふさきのうら　所在未詳。神戸市東灘区魚崎か。五六二

雪の深山　ゆきのみやま　↓雪山(せっせん)

夢野　ゆめの　神戸市兵庫区。四三七

横野　よこの　大阪市生野区か。一〇一五

吉野　よしの　奈良県吉野郡吉野町。五一・一〇七〇詞・一〇七一詞・一〇七一・一四四二

吉野の奥　よしののおく　一〇三四は大峯をさすか。一〇三四・一五四五　↓大峯

吉野の里　よしののさと　奈良県吉野郡吉野町。一〇七〇　↓吉野

吉野山・吉野の山・み吉野の山　よしのやま・よしののやま・みよしののやま　奈良県吉野郡吉野町。主峰は青根ヶ峯。一一・五七・六二・六三・六五・六六・六九・八五・九六・一一〇・一一一・一一五・一二五・一三一・一四二・一四三・五六五・九八七・一〇三六・一〇六二・一一五九詞・一四二二・一四五三・一四五四・一四五五・一四六一・一四六二　↓青

根山、吉野

ら行

龍門　りゅうもん　龍門寺。奈良県吉野郡吉野町大字山口に跡地。一四二六詞
霊山　りゃうぜん　霊山寺。京都市東山区静閑寺霊山町。五二七詞
蓮台野　れんだいの　京都市北区紫野。船岡の西。八五一
和歌の浦　わかのうら　和歌山市・紀ノ川の河口一帯。七四九左・九三四

わ行

我拝師山　わがはいしさん　香川県善通寺市。一三七一詞　↓筆の山
鷲の山・鷲のみ山・鷲の高嶺　わしのやま・わしのみやま・わしのたかね　インドの霊鷲山（りょうじゅせん）。七七六・八八八・八八九・八九〇・八九一・八九五
輪田　わだ　大輪田泊。神戸市兵庫区。八六二詞・八六二

初句索引

本書に収録した歌を初句によって検索するための索引である。すべて歴史的仮名遣いによる平仮名で記し、五十音順に配列した。初句が同文の場合は、第二句まで掲げた。各行末の漢数字は本書の歌頭に記した歌番号（算用数字）であり、『新編国歌大観』の歌番号と一致する。

あ行

あかずのみ　四二一
あかつきの　九三八
あきかぜに
　すずきつりぶね　一三九六
　ほずゑなみよる　四四六
あきかぜの
　ことにみにしむ　一〇四三
　ふけゆくのべの　四四八
あきかぜや　三三九
あきくるる　四八九
あきたつと
　おもふにそらも　二五六
　ひとはつげねど　二五五
あきのいろは
　かぜぞのもせに　一四三九
　かれのながらも　七六七
あきのつき
　いさよふやまの　三八四
　しのだのもりの　六五一
　ものおもふひとの　六四一
あきののの　四五三
あきのよに　四五二
あきのよの
　そらにいづてふ　三〇六
　つきやなみだを　六二三
　つきをゆきかと　三一七
あきのよを　四五一
あきはくれ　一一三三
あきはただ　三三四
あきふかき　七〇七
あきふかみ
　ならぶはななき　四六八
　よわるはむしの　四五七
あくがるる　六〇七
あくがれし　一〇八四
あくるまで　三一五
あこやとる　一三八七
あさかへる　一〇一二
あさからぬ　八六三
あさくいでて　九一四
あさごとに　六〇六
あさぢはら　三一六
あさつゆに　一三六六
あさひまつ　八六八
あさましや　一三三一
あさゆふの　八九八
あしひきの　六二七
あしよしを　一四二一
あだならぬ　八七四
あだにちる
　こずゑのはなを　一一二七
　このはにつけて　九二五
　さこそこずゑの　一一一〇
あだにふく　一三一三
あたらしき　五七三
あたりまで　二八八
あづまぢや　六九五
あづまやの
　あまりにもふる　五〇三
　をがやがのきの　二二二
あとしのぶ　八二六
あとたえて　一一五九

あととむる　五三四
あとをとふ　八二四
あながちに
　にはをさへはく　一一九
　やまにのみすむ　四〇六
あはざらん　五七八
あはせつる　五三三
あはせばや　一三八五
あはぢしま
　いそわのちどり　五四八
　せとのしほひの　五四九
　せとのなごろは　一〇〇二
あはれあはれ　七一〇
あはれさは　一三〇八
あはれしりて　一四八五
あはれしる
　そらにはあらじ　八三〇
　そらもこころの　八三九
　なみだのつゆぞ　九二一
　ひとみたらばと　四一六
あばれたる
　くさのいほりに　三四八
　くさのいほりの　一一四八
あはれてふ　六九八
あはれとて
　とふひとのなど　七〇五
　はなみしみねに　一一一四
　ひとのこころの　一三七六
あはれとも
　こころにおもふ　八〇三
　みるひとあらば　六一八
あはれなり
　おなじのやまに　一三六九
　よもよもしらぬ　一一四九
あはれにぞ
　ふかきちかひの　一一八七
　ものめかしくは　九六四
あふことの
　なきやまひにて　一三〇〇
　なくてやみぬる　一二四九
あふことを　五八五
あふとみし　一三五〇
あふとみる　五八二
あふまでの　一二六九
あふみぢや　一〇〇七
あまくだる
　かみのしるしの　六一五
　なをふきあげの　七四八
あまぐもの
　はるるみそらの　八〇六
　わりなきひまを　六五〇
あまのがは
　けふのなぬかは　二六〇
　なにながれたる　三一一
あまのはら
　あさひやまより　三五九
　おなじいはとを　三七七
　さゆるみそらは　六二三
　つきたけのぼる　三〇七
あまびとの　一三八〇
あやにくに
　しるくもつきの　六三八
　ひとめもしらぬ　一二七三
あやひねる　一三一六
あやふさに　一三三三
あやめつつ　六六〇
あらいその　一〇〇〇
あらしこす　九四六
あらしのみ　九一五
あらしはく　四九八
あらしふく　一〇八二
あらたなる　一五三〇
あらぬよの　八二一
ありあけの　三六〇
ありがたき
　のりにあふぎの　八六四
　ひとになりける　九〇一
あれにける　九八一
あればとて　七六六
あをねやま　五四〇
あをばさへ　一五八
いかがせん　八三六
いかさまに　一三四五
いかだしの　一四八七
いかでかは
　おとにこころの　一〇八九
　ちらであれとも　一一三
いかでわれ
　きよくくもらぬ　九〇四
　こころのくもに　一四〇五
　このよのほかの　一〇八
　こよひのつきを　七七四

いかなれば　八九六
いかにして
　うらみしそでに　八〇七
　きくことのかく　八〇五
　こずゑのひまを　一二〇八
いかにせん
　うきなをばよに　一二七七
　かげをばそでに　三四六
　こんよのあまと　七〇八
　そのさみだれの　一二五八
いかにぞや　一三〇一
いかにとも　八〇八
いかばかり
　うれしからまし　三一〇
　きみおもはまし　八一五
いくあきに　四六七
いくほども　一三三三
いけにすむ　三三三
いけのおもに　二八二
いけみづに　一四七四
いさぎよき　八〇三
いざことし　一五〇
いざさらば　一五〇三
いさよはで　三一二
いせしまや
　いるるつきて　一四五一
　つきのひかりの　一四七三
いそがずは　一四八四
いそぎおきて　二五八
いそなつまん　一三八一
いそなつみて　一四五二
いそなつむ　一一六五
いそによる　一一六六
いそにをる　一〇〇四
いそのかみ　一〇二四
いそのまに　六九三
いたけもる　一〇〇九
いつかはと　一二七一
いつかまた　一三二六
いつかわれ
　このよのそらを　一四一三
　ちりつむとこを　一三三四
　むかしのひとと　五七七
いづくとて　三四〇
いづくにか
　ねぶりねぶりて　八四四
　みをかくさまし　九〇九
いつしかと　八
いつしかも　一〇六三
いつとなき　一三〇七
いつとなく　六九六
いつのよに　七五八
いつよりか　四七二
いでながら　三八三
いとかやま　四七三
いとすすき　二六六
いとどいかに　八五三
いとどしく　一一三八
いとふよも　四〇三
いとへども　三七三
いとほしや　一三三〇
いにしへに
　かはらぬきみが　七三四
　もれけんことの　八六一
いにしへの
　かたみになると　八一二
　まつのしづえを　一三一九
いにしへは　七九九
いにしへを
　こふるなみだの　七九五
　しのぶるあめと　一〇三
　なににつけてか　四〇〇
いはしろの　六一二
いはつたひ　一六三
いはにせく　一三六八
いはのねに　一三七七
いはまゆく　五五四
いはれのの　九七〇
いひすてて　一五二一
いひたてて　一三三九
いへのかぜ
　つたふばかりは　九三一
　ふきつたふとも　九三四
　ふきつたへける　九三三
　むねとふくべき　九三三
いへをいづる　七五三
いほにもる　三〇三
いほりさす　一一〇九
いまさらに
　なにかはひとも　一三八一
　はるをわするる　五八
いまぞしる　一三八六

いまだにも　一〇四八
いまはさは　一二六〇
いまはただ　一二五四
いまはわれ　一三一三
いまよりは
　あはでものをば　一二七〇
　いとはじいのち　一三五七
　はなみんひとに　八六
　むかしがたりは　一〇四四
いむといひて　一一五四
いらござきに　一三八八
いりぬとや　三三七
いりひさす　九四二
いるさには　八〇七
いろかへで　七三五
いろにいでて　一二四八
いろふかき
　こずゑをみても　七九八
　なみだのかはの　一二八三
うかれいづる　九一二
うきくもの　三七一
うきにだに　六六四
うきにより　一三三六
うきふしを　六七四
うきみとて　一二五〇
うきみにて　二四
うきよとし　一五〇六
うきよとも　一四八一
うきよには　一一七
うきよをば　七四七
うぐひすの
　こゑぞかすみに　二五
　こゑにさとりを　九九三
　はるさめざめと　二六
うぐひすは
　たにのふるすを　一八
　われをすもりに　二九
　ゐなかのたにの　九九二
うたたねの　一二六二
うぢがはの　一三九一
うちすぐる　四六三
うちたえて　六三五
うちたえで　一三四七
うちつけに　三三三
うちとけて　一二九五
うちむかふ　六五四
うつつをも　一五一五
うづらなく　四二五
うづらふす　九四五
うつりゆく　一〇二七
うづゑつき　二三
うとくなる　一四九九
うのはなの　五四一
うめがかに　四一
うめがかを　三九
うらうらと　一五二〇
うらがへす　五三六
うらちかみ　一〇〇一
うらみじと　一三〇六
うらみても　一三四六
うれしとも　一六九
うれしとや　三〇八
おいもせぬ　三三五
おきかけて　四一九
おくになほ　一四四三
おくりおきて　八一九
おくれいて　八二三
おしなべて
　おなじつきひの　五七五
　きくさのすゑの　二八六
　はなのさかりに　六四
おとはせで　九六三
おどろかす　七三〇
おどろかぬ　七三一
おどろかんと　八四五
おなじくは
　かきをぞさして　一三七五
　さきそめしより　一二六五
　つきのをりさけ　九九六
おなじみの　一五四
おのづから
　ありへばとこそ　一二九二
　いはぬをしたふ　五七六
　おとするひとぞ　五〇二
　きよきこころに　八八二
　くるひとあらば　九九
　つきやどるべき　二四八
　はなきとしの　九二
おひかはる　三三
おほうみの　一一七五
おほかたの
　あきをばつきに　一四七八

つゆにはなにの　二九四
のべのつゆには　二七九
おぼつかな
あきはいかなる　二九〇
いかにとひとの　五八〇
いづれのやまの　五九
いぶきおろしの　一〇〇五
たにはさくらの　一四六
なにのむくいの　六七八
はるのひかずの　一〇六六
はるはこころの　一四九
おほなみに　八四七
おほはらは
せれうをゆきの　一四八九
ひらのたかねの　一二五
おほはらや　一〇四七
おほゐがは
ゐせきによどむ　四八四
をぐらのやまの　一九一
おもかげに　六三九
おもかげの　六三一
おもはずに
あなづりにくき　二三九
よしあるしづの　四八一
おもひあまり　一二四一
おもひいづる
ことはいつとも　六二六
すぎにしかたを　七一九
なさけをひとの　七八九
おもひいでて
たれかはとめて　一四二七
ふるすにかへる　一〇六八
おもひいでに　九三
おもひいでよ　一四九八
おもひかね　六一〇
おもひきや
いみこしひとの　一二二五
かかるこひぢに　一三三三
おもひしる　六五二
おもひしるを　一四八〇
おもひつつ　一〇七一
おもひとけば　一四七七
おもひやる
こころはみえで　一二五八
こころやはなに　六三
たかねのくもの　八一
おもふこと　一〇二三
おもふとも　七四一
おもふにも　二八五
おもへこころ　一四一九
おもへただ
くれぬとききし　一〇八一
けふのわかれの　八一四
はなのちりなん　一一九
みやこにてだに　一一五六
おもへども　一三一五
おりたちて　一三七三
おろかなる　九〇六

か行

かかりける　一一三九
かかるみに　六七七
かかるよに　一一二七
かきくらす
なみだのあめの　六七〇
ゆきにきぎすは　五二四
かきこめし　五〇五
かきみだる　六七九
かぎりあらん　五四七
かぎりあれば
いかがはいろの　四七八
ころもばかりは　一七四
かぎりなく
かなしかりけり　七九〇
なごりをしきは　三七八
かきわけて　二三四
かぐらうたに　八九九
かくれにし　七九三
かげうすみ　一一五一
かげきえて　九五一
かげさえて
つきしもことに　二四七
まことにつきの　三六五
かけひにも　六〇九
かざこしの　八三
かさねきる　七八五
かさねては　五八七
かしこまる　一〇九五
かずかくる　一一八〇
かすがのは　一九
かずならぬ　六五三
かすまずは　一一

かすみしく　一三七九
かすめども　一〇五九
かぜあらき
　いそにかかれる　八四六
　しばのいほりは　一一三四
かぜあらみ　一三六
かぜさえて　五六四
かぜさそふ　一三四
かぜたたで　一一八九
かぜのおとに　一〇三八
かぜふくと　一五一
かぜふけば
　あだにやれゆく　一〇二八
　はなさくなみの　一一九一
かぜをのみ　二三〇
かぞへねど　三三〇
かたそぎの　四〇九
かたばかり　一四五
かたらひし　一九五
かたをかに　三四
かつすすぐ　一三四四
かづらきや　一〇七八
かどごとに　五
かねてより　三〇一
かはあひや　九七四
かはかぜに　一五〇二
かはのせに　一二九〇
かはばたの　二三八
かひありな　一一九七
かべにおふる　四六一
かへりゆく　一〇九七
かへれども　九二八
かみがきの　一七八
かみなづき
　しぐれはるれば　一一一一
　しぐれふるやに　一一一三
　たにぞくもは　一一一二
かみのよも　一三三一
からころも　五九三
からすざきの　一三八四
からすばに　四二一
かりがねは　四七
かりそめに　一三九一
かりのこす　一〇一八
かれにける　一一二八
かれはつる　五二八
かをとめん　三五
きえかへり　一二五七
きえぬべき
　つゆのいのちも　九二〇
　のりのひかりの　八六二
きえぬめる　八一八
きかでまつ　一四六五
ききおくる　一九〇
ききもせず　一四四二
きしかたの　七六一
きしちかみ　一六五
きみいなば　一〇四六
きみがいなん　一二四四
きみがすむ
　きしのいはより　一四三五
　やどのつぼをば　四六六
きみがため
　あきはよにうき　七八七
　ごえふのねのび　一一八四
きみがよの　一一七六
きみがよは　一一七七
きみしたふ　一三三一
きみすまぬ　一三三四
きみにいかで　六二九
きみにさへ　八三二
きみにそむ　一三四二
きみにわれ　一三〇三
きみをいかで　一四九六
きみをおきて　一一一三
きよみがた
　おきのいはこす　三三四
　つきすむそらの　三一九
きりぎりす
　なくなるのべは　四四七
　よさむになるを　四五五
くさしげみ　一二七五
くさしげる　一七五
くさのはに　一二九九
くさふかみ　四六〇
くさまくら　一〇九九
くちてただ　六〇一
くちもせぬ　八〇〇
くまのすむ　九六二
くまもなき
　つきのおもてに　三六六
　つきのひかりに　三三七

つきのひかりを　三七五
をりしもひとを　六四四
くみてしる　六九〇
くみてなど　一〇七九
くもかかる　九九〇
くもきえし　三八〇
くもきゆる　三八二
くもとりや　九七七
くもなくて　五一
くもにただ　九五三
くもにつきて　一五〇七
くもにまがふ　九〇
くものうへの　九〇二
くもはらふ　三七四
くもはるる
あらしのおとは　三六二
わしのみやまの　八九〇
くもはれて　一四〇七
くももかかれ　九八九
くももみゆ　三六八
くもりなき
かがみのうへに　七一七
やまにてうみの　一三五六
くやしきは　七五五
くやしくも
しづのふせやと　三四七
ゆきのみやまへ　一四九二
くるはるは　九八五
くれたけの
いまいくよかは　一四三八
ふししげからぬ　一四二〇
くれなゐに　一三一〇
くれなゐの
いろこきむめを　一一六七
いろなりながら　一〇一六
いろにたもとの　七〇四
よそなるいろは　一四九四
くれぬめり　二五九
くれはつる　四八八
くれふねよ　一〇〇六
くろかみは　一三九八
けさいかに　八三一
けさのいろや　九一九
けさみれば　二七八
けさよりぞ　五八四
けしきをば　一二四六
けふぞしる
おもひいでよと　六八五
そのえにあらふ　二七三
けふのこまは　一五三七
けふのみと　一七三
けふはただ　一八
けふもまた　一二五三
けぶりたつ　六九一
こえきつる　一二〇〇
こえぬれば　七六三
こがらしに
このはのおつる　九三五
みねのこのはや　五〇〇
こけうづむ　一一七三
こここそは　一一一九
こころえつ　一三一
こころから　一三二七
こころざし
ありてのみやは　六八七
ふかくはこべる　一〇七三
こころせん　三六
こころなき　四七〇
こころには
しのぶとおもふ　一二四七
ふかくしめども　一三五五
こころをば
ふかきもみぢの　一〇八六
みるひとごとに　一四一〇
ここをまた　一三五九
こざさしく　三一〇
こずゑあれば　四七六
こずゑうつ　一四一
こずゑふく　一一三
こずゑもる　一一一〇
こぜりつむ　九八四
こだひひく　一三七八
ことづくる　六一四
ことづけて　五八九
こととひへば　一二九七
こととなく
きみこひわたる　一一五七
けふくれぬめり　七六二
ことのねに　九三三
ことのはの
しもがれにしに　一二八六
なさけたえにし　一三三八

このさとや　一四三三
このたびは　七九一
このはちれば　四九五
このはるは
　えだえだまでに　一一八六
　きみにわかれの　一二四三
　しづがかきねに　三七
このまもる
　ありあけのつきの　三九八
　ありあけのつきを　三四五
　つきのかげとも　五三六
このもとに
　すみけるあとを　八五三
　たびねをすれば　一三五
このもとの　一三四
このもとは　九五
このよにて
　かたらひおかん　七五〇
　ながめられぬる　一〇四一
　またあふまじき　八〇六
こはえつどふ　一三九二
こはぎさく　四六二
こひしさや　六四六
こひしさを　六三三
こひすとも　一四九七
こひらるる　七〇二
こほりしく　五三〇
こほりわる　五五六
こよひきみ　七九二
こよひこそ
　あはれみあつき　九一六
　おもひしらるれ　七八二
こよひはと　三七九
こりもせず　八七九
これもみな　一三〇八
これやさは　八八四
ころもでに　九七一
こゑせずは　一三九九
こんよにも　一〇四〇

さ行

さえわたる　五六二
さかきばに　一三三三
さかとよと　一三五六
さかりならぬ　一四三一
さきしまの　一三八三
さきそはん　二七〇
さくらさく　七五
さくらちる　二〇二
さくらばな　八二七
ささがにの
　いとにつらぬく　一五一四
　いとよをかくて　一五五二
　くもでにかけて　二六三
ささふかみ　一一一六
さしいらで　八五五
さしきつる　一一五三
さだえすむ　一三七六
さだめなく　三六三
さだめなし
　いくとせきみに　一〇九二
　かぜわづらはぬ　九二四
さとなるる　一八一
さとびとの　一〇〇八
さとりえし　八八九
さとりひろき　一五三六
さのみやは　一四〇八
さはといひて　七〇一
さはのおもに　一五四三
さはべより　一一七四
さはもとけず　一四三四
さびしさに　五一三
さまざまに
　あはれおほかる　九二七
　おもひみだるる　六七五
　たなごころなる　一五四一
　はなさきけりと　五〇六
さまざまの
　あはれありつる　一五四七
　あはれをこめて　二五四
　なげきをみには　一四九五
　にしきありける　四七七
さみだれに
　さののふなはし　二三三
　ほすひまなくて　二一五
　みづまさるらし　二〇八
　をだのさなへや　二一三
さみだれの
　ころにしなれば　二一四
　はれぬひかずの　二三四
　はれまたづねて　一四六八
　はれまもみえぬ　一九八

　をやむはれまの　一三三
さみだれは
　いはせくぬまの　二〇九
　やまだのあぜの　二一七
　ゆくべきみちの　二二六
さもこそは　一三四三
さやかなる　三三三
さゆとみえて　五二二
さゆるよは　五六〇
さゆれども　五五一
さよごろも　四四三
さらにまた　九八八
さらぬことも　一五一六
さらぬだに
　あきはものの　み　四三二
　うかれてものを　四〇四
　かへりやられぬ　五八六
　こゑよわかりし　四七五
　もとのおもひの　一三〇四
　よのはかなさを　七五六
さらばただ　五九一
さりともと　一一四二
さることの
　あるなりけりと　六八四
　あるべきかはと　一三四〇
さるほどの　一三五九
しかのたつ　一一六〇
しかのねや　一一五九
しかのねを
　かきねにこめて　三〇二
　きくにつけても　四四一
しかもわぶ　四三四
しがらきの　一四八三
しきしまや　一三三九
しきみおく　一三六七
しきわたす　一四〇四
しぐるれば　一〇三一
しぐれかと　四九六
しぐれそむる　一四四〇
しげきのを　七九六
しげりゆきし　二七三
したはるる　三一四
したはれし　一〇五六
したふあきは　一一二五
しだりさく　四二九
しづのめが　五九四
しなばやと　一三一八
しにてふさん　八五〇
しのはらや　四三八
しのびねの　六三一
しばかこふ　九六五
しばしこそ　六六二
しばのいほと　七二五
しばのいほに　四〇
しばのいほの　一〇九八
しばのいほは　九五〇
しほかぜに　九九九
しほそむる　一一九四
しほぢゆく　一〇〇三
しほなれし　七四四
しもうづむ　四九三
しもかづく　五〇八
しもかれて　五〇九
しもさえて　五五〇
しもさゆる　五二一
しもにあひて　五一四
しらかはの
　こずゑをみてぞ　六九
　せきやをつきの　一一二六
　はるのこずゑの　七〇
しらくもを　四三三
しらざりき
　くもゐのよそに　六一七
　みにあまりたる　一三三四
しらなはに　一三九四
しろたへの　六三〇
しをりせじ　一一二一
すがしまや　一三八二
すがのねの　一三九四
すがるふす　一〇一三
すぎてゆく　九九四
すぎやらで　三七二
すぐるはる　一七〇
すずかやま　七二八
すそのやく　八五
すだかわたる　一三八九
すてしをりの　一四一八
すてたれど　一四二六
すていにし　四〇五
すててのちは　一五〇八
すてやらで　七六九
すみがまの　一二一〇

すみすてし　八〇一
すみよしの　一〇五四
すみれさく　一〇一五
すむことは　九一三
すむといひし　七三三
すむひとの　一〇四三
すゐのよの　一五三五
すゐばふく　二六五
せきかねて　一三一一
せとぐちに　六九四
せとわたる　五四四
せをはやみ　一四二六
そでのうへの　一三七二
そのすぢに　一四三九
そのひより　一三三四
そのをりの　七七五
そまびとの
　くれにやどかる　一三三
　まきのかりやの　五四五
そめてけり　四七四
そらいろの　四三四
そらにいでて　六〇
そらになる　七三三
そらはるる　九八七
そらはれて　二〇一

た行

たえたりし　一三一八
たきおつる　一五四五
たぐひなき
　おもひいではの　一一三三
　ここちこそすれ　三九七
　はなのすがたを　二八三
　はなをしえだに　七三
　むかしのひとの　八一
たけのいろも　一一八二
たけのおとも　一一四六
たしろみゆる　一四三六
ただはおちで　五四六
たちかはる　四
たちかへり　一〇六七
たちこむる　四二七
たちのぼる
　あさひのかげの　五三七
　つきのあたりに　一四〇三
たちまがふ　一一四
たちよりて
　しばのけぶりの　七三六
　となりとふべき　四七一
たつたがは　一七六
たつたひめ　四九七
たつたやま　三九九
たづぬとも　七七九
たづぬれば　一八三
たづねいる　一四五六
たづねきて　九四九
たてそむる　一三七二
たてそめて　五七九
たなばたは　一二六四
たにかぜは　九六六
たにのいほに　一三六六
たにのまに　九四一
たにふかく　一〇八〇
たねつくる　一三九三
たのむべき　九一三
たのむらん　一一四〇
たのめおきし　一二八九
たのもしき　八一六
たのもしな　七一
たびねする　五一六
たびびとの　二三七
たまがきは　五三七
たまかけし　五一一
たまづさの
　つづきはみえで　四一三
　はしがきかとも　四八
たまにぬく　二九六
たままきし　五一五
たまみがく　一〇五〇
たまりをる　一四八八
たゆみつつ　五二九
たれかまた　五七
たれきなん　三一八
たれならん　一六〇
たれもみな　三六四
ちかひありて　一五四〇
ちどりなく　五五三
ちよくとかや　一〇六
ちよふべき
　ふたばのまつの　一一八三
　ものをさながら　一一七一
ちりしきし　八九三

ちりそむる　一〇五
ちりつかで　一五〇九
ちりばかり　八六五
ちりまがふ　八七七
ちるとみれば　七七二
ちるはなの　一三八
ちるはなは　八二八
ちるはなを
　けふのあやめの　二〇三
　をしむこころや　一三七
ちるをみて　一〇四
つがはねど　九五八
つきいづる　五一八
つきかげの　三五四
つきさゆる　三七六
つきすむと　三八七
つきすめば　一一〇六
つきなくは　三八八
つきならで　三一八
つきにいかで　一五〇五
つきにはぢて　一四〇九
つきのいろを　三九〇
つきのすむ
　あさぢにすだく　三九三
　みおやがはらに　一四〇二
つきのため
　ひるとおもふが　三五八
　みさびすゑじと　一〇二一
つきのみや　七二七
つきのよやがて　一四八二
つきはてし　七七〇
つきはなほ　四一三
つきまつと　六一六
つきみれば
　あきくははれる　三八一
　いでやとよのみ　六一九
　かげなくくもに　三三六
　かぜにさくらの　一〇六九
つきやどる　四一七
つきをうしと　一五〇〇
つきをこそ　一五五〇
つきをみて
　あかしのうらを　一四七五
　いづれのとしの　七七三
　こころうかれし　三四九
つきをみる
　こころのふしを　六二五
　ほかもさこそは　九五三
つくづくと
　のきのしづくを　三一一
　ものをおもふに　七一三
つくりおきし　四三
つたひくる　九八二
つたへきく　八五七
つつじさく　一六四
つつめども
　そでよりほかに　一三三八
　なみだのいろに　一三四三
　ひとしるこひや　一三六八
つづらはふ　九六一
つねよりも
　あきになるをの　二五七
　こころぼそくぞ　五七二
つのくにの　五五九
つばなぬく　一四四四
つまこひて　六〇二
つみびとの　八九七
つゆおきし　一二二四
つゆおもみ　二三五
つゆけさは　一四一一
つゆときえば　八五一
つゆながら　三九四
つゆのたまは　七六五
つゆのぼる　二四二
つゆふかき　八四三
つゆもありつ　一四一四
つゆもらぬ　九一七
つよくひく　一一六四
つらからん　一三八〇
つらくとも　五九〇
つらならで　九五九
つらなりし　八六〇
つれもなき　五九七
つれもなく　六〇〇
てらつくる　八五八
ときはなる　四八二
ときはやま　六五六
ところから　一四六六
としくれし　五七四
としくれぬ　一
としつきを　七六八
としのうちは　五七〇

としははや　一〇六一
としふれど　九三〇
としへたる　一三九七
としをへて
　おなじこずゑに　八九
　まつもをしむも　一〇九
となりゐぬ　四三九
とにかくに　一三四八
とはばやと　七八四
とはれぬも　一二七九
とふひとは　五六九
とふひとも　九三七
とへかしな
　なさけはひとの　一二八五
　わかれのそでに　八三三
とへなきみ　五四三
とまのやに　七四五
ともしする　三三九
ともしびの　一五一七
ともすれば　六四七
ともになりて　一五四四
ともにみし　一〇七五
とりのらし　一三四一
とりべのや　七七六
とりべのを　七五七
とりわきて　一一三一
とをちさす　一〇二五

な行

ながつきの
　あまりにつらき　六一三
　ちからあはせに　一五二六
なかなかに
　おもひしるてふ　六八八
　かぜのほすにぞ　五三
　くもるとみえて　三七〇
　こころつくすも　三〇九
　しのぶけしきや　一二四五
　たにのほそみち　一三六五
　ときどきくもの　三六一
　とはぬはふかき　八三七
　なるるつらさに　六八一
　なれぬおもひの　六六五
　ゆめにうれしき　五八一
ながむてふ　一〇〇
ながむとて　一三〇
ながむるに
　なぐさむことは　六四八
　はなのなたての　九七
ながむるも　三五五
ながむれば
　いなやこころの　三六七
　そでにもつゆぞ　四六四
　ほかのかげこそ　三五二
ながめきて　一四一二
ながめこそ　一三一四
ながめつる　一四六〇
ながめをりて　一四〇六
ながらへて
　つひにすむべき　一三三三
　ひとのまことを　一二八八
ながらへんと　七一八
ながれいづる　一二四一
ながれみし　一四二五
ながれゆく　八一七
なかんこゑや　一四六三
なきあとも　八一三
なきあとを　八四八
なきなこそ　一二四二
なきひとも　七六〇
なきひとを
　かすめるそらに　七七一
　しのぶおもひの　八四一
なげかじと　一三一三
なげかるる　一三三〇
なげきあまり　一二五二
なげくとも　六五七
なげけとて　六二八
なごりいかに　一五二四
なごりおほみ　四二六
なごりさへ　八二五
なさけありし　七一三
なぞもかく　一三一七
なつかしき　一三二二
なつくさの　七〇三
なつのよの　二四一
なつのよは　二四〇
なつのよも　二四五
なつやまの　二三三
などかわれ
　ことのほかなる　六八九
　つらきひとゆゑ　一三〇九

なとりがは　一二三〇
なにごとか　一四七九
なにごとに
　つけてかよをば　一三四九
　とまるこころの　七一九
なにごとも
　かはりのみゆく　三五〇
　むかしをきくは　七一五
　むなしきのりの　八九四
なにごとを　二九一
なにせんに　六六六
なにとかく
　あだなるはなの　一五三
　こころをさへは　三〇五
なにとかや　七九
なにとこは　六七三
なにとなく
　おつるこのはも　一〇八三
　おぼつかなきは　四六
　くむたびにすむ　九四三
　くるるしづりの　五三八
　さすがにをしき　六五八
　すままほしくぞ　四三五
　せりときくこそ　一〇三三
　つゆぞこぼるる　一三一一
　のきなつかしき　四四
　はるになりぬと　一〇六三
　みやこのかたと　一一三五
　ものがなしくぞ　二九二
なにはえの　五一〇
なにはがた
　しほひばむれて　二一九〇
　つきのひかりに　三三六
　なみのみいとど　六八六
なにゆゑか　六五九
なはしろに　七四九
なはしろの　五〇
なべてなき　三三五
なべてみな
　きみがなげきを　八〇三
　はれせぬやみの　七四〇
なほざりに　一六一
なほざりの　六七三
なみあらふ　一一九二
なみかくる　一一九三
なみこすと　一一三
なみしのぐ　六一二
なみたかき
　あしやのおきを　一五五一
　よをこぎこぎて　八四九
なみだがは
　さかまくみをの　六九二
　ふかくながるる　六六一
なみだのみ　一〇八七
なみだゆゑ
　くまなきつきぞ　六三七
　つきはくもれる　六四三
なみだをや　八〇四
なみちかき　一〇五三
なみとみゆる　一四三三
なみにしく　一四四一
なみにつきて　九九八
なみにやどる　四一〇
なみのうつ　一四四七
なみのおとを　四一四
なみのたつ　一三三七
なみふする　一一九五
なみもなく　一〇七
なみよする　一一九六
ならひありて　八四
ならびゐて　一四〇一
ならべける　一四四九
なれきにし　一〇四五
にごりたる　九〇三
にごるべき　九四七
にしきはる　四八〇
にしにのみ　三〇五
にしへゆく
　しるべとたのむ　八五四
　つきをやよそに　八七三
にしをまつ　八六九
にはさゆる　三九二
にはにながす　一四三七
にはのいはに　一四二四
にはよりは　一〇七六
ぬしいかに　三八
ぬまみづに　一六二
ぬるともと　一〇三
ぬるれども　九五五
ねがはくは　七七
ねざめする　四九二
ねざめつつ　二九三

ねにかへる　一四六三
ねのびして　六
ねのびしに　一六
ねのびする
　のべのわれこそ　一一八五
　ひとにかすみは　一五
ねわたしに　九七六
のがれなく　九〇五
のきちかき　七一四
のちのよを　八三三
のどかなれ　八二
のにたてる　九〇七
のべになく　四五〇
のべのいろも　一五四二
のりしらぬ　八八〇

は行

はがくれに　五九九
はかなくて　七七七
はかなしな　一五一三
はかなしや　七六四
はぎがえの　四三〇
はしたかの　一三九〇
はつこゑを　一四六七
はつはなの　一四八
はつはるを　一五三一
はながえに　一二八〇
はなざかり　一一三五
はなすすき
　こころあてにぞ　一二七四
　つきのひかりに　三八六
はなちらで　七三
はなときくは　一四七
はなとみば　一一三
はなとみる　一三六二
はなならぬ　一二三九
はなにおく　五一九
はなにそむ　七六
はなのいろや　九一
はなのかを　八七八
はなのころを　三八九
はなのゆきの　一四五九
はなのをり　一四四五
はなまでは　一五三九
はなみにと　八七
はなみれば　六八
はなもかれ　五五七
はなもちり
　ひともこざらん　八八
　ひともみやこへ　一一五七
はなれたる　一四七六
はなをこそ　二九八
はなをみし　一〇七〇
はなをみる　五九八
はやせがは　二一八
はらかつる　一四五〇
はらはらと　一〇三三
はりまがた　三一一
はりまぢや　六九七
はるあさみ　九六七
はるがすみ　三三
はるかぜの
　はなのふぶきに　一一三
　はなをちらすと　一三九
　ふきおこせむに　一一六八
はるくれて　一四六四
はるごとに　一四
はるさめの
　のきたれこむる　四五
　ふるののわかな　一二〇
はるしれと　一〇
はるたつと　三
はるとしも　一〇六〇
はるになる　九八六
はるのほどは　三〇
はるふかみ　一二八
はるゆゑに　一七一
はるをまつ　六〇七
はれがたき　九六〇
はれまなく　九五四
はれやらで　一四九〇
はれやらぬ
　こぞのしぐれの　七八八
　みやまのきりの　三〇〇
ひかりさす　一一七八
ひかりをば　九六九
ひきかへて
　うれしかるらん　一三六三
　はなみるはるは　七一
ひきひきに　一五三四
ひさぎおひて　一〇二〇
ひさにへて　一三五八

ひとかたに　六〇三
ひときれは　一四一五
ひとこばと　五三三
ひとしまんと　一五二〇
ひとしれぬ　一三三一
ひとすぢに　一一六一
ひとはうし　六八二
ひとはみな　一四五五
ひともこず　一〇三七
ひともみぬ　三四四
ひとりきて　一三一八
ひとりすむ
　いほりにつきの　九四八
　おぼろのしみづ　一三〇九
　かたやまかげの　五五八
ひとりぬる　四三
ひとりねの
　ともにはなれて　四五九
　よさむになるに　四四二
ひにそへて　六八三
ひばりあがる　二三八
ひばりたつ　八六六
ひまもなく　一一七〇
びやうぶにや　一一一七
ひるとみゆる　一四〇八
ひろせがは　二一七
ひろむらん　八五六
ひをふれば　六六九
ふかきやまに　一一〇四
ふかきやまは　一五二一
ふかくいるは　一四二三
ふきすぐる
　かぜさへことに　四六五
　かぜしやみなば　九二一
ふきみだる　一〇七三
ふきわたす　二八九
ふくかぜに　一三三五
ふくかぜの
　なめてこずゑに　一五三
　ゆくへしらする　七八〇
ふししづむ　八一〇
ふしみすぎぬ　一四三八
ふぢごろも　七八六
ふでのやまに　一三七一
ふなをかの　八二〇
ふねすゑし　二三〇
ふねよする　二六一
ふままうき　一一二九
ふもとゆく　九七八
ふゆがれの　五一七
ふりうづむ　五六八
ふりさけし　四〇七
ふりにけり　一四四六
ふりにける　一五一三
ふるきいもが　一四九三
ふるさとの　一〇二九
ふるさとは　一〇三〇
ふるすうとく　二七
ふるはたの　九九七
ふるゆきに
　しをりしばも　五三〇
　とだちもみえず　五二五
へだてこし　一〇五五
へだてたる　六四二
へだてなき　八四〇
ほとけには　七八
ほととぎす
　いかばかりなる　一九四
　うづきのいみに　一八〇
　おもひもわかぬ　一九三
　きかであけぬと　一八六
　きかぬものゆゑ　一八七
　きくにとてしも　一八八
　しのぶうづきも　一九九
　そののちこえん　一九七
　つきのかたぶく　一九二
　なくなくこそは　一四七三
　なごりあらせて　七五一
　なべてきくには　二〇〇
　はなたちばなは　一四六九
　ひとにかたらぬ　一九六
　ふかきやまべに　一七九
　まつこころのみ　一四七〇
ほどとほみ　一八四
ほどふれば　一一三七
ほにいづる　一〇九一
ほにいでて　二六八

ま行

まがきあれて　二七五
まがふいろに　六五

まがふいろは　一三六三
まがふべき　一七七
まきごとに　一三五一
まぎれつる　一〇四九
まこととも　三五七
まさきわる　九七三
ますげおふる　一六七
ますらをが　一三一五
ませなくは　四六九
ませにさく　一〇一六
まだきより　二五〇
またれつる　九三九
まちいでて　三三八
まちかねて
　ひとりはふせど　一三八四
　ゆめにみゆやと　一三六七
まちきつる　九八
まちつけて　二六二
まちわびぬ　八三四
まつかぜの
　おとあはれなる　九四〇
　おとのみならず　二五一
まつかぜは　一〇九〇
まつがねの　一〇七七
まつことは　一八九
まつにより　五六
まつのしたは　一三六〇
まつひとの　一八五
まつやまの
　なみだはうみに　一三一六
　なみにながれて　一三五三
　なみのけしきは　一三五四
まどいでし　一五三三
まどひきて　八七五
まどひつつ　八六七
まなづるは　一四三三
まなべより　一三七四
まぼろしの　一三三三
みがかれし　七八一
みぎはちかく　一五一九
みくまのの
　はまゆふおふる　一〇三三
　むなしきことは　一五三九
みこしをさの　一五三八
みさびゐて　一六八
みさびゐぬ　三三〇
みさをなる　一三五一
みしままに　四一二
みそぎして　二五三
みたらしに　一五二五
みたらしの　一三一三
みだれさく　二六九
みだれずと　八〇五
みちかはる　七八三
みちもなし　四九四
みづくきの　一一三六
みづたたふ　二〇七
みづなくて　三三三
みづなしと　二二五
みづのおとに　二三一
みづのおとは
　さびしきいほの　九四四
　まくらにおつる　一三一二
みづのおもに　三一三
みづひたる　一五一八
みづわくる　二一九
みどりなる　一四三〇
みなかみに　五五五
みなせがは　二一六
みなそこに
　しかれにけりな　三一
　ふかきみどりの　五五
みなとがは　一四八六
みなひとの　二〇六
みにしみし　九八三
みにしみて　三四二
みにつきて　一五三八
みにつもる　一一一八
みにもしみ　一〇八八
みねおろす　一〇五一
みねにちる　一五五
みねのうへも　一一〇五
みねわたる　九三六
みのうさの
　おもひしらるる　六六八
　かくれがにせん　九一〇
みのうさを　九〇八
みのりをば　八四二
みまくさに　二三六
みもすその　一五三二
みやこいでて　一一二七
みやこちかき　一一三三

みやこにて　四一八
みやこにも　一〇九四
みるひとに　一〇一
みるもうきは　一三九五
みわたせば　五四
みをしれば　六八〇
みをもいとひ　一二九三
みをよどむ　九六八
みをわけて　七四
むかしみし
　のなかのしみづ　一〇九六
　まつはおいきに　一二四五
むかはらば　六六七
むぐらはふ　一三二六
むしのねに
　かれゆくのべの　三四三
　つゆけかるべき　四五八
むしのねを
　よそにおもひて　四四九
　よわりゆくかと　四五六
むすびあぐる　二四三
むすぶてに　二四四
むつのくの　一〇一一
むなしくて　一三三七
むらさきの　一二二〇
むれたちて　一一七三
めぐりあはん　一三七〇
めづらしな　一五三三
めのまへに　一三三五
もえいづる　三一
もがみがは　一一六三
もしほやく　一二
ものおもひて　六四九
ものおもふ
　こころのくまを　六四五
　こころのたけぞ　六二四
　そでになげきの　一二九八
　そでにもつきは　六三三
ものおもふと　七〇九
ものおもへども　六七一
ものおもへば
　そでにながるる　六六三
　ちぢにこころぞ　六七六
　まだゆふぐれの　六九九
もののふの　一〇一〇
もみぢちる　四八三
もみぢばの　四七九
もみぢみし　一〇七四
もみぢみて　七九七
もみぢよる　五〇四
ももぞのの　一四〇〇
もらさじと　五九二
もろごゑに　一〇一四
もろともに
　あきもやまぢも　一三一七
　かげをならぶる　三六九
　たびなるそらに　四一五
　ちることのはを　九二九
　ながめながめて　七七八
　われをもぐして　一一八

や行

やすむべき　八八一
やすらはん　五八八
やせわたる　五五三
やどかこふ　五〇一
やどしもつ　三三一
やなぎはら　一〇一九
やまおろしに
　しかのねたぐふ　四三三
　みだれてはなの　一一五六
やまおろしの
　このもとうづむ　一一二
　つきにこのはを　四九九
やまおろす　七四六
やまかぜに　一二一四
やまがつの
　あらのをしめて　六五五
　かたをかかけて　五三
　すみぬとみゆる　一五四八
やまがはの
　いはにせかれて　二四六
　みなぎるみづの　八七三
やまくづす　八五九
やまごとに　五六六
やまざくら
　えだきるかぜの　一四〇
　おもひよそへて　五六七
　かすみのころも　八〇
　さきぬときさて　一四五七
　つぼみはじむる　一五三七
　はつゆきふれば　五一二

ほどなくみゆる　一四五八
やまざとに　七三七
やまざとの
　こころのゆめに　一五四九
　そとものをかの　二九五
　ひともこずゑの　一四四八
やまざとは
　あきのすゑにぞ　四八七
　かすみわたれる　七
　しぐれしころの　五六三
　そとものまくず　二五三
　たにのかけひの　九五七
やまざとへ　四九
やまさむみ　一四四
やましろの　一一〇三
やまぢこそ　一〇六四
やまのはに
　かくるるつきを　八七〇
　つきすむまじと　一〇八五
やまのはの　二
やまのはを　三一九
やまびとよ　一〇三四
やまふかく　一五〇四
やまふかみ
　いはにしだるる　一三〇二
　いりてみとみる　一三〇六
　かすみこめたる　九一一
　けぢかきとりの　一三〇三
　こぐらきみねの　一三〇四
　こけのむしろの　一三〇一
　さこそあらぬと　一一九八
　つゑにすがりて　一二三八
　なるるかせぎの　一三〇七
　ほたきるなりと　一三〇五
　まきのはわくる　一二九九
　まどのつれづれ　一三〇〇
やまぶきの
　はなさくさとに　一一六六
　はなさくゐでの　一一六九
やまみづの　一二五〇
やまもなき　九九五
やみはれて　八七六
ゆきうづむ　五三五
ゆきしのぐ　一四九一
ゆきずりに　五九六
ゆきちらん　八〇九
ゆきつみて　一三六一
ゆきとくる　九七五
ゆきとぢし　六一
ゆきとみえて　一二六
ゆきふかく　五三一
ゆきふれば　五三九
ゆきわけて
　とやまがたにの　一〇六五
　ふかきやまぢに　一〇五七
ゆくすゑの
　ためにとどかぬ　八九二
　つきをばしらず　三五六
　なにやながれん　一一八八
ゆくはるを　一七三
ゆくへなく　三五三
ゆふぎりの　六〇四
ゆふされや
　たまおくつゆの　四四五
　ひはらのみねを　一〇五二
ゆふだちの　二四九
ゆふつゆの　三九六
ゆふつゆを　二六四
ゆみはりの　六二〇
ゆめさむる　八七一
ゆめとのみ　五八三
ゆめをなど　七〇〇
よこぐもの　四二〇
よしさらば
　いくへともなく　一一二〇
　なみだのいけに　六三四
　ひかりなくとも　一三五二
よしなしな　九〇〇
よしのやま
　くもをはかりに　六二
　こずゑのはなを　六六
　さくらにまがふ　一一三
　たかねのさくら　一四五四
　たにへたなびく　一一〇
　はなのちりにし　一四五三
　はなふきぐして　一一五
　ひとにこころを　一四三
　ひとむらみゆる　一四二
　ふもとにふらぬ　五六五
　ふもとのたきに　一四六一
　ほきぢづたひに　九六
　みねなるはなは　一一

やがていでじと　一〇三六
よしやきみ　一三五五
よそにおもふ　八三九
よたけたつ　一三三五
よのうきに　七二一
よのうさを　七三三
よのなかに
　こころありあけの　七四三
　すまぬもよしや　七三〇
　なくなるひとを　一五三三
よのなかの　四〇一
よのなかは　四〇三
よのなかを
　いとふまでこそ　七五三
　すててすてえぬ　一四一七
　そむきはてぬと　七三六
　そむくたよりや　一三三〇
　ゆめとみるみる　七五九
よひのまの　三九一
よもぎふは　一〇一七
よもぎわけて　三四一
よもすがら
　あらしのやまに　五六一
　うらみをそでに　一三八七
　たもとにむしの　四五四
　つきこそそでに　三五一
　つきをながめて　七三三
　つきをみがほに　六四〇
　つまこひかねて　四三一
　をしげなくふく　四九一
よよふとも
　たけのはしらの　一一四七
　わすれがたみの　六三六
よるのとこを　一四七一
よろづよの　一一七九
よをいとふ　七三四
よをこめて　四二八
よをすてて
　いりにしみちの　一三四〇
　たにそこにすむ　七五四
よをすてぬ　七三九
よをそむく　七四三
よをのこす　四三七

わ行

わがきみの　七九四
わがそでの　六〇八
わがために　一五四六
わがつらき　一一六三
わかなおふる　一三九六
わがなげく　一三
わかなつむ
　けふにはつねの　一七
　のべのかすみぞ　一二
わがなみだ　六〇五
わかばさす　一一八一
わがものと　四八六
わがやどに
　にはよりほかの　五三三
　はなたちばなを　一八三
わがやどは　七一六
わがよとや　三九五
わかるとも　一〇九三
わかれにし　八三五
わきてけふ　九
わきてみん　四四
わけいりて
　たれかはひとを　九五六
　よもぎがつゆを　八三八
わけかねし　五〇七
わけきつる　九一八
わけている
　そでにあはれを　四四四
　にはしもやがて　二七一
わけてゆく
　いろのみならず　一一一五
　やまぢのゆきは　一〇五八
わしのやま
　うへくらからぬ　八九五
　たれかはつきを　八九一
　つきをいりぬと　八八八
わすられん　一三七八
わたのはら
　なみにもつきは　一一〇三
　はるかになみを　一一〇一
わづかなる　三〇四
わづらはで　九八〇
わびびとの　一〇三五
わりなしな　一三八二
わりなしや
　いつをおもひの　一三一九

こほるかけひの　五七一
さこそものおもふ　七〇六
われもひとめを　二四四
われからと　三三六
われながら　三三九
われなくは　九二六
われなれや　一〇三九
われのみぞ　一三〇五
わればかり　一三〇二
われはただ　一五〇一
をぎのおとは　一三七四
をぎのはを　二九九
をぐらやま　四八五
をざさはら　九七三
をしかなく　四三六
をしかふす　二八七
をしからぬ　七三八
をしまれぬ　一一六
をしむよの　三八五
をしめども
おもひげもなく　一三一
かねのおとさへ　四九〇
をばすては　一一〇七
をみなへし
いけのさなみに　二八四
いろめくのべに　二七七
わけつるのべと　二七六
をやまだの　四四〇
をらでゆく　二六七
をらぬより　二八一
をらばやと　五七九
をりかくる　九七九
をりしもあれ　一三六四
をりならぬ　五四二
をりにあひて　二〇四
をるひとの　一二六一

山家集《さんかしゅう》

西行《さいぎょう》　宇津木言行《うつぎげんこう》＝校注

平成30年 9月25日　初版発行
令和6年 10月30日　10版発行

発行者●山下直久

発行●株式会社KADOKAWA
〒102-8177　東京都千代田区富士見2-13-3
電話　0570-002-301（ナビダイヤル）

角川文庫 21185

印刷所●株式会社KADOKAWA
製本所●株式会社KADOKAWA

表紙画●和田三造

ISBN 978-4-04-400063-9　C0192

◆◇◇